Melanie Metzenthin
Die verstummte Liebe

Das Buch

England 1896: Von der eigenwilligen Helen Mandeville erwartet ihre Familie vor allem eine standesgemäße Heirat. An ihrer Verlobung mit James Mitchell, einem schneidigen Anwalt mit besten Verbindungen, geht kein Weg vorbei. Aber dann verliebt Helen sich auf einer Bildungsreise in den deutschen Arzt Ludwig Ellerweg. Für ihn riskiert sie es, für immer mit ihrer Familie zu brechen.

Sie löst ihr Verlöbnis und reist heimlich nach Hamburg, um Ludwig zu heiraten. Es ist für beide die große Liebe und die Geburt ihres Sohnes Fritz macht ihr Glück komplett. Doch dann erfährt Helen, dass ihre Mutter im Sterben liegt, und sie reist zurück nach England – nicht ahnend, dass der Erste Weltkrieg ausbrechen und ihr Leben vollkommen verändern wird.

Die Autorin

Melanie Metzenthin lebt in Hamburg, wo sie als Fachärztin für Psychiatrie und Psychotherapie arbeitet. Sie hat bereits zahlreiche Romane veröffentlicht, in denen psychische Erkrankungen oft eine wichtige Rolle spielen. Beim Schreiben greift die Autorin gern auf ihre berufliche Erfahrung zurück, um aus ihren fiktiven Charakteren glaubhafte Figuren vor einem realistischen Hintergrund zu machen. 2020 wurde sie für ihr Buch »Mehr als die Erinnerung« mit dem DELIA-Literaturpreis ausgezeichnet.

Melanie Metzenthin

Die verstummte Liebe

Roman

Deutsche Erstveröffentlichung bei
Tinte & Feder, Amazon Media EU S.à r.l.
38, avenue John F. Kennedy, L-1855 Luxembourg
Januar 2021
Copyright © der deutschsprachigen Ausgabe 2021
By Melanie Metzenthin
All rights reserved.

Umschlaggestaltung: bürosüd⁰ München, www.buerosued.de
Umschlagmotiv: © Melanie Metzenthin Privatarchiv;
© Natalia van D / Shutterstock; © Golbay / Shutterstock
Lektorat: Marketa Görgen
Lektorat und Korrektorat: Rotkel Textwerkstatt
Gedruckt durch:
Amazon Distribution GmbH, Amazonstraße 1, 04347 Leipzig /
Canon Deutschland Business Services GmbH, Ferdinand-Jühlke-Straße 7, 99095 Erfurt /
CPI books GmbH, Birkstraße 10, 25917 Leck

ISBN 978-2-49670-3-924

www.tinte-feder.de

London, November 1945

Bis zu jenem Tag im November, an dem ihr Vater auf dem Brompton Cemetery beigesetzt wurde, hatte Ellinor Mitchell geglaubt, es gäbe nichts mehr, das sie noch erschüttern könnte. Sie hasste Beerdigungen, vor allem im November, wenn die Büsche und Bäume wie traurige Skelette in den grauen Himmel ragten. Aber sie würde auch diesen Tag überstehen. Allein schon ihrer Mutter zuliebe. Ellinor hatte sich fest bei ihr eingehakt, denn mit dem Tod ihres Mannes hatte Helen Mitchell im wahrsten Sinne des Wortes ihr Rückgrat eingebüßt. In dem Augenblick, als der Arzt James' Tod bestätigt hatte, war Helens Oberkörper langsam nach vorn gesackt. Erst als Ellinor irritiert gefragt hatte, warum sie plötzlich so krumm sei, schien ihre Mutter es zu bemerken. Langsam richtete sie sich wieder auf, doch der ausdruckslose Blick, mit dem sie ihre Tochter dabei musterte, erschreckte Ellinor. Er schien völlig leer, ganz so, als wäre ein Teil ihrer Seele mit ihrem Ehemann gestorben. Doch Ellinor sah nicht nur Leere – nein, da war noch etwas anderes, das sie nicht benennen konnte. Es war, als würde sie in die Augen einer Fremden blicken. Eine Gänsehaut kroch ihr über den Rücken, doch dann verdrängte sie dieses Gefühl. Was für ein Unsinn! Die Trauer um ihren Vater beeinflusste auch ihr eigenes Fühlen mehr, als sie gedacht hatte.

Die Schwäche ihrer Mutter blieb jedoch. Wann immer jemand Helen Mitchell in den folgenden Tagen ansprach, fiel sie in sich zusammen. Sie aß kaum und sprach noch weniger. Dabei konnte sie ihre Muskeln durchaus straffen, wenn man sie dazu aufforderte. Nur tat dies niemand außer Ellinor, denn alle anderen hatten zu großen Respekt vor der trauernden Witwe. Ellinor aber machte es wütend. Wie konnte ihre Mutter sich so gehen lassen? Zu gut erinnerte Ellinor sich an die Worte ihrer Mutter, als sie selbst die Nachricht vom Tod ihres Verlobten Mike erhalten hatte. Damals war Ellinors Welt zusammengebrochen, doch ihre Mutter hatte sie nicht tröstend in den Arm genommen, sondern ihr stattdessen ungehalten ein Taschentuch gereicht. Tränen seien Schwäche, hatte sie dabei gesagt, die würden niemandem etwas nützen. Für Trauer sei im Krieg keine Zeit.

Warum verlor ihre Mutter nun selbst die Haltung? Lag es daran, dass der Krieg vorbei war und sie geglaubt hatte, nicht mehr stark sein zu müssen? Natürlich war es ein Schock gewesen, als James Mitchell beim Erledigen seiner Korrespondenz plötzlich tot umgefallen war, aber er war einundsiebzig Jahre alt gewesen und konnte auf ein erfülltes Leben zurückblicken. Niemals hätte Ellinor sich vorstellen können, dass der Tod ihres Vaters ihre Mutter derart erschüttern würde. Hatte sie sich wirklich so sehr in ihr getäuscht? War ihre Mutter gar nicht so stark, wie sie sich ihr gegenüber immer gegeben hatte? Ellinor kannte die alten Gerüchte von der schweren Melancholie, die ihre Mutter kurz nach der Geburt ihres älteren Bruders Thomas ergriffen hatte. Sie wusste nichts Genaues – in der Familie wurde nie darüber gesprochen und sie selbst hatte sich nie getraut, ihre

Mutter danach zu fragen. Nicht, nachdem sie es wie ein schmutziges Geheimnis von einer schwatzhaften Angestellten erfahren hatte. Angeblich war Helen Mitchell damals nur knapp der Einweisung in eine Irrenanstalt entgangen.

»Geben Sie Ihrer Mutter Zeit«, hatte ihr Hausarzt Doktor Walsh am Tag nach James' Tod zu Ellinor gesagt. »Denken Sie daran, dass Ihre Mutter den größten Halt ihres Lebens verloren hat. Sie ist noch eine andere Generation von Frau – eine Frau, die sich über ihren Mann definiert.«

Ellinor hatte genickt und ihre Wut heruntergeschluckt, denn welches Recht hatte sie, auf eine kranke, trauernde Frau wütend zu sein?

Am Morgen der Beisetzung war ihre Mutter wiederholt zusammengesunken. Thomas hatte mit dem ihm eigenen Zynismus einen Rollstuhl vorgeschlagen, was Ellinor massiv verärgert hatte. Sie wusste ganz genau, dass es ihrem Bruder nicht um die Mutter ging, sondern darum, möglichst keine Arbeit mit deren Launen zu haben. Und so hatte sie den Vorschlag energisch abgelehnt und sich während des Trauerzugs fest bei ihrer Mutter eingehakt, um zu verhindern, dass sie stürzte.

Thomas hatte nur den Kopf geschüttelt und Ellinor machen lassen. Schon bald bereute Ellinor es, nicht auf ihren Bruder gehört zu haben, denn der stete Kampf um einen aufrechten Gang ihrer Mutter war anstrengender als erwartet. Es fühlte sich an, als müsste sie die Last ihrer Mutter nun ganz allein schultern. Zu allem Überfluss fing es auch noch an zu regnen. Erst jetzt fühlte Thomas sich bemüßigt, Mutter und Schwester zu unterstützen, indem er Ellinor einen Regenschirm reichte und sich selbst auf der anderen Seite bei seiner Mutter einhakte. Natürlich wurde seine elegante Fliegeruniform dabei völlig durchnässt und Ellinor hörte ihn unwirsch murmeln, dass ein

Rollstuhl die bessere Lösung gewesen wäre. Nun ja, zwischen Thomas und seiner Mutter hatte es nie zum Besten gestanden. Es wäre illusorisch gewesen zu glauben, sie würden sich ausgerechnet am Grab des Vaters weinend in die Arme fallen.

Irgendwie überstanden sie die Beisetzung, die Rede des Pfarrers am offenen Grab und die Kondolenzwünsche. Anschließend ging es mit dem Auto zurück zum Landsitz der Familie Mitchell. Ellinor atmete auf. Der schwerste Teil war geschafft.

Die Reden beim Leichenschmaus wurden amüsanter und die Schwere, die über dem Friedhof gehangen hatte, wurde von lebendigen Erinnerungen an den Toten verdrängt. Heute würde man ein letztes Mal sein Leben feiern – ein Leben, das vollendet war, nicht beendet. Ein Gedanke, der Ellinor tröstete, zumal der Verstorbene auf sieben Jahrzehnte zurückblicken konnte, ganz gleich, wie schmerzlich er den Angehörigen fehlen würde.

»Ich erinnere mich noch gut daran, wie ich James beim Jahrhundertwechsel Silvester 1899 kennenlernte«, sagte Ralph Morgan, der, obwohl zehn Jahre jünger als der Verstorbene, zu dessen ältesten Freunden zählte. Ellinor schätzte den renommierten Zeitungsverleger, der ihr damals die Chance gegeben hatte, sich als Reporterin einen Namen zu machen.

»Meine Eltern waren auf einer der angesehensten Silvestergalas der Stadt, zu der ich als Fünfzehnjähriger natürlich noch keine Einladung bekommen hatte. Stattdessen sollte ich den Abend mit meinen kleinen Geschwistern unter Aufsicht unserer Gouvernante verbringen. Was für ein Affront gegen meine junge männliche Seele. Aber ich wusste mich zu wehren, indem ich der braven Gouvernante einen Tee kredenzte, den ich mit ausreichend Schlafpulver meiner Mutter versetzt hatte.«

Die Anwesenden lachten und für einen Moment löste sich auch Ellinors Anspannung und sie ertappte sich dabei, wie sie mitlachte. Nur ihre Mutter starrte den Redner mit eingefrorenen Gesichtszügen an, in denen sich überhaupt keine menschliche Regung zeigte.

»Ich dachte mir, wenn man mich schon nicht eingeladen hat, so kann es nicht schaden, wenn ich mir die Feier zumindest von außen ansehe«, fuhr Morgan fort. »Und da ich mit fünfzehn Jahren schon ein hochgewachsener Knabe war, passten mir die Anzüge meines Vaters, sodass ich mich an seinem gut bestückten Kleiderschrank freimütig bedienen und wie ein echter Gentleman ausstaffieren konnte. Die einfachen Leute, die mir in der Silvesternacht auf der Straße begegneten, zogen höflich ihren Hut vor mir, was mein Selbstbewusstsein stärkte. Und so fasste ich den Mut, mich durch den Dienstboteneingang ins Innere des Hauses zu schleichen, in dem meine Eltern das neue Jahrhundert begrüßen wollten. Nur leider endete mein Weg schon in der Küche, wo ich einem fleischgewordenen Ungeheuer von Küchenchef über den Weg lief, der mich mit einem Blick bedachte, als würde er mich am liebsten umgehend in der Suppe mitkochen. Dem imponierten weder mein Zylinder noch mein eleganter Anzug. Doch ehe er mich rupfen konnte, betrat James die Küche. Er hatte eine Vorliebe für feine Trifles und wollte sich nicht damit abspeisen lassen, dass nur noch Champagner serviert wurde, weil die Zeit für Desserts vorbei sei.«

Die Zuhörer lachten. Jeder kannte James Mitchells Vorliebe für Süßspeisen, die zu jeder Tages- und Nachtzeit bereitstehen mussten, wann immer ihn die Gelüste überkamen. Selbst in Zeiten der Lebensmittelrationierungen hatte er darauf bestanden.

»Er erkannte meine Not und rettete mich an diesem Abend nicht nur davor, vom Koch gerupft zu werden, sondern teilte auch brüderlich sein Trifle mit mir. Von da an waren wir Freunde fürs Leben, denn diesem Koch zu trotzen hat uns für alle Ewigkeiten auf die schweren Schlachten des Lebens vorbereitet.«

Erneutes Gelächter.

»Heute erhebe ich ein letztes Mal mein Glas auf James Mitchell«, schloss Morgan seine Rede ab. »Ein großer Mann ist von uns gegangen, ein liebevoller Ehemann, ein großartiger Vater und ein guter Freund. James, wo auch immer du jetzt bist, wir alle werden dich vermissen. Immerhin hast du noch den großen Sieg unserer glorreichen britischen Armee über die verhassten Krauts erlebt, woran dein tapferer Sohn Thomas als einer unserer mutigsten Royal-Air-Force-Piloten seinen unmittelbaren Anteil hatte!« Die Zuhörer schlossen sich dem Toast an, zugleich brandete Applaus für Thomas auf. Ellinor sah, wie ihr Bruder verlegen lächelte. Wenigstens hatte Thomas sich bislang beim Alkohol zurückgehalten, denn er war nicht nur für seine meisterlichen Flugkünste bekannt, sondern auch für seine Trinkfestigkeit. Wobei das Wort eigentlich eine Beschönigung war, denn meist hörte er erst auf, wenn er seine Standfestigkeit bereits eingebüßt hatte.

»Ja, los, Thomas«, rief die dicke Heather Lockwood, die in Ellinors Augen den Intellekt eines Gänseblümchens hatte. »Erzähl uns doch noch mal, wie ihr ihnen die Angriffe auf London heimgezahlt habt!«

»Ja, Thomas!«, forderten nun auch die übrigen Trauergäste.

Thomas räusperte sich, doch bevor er etwas sagen konnte, fuhr seine Mutter dazwischen. »Hör auf damit! Ich dulde das nicht länger!«

Ellinor sah ihre Mutter irritiert an. Woher nahm sie auf einmal diese Kraft? Empfand sie die Kriegsgeschichten als unpassend? Sie war dagegen gewesen, dass Thomas zur Royal Air Force ging, auch wenn das niemand nachvollziehen konnte. Jede andere Mutter wäre stolz auf einen solchen Sohn gewesen, doch Thomas hatte von ihr nie ein Lob für seine Heldentaten erfahren. Sogar den Feierlichkeiten, die der stolze Vater ausgerichtet hatte, um die militärischen Auszeichnungen seines Sohnes gebührend zu würdigen, war sie aufgrund ihrer Migräne mit vorhersehbarer Regelmäßigkeit ferngeblieben.

»Mutter, ist alles in Ordnung?«, fragte Thomas. Ellinor erkannte die Enttäuschung in seinem Blick. Musste seine Mutter ihm sogar jetzt noch die Möglichkeit nehmen, stolz auf seine Leistungen zu sein? »Du weißt doch, dass Vater diese Geschichten liebte.«

»Ja, ich weiß«, erwiderte Helen unerwartet streng. »Er liebte dieses Gerede von Krieg und Tod, aber ich nicht. Und das weißt du ganz genau!« Sie holte tief Luft. »Ich habe genug davon. Genug vom Hass, vom Krieg und vor allem von dieser Verlogenheit, mit der ihr James als den edelsten Menschen feiert, der jemals auf Gottes Erde wandelte!«

War da etwa ein zorniges Blitzen in den Augen ihrer Mutter? Wo war die Leere, wo die ausdruckslose Trauer, die Ellinor in den letzten Tagen kaum ertragen hatte? War ihre Mutter dabei, vor Kummer verrückt zu werden?

»Hätte James mich wirklich geliebt, dann hätte er alles getan, um zu verhindern, dass ausgerechnet *du* ein Royal-Air-Force-Pilot wirst«, fuhr Helen mit zorniger Stimme fort. Dann richtete sich ihr Blick auf Ellinor. »Ihr beide habt keine Ahnung, wozu euer Vater fähig war und welche Opfer ich für ihn bringen musste!«

Sie muss den Verstand verloren haben, durchzuckte es Ellinor. *Es ist einfach zu viel für sie.*

Inzwischen waren sämtliche Blicke auf die Witwe gerichtet, zum Teil kopfschüttelnd, zum Teil fassungslos. Heather Lockwood schlug die Hand vor den Mund, vermutlich um ihr albernes Kichern zu unterdrücken, das ihr immer herausrutschte, wenn jemand anders reagierte, als sie es erwartete.

»Was für Opfer?«, fragte Ellinor in der Hoffnung, ihre Mutter wieder zur Besinnung zu bringen. *Einfach nur ruhig bleiben*, so hatte es ihr einmal ein Nervenarzt erklärt, als sie einen Artikel über traumatisierte Kriegsveteranen verfasst hatte. Man müsse die Kranken immer wieder mit der Realität konfrontieren, aber ruhig bleiben und Gelassenheit zeigen. »Unser Vater war immer für uns da«, erklärte sie daher voller Nachdruck. »Er war dir ein liebevoller Ehemann.«

»Euer Vater hat mich um das Glück meines Lebens gebracht«, wiederholte ihre Mutter trotzig. »Und er hat alles noch viel schlimmer gemacht, indem er Thomas erlaubte, Pilot zu werden. Aber jetzt ist James Mitchell tot und ich bin endlich frei, auch wenn es für mich viel zu spät ist!« Eine Träne rollte über Helens Wange. Hastig wischte sie sie weg, dann erhob sie sich und verließ beinahe fluchtartig den Salon. Mit völlig geradem Rücken, was Ellinor am meisten irritierte. Sie sprang auf und folgte ihrer Mutter. Sie wollte Antworten. Und die würde sie bekommen, koste es, was es wolle!

Ellinor fand ihre Mutter in ihrem Schlafzimmer bäuchlings auf dem Bett liegend und bitterlich weinend. In diesem Moment schämte sie sich für die Wut, die sie eben noch empfunden hatte. Natürlich war ihre Mutter in tiefer Trauer und niemand hatte das Recht, sie für irgendetwas zu verurteilen.

Und so setzte sie sich zu ihrer Mutter auf die Bettkante, strich ihr sanft über den Rücken und fragte, was los sei. Es dauerte eine Weile, bis ihre Mutter sich so weit beruhigt hatte, dass sie sich umdrehen und Ellinor ansehen konnte.

»Heute habe ich nicht nur meinen Mann James zu Grabe getragen«, sagte sie leise. In ihrem Tonfall war nichts mehr von der Strenge zu hören, die sie gegen Thomas gerichtet hatte, sondern nur noch tiefe Trauer. »Ich habe nach dem Ende des

Krieges versucht, Informationen über jemanden zu bekommen, der mir viel bedeutet hat. Heute früh kam ein Telegramm.«

»Ich dachte, der Telegrammbote hätte dir weitere Beileidsbekundungen gebracht.«

»Ja, die gab es auch.« Helen seufzte. »Aber die waren nicht wichtig. Wichtig war einzig das hier.« Sie richtete sich mit erstaunlicher Schnelligkeit auf, öffnete die Schublade ihres Nachttisches und reichte Ellinor das Telegramm.

Dr. Ludwig Ellerweg starb 28.07.43 Hamburger Krankenhaus St. Georg.

»Wer ist dieser Doktor?«, fragte Ellinor, denn sie hatte den Namen noch nie gehört. »Und was hattest du mit einem Deutschen zu tun?«

Ihre Mutter atmete tief durch, bevor sie antwortete. »Er war die große Liebe meines Lebens.«

Ellinor starrte ihre Mutter fassungslos an. »Deine große Liebe? Aber ... aber ich dachte immer, das wäre mein Vater gewesen.«

»Oh Sweety, du liebenswürdiger, unschuldiger Engel.« Dass ihre Mutter zum ersten Mal seit vielen Jahren wieder den Kosenamen ihrer Kindheit verwendete, trieb Ellinor einen Schauer über den Rücken.

»Willst du die ganze Geschichte erfahren, Sweety?« In den Augen ihrer Mutter war auf einmal ein wehmütiger Glanz, aber nichts mehr von der verzweifelten Traurigkeit, die sie eben noch ausgestrahlt hatte. »Aber ich warne dich, mein Kind. Die Wahrheit ist nicht leicht zu ertragen.«

»Ja, ich will alles hören«, erwiderte Ellinor. »Ganz gleich, wie die Wahrheit aussehen mag, sie wird für mich leichter zu ertragen sein als Andeutungen und Schweigen.«

»Da spricht die Reporterin aus dir. Die Wahrheit muss immer ans Licht.« Helens Lächeln vertiefte sich und Ellinor wunderte sich erneut über die Stärke, die ihre Mutter plötzlich ausstrahlte, bevor sie mit jener Erzählung begann, die Ellinors ganzes Leben verändern sollte …

1. Kapitel

Helen Mandeville wurde am 2. Januar 1879 als erstes Kind des Bankdirektors Kenneth Mandeville und seiner Frau Catherine geboren. Schon früh lernte sie, sich standesgemäß zu präsentieren. Kaum dem Säuglingsalter entwachsen, gehörte es zu ihren Aufgaben, die vornehmen Gäste der regelmäßig stattfindenden Abendgesellschaften artig zu begrüßen und mit ihrer Niedlichkeit zu bezaubern, bevor sie von ihrer Gouvernante zu Bett gebracht wurde. Manch einer spottete, die kleine Helen sei nicht nur die Kronprinzessin im Herzen ihres Vaters, sondern hätte auch genauso viele Pflichten. Helen bekam alles, was ein Kind sich nur wünschen konnte. So lernte sie schon sehr früh auf ihrem eigenen Pony reiten und wuchs dank ihrer französischen Gouvernante zweisprachig auf. Bereits mit fünf Jahren beeindruckte sie französische Kunden ihres Vaters mit ihren einwandfreien Sprachkenntnissen und verhalf ihm dadurch zu vorteilhaften Geschäftsabschlüssen, denn natürlich flogen dem niedlichen Mädchen sofort alle Herzen zu.

Und so führte Helen ein unbeschwertes Leben als bewunderte und vergötterte kleine Prinzessin, bis ihr zwei Jahre jüngerer Bruder Henry kurz nach seinem vierten Geburtstag an Kinderlähmung erkrankte. Helen erschreckte die Hektik, mit der die Dienstboten hastig ihre Sachen für ihre Reise zu den Großeltern aufs Land packten, damit sie sich nicht ebenfalls ansteckte. Sie war noch zu klein, um die wirkliche Gefahr zu verstehen, aber als sie begriff, dass es zu den Großeltern ging und Henry daheimbleiben musste, freute sie sich. Denn auch wenn sie ihren kleinen Bruder liebte, so stand der Stammhalter bei den Großeltern stets im Mittelpunkt. Und das einfach nur, weil er ein Junge war. Helen fand das ausgesprochen ungerecht. Die meisten Väter und erst recht Großväter bevorzugten Jungs, die als Stammhalter die Familientradition fortführten. Ihr Großvater hatte ihr das von Anfang an sehr offen erklärt. Mädchen heirateten irgendwann und stellten ihre Kraft dann in den Dienst einer anderen Familie, um mit ihren Kindern eben diesen anderen Familiennamen fortleben zu lassen. Ein Vater, der nur Töchter habe, sterbe in dem Wissen, dass seine Linie mit seinem Tod erlösche. So, als hätte er überhaupt keine Kinder gezeugt.

»Und warum ist das so?«, hatte die Sechsjährige gefragt. »Warum können Mädchen nicht den Namen weitervererben?«

»Weil es nun mal der Vater ist, der den Besitz verwaltet und alles vererbt.«

»Ja, aber warum?«, beharrte Helen.

»Weil Männer stärker sind und kämpfen können. Früher mussten sie um ihren Besitz und seinen Erhalt kämpfen. Und deshalb gehört er ihnen. Sie können ihn und ihre Frau verteidigen.«

»Und wenn die Frau stärker ist?«, fragte Helen. »Wenn eine Frau einen Mann heiratet, der kleiner und schwächer ist? Wenn sie ihn verhauen kann, darf sie dann ihren Namen behalten?«

Ihr Großvater hatte darüber nur gelacht und sie sein »altkluges Mädchen« genannt. Eine Antwort hatte er ihr nicht gegeben. Aber er hatte ihre Anmerkung als Anekdote weitererzählt und das wiederum erfüllte Helen mit Stolz. Etwas, das sie gesagt hatte, fand der Großvater so bedeutend, dass er es auch anderen Männern erzählte.

Als Helen einige Wochen später nach Hause zurückkehrte, hatte sich dort alles verändert. Henry hatte die schwere Krankheit zwar überlebt, aber seine Beine waren so schwer verkrüppelt, dass er Mühe hatte, sich auf Krücken fortzubewegen. Der einst so lebensfrohe Junge, vor dem kein Baum sicher gewesen war, war zu einem verschüchterten Häufchen Elend geworden. Sein Zimmer verließ er nur noch, wenn sein Kindermädchen ihn im Rollstuhl in den Garten schob. Zudem hatte seine Mutter kurz zuvor eine Fehlgeburt erlitten und die Ärzte erklärten, ihr Herz habe dabei einen Schaden davongetragen, der sie bei einer erneuten Schwangerschaft das Leben kosten könne. Catherine Mandeville nahm den Verlust ihres ungeborenen Kindes als Wink des Schicksals, von nun an all ihre Kraft einzusetzen, um für Henrys weitere Genesung zu kämpfen.

Die junge Helen versuchte zunächst, das Beste aus der Situation zu machen. Gewiss, ihr Bruder saß im Rollstuhl – aber hinderte ihn das, auf seinem Pony zu reiten?

Henry war sehr unsicher, als Helen ihn dazu aufforderte. »Mama hat gesagt, das ist zu gefährlich«, kam es zögerlich von ihm.

»Warum? Weil du runterfallen kannst?«

Henry nickte.

»Dann helfe ich dir wieder auf.«

»Und wenn ich mir ein Bein breche?«

»Du kannst ja sowieso nicht mehr laufen«, erwiderte Helen pragmatisch. »Wenn das krumm zusammenwächst, fällt das doch gar nicht auf.«

In diesem Moment kam ihre Mutter in Henrys Kinderstube und hörte die letzten Worte ihrer Tochter. »Was fällt dir ein?«, herrschte sie Helen an. »Wie kannst du nur so mit deinem

Bruder reden?« Ihre Augen blitzten so böse, dass Helen ein Schauer über den Rücken lief.

»Ich habe das doch nur gut gemeint«, sagte sie. »Weil ich Henry Mut machen wollte, damit er wieder reitet.«

Statt einer Antwort bekam sie eine Ohrfeige. »Dir werde ich helfen, deinem kranken Bruder Flausen in den Kopf zu setzen! Und dann noch zu glauben, es wäre nicht schlimm, wenn was passiert, weil er sowieso schon ein Krüppel ist! Und was ist, wenn er sich den Hals bricht und stirbt? Willst du das?«

Helen brach in Tränen aus. Nicht, weil die Ohrfeige so wehgetan hätte, sondern weil ihre Mutter ihr unrecht tat. Aber zugleich wusste sie, dass ihre Mutter sie nicht verstehen wollte. Deshalb hatte sie sie geschlagen, um jedes weitere Widerwort zu ersticken.

»Ja, jetzt heulst du, das geschieht dir recht!«, schrie ihre Mutter. »Scher dich in dein Zimmer und wage es nicht noch einmal, Henry Unsinn ins Ohr zu flüstern!«

Wenn ich geflüstert hätte, hättest du es ja gar nicht gehört, dachte Helen trotzig, sagte aber kein Wort, sondern verließ das Zimmer.

Wenn ihre Mutter früher wütend auf sie gewesen war, so war diese Wut meist nach wenigen Stunden verflogen, doch diesmal war es anders. Die Mutter war besonders liebevoll zu Henry, während sie Helen bestenfalls ignorierte.

Und so suchte Helen fortan bei ihrem Vater die Liebe und Fürsorge, die sie von ihrer Mutter nicht mehr erhielt. Ihr Vater wiederum verwöhnte seine kleine Prinzessin und immer öfter merkte Helen, dass er Henry mit einer Mischung aus Mitgefühl und Enttäuschung betrachtete. Sie begriff sehr schnell, wie sehr Henrys Behinderung ihren Vater belastete. Schließlich hatte sie immer noch die Worte ihres Großvaters im Kopf – ein Mann musste stark sein, um seinen Besitz und seine Frau zu verteidigen. Darauf brauchte man bei Henry, der nicht einmal mehr reiten konnte, nicht zu hoffen.

Ihr Vater versuchte, seine Enttäuschung zu bekämpfen, indem er seine Tochter mehr förderte, als es in seinen Kreisen üblich war. Sie bekam die besten Hauslehrer, die ihr das gleiche Bildungsniveau wie einem Sohn vermittelten. Ihre Mutter hielt das für Geldverschwendung, schließlich genügten für ein Mädchen sittsames Benehmen, ein hübsches Äußeres und die Fähigkeit, dieses gut zur Geltung zu bringen, um eine gute Partie zu machen. Warum sollte sie sich auch noch mit Naturwissenschaften und Mathematik beschäftigen? Sticken und Zeichnen waren in den Augen ihrer Mutter weitaus angemessenere Beschäftigungen für eine junge Dame. Einmal warf Catherine ihrem Mann vor, ihre Tochter solle neben Französisch lieber weitere Fremdsprachen lernen, anstatt sich den Kopf mit überflüssigen chemischen Formeln vollzustopfen. Ihr Vater kam dem Wunsch seiner Frau zum Teil nach. Der Chemieunterricht wurde fortgesetzt, aber zugleich stellte er einen Lehrer aus Deutschland ein, der Helen von nun an Deutschstunden erteilte. Auf diese Weise lernte Helen nicht nur Deutsch, sondern kam auch erstmals in ihrem Leben mit den Schriften der deutschen Philosophen in Kontakt, was ihre Mutter noch mehr verärgerte. »Flausen« nannte sie es, auch wenn Helen keine Ahnung hatte, was sie damit meinte.

Dafür durchschaute sie immer mehr, dass zwischen ihren Eltern ein heimlicher Krieg herrschte. Ihre Mutter wollte nicht einsehen, dass Henry den Anforderungen seines Vaters nicht gerecht wurde, während Kenneth seinen Sohn als künftigen Nachfolger bereits vollständig abgeschrieben hatte. Schließlich war Henry nicht nur verkrüppelt, sondern auch ein schlechter Schüler.

Helen war hin- und hergerissen. Auf der einen Seite tat ihr Bruder ihr leid. Er war nicht dumm, aber seine Mutter engte ihn auf eine unerträgliche Weise ein und verhinderte, dass er sich zu einer eigenständigen Persönlichkeit entwickeln konnte. Andererseits genoss Helen es, dass ihr nun die ganze Liebe ihres Vaters gehörte und er sie deutlich bevorzugte. Zwar konnte sie selbst als Mädchen nicht in seine Fußstapfen treten – schließlich würde niemand einem weiblichen Bankier in der Hochfinanz genügend Vertrauen entgegenbringen –, aber ihr Vater hoffte, dass ein künftiger Schwiegersohn jene Lücke ausfüllen würde, die sein behinderter Sohn hinterlassen hatte. Helen wusste bereits mit vierzehn Jahren, was ihr Vater von ihr erwartete. Wenn sie einst heiratete, dann durfte sie sich nicht von ihrem Herzen leiten lassen, sondern nur von ihrem Verstand. Und deshalb tat ihr Vater auch so viel dafür, ihren Verstand weiter zu schärfen und zu schulen.

Im Juli 1896 war Helen siebzehn Jahre alt und begegnete auf einem Gartenfest im Hause ihrer Eltern erstmals dem zweiundzwanzigjährigen James Mitchell. James studierte in Oxford Jura und sah fantastisch aus. Er war schlank und hatte breite Schultern, einen schmalen dunklen Oberlippenbart und das Auftreten eines wahren Gentlemans.

»Ich würde mich sehr freuen, wenn du ein wenig Zeit mit ihm verbringst«, raunte ihr Vater ihr zu, bevor er sie ihm offiziell vorstellte. »Er stammt aus einer sehr guten Familie und sein Vater ist ein guter Kunde unserer Bank.«

Helen nickte. In ihrem Alter schmeichelte es ihr, wenn sich die begehrtesten Junggesellen um sie scharten. Allerdings war es bislang lediglich ein Spiel für sie gewesen, denn wirkliches Interesse hatte sie an keinem der jungen Galane, die mit ihr nur über unwichtige Belanglosigkeiten plauderten. Es schien ein ungeschriebenes Gesetz zu geben, dass ein Mann und eine Frau auf keinen Fall über Politik reden durften. Dabei beschäftigte sich Helen sehr viel mit Politik. Ihre Gouvernante Mademoiselle

Bertrand pflegte Kontakte zur Frauenrechtsbewegung und hatte Helen versprochen, sie einmal zu einer Versammlung mitzunehmen. Allerdings durften ihre Eltern nichts davon wissen, denn die Suffragetten waren in den Augen ihrer Eltern das Allerletzte. Hätten sie gewusst, in welchen Kreisen die scheinbar so zurückhaltende französische Gouvernante verkehrte, hätten sie Mademoiselle Bertrand mit Sicherheit fristlos entlassen. Und hätten sie geahnt, dass Helens Deutschlehrer Herr Michaelis sie mit den Schriften August Bebels versorgte und sie mit Begeisterung dessen Abhandlungen über die Frau im Sozialismus las, wären sie vermutlich beide tot umgefallen.

Aber all das spielte an diesem Sommertag keine Rolle, denn nun gehörte ihre Aufmerksamkeit dem feschen James Mitchell, der ihr galant den Hof machte.

»Ich habe gehört, Sie sind eine ausgezeichnete Reiterin.« James lächelte sie an. »Ich reite auch sehr gern.«

»Zur Jagd oder mehr um des Vergnügens willen?«, erwiderte Helen.

»Ist die Jagd kein Vergnügen?«

Was war denn das für eine Antwort? Helen war verwirrt. Wollte er ihre Frage kritisieren oder war ihm ihre Meinung tatsächlich wichtig? »Ich empfinde Treibjagden zu Pferde nicht als Vergnügen«, sagte sie also.

»Warum nicht?«, fragte er. Dabei sah er sie an, als wäre sie ein kleines dummes Mädchen, das noch nicht viel von der Welt gesehen hatte. Sofort verlor er in ihren Augen etwas an Attraktivität.

»In meinem Erleben sind Treibjagden eine Ansammlung von Feiglingen, die sich mit großer Überzahl daranmachen, unschuldige Tiere zu Tode zu hetzen, anstatt ihr Können als einsamer Jäger auf der Pirsch zu beweisen.« *Oh, das war wohl die falsche Antwort*, durchzuckte es sie, als sie sah, wie er die Stirn runzelte. Aber gut, ihr Vater wollte ja nur, dass sie Zeit mit ihm verbrachte. Dass sie diesem James nach dem Munde reden sollte, hatte er nicht gesagt. Und vor allem sollte dieser Bursche lernen, was es bedeutete, wenn man Helen Mandeville nach ihrer Meinung fragte. Wenn er keine Ehrlichkeit ertragen konnte, war es besser, wenn er gleich das Weite suchte.

»Sie sind sehr offen, Mylady.«

»Ich schätze es, wenn man sofort weiß, woran man ist.«

»Nicht sehr britisch. Es erinnert mich an meine Halbschwester Ellinor. Ihre Mutter ist Deutsche.«

»Und wenn ich jetzt Ihren Gesichtsausdruck richtig deute, denken Sie über Deutsche genauso wie ich über die Treibjagd?« Jetzt lächelte Helen.

»Ich denke nur, dass diese Direktheit keine britische Eigenschaft ist. Aber wie ich hörte, werden Sie bereits seit Jahren von einem deutschen Lehrer unterrichtet. Das erklärt vieles.«

»Ihrem Tonfall nach ist das kein Kompliment. Aber keine Sorge, ich habe auch eine französische Gouvernante, die sehr viel Wert auf gesellschaftliche Umgangsformen legt. Nur dachte ich, Sie wären ein Mann, der ein offenes Wort verträgt und mehr erwartet als einfachen Small Talk.«

James Mitchell räusperte sich. »Jetzt weiß ich nicht, ob ich verwirrt sein oder mich geschmeichelt fühlen soll.«

»Das müssen Sie selbst entscheiden, auf Ihre Gefühle habe ich keinen Einfluss.«

»Ich glaube, da unterschätzen Sie sich gewaltig. Ein junges Fräulein wie Sie kann sehr schnell die Gefühle eines jeden Mannes in Aufruhr bringen.«

Aha, dachte Helen, *jetzt versucht er, die Kuh mit Schmeichelei vom Eis zu bekommen.* Oder war es gar eine Doppeldeutigkeit? Ging es ihm bei seiner Aussage weniger um ihr Aussehen und mehr um ihr Mundwerk?

»Definieren Sie das etwas genauer«, sagte sie also.

»Wie bitte?«

»Nun, auf welche Weise bringe ich Ihre Gefühle in Aufruhr? In positiver Weise durch mein Äußeres, das Ihr Herz zum Schlagen bringt, oder durch meine Ausdrucksweise, die Sie … sagen wir mal, im besten Falle verwirrt.«

Jetzt lachte James. »Wie kommen Sie darauf, dass Ihre Ausdrucksweise mich verwirren könnte?«

»Zum einen sagten Sie gerade selbst, dass Sie nicht wissen, ob sie verwirrt oder geschmeichelt sein sollten, zum anderen spricht Ihr Gesicht Bände. Derartigen Small Talk sind Sie nicht gewohnt, nicht wahr?«

»Das ist richtig, und genau das fasziniert mich an Ihnen, Miss Mandeville. Schönheit und Intelligenz sind bei Frauen eine seltene Paarung.«

»Ich glaube nicht«, erwiderte Helen. »Allerdings wissen schöne Frauen, dass die meisten Männer Angst vor klugen Frauen haben, und so stellen sie ihr Licht lieber unter den Scheffel, um die potenziellen Verehrer nicht zu vergraulen.«

»Und Sie haben davor keine Angst?«

»Wie ich schon sagte, ich bin da ganz offen und erlaube meinen Verehrern einen Blick auf das, was sie wirklich erwartet. Auch auf die Gefahr hin, als alte Jungfer zu enden, weil ihnen das, was sie hören, womöglich nicht so gut gefällt wie das, was sie sehen.«

»Sie halten also nicht viel von Männern?«

»Nun, da Männer in der Gesellschaft ständig bevorzugt werden, vertragen sie es nach meinem Dafürhalten schlecht, die Wahrheit aus dem Munde einer Frau zu hören. Nur starke Männer suchen eine gleich starke Gefährtin. Die meisten wollen doch nur ein hübsches Gesicht mit guten Manieren, das sie schmückend begleitet und ihnen Kinder schenkt.«

»Sie haben also wirklich keine hohe Meinung von Männern.«

»Ich bin Realistin. Zeigen Sie mir doch, dass ich mich irre.«

»Wollen Sie tanzen?«, fragte James mit Blick auf die mit Girlanden abgetrennte Tanzfläche, wo eine Musikkapelle spielte.

»Warum nicht? Die Kunst des Tanzes ist schließlich eine unverfänglichere Konversation zwischen den Geschlechtern, nicht wahr?«

»Wenn ich Sie so reden höre, frage ich mich, ob Sie auch beim Tanzen führen.«

»Nein, dort halte ich mich selbstverständlich an die Spielregeln.«

Sie reichte ihm die Hand, damit er sie auf die Tanzfläche führen konnte.

James war ein guter Tänzer. Sie spürte, dass sie ihn faszinierte, aber worin genau diese Faszination lag, konnte sie nicht benennen. Sie selbst war sich nicht sicher, was sie von James halten sollte. Gewiss, er sah gut aus, aber da gab es etwas in ihm, das sie abstieß. Es war nur ein vages Gefühl, aber irgendetwas an diesem Mann störte sie.

Als sie kurz darauf seine Halbschwester Ellinor kennenlernte, verstärkte sich das Gefühl. Ellinor war die Tochter seiner Stiefmutter und zwei Jahre jünger als er. Sie hatte den Teint einer Porzellanpuppe, veilchenblaue Augen und hellblondes Haar, das zu einer eleganten Hochfrisur aufgesteckt war. James begegnete seiner Halbschwester zwar höflich, aber zugleich sehr reserviert. Ellinor hingegen begrüßte Helen ausgesprochen liebenswürdig und schon bald waren die beiden jungen Frauen in ein anregendes Gespräch über Frauenrechte verwickelt.

»Ich empfinde es als Schande, dass Frauen nach wie vor das Wahlrecht vorenthalten wird«, erklärte Ellinor. »Außerdem sollten wir für mehr Bildungsgleichheit kämpfen. Ich bin so dankbar, dass mein Vater mich auf ein Internat in der Schweiz geschickt hat und ich dort auch die Möglichkeit habe zu studieren.«

»Was studieren Sie denn?«, fragte Helen.

»Medizin. Ich möchte später in der Frauenheilkunde tätig werden. Es wird höchste Zeit, dass wir dieses Feld von den Männern zurückerobern. Einstmals war es die Domäne der Hebammen, bis sich männliche Ärzte einmischten und meinten, alles besser zu wissen. Natürlich haben sie gleichzeitig konsequent verhindert, dass Frauen Zugang zu gleichwertiger Bildung erhalten.«

»Vorsicht«, wandte sich James in dem hilflosen Versuch, auch noch an dem Gespräch teilzunehmen, an Helen. »Ich muss Sie darauf hinweisen, dass meine Schwester mit den Suffragetten sympathisiert.«

»Ja, mein lieber James«, erwiderte Ellinor. »Und ich sehe das nicht als Schande, sondern als Pflicht einer jeden intelligenten Frau. Dass so etwas Männern wie dir bitter aufstößt, ist ja bekannt.«

»Tut es das?«, fragte Helen mit Seitenblick auf James, der auf einmal bis zu den Haarwurzeln errötete.

»Oh ja, der gute James ist ein sehr konservativer Mann. Sollte er Ihnen Avancen machen, bedenken Sie, dass Ihr künftiges Leben sich ausschließlich um die Erziehung Ihrer Kinder drehen würde und er weibliche Einmischung hasst, abgesehen von Fragen zu Kleiderstoffen und Kindererziehung. Und selbst da möchte er das letzte Wort haben.«

»Ellinor!«, rief James. »Was fällt dir ein?«

»Ich sage doch nur die Wahrheit.« Ellinor grinste reichlich undamenhaft. Helen kicherte. Auch wenn ihr Vater sich gewünscht hätte, dass sie sich vermehrt um James kümmerte, so fand sie doch die Gesellschaft seiner Schwester weitaus angenehmer und verbrachte den Rest des Festes an Ellinors Seite.

2. Kapitel

Kurz nach ihrer Bekanntschaft mit James' Schwester Ellinor bat Helen ihren Vater, sie ebenfalls auf ein Internat in die Schweiz zu schicken und ihr dort ein Jurastudium zu erlauben. Doch ihr Vater lehnte ab.

»Wenn du in der Schweiz Jura studierst, kennst du nur das juristische System der Schweiz, aber nicht das britische. Es wäre Geldverschwendung. Und überhaupt … was willst du mit einem Studium? Warum vertiefst du nicht deine Kontakte zu James Mitchell? Er wäre ein idealer Ehemann und guter Schwiegersohn.«

Helen schob schmollend die Lippe vor. Wieso redete ihr Vater jetzt schon wie ihre Mutter? »Mr Mitchell hält nichts von gebildeten Frauen«, sagte sie und hoffte, dass die Bezeichnung von James als Mr Mitchell ihren Standpunkt ausreichend klarstellen würde.

»Das hat dir doch nur seine Schwester eingeredet.« Ihr Vater machte eine wegwerfende Handbewegung. »Die beiden sind wie Hund und Katz. James' Mutter starb bei seiner Geburt und sein Vater heiratete im Jahr darauf Ellinors Mutter, eine deutsche Gräfin. Die hatte keinen guten Einfluss auf die Familie und tat alles, um ihre eigene Tochter in den Mittelpunkt zu stellen und zu verwöhnen. Stell dir vor, sie spricht mit Ellinor seit deren Kindheit ausschließlich Deutsch, obwohl sie in England leben. Und Ellinor selbst ist aufbrausend und respektlos, was ihren Bruder angeht.«

»Aber es ist doch gut, wenn ein Kind die Muttersprachen beider Eltern lernt«, entgegnete Helen. »Ich habe ja sogar die Sprache meiner Gouvernante gelernt, als ich noch klein war.«

»Das ist etwas ganz anderes, da ging es um deine Bildung und nicht um die Ablehnung der englischen Lebensweise.«

»Wieso ist es eine Ablehnung der englischen Lebensweise, wenn Kinder die Sprache beider Elternteile lernen?«, bohrte Helen nach.

»Es reicht, Helen. Früher fand ich deinen Widerspruchsgeist amüsant, aber du bist inzwischen eine junge Dame und solltest dich langsam nach einem angemessenen Ehemann umschauen. Und, wie gesagt, in meinen Augen wäre James eine ausgezeichnete Wahl.«

»Aber ich mag ihn nicht.«

Ihr Vater seufzte. »Deine Mutter hatte wohl doch recht. Ich war zu nachgiebig und habe dir zu viele Flausen in den Kopf gesetzt. Ich erwarte, dass du dich deinem Stand entsprechend verhältst.«

Helen atmete tief durch, dann verließ sie wortlos das Büro ihres Vaters. Gleichzeitig wuchs ihre Abneigung gegen James Mitchell. Seit er in ihr Leben getreten war, war alles unnötig kompliziert. Sie wollte nicht heiraten und schon gar nicht diesen Mann, der so schlecht von seiner gebildeten Schwester sprach.

Zu Helens größter Empörung bat James ihren Vater kurz darauf um die Erlaubnis, ihr offiziell den Hof machen zu dürfen, und leider stimmte ihr Vater erfreut zu.

Helen überlegte, ob sie James knallhart sagen sollte, was sie von ihm hielt, aber sie fürchtete den Zorn ihres Vaters, wenn sie ihn vergraulte. Und so ließ sie sein Werben wie eine lästige Pflicht über sich ergehen. Allerdings gab sie sich keine Mühe, ihm in irgendeiner Weise gefällig zu sein, und machte keinen Hehl aus ihren politischen Ansichten, insbesondere über Frauenrechte.

Hatte sie zunächst noch gehofft, ihn auf diese Weise elegant zu vertreiben, so musste sie feststellen, dass er anhänglicher war als gedacht. Manchmal stimmte er ihr sogar zu, aber Helen hatte jedes Mal den Eindruck, er tue es lediglich, um sie für sich einzunehmen, denn seine Zustimmungen blieben oberflächlich und auf eine weiterführende Diskussion ließ er sich nie ein. Warum um alles in der Welt scharwenzelte er dann so um sie herum? Gewiss, sie würde eine ansehnliche Mitgift in die Ehe bringen, aber James' Familie war wesentlich vermögender als ihre eigene. Geld konnte es also nicht sein. Und was die Stellung ihres Vaters anging, so war er zwar ein angesehener Bankdirektor, aber ein Mann wie James wäre von jeder guten Familie mit Kusshand als Schwiegersohn akzeptiert worden. Konnte es sein, dass sie ihn vielleicht doch faszinierte? Und sei es nur, weil sie ihm nicht so wie all die anderen jungen Frauen zu Füßen lag? Hatte sie ungewollt den männlichen Eroberungswillen angestachelt? Wie sie es auch drehte und wendete, sie wurde aus James nicht schlau.

Da sie James auf höfliche Weise nicht loswerden konnte, sorgte sie dafür, dass sich seine Besuche in Grenzen hielten, indem sie ihre Familienbesuche bei den Großeltern in seine Semesterferien legte. So hätte er für einen nachmittäglichen Besuch eine ganze Tagesreise auf sich nehmen müssen. Natürlich hätte er bei ihren Großeltern auch um Obdach für die Nacht bitten können, aber das tat er nicht. Vielleicht ahnte er, dass Helen insgeheim darauf hoffte, um sich dann bei ihrem sittenstrengen Großvater zu beklagen, dass der junge Mann es in der Zeit der Werbung an der notwendigen Zurückhaltung fehlen ließ.

Helens Vater fiel ihre Abwesenheit in diesen Zeiten nicht weiter auf und ihre Mutter kümmerte es ohnehin nicht, da sie nach wie vor Henry ihre ganze Fürsorge schenkte. Allerdings war James Mitchell gerissen genug, sich während Helens Abwesenheit mit dem behinderten Henry anzufreunden, der nicht nur jünger als er, sondern ihm auch körperlich und intellektuell weit unterlegen war. Helen war sofort klar, dass er damit nur das Herz ihrer Mutter gewinnen wollte und kein tieferes Interesse an Henry hatte. Aber als sie es einmal vorsichtig ansprach, machte ihre Mutter ihr sofort Vorwürfe. Was sei sie doch für ein böswilliges, undankbares Mädchen, das nicht erkenne, welch reizender Gentleman um sie werbe.

»Du hast jemanden wie James gar nicht verdient«, beschloss ihre Mutter die Standpauke.

»Da bin ich ganz deiner Meinung«, erwiderte Helen. »Er sollte sich lieber um ein Mädchen bemühen, das seine Qualitäten zu schätzen weiß.« Dann verließ sie schnell den Raum, um dem nächsten Wutanfall ihrer Mutter zu entgehen.

Immerhin profitierte Henry von dieser Freundschaft, denn wenn James dabei war, gestatte Catherine ihrem Sohn sogar das Reiten. Und so kam es, dass die gesamte Familie Mandeville in James einen ausgesprochen liebenswerten Freund der Familie sah, während Helen sich mit ihrer kühlen Zurückhaltung immer mehr ins Abseits stellte. Und dafür hasste sie James Mitchell am allermeisten.

Im Frühjahr des Jahres 1898 wurde James langsam ungeduldig und sprach zum ersten Mal das Thema Verlobung an.

»Ist es dafür nicht etwas zu früh?«, fragte Helen. »Du hast dein Studium noch nicht abgeschlossen. Eine Verlobungsfeier mit einem Studenten erscheint mir nicht angemessen. Als Frau muss ich mir sicher sein, dass mein künftiger Mann in der Lage ist, für mich zu sorgen.«

»Ich werde meinen Abschluss im nächsten Frühjahr machen«, entgegnete James. »Es steht zweifelsfrei fest, dass ich als einer der besten Absolventen bestehen werde. Meine Leistungen sind ausgezeichnet.«

»Dann sollten wir so lange warten«, erklärte Helen. »Ich mag Männer, die ihren Worten Taten folgen lassen.«

»Viele meiner Kommilitonen sind bereits verlobt«, warf James ein.

»Aber nicht mit mir. Ich habe meine Prinzipien. Ich würde es dir jedoch nicht verübeln, wenn du dich anderweitig nach einer passenden Braut umsiehst, die weniger strenge Prinzipien hat.«

Er sah sie durchdringend an, als hoffte er, ihre Gedanken lesen zu können. Vielleicht wollte er auch einfach nur, dass sie schüchtern die Lider senkte, so, wie es ein anständiges Mädchen tun sollte. Helen hielt seinem Blick stand, bis er schließlich die Augen abwendete. »Ich werde deinen Ansprüchen genügen«, sagte er. »In jeder Hinsicht.«

Helen atmete auf. Wieder hatte sie eine Atempause gewonnen, aber das Damoklesschwert der drohenden Verlobung mit einem ungeliebten Mann baumelte nach wie vor über ihrem Kopf. Wie um alles in der Welt sollte sie aus dieser Sache noch herauskommen?

Sie besprach sich mit Mademoiselle Bertrand, die ihr schon lange nicht mehr als Gouvernante, sondern inzwischen als Gesellschafterin diente. »Yvonne, was soll ich nur tun?«, fragte sie sie am Abend dieses Tages. »Ich will James Mitchell nicht heiraten, aber ich kann meine Familie doch auch nicht vor den Kopf stoßen.«

»Nun«, sagte die Französin, »ich glaube, deine bisherige Zurückhaltung hat den guten James nur noch mehr angestachelt. Männer wollen immer das, was sie nicht haben können, während sie bei Frauen, die sich ihnen anbiedern, schnell die Flucht ergreifen.«

»Du meinst, ich sollte netter zu ihm sein?«

»Nein, dazu ist es zu spät. Dann würde er nur glauben, dass seine Hartnäckigkeit Erfolg zeigt. Ich fürchte, er ist in dich verliebt, und das kann man ihm nicht so ohne Weiteres austreiben.«

»Verliebt?« Helen sah Yvonne erstaunt an. »Und warum sagt er mir das nicht?«

»Vermutlich lernen britische Gentlemen an Eliteuniversitäten, dass sie sich vornehm zurückhalten müssen. In hochgestellten Familien ist die Ehe schließlich ein Geschäft und kein Vergnügen.«

»Und was rätst du mir?«

»Er ist so fixiert auf dich, weil du – auch wenn du ihn auf Abstand hältst – doch immer erreichbar bist. Vielleicht sollte er mehr Zeit haben, eine andere hübsche junge Braut zu finden?« Yvonne zwinkerte ihr verschwörerisch zu.

»Und wie?«

»Wie wäre es, wenn du dich mit einer Verlobung einverstanden erklärst, aber zuvor deine Eltern bittest, deine Bildung auf einer Reise durch Europa vervollkommnen zu dürfen? Du solltest Paris und Berlin sehen, Rom und Florenz. Eine solche Reise im Kreis deiner Familie wäre standesgemäß und sittsam.«

»Im Kreis meiner Familie? Du glaubst doch nicht ernsthaft, mein Vater würde seine Geschäfte liegen lassen, um mit uns durch Europa zu reisen? Oder gar meine Mutter? Die ihren Augapfel Henry vor jeder Überanstrengung schützen will?« Helen lachte bitter auf.

»Oh, eine Reise durch Europa wäre auch für Henry gut, denn es würde seine Bildung ebenso wie die deine vervollkommnen. Und er muss doch sein körperliches Gebrechen durch Bildung und Weltgewandtheit ausgleichen, nicht wahr? Wenn du es wirklich willst, so lass mich nur machen. Zunächst werden wir deine Mutter überzeugen, dass es für Henry gut ist. Wenn wir sie erst gewonnen haben, ist alles Weitere ein Kinderspiel.«

»Du wirst mit ihr reden?«, fragte Helen.

»Das werde ich, aber so, wie es Frauen wie deine Mutter brauchen. Direktheit ist der falsche Weg. Sie muss glauben, es wäre ihre eigene Idee.« Noch ein verschwörerisches Zwinkern.

»Und mein Vater und seine Geschäfte?«

»Oh, auch dafür gibt es Lösungen. Er kann seine ausländischen Geschäftspartner in deren Heimatstädten persönlich treffen, während die Familie sich an den kulturellen Sehenswürdigkeiten erfreut. Die Reise lässt sich gewiss entsprechend planen und anpassen. Und wenn ihr dann mehrere Monate fort seid, und zwar die ganze Familie, ist der gute James auf sich allein gestellt und lernt vielleicht ein bezauberndes Mädchen kennen, das so ist, wie er es verdient.«

»Zu schade, dass du ihm das nicht auch noch organisieren kannst.« Helen lächelte. Der Gedanke an eine Reise durch Europa und die Hoffnung, dass James' Interesse durch die lange Trennung erkalten könnte, versetzte sie in Hochstimmung.

3. Kapitel

Mademoiselle Yvonne Bertrand war eine ausgesprochen kluge und geschickte Frau. Es kostete sie keine zwei Wochen, Catherine Mandeville für den Gedanken einer Europareise zu gewinnen. Catherine wiederum brauchte eine weitere Woche, um Kenneth von den Vorzügen eben jener Europareise für seine Bankgeschäfte zu überzeugen.

Natürlich gestalteten sich die Vorbereitungen lang und kompliziert, da so vieles bedacht werden musste. Da waren zum einen die Planungen für die geschäftlichen Treffen von Kenneth Mandeville, aber auch die Buchung von geeigneten Hotels, vor allem da Henry auf einen Rollstuhl angewiesen war.

Die Reise würde sie zunächst von London nach Dover und von dort aus mit der Fähre ins französische Calais führen. In Calais würden sie die Bahn nach Paris nehmen, wo Helens Vater Zimmer im neu eröffneten Hotel Ritz gebucht hatte. Die Kosten waren atemberaubend, aber dafür galt das Ritz als einzigartig. Jedes Zimmer war mit Elektrizität, einer eigenen Badewanne und einem Telefonanschluss ausgestattet. Helen konnte nur erahnen, wie viel Geld aus der Reisekasse allein diese Nächte verschlingen würden.

Von Paris sollte die Reise nach Köln gehen, um den Kölner Dom mit den Gebeinen der Heiligen Drei Könige zu sehen. Ihr Vater hatte bereits Zimmer im Hotel Ernst reservieren lassen, in dem schon der deutsche Kaiser residiert hatte. Als Nächstes stand Berlin auf ihrer Reiseliste, wo sie Zimmer im eleganten Hotel Bristol in der Prachtallee Unter den Linden erwarteten. Danach wollten sie über Dresden nach Prag und anschließend nach Wien reisen. Helen hätte sich so sehr auch Stationen in Venedig und Rom gewünscht, aber ihre Mutter war dagegen, denn sie glaubte, die Rückreise von Italien aus wäre für Henry zu lang und beschwerlich.

»Du kannst ja deine Hochzeitsreise mit James nach Italien unternehmen«, versuchte Catherine, ihre Tochter zu trösten. »Sei dankbar, dass du so viele berühmte europäische Kulturstätten besuchen darfst. Das wird deinen Vater eine Menge Geld kosten, aber er weiß, was er unserem Ansehen schuldig ist.«

Helen nickte, auch wenn sie die Erwähnung einer Hochzeitsreise erschreckte. Sie betete inständig darum, dass James in den drei Monaten, während derer die ganze Familie auf Reisen wäre, ein Mädchen fand, das besser zu ihm passte. Sie würde ihm in der ganzen Zeit kein einziges Mal schreiben.

Die Reise sollte im August beginnen, damit die Familie die Weihnachtsfeiertage wieder in London verbringen konnte. Vermutlich erwartete James von ihr ein außergewöhnliches Mitbringsel als Weihnachtsgeschenk. Nun, irgendetwas Nichtssagendes, das ihre Eltern zufriedenstellte und James einen weiteren Hinweis auf ihre wahren Gefühle gäbe, würde sie gewiss finden. Zugleich verfluchte sie sich dafür, dass sie zu feige war, ihm offen und ehrlich ins Gesicht zu sagen, was sie wirklich dachte. Immer wieder hatte sie es sich in Gedanken ausgemalt – aber auch, was danach passieren würde. James würde ihre Worte vermutlich als Laune abtun, so wie immer, wenn er anderer Meinung war. Er hatte politische Ansichten, sie dagegen nur Launen. Und während politische Meinungen eines Mannes unverrückbar waren, galten weibliche Launen als flatterhaft. Da er sich mittlerweile ins Herz ihrer Familie geschlichen hatte, würden sich alle auf seine Seite stellen. Sie konnte sich sehr gut vorstellen, wie sie auf sie einredeten, bis sie endlich nachgab. Und wenn das nichts nützte, würden sie sie mit kühler Verachtung strafen. Genauso wie damals, als sie wiederholt darum gebeten hatte, auf eine richtige Schule gehen zu dürfen, anstatt von Privatlehrern unterrichtet zu werden.

Letztlich setzte die Familie sich immer durch. Es gab niemanden, der sich für sie einsetzen würde, und sie hatte nicht die Kraft, mit allem zu brechen. Und selbst wenn sie es tatsächlich wagte, was sollte sie dann tun? Sie war auf die Unterstützung und den Schutz der Familie angewiesen. Sie hatte nie einen Beruf erlernt, denn ihre Berufung lag darin, die Ehefrau eines Mannes zu werden. *Sklaverei für immer*, dachte sie oft verzweifelt, während sie unter ihrer Bettdecke die verbotenen Pamphlete der Suffragetten las oder zum wiederholten Mal August Bebels Schriften über die Befreiung der Frau im Sozialismus. Natürlich durfte sie ihrem Vater damit nicht kommen, schließlich waren die Sozialisten die Feinde ihrer Gesellschaftsschicht und das Frauenwahlrecht war fast so schlimm wie der Ruf nach Enteignung der Reichen. Aber welchen Platz gab es für ein Mädchen aus reichem Haus in der Welt, das weder seine Familie noch seine Freiheit verlieren wollte? Sie hoffte so sehr, dass ihr die Reise durch Europa Antworten liefern und sie endlich befreien würde. Von James und von ihren Selbstzweifeln.

Doch leider sah es zunächst gar nicht so aus, als hätte James die Absicht, ihre Abwesenheit zu anderweitigen Vergnügungen zu nutzen – ganz im Gegenteil. James bot an, die Familie mit dem Zug von London nach Dover zu begleiten, um Henry auf der Bahnfahrt behilflich zu sein.

»Das ist sehr zuvorkommend«, sagte Helen, als sie von diesem Plan erfuhr. »Aber du musst dir diese Mühe nicht machen. Schließlich werden wir auf der Reise ja auch ohne dich zurechtkommen müssen. Außerdem begleiten uns neben Henrys Leibdiener auch noch Vaters Sekretär, Mutters Zofe und Mademoiselle Bertrand.«

»Ich weiß«, erwiderte James. »Aber ich möchte eure Gegenwart so lang wie möglich genießen.«

»Bereite dich lieber auf dein Abschlussexamen vor.«

»Machst du dir Sorgen?« Er lächelte Helen so liebevoll an, dass sie sich fragte, warum dieser Mann nicht endlich begriff, dass sie ihm nicht dieselbe Zuneigung entgegenbrachte wie er ihr. Und überhaupt – warum um alles in der Welt wollte er sie unbedingt heiraten, wenn er ihre Meinungen ohnehin nur als Launen abtat?

»Nein«, sagte sie. »Nicht um dein Examen.«

»Da schwingt doch ein kleines Aber mit?«

Verdammt, warum musste er sie immer noch so liebevoll anlächeln? War er so sehr von sich überzeugt, dass ihm gar nicht in den Sinn kam, sie könnte ihn nicht heiraten wollen? Oder hielt er das alles für ein Spiel? Frei nach dem Motto, kein Mann könne die Frauen je verstehen, er könne sie nur lieben? Wobei sie ihm da keinen Vorwurf machen konnte. Schließlich war sie bislang zu feige gewesen, ihm klar und deutlich eine Abfuhr zu erteilen. Ob es wohl deshalb so viele unglückliche Ehen in der besseren Gesellschaft gab? Weil die Frauen Konflikte scheuten und hofften, die Männer würden ihre kleinen Winke auch ohne großen Skandal verstehen?

Sie atmete tief durch. »Ich fühle mich zu jung zum Heiraten«, sagte sie schließlich. »Und der Gedanke an eine Verlobung im kommenden Frühjahr engt mich ein.«

»Zu jung? Du wirst im Januar zwanzig Jahre alt. Da ist es doch höchste Zeit, sich zu verloben, denn ...« Er biss sich auf die Lippen, aber Helen wusste, was er gerade noch heruntergeschluckt hatte.

»Weil ich sonst eine alte Jungfer werden könnte? So wie Mademoiselle Bertrand?«

»Ich würde dich nie mit Mademoiselle Bertrand vergleichen«, entgegnete er. »Ich weiß, du schätzt sie, aber ihr Umgang an ihrem freien Tag … nun ja, er ist nicht der beste.«

»Was willst du damit sagen?«

»Sie trifft sich regelmäßig mit einer Gruppe verbitterter Blaustrümpfe, denen man nachsagt, sie hätten sogar Umgang mit Suffragetten. Das kommt dabei raus, wenn eine Frau sich nicht rechtzeitig bindet. Du verdienst Besseres.«

»Ach, ist das so?«, fragte Helen. »Du weißt sehr gut, dass ich ebenfalls für das Frauenwahlrecht bin. Verheiratet hin oder her. Jede Frau sollte die gleichen Rechte haben wie ein Mann.«

»Dann müsste sie aber auch die gleichen Pflichten zu erfüllen wissen.«

»Selbstverständlich.«

»Nun, leider sind Frauen nicht in der Lage, dieselben Aufgaben wie Männer zu übernehmen. Man denke nur an den Militärdienst. Ein Volk, das seine Frauen in den Krieg schickt, wäre sehr schnell dem Untergang geweiht.«

»Es wird ja auch nicht jeder Mann Soldat.«

»Im Krieg muss jeder dazu bereit sein.«

»Wir haben aber keinen Krieg.«

»Auch im Frieden gibt es viele Dinge, die Frauen nicht leisten können. Man denke nur an die Schwerstarbeit im Hafen.«

»Es arbeitet nicht jeder Mann im Hafen. Dich habe ich da noch nie gesehen.«

James lachte nur, aber Helen wurde wütend.

»Sag mir bitte: Warum um alles in der Welt willst du mich heiraten, wo du doch keines meiner Ziele und Ideale teilst, sondern dich über alles lustig machst?«

»Ach, Helen, du weißt doch, dass ich dich liebe, selbst deinen Trotz, der mir tagtäglich aufs Neue Herausforderungen bietet. Du weißt, dass ich dir alles bieten kann, was du dir wünschst. Ich werde dich stets auf Händen tragen.«

»Das Wahlrecht kannst du mir nicht geben.«

»Ach, Helen, in einer guten Ehe sollte Politik keine Rolle spielen. Eine kluge Frau wie du wird sich auch anderweitig zu beschäftigen wissen. Du weißt doch, wie viele kluge Frauen Einfluss auf ihren Mann und ihre Söhne nehmen?« Er lächelte sie schon wieder so liebevoll an, aber Helen war nicht in der Stimmung, das Versöhnungsangebot, das in diesen Sätzen mitschwang, anzunehmen.

»Und du entscheidest, was eine gute Ehe ist?«

»Ich habe nun mal mehr Lebenserfahrung als du.«

»Hast du das?«

»Ich bin fünf Jahre älter als du und habe schon einiges von der Welt gesehen. Ich bin froh, dass deine Familie dir die Gelegenheit gibt, vor unserer Ehe deine Bildung zu vervollkommnen. Ich brauche eine weltgewandte, intelligente Frau an meiner Seite. Ich gebe zu, manchmal ist es etwas anstrengend, wenn du dich in Dinge mischst, die nichts für Frauen sind, aber ich denke, sobald wir Kinder haben, wird sich das ändern.«

In diesem Moment explodierte etwas in Helen und all die Zurückhaltung, die sie in den vergangenen zwei Jahren im Umgang mit ihm hatte walten lassen, zerbarst.

»James Mitchell, dann hör mir jetzt mal gut zu. Ich habe keine Lust, einen Mann zu heiraten, der mich nicht respektiert, sondern glaubt, mich dadurch zähmen zu können, dass er mich zu seiner Zuchtstute degradiert! Außerdem würde ich es sehr begrüßen, wenn du darauf verzichtest, uns nach Dover zu begleiten. Und weißt du was? Ich wäre glücklich, wenn du die Zeit meiner Abwesenheit nutzt, dir eine andere Braut zu suchen! Ich will dich nicht heiraten. Das wollte ich nie! Aber ich war bislang zu höflich, es dir zu sagen.«

James stutzte. Einen Moment lang sah er wie vom Donner gerührt aus, wie ein getretener Hund. Fast tat er Helen leid. Doch ehe sie ein schlechtes Gewissen entwickeln konnte, brach er in schallendes Gelächter aus. »Weißt du, wie niedlich deine Grübchen aussehen, wenn du dich aufregst, meine süße kleine Helen? Ich liebe deinen Trotzkopf!«

Noch ehe Helen wusste, was sie tat, hatte sie bereits ausgeholt und James eine schallende Ohrfeige verpasst. Das Lachen verstummte im wahrsten Sinne des Wortes schlagartig; auf seiner Wange zeichnete sich das rote Mal ihrer Hand ab.

»Nein heißt Nein! Merk dir das!« Dann drehte sie sich um und ging.

Als sie zwei Tage später nach Dover aufbrachen, begleitete James sie nicht und Helens Herz machte einen Freudenhüpfer. Endlich, endlich war sie stark genug gewesen, es auszusprechen. Diesen Auftritt würde er ihr nie verzeihen und wenn sie vom Kontinent zurückkehrten, hatte er seine Aufmerksamkeit bestimmt einer anderen Frau geschenkt. Sie war frei! Frei, um die aufregendste Reise ihres Lebens zu genießen.

4. Kapitel

Die Fahrt mit dem Zug nach Dover war beschwerlich, da die Bahnabteile nicht auf Reisende im Rollstuhl eingerichtet waren. Zwar konnte Henry mit Krücken laufen, aber er ermüdete schnell und seine Mutter wollte ihm jegliche Unannehmlichkeit ersparen. Immerhin gelang es Henry mithilfe seines Leibdieners, selbst die Stufen des Eisenbahnwaggons zu erklimmen und sich in einem der Sitze der 1. Klasse niederzulassen, während sein Rollstuhl am Ende des Ganges den wachsamen Augen des Zugbegleiters überantwortet wurde.

»Ich frage mich, wie das in Europa weitergehen soll«, seufzte Catherine mit Blick auf ihren Sohn. »Dort werden wir weitaus länger mit der Bahn unterwegs sein. Was ist, wenn Henry sich erleichtern muss?«

»Dann wird Winston ihn an den entsprechenden Ort am Ende des Waggons begleiten und ihm behilflich sein«, erklärte Kenneth geduldig. »Und die längere Fahrt von Frankreich ins Deutsche Reich werden wir nachts im Schlafwagen zurücklegen.«

»Im Schlafwagen, wie furchtbar.« Catherine seufzte. »Hätte ich mich nur niemals darauf eingelassen.«

»Was ist denn an einem Schlafwagen so furchtbar?«, fragte Helen. »Ich habe Bilder in den Journalen gesehen, es sah sehr bequem aus.«

»Du weißt doch, dass ich nur auf meiner eigenen Rosshaarmatratze schlafen kann. Ich werde gewiss kein Auge zubekommen. Und für Henry wird es ebenfalls eine Qual sein.«

»Nein, Mutter, das wird es nicht«, widersprach Henry. »Ich freue mich auf diese Reise und es macht mir überhaupt nichts aus, mich etwas einzuschränken. Ganz im Gegenteil.«

Es war selten, dass Henry das Wort ergriff, wenn über ihn gesprochen wurde. Erst seit er James seinen Freund nannte, hatte er etwas mehr Selbstbewusstsein gewonnen und zeigte immer öfter, dass er kein kleines Kind mehr war, sondern ein junger Mann von achtzehn Jahren. Als Helen den Blick ihres Bruders auffing, erkannte sie, dass auch er sich von dieser Reise eine Befreiung erhoffte. Aber ob er dem übermäßigen Beschützerinstinkt seiner Mutter wirklich würde entgehen können? Sie musste ihn unbedingt in einem unbeaufsichtigten Moment fragen, ob er einen Plan hatte. Noch während sie das dachte, merkte sie, wie das längst verloren geglaubte Gefühl geschwisterlicher Solidarität erneut in ihr aufkeimte. Sie waren beide Gefangene der Vorstellungen ihrer Eltern, die sich weigerten, in ihnen junge Menschen mit eigenen Plänen und Bedürfnissen zu erkennen. Vielleicht war es an der Zeit, gemeinsam für die Freiheit zu kämpfen, anstatt sich weiter von ihrer Mutter entzweien zu lassen.

In Dover hatten sie sofort Anschluss an die Fähre und am Nachmittag waren sie bereits in Calais, doch die Zugfahrt nach Paris dauerte noch einmal fünf Stunden, sodass sie erst nach Einbruch der Dunkelheit am Ziel ankamen.

Catherine zog während der ganzen Fahrt ein sehr leidendes Gesicht und griff sich mehrmals demonstrativ an die Brust, um auf ihr schwaches Herz aufmerksam zu machen. Allerdings wurde sie sowohl von ihrem Ehemann als auch von den Kindern ignoriert. *Wie seltsam*, dachte Helen, als ihr das bewusst wurde. *Nicht einmal die Allianzen innerhalb unserer Familie sind verlässlich. Irgendwer steht immer im Abseits. Und jetzt ist es ausgerechnet Mutter.* Sie wusste nicht, ob sie darüber traurig sein oder sich dem Gefühl der Schadenfreude hingeben sollte.

Aber all diese Gedanken waren auf einmal vergessen, als sie mit zwei Mietdroschken – eine für die Familie, eine für das Gepäck und das Personal – vom Pariser Hauptbahnhof zum Hotel Ritz am Place Vendôme gefahren wurden. Das Hotel war erst im Juni neu eröffnet worden und erinnerte von seiner Ausstattung her an einen königlichen Palast. Helen war beeindruckt von dem prächtigen Foyer, in dem sich all das fand, was sie mit französischer Kultur in Verbindung brachte – weißer Marmor, kostbare Teppiche und elegante Möbel aus dunklem Holz, die dem Stil des Sonnenkönigs nachempfunden waren.

Zudem war das Hotel vollständig elektrifiziert und Helen war überrascht, dass sie in ihrem Zimmer ein eigenes Telefon hatte, mit dem sie jederzeit einem Angestellten ihre Wünsche mitteilen konnte, und nicht erst warten musste, bis jemand auf ihr Klingeln persönlich erschien. Aber am schönsten war das in Marmor gehaltene Bad mit einer prächtigen Wanne, die zum Verweilen einlud.

Während ihre Mutter sich umgehend zurückzog, um ein Bad zu nehmen, schloss Helen sich ihrem Vater und ihrem Bruder an, die im Restaurant des Hotels speisen wollten.

Es war seltsam, ohne die Mutter im Restaurant zu sitzen. Hier hatte Henry keine Schwierigkeiten mit seinem Rollstuhl. Das Hotel hatte sich auf alles eingestellt und für den größtmöglichen Komfort gesorgt.

Helen genoss es, auf der Speisekarte aussuchen zu dürfen, was sie wollte, ohne sich den kritischen Blicken ihrer Mutter ausgesetzt zu sehen, die der Meinung war, eine junge Dame dürfe in der Öffentlichkeit nur wie ein Vögelchen essen. Vermutlich auch wieder so eine Regel, die aufgestellt worden war, um Männern zu gefallen. Eine Frau, die wenig aß, kostete vermutlich weniger im Unterhalt.

Eigentlich hätte Helen erwartet, dass ihr Vater eine kurze Bemerkung über das Fernbleiben ihrer Mutter machen und es bedauern würde, dass es ihr so schlecht ging, aber nichts dergleichen geschah.

»Wir haben morgen einen interessanten Tag vor uns«, sagte er stattdessen. »Ich werde mich morgen Vormittag mit einigen wichtigen Leuten treffen, während ihr die Möglichkeit habt, das höchste Bauwerk der Welt zu besteigen. Den Eiffelturm.«

»Besteigen?« Henry zog die Brauen hoch. »Ich glaube kaum, dass das eine geeignete Beschäftigung für mich wäre. Und Mutters schwaches Herz …«

»Hättest du dich ein wenig mit der Kulturgeschichte der Sehenswürdigkeiten von Paris befasst, wüsstest du, dass es einen Aufzug gibt«, unterbrach sein Vater ihn. »Aber niemand zwingt dich, an diesem Ausflug teilzunehmen.«

Henry schwieg.

»Am Nachmittag werde ich dann zu euch stoßen und wir werden gemeinsam den Louvre besichtigen. Übermorgen steht ein Ausflug nach Versailles auf dem Programm und am Mittwoch die Tuilerien und Notre-Dame.«

»Und was ist mit dem Pariser Nachtleben?«, fragte Henry plötzlich. »Jeder junge Mann in meinem Alter würde die Gelegenheit nutzen.«

Sein Vater sah ihn überrascht an. »Was genau verstehst du unter Nachtleben? Tanzveranstaltungen können es ja wohl kaum sein, oder?«

Henry errötete. »Nein … ähm, ich dachte eher an …« – er suchte krampfhaft nach dem richtigen Wort – »… Varietédarbietungen. So wie das Moulin Rouge.«

»Das nennst du eine Varietédarbietung?« Eine Mischung aus Verärgerung und Amüsement bildete sich im Gesicht des Vaters ab. »Nun, ich denke, das wäre nichts, was man deiner Mutter und deiner Schwester zumuten dürfte.«

»Warum nicht?«, fragte Helen. »Was wird in diesem Moulin Rouge gezeigt?«

»Cancan-Tänzerinnen«, sagte ihr Vater knapp. »Es ist wenig anspruchsvoll.«

»Wenn es zu wenig anspruchsvoll für Damen ist, könnten Mutter und Helen doch die Comédie-Française besuchen, während wir uns die Tänzerinnen im Moulin Rouge ansehen, Vater.«

Helen sah, wie ihr Vater darüber nachdachte, dann nickte er. »Ich denke, das wäre eine gute Lösung. Du hast schon recht, mein Junge, es ist an der Zeit, dass du dich mit bestimmten Dingen beschäftigst wie andere junge Männer auch. Wobei es für mich ein großes Opfer ist, dich zu begleiten, ich würde mir auch lieber die Comédie-Française ansehen.«

»Dann geh doch, Vater. Mir genügt es, wenn Winston mich begleitet.«

»Nein, das würde deine Mutter mir nie verzeihen. Winston spricht kein Französisch und deines ist … nun ja, zu plump, als dass du dich im Notfall darauf verlassen könntest.«

Ein unwilliger Zug legte sich über Henrys Gesicht. »Zu plump« war eine schöne Umschreibung dafür, dass er die Französischstunden so sehr gehasst hatte, dass er gerade mal über den Wortschatz eines Dreijährigen verfügte. Für die Comédie-Française würde es auf keinen Fall ausreichen.

Nach dem Abendessen ging Helen nicht sofort auf ihr Zimmer, sondern suchte Mademoiselle Bertrand im Dienstbotenflügel des Hotels auf. Die Zimmer dort waren ebenfalls sauber und ordentlich, aber Mademoiselle Bertrand teilte es sich mit Catherines Zofe Beth Midway, die sich schon zur Ruhe begeben hatte. Kein Wunder – Catherine Mandevilles Launen konnten jeden erschöpfen.

»Kommst du mit in mein Zimmer?«, bat Helen. »Ich muss in Ruhe mit dir sprechen, Yvonne.«

Mademoiselle Bertrand nickte und folgte ihr.

Nachdem sie in Helens Zimmer angekommen waren, erzählte sie von dem Gespräch beim Abendessen. Als sie an die Stelle kam, da ihr Vater erklärt hatte, die Comédie-Française dem Moulin Rouge vorzuziehen, lachte Yvonne Bertrand herzlich. »Und das glaubst du?«, fragte sie. »So alt ist dein Vater noch nicht, dass er den Darbietungen des Moulin Rouge weniger abgewinnen könnte als der Comédie-Française.«

»Und was ist an diesem Moulin Rouge so besonders?«

»Nun, die Damen tanzen dort sehr leicht bekleidet.«

Helen bekam große Augen. »Es ist also ein unanständiges Haus?«

»Nein, so würde es niemand in Paris bezeichnen.« Yvonne zwinkerte ihr zu. »Die Männer schauen nur den Tänzerinnen zu. Es sind Tanzdarbietungen, die man in dieser Art sonst nirgendwo zu sehen bekommt. Und sie richten sich gezielt an das männliche Publikum. Aber es gibt auch Frauen, die dorthin gehen, und es gibt sogar einen Ballsaal. Allerdings hätte deine Mutter dafür gewiss kein Verständnis. Sie ist zu britisch dafür.«

»Warst du jemals dort?«, fragte Helen.

»Nein, ich habe die Rote Mühle auch nur von außen gesehen. Ich war noch viel zu jung, als ich Paris verließ und nach England ging.«

»Hast du es jemals bereut?«, fragte Helen weiter. »Alles hinter dir zu lassen und in einem fremden Land ganz neu anzufangen?«

Yvonne zögerte und Helen konnte ihr ansehen, dass sie ihre Vergangenheit im Geiste Revue passieren ließ. Dann schüttelte sie den Kopf. »Nein. Ich hatte damals gute Gründe und ich habe in London ein wunderbares Leben gefunden. Zumal ich dabei helfen durfte, dich zu einer intelligenten, wunderbaren jungen Frau zu erziehen. Gewiss, es kostet Mut, alles hinter sich zu lassen, aber dafür ist der Preis, den es zu erringen gilt, einzigartig. Ich glaube, dieser Mut ist das, was uns Menschen auszeichnet, denn ohne ihn würde uns die Kraft fehlen, Neues zu erfahren, neue Wege zu beschreiten und neue Welten zu erobern.«

Helen nickte. Auch sie sehnte sich so sehr danach, neue Wege zu beschreiten.

5. Kapitel

Helen genoss die Tage in Paris, auch wenn sie bald feststellen musste, dass die Stadt nur um die Sehenswürdigkeiten herum so strahlend war, wie es sich die Menschen immer erzählten. Sobald man nur ein paar Straßen weiter in die Wohngebiete ging, stellte man fest, dass die britische Müllabfuhr wesentlich effizienter war. Oder hatten die Franzosen einfach keine Lust, ihren Unrat regelmäßig in die Mülltonnen zu werfen? Besonders hinter den Märkten sah es erbärmlich aus, dort tummelten sich sogar am helllichten Tag Ratten in den Abfällen. In London gab es so etwas nur in den Slums.

Ungeachtet dessen genoss sie den Ausflug auf den Eiffelturm und selbst Henry blühte auf, obgleich es trotz Aufzug sehr schwirig war, dort mit einem Rollstuhl zu manövrieren. Ohne seinen Diener Winston wären sie hoffnungslos verloren gewesen. Aber schließlich konnten sie vom höchsten Bauwerk der Welt auf die Stadt hinabblicken und Helen fühlte sich beschwingt und glücklich. Paris war wunderschön, ganz gleich, ob es dort hässliche Ecken gab. Sie begriff, warum die Menschen diese Stadt liebten.

Am Nachmittag stieß ihr Vater wie versprochen im Louvre zu ihnen. Zu Henrys großer Freude hatte er für die Damen

Karten für die Comédie-Française und für die Herren für das Moulin Rouge erworben.

Catherine rümpfte etwas die Nase, sagte aber nichts, zumal Kenneths Sekretär und Winston die beiden Herren begleiten würden. Zofe Beth bekam an diesem Abend frei, da ihr Französisch für die Comédie-Française nicht ausreichte, während Mademoiselle Bertrand sich freute, die Damen begleiten zu dürfen.

»Aber denkt daran, dass wir morgen früh aufbrechen, um uns Versailles anzusehen«, mahnte Catherine die Männer am Abend. Kenneth nickte nur, während Henry über das ganze Gesicht strahlte. Endlich wurde er als Mann ernst genommen.

Helen war von dem prächtigen Theater, das von Ludwig XIV. gegründet worden war, begeistert. Es stand ein Stück von Paul Scarron auf dem Programm, das die Zuschauerinnen vollständig in die Zeit des Sonnenkönigs abtauchen ließ. Helen war an diesem Abend dankbar, dass sie bereits als ganz kleines Mädchen Französisch wie eine zweite Muttersprache gelernt hatte, denn ihr fiel auf, dass ihre Mutter Schwierigkeiten hatte, der Handlung zu folgen. Immer wieder fragte sie Helen, was gerade gesagt worden sei, obwohl sie sich immer mit ihren Französischkenntnissen gebrüstet hatte.

Am nächsten Morgen brachen sie in aller Frühe nach Versailles auf. Die Schlossgärten waren beeindruckend, ebenso der große Spiegelsaal. Allerdings konnte Henry im Rollstuhl nicht alle Zimmer besichtigen, was ihn zutiefst verärgerte. Catherine blieb zusammen mit Winston bei ihrem Sohn, während Helen mit ihrem Vater und Yvonne die privaten Gemächer der französischen Könige besichtigte. Dabei erzählte sie kurz von ihrem Theaterbesuch, aber nur, um einen Grund zu haben, ihrerseits nach dem Moulin Rouge zu fragen.

»Ich hatte es mir spektakulärer vorgestellt«, sagte ihr Vater. »Du hast nichts versäumt.«

Mehr war nicht aus ihm herauszubekommen und Helen beschloss, am Abend Henry in seinem Zimmer aufzusuchen, um etwas mehr zu erfahren.

Zum Abendessen waren sie wieder im Ritz. Ihr Vater entschuldigte sich recht früh, da er noch einige geschäftliche Angelegenheiten mit seinem Sekretär zu regeln hatte.

Kurz darauf zog sich auch Henry zurück, sodass Helen mit ihrer Mutter allein blieb.

»Möchtest du noch etwas trinken?«, fragte ihre Mutter.

»Nein, danke, ich habe noch genug«, erwiderte Helen und wies auf ihr halb volles Weinglas.

Ihre Mutter nickte.

Wie seltsam, dachte Helen. *Mit niemandem verbindet mich so viel Sprachlosigkeit wie mit Mutter. Wir sitzen hier, aber wir haben uns nichts zu sagen.*

Bevor das Schweigen zu bleiern werden konnte, leerte Helen ihr Glas und verabschiedete sich für die Nacht. Während sie nach oben ging, fragte sie sich, wann die Sprachlosigkeit zwischen ihr und ihrer Mutter begonnen hatte. Sie konnte sich nicht daran erinnern, dass ihre Mutter sich jemals für etwas interessiert hätte, was sie bewegte. Nicht einmal in der Zeit vor Henrys Erkrankung. All ihre Gedanken und Träume hatte sie mit ihrem Vater oder aber Mademoiselle Bertrand geteilt. Selbst die Beziehung zu ihren Großeltern war inniger gewesen. Wie konnte es sein, dass ein Kind seiner Mutter so gleichgültig war? Auf einmal wurde Helen bewusst, dass sie eigentlich so gut wie gar nichts über das Seelenleben ihrer Mutter wusste. Ihre Mutter war eben ihre Mutter. Sie war da, sie bemutterte Henry, ließ nichts auf ihn kommen und hatte ein schwaches Herz. Gab es da sonst noch etwas? Irgendetwas, das es wert gewesen wäre, ergründet zu werden?

Bevor sie auf ihr eigenes Zimmer ging, machte sie einen kurzen Umweg zu Henry, doch an seiner Tür hing das Schild »Bitte nicht stören«. Das wunderte Helen und unwillkürlich legte sie ihr Ohr an das Türblatt, auch wenn sie wusste, dass Lauschen ungehörig war – erst recht für eine junge Dame. Tatsächlich hörte sie Stimmen. Die von Henry und die einer jungen Frau, die ihn ständig »mon chéri« nannte und albern kicherte.

Helen zuckte zurück. Hatte ihr Bruder sich etwa eine Dame für gewisse Stunden auf sein Zimmer bestellt? Sie atmete tief durch. Nun gut, es ging sie nichts an. Henry war fast erwachsen und alle jungen Männer in seinem Alter suchten derartige Zerstreuung, auch wenn man offiziell nie darüber sprach. Hatte er die Kontakte im Moulin Rouge geknüpft oder sich dort nur Appetit geholt und Winston um entsprechende Gesellschafterinnen ersucht? Ganz gleich, wie es gewesen sein mochte – Helen spürte, dass sie weniger Empörung als vielmehr Erleichterung verspürte. Ihr Bruder nutzte diese Reise wahrlich, um sämtliche Fesseln abzulegen. Und sie hoffte inbrünstig, dass auch sie am Ende ihrer Reise wissen würde, wie sie ihr Leben weiter gestalten sollte.

Die letzten Tage in Paris verflogen ohne weitere besondere Ereignisse. Sie besichtigten Notre-Dame und andere Sehenswürdigkeiten, speisten mittags in angesehenen Lokalitäten ohne den Vater, der nach wie vor geschäftlich unterwegs war, und abends gemeinsam im Ritz.

Als sie ein paar Tage später in Köln ankamen, war die Familie angenehm überrascht. Das Hotel Ernst war zwar nicht ganz so pompös und extravagant wie das Ritz, aber seine Gästeliste war ebenso erlaucht und es lag schräg gegenüber des Kölner Doms am Domplatz. Catherine bemängelte zwar, dass nur die Suiten über eine eigene Badewanne verfügten und Kenneth lediglich normale Zimmer gebucht hatte, aber am Ende des Flures gab es Bäder, in denen ihr die Zimmermädchen sofort ein Wannenbad richteten.

Helen ging währenddessen wie schon in Paris mit ihrem Vater und ihrem Bruder ins Restaurant.

»Wie sieht unser Programm in Köln aus?«, fragte Helen ihren Vater.

»Nun, da ich hier keinerlei Geschäftskontakte habe, werden wir uns nur zwei Tage in Köln aufhalten. Morgen besichtigen wir den Dom und machen eine Stadtführung durch die Altstadt mit. Köln war einst eine berühmte Hansestadt. Zudem gibt es einige interessante Ausgrabungen aus der Römerzeit. Leider verfügt Köln über kein entsprechendes Museum, wo all die Stücke ausgestellt sind. Ich habe gehört, dass Derartiges in Planung sei, aber so lange können wir kaum warten.« Er lachte leise und Helen war erstaunt, wie kulturell interessiert ihr Vater auf einmal erschien. In London hatte er sich zwar sehr für ihre Bildung eingesetzt, aber er selbst hatte überwiegend über Geschäfte gesprochen. Dass ihn archäologische Ausgrabungen vergangener Epochen interessieren könnten, hätte sie nie gedacht. *Wie seltsam*, dachte sie, *an meinem Vater lerne ich immer neue Seiten kennen, aber die Kluft zum Herzen meiner Mutter wird immer breiter.*

Dafür schien die Kluft zwischen Henry und seinem Vater sich langsam zu schließen. Seit Paris betrachtete Kenneth seinen Sohn nicht mehr mit dieser Mischung aus Mitleid und Enttäuschung, sondern Helen sah viel häufiger ein stolzes Glimmen in den Augen des Vaters, wenn er mit Henry auf Augenhöhe sprach. Vor allem dann, wenn Catherine sich ins Bad oder ins Bett zurückgezogen hatte. Helen ertappte sich bei dem Gedanken, wie das Leben ihres Bruders und ihr eigenes wohl verlaufen wären, wenn ihre Mutter eine lebenslustigere Frau wäre. Eine, die ihren Kindern etwas zutraute, statt ständig voller Angst und Zorn zu sein. Hätte Henry dann trotz allem die Erwartungen seines Vaters erfüllen können? Hatte ihre Mutter vielleicht gerade durch ihre übertriebene Fürsorge Sohn und Vater immer mehr voneinander entfremdet?

Besonders deutlich wurde dies, wenn Catherine an den gemeinsamen Mahlzeiten teilnahm. Sofort verschwand das heimliche Einvernehmen zwischen Vater und Sohn, als müssten sie eine Rolle spielen, um die Erwartungen der Ehefrau und Mutter zu erfüllen. Und obwohl Helen all das beobachtete und begriff, war es ihr doch unmöglich, es anzusprechen und zu ändern.

Der Kölner Dom mit dem Schrein der Heiligen Drei Könige war ein großartiges Erlebnis. Ganz anders als Notre-Dame, aber nicht weniger beeindruckend. Gemeinsam mit ihrem Vater, dessen Sekretär und Yvonne stieg sie sogar auf den Turm des Doms. Ihre Mutter hatte aufgrund ihres schwachen Herzens davon abgesehen und sogar ihr Vater brauchte regelmäßig eine Pause.

Als sie endlich oben waren und den weiten Blick über den Rhein und die Stadt genossen, meinte ihr Vater: »Dieser Aufstieg reicht mir fürs ganze Leben. So etwas bin ich nicht mehr gewohnt.« Sein Sekretär, der im selben Alter war, stimmte ihm zu, während Mademoiselle Bertrand lächelnd meinte: »Dann bin ich wohl doch noch jünger, als ich dachte. Das ist doch ein angenehmer Frühsport.«

Helen lachte.

»Und morgen Abend geht es dann mit dem Nachtzug nach Berlin«, sagte ihr Vater. »Dort erwarten uns bemerkenswerte Sehenswürdigkeiten und mich anstrengende Geschäfte.«

»Anstrengender als in Paris?«, fragte Helen.

Ihr Vater nickte. »Mit Deutschland verbinden uns engere Beziehungen als mit Frankreich und es gibt zahlreiche geschäftliche Verflechtungen.«

Helen nickte nur, denn sie legte keinen Wert darauf, dass ihr Vater weiter aushole. Seine Geschäftsbeziehungen hatten sie nie sonderlich interessiert.

»Hast du James eigentlich geschrieben?«, fragte ihr Vater plötzlich.

Helen zuckte zusammen. Wie kam ihr Vater jetzt ausgerechnet auf James? »Oh, ich fürchte, das habe ich über all den Erlebnissen dieser Reise völlig vergessen«, sagte sie. Zugleich verfluchte sie sich dafür, dass sie nicht offen und ehrlich sagen mochte, wie es wirklich war.

»Nun, dann solltest du das unbedingt nachholen. Schick ihm eine Postkarte vom Kölner Dom und entschuldige dich dafür, dass du in Paris nicht zum Schreiben gekommen bist. Er wird es dir vergeben.«

Helen schluckte. »Weshalb ist dir das so wichtig, Vater?«

»Ich habe heute früh einen Brief von ihm bekommen und er fragte auf eine Weise nach deinem Befinden, die mir verriet, dass er nichts von dir gehört hat. Nun hätte es natürlich sein können, dass die Briefe sich auf dem Postweg überschnitten haben, deshalb habe ich gefragt.«

»Was hat er denn genau geschrieben?«

»Er macht sich ein wenig Sorgen«, erwiderte ihr Vater. »Er schrieb, er habe den Eindruck, deine Nerven wären vor der Abreise etwas überreizt gewesen, was in seinen Augen nur natürlich sei, da es schließlich die erste große Reise deines Lebens ist. Aber seine Sorge um dich war doch deutlich spürbar. Es wäre wichtig, ihn zu beruhigen. Der Junge liebt dich wirklich von ganzem Herzen, Helen. Das ist keine Selbstverständlichkeit in unseren Kreisen und du solltest dankbar dafür sein.«

Helen schluckte. Dieser verdammte Mistkerl! Überreizte Nerven! *Na warte, dir werde ich eine Postkarte schicken, die du dir als Mahnung über dein Bett hängen kannst!*

Nachdem sie wieder vom Turm hinabgestiegen waren, erwarb Helen eine Postkarte des Kölner Doms und schrieb James noch auf den Stufen des Doms:

> Lieber James,
> Vater teilte mir mit, dass Du Dir wegen meiner angeblich überreizten Nerven Sorgen machst. Ich kann Dich beruhigen, es ging mir nie besser und meine Nerven waren zu keinem Zeitpunkt überreizt. Die Worte, die bei unserer letzten Begegnung fielen, haben nach wie vor Gültigkeit, ebenso wie die Taten, mit denen ich Dir ein gewisses »Kompliment« vergolten habe. Bitte nimm den Ratschlag an, den ich Dir bei unserem letzten Treffen gab. Es wäre in unser beider Sinn, damit jeder von uns ein glückliches Leben führen kann.
> Hochachtungsvoll
> Helen Mandeville

Sie las die Karte noch einmal und war zufrieden. Wenn er nicht völlig begriffsstutzig war, würde ihm spätestens ihre formelle Unterschrift klarmachen, dass sie ihn nicht wollte. Was fiel ihm überhaupt ein, ihrem Vater und nicht ihr selbst zu schreiben? War das wieder so ein perfider Plan, sie zu manipulieren? Weil er in Wahrheit ganz genau wusste, dass sie es bitterernst gemeint hatte? Ja, einen anderen Grund konnte es nicht geben. Ein Mann, der sich wirklich um die überreizten Nerven einer Frau sorgte, hätte ihr selbst geschrieben und sie nicht durch die Blume bei ihrem Vater schlechtgemacht. Überhaupt – was meinte der Kerl mit überreizten Nerven? Dass ihre Ohrfeige nichts zu bedeuten hatte? Nur die Laune einer labilen, überreizten Frau, die von der Aussicht auf eine lange Europareise überfordert war? Je länger sie darüber nachdachte, umso wütender wurde sie.

Warum wollte er sie überhaupt heiraten, wenn er sie so schlechtmachte? Oder war das die Rache für die Ohrfeige? Er machte sie vor ihrem Vater klein, weil er selbst zu feige war, sich einzugestehen, was die Ohrfeige wirklich bedeutet hatte?

Wenn dem so war, würde er auch diese Karte nicht verstehen, sie war viel zu freundlich formuliert. Aber wenn sie deutlicher schriebe, würde er das auch nur wieder mit ihren überreizten Nerven oder Launen abtun. Wie sie es auch drehte und wendete – das Thema James war anscheinend immer noch nicht erledigt. Und der Felsbrocken, der ihr bei der Abreise von der Seele gefallen war, drückte sie auf einmal erneut zu Boden.

6. Kapitel

Die Fahrt von Köln nach Berlin im Nachtzug verlief problemlos. Helen genoss es, ihr Schlafwagenabteil mit Yvonne zu teilen, anstatt dem Gejammer ihrer Mutter ausgesetzt zu sein, die sich lautstark über die unzureichenden Matratzen beklagte. Und im Gegensatz zu ihrer Mutter war sie am frühen Morgen, als der Schlafwagenschaffner sie weckte, frisch und ausgeruht und freute sich auf die deutsche Hauptstadt.

Berlin empfing sie an diesem Septembertag mit einem strahlend blauen Himmel. Die einzigen Wölkchen bestanden aus dem Rauch, der aus dem Schornstein der Dampflokomotive aufstieg.

Zunächst erschien Berlin mit den zahlreichen Droschken und Kutschen Helen nicht viel anders als Paris, aber während es in Paris noch eine von Pferden gezogene Straßenbahn gab, war die Berliner Straßenbahn bereits elektrifiziert. Helen kam aus dem Staunen nicht heraus, als ihre Droschke an einer Straßenbahn vorbeifuhr und dann sogar noch ein motorisierter Omnibus ihren Weg kreuzte. So etwas Modernes gab es noch nicht einmal in London.

»Ja, die deutsche Ingenieurskunst ist weltberühmt«, sagte ihr Vater, der ihren Blicken lächelnd gefolgt war. »Auch darum werden sich einige meiner Geschäfte drehen. Es gibt hier viele Anleger, die mit Patenten reich geworden sind. Seit Gründung des Deutschen Reiches vor bald dreißig Jahren floriert die deutsche Wirtschaft und deutsche Wissenschaftler gehören zu den angesehensten der Welt. Wenn es so weitergeht, wird Deutsch künftig die Sprache der Wissenschaft.« Er seufzte leise.

»Den Glanz des Empires wird das Deutsche Reich nie erreichen«, erwiderte Henry standesbewusst.

Helen sagte nichts, sondern beschränkte sich darauf, weiter die Fassaden der Häuser an den Prachtalleen zu bewundern, während die Droschke auf das Hotel Bristol zuhielt. Unter den Linden war eine der vornehmsten Adressen in Berlin und Helen freute sich darauf, diese von grünen Parks durchzogene Stadt zu erkunden. Eine Stadt, die so viel Aufbruchsstimmung in die Moderne ausstrahlte. Paris war ein Traum, wenn man es vom Eiffelturm aus betrachtete, aber Berlin versetzte sie schon auf der Straße in Erstaunen.

Die Straße Unter den Linden hatte ihren Namen völlig zu Recht. Überall säumten Bäume Straßen und Plätze. Die Fassade des Hotel Bristol erinnerte auf den ersten Blick an das Ritz, allerdings hatte das Gebäude eine kleine Kuppel auf dem Dach des Gebäudeteils mit dem Haupteingang. Henry nannte sie so treffend »deutsche Pickelhaube«, dass alle lachen mussten, sogar ihre Mutter.

Das Hotel war ausgesprochen international, der Empfangschef begrüßte sie auf Englisch und selbst die Pagen konnten mit ein paar Brocken Englisch aufwarten – ganz anders als in Paris, wo sich jeder, der kein Französisch konnte, hilflos und verlassen fühlen musste.

Die Räumlichkeiten waren vergleichbar mit dem Ritz. Auch hier gab es Badewannen und Zimmertelefone und Helen fragte sich, warum das Bristol nicht so weltberühmt wie das

Ritz war. Vielleicht, weil Berlin nicht Paris war? Keine altehrwürdige Stadt, die ein Mythos umwehte, sondern die aufstrebende Hauptstadt eines Reiches, das noch keine dreißig Jahre alt war?

Wie inzwischen üblich, gönnte sich Helens Mutter erst einmal ein ausgiebiges Wannenbad, während Kenneth mit seinen Kindern im Restaurant speiste und das Kulturprogramm besprach. Besonders freute er sich auf die Museumsinsel, die seiner Meinung nach einer der bedeutendsten Museumskomplexe Europas war.

Henry seufzte kaum hörbar, aber doch laut genug, um einen missbilligenden Blick seines Vaters zu ernten.

»Was ist los mit dir?«, fragte Kenneth seinen Sohn. »Hast du kein Interesse daran, deine kulturelle Bildung zu vervollkommnen?«

»Doch, gewiss«, erwiderte Henry in einer Mischung aus Beschwichtigung und Langeweile.

»Denk daran«, sagte Kenneth, »Bildung ist der einzige Weg, wie du trotz deiner Einschränkung noch zu gesellschaftlicher Akzeptanz kommen kannst. Einem gebildeten Geist verzeiht man körperliche Schwäche, aber niemand kann etwas mit einem dummen Krüppel anfangen.«

Helen hätte beinahe den Löffel fallen gelassen! So drastisch hatte ihr Vater sich noch nie ausgedrückt, auch wenn sie genau wusste, dass er so dachte. Und dabei hatte sie vermutet, Vater und Sohn wären sich auf dieser Reise etwas nähergekommen.

Zu ihrem Erstaunen lachte Henry. »Wenn der dumme Krüppel einen reichen Vater hat, kann er sich trotzdem jede Frau aussuchen, die ihm gefällt«, meinte er spitz.

»Jede Hure, mein Sohn, nicht jede Frau«, erwiderte sein Vater ebenso spitz. »Aber wir sollten das Thema wechseln, das ziemt sich nicht in Gegenwart deiner Schwester.«

Henry lachte erneut, während Helen immer verwirrter wurde. War das irgendein Männerwitz, den sie nicht verstand? Sie erinnerte sich an die französische Frauenstimme in Henrys Zimmer im Ritz. Hatte ihm womöglich sein eigener Vater die Hure geschickt und nicht der gute, verschwiegene Winston? Sie kannte Gerüchte über Väter, die ihren Söhnen entsprechende Damen zuführten, um sie zu Männern zu machen, aber würde ihr Vater so einen Weg wählen? Und wenn ja, wozu? Damit Henry seine Jugend genießen konnte, wenn er einmal den Fängen seiner Mutter entkommen konnte? Und lag der Preis nun darin, dass Henry sich mit etwas mehr Eifer seinen Studien widmen sollte? Seiner Bildung? Nun, das würde sie selbstverständlich unterstützen, denn wenn Henry trotz seiner Behinderung Vaters Nachfolger würde, könnte sie sich umso freier entfalten. Dass ihr Vater sich nach wie vor James zum Schwiegersohn wünschte, hatte er ihr in Köln mehr als deutlich gemacht. Und auch, dass James ein härterer Brocken war als gedacht, war ihr nun klar.

Am folgenden Morgen brachen sie rechtzeitig zur Museumsinsel auf. Obwohl sie eine Mietdroschke nahmen, keuchte Catherine schon bald und klagte über Luftnot aufgrund ihres schwachen Herzens.

»Hättest du uns nicht schon im Hotel über dein Unwohlsein unterrichten können?«, fragte Kenneth ungehalten. »Warum mutest du dir diese Fahrt zu, wenn du sie nicht verträgst, und verdirbst den Kindern die Freude?«

»Wie bitte?«, fauchte Catherine. »Ich verderbe euch die Freude, obwohl ich mich trotz meines schweren Leidens dazu aufraffe, euch zu begleiten? Ich fasse es nicht. Undank ist der Welten Lohn!« Sie schnaufte heftig und Helen wusste nicht, ob es vor Wut oder aus Luftnot geschah.

»Kannst du dich dem Ausflug anschließen oder brauchst du einen Arzt?«, fragte Kenneth und Helen spürte deutlich seine Ungeduld.

»Ich werde es schon aushalten. Und wenn es das Letzte ist, was ich in diesem Leben tue. Ich habe mich schließlich immer für euch aufgeopfert.«

Helen merkte, wie sie wütend wurde, auch wenn es ungehörig war, auf eine Kranke zornig zu sein. Aber die unterschwellige Aggression ihrer Mutter strafte ihre Leidensmiene Lügen. Sie glaubte ihrer Mutter nicht, dass sie wirklich Herzbeschwerden hatte, und wenn sie den Gesichtsausdruck ihres Vaters richtig interpretierte, ging es ihm genauso.

Und so setzten sie die Fahrt fort, bis sie das prächtige Hauptmuseum auf der Museumsinsel erreichten. Es erinnerte mit seinen zahlreichen Säulen an die Akropolis. Und auch das Reiterstandbild König Friedrich Wilhelms IV., das einer antiken Reiterstatue glich, passte in das Gesamtbild. Hier zeigte sich, wie sehr sich das junge Deutsche Reich noch immer dem Heiligen Römischen Reich Deutscher Nation verbunden fühlte.

Als Henry die vielen Stufen sah, die zum säulenumgrenzten Portal führten, seufzte er. »Ich habe es ja geahnt«, sagte er. Immerhin hatten sie seine Krücken mitgebracht, sodass er die Stufen mit Winstons Hilfe ersteigen konnte, während der Rollstuhl anschließend nach oben getragen wurde.

»Eine Rampe würde hier Wunder wirken«, meinte Henry erschöpft, nachdem er sich oben angekommen wieder in den Rollstuhl sinken ließ.

»Oder etwas mehr Training«, erwiderte Helen spitz. »Du kannst dich schließlich mit Krücken fortbewegen, aber du bist zu bequem dazu. Kein Wunder, dass du immer schwächer wirst.«

Sie erwartete eine bissige Antwort von ihrem Bruder, aber der schwieg nur. Stattdessen fuhr Catherine ihre Tochter wütend an, wie sie so etwas sagen könne. Dann griff sie sich erneut demonstrativ an die Brust und keuchte: »Mein Herz! Ihr dürft mich nicht so aufregen, wenn ihr noch länger etwas von eurer Mutter haben wollt.«

Helen hatte keine Vorstellung, was sie in diesem Museum erwartete, aber sie war davon überzeugt, dass es nicht mit dem Britischen Museum in London mithalten konnte. Umso überraschter war sie, als sie den Ägyptischen Hof betraten. Hier war ein ägyptischer Tempelbezirk mit bemalten Säulen und altägyptischen Statuen nachgebaut worden, der einem das Gefühl vermittelte, direkt ins alte Ägypten zurückgeworfen worden zu sein.

»Das ist wundervoll«, hörte sie Henry sagen.

»Nun ja«, erwiderte sein Vater. »Anscheinend haben sie nicht genügend großartige Ausstellungsstücke, sodass sie hier eine künstliche Theaterkulisse aufbauen müssen, um diesen Mangel zu vertuschen.«

Im nächsten Augenblick hörten sie einen leisen Aufschrei und dann das Geräusch, als wäre jemand gestürzt. Helen fuhr herum und sah, dass ihre Mutter auf dem Boden lag. Sofort eilte sie zu ihr, ebenso wie ihr Vater, Mademoiselle Bertrand, die sich bislang im Hintergrund gehalten hatte, und der gute Winston.

»Catherine«, rief ihr Vater, während er den Oberkörper seiner Frau anhob. Zum ersten Mal schwang echte Besorgnis in seiner Stimme mit.

Auch der Museumswärter war durch den Aufruhr herbeigeeilt. »Benötigen Sie einen Krankenwagen?«, fragte er.

Helen sah ihren Vater fragend an, der nickte.

Bereits kurze Zeit später erschien ein Krankenwagen, eine speziell auf die Bedürfnisse von Patienten ausgerichtete

Kutsche, deren Seitenwand man aufklappen konnte, um eine Trage hineinzuschieben.

»Wohin wird sie gebracht?«, fragte Kenneth.

»In die Charité«, erwiderte der Sanitäter.

»Helen, du begleitest deine Mutter, du sprichst am besten Deutsch«, sagte Kenneth. Helen nickte und stieg zu ihrer Mutter, die noch immer stöhnte, in den Krankenwagen. Aufgrund der Enge musste sie sich auf den Boden hocken und hoffte, dass ihr Kleid dabei nicht zu sehr zerknitterte. Während sie ihre Mutter ansah, bemerkte sie, dass deren Korsett so fest geschnürt war, dass es ihr die Luft zum Atmen raubte. Ob es gar nicht das Herz war? Doch sie wagte nicht, sich am Korsett ihrer Mutter zu schaffen zu machen – aus Sorge, einen Fehler zu begehen.

Die Charité war nur drei Kilometer von der Museumsinsel entfernt.

»Ach mein Kind«, keuchte ihre Mutter und griff nach Helens Hand. »Jetzt holt Gott mich wohl zu sich.«

»Unsinn, Mama. Hätte Gott die Absicht, dich zu sich zu holen, wärst du jetzt schon tot und nicht in einem Krankenwagen auf dem Weg zu einem der modernsten Krankenhäuser Europas.« Sie streichelte ihrer Mutter sanft über die Stirn.

Kurz darauf erreichten sie das Krankenhaus.

Catherine wurde mit Verdacht auf eine Herzattacke in der Inneren Medizin aufgenommen. Helen musste in der Besucherzone warten, während ihre Mutter versorgt wurde.

»Aber sie spricht nicht gut Deutsch«, sagte Helen. »Ich muss übersetzen.«

»Keine Sorge, wenn es nötig ist, werden wir Sie hinzuziehen«, erwiderte die Schwester.

Helen blieb unsicher vor der Tür stehen und wartete darauf, dass ihr jemand sagte, was los war. In der Zwischenzeit waren auch ihre Angehörigen in der Klinik eingetroffen, die dem Krankenwagen mit einer Droschke gefolgt waren.

»Hast du schon etwas gehört?«, fragte ihr Vater. Helen war erstaunt, dass er so besorgt klang. Gab es trotz allem noch eheliche Zuneigung zwischen ihren Eltern? Nach allem, was sie in den letzten Tagen erlebt hatte, hatte sie daran längst nicht mehr geglaubt.

Helen schüttelte den Kopf.

Nach etwa einer Stunde kam eine Schwester. »Sie können jetzt zu ihr gehen«, erklärte sie. »Es ist alles in Ordnung, Sie müssen sich keine Sorgen machen. Es war nur ein leichter Anfall, aber wir werden sie zur Beobachtung ein paar Tage hierbehalten.«

»Ich möchte mit dem Arzt sprechen«, sagte Kenneth energisch.

Die Schwester nickte. »Ich werde ihm Bescheid sagen, er wird auf Sie zukommen. Jetzt bringe ich Sie erst einmal zu Ihrer Frau.«

Catherine hatte ein lichtdurchflutetes Einzelzimmer auf der Privatstation bekommen. Sie lag in einem Krankenhausnachthemd in dem weiß bezogenen Krankenhausbett und stöhnte, als sie ihre Familie eintreten sah.

»Geht es dir besser?«, fragte Kenneth sofort.

»Besser? Wie könnte es das? Diese Matratze ist furchtbar. Beinahe genauso schlimm wie in diesem unzumutbaren Schlafwagen. Ach, hätte ich mich doch niemals zu dieser Reise überreden lassen.«

Sofort verschwanden die Besorgnis und Fürsorge aus Kenneths Gesicht und wichen einem Zug leichter Verärgerung. Helen konnte es gut verstehen, denn wer sich über die Qualität von Matratzen beschwerte, stand gewiss nicht an der Schwelle des Todes. Vermutlich war es tatsächlich nur das zu eng geschnürte Korsett gewesen.

»Was sagen die Ärzte?«, fragte Kenneth. »Was fehlt dir?«

»Ach, die Ärzte.« Catherine seufzte theatralisch. »Was sollen die schon sagen? Irgendwelche lateinischen Worte, die kein vernünftiger Mensch versteht. Die klopfen und zerren an einem herum, aber erklären einem nichts. Ich bin für die wohl nur ein Stück Vieh oder ein Versuchsobjekt.« Sie schniefte.

»Hast du gefragt, was es war?«, wollte Helen wissen.

»Wozu? Ich verstehe es ja doch nicht. Deshalb solltest du doch an meiner Seite bleiben, um mich zu unterstützen. Aber du hast dich ja gleich verdrückt.«

»Ich habe mich nicht verdrückt, sie haben mich nicht reingelassen, während du untersucht wurdest«, widersprach Helen.

Noch bevor ihre Mutter etwas erwidern konnte, klopfte es an der Tür und ein junger Mann im weißen Arztkittel betrat das Zimmer. »Guten Tag«, sagte er. »Mein Name ist Ludwig Ellerweg, ich bin im Auftrag von Professor Hagen hier, um Ihre Fragen zu beantworten. Der Professor selbst ist derzeit leider unabkömmlich.«

Sein Englisch war fließend, aber mit unüberhörbarem deutschem Akzent. Dabei sah er sie offen und freundlich an. Helen fand ihn auf Anhieb sympathisch und überaus attraktiv mit seinem glatt rasierten Gesicht, dem goldblonden Haar und den haselnussbraunen Augen, die lebenslustig funkelten.

Ganz anders ihr Vater, der ihn streng musterte und fragte: »Sie scheinen mir recht jung. Wie lange sind Sie schon Arzt?«

Helen zuckte zusammen und schämte sich für ihren Vater. Was sollte der junge Mann nur denken? Britische Höflichkeit sah anders aus.

Ludwig Ellerweg ließ sich nichts anmerken. »Ich bin Professor Hagens Assistent und Student im letzten Semester«, sagte er.

»Also sind Sie noch gar kein Arzt? Das ist ja ungeheuerlich. Ich erwarte, auf der Stelle den Professor zu sprechen.«

»Professor Hagen ist derzeit mit einem Notfall befasst. Es könnte einige Stunden dauern, bis er die Zeit findet, Ihre Fragen zu beantworten. Deshalb wies er mich an, Ihnen so lange zur Verfügung zu stehen. Ich bin durchaus dazu in der Lage, all Ihre Fragen zum vorliegenden Krankheitsbild zu beantworten. Allerdings liegt es mir fern, mich Ihnen aufzudrängen. Wenn Sie es vorziehen, auf den Professor zu warten, werde ich mich selbstverständlich zurückziehen.«

Helen sah, dass ihr Vater erneut unwirsch antworten wollte, und kam ihm hastig zuvor. »Herr Ellerweg, Sie müssen verstehen, dass wir uns große Sorgen machen. Meine Mutter hat schon lange ein schwaches Herz. Und dann dieser Zusammenbruch im Ägyptischen Museum … Wir haben große Angst und möchten, dass sie die beste medizinische Versorgung bekommt.«

»Die bekommt sie, keine Sorge«, sagte Ellerweg. »Und Sie müssen sich im Augenblick auch keine Sorgen machen. Der Professor hat sie selbst untersucht. Das Herz schlägt kräftig und regelmäßig. Auch die Funktion der Herzklappen weist keine Abnormitäten auf. Wir gehen von einer harmlosen Synkope aus, die womöglich durch ein zu eng geschnürtes Korsett und die Hitze des Spätsommers ausgelöst wurde.«

»Was ist eine Synkope?«, fragte Helens Vater nun deutlich versöhnlicher.

»Das Fachwort für eine kurze Ohnmacht, wie sie Frauen in solchen Situationen häufiger erleiden. Nichts Lebensbedrohliches, auch wenn es zunächst sehr erschreckend auf das Umfeld wirkt. Natürlich werden wir Ihre Frau in den folgenden Tagen noch weiter überwachen, damit wir auch nichts übersehen, aber bislang haben wir keine Hinweise auf eine akute Herzschwäche gefunden.«

»Aber ich habe seit Jahren ein schwaches Herz«, widersprach Catherine energisch. »Und ich spüre es bei jeder Belastung.«

»Wir werden dem in den nächsten Tagen auf den Grund gehen. Der Professor ist ein ausgezeichneter Kardiologe und Sie sind hier in den besten Händen«, sagte Ludwig Ellerweg.

»Und welche Untersuchungen sollen noch vorgenommen werden?«

»Wir werden überprüfen, ob eine zeitweilige Arrhythmie vorliegt und ob es physiologische Unregelmäßigkeiten gibt. Zu diesem Zweck werden wir alle zwei Stunden Puls und Blutdruck messen. Wir verwenden dazu die moderne Methode, die vor zwei Jahren von dem italienischen Arzt Riva-Rocci entwickelt wurde. Zu diesem Zweck wird eine Manschette um den Oberarm gelegt und aufgepumpt. Sollten sich dabei irgendwelche Auffälligkeiten ergeben, werden wir weitere Untersuchungen einleiten, die wir zuvor selbstverständlich mit Ihrer Frau und Ihnen besprechen werden.«

Die Art, wie der junge Mann sprach, zeigte Helen, dass er sich keine Sorgen um den Zustand ihrer Mutter machte. Er schien felsenfest davon überzeugt, dass mit ihr alles in Ordnung war. Das beruhigte sie und als sie sich umsah, erkannte sie, dass auch ihr Vater und ihr Bruder beruhigt waren. Nur ihre Mutter war aus irgendeinem Grund ungehalten, doch sie sagte kein Wort. Einzig ihr Gesicht verriet, dass das Gespräch nicht so verlaufen war, wie sie es sich erhofft hatte. Ob sie um die Macht über ihre Familie fürchtete, die ihr die Herzerkrankung bislang gegeben hatte? Seit der tragischen Fehlgeburt vor vierzehn Jahren, als ihr Hausarzt die Herzschwäche festgestellt hatte, hatte sie ihr Herz nie von jemand anderem untersuchen lassen. Und jetzt behauptete ein junger Medizinstudent in Berlin, ihr Herz habe keine Anzeichen von Schwäche aufgewiesen, obwohl sie doch zusammengebrochen war?

Hatte ihre Mutter sich womöglich in etwas hineingesteigert? Oder die vermeintliche Herzschwäche gar genutzt, um ihren Ehemann auf Abstand zu halten und keine weiteren Kinder mehr bekommen zu müssen? Helen beschloss, diese Spur weiterzuverfolgen. Vielleicht gelang es ihr in den nächsten Tagen ja sogar, diesen jungen Herrn Ellerweg einmal allein zu sprechen und zu befragen. Auf jeden Fall würde sie sich sehr freuen, ihn wiederzusehen …

7. Kapitel

Nachdem sie das Krankenhaus verlassen hatten, war Helen eine ganze Weile durcheinander. Allerdings war nicht die Sorge um ihre Mutter der Grund dafür. Stattdessen musste sie immer wieder an diesen feschen Medizinstudenten denken. Dabei war das völlig unangemessen. Ihre Mutter war leidend, während sie sich von einem hübschen jungen Mann, der sie kaum beachtet hatte, den Kopf verdrehen ließ. So etwas war ihr noch nie in ihrem Leben passiert. Sie hatte James damals attraktiv gefunden, aber hätte ihr Vater sie nicht gebeten, sich mit ihm zu unterhalten, hätte sie ihn sofort wieder vergessen – Attraktivität hin oder her. Aber bei diesem Ludwig Ellerweg war das ganz anders. Je länger sie darüber nachdachte, umso mehr begriff sie, was sie an ihm so faszinierte. Es war diese Mischung aus Attraktivität und Selbstbewusstsein. Er hatte sich von ihrem Vater nicht herabwürdigen lassen, obwohl er noch Student war. Er hatte ihrem Vater höflich deutlich gemacht, was er ihm anbieten konnte, aber zugleich gezeigt, dass es ihm vollständig egal war, ob Kenneth Mandeville nun darauf einging oder nicht. Die Familie Mandeville wollte etwas von ihm, nicht umgekehrt. Er hatte nicht versucht, sich dem einflussreichen Bankdirektor anzubiedern, so, wie es die jungen Männer aus Helens Umfeld zu tun pflegten, selbst James Mitchell. Nein, Ludwig Ellerweg war nicht in Ehrfurcht vor der einflussreichen Familie Mandeville erstarrt. Er hatte einen Auftrag von seinem Professor und den hatte er ausgeführt. Ob diejenigen, mit denen er zu tun hatte, vermögende Briten waren, war ihm herzlich egal.

Da sie hoffte, ihn allein anzutreffen, besuchte sie ihre Mutter bereits am folgenden Vormittag. Ihr Vater war zu einem Geschäftstermin verabredet und Henry wollte länger schlafen. Yvonne hatte ihr angeboten, sie zu begleiten, doch Helen hatte abgelehnt.

»Ich hoffe, dass ich etwas intimer mit meiner Mutter sprechen kann, wenn wir allein sind«, hatte sie gesagt. »Mir scheint, es steht so viel Unausgesprochenes zwischen uns und der gestrige Tag hat mir gezeigt, wie schnell das Leben vorüber sein kann.«

Yvonne hatte genickt und sich zugleich über den freien Vormittag in Berlin gefreut. Sie wollte die Zeit zum Einkaufen nutzen.

Die Charité war vom Hotel Bristol aus innerhalb einer Viertelstunde fußläufig zu erreichen, sodass Helen auf eine Mietdroschke verzichtete. Es war ein sonniger Tag, der September zeigte sich noch einmal in seiner ganzen Schönheit und viele Menschen flanierten um diese Zeit auf der Prachtallee. Zum ersten Mal war Helen in einem fremden Land ganz allein auf der Straße unterwegs und sie genoss es. Sie fühlte sich sicher und geborgen, aber zugleich frei und unabhängig. Kurz bevor sie die Charité erreichte, kaufte sie in einem Blumenladen einen frischen Sommerstrauß für ihre Mutter.

Catherine saß in ihrem Einzelzimmer in ihrem eleganten Morgenrock, den ihr Winston zusammen mit anderen persönlichen Utensilien noch am Tag ihrer Einlieferung aus dem Hotel gebracht hatte, und las ein englisches Journal. Als ihre

Tochter das Zimmer betrat, legte sie es beiseite, um die Blumen entgegenzunehmen.

»Die sind wunderschön«, sagte sie. »Würdest du bitte für mich klingeln, damit die Schwester eine Vase bringt?«

Helen nickte und tat, was ihre Mutter wünschte.

»Wie geht es dir heute?«, fragte sie dann.

Catherine seufzte. »Ich fühle mich noch immer sehr schwach, auch wenn mein Herz nicht mehr rast wie ein gefangener Vogel, der im Käfig mit den Flügeln an die Gitterstäbe schlägt.«

»War der Professor gestern noch einmal bei dir?«

»Nein, nur dieser junge Student und die Schwestern.« Sie stieß verärgert die Luft aus den Nasenlöchern. »Ich hätte nicht gedacht, dass jemand aus unseren Kreisen in einem der besten Krankenhäuser der Welt an einen Studenten abgeschoben wird. Die brauchen sich nicht einzubilden, dass Kenneth ihnen den vollen Satz bezahlen wird, wenn sich nicht einmal ein richtiger Arzt um mich kümmert.«

»Soweit ich es verstanden habe, ist es eher als Aufmerksamkeit zu verstehen, dass der Professor dir extra einen seiner Assistenten an die Seite gestellt hat, damit du ständig einen Ansprechpartner hast. Der Professor hat schließlich viel zu tun.«

»Dann hätte er wenigstens einen richtigen Arzt nehmen können und keinen, der noch nicht einmal sein Examen hat.«

»Er machte auf mich den Eindruck, als wisse er sehr gut, was zu tun ist.«

»Er soll keinen Eindruck machen, sondern dafür sorgen, dass ich wieder gesund werde.«

»Ich bin davon überzeugt, dass sie hier alles für dich tun werden, Mutter.«

Catherine schwieg und Helen spürte, wie sich die altbekannte Sprachlosigkeit wieder über Mutter und Tochter senkte. Unauffällig blickte sie auf den Tischwecker auf dem Nachttisch ihrer Mutter. Sie war erst seit fünf Minuten hier. Sie konnte noch nicht gehen.

»Was liest du da gerade für ein Journal?«, fragte sie mit Blick auf die Zeitschrift.

»Dasselbe, das ich schon auf der Fahrt von London nach Dover gelesen habe. Hier bekommt man ja nichts Anständiges zu lesen.«

»Neben dem Blumenladen ist ein internationaler Kiosk. Soll ich eben nachschauen, ob ich dort für dich ein anderes englisches Magazin finde?«

Ihre Mutter nickte. Vermutlich war sie auch froh über die Pause im bleiernen Schweigen.

Helen erhob sich und verließ das Zimmer. Auf dem Flur begegnete sie Ludwig Ellerweg, der gerade auf dem Weg zu ihrer Mutter war.

»Guten Morgen, Miss Mandeville«, grüßte er sie auf Englisch. »Sie sind schon so früh hier?«

»Ja«, erwiderte Helen auf Deutsch. »Bitte sprechen Sie doch Deutsch mit mir, damit ich mich verbessern kann.« Sie lächelte ihn an. »Ich konnte letzte Nacht kaum schlafen, weil ich mir solche Sorgen um sie gemacht habe, und dachte, ein Blumengruß heute früh würde sie erfreuen. Jetzt wollte ich gerade schauen, ob der Kiosk auf der Straße auch englische Magazine führt.«

»Sie müssen sich keine Sorgen machen«, beruhigte Ludwig sie. »Ich glaube nicht, dass Ihre Mutter ein schwaches Herz hat.«

»Aber das wurde uns immer gesagt, seit … seit sie damals ein Kind verloren hat.«

»Ist sie jemals einem Spezialisten vorgestellt worden oder war es die Diagnose eines gewöhnlichen Landarztes?«

»Was wollen Sie damit andeuten?«

»Das, was Sie vermuten«, erwiderte Ludwig. »Dass die Diagnose entweder falsch war oder es sich nur um eine vorübergehende Schwäche handelte, von der sie sich wieder erholt hat.«

»Aber sie hat nach wie vor Symptome.«

»Ja, aber die müssen nicht zwangsläufig etwas mit dem Herzen zu tun haben.«

Helen sah ihn aufmerksam an. Ludwig zog seine Taschenuhr hervor und warf einen kurzen Blick darauf.

»Ich würde das gern in Ruhe mit Ihnen besprechen«, sagte er. »Hätten Sie die Güte, sich mit mir in einer halben Stunde in dem kleinen Kaffeehaus neben dem Blumenladen zu treffen?«

Helen spürte, wie ihr Herz schneller schlug. »Sehr gern. Dann werde ich meiner Mutter ein englisches Journal besorgen, während Sie nach ihr sehen.«

»So machen wir es«, erwiderte der junge Mann und zum ersten Mal sah sie ihn lächeln.

Eine halbe Stunde später saß sie mit ihm bei einer Tasse Kaffee zusammen. Auf den ersten Blick hatte sie Ludwig gar nicht erkannt, weil er den weißen Kittel abgelegt hatte und einen normalen Straßenanzug trug. Erst als er ihr von seinem Tisch aus zugewinkt hatte, hatte sie ihn bemerkt.

Das kleine Kaffeehaus war sehr gemütlich und bot nicht nur Kaffee an, sondern auch frische Konditoreierzeugnisse.

»Ich hoffe, es stört Sie nicht, wenn ich etwas esse?«, fragte Ludwig. »Das ist meine Mittagspause.« Er bestellte sich ein belegtes Brötchen.

»Nein, gewiss nicht«, erwiderte sie.

»Haben Sie ein englisches Journal für Ihre Mutter gefunden?«

Helen nickte. »Und was haben Sie mir nun über den Zustand meiner Mutter zu berichten?«

Er sah ihr offen in die Augen. »Ich will ehrlich zu Ihnen sein, Fräulein Mandeville. Professor Hagen bat mich aus zwei Gründen, mich um Ihre Mutter zu kümmern. Der eine ist, dass ich von all seinen Studenten am besten Englisch spreche, auch wenn mir die Übung fehlt. Ich war noch nie in Großbritannien, sondern habe mein Schulenglisch lediglich durch die Lektüre britischer und amerikanischer Klassiker am Leben erhalten.«

»Und der zweite Grund?«

Ludwig räusperte sich. »Rein körperlich ist Ihre Mutter eine kerngesunde Frau. Der Professor meinte, er werde sich lieber den wirklich schweren Fällen widmen.«

»Sie sind wirklich sehr offen«, erwiderte Helen. »Fast schon unverschämt offen.«

»Mein Eindruck ist, dass Sie Offenheit wünschen und vertragen.« Er hielt ihrem Blick stand, ohne ihr dabei das Gefühl eines Machtkampfes zu vermitteln.

»Und welche Ursache haben die Symptome meiner Mutter dann, wenn es nicht das Herz ist?«, fragte sie schließlich.

Ludwig trank einen Schluck Kaffee, bevor er antwortete. »Häufig ist es ein tiefer Kummer«, erklärte er dann. »Ihre Mutter hat in ihrem Leben gewiss viel Leid erlebt. Sie sagten, es geschah, nachdem sie ein Kind verloren hatte. Zudem habe ich gesehen, dass Ihr Bruder im Rollstuhl sitzt. Das war gewiss nicht einfach. War es ein Unfall?«

»Nein, Kinderlähmung. Er kann kurze Strecken auf Krücken zurücklegen. Meine Mutter verlor das Kind zu dem Zeitpunkt, als Henry an der Kinderlähmung erkrankte und wir sogar zeitweilig seinen Tod befürchteten.«

»Sehen Sie?«, sagte Ludwig. »Es gab ausreichend Gründe, dass ihr das Herz schwer wurde. Nach der Fehlgeburt hatte sie diese Symptome und sie haben sich in ihrem Erleben fest verankert. Wann immer sie sich unwohl fühlt oder sich Sorgen macht, verspürt sie wieder die gleichen Symptome wie damals. Allerdings ist es nicht das Herz, sondern die Seele.«

»Das heißt, sie bildet es sich nur ein?«

»Nein, sie bildet sich nichts ein. Sie leidet wirklich. Die Seele kann jede Erkrankung vortäuschen und es ist wichtig für einen guten Arzt zu unterscheiden, was körperlich und was seelisch bedingt ist. Es gibt einige anerkannte Professoren hier, die sich darauf spezialisiert haben. Doch die meisten Menschen lehnen diese Sichtweise ab, weil sie Angst haben, für verrückt gehalten zu werden. Sie haben ein körperliches Symptom und dann wollen sie, dass der Arzt ihnen eine Medizin gibt, die es beseitigt. Und dennoch zeigt unsere Sprache, wie sehr Geist und Körper zusammengehören. Kennen Sie die deutschen Redewendungen: ›Das ist mir auf den Magen geschlagen‹ oder ›Das geht mir an die Nieren‹? Oder ›Sein Herz ist gebrochen‹? Ich glaube, das Herz Ihrer Mutter ist gebrochen, als sie ein ungeborenes Kind verlor und mit ansehen musste, wie ein gesunder Sohn zum Krüppel wird.«

Helen sah den jungen Mann vor sich aufmerksam an. Eine derartig mitfühlende Analyse hatte sie nicht erwartet. Aber je länger sie darüber nachdachte, umso mehr erkannte sie, dass er recht hatte. Es passte alles so gut zusammen.

»Wollen Sie später auch Herzspezialist werden?«, fragte sie.

»Nein, ich möchte eine ganz normale Hausarztpraxis in meiner Heimatstadt Hamburg eröffnen, sobald ich mein Studium abgeschlossen habe.«

»Sie stammen aus Hamburg?«

Ludwig nickte. »Waren Sie schon einmal dort?«

»Nein, leider nicht. Ich bin zum ersten Mal auf dem Kontinent.« Und dann erzählte sie von ihrer Reise. Ludwig hörte interessiert zu und so fasste Helen immer mehr Vertrauen, bis sie ihm sogar von James Mitchell erzählte. »Ich frage mich immer wieder, was eine Frau einem Mann noch sagen soll, damit er begreift, dass sie nichts von ihm wissen will«, schloss sie ihre Erzählung. »Sagen Sie, sind deutsche Männer auch so kompliziert?«

»Nun, es gibt einige, die wohl ähnlich sind wie Ihr Möchtegernverlobter.«

»Und warum handeln die so? Haben Sie darauf eine Antwort?«

»Wissen Sie, die meisten Männer sind sehr eitel. Selbst wenn sie eine Frau loswerden wollen, sind sie zutiefst erschüttert, wenn diese Frau ihnen mit der Lösung eines Verlöbnisses nur eine Minute zuvorkommt. Sie fühlen sich dann gedemütigt.«

»Und warum sind sie nicht froh, dass sie sie los sind?«

»Männliche Eitelkeit. Es geht ihnen nicht darum, dass beide Seiten das Gesicht wahren. Sie wollen als Sieger nach Hause gehen. Von einer Frau zurückgewiesen zu werden, ist eine Kränkung, die sie sich nicht eingestehen können. Und ich schätze, dieser James ist so ein Mann. Dazu passt, dass er Sie in unangemessener Form auslachte, als Sie ihm deutlich sagten, dass Sie ihn nicht heiraten wollen.«

»Und was hätte ich stattdessen tun sollen? Wie kann ich so einen Mann mit Sicherheit loswerden?«

»Nun, ich glaube, da müssten Sie ihn schon erschießen. Aber das hinterlässt so hässliche Flecken auf dem Teppich.«

Helen stutzte, weil er diese Antwort mit todernster Miene hervorgebracht hatte. Erst als er ihren Gesichtsausdruck sah, lachte er auf eine Art und Weise, die sie sofort einstimmen ließ.

»Und da behauptet man immer, Deutsche hätten keinen Humor.«

»Das liegt daran, dass man Deutsch sprechen muss, um unseren Humor zu verstehen. Unsere Witze lassen sich nicht übersetzen.« Er grinste.

»Hätten Sie einen typisch deutschen Witz für mich?«

»Ich bin kein guter Witze-Erzähler, ich habe es mehr mit der Schlagfertigkeit.«

»Bitte, nur einen. Damit ich ungefähr weiß, was Sie meinen.«

»Na schön, auf Ihr Risiko.«

Helen sah ihn erwartungsvoll an.

»Treffen sich zwei Jäger. Beide tot.«

»Das war der Witz?«

»Ja.«

»Aber da fehlt doch was. Wieso sind sie beide tot, wenn sie sich treffen?«

»Eben deshalb.«

»Das verstehe ich nicht.«

»Nun gut, der ist auch nicht besonders lustig«, gab Ludwig zu. »Es geht um die Doppeldeutigkeit. Treffen bedeutet sowohl Freunde zu treffen als auch auf der Jagd die Beute zu treffen.«

»Oh, ach so, ich verstehe!« Und im selben Moment fing sie herzlich an zu lachen.

»Mögen Sie diesen albernen Witz wirklich?«

»Ja, der ist lustig!« Sie konnte sich gar nicht mehr beruhigen, denn sein irritiertes Gesicht gab dem Ganzen noch eine besondere Note. Ihr Lachen war anscheinend ansteckend, denn jetzt lachte er auch.

»Bleiben Sie noch lange in Berlin?«, fragte er schließlich.

»Wir hatten zwei Wochen für Berlin eingeplant, da mein Vater hier einige Geschäftsverbindungen hat. Also werden wir erst Ende nächster Woche abreisen. Aber vielleicht bleiben wir auch etwas länger, falls meine Mutter mehr Zeit für ihre Rekonvaleszenz braucht.«

»Sollte ich mit dem Professor darüber sprechen?«, fragte er mit einem verschmitzten Lächeln.

»Würden Sie das tun?«

»Nun, ich denke, bei der Last, die Ihre Mutter auf ihrem Herzen hat, könnte sie ein wenig Erholung und medizinische Betreuung gut gebrauchen, oder?«

»Und würden Sie mich dann weiterhin regelmäßig auf dem Laufenden halten, Herr Ellerweg?«

»Selbstverständlich. Es wäre mir eine Ehre.«

»Vielleicht hätten Sie neben all Ihren Verpflichtungen auch etwas Zeit, mir Berlin zu zeigen?«

»Es wäre mir eine Freude.«

»Vielen Dank, Herr Ellerweg. Ich weiß das wirklich zu schätzen.«

Als Helen das Kaffeehaus schließlich verließ, tobten Schmetterlinge durch ihren Bauch. Es gab tatsächlich noch intelligente, gut aussehende Männer, die eine Frau zum Lachen bringen und unterhalten konnten. Sie freute sich schon jetzt auf ein Wiedersehen mit ihm. Natürlich durfte ihr Vater nichts davon erfahren, aber Yvonne würde ihr gewiss helfen.

8. Kapitel

Genauso wie die Tage in Berlin verflogen, flog Helens Herz Ludwig Ellerweg zu. Sie bemühte sich, ihn regelmäßig in seiner Mittagspause zu treffen, und am Abend schlich sie sich mit Yvonnes Hilfe heimlich aus dem Hotel, um sich von ihm das Berliner Nachtleben zeigen zu lassen. Dabei überschritten sie nie die Grenze des Anstands, obwohl sie inzwischen längst beim vertraulichen Du angekommen waren und in den verschiedensten Etablissements ausgelassen tanzten. Auch wenn man Paris die Stadt der Liebe nannte, so verblasste die Erinnerung an die französische Hauptstadt immer mehr und musste diesen Titel in Helens Wahrnehmung an Berlin abtreten. Am Ende dieser beiden Berliner Wochen wusste sie, dass sie sich Hals über Kopf in Ludwig Ellerweg verliebt hatte. Er war der Mann, mit dem sie ihr Leben verbringen wollte. Er sah in ihr nicht nur eine Frau, sondern einen Menschen, mit dem er sich über alles, was ihn bewegte, austauschen konnte.

Umso glücklicher war sie, als ihre Mutter sich standhaft weigerte, die Europareise fortzusetzen, und darauf bestand, sich weiter in Berlin zu erholen, während ihr Mann zu weiteren Treffen nach Dresden, Prag und Wien aufbrechen musste.

»Ich werde Mutter Gesellschaft leisten«, bot Helen sofort fürsorglich an. »Dann könnt ihr Männer euch ungestört um Geschäfte und Bildung kümmern. Beth und Mademoiselle Bertrand werden sich um Mutter und mich kümmern.«

Ihr Vater zögerte kurz, dann stimmte er zu. Und Henry machte keinen Hehl aus seiner Erleichterung, der Fuchtel der Mutter für die nächsten Wochen vollständig zu entkommen. Möglicherweise würde Henry seinem Vater näherkommen als je zuvor. Allein dafür hätte sich die Reise durch Europa bereits gelohnt.

Helen aber freute sich, dass ihr noch vier weitere Wochen in Ludwigs Gesellschaft vergönnt blieben. Vier Wochen, in denen sie einfach nur das Leben genießen durfte und vielleicht … ganz vielleicht sogar Pläne für eine gemeinsame Zukunft schmieden könnte. Was würde wohl geschehen, wenn sie sich heimlich mit Ludwig verlobte? Seine Absichten ihr gegenüber schienen ehrbar, aber bislang hatten sie noch nie über mehr als den Augenblick gesprochen. Oder war sie für ihn doch nur ein angenehmer Zeitvertreib?

Zwei Tage bevor ihr Vater und ihr Bruder nach Berlin zurückkehren würden, um mit ihrer Familie die gemeinsame Rückreise nach London anzutreten, fasste Helen den Mut, Ludwig zu fragen. Es war ein Sonntagnachmittag und sie saßen in einem angesagten Café in der Nähe der Museumsinsel. Während Yvonne schon lange Bescheid wusste, war es ihrer Mutter bislang entgangen, wie Helen ihre Zeit in Berlin verbrachte.

»In drei Tagen muss ich abreisen«, begann sie, das Gespräch auf das pikante Thema zu lenken.

»Ich weiß«, erwiderte Ludwig und ein Hauch Wehmut zeichnete sich auf seinem Gesicht ab. Er war wirklich ein ausgesprochen schöner Mann, sowohl von der äußeren Erscheinung als auch von seinem Wesen her.

»Bedauerst du es?«, fragte sie weiter.

»Wie kannst du nur fragen?« Er ergriff ihre Hand. »Ich weiß nicht, wie ich bislang ohne dich leben konnte. Du beherrschst meine Gedanken, Leni, Tag und Nacht.«

Ein Schauer lief ihr über den Rücken, als er ihren Namen liebevoll auf die deutsche Weise abkürzte. Leni …

»Mir geht es genauso«, erwiderte sie. »Es ist seltsam. Wir kennen uns erst so kurz, aber ich hatte von Anfang an das Gefühl, dass du mir vertrauter bist als jedes Mitglied meiner Familie. Wir teilen die gleichen Ideen und Ziele, das habe ich noch nie auf diese Weise erlebt.«

Ludwig nickte. »Ich empfinde dasselbe für dich.«

»Und doch wird meine Familie verlangen, dass ich James Mitchell heirate.«

»Dann sag Nein und heirate mich!«

Helen erstarrte. Es war keiner seiner üblichen Scherze. Es war sein voller Ernst, das erkannte sie sofort.

»Du … machst mir einen Antrag?«, flüsterte sie.

»Ja. Helen Mandeville, willst du meine Frau werden?«

»Nichts würde ich lieber tun. Aber meine Eltern werden es nie erlauben.«

»Dann brenn einfach mit mir durch! Im kommenden März werde ich mein letztes Examen ablegen, danach muss ich noch sechs Pflichtmonate in der Chirurgie ableisten und anschließend werde ich mich als Arzt in einer eigenen Praxis in Hamburg niederlassen. Du wirst die Stadt lieben, Helen. Man sagt, Hamburg sei die britischste Stadt Deutschlands.«

Sie seufzte. »Das würde ich so gern tun, aber ich bin noch nicht volljährig. Und mir fehlen die Papiere für eine Eheschließung. Meine Eltern würden mich gewiss mit Gewalt zurückholen und dich anzeigen.«

»Dann musst du die Hochzeit mit diesem James hinauszögern, bis du volljährig wirst. Dein einundzwanzigster

Geburtstag ist der 2. Januar 1900. Und mit Beginn des neuen Jahrhunderts wird unser gemeinsames Leben beginnen.«

»Ich soll noch länger als ein Jahr James' Avancen ertragen?«

»Ich werde dir jede Woche schreiben und dich in London besuchen, sobald es mir möglich ist. Vielleicht ergibt sich ja sogar die Möglichkeit, mit dem Einverständnis deiner Eltern zu heiraten.«

Helen schüttelte den Kopf. »Das ist ausgeschlossen. Mein Vater hat mir, seit ich ein kleines Mädchen bin, eingeschärft, dass ich bei der Wahl meines Ehemannes nicht nur auf mein Herz hören darf, sondern dass eine Eheschließung die Fortführung seiner Bank sicherstellen muss. Henry kann diese Rolle nicht übernehmen.«

»Vielleicht ändert dein Vater seine Meinung, nachdem er jetzt mehr Zeit mit seinem Sohn verbracht hat. Mir erschließt sich nicht, warum ein Bankdirektor gesunde Beine braucht, da es sich um eine Schreibtischtätigkeit handelt.«

»Er glaubt nicht, dass mein Bruder den nötigen Intellekt hat.«

»Und deshalb sollst du einen Mann heiraten, den du nicht magst und dessen Intellekt ebenfalls fragwürdig ist? Wäre er so klug, wie dein Vater denkt, hätte er längst akzeptiert, dass du ihn nicht willst.«

»Ich fürchte, wenn ich offen ausspreche, was ich für dich empfinde, werden meine Eltern alles tun, den Kontakt zu dir zu verhindern. Es wird ihnen leichtfallen, Briefe abzufangen.«

»Was schlägst du also vor?«

»Möglicherweise ist es doch das Beste, ich zögere meine Hochzeit mit James hinaus, bis ich volljährig bin. Ich könnte Yvonne bitten, mir zu helfen, heimlich alle Papiere zu besorgen, die ich für eine Eheschließung in Deutschland benötige. Und dann könnte ich am Tag nach meinem einundzwanzigsten

Geburtstag heimlich die Fähre nach Hamburg nehmen. Falls du bereit bist, so lange auf mich zu warten.«

»Das bin ich«, erwiderte er.

»Und du würdest mich auch mittellos und ohne Mitgift nehmen?«

»Leni, ich liebe dich. Deine Liebe ist mit keinem Geld der Welt aufzuwiegen. Im Gegenteil, ich würde alles geben, was ich habe, damit ich nur mit dir zusammen sein kann.«

Er beugte sich ein Stück vor und hauchte ihr einen Kuss auf die Wange. Helen errötete. Es war unschicklich, so etwas in der Öffentlichkeit zu tun, aber die Zärtlichkeit seiner Lippen fühlte sich so gut an. Am liebsten hätte sie ihn umarmt und richtig geküsst, aber das wäre an diesem Ort zu weit gegangen.

»Dann soll es so sein, Ludwig. Mein Herz wird immer dir gehören.«

Ludwig zahlte die Rechnung. »Komm, ich möchte dir noch etwas schenken, das unser Versprechen besiegelt.«

Er nahm sie bei der Hand und führte sie auf die Museumsinsel zu einem kleinen Geschäft, das Repliken anbot. Er erstand einen kleinen goldenen Siegelring, in den eine Isis geritzt war.

»Isis schützt die Liebenden«, sagte er, während er ihr den Ring ansteckte. »Für mich bedeutet es ein Versprechen.«

Helen betrachtete den Ring an ihrem Finger. »Dann ist das sozusagen unser Verlöbnis?«, fragte sie.

Er nickte. »Unser geheimes Verlöbnis. Niemand wird sich etwas dabei denken, wenn du ein Andenken aus dem Ägyptischen Museum in Berlin trägst.«

»Zu einem Verlöbnis gehören zwei Ringe«, erwiderte Helen. »Hatte die Göttin Isis auch einen Gemahl?«

»Ja, Osiris.« Ludwig wies auf einen ähnlichen Ring mit dem Symbol des Totengottes.

Helen zögerte nicht, ihre gesamte Barschaft von zwanzig Mark für den Ring auszugeben, und steckte ihn dann Ludwig an den Finger.

»Ich werde ihn so lange tragen, bis ein offizieller Ehering seinen Platz einnimmt«, versprach Ludwig. Und in einer schwer einsehbaren Ecke hinter dem kleinen Laden, beschirmt von alten Kastanien, zog er sie an sich und küsste sie. So innig und leidenschaftlich, wie Helen es sich bereits im Café gewünscht hätte.

Das Leben war einfach nur wunderbar. Es war egal, was James oder ihre Eltern dachten, sie hatte sich ihr Leben zurückgeholt, sie war frei in ihren Entscheidungen, auch wenn sie noch eine Weile ein doppeltes Spiel treiben musste, um ihr Lebensglück nicht zu gefährden. Zum ersten Mal in ihrem Leben war sie wirklich verliebt und sie wusste, dass der Mann, dem sie ihr Herz geschenkt hatte, genau dasselbe für sie empfand.

9. Kapitel

Henry und sein Vater waren sich während der Reise tatsächlich etwas nähergekommen, allerdings nicht in der Art, die Helen sich erhofft hatte. Anstatt seinem Sohn die Fortführung der Bank zuzutrauen, hatte Kenneth sich von ihm überreden lassen, ihm ein Studium der Kunstgeschichte zu finanzieren.

Catherine reagierte ob dieser Ankündigung irritiert. »Was soll der Junge mit Kunstgeschichte anfangen? Das hat doch keine Zukunft. Mit so etwas können sich Zweitgeborene befassen, bei denen es zu sonst nichts reicht, aber doch nicht dein Erbe, Kenneth.«

»Darüber waren wir uns doch schon lange einig, Catherine. Henry hat keine Neigung zu meinen Geschäften. James wird die Leitung der Bank übernehmen.«

»Aber James ist Jurist, kein Finanzier«, warf Helen zögerlich ein.

»Er wird Geschäftsführer und die Finanziers überwachen. Er ist ein kluger Kopf und wird das alles zu meiner Zufriedenheit regeln.«

»Und deshalb soll ich ihn heiraten? Damit du deinen Nachfolger an dich binden kannst?«

»Das war doch von Anfang an so besprochen«, erwiderte ihr Vater. »Zudem ist James dir herzlich zugetan. Eine bessere Partie kannst du nirgendwo erwarten.«

Helen drehte den Ring an ihrer Hand und schwieg. Hier wäre jedes Wort vergebens. Henry durfte das Studium seiner Wahl beginnen, während sie ein Opfer des Heiratsmarktes werden sollte. Nun gut, sie würde mitspielen und es hinauszögern. Lang genug. Und dann, wenn niemand mehr damit rechnete, wäre sie am Tag nach ihrem einundzwanzigsten Geburtstag auf und davon. Ihre Familie wollte es nicht anders.

Der Gedanke hatte etwas Tröstliches. Es gab einen Ausweg.

London empfing sie Anfang November kühl und regnerisch. Und der Tag wurde noch trüber, als James Mitchell ihr gleich nach ihrer Ankunft seine Aufwartung machte.

»Ich wollte mich bei dir für die Postkarten bedanken, Helen«, sagte er.

Postkarten? Soweit sie sich erinnerte, war es nur eine gewesen – jene, die sie ihm aus Köln geschickt hatte.

»Dafür hättest du doch nicht extra vorbeikommen müssen.« Sie bemühte sich um ein Lächeln, während sie gedankenverloren über den Isis-Ring strich.

James war ihrem Blick gefolgt. »Ein neuer Ring?«

»Ja, er ist eine Replik, sie stammt von unserem Besuch des Ägyptischen Museums in Berlin. Die Göttin Isis.«

Sie hielt ihm die Hand mit dem Ring entgegen. Ludwigs Entscheidung, ihre heimliche Verlobung mit einer Museumsreplik zu besiegeln, die über jeden Verdacht erhaben war, war genial. Er war ohnehin viel klüger als James. Und hübscher. Und freundlicher.

James warf nur einen kurzen Blick darauf, dann sah er ihr wieder in die Augen. »Ich habe dich vermisst.«

»So?«

»Du hast anscheinend viele neue Eindrücke gesammelt.«

»Ich war in Sorge um meine Mutter, die in Berlin einen schweren Herzanfall erlitten hatte und mehrere Wochen von Spezialisten der berühmten Charité behandelt werden musste. Der Professor und sein Assistent kümmerten sich auch nach ihrer Entlassung um sie. Ich nehme an, du hast erfahren, dass die Reise für meine Mutter und mich in Berlin endete und Vater die weiteren Stationen nur mit Henry, seinem Sekretär und dem treuen Winston absolvierte.«

»Das tut mir leid. Es war gewiss nicht leicht, in diesen schweren Tagen für deine Mutter da zu sein.«

»Ich weiß, was die Pflicht einer guten Tochter ist.«

James nickte. Immerhin war er taktvoll genug, keine weiteren Fragen zu stellen.

Bereits einen Tag nach ihrer Ankunft erhielt Helen den ersten Brief von Ludwig.

> Meine liebste Leni,
> kaum warst Du fort, verspürte ich in mir den tiefen Drang, Dir zu schreiben. Ich vermisse Dich schon jetzt unendlich. Dein Lachen und Deine Fröhlichkeit waren für mich ein steter Quell der Stärke und Freude. Sie tragen mich noch immer durch meine tägliche Arbeit und lassen mich das Leid, das ich als angehender Arzt im Krankenhaus regelmäßig zu sehen bekomme, besser ertragen. Immer, wenn ich die Augen schließe, sehe ich Dein Bild vor mir. Doch auch, wenn ich Dich in meinem Herzen ständig in mir trage, so wollte ich Dich bitten, ob Du mir vielleicht eine Fotografie senden könntest, damit ich sie meinen Eltern

zeigen kann, wenn ich über Weihnachten nach Hamburg zurückkehre. Ich weiß schon jetzt, dass sie Dich genauso lieben werden, wie ich es tue. Im Gegenzug schicke ich Dir ein Foto von mir, damit Du mich nicht vergisst. Ich plane über Ostern eine Reise nach London und würde mich sehr freuen, wenn wir uns gemeinsam das Britische Museum ansehen könnten. Das wäre selbstverständlich nur der offizielle Teil dessen, was ich mir wünsche. Oh, Leni, wie soll ich nur die Zeit ohne Dich überbrücken? Schreib mir recht bald, wie Du angekommen bist und wie es Dir geht. Und melde Dich jederzeit, wenn Du Ratschläge im Umgang mit Deinem lästigen Verehrer aus männlicher Sicht brauchen solltest. Ich würde Dich so gern selbst verteidigen und schützen, aber ich weiß, dass wir einen offenen Kampf derzeit verlieren würden. Doch am Ende werden wir siegen, denn wie sagte bereits Vergil: Omnia vincit amor – über alles siegt die Liebe.
In Liebe
Dein Ludwig

Ein Frösteln lief Helen über den Rücken. Wieder und wieder las sie den Brief und sah sich das Porträt an, das Ludwig dem Brief beigefügt hatte. Wie sehr musste dieser Mann sie lieben, wenn er ihr sofort geschrieben hatte, nachdem sie abgereist war. Sie setzte sich sogleich an ihren Schreibtisch und antwortete ihm in ebenso warmen Worten. In ihrer Schublade fand sie eine Fotografie, die kurz vor ihrer Abreise gemacht worden war. Sie blickte sehr ernst drein und ihr Haar war streng zurückgebunden. Sollte sie ihm dieses Bild schicken oder für seine Eltern eine neue Fotografie anfertigen lassen? Schließlich wollte sie einen guten Eindruck machen. Sie beschloss, Yvonne zu bitten, ihr einen Termin bei einem Fotografen zu machen. Ludwig sollte das schönste Bild bekommen, das ein Fotograf nur machen konnte. Das war sie ihm schuldig. Aber damit er nicht zu lange auf ihren Brief warten musste, schrieb sie ihm, dass die Fotografie in einem späteren Brief folgen würde.

Der Briefwechsel mit Ludwig wurde in den kommenden Wochen und Monaten zu Helens Lebensinhalt. Zum Glück kümmerten ihre Eltern sich kaum um sie, sodass niemandem auffiel, dass sie einmal in der Woche einen Brief aus Deutschland bekam, was sonst möglicherweise Fragen aufgeworfen hätte.

Weihnachten kam und James wurde selbstverständlich am ersten Weihnachtstag eingeladen, als gehörte er längst zur Familie. Natürlich wurde von Helen erwartet, ihm etwas zu schenken, aber sie hatte keine Ahnung, was sie für ihn aussuchen sollte. Erst jetzt, da sie den Vergleich zu Ludwig hatte, begriff sie, dass sie eigentlich nichts über James wusste, außer dass er gern in großer Gesellschaft zu den von ihr so verhassten Fuchsjagden ritt. Was er las, welche kulturellen Interessen er hatte – all das war ihr trotz der langen Zeit, die sie bereits mit ihm bekannt war und die er um sie warb, ein Buch mit sieben Siegeln.

Sie entschied sich schließlich für einen Roman von Bram Stoker, der erst im vergangenen Jahr erschienen war und den James mit Sicherheit nicht gelesen hatte. »Dracula«, die Geschichte eines untoten Vampirs. Sie selbst hatte bei der Lektüre den wohligen Grusel genossen und sich mit der Figur der Mina Harker identifiziert – einer Frau, die hin- und hergerissen ist. Zudem war sie sich sicher, dass James irritiert sein würde, ein derartiges Geschenk von seiner Beinaheverlobten zu bekommen. Bei dem Gedanken seufzte sie. Gewiss würde bei dieser Weihnachtsfeier auch die Verlobung geplant werden. Sie musste sie so weit wie möglich hinauszögern und dann darauf bestehen, dass die Hochzeit erst ein Jahr später gefeiert würde. So viel Einfluss würde sie gewiss nehmen dürfen.

James schenkte Helen eine zarte goldene Kette mit Medaillon, in dem ein Bild von ihm war. »Damit du mich immer bei dir hast«, flüsterte er ihr ins Ohr, während er sie ihr um den Hals legte – eine zärtliche Geste, die Helen eigentlich nicht wünschte, die aber von ihrer Familie umgehend verlangt worden war, kaum dass sie das Geschenk geöffnet hatte.

Als er anschließend sein eigenes Paket öffnete, stutzte er. »Ein Schauerroman?«, fragte er erstaunt.

»Kein einfacher Schauerroman, sondern ein Werk, bei dem es gilt, zwischen den Zeilen zu lesen. Eigentlich handelt es von der Zerrissenheit einer Seele und ist zudem eine Hommage an die wahre Liebe, die sich auch durch äußere Einflüsse nicht zerstören lässt.«

»Wenn es so ist, werde ich es mit besonderem Genuss lesen«, erwiderte James und hauchte ihr unerwartet einen Kuss auf die Wange.

Helen räusperte sich. »Bitte, James, wir sind noch nicht einmal verlobt.«

»Was uns zu einem der wichtigsten Themen dieses Abends bringt«, sagte ihr Vater mit einem nachsichtigen Lächeln. »Es ist bereits lange überfällig. James wird im neuen Jahr sein Examen machen.«

»Ja«, sagte Helen. »Ich habe mir auch schon Gedanken gemacht. Ich möchte, dass die Verlobung im Mai stattfindet, dem Wonnemonat, wenn alles grünt und blüht und die Schatten des Winters vergessen sind. Ich wünsche mir ein großes Gartenfest. Und genau ein Jahr später möchte ich dann eine noch prunkvollere Hochzeit – natürlich auch im Mai.«

»Du willst ein Jahr vergehen lassen?«, fragte James.

»Ja«, bestätigte Helen. »Ich möchte meine Ehe im vollen Bewusstsein der eigenen Verantwortung schließen. Und zwar dann, wenn ich bereits volljährig bin. Ich möchte diesen wichtigen Schritt als erwachsene Frau gehen. Ich denke, das ist doch auch in eurem Sinn, oder?«

Ihr Vater zögerte kurz, dann nickte er. »Ich freue mich, dass du dir bereits so viele Gedanken gemacht hast. Zudem wird die Zeit des Verlöbnisses James die Gelegenheit geben, beruflich Fuß zu fassen, damit er als dein Ehemann ebenfalls unabhängig ist.«

James sah zwar nicht besonders glücklich aus, dass er noch so lange auf die Freuden der Ehe warten musste, dennoch zwang er sich zu einem Lächeln und nickte.

Helen atmete auf. Der Verlobung mit James würde sie nicht entgehen können, aber die galt für sie nichts, schließlich war sie längst verlobt. Es war lediglich ein Schachzug im Spiel um ihre Freiheit und ihre wahre Liebe.

Kaum hatte Helen der Verlobung zugestimmt und den Monat für das große Ereignis festgelegt, begannen die Vorbereitungen. Da die Verlobung Helen nicht wichtig war, ließ sie ihrer Mutter völlig freie Hand, was ihr Verhältnis deutlich entspannte. Catherine schien wieder zu einem kleinen Mädchen zu werden und über die Planungen vergaß sie sogar, Henry zu bemuttern. Der wiederum zählte die Tage, bis er das elterliche Haus endlich verlassen durfte, um Kunstgeschichte zu studieren.

In der Woche vor Ostern schrieb Ludwig ihr, dass er sein Versprechen wahr machen und die Feiertage in London verbringen würde. Er hatte sein Examen erfolgreich bestanden und arbeitete jetzt als Medizinalassistent in der Chirurgie, um seine chirurgischen Pflichtmonate abzuleisten, ehe er eine Praxis in Hamburg eröffnen durfte.

In dem Brief teilte er ihr nicht nur die Adresse seiner Pension in London mit, sondern fragte auch, ob es wohl möglich wäre, sie zu besuchen.

»Wir könnten es als eine zufällige Begegnung erscheinen lassen«, schrieb er. »Wir treffen uns im Britischen Museum und du erzählst deinen Eltern, es sei eine erfreuliche Überraschung gewesen. Ein Höflichkeitsbesuch ist nichts, was deine Eltern verweigern können, zumal ich mich in der Charité um deine Mutter gekümmert habe.«

Helens Herz schlug höher. Ludwigs Vorschlag war ausgezeichnet, denn tatsächlich würde die Höflichkeit es ihr gebieten, ihn einzuladen, sofern sie ihm zufällig auf seiner Londonreise begegnete. Es wäre glaubhaft und sie könnte ihm all das zeigen, wovon sie ihm bislang immer nur geschrieben hatte.

Am Ostersamstag war es endlich so weit. Es war der Tag, an dem sie Ludwig wiedersehen würde. Sie hatten sich vor dem Eingang des Britischen Museums verabredet. Helens Eltern wunderten sich zwar über den Zeitpunkt, den ihre Tochter für einen Museumsbesuch wählte, stellten aber keine weiteren Fragen, zumal Helen offiziell Yvonne mitnahm. Dass Mademoiselle Bertrand in Wahrheit ihre Freundinnen der Liga für Frauenrechte besuchen würde, anstatt die Anstandsdame zu spielen, behielten sie für sich. Es war eine große Hilfe, in Yvonne so eine enge Vertraute zu haben, die ihr Geheimnis wahrte und ihr fürsorglich zur Seite stand. Yvonne konnte James ebenfalls nicht leiden und verstand sehr gut, was ihren Schützling zu dem jungen deutschen Arzt hinzog.

Helen war so aufgeregt, dass sie eine halbe Stunde zu früh da war. Es war ihr etwas unangenehm, als Frau allein auf den Stufen zu warten. Sie fürchtete, von irgendwem erkannt oder gar angesprochen zu werden, und so besuchte sie den kleinen Museumsladen, in dem man Bildbände und Ansichtskarten erstehen konnte. Helen erstarrte, als sie den einzelnen Kunden in der Ecke erblickte, der in einem Buch blätterte. Zwar verbarg der Hut den größten Teil seines Haares, aber sie sah doch, dass er blond war.

»Ludwig?«, fragte sie vorsichtig. Der Mann drehte sich um.

»Leni?« Seine Augen strahlten. »Du hast es auch nicht mehr abwarten können?«

Sie lachte. »Genau wie du.«

Er legte das Buch fort, nahm sie zärtlich in die Arme und hauchte ihr einen Kuss auf die Wange. Die Verkäuferin hinter der Kasse räusperte sich geräuschvoll.

»Keine Sorge, die Dame ist meine Verlobte«, sagte Ludwig lächelnd. »Sie müssen nicht fürchten, dass wir hier die Moral gefährden.« Dann nahm er das Buch wieder auf und bezahlte es.

»Was ist das?«, fragte Helen.

»Ein Bildband über Ägypten mit kolorierten Fotografien und Zeichnungen.«

»Deine alte Leidenschaft.«

»Wie es sich für Osiris gehört.« Er hob die Hand mit dem Osiris-Ring und sein Blick suchte den Ring an ihrer Hand.

»Ich trage ihn selbstverständlich noch immer«, erwiderte Helen. »James war so aufdringlich, mir zu Weihnachten ein Medaillon mit seinem Bild zu schenken, und erwartet, dass ich es ebenfalls täglich trage. Allerdings habe ich eine kleine Veränderung vorgenommen.« Sie zog das Kettchen hervor und öffnete das Medaillon.

»Du hast mein Foto gegen seines ausgetauscht?« Er grinste. »Und was machst du, wenn er es merkt?«

»Wie sollte er? Er hat doch keinen Grund, mein Medaillon zu öffnen. Aber ich könnte es nicht ertragen, sein Bild ständig um mich zu haben.« Sie seufzte. »Ich frage mich, wie ich diese unsägliche Verlobung durchstehen soll. Diese Verlogenheit liegt mir nicht.«

»Ich weiß«, bestätigte Ludwig. »Allerdings haben wir keine Wahl. Deine Familie ist zu mächtig, als dass wir uns schon jetzt gegen sie stellen könnten. Nicht, solange du nicht volljährig bist. Sie wollen dich zwingen, eine Lüge zu leben, also dürfen sie sich nicht wundern, wenn du sie mit ihren eigenen Waffen schlägst.«

»Du hast ja so recht«, sagte sie und hakte sich bei ihm ein. »Wollen wir uns jetzt das Museum ansehen?«

Er nickte.

Es war ein wunderschöner Tag, und nachdem sie die Schätze der berühmten Sammlungen ausgiebig bewundert hatten, gingen sie in ein Lokal, um ein verspätetes Mittagessen zu genießen.

»Ich bin angenehm überrascht«, sagte Ludwig. »Du kennst bestimmt die deutschen Vorurteile über die britische Küche.«

»Sind sie noch schlimmer als die britischen Vorurteile über die deutschen Speisegewohnheiten?«

»Ja, um ein Vielfaches.« Er grinste. »Weißt du, das Deutsche Reich ist ja kein homogenes Gebilde. In Norddeutschland gibt es ganz andere Vorlieben als in Bayern. Mal ganz abgesehen von der Sprache. Ich war einmal in München und hatte das Gefühl, Englisch ist für einen Hamburger leichter zu verstehen als Urbayerisch. Und das, obwohl die Bayern, mit denen ich zu tun hatte, von sich behaupteten, Hochdeutsch zu reden.«

Helen lachte.

»Wann erwarten deine Eltern dich heute zurück?«

»Ich habe ihnen nur vom Museumsbesuch erzählt, also am späten Nachmittag oder frühen Abend. Allerdings könntest du mich und Yvonne nach Hause begleiten, immerhin haben wir dich ja zufällig getroffen. Und dann spreche ich sofort vor aller Ohren die Einladung aus, dass ich dich für morgen zum Osteressen einlade. Es gibt traditionell Lammbraten. Da wirst du allerdings auch James begegnen.«

»Ob du es glaubst oder nicht, auf diese Begegnung freue ich mich sogar.«

»Aber sei vorsichtig und höflich.«

»Hast du mich jemals unhöflich erlebt?« Er lächelte sie liebevoll an.

»Nein, aber James kann einen so wütend machen mit seinen Bemerkungen. Mich jedenfalls.« Sie seufzte. »Ich bin mit Yvonne um vier Uhr im Regent's Park verabredet. Es ist eine wunderschöne Anlage. Ich gehe dort gern spazieren, wenn ich in der Gegend bin.«

»Wollen wir uns dann auf den Weg machen, solange uns das Wetter noch gewogen ist?« Ludwig lächelte sie mit einem Blick auf ihren leeren Teller an. »Oder möchtest du noch ein Dessert?«

»Ich würde einen Besuch der Eisdiele im Park vorziehen.« Sie erwiderte sein Lächeln. Ludwig nickte, winkte nach dem Kellner und zahlte die Rechnung.

»Wie ist Hamburg?«, fragte Helen, während sie an dem kleinen See im Regent's Park entlangspazierten. »Ich habe gehört, mitten in der Stadt gebe es einen See, der so groß ist, dass Schiffe darauf fahren können.«

»Ja, die Alster«, bestätigte Ludwig. »Verglichen mit diesem kleinen See ist sie ein Ozean. Es gibt die Binnenalster und die Außenalster. Aber es ist kein natürlicher See, sondern die Aufstauung des Flusses Alster. Und auf ihr fahren weiße Ausflugsdampfer, die sowohl zu Vergnügungszwecken über den See und durch die kleinen Kanäle fahren als auch zum gewöhnlichen Linienverkehr gehören. Es ist zudem beliebt, einen Dampfer für Feierlichkeiten zu mieten. Dann wird auf dem Schiff gegessen, gefeiert, getanzt.«

»Können wir das bei unserer Hochzeit auch tun?«

»Wenn du im Januar zu mir kommst und wir heiraten, ist die Wahrscheinlichkeit groß, dass die Alster gefroren ist und keine Schiffe fahren.«

Helen seufzte. »Schade.«

»Es wird gewiss andere Ereignisse in unserem Leben geben, die wir auf diese Weise feiern können.«

Um vier Uhr trafen sie sich wie verabredet mit Yvonne Bertrand. Sie stimmten kurz miteinander ab, unter welchen Umständen sie Ludwig zufällig im Museum getroffen hatten, dann nahmen sie eine Mietdroschke zum Haus der Familie Mandeville in South Kensington. Als Ludwig die prächtige Villa sah, schluckte er.

»Wenn das dein bisheriger Lebensstil war, wirst du vermutlich von allem, was ich dir zu bieten habe, enttäuscht sein«, flüsterte er.

»Ich wäre nicht einmal enttäuscht, wenn ich mit dir in einer einfachen Bretterbude leben müsste«, flüsterte sie zurück. »Wahre Liebe bringt jedes Umfeld zum Erstrahlen. Wenn ich auf Reichtum aus wäre, würde ich James heiraten. Seine Familie hat vor den Toren Londons einen Landsitz, gegen den selbst dieses Haus winzig ist.«

»Aber dir ist bewusst, dass wir unsere Praxis in der Wohnung haben werden?«, fragte Ludwig. »Ich habe schon einen Mietvertrag für eine Sechszimmerwohnung, in der zwei Zimmer der Praxis vorbehalten sind – ein Sprechzimmer und ein Wartezimmer.«

»Das macht mir nichts aus. Hauptsache, wir sind zusammen.«

Ludwig nickte langsam. Die Droschke hielt und sie stiegen aus.

Helen war ein wenig mulmig, wie ihre Mutter wohl reagieren würde, wenn sie Ludwig in ihr Haus brachte, doch ihre Sorgen erwiesen sich als unbegründet. Catherine Mandeville freute sich über das unerwartete Treffen und sprach noch vor Helen die Einladung zum Osteressen aus.

»Sie müssen mir unbedingt von Ihren weiteren beruflichen Plänen erzählen«, sagte sie. »Ich war ja zunächst sehr skeptisch, da Sie damals noch Student waren, aber ich muss gestehen, seit meinem Aufenthalt in der Charité fühlt sich mein Herz an wie neu.«

»Das freut mich zu hören, Mrs Mandeville.«

Ludwig war taktvoll genug, diesen ersten Besuch nicht über die Gebühr auszudehnen, und verabschiedete sich nach einer Tasse Tee.

10. Kapitel

Am Ostersonntag zählte Helen die Minuten bis zu Ludwigs Erscheinen. Und sie fragte sich, wie James wohl auf den Gast aus Deutschland reagieren würde. Seine Antipathie gegen alles Deutsche, die aus der Geschwisterrivalität mit seiner erfolgreichen Halbschwester Ellinor resultierte, war ihr inzwischen wohlbekannt. Würde James sich höflich benehmen oder giftige Spitzen gegen Ludwig abfeuern? Und falls ja, wie würde Ludwig dem begegnen? Immerhin hatte er den Vorteil, bereits viel über James zu wissen. Nun, es versprach, interessant zu werden.

Das erste Zusammentreffen zwischen Ludwig und James ereignete sich bereits bei Ludwigs Ankunft. Beide Männer waren pünktlich und standen zur gleichen Zeit vor der Tür. Während James einen kleinen Blumenstrauß englischer Rosen für Helen dabeihatte, hielt Ludwig gleich zwei Sträuße in den Händen – einen großen Frühlingsblumenstrauß für Catherine als Dame des Hauses und einen etwas kleineren Strauß aus weißen und rosa Rosen für Helen, der den von James dennoch in den Schatten stellte.

»Vielen Dank, Herr Ellerweg, das wäre doch nicht nötig gewesen«, sagte Helen, als er ihr die Blumen überreichte. »Aber sie riechen himmlisch, vielen Dank.«

James' Strauß reichte sie sofort, ohne daran zu riechen, an das Dienstmädchen weiter, damit sie ihn in eine Vase stellen konnte. Den von Ludwig gab sie Yvonne mit der Bitte, ihn in der kostbaren Vase aus chinesischem Porzellan gut zur Geltung zu bringen.

Auch Catherine war von ihrem Strauß beeindruckt und nahm wohlwollend zur Kenntnis, dass er noch größer und teurer war als der, den ihre Tochter bekommen hatte. Und sie nahm auch zur Kenntnis, dass James nichts für sie mitgebracht hatte. Zwar hatte er das auch sonst nur selten getan, seit er Helen den Hof machte, aber der Kontrast zu Ludwig war unübersehbar.

Als sie wenig später beim gemeinsamen Essen saßen, fragte James Ludwig: »Sie sind Arzt, wie ich gehört habe?«

»Ja«, erwiderte Ludwig.

»An der berühmten Charité?«

»Noch, ja. Aber ich plane die Eröffnung einer eigenen Praxis in Hamburg.«

James runzelte die Stirn. »Ist das nicht ein gesellschaftlicher Abstieg? Von einer der renommiertesten Universitätskliniken der Welt in eine kleine Praxis fernab der Hauptstadt?«

»Nein, es ist die Erfüllung eines Lebenstraums«, sagte Ludwig. »Ich wollte immer in meiner Heimatstadt Hamburg eine Praxis eröffnen. Und hätten wir in Hamburg eine eigene Universität, hätte ich die Stadt auch nicht verlassen.«

»Nun, dann sind Sie wohl nicht besonders ehrgeizig?«

»Was planen Sie denn, Mr Mitchell? Sie sind Jurist, nicht wahr? Werden Sie einer renommierten Kanzlei beitreten oder eine eigene eröffnen? Oder streben Sie ein Amt als Richter oder Staatsanwalt an?«

»Ich werde meine eigene Kanzlei eröffnen.«

»Was durchaus vergleichbar mit einer Arztpraxis ist, nicht wahr?«

»Allerdings verdienen wir Juristen unser Geld nicht aufgrund der Krankheiten und Leiden anderer.«

»Nein, Juristen verdienen ihr Geld aufgrund der Streitereien anderer, nicht wahr? Sagen Sie, Mr Mitchell, stimmt es, dass ein finanziell erfolgreicher Jurist alles dafür tun muss, einen Prozess möglichst in die Länge zu ziehen, anstatt möglichst schnell zu einer Einigung zu kommen?«

»Diese Frage ist genauso unpassend, als würde ich Sie fragen, ob Sie einen Kranken unerträglich lange leiden lassen, ehe Sie den heilenden Schnitt ansetzen.«

»Ich weiß nicht, wie die Ärzte in England das handhaben«, erwiderte Ludwig gelassen. »In Deutschland sind wir für die schnelle und effiziente medizinische Versorgung berühmt. Wir haben in der Charité zahlreiche Patienten aus dem europäischen Ausland, die unsere Klinik den Krankenhäusern ihrer Heimat vorziehen. Sehen Sie, ein deutscher Arzt verdient nicht dadurch Geld, dass er einen Kranken so lange auspresst, bis der all sein Vermögen ausgegeben hat und dann stirbt. Ein deutscher Arzt verdient dadurch Geld, dass er die Menschen schnell und gründlich von ihrem Leiden kuriert und weiterempfohlen wird. Es ist ein helfender Beruf, der in hohem Ansehen steht.«

»Wollen Sie damit andeuten, die Ärzte in England wären schlechter?«

»Nein, ich habe nur meiner Unkenntnis über das britische Gesundheitssystem Ausdruck verliehen. Aber deshalb bin ich ja hier in London, um meine Wissenslücken aufzufüllen.«

»James, deine Skepsis Doktor Ellerweg gegenüber ist unangebracht«, mischte sich jetzt auch Catherine ein. »Er hat mir bereits in Berlin sehr geholfen und ich kann die Charité jedem wärmstens empfehlen.«

»Das ist wahr«, bestätige Helen, die sich über den Zuspruch ihrer Mutter freute. War das nur eine Folge des großen Blumenstraußes und der Tatsache, dass James ihrer Mutter keinen mitgebracht hatte? »Meine Mutter hatte seit ihrem Aufenthalt in der Charité keinen Herzanfall mehr und die Londoner Spezialisten, die sie nach unserer Rückkehr zu einer Kontrolluntersuchung aufsuchte, waren von ihrem gesundheitlichen Zustand angenehm überrascht.«

»Sagen Sie, Mr Mitchell, auf welche juristische Fachrichtung wollen Sie sich denn spezialisieren? Strafrecht oder Zivilrecht?«, fragte Ludwig.

»Alles, was anliegt«, erwiderte James knapp.

»Oh, das ist bemerkenswert«, erwiderte Ludwig. »Dann ist das in Großbritannien also völlig anders als im Deutschen Reich. Bei uns ist es üblich, dass die guten Anwälte sich spezialisieren, und jene, die sich mit einer kleinen Kanzlei mühsam über Wasser halten, als Advokat jeden Fall annehmen, egal ob es sich um einen Nachbarschaftsstreit oder eine Strafsache handelt.«

»Wollen Sie mir unterstellen, ich wäre ein kleiner Advokat?«, brauste James auf.

»Nein, wie kommen Sie denn darauf?« Ludwig sah ihn mit großen, unschuldigen Augen an. Helen musste sich auf die Lippen beißen, um nicht laut loszulachen. »Ich verstehe doch gar nichts vom britischen Rechtssystem. Wissen Sie, die Medizin ist da viel einfacher. Ein Arzt kann Kranke in jedem Land behandeln. Aber ein Jurist ist außerhalb seines eigenen Rechtssystems doch völlig hilflos und überflüssig. Das deutsche Recht lässt sich mit dem angelsächsischen in keiner Weise vergleichen. Und wenn es bei Ihnen so üblich ist, dass ein guter Anwalt sich nicht spezialisiert, sondern alles beherrscht, dann bin ich beeindruckt. Bei den komplizierten deutschen Gesetzgebungen wäre das nicht möglich. Das deutsche Recht ist so ähnlich wie die Medizin – man muss sich spezialisieren, um die bestmöglichen Resultate zu erreichen.«

Helens Vater, der bislang geschwiegen hatte, räusperte sich. »Doktor Ellerweg, ich möchte nicht, dass Sie einen falschen Eindruck mitnehmen. Natürlich ist das britische Recht nicht so einfach gestrickt, dass es keiner Spezialisierungen bedürfte. Allerdings ist Mr Mitchell mein künftiger Schwiegersohn und als solcher wird es ihm vor allem obliegen, Geschäftsführer meiner Bank zu sein. Und da ist es notwendig, dass er sich um alles kümmert, was anliegt.«

»Ich verstehe«, erwiderte Ludwig lächelnd. »So etwas gibt es auch in Deutschland, allerdings übernehmen Schwiegersöhne dort nur die Geschäfte, wenn es keine männlichen Erben gibt.«

»Ich habe kein Interesse an Bankgeschäften«, beteiligte sich nun auch Henry an dem Gespräch. »Ich habe vor Kurzem mit dem Studium der Kunstgeschichte begonnen.«

Ludwig nickte ihm anerkennend zu, sagte aber nichts. Stattdessen wandte er sich wieder Helens Vater zu. »Ein Schwiegersohn als Nachfolger wird im Deutschen Reich oft als problematisch gesehen. Was ist, wenn man ihm alles überschreibt, aber die Ehe kinderlos bleibt und die Frau vor ihrem Gatten verstirbt? Dann wäre das ganze Vermögen in Händen einer anderen Familie.«

Helen sah, wie sich James' Gesicht ärgerlich verzog, während sich ein nachdenklicher Zug über die Miene ihres Vaters legte. Hatte er bislang wirklich nicht daran gedacht oder überlegte er, wie er Ludwig antworten sollte, um das gestreute Misstrauen auszuräumen? Ludwig war sehr geschickt darin, James bloßzustellen. Und es gefiel ihr außerordentlich. Wie hätte sich James' ohnehin schon verärgerte Miene wohl erst verzogen, wenn er geahnt hätte, wessen Bild sie in seinem Medaillon über ihrem Herzen trug?

»Sie haben recht, das britische System ist in dieser Hinsicht deutlich anders als das deutsche«, sagte Kenneth Mandeville schließlich in einem Tonfall, der deutlich machte, dass er das Thema nicht näher zu vertiefen wünschte. »Ich denke, wir haben im Moment auch genug über Geschäfte und Berufe gesprochen. Vielleicht möchten Sie lieber ein paar britische Osterbräuche kennenlernen?«

Ludwig lächelte. »Sehr gern. Ich bin schließlich nach London gekommen, um mich mit der britischen Kultur vertraut zu machen. Deshalb führte mich einer meiner ersten Wege ja auch ins Britische Museum.«

Und so lernte Ludwig unter anderem den Brauch des Ostereierrollens kennen, bei dem man hart gekochte Eier um die Wette rollen ließ und das Ei, das am weitesten rollte, den Sieg davontrug.

Während Ludwig den Nachmittag mit seinen lustigen Aktivitäten im Garten als Spaß ansah, versuchte James aus unerfindlichen Gründen, jedes Spiel für sich zu entscheiden. Ludwig nahm es gelassen, dass sein Ei nur an fünfter Stelle stoppte, noch hinter dem von Helen.

»Ja, gelernt ist gelernt«, sagte James mit einer gewissen Schadenfreude. »Machen Sie sich nichts daraus.«

»Natürlich nicht«, erwiderte Ludwig. »Aus meiner Sicht ist es wesentlich effizienter, das Ei nicht zu weit davonrollen zu lassen, insofern gönne ich Ihnen den Sieg von ganzem Herzen.«

James sah ihn verwirrt an. »Was ist effizient am Verlieren?«

»Das kommt darauf an, wie Sie das Wort ›verlieren‹ definieren. Wenn Sie das Ei weit wegrollen, verlieren Sie es doch leichter aus den Augen. Ich hingegen muss keinen so weiten Weg auf mich nehmen, wenn ich es wieder aufsammeln und aufessen möchte.«

»Die Eier werden nicht von uns gegessen«, sagte James mit einem Hauch von Arroganz. »Die Dienerschaft sammelt sie ein und darf sie behalten.«

»Ach so. Nun, dann sehe ich es erst recht als gutes Werk, mein Ei nicht allzu weit rollen zu lassen, um der Dienerschaft unnötige Wege zu ersparen.«

»So kann man sich seine Niederlage auch schönreden.« James grinste überheblich. »Aber vielleicht kennen Sie ja ein deutsches Spiel, bei dem ich als Anfänger zeigen könnte, was in mir steckt?«

»Wissen Sie, Mr Mitchell, ich glaube, der Unterschied zwischen Ihnen und mir besteht darin, dass es mir nicht ums Gewinnen geht. Aber das liegt vermutlich daran, dass ich Arzt bin und Sie Jurist. Ein Arzt sucht nach Wegen, um kranken Menschen zu helfen. Ein Jurist muss in einem Prozess siegen, um seinen Wert zu beweisen. Ich will Ihnen eine kleine Geschichte erzählen. Während meines Studiums bin ich auch bei schwer kranken Knaben und Mädchen auf der Kinderstation eingesetzt worden. Einmal in der Woche haben wir mit den Kindern einen Spielenachmittag veranstaltet. Und die größte Freude für die kranken Kinder bestand darin, wenn sie eine Schwester oder einen Studenten bei einem Brettspiel besiegten. Weil es ihnen zeigte, dass sie etwas wert waren, dass sie trotz all ihrer Leiden noch etwas bewegen konnten. Und ich habe mich jedes Mal gefreut, das Leuchten in den Augen der Kinder zu sehen, wenn sie mich besiegten. Denn meine Niederlage war in Wirklichkeit mein größter Sieg auf dem Weg zur Genesung dieser Kinder. Und wenn Sie es genießen, mich hier, in Ihrem heimischen Terrain, zu besiegen, so freue ich mich für Sie. Denn Sie brauchen es anscheinend, um sich wohlzufühlen. Und das wiederum ist meine Berufung. Dafür zu sorgen, dass Menschen sich wohlfühlen.«

Es war das erste Mal an diesem Tag, dass James die Worte fehlten. Ludwig hatte ihn in diesem Moment in jeder Hinsicht besiegt und Helen spürte einen unbändigen Stolz auf ihn, auch wenn sie dieses Gefühl mit niemandem außer Yvonne teilen durfte.

11. Kapitel

Der 7. Mai 1899 war ein Sonntag und es war der Tag, an dem sich Helen Mandeville und James Mitchell offiziell verlobten. James strahlte vor Glück, während Helen sich große Mühe geben musste, ihre Fassade aufrechtzuerhalten. Sie hatte sich vor diesem Tag gefürchtet, dem Tag, an dem sie ihr heimliches Verlöbnis mit Ludwig verleugnen und einem ungeliebten Mann die Ehe versprechen musste. Sie wusste schon jetzt, wie groß der Skandal werden würde, wenn sie im Januar nach Hamburg floh, denn das Interesse war sehr groß. Sogar einige Mitglieder des Adels mit Verbindungen zum britischen Königshaus nahmen an der Feier teil und verliehen ihr den notwendigen Glanz. Was würden sie alle wohl sagen, wenn die künftige Braut ihrem so strahlenden Bräutigam davonliefe, um einen deutschen Arzt mit einer unbedeutenden Praxis zu heiraten? Würde sie der allgemeinen Verachtung anheimfallen oder würde es auch Leute geben, die sie insgeheim darum beneideten, dass sie ihrem Herzen folgte?

Besonders unangenehm wurde es, als James ihr den Verlobungsring an den Finger steckte. Ein kostbares Stück mit einem echten Brillanten. Für den Gegenwert dieses Ringes mussten die armen Arbeiter in den Docks bestimmt ein ganzes Jahr schuften, wenn nicht länger.

»Oh Kind, dieser Ring ist einfach bezaubernd!«, rief ihre Mutter begeistert aus. »Der hat doch mindestens anderthalb Karat, oder?«

»Zwei Karat«, sagte James stolz. »Für meine künftige Frau ist mir nichts zu teuer.«

Helen zwang sich zu einem Lächeln, während sie sich gleichzeitig vorstellte, wie sie den Ring mit einem kurzen Abschiedsschreiben zurückgeben würde. Am besten wäre es, wenn sie den Brief gut sichtbar auf ihrem Schreibtisch liegen ließe und mit dem Ring beschwerte. Ihre Eltern würden ihn dann gewiss zurückgeben und sich zugleich bei James über ihre undankbare Tochter ausweinen. Und mit ein bisschen Glück konnte James den Ring für einen guten Preis in Zahlung geben oder den Stein für die nächste Braut neu fassen lassen. Er würde den materiellen Verlust schon verschmerzen.

Trotzdem schämte sie sich für ihre Feigheit. Vielleicht hätte sie sich energischer zur Wehr setzen sollen. Doch dann dachte sie wieder an Ludwigs Worte, ihre Familie sei zu mächtig, solange sie nicht volljährig sei. Manchmal waren die Grenzen zwischen Feigheit und Vorsicht fließend.

Während die übrigen Familienmitglieder noch lange von der prächtigen Verlobungsfeier schwärmten, bestand Helens Erinnerung vor allem in falschem Lächeln und Pflichttänzen mit den männlichen Gästen. Dazu kamen James' beständige Versuche, sie zu küssen. Leider fehlte ihm hierbei das Geschick, das Ludwig an den Tag legte. Aber vielleicht empfand sie auch nur deshalb nichts dabei, weil sie für den Mann selbst nichts übrighatte. Und so wehrte sie ihn meist mit der Begründung ab, dass sie dafür noch genügend Zeit hätten, wenn sie verheiratet wären. »Du weißt doch, was der Priester sagt, nachdem die Ehe geschlossen ist? Sie dürfen die Braut jetzt küssen. Aber noch sind wir nicht verheiratet.«

James sah sie irritiert an. »Aber wir leben doch nicht mehr im Mittelalter.«

»Nein, aber in einer gesitteten englischen Familie, wo noch Moral und Anstand herrschen. So wurde ich erzogen und ich bitte dich, das zu respektieren.«

James respektierte es, eine andere Wahl hatte er auch nicht, schließlich konnte er derartige Zärtlichkeiten noch nicht gegen ihren Willen einfordern. Dazu brauchte er einen Trauschein – und den würde er nie bekommen.

Der Sommer kam und James bestand darauf, dass Helen viel Zeit mit ihm verbrachte. Helen wiederum spielte nach außen die begeisterte Braut, die seine Familie näher kennenlernen wollte, und nutzte die Gelegenheit, James' Schwester Ellinor zu besuchen, die den Sommer bei ihren Eltern in England verbrachte. Helen verstand sich sehr gut mit Ellinor – nicht nur, weil die eine selbstbewusste Frau war, die gern von ihrem Medizinstudium in der Schweiz erzählte, sondern auch, weil James sie nicht leiden konnte. Allein deshalb wurde Ellinor in diesem Sommer für sie zu einer guten Freundin. Es gelang Helen auch, James' deutsche Stiefmutter durch ihre hervorragenden Deutschkenntnisse für sich zu gewinnen. In diesem Sommer erfuhr James, wie es sich anfühlte, wenn man in der eigenen Familie zum Außenseiter wurde, denn Helen praktizierte nun genau dasselbe, was James sich stets in ihrer Familie angemaßt hatte, indem er alle ihre Angehörigen für sich eingenommen und sie isoliert hatte. Und so konnte sie ihn elegant auf Abstand halten, während sie eine umso herzlichere Beziehung zu seinen engsten weiblichen Verwandten knüpfte.

Wenn Helen James' unzufriedenes Gesicht sah, fragte sie sich, ob sie diesen Weg nicht schon viel früher hätte einschlagen sollen. Vielleicht hätte er sich das mit der Verlobung ja noch einmal anders überlegt, wenn er geahnt hätte, was auf ihn zukäme. Nun war es zu spät. Andererseits würde er möglicherweise ganz froh sein, wenn sie die Verlobung durch ihre Flucht und die Rückgabe des Ringes am 3. Januar heimlich löste.

Bereits im Oktober machte sie Pläne für ihre Flucht zu Ludwig und weihte Yvonne ein. Für Yvonne würde ihre Flucht ebenfalls weitreichende Folgen haben, denn wenn Helen nicht mehr im Haushalt der Familie lebte, würde sie ihren Arbeitsplatz verlieren, und das bereitete Helen arges Kopfzerbrechen. Doch Yvonne nahm ihr diese Sorgen, indem sie erklärte, dass sie sich ohnehin schon länger wünschte, nach Frankreich zurückzukehren.

»Ich werde dort mit entsprechenden Referenzen schnell eine gute Anstellung finden und ich habe deinen Vater bereits um ein Zeugnis gebeten, um mich zu bewerben, da meine Dienste ja ohnehin mit deiner Heirat mit James enden würden.«

»Gut, dass du ihn jetzt schon gefragt hast. Dann kann er dir kein schlechtes Zeugnis ausstellen, falls er sich über meine Flucht ärgert.«

»Ich werde ihn bitten, es mir noch vor Weihnachten zu geben«, sagte Yvonne mit einem Augenzwinkern.

Da ihre Hochzeit mit James schon geplant war, erregte es auch keinen Verdacht, als Helen bereits im November alle notwendigen Papiere inklusive eines Ehefähigkeitszeugnisses besorgte. Ihr Vater sah diesen Eifer als gutes Zeichen, zumal Helen in den letzten Monaten niemandem Anlass gegeben hatte, an ihrer Zuneigung zu James zu zweifeln – abgesehen von James selbst, der seine Braut für eine prüde viktorianische Britin halten musste, die selbst Küsse unter Verlobten als etwas Unanständiges betrachtete.

Weihnachten 1899 kam und ging und Silvester 1899 sollte groß gefeiert werden, denn einen Jahrhundertwechsel erlebte schließlich nicht jeder. Und dann auch noch einen, der das Tor in die Moderne weit öffnete! Was mochte das 20. Jahrhundert der Menschheit wohl bringen, wenn man bereits am Ende des 19. Jahrhunderts auf so viele großartige Erfindungen zurückblicken konnte?

James wollte mit Helen unbedingt auf eine der großen Silvestergalas gehen, aber Helen befürchtete, dass der ganze Trubel ihre Reisepläne und Vorbereitungen für die Flucht nach Hamburg in Gefahr bringen würde, und so täuschte sie bereits am Silvestermorgen Unpässlichkeit vor und blieb im Bett. James war sehr enttäuscht. Er verlangte sogar Einlass ins Schlafzimmer der Kranken, um sich selbst nach ihrem Befinden zu erkundigen, aber da fand Helen in ihrer Mutter eine unerwartete Verteidigerin ihrer weiblichen Würde. Sie hörte, wie Catherine James vor ihrer Schlafzimmertür streng ins Gebet nahm. Er solle sich schämen, an der Krankheit seiner Braut zu zweifeln, Helen sei selbst todunglücklich, dass sie ausgerechnet in dieser Nacht auf den Tanz ins neue Jahrhundert verzichten müsse. Er solle es ihr nicht noch schwerer machen.

James respektierte das. Etwas anderes blieb ihm wieder einmal nicht übrig. Und erneut tat er Helen in gewisser Weise leid. Andererseits hatte er sich das selbst zuzuschreiben. Er hatte auf diese Verlobung gedrängt, obwohl sie ihm deutliche Hinweise gegeben hatte, dass sie ihn nicht wollte. Nun sollte er sehen, wie er damit zurechtkam. Und im Übrigen war er ja schon in drei Tagen wieder frei. Vielleicht würde er dann tatsächlich erleichtert aufatmen.

In dieser Silvesternacht – in der die ganze Welt feierte und die Familie Mitleid mit der kranken Helen hatte, aber trotzdem ausging – nutzte Helen die Gelegenheit, alle verfänglichen

Gegenstände einzupacken. Ein Spediteur holte die Koffer bereits früh am Neujahrsmorgen ab, noch ehe Helens Eltern nach der langen Nacht erwacht waren, um sie in Harwich zwischenzulagern, von wo aus die Fähre nach Hamburg ging. Die Bahnfahrt nach Harwich würde drei Stunden dauern, die Fähre selbst wäre einen ganzen Tag und eine Nacht unterwegs.

Helen hatte alles geplant. Ursprünglich hatte sie überlegt, abends zu fliehen, aber dann müsste sie in Harwich übernachten und die Gefahr, dass man sie aufspürte, wäre groß. Sinnvoller war es, den Besuch einer Freundin in London vorzutäuschen und bereits am Vormittag nach Harwich zu fahren. Bis man sie vermisste, wäre sie längst auf der Fähre und bis man herausfände, dass sie auf der Fähre war, hätte die bereits in Hamburg angelegt und sie wäre bei Ludwig. Zudem konnte sie als dann volljährige Frau machen, was sie wollte.

Das Einzige, was ihr leidtat, war die Tatsache, dass sie ohne Abschied gehen musste. Sie wusste nicht, wann sie ihre Eltern wiedersehen würde und ob sie ihr die Flucht jemals verzeihen würden. Sie war bereit, alles aufzugeben, um mit dem Mann zu leben, den sie liebte. Und den sie dank der zahlreichen Briefe inzwischen auch gut zu kennen glaubte. Aber dennoch wäre es ein völlig neues Leben. Sie ging ein Risiko ein und trotz aller Liebe für Ludwig hatte sie auf einmal Angst vor ihrer eigenen Courage. Doch dann dachte sie wieder an James, an das trostlose Leben, das sie an seiner Seite führen müsste. Und so schluckte sie alle Befürchtungen hinunter und beschloss, sich auch künftig das vom Leben zu nehmen, was ihr Herz begehrte. Ansonsten würde sie es für alle Ewigkeit bereuen.

12. Kapitel

Helens einundzwanzigster Geburtstag war das letzte große Fest, das sie im Schoße ihrer Familie genoss. Sie freute sich über die Liebe und die Geschenke, aber zugleich wurde ihr das Herz schwer, denn für sie war es eine Abschiedsfeier, von der niemand sonst etwas ahnte. Ihre Kindheit war vorbei. Jetzt war es an ihr, das Leben in die Hand zu nehmen.

Und doch begleiteten sie die Bilder von der großen Torte, das Lachen ihres Bruders, die Scherze ihres Vaters und sogar der liebevolle Blick ihrer Mutter, der sie in den vergangenen Monaten so viel nähergekommen war, seit sie nicht mehr offen um ihre Freiheit kämpfte.

All diese Erinnerungen verfolgten sie auf der Fähre in jener kalten Nacht des 3. Januar, als sie mitten auf der Nordsee war und sich langsam der Elbmündung näherte. Sie hatte eine kleine Kabine gebucht, aber sie verbrachte viel Zeit an Deck, obwohl es so kalt war, dass sie das Gefühl hatte, ihr Atem gefröre, sobald er Mund und Nase verließ. Die Kälte und die Dunkelheit passten gut zu ihrer Stimmung. Alles war ungewiss. Aber die Luft war klar und rein und sie hatte zum ersten Mal seit Langem das Gefühl, ungeachtet der Kälte wieder tief durchatmen zu können. Endlich war ihr die Luft zum Leben nicht länger abgeschnürt. Sie hatte Angst, aber sie genoss diese Angst auch, denn sie zeigte ihr, dass sie noch am Leben war.

Als die Sonne aufging, erreichten sie die Elbmündung. Helen nahm ein kleines Frühstück und einen heißen Kaffee zu sich, dann ging sie wieder an Deck und sah, wie das Schiff bei Cuxhaven von der Nordsee in die Elbe fuhr. Sie war in Deutschland. Was mochte ihre Familie wohl denken? Hatten sie ihren Brief bereits am Abend gefunden? Oder waren sie voll Sorge gewesen, weil sie abends nicht zurückgekehrt war, und hatten umgehend die Polizei informiert, noch ehe sie den Abschiedsbrief samt Verlobungsring und allem Schmuck, den James ihr je geschenkt hatte, fanden? Sie war volljährig, sie konnten weder ihr noch Ludwig etwas anhaben. Die Polizei würde es bedauern, aber nichts weiter tun. Und sie würde bei ihrer Ankunft selbstverständlich umgehend ein Telegramm an ihre Eltern schicken, um sie zu beruhigen. Die Sorge konnte sie ihnen rasch nehmen, die Enttäuschung jedoch nicht.

Andererseits – hatte man jemals auf ihre Bedürfnisse Rücksicht genommen? Auf ihre Wünsche an das Leben? Sie war nicht dazu geboren, nur für andere da zu sein. Es war ihr gutes Recht, sich zu nehmen, was sie wollte.

Als die Fähre endlich anlegte, musste Helen eine ganze Weile warten, bis das Bordpersonal die Zeit fand, ihre beiden Schrankkoffer zu entladen. Sie spürte, wie sie ungeduldig wurde, schließlich wartete Ludwig auf sie und sie wollte nicht, dass er glaubte, sie hätte es sich in letzter Minute anders überlegt. Andererseits wusste Ludwig, dass sie sich noch um die Zoll- und Einreiseformalitäten kümmern musste und viel Gepäck dabeihatte.

Nach einer Stunde hatte sie alles überstanden und betrat Hamburger Boden.

An den Landungsbrücken hielt sie Ausschau nach Ludwig. Es dauerte etwas, bis sie ihn in der Menschenmenge erkannte. Sie winkte ihm heftig zu und befahl den beiden Gepäckträgern mit ihren Koffern, sie dorthin zu begleiten, wo sie erwartet wurde.

Ludwig lief ihr entgegen und riss sie in seine Arme. »Endlich! Ich habe mich so nach dir gesehnt!« Er küsste sie und sie erwiderte seinen Kuss ebenso leidenschaftlich. Einen Moment lang vergaß sie alles um sich herum, bis sie das geräuschvolle Räuspern der Gepäckträger vernahm. Derart heftige Küsse in der Öffentlichkeit waren unschicklich, andererseits würden die Gepäckträger sich hüten, das zur Anzeige zu bringen, schließlich wollten sie ja noch ein gutes Trinkgeld haben.

Ludwig ließ Helen los und wies die Männer an, die Koffer zu einer Mietdroschke zu bringen. Anschließend bezahlte er sie.

»Hattest du eine angenehme Überfahrt?«, fragte er, als sie gemeinsam in der Droschke saßen und zu seiner Wohnung fuhren.

Helen nickte. »Die See war ruhig und die Luft klar.«

Ludwig wohnte nicht weit entfernt vom Hafen in der Brennerstraße 24 im Stadtteil St. Georg, fußläufig zur Alster. Seine Praxiswohnung lag im ersten Stock. Es war ein moderner Bau, der schon elektrifiziert war und sogar über einen Aufzug verfügte.

»Hast du das Aufgebot bereits bestellt?«, fragte Helen.

»Ja, aber ich muss noch deine Papiere einreichen. Ich hoffe, du hast alles dabei?«

Helen nickte. »Ehefähigkeitszeugnis, Geburtsurkunde und Reisepass. Gibt es schon einen Hochzeitstermin?«

»Ja, aber leider erst nächste Woche Freitag, am 12. Januar.« Ludwig seufzte.

»Das macht nichts. Jetzt kann uns niemand mehr entzweien. Ich würde meinen Eltern allerdings gern telegrafieren, dass ich gut in Hamburg angekommen bin. Ich möchte nicht, dass sie sich Sorgen machen.«

»Und was tust du, wenn James plötzlich vor unserer Tür steht und behauptet, unser Aufgebot sei ungültig, da du mit ihm verlobt bist?«

»Darauf hinweisen, dass ich unser Verlöbnis gelöst habe. Er kann mich nicht zwingen.«

»Ich verstehe, dass du deine Familie beruhigen willst«, sagte Ludwig. »Aber ich bitte dich darum, ihnen nur mitzuteilen, dass es dir gut geht und du wohlbehalten in Hamburg angekommen bist. Sag ihnen noch nicht, dass du bei mir bist. Nicht, bis wir verheiratet sind.«

»Hast du so große Angst vor ihrem Einfluss?«

»Vor ihren möglichen Winkelzügen, ja. Helen, wir sind so weit gekommen, ich will nicht, dass noch etwas unsere Hochzeit gefährdet.«

»Aber ich habe dich bereits in meinem Abschiedsbrief erwähnt.«

»Dann will ich nur hoffen, dass James keine guten Kontakte zum britischen Konsul in Hamburg hat, um uns noch irgendwelche Steine in den Weg zu legen.«

Helen spürte, wie ihr ein Schauer über den Rücken lief. Bestand das Risiko wirklich? »Aber ich bin doch volljährig«, sagte sie. »Glaubst du, es würde etwas nützen, wenn ich selbst beim Konsul vorstellig werden würde und ihn um seine Unterstützung bitte? Damit er weiß, wie es wirklich ist, ehe James sich meldet?«

»Das könnte hilfreich sein«, meinte Ludwig. »Wir könnten ihn gleich heute Vormittag unter dem Vorwand besuchen, dass wir einfach überprüft haben wollen, ob unsere Papiere vollständig sind. Sobald wir seine Bestätigung haben, telegrafierst du deinen Eltern.«

Helen nickte. »Dann lass mich erst einmal auspacken und anschließend gehen wir zum Konsulat.«

Ludwig nickte. »Ich habe meinen Patienten mitgeteilt, dass die Praxis aus familiären Gründen heute geschlossen bleibt. Wir haben also Zeit.«

Auch wenn Helen aus einer britischen Oberschichtfamilie stammte, so fühlte sie sich dennoch auf Anhieb wohl in Ludwigs Wohnung. Sie mochte den Geruch der neuen Tapeten, der sich mit dem der Arztpraxis mischte. Der Flur war zweigeteilt. Es gab eine Diele, von der aus Sprechzimmer und Wartezimmer sowie ein Gäste-WC abgingen, dann kam eine massive Holztür, die den privaten Teil der Wohnung abtrennte.

Dort lagen die Küche sowie das Badezimmer mit eigenem Badeofen für die Wanne und einem weiteren WC. Zudem gab es ein Wohnzimmer, ein Schlafzimmer, ein Esszimmer und ein Gästezimmer.

»Wie ist es dir lieber?«, fragte Ludwig. »Noch sind wir nicht verheiratet. Möchtest du, dass ich dein Gepäck ins Gästezimmer bringe?«

»Damit ich es dann nächste Woche erneut umräumen muss? Das kommt gar nicht infrage. Ludwig, im Herzen bin ich in dem Moment deine Frau geworden, als ich die Fähre nach Hamburg bestiegen habe. Das allein zählt für mich. Mir ist es gleich, ob wir noch eine Woche auf unsere standesamtliche Trauung warten müssen oder nicht. Du bist mein Mann und ich will in jeder Hinsicht deine Frau sein.«

Er zog sie an sich und küsste sie liebevoll.

Nachdem Helen sich alles genau angesehen hatte, die wunderschönen altdeutschen Möbel aus dunklem Holz im Wohnzimmer, den modernen Gasherd in der Küche und natürlich das elegante Ehebett aus Nussbaumholz, dessen Kopf- und

Fußende mit Schnitzereien in Form von Blütenranken verziert waren, machten sie sich auf den Weg zum britischen Konsulat.

Leider mussten sie feststellen, dass es gar nicht so einfach war, ohne Termin vorgelassen zu werden. Erst als Helen mit dem berühmten Familiennamen Mandeville kokettierte, öffneten sich die Türen zum Büro des Konsuls.

Der Konsul begrüßte sie freundlich und bat sie, Platz zu nehmen. Helen bewunderte den massiven Schreibtisch und die geschmackvollen Bilder an der Wand, doch dann konzentrierte sie sich sofort auf ihr eigentliches Anliegen.

»Ich plane, einen deutschen Staatsbürger zu heiraten, Herrn Doktor Ludwig Ellerweg«, sagte sie. »Und deshalb wollten wir Sie bitten, uns zu unterstützen. Ich habe alle notwendigen Papiere dabei.«

Der Konsul sah nur kurz auf die Papiere, dann musterte er Helen eindringlich. »Ich bin ein wenig überrascht, Miss Mandeville. Ich erinnere mich noch gut an die Zeitungsartikel über Ihre Verlobung mit Mr James Mitchell.«

Helen schluckte. Daran hätte sie auch denken können. Natürlich, diese verdammte Verlobungsfeier war ein gefundenes Fressen für die Presse gewesen. Unter anderen Bedingungen hätte sie die Zeitungsartikel gesammelt, aber so hatte sie sie weitestgehend ignoriert.

»Nun«, sagte sie, »ich musste dieses Verlöbnis leider lösen, da sich unüberbrückbare Ehehindernisse aufgetan haben. Ich bitte Sie, nicht weiter ins Detail zu gehen, weil das ansonsten sehr peinlich für Mr Mitchell werden könnte und ich unter allen Umständen einen Skandal vermeiden möchte.«

Der Konsul stutzte. »Einen Skandal?«

Helen nickte. »Mr Mitchell wollte das Verlöbnis nicht lösen, weil es die beste Tarnung für den Skandal wäre, aber sehen Sie …« Sie räusperte sich. »Die Aufgabe einer guten Ehefrau sollte doch auch in der Mutterschaft liegen und nicht nur darin, der schmückende Part am Arm eines Gentlemans zu sein, oder?«

Der Konsul nickte verständnisvoll.

»Und deshalb wollte ich Sie auch um Ihre Diskretion bitten, falls Mr Mitchell seinen Einfluss nutzen sollte, um hier Erkundigungen über mich einzuziehen. Ich möchte nichts anderes, als mit dem Mann, den ich wirklich von Herzen liebe, eine gute Ehe zu führen und eine große Familie zu gründen.«

Einen Moment lang herrschte eine peinliche Stille, die der Konsul damit überspielte, dass er Helens Papiere studierte.

»Soweit ich sehe, liegen alle notwendigen Voraussetzungen für eine gültige Eheschließung in Deutschland vor«, sagte er. »Ich werde Ihnen noch eine Beglaubigung mit dem Siegel des Konsulats ausstellen, dann haben Sie beim deutschen Standesamt keinerlei Schwierigkeiten zu erwarten.«

»Vielen, vielen Dank! Sie sind zu gütig«, rief Helen überschwänglich und auch Ludwig bedankte sich für die schnelle und unbürokratische Hilfe.

Kurz darauf telegrafierte Helen ihren Eltern:

Bin glücklich in Hamburg angekommen. Macht euch keine Sorgen. Brief folgt.

»Glaubst du, jetzt kann noch irgendetwas schiefgehen?«, fragte sie Ludwig, nachdem das Telegramm aufgegeben war.

»Nein. Dein Winkelzug mit diesen ominösen Andeutungen hinsichtlich James' Ehefähigkeit war genial. Allerdings auch ein bisschen fies.«

»Das hat James sich selbst zuzuschreiben. Ein Mann, der die Meinung einer Frau ständig als Laune abtut, ist nicht fähig, eine ordentliche Ehe zu führen. Oder siehst du das anders?«

Ludwig lachte. »Ich werde mich hüten. Sonst sprichst du mir auch noch die Ehefähigkeit ab.« Er zog sie sanft in seine Arme. »Du bist eine fantastische Frau, Leni. Selbstsicher, intelligent und resolut. Und genau dafür liebe ich dich so sehr.«

Am Abend besuchten sie Ludwigs Eltern Ernst und Käthe, die nur zwei Straßen weiter lebten. Ludwigs Vater war Beamter im gehobenen Dienst der städtischen Verwaltung und hatte ein gutes Einkommen, das es ihm erlaubt hatte, seinen beiden Söhnen ein Studium zu finanzieren. Helen erfuhr, dass Ludwigs zwei Jahre älterer Bruder Helmut Architekt war und in Köln für seinen Schwiegervater arbeitete, der eine große Baufirma hatte.

»Er ist leider zurzeit in einem großen Projekt eingespannt. Die Planungen müssen bis zum Frühjahr abgeschlossen sein, wenn der Bau beginnen soll«, sagte Ludwig. »Deshalb kann er nicht zu unserer Hochzeit kommen.«

»Das ist schade, aber vielleicht könnten wir ja im Frühling noch eine kirchliche Trauung haben. Dann könnten wir für das Fest auch einen der Alsterdampfer mieten, von denen du mir erzählt hast«, schlug Helen vor.

»Was für eine wunderbare Idee«, rief Ludwigs Vater begeistert. »Ich sehe schon, dein Einfallsreichtum entspricht dem von Ludwig.«

Helen lächelte erfreut. Die Herzlichkeit von Ludwigs Eltern milderte den Schmerz über die Trennung von ihrer eigenen Familie und insgeheim hoffte sie, dass ihre Eltern und Henry ihr bis zum Frühling die Flucht verziehen hätten und auch zu ihrer kirchlichen Trauung kämen. Vielleicht würde ja doch noch alles gut werden.

13. Kapitel

Da Helen ihren Eltern Ludwigs Adresse wohlweislich verschwiegen hatte, bekamen sie keine unerwünschten Nachrichten oder gar einen Besuch ihrer Angehörigen. Helen fieberte der Hochzeit entgegen, denn erst dann würde sie sich wirklich sicher fühlen. Allerdings hatten sie und Ludwig bereits in ihrer ersten gemeinsamen Nacht in Hamburg Tatsachen geschaffen, die ihren sittenstrengen Eltern keine andere Wahl ließen.

Ludwig war ein sehr zärtlicher und rücksichtsvoller Liebhaber. Niemals hätte Helen gedacht, dass die körperliche Liebe so wundervoll sein könnte, auch wenn sie noch sehr unerfahren war. Doch Ludwigs Einfühlungsvermögen weckte bereits in ihrer ersten gemeinsamen Nacht ein Verlangen in Helen, das sie nicht mehr losließ. Sie liebte Ludwig in jeder Hinsicht, mit jeder Faser ihres Körpers, und sie wusste, dass sie niemals genug von ihm bekommen würde.

An ihrem ersten gemeinsamen Morgen, als sie neben ihm aufwachte, war sie es, die ihn zärtlich küsste und fragte, ob sie nicht genau da weitermachen könnten, wo sie am Abend zuvor aufgehört hatten. Natürlich erfüllte Ludwig ihr den Wunsch nur allzu gern und Helen wusste, dass sie die richtige Entscheidung getroffen hatte. Ihre Liebe zu Ludwig war jedes Opfer wert. Es gab nichts, das sie jemals bereuen würde.

Das neue Leben war sehr ungewohnt für Helen. Außer der Zugehfrau, die sich um die Wäsche kümmerte, und einer Putzfrau, die jeden Abend kam, sobald die Praxis geschlossen war, gab es keinerlei Personal. Die Patienten kamen, nahmen im Wartezimmer Platz, Ludwig rief sie auf und machte beim Verlassen des Sprechzimmers selbstständig die nächsten Termine mit ihnen aus. Solange es keine Notfälle gab, funktionierte es gut, aber Ludwig hatte bereits vor längerer Zeit eine Stellenanzeige für eine Sprechstundenhilfe aufgegeben. Leider waren die jungen Damen, die sich daraufhin vorgestellt hatten, nicht geeignet gewesen.

»Warum nicht?«, fragte Helen.

»Sie hatten keinerlei Berufserfahrung und ich hatte den Eindruck, sie erwarteten mehr als eine Anstellung.« Er seufzte.

Helen lächelte. »Oh, sind sie dir zu nahe getreten?«

»Keine Sorge, dagegen wusste ich mich schon zu wehren.«

»Ich könnte dir helfen«, schlug Helen vor. »Termine zu machen und die Patienten aufzurufen sollte mir nicht schwerfallen. Und alles Weitere wirst du mir schon beibringen.«

»Das würdest du wirklich tun?«

»Was für eine dumme Frage? Du bist mein Mann – jedenfalls ab nächsten Freitag.«

Und so lernte Helen zum ersten Mal in ihrem Leben eine eigenständige Arbeit kennen und bemühte sich, so viel wie möglich über die Organisation einer Hausarztpraxis zu lernen, um Ludwig alle Tätigkeiten abnehmen zu können, die nichts mit der ärztlichen Behandlung zu tun hatten.

Da sie zudem keine Köchin hatten und Helen als Tochter aus gutem Hause nur so viel vom Kochen verstand, wie notwendig war, um das Personal zu überwachen, erstand sie bereits zwei Tage nach ihrer Ankunft ein Kochbuch. Der Untertitel verriet, dass es sich explizit an die junge Ehefrau richtete. Sehr schnell entwickelte Helen Geschick in der Küche und hatte Spaß daran, neue Rezepte auszuprobieren. Ludwig meinte scherzhaft, wenn sie so weitermachte, würde er bald nicht mehr durch die Tür passen.

Der 12. Januar kam und Helen hatte noch immer nichts von ihrer Familie gehört. Sie wusste nicht, ob sie erleichtert oder enttäuscht sein sollte, dass ihre Eltern nicht intensiver nach ihr suchten.

Die Hochzeitsfeier würde nur im kleinsten Kreis stattfinden. Eine rein standesamtliche Trauung, für die sie eines ihrer eleganten Kostüme tragen würde – kein weißes Brautkleid, da die Zeit für das Anfertigen nicht reichte.

Als sie beim Standesamt vorfuhren, warteten bereits zwei andere Brautpaare. Das erste schien aus einfachen Verhältnissen zu stammen, das dunkelblaue Kleid der Braut war noch schlichter und unauffälliger als Helens Kostüm. Ganz im Gegensatz dazu präsentierte sich die zweite Braut in einem weißen Kleid mit langem Schleier, den zwei höchstens fünfjährige Mädchen eifrig hinterhertrugen. Die beiden Kinder sahen herzallerliebst aus, mit roten Bäckchen, Blütenkränzen im Haar und kurzen weißen Kleidchen. Helen betrachtete die beiden mit einem Lächeln.

Ludwig folgte ihrem Blick. »Bedauerst du es, dass unsere Hochzeit eher bescheiden ist?«

»Nein, darauf kommt es mir nicht an. Hätte ich so eine Hochzeit gewollt, hätte ich nur James heiraten müssen. Aber ich wollte dich. Und ich weiß schon jetzt, dass es die richtige Entscheidung war. Mir gefällt mein neues Leben an deiner

Seite.« Sie hakte sich bei ihm unter und nutzte die Gelegenheit, um sich voller Zuneigung an ihn zu schmiegen, während sie warteten.

Die Zeremonie war schlicht und würdig. Der Standesbeamte sagte die üblichen Worte, einer von Ludwigs alten Schulfreunden war sein Trauzeuge, Ludwigs Vater der von Helen.

Nachdem sie unterschrieben und die Ringe getauscht hatten, küsste Ludwig seine Ehefrau und flüsterte: »Jetzt kann uns nichts mehr trennen! Wir gehören für alle Ewigkeit zusammen!«

Helen erwiderte seinen Kuss voller Leidenschaft. Sie war am Ziel! Sie gehörte zu Ludwig, war Mitglied seiner Familie und niemand, wirklich niemand, konnte ihr das jemals wieder wegnehmen. Das Leben war einfach nur schön.

Im Anschluss an die Trauung gingen sie zunächst zu einem Fotografen, wo sie Hochzeitsfotos aufnehmen ließen, anschließend aßen sie gemeinsam mit Ludwigs Eltern und seinem Trauzeugen in einem Restaurant mit Alsterblick zu Mittag.

Beschwingt von dem Gefühl der Sicherheit schickte Helen ihren Eltern jetzt endlich einen Brief, in dem sie alles offenbarte – allerdings ohne Yvonnes Rolle bei ihrer Flucht zu erwähnen – und auch einen Abzug des Hochzeitsfotos beifügte. Zugleich bat sie um Verständnis und Verzeihung und erwähnte die geplante kirchliche Trauung im Frühling, zu der sie sich die Anwesenheit ihrer Eltern wünschte. Sie kam ihren Eltern sogar so weit entgegen, dass sie versprach, sich nach dem Terminkalender ihres Vaters zu richten, damit es ihm keine unnötige Mühe machte.

Zwei Wochen später erhielt sie Antwort von ihrem Vater.

Meine Tochter Helen,
Du hast uns mit Deiner Flucht und dieser unseligen Hochzeit weit unter Deinem Stand großen Kummer bereitet. Dass Du außerdem Deinem Vaterland den Rücken gekehrt hast, macht den Schmerz umso größer. Wie kannst Du erwarten, dass wir diese Entscheidung im Nachhinein billigen, indem wir zu Deiner kirchlichen Trauung kommen?

Nein, Du hast Dich entschieden, uns still und heimlich zu verlassen, ohne jedes Wort des Abschieds. Du hast uns als Deine Familie verraten. Nun sieh auch zu, dass Du ohne uns zurechtkommst. Ich habe bereits Anweisungen getroffen, Dich vom Familienerbe auszuschließen. Wenn Du glaubst, uns nicht zu brauchen, dann soll es so sein. In jeder Hinsicht.

Ich wünsche, künftig keine Briefe mehr von Dir zu erhalten. Für uns bist Du in jener Nacht, da Du Dein Heim und uns um einer leichtsinnigen Leidenschaft willen verlassen hast, gestorben.

Dein zutiefst enttäuschter Vater

Helen las den Brief erst einmal, dann ein zweites Mal. Für ihre Eltern war sie tot … War das nur der erste heiße Zorn ihres Vaters oder meinte er es wirklich ernst?

Sie zeigte den Brief Ludwig. »Wie soll ich damit umgehen?«, fragte sie ihn traurig.

»Wir sind nicht auf das Geld deiner Eltern angewiesen, das waren wir nie und das werden wir nie sein«, erwiderte Ludwig. »Er will dir den Schmerz vergelten, den du ihm mit deiner Flucht zugefügt hast. Lass ihm Zeit. Aber hör nicht auf, deiner

Familie weiter zu schreiben. Nicht aufdringlich, aber du solltest allen Familienmitgliedern zu besonderen Anlässen schreiben – zu Geburtstagen und Feiertagen. Dann liegt es bei ihnen, ob sie die Briefe wirklich ignorieren wollen oder irgendwann doch antworten. Ich denke, sie werden sie aus reiner Neugier lesen, auch wenn sie es niemals zugeben würden. Wichtig ist zudem, dass du nie etwas forderst.«

»Das würde ich ohnehin nicht tun. Wenn ich ihnen schreiben sollte, dann nur über all das Schöne, das ich mit dir teile, damit sie begreifen, dass es das wert war. Ich liebe dich, Ludwig.«

»Ich weiß, sonst hättest du niemals so viel für mich aufgegeben, um mich zum glücklichsten Mann der Welt zu machen. Ich hoffe, ich werde dich niemals enttäuschen.«

»Ganz bestimmt nicht«, flüsterte sie und schloss ihre Arme um ihn. »Hier kann ich endlich leben und etwas leisten.«

»Ich hätte nicht gedacht, dass du es so interessant finden würdest, meine Kartei zu ordnen und alles über Krankenkassenabrechnungen zu lernen.«

»Ich würde gern auch etwas mehr über die Medizin lernen«, sagte sie. »Damit es mir leichter fällt, einzuschätzen, ob jemand wirklich dringend als Notfall dazwischengeschoben werden muss oder noch warten kann.«

»Wirklich? Warte einen Moment.«

Er ließ sie stehen und ging in sein Sprechzimmer, um kurz darauf mit einem dicken Buch zurückzukommen.

»Das hier ist ein einfaches Handbuch für den Hausarzt, in dem die verschiedenen Krankheiten kurz zusammengefasst sind. Damit kannst du dir einen guten Überblick verschaffen.«

Helen blätterte das Buch durch, sah die farbigen Zeichnungen und Beschreibungen und war sofort fasziniert. Es gefiel ihr, dass Ludwig sie in jeder Hinsicht ernst nahm und an seiner Arbeit teilhaben ließ. So eine Ehe hatte sie sich immer gewünscht. Gewiss, es war ein anstrengenderes Leben als das, welches ihr an James' Seite vergönnt gewesen wäre, umsorgt von Personal und mit viel Zeit für Zerstreuungen. Aber was war ein Leben voller Zerstreuungen wert, wenn man keine weitere Aufgabe hatte, als zu repräsentieren, langweilige Gesellschaften zu besuchen und Kinder zu bekommen?

Natürlich würden sie und Ludwig auch Kinder haben, da war sie sich ganz sicher. Wenn es so weit wäre, würde das Gästezimmer zum Kinderzimmer werden und sie könnte sich jederzeit um die Kinder kümmern, während sie zugleich als Ludwigs Sprechstundenhilfe arbeitete. Sie würde für ihre Familie da sein, aber zugleich eine sinnvolle Tätigkeit in der Praxis übernehmen. Und sie hätte genügend Zeit, für die Familie zu kochen und einkaufen zu gehen – zwei Dinge, die sie liebte. Sie fragte sich, was ihre Mutter wohl dazu gesagt hätte. Ihre Tochter arbeitete und übernahm auch noch die Pflichten einer Köchin und genoss es. Ein Skandal! Helen lachte bei dem Gedanken.

14. Kapitel

Als der Frühling kam und der Termin für die kirchliche Hochzeit und die Feier auf einem Alsterdampfer näher rückte, hatte Helen sich bereits gut in Hamburg eingelebt. Sie träumte sogar auf Deutsch, weil sie kaum noch Englisch sprach. Die einzige Ausnahme bildeten englische Patienten, meist Marineoffiziere, die mit ihrem Schiff im Hafen lagen und irgendein Leiden hatten, das umgehend behandelt werden musste. Die Praxis von Doktor Ellerweg hatte einen guten Ruf, nicht nur bei den Hamburgern, sondern auch bei Touristen, die auf einen englischsprachigen Arzt angewiesen waren. Auch Helen war sehr beliebt bei den Patienten, denn sie hatte stets ein offenes Ohr. Sie lernte rasch, die wesentlichen Fragen bereits bei deren Ankunft zu stellen, und ersparte Ludwig damit Arbeit. Bei chronisch Kranken bereitete sie die Wiederholungsrezepte vor, sodass Ludwig sie nur noch unterschreiben musste, und wurde nach und nach zu einer unverzichtbaren Assistentin für ihn. Für die Patienten war sie die »Frau Doktor«, worüber Ludwig schmunzelte. »So einfach kommst du an den Titel – es genügt, einen Arzt zu heiraten.«

»Ja«, bestätigte Helen. »Aber ich fühle mich damit nicht wohl, denn die meisten Menschen verbinden mit Frau Doktor immer nur die Ehefrau des Arztes. Echten Ärztinnen nehme ich damit ihre Reputation.« Sie dachte an James' Schwester Ellinor, das einzige Mitglied der Familie Mitchell, für das sie wirkliche Zuneigung empfand. Und bemerkenswerterweise auch die einzige Person aus ihrem früheren Leben, die ihr nach ihrer Hochzeit geschrieben und gratuliert hatte. Sie hatte Ellinor daraufhin zu ihrer kirchlichen Hochzeitsfeier am Samstag, dem 12. Mai 1900, eingeladen und Ellinor hatte zu ihrem großen Erstaunen tatsächlich zugesagt. Helen freute sich auf das Wiedersehen mit ihr, denn natürlich war sie trotz allem neugierig zu erfahren, wie James mit der Kränkung umging.

Sie hatten lange überlegt, wie sie die kirchliche Trauung fünf Monate nach der standesamtlichen Hochzeit gestalten wollten. Auch die Frage nach einem weißen Kleid stellte sich, aber Helen war kein junges, naives Mädchen mehr, sondern in den letzten Monaten zu einer gestandenen Ehefrau herangereift, die alles nach Sinn und Zweck beurteilte. Und so entschied sie sich dagegen. »Wir können das Geld für ein Brautkleid besser für andere Dinge brauchen«, sagte sie. »Die Feier auf dem Schiff kostet schon genug. Ich würde mir lieber ein helles Sommerkleid anfertigen lassen, das ich auch später noch tragen kann.«

»Ich merke schon, du hast das gleiche Händchen für Finanzen wie dein Vater«, neckte Ludwig sie.

»Ja, seit ich den Überblick über unser Einkommen habe, hasse ich Verschwendung.« Sie hauchte ihm einen Kuss auf die Wange. »Also ein helles Sommerkleid und einen passenden Hut mit einem kleinen Schleier bis vor die Augen. Das wäre doch auch sehr würdevoll, oder?«

Ludwig nickte.

»Gestern hat mich die alte Frau Müller übrigens schon wieder gefragt, wann denn endlich was Kleines unterwegs wäre.«

»Und was hast du gesagt?«

»Dass wir uns Mühe geben.«

Ludwig lachte. »Aber bislang vergebens.«

»Das habe ich ihr nicht gesagt, das geht sie nichts an. Machst du dir deshalb Gedanken?«

»Nein, sollte ich?«, fragte er. »Wenn man bedenkt, wie sensibel dein Zyklus ist, wäre ich eher erstaunt, wenn wir schon so weit wären.«

Helen nickte. Ludwig kannte sie in jeder Beziehung. Ihr Körper reagierte auf Veränderungen und Belastungen sehr empfindlich und seit ihrer Flucht nach Hamburg war ihre Monatsblutung noch unregelmäßiger als zuvor. Sie hoffte, dass es sich bessern würde, wenn sie die kirchliche Trauung und das große Fest, zu dem auch Ludwigs Bruder mit seiner Familie aus Köln anreisen würde, überstanden hätten. Andererseits war sie über das bisherige Ausbleiben einer Schwangerschaft nicht unglücklich, denn sie genoss es, sich nach und nach auf ihr neues Leben einzustellen und nicht sofort die Verantwortung für einen Säugling tragen zu müssen, obwohl sie sich Kinder wünschte.

James' Schwester Ellinor traf bereits eine Woche vor der kirchlichen Trauung in Hamburg ein und mietete sich in dem erst einige Jahre zuvor eröffneten Hotel Vier Jahreszeiten ein. Sie hatte ihr Studium in der Schweiz abgeschlossen und eine Praxis für Frauenheilkunde in London eröffnet, was mit einigen Schwierigkeiten verbunden gewesen, aber dank des Einflusses ihrer Familie gelungen war – selbst wenn ihr Bruder James es als unangemessen empfand.

»Du hast die richtige Entscheidung getroffen«, sagte Ellinor, als sie zwei Tage vor der großen Feier mit Helen gemeinsam im Alsterpavillon bei einem Eis saß. »Ludwig ist ein großartiger Mann. Du bist zu beneiden. Solche Männer sind Mangelware.« Sie seufzte.

»Bist du deshalb unverheiratet? Weil der Richtige nie gekommen ist?«, fragte Helen.

»Natürlich. Als Frau musst du dich entscheiden, ob du deinen beruflichen Traum lebst oder eine Familie gründest. Es gibt nur ganz wenige Männer, die eine Frau dabei unterstützen, ihre eigenen Träume zu leben, anstatt den Traum des Mannes zu fördern.«

»Nun, da gab es zwischen Ludwig und mir nie einen Interessenskonflikt. Sein Traum von einer Praxis in Hamburg ist auch zu meinem Traum geworden. Ich arbeite gern mit ihm zusammen. Es ist wunderbar, wie sehr wir in jeder Hinsicht harmonieren.«

»Ja, das sieht man euch an. Ich habe selten so viel Zuneigung und Liebe in den Augen eines Paares gesehen. Und glaub mir, ich habe schon viele gesehen.«

Eine Weile schwiegen sie.

»Du darfst gern fragen«, sagte Ellinor plötzlich.

»Fragen?« Helen sah sie irritiert an.

»Na, das, was dir auf der Seele brennt. James.«

Helen räusperte sich. »Wie hat er reagiert?«

»Ich hätte erwartet, dass er wütend, gekränkt und gedemütigt ist. Dass er sich über deine Launen auslässt und sagt, er sei froh, dass du ihm das schon vor eurer Hochzeit offenbart und ihn vor einer unglücklichen Ehe bewahrt hast. Stattdessen sagte er gar nichts, sondern zog sich ein paar Wochen vollständig aus der Öffentlichkeit zurück. Mein Vater sagt, er hätte etwas Melancholisches an sich gehabt, auch wenn er es zu verbergen suchte. James hat nie ein schlechtes Wort über dich verloren. Auch nicht, als er sich wieder unter Menschen wagte. Im Gegenteil, er hat jedes Getuschel über dich sofort unterbunden und deinen Ruf verteidigt. Er hat sogar deinem Vater geraten, dich nicht zu enterben und den Kontakt wieder aufleben zu lassen. Aber dein Vater ist stur geblieben.«

Helen sah Ellinor überrascht an. »Das hätte ich nie von James gedacht.«

Ellinor holte tief Luft. »Ich auch nicht. Ich hielt meinen Bruder immer für einen arroganten Wichtigtuer. Und ihr beide hättet auch nicht zueinander gepasst, dafür ist er zu wenig in der Lage, sich auf die Bedürfnisse einer selbstbewussten Frau einzulassen. Aber ich glaube, er hat dich wirklich geliebt. Und seine große Stärke besteht darin, dass er diese Liebe nicht in Wut verwandelt, sondern in Vergebung. Du hast dich für einen anderen entschieden, was ihn natürlich schmerzt, aber er hat mehr Größe bewiesen, als ich ihm jemals zugetraut hätte.«

Helen schluckte. »Und hat er inzwischen eine andere Braut im Auge?«

Ellinor schüttelte den Kopf. »Er wird Zeit brauchen, darüber hinwegzukommen. Aber irgendwann wird es so weit sein. Und dann findet er hoffentlich die Frau, die so gut zu ihm passt wie du zu Ludwig.«

Helen dachte noch lange über dieses Gespräch nach. Und sie musste sich eingestehen, dass es schmerzhafter war, sich James als leidenden Mann vorzustellen, der ihr vergeben hatte und nichts auf ihren Ruf kommen ließ, anstatt als tobenden Wüterich. Über einen tobenden Wüterich hätte sie lachen können. Ein verwundeter Mann, der Größe zeigte, traf sie jedoch bis ins Herz. Weil sie diejenige war, die ihn so verwundet hatte. Hatte sie den wahren James in all ihrer Abwehr niemals kennengelernt? Den Mann, der er wirklich war? Oder der, der er hätte sein können, wenn sie ihm nur ein bisschen mehr Verständnis entgegengebracht hätte?

Egal, es war seine Schuld, da er es vermieden hatte, ihr diese Seite seines Selbst zu zeigen. Er hatte ihr ein Bild gezeigt, das sie nur verabscheuen konnte.

Am folgenden Tag fand die kirchliche Trauung in der Hamburger Michaeliskirche statt, die liebevoll Michel genannt wurde. Helen freute sich, Ludwigs erweiterten Familienkreis kennenzulernen, war aber zugleich traurig, dass niemand von ihrer eigenen Familie gekommen war. Es war schon seltsam, dass die einzige Vertraute aus ihrer Heimat die Schwester des Mannes war, den sie verlassen hatte. Zugleich war sie Ellinor für ihren Zuspruch sehr dankbar.

Der 12. Mai war ein warmer Tag, der schon einen ersten Eindruck vom nahenden Sommer vermittelte. Helen trug das neue Sommerkleid und dazu passende weiße Handschuhe, außerdem einen eleganten Hut mit zartem Augenschleier.

»Du siehst bezaubernd aus«, sagte Ludwig.

»Du aber auch«, erwiderte sie mit Blick auf seinen dunklen Anzug mit der weißen Rose im Revers. Er schenkte ihr sein Lächeln, das sie so sehr liebte.

Sie fuhren in einer offenen Mietdroschke zur Kirche. In London hätte eine Kutsche mit weißen Pferden bereitgestanden, aber Helen genoss es, wie der Fahrtwind ihr Gesicht umschmeichelte und sie den warmen Frühlingstag mit jeder einzelnen Pore ihres Körpers aufnehmen konnte. Ein unbeschreibliches Glücksgefühl durchflutete sie. Diese Hochzeitsfeier diente nur ihrem und Ludwigs Vergnügen, es gab keinen Grund zu repräsentieren. Sie würden sich vor Gott noch einmal die Ehe versprechen und dann eine großartige Feier haben.

Die kirchliche Trauung war wunderschön. Der Pastor sprach die berühmten Worte, sie tauschten die Ringe, dann wurde ein gemeinsamer Gottesdienst für das Brautpaar abgehalten und anschließend gesungen. Helen war dankbar, dass es ein Gesangbuch gab, da sie die deutschen Kirchenlieder nicht kannte. Ludwig war kein großer Kirchgänger, er war froh, wenn sie den Sonntag nach einer harten Woche für sich selbst hatten, auch wenn er sogar am Sonntag stets damit rechnen musste, dass ein Notfall an seiner Tür klingelte. Helen hatte sehr schnell begriffen, dass Arzt kein normaler Beruf, sondern eine echte Berufung war – etwas, das ihr Mann nicht einfach nach Feierabend abstreifen konnte. In gewisser Weise erinnerte es sie an den Pastor. Der war auch immer für seine Schäfchen da.

Doch an diesem Tag blieb die Praxis geschlossen und die Patienten waren gehalten, im Notfall einen Arzt in der Nachbarschaft aufzusuchen.

Der Alsterdampfer, den sie für das Fest gemietet hatten, war entzückend. Es gab zwei Kellner, die die Gäste mit allem versorgten, was sie brauchten, und zudem ein Musikertrio, das zum Tanz aufspielte.

Helen genoss es aus vollem Herzen. Das Essen und die große Hochzeitstorte waren ausgezeichnet.

Da es an Bord keine Toiletten gab, legte der Dampfer auf der Rundfahrt über die Alster regelmäßig an, damit die Gäste bei Bedarf die öffentlichen Toiletten an den Landungsplätzen aufsuchen konnten.

»Bist du glücklich?«, fragte Ludwig sie während eines Tanzes an Deck. Die Sonne ging gerade unter und tauchte die Alster in ein magisches rotgoldenes Licht.

»Ja, so glücklich, wie ein Mensch nur sein kann«, erwiderte sie. »Es ist, als würde ich in einem Traum leben. Und ich freue mich sehr, dass ich deinen Bruder und deine Schwägerin endlich kennenlernen durfte.«

»Vielleicht haben wir in ein paar Monaten einen Grund, nach Köln zu reisen«, sagte Ludwig. »Helmut hat mir erzählt, dass sie ihr erstes Kind erwarten. Und da seine Frau katholisch ist, wird es wohl eine große Taufe im Kölner Dom geben.«

»Das wäre wunderbar. Ich habe noch so gute Erinnerungen an Köln und die Turmbesteigung.« Sie lachte leise. »Es ist schon ein seltsamer Zufall, dass die einzigen deutschen Städte, die ich während der Europareise besucht habe, eine Verbindung zu dir oder deiner Familie haben, findest du nicht?«

»Das ist wohl Schicksal«, sagte er. »Es zeigt, dass es dir von Anfang an bestimmt war, ein Teil dieser Familie zu werden.«

15. Kapitel

Der Sommer kam und Helen genoss ihr neues Leben weiterhin in vollen Zügen. Obwohl sie viel arbeiteten und Ludwig immer für seine Patienten da war, fand er doch noch genügend Zeit für Sonntagsausflüge mit seiner Frau. Und im August überraschte er sie mit einer Sommerfrische auf der Ostseeinsel Rügen im mondänen Strandbad Binz.

Wie Ludwig ihr geraten hatte, schickte sie weiterhin Briefe an ihre Familie, auch wenn sie niemals eine Antwort bekam. Sie hatte sich allerdings angewöhnt, nicht länger um Verzeihung und Verständnis zu bitten, sondern schrieb ihre Briefe mit derselben Selbstverständlichkeit, wie sie es früher getan hatte, wenn sie längere Zeit bei ihren Großeltern gewesen war. Als Tochter, die ihren Eltern und ihrem Bruder von ihrem Leben berichtet.

Und so schickte sie ihnen aus Binz nicht nur eine Karte, sondern einen ganzen Brief, in dessen Umschlag sie die Karte mit hineinsteckte.

> Liebe Mutter, lieber Vater,
> Ludwig und ich sind nach wie vor sehr glücklich und wollten Euch auf diese Weise an unserer Sommerfrische teilhaben lassen. Das

Ostseebad Binz ist einfach bezaubernd mit seiner Promenade und der großen Seebrücke. Zudem gibt es hier eine deutsche Eigenheit, die ich in England nie gesehen habe. Man nennt es Strandkorb. Es ist wie ein großer geschützter Stuhl für zwei Personen, mit Dach und Seitenwänden. So kann man auch bei windigem Wetter am Strand sitzen, ohne zu frieren, während er an heißen Tagen zugleich Schatten spendet. Zudem löst er die Badewagen immer weiter ab. Es gibt Umkleidekabinen und man begibt sich dann selbstständig in Badekleidern ins Wasser. Wir haben sehr viel Spaß. Auf der Postkarte seht Ihr neben der Seebrücke auch eine Abbildung eines Strandkorbs. Natürlich ist eine Sommerfrische in Binz nicht ganz billig, aber Ludwigs Praxis läuft gut, er hat einen ausgezeichneten Ruf als Arzt und ist sehr beliebt. Sogar das britische Konsulat empfiehlt ihn regelmäßig englischen Touristen, die ärztlicher Hilfe bedürfen.

Ich selbst habe mich gut in die Rolle seiner Sprechstundenhilfe eingefügt. Ludwig unterstützt meine Bildung in jeder Hinsicht. Ich habe die Terminvergabe und Buchführung übernommen und kümmere mich um die Abrechnung mit der Krankenkasse. Jeder Arzt kann mit der Krankenkasse Verträge abschließen und dann Patienten behandeln, die dort Mitglied sind. Die Patienten bringen einen sogenannten Krankenschein mit, auf dem der Arzt einträgt, welche Behandlung er durchgeführt hat. Dann wird der Schein bei der Krankenkasse eingereicht und sie bezahlt alles. Patienten, die selbst bezahlen, nennt man Privatpatienten, und auch um deren Abrechnungen kümmere ich mich. Ludwig meint, ich hätte Dein finanzielles Geschick geerbt, Vater. Er vertraut mir vollständig und ist froh, dass er sich nicht mehr um die Abrechnungen kümmern muss und seine Zeit ganz in den Dienst seiner Patienten stellen kann. Ich selbst habe inzwischen auch einen guten Überblick über verschiedene Krankheitsbilder und deren klassische Symptome. Wenn jemand zu uns kommt, treffe ich eine erste Einschätzung. Meist liege ich mit meiner Vermutung richtig und Ludwig bestätigt meine Verdachtsdiagnose später. Ich hätte niemals gedacht, dass ein Mann und eine Frau in jeder Hinsicht so sehr harmonieren und den gleichen Traum leben können. Auch wenn ich Euch mit meiner Entscheidung sehr wehgetan habe, so war es doch das Beste, was mir im Leben widerfahren ist. Gewiss, es ist ein Wermutstropfen, dass Ihr mich aus Eurem Leben ausschließt, aber daran kann ich nichts ändern. Ich schließe Euch nicht aus. Ihr seid weiterhin meine Eltern und meine Familie und das werdet Ihr immer bleiben.

In Liebe
Helen

Helen erwartete keine Antwort auf diesen Brief und so war sie auch nicht enttäuscht, dass sie weiterhin nichts von ihren Eltern oder ihrem Bruder hörte. Dafür kamen regelmäßig Nachrichten von Ellinor, die ihr schrieb, dass Henry sich mit der Tochter eines einflussreichen Londoner Galeristen verlobt habe. Helen freute sich für ihren Bruder, dem es anscheinend endlich gelungen war, sein Leben selbst zu gestalten.

Auch als das erste Weihnachtsfest anstand, das Helen außerhalb ihres Elternhauses verbrachte, schrieb sie ihrer Familie, doch wieder kam keine Antwort. Die Eiszeit auf britischer Seite war allem Anschein nach unüberwindbar. Nun gut, sie hatte inzwischen eine neue Familie und Ludwigs Eltern taten alles, um ihr die Liebe zu geben, die sie eigentlich von ihren eigenen Eltern erwartet hätte.

Am 12. Januar 1901 feierten sie ihren ersten Hochzeitstag. Inzwischen wurden die Fragen, ob denn bald etwas Kleines unterwegs sei, häufiger und auch Helen selbst wurde langsam unruhig. War mit ihr wirklich alles in Ordnung? Sie war seit einem Jahr verheiratet, aber bislang nicht schwanger geworden.

Ludwig beruhigte sie. »Körperlich ist alles bei dir in Ordnung«, sagte er. »Vielleicht sind wir einfach noch nicht bereit, unsere Zweisamkeit aufzugeben, und deine Seele erkennt das und wirkt auf den Körper ein.«

Bei diesen Worten musste Helen unwillkürlich lächeln. Er war immer so verständnisvoll und lieb zu ihr, auch wenn sie wusste, dass er sich selbst Kinder wünschte. Andererseits war sie gewillt, ihm zu glauben. Ludwig hatte oft recht, wenn er bei Patienten, deren Leiden keine fassbare körperliche Ursache hatte, seelische Belastungen ansprach. Er galt als verständnisvoller Arzt, der selbst dort helfen konnte, wo andere versagt hatten. Vermutlich war etwas dran, dass die Seele jedes Leiden vortäuschen konnte. Sie hatte es ja bei ihrer Mutter und deren angeblicher Herzschwäche erlebt.

»Und was sollen wir dann tun, wenn es keine erkennbare körperliche Ursache gibt, ich aber nicht schwanger werde?«, fragte Helen.

»Wir machen so weiter wie bisher.« Er nahm sie in die Arme.

»Und …« Sie schluckte. »Was, wenn ich niemals schwanger werde?«

»Dann ist das eben unser Schicksal.«

»Aber du wünschst dir Kinder. Ich weiß noch, wie glücklich du warst, als du deinen kleinen Neffen im September bei der Taufe in Köln zum ersten Mal im Arm gehalten hast.«

»Leni, ich möchte vor allem, dass du glücklich bist. Wir sind hier nicht im Hochadel, wo sich der Wert einer Frau an ihrer Gebärfähigkeit bemisst, um eine Dynastie zu erhalten. Es wird alles so kommen, wie es kommen soll.«

»Weißt du, dass du ein wunderbarer Mann bist, Ludwig?«

»Das muss ich wohl sein, denn sonst hätte eine so wundervolle Frau wie du mich ja nie geheiratet.«

Sie kuschelte sich in seine Arme. »Ich liebe dich so sehr, Ludwig. Mehr als alles andere.«

»Vielleicht haben wir deshalb noch kein Kind. Weil da noch kein Platz in deinem Erleben ist«, flüsterte er. »Aber irgendwann, wenn die Zeit reif ist, werden wir auch Kinder haben. Da bin ich mir ganz sicher.«

Und so verging das Jahr 1901 wie schon das Jahr 1900. Helen und Ludwig führten eine liebevolle Ehe und steckten all ihre Arbeitskraft in das Wohl ihrer Patienten. Helen lernte, die neugierigen Fragen, wann denn endlich was Kleines käme, mit einem Lächeln fortzuwischen, und nutzte stattdessen die Gelegenheit, Ludwig auf einen Berliner Ärztekongress zu begleiten, wo sie als Gasthörerin teilnehmen durfte. Jetzt kam es ihr sehr zugute, dass ihr Vater so viel Wert auf ihre naturwissenschaftliche Bildung gelegt hatte, denn sie konnte den Vorträgen mühelos folgen und es machte ihr Spaß, im Anschluss darüber mit Ludwig zu diskutieren. Seine ehemaligen Kollegen aus der Charité waren von ihrem Auftreten und ihrem medizinischen Interesse angetan und behandelten sie überaus respektvoll. Allerdings hatte Helen den Eindruck, dass dieser Respekt vor allem Ludwig galt. Ärztinnen waren noch immer eine Rarität, da es Frauen nach wie vor an vielen Universitäten verboten war, Medizin zu studieren. Diese Ungerechtigkeit hatte Helen schon immer gestört, aber sie hoffte, dass sich die Zeiten langsam besserten.

In London hatte sie dank Yvonne gute Kontakte zur Frauenbewegung gehabt, aber in Hamburg führte sie ein unpolitisches Leben. Sie war mit dem, was sie hatte, zufrieden. Das lag natürlich vor allem daran, dass Ludwig nicht nur ihr Ehemann, sondern auch der Kamerad war, mit dem sie alles besprechen konnte. Zudem hatten sie beide so viel Arbeit mit ihrer Praxis, dass sie die wenige freie Zeit am liebsten miteinander verbrachten. Es stimmte schon, sie waren einander genug. Konnte das tatsächlich Einfluss auf eine Empfängnis haben? Aber warum gab es dann so viele ungewollte Schwangerschaften, die junge Frauen ins Elend stürzten?

In der Silvesternacht von 1901 auf 1902 musste Ludwig mit seiner Praxis den Notdienst sicherstellen, den die niedergelassenen Ärzte im Wechsel zu übernehmen hatten. Da sie also nicht ausgehen konnten, blieben sie zu Hause und begnügten sich damit, um Mitternacht anzustoßen sowie den beliebten Brauch des Bleigießens fortzuführen.

»Ich glaube, das ist ein Hufeisen«, sagte Ludwig, während er den seltsam geformten Klumpen betrachtete, zu dem das Blei beim Eintauchen ins kalte Wasser erstarrt war. »Wir werden also im neuen Jahr weiterhin vom Glück verfolgt werden.«

Dann goss Helen ihr flüssiges Blei in die Wasserschüssel. Es nahm die Form zweier aneinanderhängender Tropfen an.

»Sieht aus wie ein Schneemann«, meinte Ludwig.

»Du meinst, es gibt einen harten Winter?« Helen lächelte. »Im Moment sieht es noch nicht so aus.«

»Meist ist es ja erst im Januar so weit«, erwiderte Ludwig. »Vielleicht friert die Alster an deinem Geburtstag zu und wir können Schlittschuh laufen.«

Es klingelte an der Tür.

»Anscheinend braucht jemand gerade den ersten Arzttermin des Jahres.« Ludwig seufzte und erhob sich. »Bleib ruhig sitzen, Leni. Ich melde mich schon, wenn ich dich brauche.«

Helen nickte, doch in Gedanken war sie noch immer beim Bleigießen. Sie hatte Ludwig nicht widersprochen, aber sie selbst wollte in dem Schneemann, den sie gegossen hatte, lieber eine schwangere Frau und in dem vermeintlichen Hufeisen eine Wiege sehen …

16. Kapitel

War es nur ihr Wunsch gewesen, der sie im wahrsten Sinne des Wortes für eine Empfängnis bereit gemacht hatte, oder hatte das Blei in der Silvesternacht tatsächlich die Zukunft gezeigt?

Als Helens Regelblutung ab Januar dauerhaft ausblieb und ihr im Februar morgens immer häufiger übel war, war sie sich sicher, dass es so sein musste.

Und obwohl sie sich in den ersten Wochen sehr schlecht fühlte und oft Schwierigkeiten hatte, Ludwig in gewohnter Weise zu unterstützen, weil sie sich ständig übergeben musste, war sie glücklich.

»Du siehst«, sagte Ludwig, »es ist alles nur eine Frage der Zeit. Jetzt, wo die Zeit für uns reif ist, kommt ein Kind.«

»Du erklärst dir immer alles so einfach.« Sie verpasste ihm einen liebevollen Knuff.

»Nein, ich glaube, die Tatsache, dass wir die Praxis am Neujahrstag geschlossen hatten, um uns vom Silvesterdienst zu erholen, hat entscheidend dazu beigetragen.« Er grinste. »Manchmal ist es doch ganz gut, einen Tag im Bett zu verbringen, auch wenn man nicht krank ist, oder?«

Helen lachte. »Ja, das ist es.«

Anfangs behielten sie es noch für sich, denn sie wussten beide, dass die ersten drei Monate eine kritische Zeit waren, in der die häufigsten Fehlgeburten auftraten. Doch Helens Kind entwickelte sich prächtig und im Mai war die Schwangerschaft nicht mehr zu verbergen. Erst jetzt schrieb sie ihren Eltern von dem im September zu erwartenden Enkelkind. Wie immer blieb die Antwort aus. Dafür antwortete Ellinor auf Helens Brief mit ungeahnter Wärme. Sie schickte ihr sogar ein englisches Buch über Säuglingspflege. Fast hatte Helen das Gefühl, Ellinor erlebe ihre Schwangerschaft stellvertretend für sich selbst, da sie ihre Freiheit keinem Ehemann opfern wollte und deshalb selbst niemals Mutter werden würde.

Trotz der fortgeschrittenen Schwangerschaft reisten Ludwig und Helen im Juli erneut für einige Tage auf die Ostseeinsel Rügen nach Binz. Jetzt, im letzten Drittel ihrer Schwangerschaft, fühlte Helen sich ausgesprochen wohl, abgesehen davon, dass der große Bauch zuweilen recht hinderlich war. Aber es war kein Vergleich zu den Anstrengungen im zweiten Trimenon, als ihre Patienten es bemerkt hatten. Anfangs hatte Helen sich vor guten Ratschlägen kaum retten können. So gut wie jede Patientin sprach sie darauf an, und manch eine nutzte Helens Schwangerschaft als Vorwand, um selbst von ihren schweren Geburten zu berichten.

Irgendwann wurde es Ludwig zu viel, denn er merkte, wie sehr es Helen belastete. Und so sprach er als Arzt und Ehemann ein Machtwort und verbot den Patientinnen, seiner Frau ihre eigenen Leidensgeschichten über schwere Geburtskomplikationen aufzutischen.

»Wenn Sie ein Leiden haben, dann bin ich derjenige, mit dem Sie darüber sprechen sollten. Meine Frau braucht jetzt Schonung und Ruhe und keine Geschichten, die dazu geeignet sind, sie in irgendeiner Form zu beunruhigen. Bitte respektieren Sie das.«

Die entsprechenden Damen wirkten daraufhin beschämt und kamen der Aufforderung nach. Allerdings verlegten sie ihre Anteilnahme jetzt auf das Stricken und Nähen von Säuglingswäsche, um zu zeigen, wie viel ihnen das Kind der Frau Doktor bedeutete.

Helen wusste nicht, ob sie sich darüber freuen oder ob es ihr unangenehm sein sollte.

Ludwig sah es pragmatisch. »Die Kinder wachsen so schnell aus den Sachen heraus. Sei lieber froh, dass unser Baby so viele freiwillige Großmütter hat, die für es stricken. Außerdem freuen die Damen sich gewiss, wenn sie sehen, dass wir ihre Geschenke ehren und das Kleine die Jäckchen und Mützchen trägt.«

Daran musste Helen denken, als sie mit Ludwig gemeinsam im Strandkorb saß und die frische Ostseeluft genoss. Es war auch die Zeit, in der sie sich über Namen unterhielten.

Ludwig war für den deutschen Namen Fritz, denn so hatte sein Lieblingsonkel geheißen, der leider schon verstorben war. »Ich habe den Namen immer mit seinem Humor und seiner Lebenslust verbunden«, sagte er. »›Noch ein Witz vom Onkel Fritz‹, das war sein Motto. Er war ein großartiger Mensch und es ist schade, dass du ihn nie kennengelernt hast.«

»Fritz«, wiederholte Helen. »Ich mag den Namen, er klingt pfiffig, auch wenn er in England als Synonym für Deutsche verwendet wird.«

»Du meinst, das würde deine Eltern ärgern?«

Helen musste lachen, als sie seine verschmitzte Miene sah. »Also gut, Fritz«, sagte sie. »Aber ein Mädchen möchte ich gern Ellinor nennen, nach meiner Freundin Ellinor, der einzigen Engländerin, die noch zu mir hält und die ein Beispiel für die moderne Frau sein sollte.«

Ludwig nickte. »Das halte ich für gerecht. Du suchst den Mädchennamen aus, ich den Jungennamen.«

»Und was wünschst du dir, Ludwig? Einen Fritz oder eine Ellinor?«

»Beide. Die Reihenfolge ist egal.« Er nahm sie in die Arme. »Ich stelle mir gerade vor, wie unsere Kinder hier in ein paar Jahren zusammen Sandkuchen backen und keine Angst vor den Wellen haben, weil wir ihnen schon vorher im städtischen Freibad das Schwimmen beigebracht haben.«

Helen nickte versonnen. »Und ich möchte, dass sie zweisprachig aufwachsen, so wie Ellinor. Ihre Mutter hat mit ihr als Kind nur Deutsch gesprochen, deshalb spricht sie jetzt sowohl Deutsch als auch Englisch wie ihre Muttersprache und beides ohne jeden Akzent. Das wünsche ich mir für unsere Kinder auch.«

»Das heißt, du wirst ausschließlich Englisch mit ihnen reden?«

Helen nickte. »Zumindest so lange, bis sie in beiden Sprachen ausreichend sicher sind.«

»Und du hast keine Angst, dass dabei ein Kauderwelsch herauskommen könnte?«

»Nein, ich habe ja selbst sehr früh zwei Sprachen beherrscht, weil Yvonne immer nur Französisch mit mir gesprochen hat. Obwohl Französisch und Englisch weniger verwandt sind als Deutsch und Englisch, war ich lange Zeit viel sicherer im Französischen. Inzwischen denke ich, dass ich das Deutsche genauso gut wie Französisch beherrsche.«

»Deine Grammatik war schon immer perfekt. Aber ich hoffe, du wirst niemals ganz diesen wunderbaren Akzent verlieren, wenn du ein deutsches W aussprichst. Das fand ich von Anfang an zu bezaubernd. Leider hat er sich schon ziemlich verflüchtigt.«

»Du hast also Angst, dass ich irgendwann nur noch Hamburger Platt schnacke?«

»Nein, aber das wäre eine entzückende Alternative, falls der niedliche Akzent verschwindet.«

Helen lachte. »Weißt du, dass du ein Spinner bist, Ludwig?«

»Welche Sorte? Ein Seidenspinner? Oder meinst du etwas anderes? Da musst du dich schon spezifischer ausdrücken.« Er grinste.

»Also schön.« Sie schmunzelte. »Ein Riesenspinner. Aber deshalb habe ich dich auch so lieb.«

Er gab ihr einen sanften Kuss und legte behutsam seine Hand auf ihren Bauch. »Ich habe schon mal angefragt, ob die Frauenstation im Allgemeinen Krankenhaus Eppendorf auch Einzelzimmer hat«, sagte er dabei. »Das ist das modernste Krankenhaus der Stadt.«

»Was hast du gegen eine Hausgeburt?«, fragte Helen. »Meine Mutter hat ihre Kinder alle in ihrem eigenen Schlafzimmer bekommen.«

»Hättest du wirklich Lust, in unserem Schlafzimmer in den Wehen zu liegen, während der Praxisbetrieb weiterläuft und all die neugierigen Patientinnen lauschen, ob es schon so weit ist?«

»Oh«, sagte Helen. »Daran habe ich gar nicht gedacht. Die sind ja schlimmer als ein Rudel Löwenmütter.«

»Eben. Nein, ich denke, eine Geburt im Krankenhaus hat viele Vorteile. Sowohl für dich als auch für das Kind.«

»Und wie komme ich schnell genug dorthin, wenn es so weit ist?«

»Wir nehmen eine Droschke.«

»Und im schlimmsten Fall kommt das Kind dann in der Droschke zur Welt?«

»Glaubst du wirklich, dass dein Kind innerhalb von zwanzig Minuten kommt? Dann wärst du aber sehr optimistisch.«

»Und was ist mit Sturzgeburten? Du weißt doch, was der Professor auf dem Berliner Kongress zu dem Thema erzählt hat.«

»Ja, dass es sehr selten ist.«

»Selten bedeutet nicht ausgeschlossen.«

»Ich werde bei dir sein, Helen. Und wenn es dann wirklich in der Droschke kommt, fange ich es auf.«

»Ach, Ludwig, es ist einfach nur schön, dass ich weiß, dass ich mich immer auf dich verlassen kann.«

»So sollte es doch auch sein, oder?«

Anstatt zu antworten, küsste sie ihn.

17. Kapitel

In den frühen Morgenstunden des 27. September 1902 setzten bei Helen die Wehen ein. Sie hatte schon seit ein paar Tagen immer wieder kurze Anflüge von Wehen gehabt, die jedoch immer wieder verschwunden waren, noch ehe Ludwig die Droschke rufen konnte. Doch diesmal waren sie deutlich stärker – so heftig, dass Helen zeitweilig das Gefühl hatte, ihr bliebe die Luft weg. Bemerkenswert war, dass sie sich so wie immer fühlte, sobald die Wehe vorüber war. Noch kamen diese Wehen in sehr langen Abständen, aber Ludwig hielt es nun für angemessen, Helen ins Krankenhaus zu bringen. Er hängte ein Schild an seine Praxis, dass er erst später öffnen würde. Seine Patienten würden schon wissen, was das bedeutete, und sich entsprechend gedulden.

Helen nutzte ein schmerzfreies Intervall, um in die Droschke zu steigen, während Ludwig dem Fahrer ihre Tasche zum Verstauen gab und dann schaute, ob Helen noch Hilfe brauchte, bevor er ebenfalls einstieg.

Um diese frühe Stunde waren die Straßen noch leer und der Kutscher kam schnell durch. Als sie vor dem Pavillon hielten, in dem die Frauenstation lag, verspürte Helen wieder eine heftige Wehe, die sie erst veratmen musste, ehe sie aussteigen konnte.

Der Kutscher wurde unruhig. »Sie kriegen das Kind jetzt aber nicht in der Droschke, oder? Soll ich helfen, dass Sie aussteigen können?«

»Warten Sie bitte einen Moment«, erwiderte Ludwig gelassen. »Sie kann gleich selbst aussteigen.« Er musterte den Kutscher. Der Mann schien noch recht jung. »Sie haben noch keine Kinder, oder?«

»Ne, ich bin ja noch nicht mal verheiratet.«

»Das erklärt vieles. So schnell geht das mit den Kindern nicht.«

Inzwischen war die Wehe vorbei. Helen straffte sich und stieg erstaunlich beschwingt aus angesichts ihres Leibesumfangs. Sie lächelte dem Kutscher aufmunternd zu, während Ludwig ihn bezahlte.

Der Kreißsaal war hell und sauber. Da Helen die Frau eines Kollegen war, kümmerte sich der Chefarzt persönlich um sie, wenngleich er sich darauf beschränkte, sie zu begrüßen, und sie dann in die Obhut einer erfahrenen Hebamme gab.

»Sollte es zu Komplikationen kommen, bin ich jederzeit für Sie da«, versprach er. »Doch so, wie es aussieht, wird die Hilfe einer Hebamme erst einmal ausreichend sein.«

Helen nickte. Zwar hatte sie noch nie eine Geburt miterlebt, aber dank Ludwigs Büchern wusste sie, was sie erwartete. Die Geschichten ihrer Patientinnen hatte sie lieber in der hintersten Kammer ihres Gedächtnisses weggeschlossen. Dieses Kokettieren mit schrecklichen Schmerzen und Zwischenfällen erinnerte sie an die Geschichten von Soldaten, die mit ihren Kampfnarben angaben. Sie selbst legte keinen Wert auf eine glorreiche Leidensgeschichte. Stattdessen wollte sie lieber alles für eine möglichst harmonische, rasche Entbindung tun.

Sie erinnerte sich an das, was Ludwig ihr gesagt hatte. *Der Schmerz der Wehen mag unerträglich sein, aber er ist dennoch der Freund der Gebärenden, denn er entsteht durch jene Muskelkontraktionen, die das Kind austreiben.*

Kurz nachdem sie in den Kreißsaal gebracht worden war, platzte ihre Fruchtblase, doch die Hebamme stellte bei einer kurzen Untersuchung fest, dass der Muttermund erst zur Hälfte geöffnet war.

»Das kann noch ein paar Stunden dauern«, sagte sie. »Vor allem, da es Ihr erstes Kind ist.«

Helen nickte und versuchte, sich auf ihren Körper zu konzentrieren. Daran zu denken, was Ludwig immer über den Körper und die Seele sagte. Er ging davon aus, dass sie erst schwanger geworden war, als sie bereit für ein Kind gewesen war. Wenn das stimmte, dann bedeutete das doch im Umkehrschluss, dass sie jetzt auch bereit sein musste, ihr Kind loszulassen, es im wahrsten Sinne des Wortes zur Welt zu bringen.

Die Wehen wurden immer heftiger, aber es waren noch keine Presswehen. Während der Wehen konnte Helen an nichts anderes als an ihre Atmung denken, aber in den Wehenpausen versuchte sie, ihr Kind mit ihren Gedanken zu erreichen. *Es ist an der Zeit, ich möchte dich sehen. Ich möchte dich endlich im Arm halten. Es gibt nichts zu befürchten, das Leben ist einfach nur schön. Mama und Papa erwarten dich.*

Wieder eine Wehe. Atmen. Wehenpause. *Das Leben ist einfach nur schön. Mama und Papa erwarten dich.*

Schon bald verlor sie das Gefühl für die Zeit, verlor sich im Rhythmus aus an- und abschwellendem Schmerz und in dem Gedanken an ihr Kind, das sie so gern im Arm halten wollte.

Nur am Rande nahm sie eine weitere Untersuchung der Hebamme wahr. »Jetzt ist es fast so weit«, sagte sie. »Der Muttermund ist vollständig geöffnet. Ich konnte schon das Köpfchen tasten. Bei der nächsten Wehe müssen Sie ordentlich pressen!«

Es ist so weit, durchzuckte es Helen. *Du willst ans Licht der Welt und ich werde dir dabei helfen!* Beinahe schon ungeduldig wartete sie auf den heftigen Schmerz, sie schrie, während sie presste, aber es war weniger ein Schrei des Schmerzes als vielmehr der Anstrengung und der Kraft. Sie wollte, dass das Kind nun endlich kam, doch es bedurfte noch vier weiterer Presswehen, bis der Kopf endlich aus dem Becken trat.

Dann ging es jedoch ganz schnell. Die fünfte Wehe unterstützte die Bemühungen der Hebamme, das Kind herauszuziehen und abzunabeln. Inzwischen war auch der Chefarzt hinzugekommen.

Helen hörte den ersten Schrei des Kindes, noch ehe sie es sah. »Was ist es?«, fragte sie.

»Ein kleiner Junge!«, sagte die Hebamme. »Herzlichen Glückwunsch. Ich zeige Ihnen das Kind gleich, sobald der Doktor mit der Untersuchung fertig ist.«

»Ist er gesund?«

»Ja, alles bestens, ein kräftiger kleiner Bursche.«

Helen richtete sich ein Stück auf und sah, wie die Hebamme das Kind auf eine Babywaage legte und anschließend wickelte. Dann gab sie es der Mutter.

»Stolze siebeneinhalb Pfund hat er auf die Waage gebracht«, sagte sie dabei. Auch der Chefarzt gratulierte und bestätigte noch einmal, dass mit dem Kind alles in Ordnung war.

»Jetzt schauen Sie sich den Kleinen erst einmal in Ruhe an«, sagte er. »Dann müssen wir noch den Damm nähen. Es ist zu einem Riss gekommen, aber der ist nicht schlimm.«

Helen nickte. All der Schmerz war vergessen und völlig unwichtig, als sie ihr Kind zum ersten Mal im Arm hielt und es betrachtete. Das kleine Gesicht mit der süßen Stupsnase, das von zwei wachen blauen Augen dominiert wurde.

»Er hat hübsche blaue Augen«, sagte sie.

»Alle Neugeborenen haben blaue Augen«, sagte die Hebamme. »Das kann sich in den folgenden Tagen noch ändern.«

»Aber das zarte blonde Haar wird hoffentlich bleiben.« Helen strich vorsichtig über sein Köpfchen. »Little Sunshine«, flüsterte sie. Und auf einmal hatte sie das Gefühl, noch niemals ein Wesen so bedingungslos geliebt zu haben wie diesen kleinen Jungen, den sie am liebsten sofort mit all ihrer Liebe umhüllt hätte. Sie küsste ihn sanft auf die Stirn, sog seinen Geruch in sich ein, als wäre er der köstlichste Blütenduft.

»Mein kleiner Fritz«, flüsterte sie auf Englisch. »Ich werde dich immer lieben und über jeden deiner Schritte wachen.«

Am Abend besuchte Ludwig sie. Er hatte einen großen Blumenstrauß dabei und seinen Sohn bereits durch die Glasscheibe der Säuglingsstation gesehen, mit der man verhindern wollte, dass die Neugeborenen mit den Krankheitskeimen der Besucher in Berührung kamen.

»Er ist das schönste Baby von allen«, sagte er.

»Ich glaube, das behaupten alle Eltern von ihrem Kind, du stolzer Vater.«

»Mag sein. Das ändert aber nichts daran, dass unser Junge sie alle in den Schatten stellt.«

Helen lachte. Eigentlich hätte sie sich nach der Geburt erschöpft und müde fühlen müssen, aber sie hatte das Gefühl, voller Energie und Kraft zu sein. Die Hebamme hatte bestätigt, dass es eine recht leichte Geburt gewesen war, wie sie sie von Erstgebärenden normalerweise nicht kannte. Helen war sich sicher, dass es daran gelegen hatte, dass sie bereit gewesen war, das Kind loszulassen.

Als sie Ludwig von ihren Gedanken während der Entbindung erzählte, stimmte er ihr zu. »Der Geist hat mehr

Macht über den Körper, als die meisten Menschen glauben«, sagte er. »Das hast du eindrucksvoll bewiesen.«

»Und das werde ich künftig auch all deinen Patientinnen erzählen, wenn sie mich nach der Geburt fragen. Eine Mutter, die bereit für ihr Kind ist, wird alles ertragen und den Schmerz als Verbündeten sehen, sofern es eine normale Schwangerschaft ohne Komplikationen ist.«

Ludwig gab ihr einen Kuss auf die Stirn. »Während du dich jetzt erholst, werde ich die Kinderstube vorbereiten«, sagte er. »Ich kenne da eine kleine Möbeltischlerei in Rothenburgsort, die ganz entzückende Wiegen und Wickeltische herstellt.«

»Dauert das nicht zu lange?«

»Nein, die Tischlerei Hellmer wirbt damit, dass sie Wiegen innerhalb von drei Werktagen ab Auftragserteilung fertigstellt. Sie spielen ein wenig mit dem alten Aberglauben, dass es Unglück bringt, die Wiege bereits vor der Geburt zu kaufen. Die Wickelkommode wird etwas länger dauern, aber das ist in den ersten Tagen unwichtig. Da genügt eine weiche Decke auf dem Esstisch.«

»Ich liebe deinen Pragmatismus. Die Hebamme fragte mich übrigens, ob ich selbst stillen will. Ich habe Ja gesagt, denn das ist das Beste für den Kleinen.«

»Das sehe ich genauso«, bestätigte Ludwig.

»In meiner Familie war das nie üblich«, sagte Helen dann etwas nachdenklicher. »Meine Mutter hat weder mich noch meinen Bruder je gestillt, weil sie meinte, das sei unter ihrer Würde als Frau der besseren Gesellschaft.«

»Was für ein Glück, dass wir nicht zu dieser besseren Gesellschaft gehören, sondern selbst über unser Leben entscheiden.« Ludwig lächelte sie liebevoll an.

»Wenn meine Eltern es erfahren, werden sie gewiss entsetzt sein. Erst laufe ich ihnen davon, dann heirate ich unter meinem

Stand, außerdem arbeite ich und dann stille ich auch noch mein eigenes Kind.«

»Unser Sohn kann sich glücklich schätzen, eine Mutter wie dich zu haben«, sagte Ludwig. »Eine Frau, die weiß, worauf es im Leben ankommt, und die ihre eigenen Entscheidungen trifft, ungeachtet von degenerierten Oberschichtkonventionen. Wir haben die größtmögliche Freiheit, weil wir uns in der Mittelschicht bewegen. Alle großen gesellschaftlichen Veränderungen sind stets von Menschen der Mittelschicht ausgegangen. Von Menschen, die genügend Geld hatten, um Zeit zum Nachdenken zu haben. Die aber immer noch Träume und Ziele hatten und nicht im Korsett des Überflusses gefangen waren, den sie nicht mehr zu schätzen wussten, weil sie ihn nicht selbst erarbeitet hatten.«

»Insofern war es für mich also kein gesellschaftlicher Abstieg, dich zu heiraten, sondern ein Aufstieg. Weil wir hier die Fundamente für die Träume unserer Kinder legen können. Um ihnen die größtmögliche Freiheit zu geben.«

»Ganz genau«, bestätigte Ludwig. »Das ist unser Ziel.«

18. Kapitel

Als Ludwig Helen und das Kind fünf Tage später aus dem Krankenhaus abholte, war das Kinderzimmer bereits fertig. Sogar die Wickelkommode stand schon bereit.

»Diese Tischlerei sollte man im Auge behalten«, meinte Helen, während sie über das glatt polierte Nussbaumholz strich, dessen Farbton perfekt zu den bereits vorhandenen Möbeln passte. »Das ist wunderschön geworden.«

»Und was sagst du hierzu?« Ludwig wies auf den funkelnagelneuen Kinderwagen, der sogar ein Regenverdeck hatte.

»Der ist wunderschön. Du hast wirklich an alles gedacht.«

»Es soll unserem Jungen an nichts fehlen.«

Die ersten Tage waren sehr anstrengend. Im Krankenhaus hatten sich überwiegend die Schwestern um den Kleinen gekümmert, sodass Helen genügend Ruhe gefunden hatte. Doch diese Schonzeit war nun vorbei. Der kleine Fritz hatte noch keinerlei Tagesrhythmus, meldete sich regelmäßig, wenn er Hunger oder sonst irgendein Bedürfnis hatte, und forderte Helens Aufmerksamkeit nicht nur tagsüber, sondern auch in der Nacht. Schon am zweiten Abend schoben sie die Wiege ins elterliche

Schlafzimmer und Helen gewöhnte sich an, ihn nachts im Bett zu stillen. Während sie dabei oft einschlief, wurde Ludwig meist wach, weil er Sorge hatte, seine schlafende Frau könnte das Baby unbeabsichtigt im Schlaf erdrücken. Und so passte er auf und legte den Kleinen meist selbst wieder in die Wiege, wenn er satt war und Helen schon schlief. Helen meinte, er solle sie doch lieber wecken, damit er zur Ruhe käme. Aber Ludwig sagte nur, das sei nicht nötig.

Morgens waren sie oft beide unausgeschlafen und ihr Kaffeekonsum verdoppelte sich.

Hinzu kamen in den ersten Tagen die neugierigen Patientinnen, die den Kleinen unbedingt sehen wollten. Meist lehnte Helen das mit der Begründung ab, er würde schlafen. Wenn er jedoch schrie, holte sie ihn aus der Wiege und zeigte ihn kurz den neugierigen Damen, während sie ihn beruhigte. Allerdings mussten die begeisterten Patientinnen Abstand halten, was Helen mit den Gepflogenheiten der Arztpraxis erklärte.

»Er ist noch so klein und wir wollen nicht, dass ihn jemand außer uns berührt, um ihn vor Krankheitskeimen zu schützen.«

Die Patientinnen reagierten unterschiedlich. Einige nickten verständnisvoll, andere betonten, dass sie doch keine Infektionskrankheiten hätten, sondern nur wegen des schwachen Herzens da seien. Aber es nützte nichts. Helen machte keine Ausnahme.

Eine Woche später wurde Fritz im Michel evangelisch-lutherisch getauft und anschließend ließen sie bei einem Fotografen mehrere Familienfotos machen. Eines davon schickte Helen ihren Eltern.

> Liebe Eltern,
> dieses Foto zeigt meinen Sohn Fritz, der am
> 27. September 1902 geboren wurde. Er ist ein

kräftiger, gesunder Junge, der uns viel Freude bereitet. Ich bin unendlich glücklich. Seine Augen waren bei der Geburt strahlend blau, aber es scheint so, als würden sie sich langsam demselben Grünton annähern, den Henrys Augen haben. Ludwig meint, der Kleine habe meine Augen, auch wenn die Mundpartie ganz der Vater zu sein scheint.

Ich weiß, dass Ihr Euch keinen Kontakt wünscht, aber solltet Ihr Eure Meinung eines Tages ändern, würde ich Euch meinen Sohn mit Freuden vorstellen. Wir erziehen ihn zweisprachig. Ich spreche ausschließlich Englisch mit ihm, Ludwig Deutsch. So wird unser Kind davon profitieren, dass seine Eltern aus zwei unterschiedlichen Nationen stammen, und das Erbe beider Kulturen in sich tragen, auch wenn er selbstverständlich die Staatsangehörigkeit seines Vaters hat.

In Liebe
Helen

Helen rechnete nicht mit einer Antwort. Es war mehr ein Ritual, das sie seit ihrer Eheschließung befolgte, um der Beziehung zu ihren Eltern einen Hauch von Normalität zu verleihen. Natürlich hätte sie sich gefreut, wenn ihr Sohn seine Großeltern kennenlernen könnte, andererseits brachten Ludwigs Eltern ihrem Enkel so viel Liebe und Zuneigung entgegen, dass es für zwei Großelternpaare reichte.

Umso überraschter war sie, als sie eine Woche später tatsächlich Post von ihrem Vater erhielt. Ihr Herz klopfte, als sie den Brief öffnete, doch als sie ihn las, blieb es fast stehen.

Liebe Helen,
es freut Deine Mutter und mich, von unserem Enkel zu lesen, gerade in diesen Tagen der Trauer, die zeitgleich mit Deinem Glück über uns hereingebrochen ist.

Nur zwei Tage vor der Geburt Deines Sohnes ist Dein Bruder Henry bei einem Segeltörn tödlich verunglückt. Deine Mutter hatte nie ein gutes Gefühl dabei, dass er sich trotz seiner Einschränkungen auf diesen Sport einließ, aber er konnte seiner Verlobten nie einen Wunsch abschlagen. Er lebte in dem steten Drang, ihr beweisen zu müssen, dass er trotz allem ein ganzer Mann ist. Bei einem waghalsigen Wendemanöver traf ihn ein Teil der Takelage am Kopf und er stürzte bewusstlos ins Meer, aus dem er nur noch tot geborgen werden konnte.

Seit der Beisetzung ist Deine Mutter restlos am Boden zerstört. Nichts konnte sie aus ihrer Trauer herausreißen, bis sie die Fotografie Deines kleinen Jungen sah, der sie so sehr an Henry erinnert. Vielleicht ist es ein Wink des Schicksals, dass wir nicht länger miteinander hadern sollten. Du bist deinen Weg gegangen, aber im Gegensatz zu Henry hat er Dich zum Glück geführt und nicht wie ihn ins Verderben. Manchmal bedarf es eines großen Schmerzes, um Fehler zu erkennen und sie nicht noch schlimmer zu machen.

Wenn Deine Mutter nicht innerlich so gebrochen wäre, würden wir Dich und Deine

Familie gern besuchen, aber wir brauchen noch Zeit.

Meine liebe Tochter, ich danke Dir, dass Du uns trotz allem nicht vergessen hast und an Deinem Leben teilhaben lässt.

In Liebe
Dein Vater

Noch während sie den Brief las, spürte sie, wie ihr heiße Tränen über die Wangen liefen. Henry war tot. Tot. Sie würde ihren Bruder niemals wiedersehen und ihre Eltern hatten sie nicht einmal über den Tod und das Datum der Beisetzung informiert! Sie hatten ihr nicht die Möglichkeit gegeben, ihrem Bruder die letzte Ehre zu erweisen. Vermutlich hätten sie ihr gar nicht geschrieben, wenn sie ihnen keine Fotografie ihres eigenen Kindes geschickt hätte. Sie hätte es dann erst Wochen später von Ellinor erfahren. Ellinor wusste es gewiss schon, aber so, wie sie ihre Freundin einschätzte, hatte sie ihr die erste Zeit mit ihrem Neugeborenen nicht verderben wollen. Helen wusste nicht, ob sie erleichtert sein sollte, dass sie es nicht unmittelbar nach dem Tod ihres Bruders und kurz vor ihrer Entbindung erfahren hatte, oder ob sie auf ihre Familie zornig sein sollte. Im Nachhinein überwog der Zorn, dass sie es ihren Eltern nicht einmal wert gewesen war, über den Tod ihres Bruders informiert zu werden. Für sie gehörte sie nicht mehr zur Familie. Aber jetzt, da ihre Eltern sich einsam und verzweifelt fühlten, glaubte ihre Mutter, den verlorenen Sohn in der Fotografie des Enkels wiederzuerkennen.

Wollte sie unter diesen Umständen wirklich wieder Kontakt zu ihren Eltern haben? Damit ihr eigener Sohn womöglich als Ersatz für den verstorbenen Sohn der Familie betrachtet wurde?

Ludwig kam zu ihr in die Küche. »So, das war jetzt erst einmal die letzte Patientin vor der Mittagspause. Die alte Frau

Müller redet stets wie ein Wasserfall. Ich war froh, sie endlich loszuwerden. Was gibt es heute zum Mittagessen, Schatz?« Er setzte sich zu ihr an den Tisch und sah erst jetzt, dass sie geweint hatte. »Was ist los?«, fragte er erschrocken.

Wortlos reichte sie ihm den Brief.

Ludwig las ihn und nahm sie dann in die Arme. »Das tut mir sehr leid«, flüsterte er. »Ich weiß, wie sehr du an deinem Bruder gehangen hast, auch wenn ihr nicht immer einer Meinung wart.« Er drückte sie fest an sich. »Es gibt nichts, das schlimmer ist, als jemanden unerwartet zu verlieren, dem man noch so viel zu sagen gehabt hätte.«

Helen schluckte schwer. »Ich habe mir immer vorgestellt, dass er derjenige wäre, der die Brücke zurückschlagen könnte. Gerade jetzt, nach Fritz' Geburt.« Eine stumme Träne lief ihr über die Wange.

Ludwig strich ihr sanft über den Rücken. »Vielleicht … vielleicht könnt ihr als Familie ja trotzdem gerade aufgrund dieser Tragödie wieder zusammenwachsen.«

»Ich weiß es nicht«, sagte Helen leise. »Ich habe Angst, Ludwig. Angst, dass es ihnen nicht um mich geht, sondern dass sie lediglich einen Ersatz für Henry suchen. Und womöglich soll Fritz diese Rolle ausfüllen.«

»Das wird nicht passieren, weil er nicht in London lebt«, erwiderte Ludwig. »Und wenn sie so sehr darauf erpicht wären, dann hätten sie unmittelbar die Fähre nach Hamburg genommen. Ich halte diesen Brief für eine vorsichtige Annäherung. Sie wollen ihr Gesicht wahren und suchen für sich selbst eine Begründung, warum sie ihr eisernes Schweigen nun brechen. Sieh mal, Helen, du liebst deine Eltern trotz allem und sie lieben dich mit Sicherheit auch noch. Sonst hätten sie dir deine Flucht nicht so übel genommen. Ihre überkommenen gesellschaftlichen Verpflichtungen haben sie damals dazu gezwungen, sich von dir loszusagen, weil sie vor der Gesellschaft ihr

Gesicht verloren hatten. Nun haben sie die Möglichkeit, einen Neuanfang zu wagen, der gesellschaftlich akzeptiert ist. Der Tod eines Kindes, ja sogar des Stammhalters, darf Menschen in der Position deiner Eltern vor den Augen ihrer Gesellschaftsschicht milde machen, um sich auch wieder dem verstoßenen Kind zuzuwenden. Eine Versöhnung über dem Grab kann ihnen niemand verwehren. Willst du diese Gelegenheit wirklich verstreichen lassen? Es wäre doch schön, wenn Fritz auch seine englischen Großeltern kennenlernen könnte.«

Helen nickte schwach.

»Noch ist es natürlich zu früh«, fuhr Ludwig fort, der ihre Unsicherheit zu spüren schien. »Fürs Erste können wir uns ja mit einer Beileidskarte begnügen. Alles Weitere muss dann von ihnen ausgehen.«

»Und wenn sie herkommen wollen?«

»Es steht ihnen frei, nach Hamburg zu kommen. Wir haben allerdings kein Gästezimmer mehr und deshalb müssen sie sich ein Hotelzimmer nehmen. Der Abstand bleibt also gewahrt. So, wie sie dich aus ihrem Leben verbannt haben, so steht es uns frei zu entscheiden, wie viel Raum wir ihnen nun gewähren wollen.«

Helen atmete mehrfach tief durch. »Solange ich Fritz noch stille, möchte ich keinen Besuch. Sie können mir schreiben und mir Fotografien schicken, das werde ich auch tun, aber mehr möchte ich gegenwärtig nicht.«

»Das verstehe ich«, sagte Ludwig. »Und genauso solltest du es ihnen auch schreiben. Jetzt sind sie diejenigen, die etwas von dir wollen. Und sie sollen zeigen, dass sie bereit sind, darauf zu warten.«

Helen schrieb also in die Beileidskarte, die Ludwig noch am selben Tag besorgte:

Liebe Eltern,
Eure Nachricht von Henrys Tod hat mich zutiefst erschüttert und ich spreche Euch mein tief empfundenes Beileid aus. Es zerreißt mir das Herz, dass ich ihm nicht die letzte Ehre erweisen konnte, sondern er bereits ohne mein Wissen beigesetzt wurde. Dieser Schmerz sitzt sehr tief und Euer Brief stürzt mich in eine tiefe Verunsicherung. Was bedeute ich Euch wirklich? Geht es um mich oder lediglich darum, Euren Kummer zu lindern? Um den Trost, dass Ihr trotz Henrys Tod nicht ganz allein seid, sondern noch immer Großeltern sein könnt? Hättet Ihr Euch überhaupt jemals wieder gemeldet, wenn Henry noch lebte und eigene Kinder bekommen hätte? Oder wäre ich dann auf immer das schwarze Schaf der Familie geblieben, dessen Name nicht genannt werden darf?

Versteht mich nicht falsch, natürlich freue ich mich, wenn Ihr wieder Anteil an meinem Leben nehmen wollt, aber es fühlt sich im Augenblick falsch an. So, als wäre ich lediglich der Ersatz für das echte Kind, das auf immer verloren ist. Ich brauche Zeit, um mit mir ins Reine zu kommen und zu erkennen, was ich von dieser künftigen Beziehung erwarte. Wenn Euch das zu fordernd erscheint, solltet Ihr es dabei bewenden lassen. Ihr könnt in dem Gedanken leben, dass Ihr ein gesundes, glückliches Enkelkind in Hamburg habt. Etwas von Euch wird über meinen Sohn weiterleben, wenngleich er Deutscher ist. Ihr habt

mir nach meiner Flucht geschrieben, ich solle nun für mich allein sorgen, von der Familie hätte ich nichts mehr zu erwarten. Das akzeptiere ich. Ludwig und ich haben ein angemessenes Auskommen. Ich frage mich andererseits, was Ihr nun von mir erwartet. Ersatz für Henry oder eine Versöhnung, weil wir trotz allem noch immer eine Familie sind?
Eure Tochter Helen

»Das ist recht hart formuliert«, meinte Ludwig, nachdem er den Brief gelesen hatte.

»Soll ich ihn abmildern?«, fragte Helen unsicher.

»Nein, lass ihn so. Es ist wichtig, offen und ehrlich zu sagen, was man fühlt.«

»Das sagst du, weil du Deutscher bist.«

»Und du formulierst so, weil du diesen Teil der deutschen Lebensart schätzt«, erwiderte er. »Schick ihn ab. Wenn du deinen Eltern wirklich etwas bedeutest, werden sie es akzeptieren und dir erneut schreiben. Wenn sie nun tödlich gekränkt sind, hast du rein gar nichts verloren, sondern sie nur zur Ehrlichkeit gezwungen.«

19. Kapitel

Obwohl Helen ihren Bruder lange nicht gesehen hatte und die Beziehung nie besonders innig gewesen war, trauerte sie stärker, als sie erwartet hatte. Henrys Tod machte ihr bewusst, dass die Versöhnung mit ihrer Familie niemals wieder vollständig sein würde, denn ihr Bruder war für immer fort. Sie würde niemals erfahren, was er wirklich von ihr gedacht hatte. War er traurig gewesen, als sie ohne Abschied fortgegangen war? Oder wütend über ihren Verrat an der Familie? James war schließlich sein Freund gewesen. War es ihm gleichgültig gewesen oder hatte er sie insgeheim sogar um diese Flucht aus dem goldenen Käfig beneidet? Eine Flucht, die er selbst mit Aufnahme seines Studiums fernab aller familiären Verpflichtungen angetreten hatte? Nun würde sie es nie mehr erfahren. Nicht, dass es irgendeine Bedeutung für ihr gegenwärtiges Leben gehabt hätte. Aber der Gedanke begleitete sie noch eine ganze Weile.

Zudem ertappte sie sich dabei, wie sie täglich auf die Post wartete. Würden ihre Eltern auf ihren letzten Brief antworten oder hatte sie mit ihrer Ehrlichkeit das gerade einen Spaltbreit geöffnete Türchen der Versöhnung zugeschlagen? Sie wusste selbst nicht, was sie sich wünschte. Wenn ihre Eltern Fritz nur als Ersatz für Henry ansahen, wäre es besser, wenn sie sich nicht mehr meldeten. Wenn sie aber wirkliches Interesse an ihrem Enkel hatten, ihn als Ludwigs Sohn und deutschen Staatsbürger respektierten, dann wäre es allein schon für Fritz das Beste, wenn sie sich versöhnten. Denn nur so konnte er seine englischen Wurzeln vollständig erfahren. Gewiss, sie könnten auch so Reisen nach England unternehmen, aber dann wären sie stets Touristen. Bei den Großeltern könnte Fritz lernen, wie eine englische Familie lebte.

Nun gut, das alles hatte Zeit. Noch war Fritz ein hilfloser Säugling, weit davon entfernt, selbstständig zu sitzen und sein erstes Wort zu sagen. Dennoch war er bereits in der Lage, seine Eltern und seine deutschen Großeltern mit nur einem Lächeln um den Finger zu wickeln. Er blieb ihr kleiner Sonnenschein und sie ertappte sich immer öfter dabei, wie sie ihn »Sunshine« nannte – so oft, dass auch Ludwig diesen Kosenamen übernahm. Es war das einzige englische Wort, mit dem er seinen Sohn ansprach, denn seine zweisprachige Erziehung sollte von Anfang an sichergestellt sein, da waren die beiden sich einig. Helen sprach ausschließlich Englisch mit ihm, was die fürsorglichen Patientinnen irritierte.

»Soll der Kleine nicht erst mal richtig Deutsch lernen?«, fragten sie erstaunt.

»Er soll beides lernen«, erklärte Helen dann jedes Mal. »Kleinen Kindern fällt das viel leichter.« Und dann erzählte sie von ihrer Freundin Ellinor und ihren eigenen Erfahrungen mit ihrer französischen Gouvernante.

»Er ist ein wahres Glückskind, Ihr kleiner Sonnenschein«, bekam sie daraufhin meist zur Antwort. »Um die Liebe, die diesem Kind in Ihrem Haus bereits in die Wiege gelegt wurde, ist es zu beneiden. Passen Sie nur auf, dass Sie ihn nicht zu sehr verhätscheln, denn die Welt wird später nicht so geduldig mit ihm sein.«

»Das wird sie gewiss nicht«, bestätigte Helen. »Aber ein Kind, das Liebe und Vertrauen erfährt, wird dadurch nicht verhätschelt, sondern stark gemacht, um sich den Herausforderungen zu stellen. Wer einmal im Leben wahre Liebe erfahren hat, wird später immer wieder danach streben und das wird ihn alle Schwierigkeiten überwinden lassen.«

Kurz vor Weihnachten 1902 erhielt Helen ein Schreiben von der Zollbehörde, dass aus England ein Paket von ihren Eltern für sie angekommen sei. Sie müsse es persönlich beim Zoll am Hafen abholen, um die Formalitäten zu regeln.

»Zollformalitäten?«, fragte Helen überrascht. »Was soll denn das? Wir schmuggeln doch nicht.«

»Das ist immer so bei Paketen aus dem Ausland«, erklärte Ludwig. »Wenn man die nicht kontrollieren würde, hätten echte Schmuggler es ja leicht.«

»Und muss ich das dann vor Ort öffnen?«

Ludwig hob die Schultern. »Keine Ahnung, ich habe noch nie ein Paket aus dem Ausland bekommen. Du wirst es ja sehen.«

Helen nickte. »Ich lasse Fritz hier und nehme die Straßenbahn«, sagte sie dann. »Und falls das Paket zu schwer ist, nehme ich eine Droschke für den Rückweg.«

»Mach das«, sagte Ludwig. »Ein paar Stunden kommen wir Männer schon allein zurecht.«

Die Formalitäten am Hafen erwiesen sich als unkomplizierter als gedacht. Helen musste lediglich ihren Pass vorzeigen und ein Formular ausfüllen, in dem sie angab, dass es sich um ein Geschenk ihrer Eltern handelte. Einzig bei der Angabe, was darin enthalten war, und des Wertes war sie überfordert.

»Es ist eine Überraschung«, sagte sie. »Ich weiß es nicht.«

»Dann muss ich Sie leider bitten, es zu öffnen.«

»Und wenn ich irgendetwas angegeben hätte, hätten Sie es mir dann einfach so mitgegeben?«, fragte sie erstaunt.

»Nein, wir machen auch dann Stichproben. Aber wir lassen nicht jedes Paket öffnen.«

Helen nickte. »Ich werde meine Eltern bitten, nächstes Mal aufzuführen, was sie schicken.«

Dann öffnete sie das Paket. Neben einem Brief befand sich darin Säuglingswäsche für einen Jungen. Zum größten Teil war sie neu, aber Helen fand auch Henrys alte Babydecke und ihr eigenes Taufkissen wieder.

»Muss ich das verzollen?«, fragte sie.

Der Mann warf einen kurzen Blick darauf. »Ich nehme an, Sie haben vor Kurzem ein Kind bekommen?«, fragte er lächelnd.

»Am 27. September.«

»Das müssen Sie nicht verzollen. Solche Geschenke fallen unter einen Freibetrag.«

Helen packte die Kleidung wieder ein. Der Beamte half ihr, den Karton wieder ordentlich zu verschließen, und band sogar eine Schnur darum, mit deren Hilfe sie ihn besser tragen konnte.

Nachdem Helen wieder zu Hause war, öffnete sie den Brief.

> Liebe Helen,
> Dein letzter Brief hat Deine Mutter und mich sehr nachdenklich gestimmt. Vielleicht ist es tatsächlich nicht so leicht, sich gegenseitig zu vergeben angesichts des Schmerzes über Henrys Tod, den wir alle in uns tragen.
>
> Wir haben lange darüber nachgedacht, wie wir wohl auf die Geburt unseres ersten Enkels reagiert hätten, wenn unser lieber Henry noch sein Leben vor sich gehabt hätte. Aber wir sind zu dem Schluss gekommen, dass wir genauso wie jetzt gehandelt hätten. Kein Kind der Welt kann Henry ersetzen. Aber

Dein Sohn ist ebenso ein Teil unserer Familie wie der Deinen und gäbe es einen besseren Grund, alte Wunden verheilen zu lassen, als gemeinsam in die Zukunft zu blicken? Unsere Hand zur Versöhnung ist ausgestreckt.

Anbei übersenden wir Dir ein paar Kleinigkeiten für unseren Enkel Fritz.

In Liebe

Deine Eltern

»Was schreiben Sie?«

Helen fuhr herum. Sie hatte gar nicht bemerkt, wie Ludwig mit Fritz auf dem Arm zu ihr in die Küche gekommen war.

»Sieh selbst.« Sie wies auf den Brief und nahm ihm das Kind ab.

»Das ist doch eine sehr liebevolle Antwort«, sagte Ludwig, nachdem er den Brief gelesen hatte. »Warum schaust du dennoch so nachdenklich?«

Helen seufzte. »Meine Eltern sind anders als deine. Wäre dieser Brief von deinen Eltern gekommen, hätte ich dem Inhalt sofort Glauben geschenkt. Aber mein Vater schreibt nicht die Wahrheit. Er schreibt eine Geschichte, die er selbst gern glauben möchte. Wäre mein Bruder noch am Leben, hätten sie sich nicht gemeldet, um Fritz kennenzulernen.«

»Woher willst du das wissen?«

»Wenn es so wäre, warum haben sie mir nicht bereits geantwortet, als ich sie über meine Schwangerschaft informierte? Wenn die Erwartung allein nicht ausreicht, um gemeinsam in die Zukunft zu blicken, warum dann jetzt? Doch nur, weil in ihrem Leben eine tiefe Leere herrscht, die sie verzweifelt ausfüllen wollen.«

»Und was wirst du nun tun?«, fragte Ludwig. »Die Hand zur Versöhnung ausschlagen, weil die Motive dir nicht gefallen, oder sie annehmen und schauen, was die Zukunft bringt?«

»Ich weiß es nicht«, sagte sie leise.

»Was haben wir schon zu verlieren?«, fragte Ludwig. »Wir leben in Hamburg, sie in London. Besuche wären höchstens zweimal im Jahr möglich. Und für Fritz wäre es doch schön, wenn er alle Großeltern kennenlernen würde. Du bist zutiefst verletzt, weil deine Eltern dich erst nach Henrys Beisetzung von seinem Tod unterrichtet haben. Dabei hättest du gar nicht zu seiner Beisetzung kommen können, selbst wenn du es gewusst hättest, weil du noch im Wochenbett warst. Im Grunde ist dir eine große Belastung erspart geblieben. Du konntest die ersten Tage mit unserem Sohn als ungetrübtes Glück erleben. Versuch doch, deinen Blickwinkel auf die schönen Seiten zu lenken. Sieh das Gute in diesem Briefwechsel. Es wird zwar niemals wieder so werden wie vor Henrys Tod, aber du kannst deine Eltern zurückgewinnen. Selbst wenn sie dir wehgetan haben. Das hast du ihnen mit deiner Flucht auch. Ist das Verzeihen nicht für beide Seiten der beste Weg?«

Helen atmete tief durch. »Also gut. Ich werde in den nächsten Tagen mit Fritz zum Fotografen gehen und ihn in der Säuglingswäsche, die meine Eltern geschickt haben, ablichten lassen. Dann schicke ich ihnen die Fotografie.«

»Das ist eine sehr schöne Geste.« Ludwig hauchte ihr einen Kuss auf die Wange. Dann kehrte er in sein Sprechzimmer zurück.

Helen blieb jedoch unsicher, denn tief in ihrem Innern hatte sie weiterhin ein ungutes Gefühl, was die Motive ihrer Eltern anging. Doch in einem hatte Ludwig recht – da sie in einem anderen Land lebten, war es unwichtig, welche Motive ihre Eltern wirklich bewegten. Sie würden ihr ihren Sohn niemals entfremden können. Er würde sie allenfalls einmal im Jahr sehen, sobald er alt genug war, um auf Reisen zu gehen. Doch noch war es nicht so weit.

20. Kapitel

Ein altes Sprichwort besagt, dass die Zeit alle Wunden heilt. So ähnlich war es auch mit Helens Beziehung zu ihren Eltern. Je größer Fritz wurde, umso inniger und häufiger wurde der Briefwechsel und endlich spürte Helen das echte Interesse ihrer Eltern an ihrem Enkelsohn.

Immer häufiger sprachen ihre Eltern nun Einladungen nach London aus, doch solange Fritz noch klein war, lehnte Helen stets dankend ab. Andererseits kamen ihre Eltern nie nach Hamburg. Vielleicht erwarteten sie ihrerseits eine Einladung, aber Helen hielt sich weiterhin zurück. Vor ihrem eigenen Gewissen rechtfertigte sie es damit, dass es kein Gästezimmer mehr gab, in das sie jemanden einladen konnte. Und ihren Eltern ein Hotel vorzuschlagen, erschien ihr unangebracht, zumal ihre Eltern dies auch nicht von sich aus anboten. Und so blieb trotz aller Annäherung nach wie vor viel Unausgesprochenes zwischen ihnen.

Im April 1904 stellte Helen fest, dass sie wieder schwanger war. Auch wenn der kleine Fritz mit seinen anderthalb Jahren weiterhin sehr viel Aufmerksamkeit forderte, freute sie sich sehr auf ihr zweites Kind und hoffte auf ein kleines Mädchen.

Sie schrieb ihren Eltern von der Schwangerschaft und dass sie das Kind um die Weihnachtszeit erwarteten.

Diesmal antworteten ihre Eltern umgehend. Zum ersten Mal in all dieser Zeit erhielt Helen nun auch Briefe, die von ihrer Mutter geschrieben waren. Es waren sehr liebevolle Briefe, in denen Catherine ihrer Tochter offen von ihren eigenen Schwangerschaften erzählte und dabei sehr persönliche Gefühle offenbarte, die Helen ein ganz anderes Bild ihrer Mutter vermittelten als jenes, das sie kannte. Catherine war plötzlich nicht mehr die gleichgültige, kalte Frau mit dem gebrochenen Herzen. Helen erhielt Einblick in das Seelenleben einer Frau, die sich unbändig auf ihre beiden Kinder gefreut hatte. In vielen dieser Empfindungen fand Helen sich selbst wieder und hatte das Gefühl, ihre Mutter neu kennengelernt zu haben. Doch noch immer fand sie nicht den Mut, ihre Eltern um einen Besuch in Hamburg zu bitten, und ihre Mutter selbst schien diese Möglichkeit nicht in Erwägung zu ziehen.

Der Sommer kam und er war in diesem Jahr besonders heiß. Die Hamburger stöhnten und hatten das Gefühl, in den Tropen zu leben. Immer öfter hörte Helen Menschen sagen: »Das ist ja schlimmer als in Afrika! Bald können wir hier Bananen pflanzen.«

Ludwig hatte in diesen Tagen mehr als gewöhnlich zu tun, da gerade die älteren Patienten unter Kreislaufproblemen und Ohnmachtsanfällen litten.

Der kleine Fritz vertrug die Hitze besser als alle anderen, was aber auch daran lag, dass Helen ihm eine Waschschüssel mit Wasser hingestellt hatte, in der er herumplanschen konnte. Damit er nicht den ganzen Fußboden nass plätscherte, hatte sie ihm eine Wolldecke untergelegt, die die Nässe aufsog. Sie selbst zog sich zwischen zwei Patienten immer wieder zurück, um sich im Badezimmer kaltes Wasser über die Unterarme laufen zu lassen. Sie war jetzt im fünften Monat und fühlte sich deutlich erschöpfter als während ihrer ersten Schwangerschaft, allerdings schob sie das auf die Hitze.

Am 25. Juli, einem Montag, zeigte das Thermometer noch am Abend über dreißig Grad an und Helen war froh, als Ludwig die Praxis endlich schloss. Sie fühlte sich so schwach, dass sie sich nicht einmal aufraffen konnte, etwas für die Familie zu kochen, obwohl sie das sonst für ihr Leben gern tat. Ludwig war liebevoll wie immer und meinte, an einem so heißen Tag sei eine warme Mahlzeit überflüssig, sie hätten doch noch genügend Brot und Aufschnitt. Dann machte er sich daran, für die ganze Familie Brote zu schmieren. Und Helen fragte sich zum tausendsten Mal, womit sie einen so liebevollen und fürsorglichen Mann verdient hatte.

Während sie ihm zusah, verspürte sie plötzlich einen heftigen Schmerz im Unterleib – so stark und unerwartet, dass sie laut aufschrie.

Ludwig ließ das Brotmesser fallen und fuhr herum. »Was ist los?«, rief er.

»Ich weiß nicht«, keuchte sie und presste die Hände auf den Bauch. »Es fühlt sich an, als würde das Kind kommen, aber es ist doch viel zu früh!«

Noch ehe sie etwas sagen konnte, hob Ludwig sie hoch wie ein Ehemann, der die Braut über die Schwelle trägt, und brachte sie ins Schlafzimmer, wo er sie aufs Bett legte. Dann betastete er vorsichtig ihren Bauch.

»Er ist so hart, als wäre das eine echte Wehe«, sagte er.

Helen stöhnte, versuchte, den Schmerz zu veratmen, so, wie sie es bei ihrer ersten Geburt getan hatte, aber dieser Schmerz war völlig anders. Keine positive Kraft, die ihr dabei half, ein Kind zur Welt zu bringen, sondern ein unerträglicher Schmerz, als würde etwas in ihrem Leib zerreißen. Sie wollte nicht schreien, doch sie konnte nicht anders. Die Panik in Ludwigs Augen machte alles noch schlimmer.

Auf einmal spürte sie Feuchtigkeit zwischen den Beinen. »Oh Gott!«, schrie sie und riss ihren Rock hoch. Das Blut hatte ihre Unterhose durchtränkt und der rote Fleck breitete sich immer weiter auf dem Laken aus.

»Oh Gott, es drückt so sehr!«, schrie sie. »Ich halte das nicht mehr aus!«

Ludwig war blass geworden. Noch nie hatte sie ihn so gesehen, so entsetzt und völlig hilflos, als würde ihm ihr Leben durch die Hände gleiten. Sie fühlte, wie er ihre Beine auseinanderdrückte, um sie zu untersuchen. Dann folgte ein weiterer heftiger Schmerz und ohne dass sie sich dagegen wehren konnte, glitt das Kind aus ihrem Körper, ganz so, wie der Professor damals in Berlin eine Sturzgeburt beschrieben hatte. Ludwig keuchte auf, hob das blutige kleine Wesen auf, das noch nicht in der Lage war, einen eigenständigen Atemzug zu tun. Helen richtete sich in all ihrem Schmerz auf. Sie sah, wie die winzigen Ärmchen, deren glänzend rote Haut beinahe durchsichtig wirkte, kurz zuckten und dann für immer erschlafften.

»Ist es ... tot?«, fragte sie leise, obwohl sie es längst wusste.

Ludwig nickte stumm. Erst jetzt durchtrennte er die Nabelschnur. »Ich lasse einen Krankenwagen kommen«, sagte er dann. Seine Stimme war völlig ruhig, aber seltsam fremd und distanziert – ganz so, als hätte er dem Arzt, der er war, den Platz geräumt, um nicht ertragen zu müssen, dass er zugleich der Vater des toten Kindes war. »Für das Kind ist es zu spät, aber du blutest noch immer sehr stark.«

»Lass mich das Kind sehen«, sagte Helen, obwohl sie sich nicht sicher war, ob sie das wirklich wollte. Erst wenn sie es richtig ansah, würde es Wirklichkeit werden. Erst wenn sie es sah ...

Ludwig zeigte es ihr. Ein schmales, kleines Wesen, die Augen noch geschlossen wie bei jungen Hunden, aber es hatte schon ein Gesicht, zierliche Hände und Füßchen. Es hätte noch wachsen müssen, mindestens noch zwei Monate, um nicht nur zum Sterben geboren zu werden – unfertig als Säugling, aber bereits ein vollständiger Mensch. Unwillkürlich schaute sie nach dem Geschlecht. Es war ein Mädchen. In diesem Augenblick verlor Helen all ihre Stärke und brach in Tränen aus.

»Ich rufe jetzt den Krankenwagen«, hörte sie Ludwigs Stimme. Sie wollte antworten, wollte einfach nur Ja sagen, doch die Tränen ließen es nicht zu. Sie saß im wahrsten Sinne des Wortes in einem Bett aus Blut und Tränen.

Wenigstens verfügte Ludwigs Praxis seit Anfang des Jahres über einen eigenen Telefonanschluss, sodass er das Haus nicht verlassen musste, um den Krankenwagen anzufordern. Wenige Augenblicke später war er wieder bei ihr und nahm sie tröstend in den Arm. »Es wird alles wieder gut«, flüsterte er, auch wenn der Tonfall seiner Stimme verriet, dass nichts gut war. Er hielt sie, bis sie sich etwas beruhigt hatte. Dann wickelte er das tote Kind in eine Decke.

»Soll es auch ins Krankenhaus?«, fragte Helen verwirrt, noch immer halb blind vor Tränen.

Ludwig nickte. »Ich möchte, dass es dort untersucht wird. Manchmal sterben Kinder im Mutterleib oder kommen zu früh, weil sie innere Fehlbildungen haben, die man von außen nicht sieht.«

»Du willst, dass es aufgeschnitten wird?« Helen starrte ihn entsetzt an.

»Ich will, dass die Ärzte es sich ansehen, mehr nicht«, beruhigte Ludwig sie. »Und ich will, dass du untersucht wirst, schließlich hat dein Körper die Nachgeburt noch nicht abgestoßen. Das kann gefährlich werden.«

Helen nickte schwach. Sie hatte keine Kraft mehr, irgendetwas zu sagen. Mit dem Versiegen der letzten Tränen fühlte sich auf einmal alles in ihr leer und ausgebrannt an. So leer, wie ihr Leib nach dem Verlust des Kindes war.

Kurz darauf kam der Krankenwagen. Helen sah, dass er von zwei Pferden gezogen wurde. Stand es so schlimm um sie, dass es eines schnellen Zweispänners bedurfte? Die meisten Krankenwagen waren Einspänner.

»Ich bringe Fritz gleich zu meinen Eltern und dann komme ich nach«, versprach Ludwig ihr, bevor man sie mit der Trage in den Wagen schob. Helen nickte stumm. Es fühlte sich an, als wäre sie durch eine Wand aus dichtem Nebel von der Welt getrennt. Der schlimmste Schmerz war in dem Moment vergangen, als sie das Kind verloren hatte. Der heftige Tränenausbruch war die letzte starke Emotion gewesen, bevor die Leere sie ergriffen hatte – eine Leere, in der nicht einmal mehr der dumpfe Schmerz in ihrem Unterleib existierte. Dafür wurde ihr auf einmal furchtbar übel, während die Krankentransportkutsche über die Straße holperte, und ihr wurde schwarz vor Augen.

Im Eppendorfer Krankenhaus wurde sie bereits vom diensthabenden Arzt erwartet. Man brachte sie in eines der Untersuchungszimmer, aber zu dem Zeitpunkt fühlte sie sich so schwach, dass sie kaum noch etwas mitbekam. Der Arzt drückte an ihrem Bauch herum und werkelte zwischen ihren Beinen, bis die Nachgeburt sich endlich gelöst hatte. Was er sagte, konnte sie kaum verstehen, weil sie immer wieder wegdämmerte. Nur mühsam konnte sie auf seine Fragen mit Ja oder Nein antworten, und sie vergaß die Fragen bereits im selben Moment wieder.

Irgendwann wachte sie in einem frisch bezogenen Bett auf der Privatstation wieder auf. Das Erste, was sie spürte, war, dass jemand ihre Hand hielt. Sie öffnete die Augen und sah Ludwig. Seine Augen waren geschlossen und er sah müde aus, so als hätte er lange nicht geschlafen. Im selben Moment fragte sie sich, wie lange sie wohl schon hier im Krankenhaus war. Durch das geöffnete Fenster fielen helle Sonnenstrahlen. Vorsichtig richtete sie sich ein Stück auf.

Erst jetzt bemerkte Ludwig, dass sie wach war. »Geht es dir besser?«, fragte er sie mit sanfter Stimme.

Helen horchte in ihren Körper hinein. Der dumpfe Schmerz war weg, ebenso die Müdigkeit. Doch die innere Leere war geblieben. Sie atmete tief durch, dann nickte sie. »Wie lange habe ich geschlafen?«

Ludwig zog seine Taschenuhr hervor. »Es ist jetzt halb zehn, ich schätze, gut zwölf Stunden.«

»Und du warst die ganze Zeit an meiner Seite?«

»Ich bin gleich gekommen, nachdem ich Fritz bei meinen Eltern abgegeben hatte«, sagte er. »Da warst du aber schon nicht mehr ansprechbar. Wir hatten große Sorgen, ob du wohl zu viel Blut verloren hast, aber dann hörten die Blutungen zum Glück auf und Doktor Friedmann meinte, du seist stark und würdest dich wieder gesund schlafen.«

»Körperlich fühle ich mich viel besser«, sagte sie leise. »Aber ich bin so leer. Da ist nichts mehr in mir. Nicht mal Tränen.«

Ludwig streichelte ihr sanft über das Gesicht, sagte aber nichts.

Helen konnte diese Stille kaum aushalten. »Hat Doktor Friedmann eine Erklärung dafür, warum ich unser Kind verloren habe?«, fragte sie in der Hoffnung, etwas Normalität in das Gespräch zu bringen. Normalität ... würde es das jemals wieder für sie geben?

»Nein«, erwiderte Ludwig ebenso sachlich. »Der Fötus war augenscheinlich gesund. Er vermutet, dass es vielleicht zu einer Plazentaablösung gekommen ist, die die Fehlgeburt ausgelöst hat. Aber Genaues weiß niemand. Es war Schicksal. Er ist aber davon überzeugt, dass du weitere Kinder haben kannst.«

»Ja«, sagte sie leise. »Machst du die Praxis heute nicht auf?«

»Nein, ich habe ein Schild aufgehängt und die Patienten für Notfälle an Doktor Hirschthal verwiesen.«

Helen nickte. Doktor Hirschthal hatte seine Praxis drei Straßen weiter und die beiden Ärzte vertraten sich in Urlaubszeiten regelmäßig gegenseitig.

»Darf ich dich dann um etwas bitten, Ludwig?«

»Um alles, Leni. Das weißt du doch.«

»Würdest du mir Fritz heute noch zu Besuch bringen? Ich möchte ihn unbedingt in meine Arme schließen. Ich muss ihn sehen, damit ich weiß, dass das Leben weitergeht, dass es noch etwas gibt, wofür es sich zu leben lohnt.« Sie schluckte schwer.

Ludwig nickte. »Soll ich ihn gleich holen?«

»Würdest du das tun? Du siehst so müde aus.«

»Ich bin durchwachte Nächte gewöhnt, das bringt der Beruf so mit sich.« Er lächelte sie voller Zuneigung an. »Ich bin in einer Stunde mit Fritz wieder da«, sagte er dann.

21. Kapitel

Noch während sie im Krankenhaus war, schrieb Helen ihrer Mutter von der Fehlgeburt und der inneren Leere und Traurigkeit, die sie seither verspürte. Zum ersten Mal begriff sie wirklich, was ihre Mutter in der Zeit, da Henry an Kinderlähmung erkrankt war und sie ihr ungeborenes Kind verloren hatte, durchgemacht hatte. Und sie verstand auf einmal, warum ihre Mutter sich so sehr auf ihren kranken Sohn fixiert hatte. Sie merkte, wie sehr sie selbst seither das Bedürfnis hatte, Fritz bei sich zu haben und auf ihn aufzupassen, auch wenn ihr Junge ein kerngesundes, kräftiges Kind war.

Nach einer Woche wurde sie aus dem Krankenhaus entlassen, aber sie hatte große Angst davor, ihr normales Leben wieder aufzunehmen, denn sie fürchtete die mitleidigen Blicke der Patienten und die Neugier, die sich hinter geheuchelter Anteilnahme verbarg.

Nun – was das anging, hatte Ludwig vorgesorgt und seinen Patienten untersagt, Helen auf die Fehlgeburt anzusprechen, um nicht ständig unangenehme Erinnerungen zu wecken. Dennoch hatte Helen das Gefühl, andauernd von mitleidigen Blicken durchbohrt zu werden. Zum ersten Mal in ihrem

Leben störte sie jetzt die Tatsache, dass sich die Praxis in ihrer Wohnung befand und ihr somit jeder Rückzugsraum genommen war. Natürlich hätte sie sich ausschließlich in ihrem privaten Bereich aufhalten können, aber sie wusste, dass Ludwig ihre Unterstützung brauchte, und sie wollte sich auch nicht verstecken. Und so biss sie die Zähne zusammen und versuchte, eine Normalität zu leben, die es nicht mehr gab.

Ihr Brief an ihre Mutter hatte allerdings auch erfreuliche Folgen, denn nur eine Woche später erhielt sie einen Brief, in dem ihre Eltern ihre Reise nach Hamburg ankündigten, um sie und ihre Familie zu besuchen und in dieser schwierigen Zeit zu unterstützen. Ihr Vater schrieb ihr, dass er bereits Zimmer im Hotel Vier Jahreszeiten gebucht habe.

Zunächst wusste Helen nicht, was sie fühlte. War es Unsicherheit, wie das Wiedersehen mehr als vier Jahre nach ihrer Flucht aus London wohl verlaufen würde, oder freute sie sich darauf, ihre Eltern wiederzusehen? Ludwig bestärkte sie schließlich darin, dem Gefühl der Freude nachzugeben. Er erinnerte sie an die verständnisvollen und liebevollen Briefe, die sie zuletzt mit ihrer Mutter ausgetauscht hatte, und dass dieser Besuch letztlich der größte Liebesbeweis in dieser schwierigen Zeit war.

Und so kamen ihre Eltern Ende August an einem warmen Spätsommertag in Hamburg an. Helen hatte überlegt, ob sie ihre Eltern direkt vom Hafen abholen sollte. Andererseits würden sie mit ihrem Gepäck und ihrer Begleitung ohnehin eine ganze Mietdroschke belegen und erst zum Hotel Vier Jahreszeiten fahren wollen. Also hatten sie ihre Eltern lieber zum gemeinsamen Abendessen nach Ende des Praxisbetriebs in ihre Wohnung eingeladen. Auch Ludwigs Eltern würden kommen, damit die Eltern von Braut und Bräutigam sich endlich nach all den Jahren kennenlernen konnten. Helen hatte sich bereits am frühen Nachmittag an den Herd gestellt, um einen Sauerbraten vorzubereiten, zu dem Kartoffeln und Rotkohl gehörten. Ludwig meinte zwar, das sei an einem warmen Sommertag zu mächtig, aber Helen hatte eine Schwäche für Sauerbraten und sie wollte ihren Eltern zeigen, was sie inzwischen konnte. Sie war sich sicher, dass jede Köchin sie um ihre Fähigkeiten beneiden würde.

Ludwigs Eltern waren pünktlich um acht Uhr abends da, als Helen gerade die letzten Vorbereitungen traf. Kurz darauf erklang die Klingel ein zweites Mal und endlich, nach all diesen Jahren, sah Helen ihre Eltern wieder.

Als sie zur Tür ging und ihnen öffnete, herrschte eine Sekunde lang Schweigen. Es war offensichtlich, dass ihre Eltern sie musterten, nach Veränderungen und Vertrautem suchten. Auch Helen ertappte sich dabei und stellte fest, dass ihr Vater inzwischen vollständig ergraut war, während das Haar ihrer Mutter einen ungewohnten Kastanienton aufwies. Die vergangenen Jahre hatten sie stärker altern lassen, als Helen erwartet hatte.

Dann endlich befreiten sie sich aus ihrer Starre.

Catherine nahm ihre Tochter liebevoll in die Arme und drückte sie an sich. »Ich bin so froh, dass wir uns endlich wiedersehen, Kind«, hauchte sie ihr ins Ohr, ehe sie sie an ihren Vater weiterreichte, der sie ebenfalls herzte.

Helen führte ihre Eltern in den Flur und nahm ihnen Hut und Mantel ab. Sie sah, wie ihre Mutter diskret die Nase rümpfte.

»Was ist das für ein seltsamer Geruch?«

»Ich habe einen Sauerbraten vorbereitet.«

»Nein, das meine ich nicht. Es riecht ... nach Krankenhaus.«

»Ach so, das. Jeden Abend kommt eine Putzfrau, um die Praxis und das Wartezimmer zu wischen. Sie gibt immer Carbolsäure in den Putzeimer, um alle Keime abzutöten.«

Helens Vater zog die Brauen hoch. »Ich verstehe. Ist es nicht unangenehm, die Praxis in der eigenen Wohnung zu haben? All die kranken Menschen, die ständig über deine Schwelle kommen?«

»Nun, wie ihr seht, ist die Wohnung davon getrennt«, erklärte Helen und führte ihre Eltern durch die hölzerne Tür, die den privaten Teil der Wohnung von der Praxis abgrenzte.

»Hier riecht es auch nach Krankenhaus«, sagte ihre Mutter. Helen schwieg.

Indes war auch Ludwig erschienen, um seine Schwiegereltern zu begrüßen. Helens Eltern reichten ihm höflich die Hand, aber die Wärme, die sie ihrer Tochter entgegengebracht hatten, war nicht zu spüren.

»Und wo ist der kleine Fritz?«, fragte Helens Mutter.

»Er schläft schon, es ist ja schon spät für ihn«, sagte Ludwig.

»Wie schade, ich hätte ihn so gern gesehen.«

»Wenn ihr leise seid, zeige ich euch nachher sein Zimmer. Und morgen haben wir die Praxis geschlossen, da können wir den ganzen Tag mit euch verbringen. Heute wollten wir gern, dass ihr Ludwigs Eltern kennenlernt. Sie erwarten euch im Esszimmer.«

»Sprechen sie Englisch?«, fragte Catherine. »Du weißt, dass mein Deutsch fürchterlich ist.«

»Meine Mutter spricht leider überhaupt kein Englisch«, sagte Ludwig.

Catherine warf ihm einen irritierten Blick zu. »Ich dachte, das Lernen von Sprachen gehöre zur deutschen Kultur.«

»In den Gymnasien, ja«, sagte Ludwig. »Aber meine Mutter hat nur einen Volksschulabschluss. Zu ihrer Zeit durften Mädchen noch nicht aufs Gymnasium und ihr Vater sah den

Besuch einer höheren Töchterschule als überflüssig an, da sie die Fertigkeiten, die dort gelehrt wurden, mit Ausnahme der Fremdsprachen bereits beherrsche.«

»Es ist also nicht viel anders als bei uns«, sagte Helen, noch ehe ihre Mutter etwas erwidern konnte. »Kommt, hier geht es ins Esszimmer.«

Ludwigs Eltern saßen bereits am Tisch und erhoben sich, um die Gäste zu begrüßen. Immerhin gab Helens Vater sich Mühe, die Eltern seines Schwiegersohns auf Deutsch anzusprechen, während Catherine sich mit einem schüchternen Lächeln begnügte. Helen zog sich in die Küche zurück und hoffte, dass Ludwig mit seiner ausgleichenden Art das Eis schnell brechen würde.

Als sie schließlich mit dem ersten Gang, einer Kartoffelsuppe, kam, führten die Väter bereits eine angeregte Unterhaltung, die durch Gelächter unterbrochen wurde. Käthe lachte ebenfalls, nur Catherine zeigte sich entgegen ihrer sonstigen Art wie ein schüchternes Vögelchen.

»Bei euch geht es aber lustig zu«, meinte Helen.

»Ja, wir haben festgestellt, dass unsere Ehefrauen im Prinzip denselben Vornamen haben, nur in abgewandelter Form«, sagte Ludwigs Vater Ernst. »Käthe ist ja die Koseform von Katharina.«

Helen nickte nur.

»Es ist ungewohnt, dass du das Essen wie ein Dienstmädchen servierst«, sagte Catherine plötzlich in einwandfreiem Deutsch, wenngleich mit starkem britischem Akzent.

»Das ist hier so üblich«, erwiderte Helen. »Wir haben schließlich nur eine kleine Hausarztpraxis. Mehr als eine Putzfrau und eine Zugehfrau fänden keinen Platz in unserem Haushalt.«

»Nicht einmal ein Kindermädchen?«

»Nein, aber das brauchen wir auch nicht. Wir können hier schon gut auf Fritz achten. Und in Notfällen hat er ja seine

Großeltern, die nur zwei Straßen weiter wohnen.« Helen lächelte ihre Schwiegereltern liebevoll an.

»Das ist alles sehr neu und ungewohnt für uns«, sagte Kenneth. Er probierte die Suppe. »Aber kochen hast du gelernt, die Suppe schmeckt sehr gut.«

»Es ist meine Leidenschaft«, erwiderte Helen. »Ich habe großen Spaß daran, immer neue Rezepte auszuprobieren und zu verfeinern. Hauspersonal bedeutet natürlich große Freiheit, aber manchmal ist die Freiheit größer, wenn man auf sich selbst gestellt ist. Ich habe hier Fähigkeiten entwickelt, die ich niemals gewonnen hätte, wenn ich in England geblieben wäre. Ich kann kochen, ich übe einen Beruf an der Seite meines Mannes aus und habe viel über die Medizin gelernt. Im nächsten Frühjahr werde ich Ludwig wieder nach Berlin zum Kongress begleiten.«

»Und was ist mit Fritz?«, fragte Catherine.

»Der bleibt die paar Tage bei uns«, antwortete Käthe. »Wir freuen uns immer, den Kleinen bei uns zu haben.«

Catherine senkte den Blick. »Das ist der Vorteil, wenn man um die Ecke wohnt.«

»Ja, doch ich kann gut nachvollziehen, wie es Ihnen geht. Wir haben noch zwei weitere Enkelkinder durch unseren älteren Sohn. Aber der lebt in Köln und wir sehen ihn nur selten.«

Nach der Suppe tischte Helen den Sauerbraten auf und erntete erneut ein Lob ihres Vaters. Überhaupt verlief der Abend viel harmonischer, als Helen erwartet hatte. Ihre Eltern schienen Ludwig und seine Eltern tatsächlich sympathisch zu finden, und das beruhte auf Gegenseitigkeit.

Kurz bevor die beiden Elternpaare sich verabschiedeten, ließ Helen ihre Eltern noch einen Blick auf den schlafenden Fritz werfen.

»Er ist so goldig«, flüsterte ihre Mutter. »Ich freue mich schon so, ihn morgen quicklebendig zu erleben.«

»Und du wirst auch Englisch mit ihm sprechen können. Er versteht schon eine Menge Deutsch und Englisch, auch wenn er nächsten Monat erst zwei Jahre alt wird. Er ist ein sehr aufgeweckter Junge.«

Als ihre Eltern schließlich gegangen waren, war Helen erleichtert und dankbar wie lange nicht in ihrem Leben. Zum ersten Mal seit dem schrecklichen Verlust des Kindes fühlte sie sich wieder unbeschwert. Das Leben war ein stetes Auf und Ab, ein Geben und Nehmen. Und sie war unendlich glücklich, einen Mann wie Ludwig zu haben.

An diesem Abend verspürte Helen auch erstmals seit der Fehlgeburt wieder sexuelle Lust, als sie neben Ludwig im Bett lag. Doch er wies ihre Zärtlichkeiten mit freundlicher Bestimmtheit zurück.

»Ich bin im Moment nicht in Stimmung.«

»Nicht in Stimmung?« Sie sah ihn überrascht an. Das hatte sie bei ihm noch nie erlebt. »Was ist los?«

»Gar nichts, ich bin einfach nur müde und möchte schlafen.«

Helen war enttäuscht, ließ sich aber nichts anmerken. Er war immer so rücksichtsvoll zu ihr, da war es eine Selbstverständlichkeit, dass sie auch seine Wünsche respektierte und ihn nicht weiter bedrängte. Also drehte sie sich auf die Seite und versuchte einzuschlafen.

22. Kapitel

Die Tage, die ihre Eltern in Hamburg verbrachten, gehörten später zu den schönsten Erinnerungen, die Helen für sich sammelte. All ihre Sorgen und die Ungewissheit hatten sich in Wohlgefallen aufgelöst. Es war, als würde sie ihre Eltern aus ihrer neuen Rolle heraus auf ganz andere Weise kennenlernen.

Fritz eroberte mit seiner sonnigen Art das Herz seiner britischen Großeltern im Sturm und auch damit, dass er bereits so viele englische Worte konnte, auch wenn er manchmal noch mit den Sprachen durcheinanderkam.

»Er ist wirklich ein sehr intelligentes Kind«, sagte Catherine, als sie mit Helen und ihrem Enkel gemeinsam an der Alster spazieren ging. »Ich kenne kaum ein Kind, das in diesem Alter schon so munter drauflosplappern konnte. Du ausgenommen, du warst genauso. Aber Henry hat erst viel später so gut gesprochen.«

»Es ist so schade, dass Henry seinen Neffen nie mehr kennenlernen wird«, sagte Helen.

Ihre Mutter seufzte. »Ja, das tut mir auch in der Seele weh. Aber umso mehr wünsche ich mir, dass wir wieder eine ganz normale Familie werden. Ich würde euch so gern einmal zu Hause begrüßen. Das wäre eine ganz andere Welt für Fritz, wir haben immer noch Ponys. Ich glaube, er hätte dort viel Freude.«

»Ich habe schon darüber nachgedacht«, erwiderte Helen. »Ich denke, wenn er vier Jahre alt ist, könnten wir euch mit ihm besuchen. Dann ist er groß genug, um alles mit wachem Bewusstsein zu erleben und die Erinnerungen zu bewahren. Und auch, um auf einem Pony zu reiten.«

»Das wäre wunderbar«, sagte ihre Mutter und Helen erkannte einen Schimmer von Rührung in ihren Augen. »Und ich hoffe, du hältst diesen Vorsatz ein, auch falls noch mal etwas Kleines dazwischenkommt.«

Helen senkte den Blick. »Es ist zu früh«, sagte sie nur.

»Ja, verzeih, das war sehr schwer für dich. Ich habe mein Kind verloren, als es noch nicht als Kind zu erkennen war. Das, was du erlebt hast, ist um ein Vielfaches schlimmer. Ich kann gut verstehen, dass du noch Zeit brauchst.«

Helen nickte und unterdrückte den Impuls, ihrer Mutter zu verraten, was der tatsächliche Grund war. Seit der Fehlgeburt schien Ludwigs sexuelles Verlangen im Gegensatz zu ihrem vollständig erloschen zu sein. Sie hatte es in den folgenden Nächten wiederholt versucht, aber er hatte sie immer wieder liebevoll, aber bestimmt mit dem Hinweis zurückgewiesen, er sei müde. Helen hoffte, dass sich das ändern würde, wenn ihre Eltern erst wieder in England waren. Vielleicht war er tatsächlich müde, denn er hatte seine Praxis nur am ersten Tag geschlossen, danach hatte er sie wie üblich geöffnet, aber freiwillig auf Helens Hilfe verzichtet, damit sie Zeit für ihre Eltern und Fritz hatte.

Und doch – irgendetwas tief in ihrem Innern verriet ihr, dass es nicht die Müdigkeit war. Irgendetwas zwischen ihnen hatte sich seit der Fehlgeburt verändert. Seit dem Moment, als sie das Kind im Ehebett in einer Blutlache verloren hatte und selbst dem Tode nahe gewesen war.

Dieser Verdacht verstärkte sich, als sich auch nach der Abreise ihrer Eltern nichts änderte.

Helen hatte mehrere Wochen Geduld, nahm Ludwigs Ausreden hin, ohne sie zu hinterfragen. Doch Anfang Oktober war sie nicht mehr gewillt, das Unausgesprochene weiter stehen zu lassen, und so sprach sie ihren Mann direkt darauf an. »Du bist nicht müde«, sagte sie. »Du hast keine Lust, mit mir zu schlafen.«

Er wich ihrem Blick aus und schluckte schwer. »So ist es nicht«, sagte er leise. »Ich habe schon Lust … vom Verstand her, aber …« Er brach ab. »Es geht nicht«, sagte er schließlich.

»Was heißt das, es geht nicht? Du hast es doch nicht mal versucht.«

Er atmete schwer, sagte aber kein Wort.

»Rede mit mir!«, rief Helen. »Sag mir, was los ist, damit ich dir helfen kann. Ich weiß genau, dass es keine andere Frau ist und dass du mich liebst. Also sag mir, was wirklich los ist!«

»Ich …« Er stockte. Helen sah, dass es ihm noch nie so schwergefallen war, etwas in Worte zu fassen. »Ich … sehe immer wieder dieses Bild, wie du hier liegst und unser Kind verlierst. Tagsüber kann ich die Bilder verdrängen, aber jeden Abend sind sie da. Und dann ist da wieder die Angst, dich zu verlieren. Es war damals sehr knapp. Ich habe an deinem Krankenhausbett gesessen und gebetet, dass du nur wieder gesund wirst.«

»Und ich bin gesund geworden«, flüsterte sie und nahm ihn in die Arme. »Ich überstehe alles. Und ich möchte so gern noch ein weiteres Kind von dir.«

Er sagte kein Wort.

»Versuch es doch wenigstens«, bat sie. »Du musst auch nichts tun, ich werde dir schon genügend Lust verschaffen.« Sie küsste ihn und wollte gerade ihre Hände unter seine Schlafanzughose gleiten lassen, als er sich unerwartet heftig aus ihren Armen befreite und aufstand.

»Es geht nicht!«, rief er. »Versteh das doch!« Dann verließ er das Schlafzimmer und Helen blieb ratlos zurück. Was um alles in der Welt stimmte nicht mit ihm? Konnten diese alten Bilder wirklich so eine Macht haben? Normalerweise waren es doch die Frauen, die weniger Verlangen hatten als die Männer. Was hinderte Ludwig wirklich? War es die Angst, sie zu verlieren, wenn sie erneut schwanger würde? Oder nur die schlechten Erinnerungen an dieses Ehebett? Wenn dem so war, dann wäre es vielleicht eine gute Idee, das Zimmer neu einzurichten.

Sie stand ebenfalls auf und folgte ihm in die Küche, wo er saß und sich eine Flasche Bier geöffnet hatte. »Du weißt, dass ich dich liebe und alles mit dir gemeinsam durchstehen werde«, sagte sie, während sie sich zu ihm an den Tisch setzte. »Aber ich möchte, dass du ehrlich zu mir bist.«

»Das war ich«, sagte er. »Ich habe dir gesagt, warum es nicht geht.«

»Und was brauchst du, damit du darüber hinwegkommen kannst?«, fragte sie sanft.

»Lass mir einfach Zeit.«

»Wie lange?«

»Woher soll ich das wissen?«, fuhr er sie unerwartet heftig an. »Stell mir bitte keine Ultimaten. Das würde ich mit dir auch nie machen.«

»Ich habe dir doch kein Ultimatum gestellt. Ich wollte nur wissen, wie viel Zeit du brauchst. Und wenn du sagst, du weißt es nicht, dann respektiere ich das. Aber … aber ich möchte, dass du mir erlaubst, dir zu helfen.«

Er sagte nichts, sondern trank wortlos einen Schluck Bier.

Helen seufzte. »Ich geh wieder zu Bett«, sagte sie dann.

Ludwig nickte nur.

Als sie am Morgen aufwachte, war der Platz neben ihr leer. Sie wusste nicht, ob er nur früh aufgestanden war oder ihr gemeinsames Bett die ganze Nacht gemieden hatte.

Helen blieb in den nächsten Wochen geduldig. Sie bedrängte Ludwig nicht und akzeptierte es, dass sie wie Bruder und Schwester in ihrem Ehebett schliefen.

Weihnachten kam, Silvester, Neujahr. Aber in ihrem Bett passierte weiterhin nichts und jedes Mal, wenn Helen es vorsichtig ansprach, reagierte Ludwig abweisend und gereizt. Er stürzte sich in seine Arbeit, übernahm freiwillig nächtliche Bereitschaftsdienste für seine niedergelassenen Kollegen und schien alles zu tun, um dem gemeinsamen Bett zu entfliehen. Auf Helens Vorschlag, neue Schlafzimmermöbel zu bestellen, hatte er mit unwirscher Ablehnung reagiert. Sie wusste, dass er selbst am meisten unter dieser Situation litt, aber zugleich ärgerte sie sich, dass er nichts tat, um etwas daran zu ändern. Sie hatte ihm alle Zeit der Welt gewährt, aber es nützte nichts. Er lehnte jeden ihrer Vorschläge ab.

Solange sie nicht auf ihr Sexualleben zu sprechen kam, führten sie weiterhin eine harmonische Ehe. Sie unternahmen Ausflüge mit Fritz, der zu Weihnachten seinen ersten Schlitten bekommen hatte, und wenn sie mit ihrem Sohn spielten, fühlte sich ihre Liebe genauso stark an wie immer. Aber sobald die Nacht kam, kehrte die Unzufriedenheit zurück.

Im Februar 1905 fasste Helen deshalb einen Plan. Sie ließ sich heimlich einen Termin bei dem niedergelassenen Psychiater Doktor Engelhardt geben, der einen ausgezeichneten Ruf bei der Behandlung von Neurosen genoss. Und Helen war mit der Zeit zu dem Schluss gekommen, dass Ludwigs seltsames Verhalten Ausdruck einer Neurose sein musste. Nur würde ihr Mann selbst unter keinen Umständen einen Psychiater aufsuchen, da war sie sich sicher. Also musste sie diesen Weg beschreiten, um sich Rat zu holen.

Als sie an jenem Februartag in Doktor Engelhardts Sprechzimmer saß, fiel es ihr zunächst sehr schwer, offen auf das

Thema zu sprechen zu kommen. Es kam ihr wie ein Verrat an Ludwig vor. Solche Dinge offenbarte man nicht vor Fremden. Doch zugleich wusste sie sich nicht anders zu helfen, denn sie fürchtete, dass ihre Liebe zu Ludwig irgendwann daran zerbrechen könnte.

»Also, Frau Ellerweg, was führt Sie zu mir? Sie können ganz offen sprechen, als Arztgattin wissen Sie doch, dass alles hier unter uns bleiben wird«, sagte Doktor Engelhardt, als er ihre Unsicherheit bemerkte.

»Nun ja.« Helen räusperte sich. »Es geht weniger um mich als um meinen Mann.« Sie atmete tief durch. »Ludwig ist der liebevollste und beste Ehemann, den eine Frau sich wünschen kann. Er respektiert und liebt mich auf eine Weise, wie jede Frau geliebt werden möchte. Und bis vor einigen Monaten gab es nichts, das einen Schatten auf unsere Ehe geworfen hätte.« Sie brach ab.

»Ich höre da ein großes Aber«, sagte Doktor Engelhardt. »Was ist passiert?«

Helen senkte den Blick, dann berichtete sie von ihrer Fehlgeburt und dem, was danach geschehen war.

»Sehen Sie, Herr Doktor«, sagte sie mit zitternder Stimme. »Ich liebe meinen Mann und ich will ja auch Verständnis für ihn haben, aber … aber so geht es doch nicht weiter. Was kann ich denn nur tun? Ich habe so lange abgewartet und er lehnt jedes weitere Gespräch darüber ab.«

»Das ist eine sehr schwierige Angelegenheit«, sagte Doktor Engelhardt. »Zumal ich Ihnen nichts raten kann, was Sie tun könnten. Es muss von Ihrem Mann ausgehen. Er selbst muss diese innere Blockade überwinden.«

»Aber das tut er nicht. Er zieht sich zurück und weist mich in dieser Beziehung zurück, auch wenn er sonst weiterhin in jeder Hinsicht ein liebevoller Mann ist.« Sie seufzte. »Wissen

Sie, es gibt gewiss genügend Frauen, denen so eine Ehe genügen würde, aber ich gehöre nicht dazu.«

»Sie sind eine leidenschaftliche Frau, die diese Leidenschaft auch ausleben möchte.«

Helen nickte.

»Daran ist auch nichts Falsches«, sagte Doktor Engelhardt. »Ich denke, in Ihrem Fall sollten wir anders vorgehen. Im Grunde ist Ihr Mann derjenige, der Hilfe braucht, aber er ist zu stolz, sie zu suchen. Vielleicht schämt er sich auch zu sehr für diese Schwäche.«

»Ja, das ist wohl so«, gab Helen zu.

»Also sollten wir einen kleinen Trick versuchen.«

»Einen Trick?«

Doktor Engelhardt nickte. »Ihr Mann ist mir als sehr guter Hausarzt bekannt. Wie Sie sicher wissen, sind einige meiner Patienten aufgrund ihrer somatischen Beschwerden auch bei ihm in Behandlung.«

Helen nickte. »Deshalb bin ich auf Sie gekommen, Sie genießen bei Ihren Patienten ebenfalls einen sehr guten Ruf.«

»Meine Frau Johanna gibt sonntags gern ihre berühmten Kaffeegesellschaften mit selbst gebackenem Kuchen. Sagen Sie Ihrem Mann, Sie hätten sich mit meiner Frau angefreundet, und dann laden wir Sie an einem der kommenden Sonntage einmal ein. Wir müssen nur eine Situation herbeiführen, in der Sie und Johanna sich Frauenthemen widmen und uns Männer allein lassen. Vielleicht bietet der kleine Fritz ja einen guten Vorwand. Meine Frau und ich wünschen uns auch schon seit Längerem ein Kind, allerdings war es mehr die berufliche Situation meiner Frau, die einer Schwangerschaft entgegenstand.«

»Berufliche Situation?«, fragte Helen.

»Sie wollte erst ihr Medizinstudium abschließen. Johanna war ursprünglich Krankenschwester und hat danach als Gasthörerin medizinische Vorlesungen an der Universität in

Göttingen besucht. Sie hat alle Prüfungen bestanden, aber da sie eine Frau ist, bekam sie keine Approbation.« Er seufzte. »Sollte ich jemals eine Tochter haben, werde ich alles dafür tun, ihr jeden Weg zu ebnen, den sie sich wünscht.«

»Das haben Ludwig und ich auch vor«, sagte Helen. »Nur müssten wir dazu erst einmal eine Tochter haben.« Ein wehmütiges Lächeln huschte über ihr Gesicht.

»Johanna und ich werden Sie unterstützen, wo immer wir können. Es gibt immer Mittel und Wege. Und deshalb werde ich Ihnen Johanna gleich einmal vorstellen, ehe Sie gehen, damit Sie sich schon mal eine Geschichte ausdenken können, wie Sie sich kennengelernt haben.«

23. Kapitel

Ludwig freute sich, als Helen ihm erzählte, dass sie sich mit der Frau von Doktor Engelhardt angefreundet habe und sie zum Sonntagskaffee eingeladen seien. Helen hatte mit Johanna Engelhardt besprochen, sie würde behaupten, dass sie sich bei einem Winterspaziergang mit Fritz kennengelernt hätten. Ludwig erzählte ihr seinerseits, dass er Doktor Engelhardt zwar nicht persönlich kenne, aber sein Kollege Isaak Hirschthal, der bei Bedarf seine Urlaubsvertretung übernahm, ein guter Freund von Doktor Engelhardt sei.

»Die beiden haben zusammen in Göttingen studiert«, sagte er.

»Die Ärztewelt in Hamburg ist klein, nicht wahr?«, fragte Helen mit einem Lächeln.

»Das ist sie wohl«, bestätigte Ludwig. »Und wenn ich bedenke, wie viele bekannte Gesichter von überallher ich immer bei den Berliner Kongressen treffe, trifft das wohl für ganz Deutschland zu.«

Helen unterdrückte einen Seufzer. Wenn sie so mit Ludwig zusammensaß und über die alltäglichen Dinge des Lebens sprach, fühlte sich ihr Leben so normal und vollständig an. Er war noch immer ihre große Liebe, der fürsorglichste Mann, den sie sich wünschen konnte. Niemals hätte sie einen anderen begehrt. Und genau das machte die unausgefüllten Nächte umso schwerer. Aber gut, sie hatte alles in ihrer Macht Stehende eingeleitet, um das Problem zu lösen.

Am folgenden Sonntag waren sie pünktlich bei Familie Engelhardt. Während Johanna Engelhardt den Kuchen aus der Küche holte, mahnte Helen Fritz, brav sitzen zu bleiben, da der kleine Junge bereits Anstalten machte, das fremde Wohnzimmer zu erkunden. Schüchtern war Fritz nie gewesen und deshalb fürchtete Helen auch nicht, dass er ihre Ausrede, sie habe Johanna in seiner Gegenwart kennengelernt, durch sein Verhalten verraten würde. Er war jetzt zwei Jahre und fünf Monate alt und konnte für sein Alter schon sehr gut sprechen, wobei er zunehmend sicherer bei der Trennung von Deutsch und Englisch wurde. Allerdings fiel Helen auf, dass er dazu neigte, Frauen zunächst englisch anzusprechen und Männer deutsch, aber dann umgehend in die Sprache wechselte, in der ihm geantwortet wurde.

Diese Anekdote erzählte sie gerade, als Johanna Kaffee und Kirschkuchen brachte. Für Fritz hatte sie extra einen Becher Kakao dabei und einen Teelöffel statt einer Kuchengabel.

Helen band ihm das mitgebrachte Kleckerlätzchen um und war stolz darauf, dass der kleine Fritz sich bemühte, den Kuchen mit dem Löffel so ordentlich wie die Erwachsenen zu essen und auch mit dem Kakao nicht zu kleckern.

Johanna Engelhardt war von Fritz entzückt und konnte ihre Augen kaum von dem Kind lassen. »Er ist wirklich zu goldig«, sagte sie immer wieder.

Nachdem sie den Kuchen gegessen hatten, bot Johanna Helen an, ihr die Wohnung zu zeigen, und bat sie zugleich um ein paar Ratschläge für die Einrichtung eines Kinderzimmers. Zwar war sie noch nicht in Erwartung, arbeitete aber bereits darauf hin. Bei diesen Worten zwinkerte Johanna ihrem Mann zu, bevor sie mit Helen und Fritz den Raum verließ. Helen war sich sicher, dass das das Stichwort für das »Männergespräch« war.

Allerdings war es keineswegs eine reine Finte, denn Johanna war tatsächlich sehr an Helens Erfahrungen interessiert, vor allem, da Fritz ein so artiges Kind war.

»Wie gelingt es Ihnen nur, dass er so brav ist? Jungs in dem Alter sind doch oft kaum zu bändigen?«

»Oh, das ist er auch nicht immer. Aber er liebt es, im Mittelpunkt zu stehen. Und wenn er sich nicht gut benimmt, dann schicken wir ihn in sein Zimmer, bis er sich gebessert hat. Je besser er sich benimmt, umso mehr Aufmerksamkeit bekommt er. Ludwig meint, das sei etwas, das viele Eltern falsch machen. Sie kümmern sich nicht um das Kind, wenn es brav ist, sondern nur, wenn es Unfug macht, und sei es, um es zu bestrafen. Aber Kinder können das noch nicht unterscheiden, also liegt es an uns, ihnen zu zeigen, welches Verhalten wir nicht sehen wollen.«

»Und wie lange soll Fritz sich dann allein in seinem Zimmer bessern?«, fragte Johanna.

»Das entscheidet er selbst. Er hat gelernt, eine Weile allein zu sein, dann kommt er und sagt, jetzt habe er sich gebessert. Und dann ist alles wieder gut.«

Johanna lachte leise. »Der Erfolg scheint Ihnen recht zu geben.«

»Ja, aber es funktioniert nur, weil wir uns viel Zeit für ihn nehmen. Die Arbeit in der Praxis ist hilfreich. Fritz weiß, dass er Papa nicht stören darf, wenn der im Sprechzimmer ist, aber er darf jederzeit zu ihm kommen, wenn er in unseren privaten Wohnräumen ist. Manchmal ist es anstrengend, den kleinen Wirbelwind bei Laune zu halten, aber er lernt an unserem

Beispiel, welches Verhalten erwünscht ist. Nicht durch Strafen, sondern durch Förderung.«

»Ein sehr moderner Ansatz«, sagte Johanna. »Ich habe gehört, dass er von einigen progressiven Pädagogen seit ein paar Jahren vertreten wird. Aber viele aus der alten Schule, die meinen, Zucht und Ordnung seien alles, stemmen sich vehement dagegen.«

»Zum Glück liegt die Erziehung unseres Kindes allein in unseren Händen.«

Als sie drei Stunden später mit der Straßenbahn nach Hause fuhren, brannte Helen vor Neugier. Hatte der Psychiater bereits einen Erfolg erzielen können? Aber wie konnte sie ihren Mann am besten ausfragen, ohne dass er es bemerkte?

»Die Engelhardts sind sehr nett, nicht wahr?«, begann sie also das Gespräch.

Ludwig bejahte knapp.

Helen runzelte die Stirn. »Ist dir eine Laus über die Leber gelaufen?«

»Wie kommst du darauf?« Er klang aufrichtig überrascht.

»Weil du so kurz angebunden bist.«

»Ach so ... nein, ich habe nur über etwas nachgedacht.«

»Ja?« Sie sah ihn erwartungsvoll an, doch er sagte nichts weiter. Vielleicht mochte er darüber auch nicht in der Straßenbahn und im Beisein von Fritz sprechen, selbst wenn das Kind die tatsächlichen Hintergründe noch gar nicht erfassen konnte. Aber niemand wusste, was Fritz gegebenenfalls weiterplappern würde. Und so übte Helen sich in Geduld und hoffte, dass Ludwigs nachdenkliche Schweigsamkeit ein gutes Zeichen war.

Ludwig blieb den ganzen Abend recht einsilbig und kurz angebunden, selbst als Fritz längst im Bett war.

Irgendwann verlor Helen die Geduld. »Was ist mit dir los?«, fragte sie ihn also direkt. »Hat dir der Besuch nicht gefallen?«

»Doch«, sagte er.

»Und warum hast du dann so schlechte Laune?«

»Ich habe doch gar keine schlechte Laune.«

»Du bist immer so kurz angebunden, wenn du schlechte Laune hast. Also, was ist los?«

»Gar nichts. Darf ich nicht mal nachdenklich sein? Muss ich immer alles gleich erklären?«

»Das klingt ja fast, als ginge es um ein Geheimnis.«

Ludwig runzelte die Stirn. »Manchmal bist du sehr anstrengend, Leni. Lass mir doch einfach mal meine Ruhe.«

»Deine Ruhe? Ich lass dir doch schon seit Monaten deine Ruhe.«

»Was willst du damit sagen?« Sie hörte den unterschwelligen Ärger in seiner Stimme.

Sie atmete tief durch. Es brachte nichts, wenn sie ihre Wut herausschrie. Das machte alles nur noch schlimmer. »Du weißt, was ich meine«, sagte sie also mit erzwungener Ruhe. »Ich liebe dich, Ludwig, ich respektiere dich und ich nehme Rücksicht. Aber ich habe trotzdem Bedürfnisse. Und die stelle ich bereits seit Monaten zurück.«

Er sah ihr ernst in die Augen. »Dann war das heute also ein abgekartetes Spiel?«

Sie fühlte sich ertappt, konnte jedoch verhindern, schuldbewusst den Blick zu senken. Stattdessen hielt sie dem seinen stand. »Was verstehst du unter einem abgekarteten Spiel?«, fragte sie.

»Wilhelm Engelhardt mag ein guter Psychiater sein, aber die Art, wie er auf bestimmte Themen zu sprechen kam, machte mich misstrauisch.«

Helens Gedanken rasten. Sollte sie es zugeben oder abstreiten? Sie entschied sich für Ehrlichkeit. Das war sie Ludwig schuldig. »Ich war vorletzte Woche bei ihm«, sagte sie also. »Weil ich mir nicht anders zu helfen wusste. Du hast mir gesagt, dass du immer wieder diese Bilder siehst, dass es die Erinnerung an meine Fehlgeburt ist, die … die zu deiner abweisenden Haltung führt.« Sie atmete schwer. »Ich wollte einen Rat, weil du mit mir nicht mehr darüber sprichst, sondern so tust, als gäbe es das Problem nicht. Aber es steht zwischen uns. Ich liebe dich über alle Maßen, Ludwig, und ich würde fast alles für dich tun. Aber ich will nicht den Rest meines Lebens wie eine Nonne leben und ich möchte noch weitere Kinder haben.«

»So einfach ist das nicht«, sagte er leise. Ihre ruhige Stimme hatte seine unterschwellige Wut besänftigt. »Wie sollen mir ein paar Gespräche schon helfen?«

»Das weiß ich nicht, aber schaden werden sie dir auch nicht. Du warst doch derjenige, der mir erklärt hat, dass die Seele jedes Leiden vortäuschen kann. Dann sollte es uns doch auch möglich sein, dieses Leiden gemeinsam zu überwinden. Stell dich dem Problem, anstatt davor zu fliehen.«

»Du glaubst, ich würde davor fliehen?«, fragte er bitter. »Du weißt gar nichts, Helen.«

»Dann hilf mir, es zu verstehen, damit ich dir besser helfen kann, Ludwig.«

»Du weißt, dass ich dich über alle Maßen liebe, Leni, oder?«

Sie nickte. »Und gerade deshalb verstehe ich nicht, warum —«

»Genau darum«, unterbrach er sie. »Weil ich dich mehr als mein Leben liebe. Weil ich mir ein Leben ohne dich nicht vorstellen kann. Du bist das Beste, was mir jemals widerfahren ist. Du und Fritz. Aber seit ich an jenem Tag sah, wie du unser Kind verloren hast, und danach weiter um dein Leben fürchten musste … da … ist all diese Leidenschaft abgestorben. Ich sehe das immer wieder vor mir.«

»Das hast du mir schon einmal gesagt. Ich dachte, es würde mit der Zeit vergehen.«

»Aber das tut es nicht. Es sind nicht nur Erinnerungen. Es ist anders.« Er stand auf und holte sich eine Flasche Bier aus der Speisekammer.

»Magst du mir davon erzählen?«, fragte Helen, während er sich das Bier einschenkte. »Was ist anders?«

Ludwig senkte den Blick. »Ich … ich habe keine Kontrolle, wann es passiert, und wenn es so ist, dann … dann kann ich eine Weile nichts dagegen machen. Wie ein verdammter Schwächling, obwohl ich weiß, dass das alles Irrsinn ist.«

»Was genau passiert denn?«, fragte Helen mitfühlend. All ihr Ärger war auf einmal verschwunden, als sie seine Verzweiflung spürte.

»Ich sehe dich da liegen, wie du das Kind verlierst, aber es ist nicht wie eine kurze Erinnerung. Es ist, als passierte es noch mal. Und dann ist da nicht nur dieses Bild, sondern auch der Geruch des Blutes und Fruchtwassers und des sterbenden Fötus. Es ist, als … als wäre ich erneut mitten hineingeworfen – wie in einen Albtraum, den ich bei vollem Bewusstsein über mich ergehen lassen muss. Tagsüber kann ich es gut beherrschen, aber nachts … und wenn du dann … in unserem Bett neben mir liegst und möchtest … Dann kommt das alles wieder und ich weiß, dass es nicht real ist, aber ich kann nichts machen. Ich kann dann nur noch aufstehen und hoffen, dass es bald vergeht. Es fühlt sich an, als würde ich verrückt werden. Du merkst es ja auch. Sonst hättest du nicht dieses Treffen mit Doktor Engelhardt eingefädelt. Ich habe Angst, dass ich langsam den Verstand verliere.«

Helen stand auf und nahm ihn in die Arme. »Was hat Doktor Engelhardt gesagt?«

»Nicht viel, denn ich hatte nicht den Mut, ihm das zu sagen, was ich dir gesagt habe.«

»Dann solltest du das tun, Ludwig. Sprich ganz offen mit ihm. Es gibt ganz gewiss Wege, so etwas zu behandeln. Und ich verspreche dir, dass ich immer an deiner Seite sein und Geduld haben werde. Ich werde alles tun, was notwendig ist, damit du das überwinden kannst. Aber hol dir bitte Hilfe bei Doktor Engelhardt.«

»Und wenn er mir nicht helfen kann?«

»Das wirst du erst wissen, wenn du es versucht hast. Und dann sehen wir weiter.«

»Und du schämst dich auch nicht für mich?«, fragte er leise. »Dafür, dass ich so ein Schwächling bin?«

»Du bist kein Schwächling«, erwiderte sie. »Weißt du noch, was du mir damals in Berlin über meine Mutter gesagt hast? Das Herz meiner Mutter sei gebrochen nach all dem, was sie verloren hat. Wir haben an jenem Tag auch viel verloren.«

»Aber du hast es überwunden«, sagte er. »Dabei müsstest du doch viel mehr darunter leiden als ich.«

»Vielleicht ist das eine Gabe der Natur. Frauen kommen über den Schmerz der Geburt hinweg, denn sonst würden sie niemals wieder ein Kind haben wollen. Männer sind normalerweise nicht bei der Geburt dabei. Du bist zwar Arzt, Ludwig, aber dies war keine normale Geburt. Du hast mit angesehen, wie dein eigenes Kind starb und ich ebenfalls vom Verbluten bedroht war. Du hast damals alles richtig gemacht. Aber vielleicht verzeihst du dir tief in deiner Seele nicht, dass du als Arzt es nicht verhindern konntest. Vielleicht ist dein Herz genauso gebrochen wie das meiner Mutter, aber es sind andere Symptome. Du warst doch immer so ein feinfühliger Arzt. Was würdest du denn einem Patienten raten, der dir so etwas schildert?«

»Ich würde ihn zum Psychiater schicken«, sagte er leise.

»Genau. Weil du weißt, dass es Mittel und Wege gibt, neurotische Konflikte aufzulösen. Und dabei wird Doktor

Engelhardt dir helfen. Es ist kein Zeichen von Schwäche. Es war sehr mutig, dass du es mir heute so offen gestanden hast. Und dafür liebe ich dich so sehr.« Sie hauchte ihm einen Kuss auf die Wange und war froh, dass er diese Zärtlichkeit einfach annahm, ohne sich gleich wieder zurückzuziehen.

24. Kapitel

Ludwig hielt Wort und suchte Doktor Engelhardt von nun an regelmäßig auf. Helen stand ebenfalls zu ihrem Wort, sich in Geduld zu üben und ihn nicht zu bedrängen. Und so verging die Zeit, ohne dass sich wirklich etwas änderte. Zwar vermisste Helen nach wie vor die wilde Leidenschaft, die ihre Ehe früher beherrscht hatte, aber sie tröstete sich damit, dass sie wenigstens nicht unter solch schrecklichen Bildern und Gefühlen litt wie Ludwig. Wenn er so etwas zu ertragen hatte, war es nur recht und billig, wenn sie ihm Zeit ließ.

Im April 1905 reisten sie wie geplant für ein paar Tage zum Ärztekongress nach Berlin. Obwohl Helen Fritz vermisste, der die Zeit bei seinen Großeltern verbrachte, freute sie sich, dass Ludwig bereits während der Bahnfahrt deutlich entspannter wirkte als in all den Monaten zuvor. Gern hätte sie ihn nach den Fortschritten seiner Therapie befragt, aber sie hatte Angst, dass er auch das als Bedrängung empfinden könnte.

Bei ihren früheren Kongressbesuchen hatten sie meist Zimmer in günstigen Pensionen gebucht. Umso erstaunter war Helen, als Ludwig dem Kutscher am Bahnhof das Hotel Bristol als Ziel angab.

»Ist das nicht etwas teuer?«, fragte sie.

»Das sollte es uns wert sein. Ich dachte mir, wir sollten die Reise auch nutzen, etwas von dem Zauber der Zeit wieder aufleben zu lassen, zu der wir uns kennenlernten.« Er lächelte sie so liebevoll wie schon lange nicht mehr an und Helen spürte, wie ihr das Herz bis zum Hals schlug.

»Das ist ein wundervoller Gedanke.« Sie lehnte sich an ihn und genoss es, dass er während der Fahrt seinen Arm um ihre Schultern legte.

Als sie im Bristol ankamen und sich gerade am Empfang melden wollten, hörte Helen, wie jemand ihren Namen rief. Sie fuhr herum.

Es war Ellinor, die in der Lobby gesessen hatte und jetzt hastig aufstand. »Ihr seid auch im Bristol?«, rief sie erfreut und umarmte Helen, ehe sie Ludwig begrüßte.

»Und du, bist du zum Kongress gekommen? Warum hast du mir nicht geschrieben?«, fragte Helen.

»Es hat sich erst sehr kurzfristig ergeben und ich war mir nicht sicher, ob mein Brief noch rechtzeitig ankäme. Wollen wir uns nachher eine Droschke zur Einführungsveranstaltung teilen?«

»Sehr gern«, sagte Ludwig. »Treffen wir uns in einer halben Stunde in der Lobby?«

Ellinor nickte.

Das Zimmer, das Ludwig gebucht hatte, ließ keine Wünsche offen. Anders als in den üblichen Pensionen gab es ein eigenes Bad und auf dem Tisch standen frische Blumen.

»Du hast wirklich keine Kosten gescheut«, meinte Helen, während sie an dem Frühlingsstrauß roch.

»Für dich ist mir nichts zu teuer.« Er zog sie in seine Arme. »Und ich glaube, es ist an der Zeit, einen neuen Anfang zu versuchen.«

»Das wäre wunderbar«, flüsterte sie. Am liebsten hätte sie ihn geküsst, aber nach allem, was gewesen war, spürte sie auf einmal selbst eine innere Hemmung. So lange hatte sie sich zurückgehalten und Rücksicht genommen, dass es ihr schwerfiel, jetzt einfach ihren Gefühlen zu folgen.

Ludwig schien ihre Unsicherheit zu spüren und nahm ihr die Entscheidung ab, indem er sie seinerseits küsste – vorsichtig und zärtlich, ohne die heftige Leidenschaft, die sie von früher kannte. Eher so, als müsste er sich versichern, dass alles in Ordnung war und die Bilder nicht zurückkehrten.

Dennoch löste gerade diese Zurückhaltung ein ungeahntes Glücksgefühl in Helen aus – das Gefühl, sie könnten gemeinsam alles schaffen, jede Schwierigkeit überwinden, weil sie einander vertrauten. Es würde alles wieder gut werden.

Da Ellinor auf sie wartete, bestand nicht die Gefahr, dass mehr aus diesem Kuss werden könnte. Aber war es wirklich eine Gefahr oder eher eine verlorene Gelegenheit? Ludwig ließ sie ebenso sanft los, wie er sie in seine Arme genommen hatte. Vielleicht war es richtig, dass sie sich Zeit ließen und nichts übereilten.

Die Eröffnungsvorlesung des Kongresses im großen Hörsaal der medizinischen Fakultät der Charité war interessant, aber Helen ertappte sich dabei, dass etwas anderes ihre Aufmerksamkeit viel mehr in Anspruch nahm. Und das war ausgerechnet Ellinor. Bereits bei der Ankunft war Helen aufgefallen, wie überschwänglich Ellinor von einem der Teilnehmer begrüßt worden war. Nachdem Ellinor ihnen Doktor Martin Lehmann, einen niedergelassenen Augenarzt, vorgestellt hatte, war sie kaum noch von seiner Seite gewichen. Oder war er es, der wie eine Klette an ihr hing? Das Strahlen in den Augen war jedenfalls beiderseitig. Und so wunderte Helen sich auch nicht, als Ellinor das Angebot, sich auf dem Rückweg zum Hotel eine Droschke zu teilen, ausschlug. Doktor Lehmann hatte sie noch in ein Tanzlokal eingeladen.

»Was hältst du von Ellinor und Doktor Lehmann?«, fragte Helen, als sie mit Ludwig in der Droschke ins Hotel zurückfuhr. »Glaubst du, Ellinor wird die letzte Möglichkeit nutzen, selbst eine Familie zu gründen?«

»Du meinst heute Nacht? Das wäre doch etwas voreilig.«

»Natürlich nicht heute Nacht. Nein, ich dachte nur, so, wie sie ihn ansieht und er sie … ich meine, sie ist zwar schon einunddreißig, aber noch nicht zu alt für eigene Kinder.«

»Vielleicht wollten sie einfach nur tanzen gehen«, sagte Ludwig. »Doktor Lehmann hat eine große Praxis in Berlin und zahlreiche Patienten aus aller Welt, während Ellinor in London praktiziert. Das dürfte schwierig werden.«

»Sie könnte in Berlin eine Frauenarztpraxis eröffnen. Immerhin hat sie eine deutsche Gräfin zur Mutter.«

»Wir werden es ja erfahren«, sagte Ludwig nur.

»Du bist gar nicht neugierig?«

»Nein.« Er lächelte sie an. »Wir sollten lieber an uns denken.«

»Und was machen wir mit dem Rest des Abends?« Sie sah ihn erwartungsvoll an.

»Ich dachte, wir essen im Hotel etwas und dann … dann sehen wir weiter.« War das etwa ein verschmitztes Lächeln?

»Ich frage lieber nicht, wobei wir dann weitersehen.«

»Wir könnten natürlich auch ins Theater gehen. Oder zum Tanzen, ganz wie du willst.«

»Also, wenn du mich so fragst … Dann wäre ich eher am *Weitersehen* interessiert.«

Jetzt lachte Ludwig aus vollem Hals und Helen stimmte ein.

Es wurde ein sehr schöner Abend, in dessen Verlauf Ludwig nicht mehr so abweisend war wie in den Monaten zuvor. Es war anders als früher – vorsichtiger und behutsamer –, aber nicht weniger schön. Und Helen hatte zum ersten Mal seit langer Zeit das Gefühl, dass jetzt wirklich alles in Ordnung käme und es keine Schwierigkeiten mehr gab, denen sie sich stellen musste. Sie hatte sich mit ihren Eltern versöhnt, Ludwig war wieder in der Lage, dem Eheleben in jeder Hinsicht gerecht zu werden, sie hatten einen gesunden Sohn und eine florierende Praxis. Die Zukunft lag wie eine breite sonnige Straße vor ihnen.

25. Kapitel

Das Jahr 1905, das so schwierig begonnen hatte, wurde im weiteren Verlauf zu einem jener Jahre, an die Helen sich später gern erinnerte. Sie erlebte einen wunderbaren Sommer mit häufigen Ausflügen und einer Sommerfrische an der Ostsee. Ludwig brachte Fritz mit einer unnachahmlichen Geduld und Ausdauer das Schwimmen bei und war stolz darauf, dass der Junge bereits kurz vor seinem dritten Geburtstag eine echte Wasserratte war.

»Schwimmen ist wichtig«, sagte er. »Wenn er mal ins Wasser fällt, kann ihm das das Leben retten.«

Wenn Helen Ludwig und Fritz so zusammen sah, wuchs ihre Sehnsucht nach einem zweiten Kind. Ludwig war so ein guter Vater und er hatte sich immer mehrere Kinder gewünscht. Doch obwohl sie wieder regelmäßig miteinander schliefen, hatte sich bislang keine erneute Schwangerschaft eingestellt. *Vielleicht ist es Schicksal*, dachte Helen. Vielleicht sind wir unbewusst noch nicht reif dafür.

Die alte Wunde, die die Fehlgeburt geschlagen hatte, war vernarbt, aber manchmal schmerzte sie noch. Auch wenn Ludwig seine innere Blockade überwunden hatte und keine schrecklichen Bilder mehr sah, so fehlte ihm dennoch die spontane Leidenschaft, die früher von ihm ausgegangen war. Helen fiel auf, dass sie es war, die regelmäßig den ersten Schritt tat. Immerhin wies Ludwig sie nie zurück, aber es schien eine Art unausgesprochenes Ritual geworden zu sein, dass die Initiative von ihr ausging. Manchmal fragte Helen sich, ob er noch mit ihr schliefe, wenn sie ihn nicht dazu auffordern würde. Andererseits war sie zufrieden, wie es war. Sie hatten die große Krise überwunden.

Im Oktober bekamen sie eine Einladung zur Verlobungsfeier von Doktor Ellinor Mitchell und Doktor Martin Lehmann in Berlin.

»Ich wusste es doch!«, rief Helen. »Das war den Augen der beiden anzusehen. Ich frage mich nur, warum sie so lange gewartet haben.«

»Du meinst, weil Ellinor schon über dreißig ist?«, neckte Ludwig sie. »Ellinor machte auf mich nie den Eindruck, als wollte sie einen Stall voller Kinder. Vermutlich mussten sie erst die Formalitäten für ein gemeinsames Leben in Deutschland regeln. Die preußische Bürokratie ist ein Fluch, das kann ich dir sagen.«

»Ich weiß, mein Lieber, schließlich habe ich das Vergnügen, die Kassenabrechnungen für dich zu machen.« Sie zögerte einen Moment, ehe sie fragte: »Glaubst du, dass James auch zur Verlobung seiner Halbschwester kommt?«

»Es wäre ein Affront, falls nicht. Hast du Bedenken, ihm zu begegnen?«

»Ich weiß nicht so recht … Es ist lange her, aber …«

»Was aber?«

»Ich habe immer gehofft, er käme schnell darüber hinweg. Aber er hat bislang nicht geheiratet. Und Ellinor meinte, er habe mich wirklich aufrichtig geliebt.«

»Du hast ihm gegenüber doch kein schlechtes Gewissen?«

»Nein, natürlich nicht, aber … es wäre seltsam, ihm dort zu begegnen.«

»Dann willst du die Einladung ablehnen?«

»Das habe ich nicht gesagt. Das könnte ich Ellinor niemals antun.«

»Dann sollten wir umgehend ein Hotelzimmer buchen, meine Eltern bitten, Fritz ein paar Tage zu sich zu nehmen, und mit Doktor Hirschthal die Praxisvertretung klären. Wobei ich mir nicht so sicher bin, ob ihm das gerade so gut zupasskommt.«

»Weshalb nicht?«

»Hast du es noch nicht gehört? Seine Frau erwartet in den nächsten Wochen ihr erstes Kind.«

»Oh. Gibt es noch jemand anderen, der dich vertreten könnte?«

»Ich werde das schon regeln.«

Doktor Hirschthal sah keine Schwierigkeiten darin, die offizielle Praxisvertretung für Ludwig zu übernehmen. Er meinte, es wäre ihm sogar ganz recht, denn dann hätte er einen guten Grund, sich aus den ganzen Frauenangelegenheiten herauszuhalten, erzählte er Ludwig.

»Meine Frau hat ihre Mutter für die letzten Wochen bei uns einquartiert«, sagte er mit einem belustigten Augenzwinkern. »Und die ist eine jiddische Mamme, wie sie im Buche steht. Die umsorgt ihre Tochter schlimmer als eine Glucke und mischt sich in alles ein. Sie hat bereits mit meiner Frau den Namen des Kindes bestimmt. Daniel für einen Jungen und Leonie für ein Mädchen.«

»Also Daniel in der Löwengrube unter den ganzen Frauen, während das Mädchen selbst zur Löwin wird?«, erwiderte Ludwig amüsiert.

»Ja, zum Glück normale deutsche Namen, ich hatte Schlimmeres befürchtet. Meine Schwiegermutter nötigt mich sogar, in die Synagoge zu gehen. Ausgerechnet mich, der ich mit Religion nichts am Hut habe. Nur im Sprechzimmer habe ich noch meine Ruhe. Also tun Sie mir im Grunde einen Gefallen, wenn Sie mir die Vertretung überlassen.«

»Tja, da habe ich mehr Glück – meine Schwiegermutter ist in England und als sie das erste Mal in Hamburg war, hat sie Kirchen lediglich als touristische Sehenswürdigkeiten besucht.«

Als Ludwig Helen später diese Unterhaltung schilderte, lachte sie darüber.

»Da weiß man nicht, ob man ihn wegen der Schwiegermutter beneiden oder bedauern muss«, sagte sie. »Aber wenn ich dich so anschaue, bist du recht froh, dass du nicht an seiner Stelle stehst.«

»Ach, ich glaube, er übertreibt. Er hat mir zum Abschied noch einen Witz erzählt, der seine Schwiegermutter offiziell empörte, bis sie doch lachen musste.«

»Den musst du mir erzählen.«

»Kommt eine sehr fromme Jüdin nach dem Tod in den Himmel. Doch während alle anderen dort frohlocken, ist sie immer nur traurig. Kein einziger Engel kann sie aufheitern. Daraufhin gehen die Engel zu Gott, denn sie können es nicht ertragen, dass die fromme Frau nicht die Freuden des Himmels genießen kann. Und so geht Gott zu der Frau und fragt: ›Warum bist du immer so traurig, gute Frau? Du warst immer fromm und bist im Himmel. Was liegt dir auf der Seele?‹ – ›Ach, mein Herr‹, sagt sie, ›es ist mein einziger Sohn, der mir Kummer bereitet. Der ist zum Christentum konvertiert und das macht mich unglücklich.‹ Daraufhin sagt Gott: ›Tröste dich, gute Frau. Mir ist das Gleiche passiert, aber daraufhin habe ich sofort ein neues Testament verfasst.‹«

Helen stutzte kurz, dann fing sie herzhaft an zu lachen.

»Das hat dir Doktor Hirschthal erzählt? Das ist großartig.«

»Ja, ich liebe den jüdischen Humor«, erwiderte Ludwig. »Und unserer Reise zu Ellinors Verlobung steht nichts mehr im Wege.«

Eine Woche später waren sie bereits in Berlin. Diesmal hatten sie wieder ein Zimmer in ihrer altbekannten Pension gebucht. Sie waren bereits am Vormittag vor der großen Feier in Berlin angekommen, da Ellinor ihnen unbedingt alles zeigen wollte, ehe die anderen Gäste kamen. Sie hatte sich bereits mit den deutschen Gesetzen zur ärztlichen Niederlassung vertraut gemacht und war schon dabei, für ihre Praxis in London eine Nachfolgerin zu suchen. Wohlgemerkt, eine Nachfolgerin, wie sie betonte, denn es war ihr wichtig, einer anderen Frau eine solche Möglichkeit zu bieten. Allerdings gab es bislang nur sehr wenige Ärztinnen in England, dafür sehr viele Anfragen von jungen Männern, die dort gern ihre ärztliche Tätigkeit aufnehmen wollten. Ellinor hoffte, dass sie dennoch eine Frau finden würde. Ihr künftiger Ehemann Martin hatte ein zweistöckiges elegantes Mietshaus im Stadtteil Charlottenburg geerbt, in dessen Erdgeschoss sich bereits seine Augenarztpraxis befand. Die alte Dienstbotenwohnung nebenan, in der früher der Hausmeister gewohnt hatte, stand leer, seit Martin alles von einer Verwaltungsfirma regeln ließ. Ellinor wollte die alte Wohnung umbauen lassen, um dort ihre Praxis zu eröffnen. Das gesamte erste Stockwerk umfasste Martins Wohnung und der zweite Stock war an einen hochgestellten Offizier vermietet, der nur selten in Berlin weilte.

Als Ellinor Ludwig und Helen durch die Praxisräume und das Haus führte, meinte Ludwig: »Wenn ich nicht rundum zufrieden mit meinem Leben wäre, könnte ich hier schon ein wenig neidisch werden.«

»Als Martin mir dieses Haus zum ersten Mal zeigte, stand für mich fest, dass ich viel lieber hier als in London praktizieren würde«, gab Ellinor zu. »Aber denkt nicht, das hätte den Ausschlag für mein Jawort gegeben. Das ist ganz allein Martins großartigem Charakter zu verdanken. Einen solchen Mann findet eine Frau selten, den darf man nicht ziehen lassen.«

»Wird James auch zur Feier kommen?«, fragte Helen.

»Nein, er ist derzeit in Amerika«, erwiderte Ellinor. »Ich muss gestehen, ich habe den Termin meiner Verlobungsfeier erst nach dem Bekanntwerden seiner Reisepläne festgelegt.«

»Und wann wird die Hochzeit stattfinden?«

»Im kommenden Juni in London, darauf haben meine Eltern bestanden, denn sie meinen, die Ausrichtung der Hochzeit obliege den Brauteltern. Eigentlich wollten wir schon jetzt ohne großes Brimborium heiraten, aber das kam für meine Eltern nicht infrage. Meine Mutter schlug schließlich diesen Kompromiss vor. Verlobung in Berlin, Hochzeit in London. Sie und mein Vater werden nach der Feier nicht gleich nach London zurückkehren, denn meine Mutter will die Gelegenheit zu einer kleinen Reise durch das Deutsche Reich nutzen, um ihre zahlreiche Verwandtschaft zu besuchen und zur Hochzeitsfeier einzuladen.« Ellinor seufzte. »Einmal Gräfin, immer Gräfin, auch wenn sie den Titel durch die Ehe mit meinem Vater offiziell abgelegt hat.«

Helen nickte nur. Insgeheim war sie froh, dass sie James nicht begegnen würde.

»Ihr kommt doch auch im Juni zur Hochzeit nach London?«, fragte Ellinor.

»Ja«, sagte Ludwig, noch bevor Helen antworten konnte. »Wir haben meinen Schwiegereltern ohnehin versprochen, sie im nächsten Sommer zu besuchen. Und so können wir beides elegant verbinden. Zumal Fritz dann auch schon groß genug für eine so weite Reise ist.«

Die Verlobungsfeier fand am folgenden Abend in dem eigens gemieteten Saal eines kleinen Theaters statt. Helen war beeindruckt – die Stuhlreihen waren fortgeräumt und hatten einer langen Tafel Platz gemacht, die u-förmig das Parkett säumte, das als Tanzfläche diente. Auf der Bühne selbst spielte ein professionelles Orchester auf.

»Ich möchte nicht wissen, was das alles gekostet hat«, raunte sie Ludwig zu.

»Und ich möchte nicht wissen, was erst die Hochzeit kosten wird, wenn sie schon die Verlobung so groß feiern«, flüsterte Ludwig zurück.

Helen nickte. Allein das mehrgängige Menü und die teuren Weine sprachen für sich.

Die Feier dauerte bis spät in die Nacht und Helen fühlte sich glücklich und beschwingt wie schon lange nicht mehr. So große Feierlichkeiten hatte sie seit ihrer Hochzeit mit Ludwig nicht mehr erlebt und sie genoss jeden einzelnen Augenblick. Mochte der rosa Zuckerguss, der ihre Ehe anfänglich überzogen hatte, auch geschmolzen sein, so war sie dennoch glücklich mit Ludwig und dankbar für alles, was sie hatte. Und sie wünschte Ellinor, dass sie mit Martin Lehmann ebenso glücklich werden würde.

26. Kapitel

Im Sommer 1906 reisten Helen und Ludwig mit dem fast vierjährigen Fritz nach London. Fritz war für sein Alter extrem aufgeweckt und neugierig und freute sich schon seit Wochen auf die große Reise mit der Fähre zu den Großeltern nach England. Auch Helen war aufgeregt – vor allem auch deswegen, weil sie James zum ersten Mal seit ihrer Flucht aus London wiederbegegnen würde, denn natürlich würde er bei der Hochzeit seiner Schwester anwesend sein. Hätte James in der Zwischenzeit geheiratet und selbst eine Familie gegründet, wäre es vermutlich einfacher gewesen. Aber James führte nach wie vor das Leben eines Junggesellen und aus irgendeinem Grund fühlte Helen sich deshalb schuldig.

Doch zunächst kamen sie erst einmal auf dem Anwesen ihrer Eltern unter. Sie wurden ausgesprochen herzlich aufgenommen und Fritz erfuhr sofort die ganze Zuneigung seiner Großeltern. Er wurde von vorn bis hinten verwöhnt und sonnte sich in all dem Lob – vor allem, weil er trotz seines deutschen Vaters wie ein Einheimischer Englisch sprach.

    Catherine stellte ihren Enkel stolz all ihren Freunden und Bekannten vor, sodass Helen beinahe schon das Gefühl hatte,

Fritz sei ein kostbares Schmuckstück, mit dem man dezent angeben konnte. Fritz liebte es, im Mittelpunkt zu stehen, aber Helen war froh, dass dieser Aufenthalt nicht lange dauern würde, denn sie fragte sich, ob es wohl gut für den Jungen war, derart vorgeführt und zugleich hofiert zu werden und dabei alle bescheidene Zurückhaltung zu verlieren.

Andererseits genoss sie es selbst, Fritz ihre alten Spielsachen auf dem Dachboden zu zeigen und auch die alten Kinderbücher. Besonders freute sie sich, als er gezielt ein Buch aus einem staubigen Stapel griff und sie bat, es ihm vorzulesen. Es war »The Water-Babies« von Charles Kingsley, das sie selbst als Kind sehr gern gelesen hatte. Und so verbrachte sie noch an diesem Abend eine ganze Stunde damit, Fritz die Geschichte vom kleinen Schornsteinfegerjungen Tom vorzulesen. Es wurde während ihres Aufenthaltes in London zu seinem festen Ritual, denn zu Helens Freude liebte Fritz diese Geschichte genauso sehr wie sie selbst.

Ein paar Tage später wurde die Hochzeit von Ellinor und Martin auf dem großen Anwesen der Mitchells, das etwas außerhalb Londons lag, gefeiert. Nachdem sie alle gemeinsam am Vormittag in der Kirche gewesen waren, um der Trauung beizuwohnen, blieb Fritz am Nachmittag in der Obhut seiner Großmutter, die meinte, sie fühle sich zu erschöpft für die große Hochzeitsfeier in der Villa der Mitchells. Und so fuhren Helen und Ludwig allein mit Helens Vater in der Familiendroschke zu den Mitchells.

Als das prächtige Anwesen vor ihnen auftauchte, war Ludwig schwer beeindruckt. »Das ist wirklich gewaltig«, sagte er. »So groß habe ich es mir nicht vorgestellt. Das könnte ja fast ein Schloss mit eigenem Park sein.«

»Die Mitchells gehören zu den einflussreichsten Londoner Familien«, erwiderte Helens Vater. »Das hat Helens damalige

Flucht auch zu einem solchen Skandal gemacht. Aber das ist inzwischen längst vergeben und vergessen.« Er lächelte Ludwig gutmütig an und Helen atmete auf. Sie würde versuchen, James möglichst aus dem Weg zu gehen, und hoffte, dass er genauso dachte.

Im Foyer wurden sie von einem Bediensteten empfangen, der ihnen Hüte und Mäntel abnahm, dann ging es ins Innere.

Helen bemerkte, wie Ludwig sich betont unauffällig umsah, aber dennoch sein Staunen über all den Luxus zumindest vor ihr nicht verbergen konnte. Vermutlich war er jetzt froh, dass sie das teure Ballkleid gekauft hatte, wenngleich er bei der Anschaffung noch die Stirn gerunzelt hatte. Bei dem Gedanken musste Helen lächeln.

Die Feier fand im großen Salon des Hauses statt und erinnerte ein wenig an die Verlobungsfeier in Berlin. Es wurde gegessen und getanzt, außerdem nutzten die Männer die Gelegenheit, sich immer wieder mal in den Rauchersalon zurückzuziehen, wo sie wahrscheinlich Geschäfte besprachen.

Helen war froh, dass sie James bislang nur einmal von Weitem in einem Kreis mehrerer Männer gesehen hatte. Doch er ging auch seiner Schwester aus dem Weg, obwohl sie doch die Hauptperson an diesem Tage war.

Irgendwann im Verlauf des Abends sprach sie Ellinor direkt darauf an.

Ihre Freundin lachte. »Es stört ihn, dass hier so viel Deutsch gesprochen wird«, sagte sie. »Er fühlt sich wie bei einer feindlichen Übernahme. Meine deutsche Mutter hat seine englische ersetzt, du hast ihm einen Deutschen vorgezogen und jetzt wandere ich auch noch aus. Wobei er darüber nicht allzu traurig sein dürfte. Immerhin habe ich mir meinen Erbanteil für die Praxisanschaffungen bereits auszahlen lassen und er wird irgendwann der alleinige Herr über das große Gut sein. Nur zu dumm, dass er bislang noch nicht die passende Lady für die Gründung seiner Dynastie gefunden hat.«

»Aber jetzt sag nicht, er trauert mir immer noch nach.«

»Wer weiß das schon bei James.« Ellinor hob die Schultern. »Ehrlich gesagt, ich werde meine Eltern zwar vermissen, aber dieses ganze britische Oberschichtgetue lasse ich gern hinter mir. Ich wurde ja ohnehin schon immer schief angesehen, weil ich als Frau lieber arbeite. In Berlin ist das ganz anders, da fühle ich mich so angenommen, wie ich bin. Und Martin hatte nie etwas dagegen, dass ich auch eine Praxis eröffne, ganz im Gegenteil.«

»Und was ist mit Kindern?«, fragte Helen.

»Warten wir es mal ab. Was kommt, das kommt.« Ellinor zwinkerte ihr so verschwörerisch zu, dass Helen sich fragte, ob möglicherweise schon etwas unterwegs war.

Bei ihr hingegen sah es ganz anders aus. Es schien, als wäre ihr Körper nach wie vor nicht bereit, noch einmal zu empfangen, obwohl sie Ludwig in dieser Hinsicht keinen Vorwurf machen konnte. Er kam seinen Pflichten nach und seit sie in London waren, war es sogar von ihm ausgegangen – ganz so, als würde sich die fremde Umgebung luststeigernd auswirken. Auch wenn London nun weiß Gott nicht das Paradies der Liebenden war. Aber darüber wollte sie sich gewiss nicht beschweren.

Am Ende der Feierlichkeiten spürte Helen kaum noch ihre Füße, so viel hatte sie mit Ludwig getanzt. Zugleich war sie erleichtert, dass sie das erste gesellschaftliche Ereignis, bei dem sie und James gemeinsam eingeladen waren, so unkompliziert überstanden hatte.

Die letzten Tage in London gehörten jetzt nur noch der Familie und sie freute sich, dass Fritz so viel Spaß an den Ponys hatte, die ihre Eltern nach wie vor hielten.

Der Abschied am Ende ihrer Sommerfrische war herzlich und für Fritz sogar etwas traurig, denn er wäre gern noch länger geblieben, vor allem wegen der Ponys. Immer wieder fragte er, ob er eines zum vierten Geburtstag im September bekäme, und war sehr enttäuscht, als Ludwig ihm mit ebensolcher Unermüdlichkeit erklärte, dass ein Pony in seinem Kinderzimmer nicht glücklich werden würde und sie weder einen Stall noch eine Weide hätten.

»Du kannst ja jeden Sommer hierherkommen, da warten die Ponys dann schon auf dich und sind glücklich, weil sie einen großen Stall und eine eigene Weide haben«, tröstete Helen ihn. Fritz nickte, auch er noch nicht ganz überzeugt war. Aber Helen fühlte sich trotz allem glücklich. Es war ihr endlich gelungen, ihr altes und ihr neues Leben zu vereinen, und es war für ihren Sohn eine Bereicherung, das Kind zweier Nationen zu sein.

27. Kapitel

Irgendwer hatte Helen in ihrer Kindheit erzählt, die Zeit verfliege umso schneller, je zufriedener man sei. Jetzt, als erwachsene Frau, die mitten im Leben stand, erkannte Helen die Wahrheit in diesen Worten.

Ihr Leben war glücklich, auch wenn es nach wie vor einen Wunsch gab, der sich nicht erfüllte – der nach einem zweiten Kind. In den folgenden Jahren erlebte Helen zwar wunderbare Sommer in England mit Fritz, aber sie sah auch, wie Doktor Hirschthal und seine Frau eine kleine Tochter bekamen und kurz darauf auch die Familie Engelhardt mit einer Tochter namens Paula gesegnet wurde. Helen wusste, dass sie eigentlich keinen Grund zum Neid hatte, schließlich hatte sie einen wunderbaren Sohn. Aber dennoch sehnte sich ihr Herz nach einem kleinen Mädchen. Vor allem, wenn sie sah, wie Rebecca Hirschthal mit ihrer hübschen kleinen Leonie im Kinderwagen vorfuhr.

Im Sommer 1907 glaubte Helen, wieder schwanger zu sein, aber dann bekam sie mit zweimonatiger Verspätung doch noch eine ausgesprochen heftige Regelblutung. Ludwig war sich nicht sicher, ob es wirklich eine normale Blutung gewesen war oder aber ein früher Abort. Doch sie hatten das Thema nicht intensiver diskutiert, um keine schrecklichen Erinnerungen aufzuwühlen. Zu groß war Helens Angst, dass Ludwig sich wieder zurückziehen könnte.

Zudem war sie nicht die Einzige, der eine Schwangerschaft versagt blieb. Auch ihre Freundin Ellinor hatte bislang kein Kind bekommen. Allerdings war die mit Leib und Seele praktizierende Ärztin darüber nicht sonderlich traurig und auch ihren Ehemann schien es nicht zu bekümmern.

»Das Leben kommt immer so, wie es kommen soll«, pflegte Ellinor zu sagen, wenn sie sich bei einem ihrer seltenen Besuche in Hamburg oder in Berlin bei den jährlichen Kongressen trafen. »Martin und ich leben für unseren Beruf. Wenn wir ein Kind bekämen, wäre es wunderbar, aber wenn es nicht sein soll, genießen wir unser Leben dennoch. Und das solltest du auch so sehen.«

Tatsächlich fühlte Helen sich dann jedes Mal ein wenig getröstet. Sie hatte immerhin einen wunderbaren Jungen, der ihr viel Freude bereitete.

Sie liebte seine ausgeglichene Art und die Offenheit, mit der er allen Menschen und auch Tieren begegnete. Kurz nach seinem sechsten Geburtstag fand er im Vorgarten nach einer stürmischen Nacht ein junges Eichhörnchen, das sich verletzt hatte. Der alte Gärtner meinte, man solle das Tierchen töten, um es zu erlösen, doch Fritz widersprach energisch, trug das zitternde Tierchen in die Wohnung und stürmte einfach in die Praxis, wo sein Vater sich gerade um die alte Frau Burmeister mit dem chronischen Herzleiden kümmerte.

»Papa, das ist ein Notfall, du musst ihm helfen, sonst stirbt es!«

Ludwig starrte seinen Sohn irritiert an. »Was hast du da?«

»Oh, es ist ein kleines Eichhörnchen«, sagte Frau Burmeister. »Und das soll dein Papa jetzt gesund machen?«

Fritz nickte heftig.

Frau Burmeister, die selbst mehrere Enkel hatte, lächelte nachsichtig und meinte: »Herr Doktor, dann will ich Sie nicht länger von dem Notfall abhalten.«

Ludwig sah sie erleichtert an. »Vielen Dank für Ihr Verständnis. Meine Frau gibt Ihnen gleich das Rezept.«

»Dann pass mal gut auf deinen kleinen Patienten auf«, sagte Frau Burmeister noch zu Fritz, ehe sie ging.

»Kannst du es gesund machen?«, fragte Fritz.

»Halt es gut fest, wenn ich es untersuchen soll«, sagte sein Vater. »Sonst springt es womöglich auf und läuft durch die ganze Wohnung.«

Das Tier war vor Schreck ganz starr und versuchte nicht einmal zu beißen.

»Ich glaube, es ist einfach nur erschöpft und ausgehungert«, sagte Ludwig schließlich. »Wir sollten ihm etwas Wasser und Haferbrei hinstellen, damit es sich erholen kann.«

»Ist nichts gebrochen?«, fragte Fritz.

»Sieht nicht so aus. Aber wir müssen aufpassen, dass es nicht einfach durch die Wohnung hopst und die Möbel anknabbert. Geh doch mal mit Mama auf den Dachboden. Da müsste noch ein alter Vogelkäfig stehen, den können wir zum Krankenzimmer für das Eichhörnchen machen. Und damit das Kerlchen so lange nicht wegläuft, improvisieren wir etwas.«

Ludwig nahm einen Aktenablagekorb, drehte ihn um und stellte ihn wie einen kleinen Käfig über das Eichhörnchen.

Helen schüttelte amüsiert den Kopf, als sie von dem Vorfall hörte. »Kaum bin ich mal in der Küche, schleppst du gleich kranke Tiere zu Papa«, meinte sie mit einem Lächeln. »Also gut, dann suchen wir den alten Vogelkäfig. Und ich denke, ein Stück Apfel wäre für das kleine Eichhörnchen auch geeignet, oder?«

Fritz nickte begeistert.

In den nächsten Tagen erholte sich Hörnchen, wie Fritz das Tier nannte, langsam. Helen war beeindruckt, wie viel Geduld ihr kleiner Wirbelwind bei der Fürsorge für das Tier aufbrachte. Er sammelte Bucheckern und Eicheln und lockte das Tier mit einer Nuss in der Hand, sodass es langsam immer zutraulicher wurde. Irgendwann fing er an, das Tier aus dem Käfig zu lassen. Helen sah es zum ersten Mal, als er mit Hörnchen auf der Schulter in die Küche kam.

»Es ist jetzt ganz zahm«, sagte er. »Ich geh mit ihm nach draußen.«

»Warte noch«, rief Helen ihm nach, doch Fritz war schon im Treppenhaus verschwunden, um in den Garten zu gehen, wo er Hörnchen zwei Wochen zuvor gefunden hatte.

Eine Stunde später war er noch nicht wieder da. Helen wurde unruhig und ging selbst in den Garten.

Sie fand ihren Sohn weinend vor der großen Eiche im Garten.

»Was ist denn passiert?«, fragte sie und nahm ihn in den Arm.

»Hörnchen kommt nicht wieder«, weinte er. »Es ist gleich auf den Baum hoch. Ich habe es gerufen, aber es kommt nicht.«

»Das war doch zu erwarten«, sagte Helen und strich ihm über den Kopf. »Hörnchen war ja nur bei uns, um gesund zu werden. Und jetzt dachte es, du bringst es wieder nach Hause, weil es gesund ist.«

»Aber ich wollte doch, dass es bei uns bleibt.«

»Bei uns in der Wohnung in dem kleinen Käfig wäre es nicht glücklich gewesen.«

»Aber ich habe mich doch immer um Hörnchen gekümmert.«

»Ja, das hast du. Und deshalb ist es auch wieder gesund geworden und wird dir ewig dankbar sein, dass du es nach

Hause gebracht hast. Siehst du, hier wohnt es. Und hier kannst du es auch besuchen und ihm Nüsse bringen.«

»Aber ich hätte es doch so gern behalten.«

»Ach Fritz, nicht immer werden unsere Wünsche erfüllt. Eichhörnchen gehören nun mal nicht in die Wohnung zu den Menschen. Die wollen auf den Bäumen frei herumtoben.«

Fritz nickte, aber er blieb traurig. Jeden Tag ging er in den Garten und legte Nüsse aus. Aber Hörnchen zeigte sich nicht und Fritz wurde immer niedergeschlagener. So traurig hatte Helen ihn noch nie erlebt. Sie hatte geglaubt, er würde sich schnell ablenken lassen, aber anscheinend hatte er doch eine engere Bindung zu dem kleinen Tier aufgebaut, als sie vermutet hatte.

Schließlich hatte Ludwig eine Idee. »Ich denke, er hat bewiesen, dass er bereit ist, Verantwortung zu übernehmen«, sagte er eines Abends zu Helen. »Die Schäferhündin vom alten Weller hat vor ein paar Wochen Welpen bekommen und er ist noch nicht alle losgeworden.«

»Du willst Fritz einen Hund schenken?«

»Warum nicht? Er liebt Tiere und ein junger Hund wäre genau das Richtige für ihn.«

»Aber ist ein Schäferhund nicht zu groß für unsere Wohnung?«

»Ach was, das ist wenigstens ein richtiger, echter Hund, mit dem er toben kann und von dem er sich beschützt fühlt.«

Fritz war überglücklich, als sein Vater ihn am nächsten Tag zu Herrn Weller brachte, damit er sich dort einen Hund aussuchen durfte. Er entschied sich für den kleinsten des Wurfes, der sich etwas im Hintergrund hielt, während die anderen jungen Hunde gleich um ihn herumwuselten.

»Warum willst du denn den kleinen Feigling dahinten?«, fragte der alte Weller lachend. »Der hat doch keinen Mumm.«

»Weil ich ihn mag«, sagte Fritz. »Er braucht jemanden, der sich um ihn kümmert.«

»Dann soll es so sein. Und welchen Namen willst du ihm geben?«

»Bobby«, sagte Fritz spontan. »Er sieht aus wie ein Polizeihund und so nennt man die englischen Polizisten.«

Herr Weller lachte. »Na, dann hättest du vielleicht doch eher einen von den Vorwitznasen hier vorn nehmen sollen.« Er tätschelte die jungen Hunde, die wild um seine Füße liefen. »Aber gut, der Kleine da hinten soll es also sein. Na, dann komm mal, kleiner Bobby!«

Mit der Anschaffung des Hundes änderte sich einiges im Leben der Familie Ellerweg, denn Bobby war gar nicht so ruhig und zurückhaltend, wie er gewirkt hatte. Der Welpe hatte es faustdick hinter den Ohren, aber dabei einen so treuen Blick, dass Helen ihm auch nicht böse sein konnte, nachdem er ihre Hausschuhe vollständig zernagt hatte.

»Das reinste Nagetier«, meinte sie. »Wie gut, dass er nicht an die teuren Lederschuhe gegangen ist.«

»Aber auch nur, weil die im Schuhschrank sind«, erwiderte Ludwig. »Ich hoffe, er lernt nie, wie man Schranktüren öffnet.«

Zugleich verbrachte Ludwig nun viel Zeit mit Fritz und dem jungen Hund, damit das Tier eine angemessene Erziehung bekam und die notwendigen Kommandos lernte, die im Miteinander zwischen Mensch und Tier unabdingbar waren. Manchmal fühlte Helen sich ausgeschlossen, wenn Vater und Sohn mit dem Hund unterwegs waren, und so suchte sie vermehrt Kontakt zu Rebecca Hirschthal, die im Gegensatz zu ihr nicht in der Praxis des Mannes mitarbeitete, sondern ganz in der Erziehung ihrer kleinen Tochter Leonie aufging.

Sie kleidete das Mädchen stets wie eine hübsche Puppe und freute sich, wenn die Menschen ihr sagten, wie bezaubernd die Kleine war. Außerdem war Rebecca Stammkundin in den Fotoateliers, wo die Fotografien von Leonie mit ihrem Einverständnis im Schaufenster ausgestellt wurden. Ihr Mann nahm es seufzend hin. Von Ludwig erfuhr Helen, dass Isaak befürchte, seine Frau würde aus dem Mädchen ein eitles Modepüppchen machen, dabei hoffte er selbst, dass seine Tochter später die höhere Schule besuchen und ein Studium abschließen würde.

Als Helen Rebecca einmal fragte, was sie sich für die Zukunft ihrer Tochter wünsche, meinte die nur: »Dass sie glücklich wird. Sie soll das tun, was sie für richtig hält. Aber ich denke, unsere Kinder sind ohnehin schon gesegnet. Sie leben in einer modernen Welt und wachsen ohne Sorgen auf. Die Technologie schreitet immer weiter voran und irgendwann werden wir alle Krankheiten besiegt haben. Ehrlich gesagt, ich beneide unsere Kinder darum, dass sie in diesem großartigen Jahrhundert geboren wurden und den Mief des 19. Jahrhunderts hinter sich gelassen haben.«

»Ja, vor allem, dass Mädchen inzwischen auch eine höhere Schulbildung zusteht, ist ein Segen«, erwiderte Helen. »Wenn wir Frauen jetzt noch das Wahlrecht hätten, läge eine neue Zeit vor uns.«

Rebecca nickte. »Ja, einiges ist noch im Argen. Wusstest du, dass der berühmte Berliner Nasenchirurg Doktor Joseph bis heute vergeblich darauf wartet, in den Professorenstand erhoben zu werden?«

Helen sah Rebecca erstaunt an. Sie hatte Doktor Joseph nur einmal kurz während eines Vortrags auf dem Ärztekongress gesehen.

»Er schien mir ein fähiger Arzt, der Patienten aus aller Welt anzieht. Weshalb verweigerte man ihm die Professur?«

»Weil er Jude ist und nicht konvertieren wollte«, sagte Rebecca knapp. »Ja, nach außen hin haben wir Religionsfreiheit und ich bin auch wirklich dankbar, dass es in Deutschland anders als im Osten keine Pogrome mehr gibt, aber von Gleichberechtigung sind wir noch weit entfernt – sowohl was das Frauenwahlrecht als auch was die Gleichwertigkeit der Religionen angeht. Aber ich will nicht jammern, das ist ja unter Christen nicht anders. Im katholischen Marienkrankenhaus dürfen nur Katholiken arbeiten, die weisen bei der Besetzung von Stellen evangelische Ärzte ab. Habe ich neulich von Frau Gerlitz gehört, deren Sohn sich dort beworben hatte.«

Helen nickte nachdenklich. Sie hatte das Deutsche Reich bislang freier und weltoffener als England erlebt, wo der Standesdünkel weitaus heftiger ausgeprägt war. All die Feinheiten, von denen sie jetzt erfuhr, waren ihr bislang entgangen.

»Ja, es gibt noch viel zu tun«, sagte sie also. »Und all das, was wir nicht mehr erreichen, werden unsere Kinder eines Tages ausfechten, weil wir ihnen all unsere Liebe geben, damit sie diese Stärke finden.«

Im folgenden Sommer war Fritz enttäuscht, dass er Bobby nicht mit nach England nehmen durfte, weil der Hund sonst sechs Monate in Quarantäne gemusst hätte.

»Das ist wegen der Tollwut«, erklärte ihm sein Vater. »In England gibt es diese Krankheit nicht mehr, und sie haben Angst, dass Tiere sie vom Festland einschleppen könnten.«

»Aber Bobby ist doch gesund.«

»Ja, das ist er, aber die Engländer machen da keine Ausnahme. Tiere vom Festland müssen sechs Monate in Quarantäne. Und das willst du Bobby für zwei Wochen Urlaub doch nicht zumuten, oder?«

»Nein, aber ich hätte ihn gern Granny und Grandpa gezeigt.«

»Das muss warten, bis sie uns wieder in Hamburg besuchen«, erwiderte Ludwig. »Und so lange bleibt Bobby bei Oma und Opa in Hamburg.«

Es war der letzte Sommer, den sie in London verbrachten, bevor Fritz eingeschult würde, und Fritz genoss es sehr, zumal seine Großeltern auch einige seiner Großcousins und Großcousinen eingeladen hatten, damit er gleichaltrige Gesellschaft hatte. Die Kinder waren sehr erstaunt, als sie bemerkten, dass Fritz fließend und akzentfrei sowohl Deutsch als auch Englisch sprach, während Fritz in diesem Sommer zum ersten Mal bewusst wurde, dass es nicht allen Kindern so ging. Bislang war er fest davon ausgegangen, dass jeder die Sprache eines anderen Landes verstand, sobald er die Grenze überschritt, weil sein Vater ja auch Englisch sprach, obwohl er keine englische Mutter hatte.

»Zweisprachig aufzuwachsen ist immer ein Geschenk«, hatte seine Mutter ihm daraufhin erklärt. »Keine anderen Sprachen werden dir jemals wieder so mühelos zufliegen wie jene, mit denen du aufgewachsen bist. Das wirst du merken, wenn du in der Schule bist.«

»Lerne ich da dann noch andere Sprachen?«, fragte er.

Seine Mutter nickte. »Sobald du aufs Gymnasium kommst. Dann lernst du auch auf Englisch schreiben und Latein wirst du auch lernen. Vielleicht auch Französisch, das kommt auf das Gymnasium an. Aber Latein ist wichtiger, denn Französisch ist eine lebendige Sprache, die kannst du auch in Frankreich lernen, aber Latein kannst du nur in der Schule lernen. Und das brauchst du, denn du willst ja wie Papa Arzt werden.«

Fritz nickte heftig. »Aber ich will operieren«, sagte er. Von diesem Gedanken war er nicht mehr losgekommen, seit er seine Eltern im Frühjahr zum ersten Mal zum Berliner Ärztekongress hatte begleiten dürfen und man ihm sogar erlaubt hatte, sich den Operationssaal anzusehen – natürlich nur, als darin gerade nicht operiert wurde. Aber der kleine Fritz war begeistert gewesen von den Instrumenten und den großen Bildtafeln mit den inneren Organen, die dort aushingen. Genau das wolle er später einmal machen, hatte er mit der ganzen Beharrlichkeit eines Sechsjährigen gesagt, der noch nicht einmal zur Schule ging. Und obwohl Helen wusste, dass Kinder in diesem Alter schnell zu begeistern waren und ebenso schnell das Interesse wieder verloren, war sie doch beeindruckt, wie sehr Fritz von nun an darum bettelte, dass sein Vater ihn seine großen Anatomieatlanten ansehen ließ. Das war ihm wichtiger geworden als das abendliche Vorleseritual mit seiner Mutter. Nun ja, die Geschichte der »Water-Babies« kannte er mittlerweile auswendig. Aber es war noch immer seine Lieblingsgeschichte und er ließ sie sich nach wie vor gern vorlesen, nur um dann mit einzustimmen und zu erzählen, wie es weiterging.

Als Fritz nach dem Urlaub in London in die erste Klasse der Volksschule kam, erstaunte er den Lehrer mit seiner schnellen Auffassungsgabe. Schon bald konnte Fritz selbstständig lesen, doch als er sich »The Water-Babies« selbst vorlesen wollte, war er erstaunt. »Mama, da steht ja alles ganz anders, als du es mir immer vorgelesen hast.«

Helen lachte. »Nein, das ist Englisch und auf Englisch spricht man Buchstaben und Worte anders aus«, erklärte sie. »Das wirst du später noch lernen.«

»Ich will es aber jetzt lernen!«, beharrte er.

»Also schön, dann wirst du das englische Alphabet lernen müssen. Es sind die gleichen Buchstaben, aber sie werden anders ausgesprochen.«

Und so kam es, dass Fritz bereits im Grundschulalter die Unterschiede zwischen englischer und deutscher Schreibweise erlernte. Helen war sehr stolz auf ihn und unterstützte ihn, indem sie sich von ihrer Mutter englische Kinderbücher schicken ließ. Und als sie 1909 erneut nach London fuhren, war Granny Catherine sehr beeindruckt, wie gut ihr Enkel inzwischen auch englische Bücher vorlesen konnte.

»Wir machen noch einen richtigen Briten aus dir«, sagte sie stolz.

»Nein«, widersprach Fritz. »Ich will Deutscher bleiben.«

»Warum?«

»Weil man da alle Tiere haben darf und die nicht in Quarantäne müssen, wenn sie zu Besuch kommen wollen.«

Seine Großmutter lachte. »Das ist wenigstens mal ein handfestes Argument.«

Der Sommer des Jahres 1909 brachte noch eine Überraschung, denn als sie zurück in Hamburg waren, stellte Helen fest, dass sie endlich wieder schwanger war. Und diesmal schien alles gut zu gehen. Sie überstand die kritischen ersten drei Monate und litt auch nicht sonderlich unter morgendlicher Übelkeit. Kurz vor Weihnachten spürte sie die ersten Kindsbewegungen in ihrem Bauch und war überglücklich! Gewiss, es war dieselbe Zeit, in der sie ihr zweites Kind unter so dramatischen Umständen verloren hatte, aber im Nachhinein schob sie es auf die unmenschliche Tropenhitze des Jahres 1904. Jetzt, im Winter, wenn sie gemütlich eingemummelt am Kohleofen saßen, konnte rein gar nichts passieren. Alles würde gut werden. Sie war nun dreißig Jahre alt und hatte alles im Leben erreicht, was sie sich nur wünschen konnte. Und so blickte die ganze Familie voller Zuversicht auf das Jahr 1910. Das Jahr, in dem sie und Ludwig ihren zehnten Hochzeitstag feiern würden.

28. Kapitel

Die Feier des zehnten Hochzeitstages am 12. Januar 1910 beschränkte sich auf eine gesellige Runde bei Kaffee und Kuchen im kleinen Familienkreis. Die große Feier war nach der Geburt des zweiten Kindes am Jahrestag der kirchlichen Trauung geplant. Ludwig hatte versprochen, wie damals einen Alsterdampfer zu mieten, zumal man mit dem Kapitän vereinbaren konnte, den Hund mit an Bord zu nehmen, was in einem vornehmen Lokal nicht möglich gewesen wäre.

Helen genoss die kühlen Wintertage, die nicht so kalt waren, dass man sofort das Gefühl hatte, die Nase würde einem aus dem Gesicht frieren, aber doch so kühl, dass sie trotz der fortgeschrittenen Schwangerschaft tief durchzuatmen vermochte. Die Sorge um das Kind verflog zusehends, je häufiger sie die Bewegungen spürte. Sie fühlte sich unbeschwert und glücklich, so wie damals, als sie mit Fritz schwanger gewesen war.

Umso erschrockener war sie, als sie am Sonntag, dem 13. März 1910, morgens von heftigen Wehen geweckt wurde. Ludwig war sofort hellwach, betastete vorsichtig ihren Leib und zog ein ernstes Gesicht.

»Dein Bauch ist ganz hart wie bei echten Wehen. Ich will kein Risiko eingehen. Ich rufe sofort einen Krankenwagen!«

Und schon war er aus dem Bett gesprungen und sie hörte, wie er im Nachbarzimmer hektisch telefonierte. Sie versuchte indes, die Wehen zu veratmen, was ihr glücklicherweise gelang. Sofort ging es ihr besser. Sie war im siebten Monat, es fühlte sich alles normal an und Siebenmonatskinder hatten eine gute Überlebenschance.

Kurz darauf kam Ludwig zurück, half ihr schnell, sich anzukleiden, und packte die Reisetasche für den Aufenthalt in der Klinik. Kurz darauf klingelte es an der Tür. Der Krankenwagen war da. Anders als noch sechs Jahre zuvor verfügte das Allgemeine Krankenhaus Eppendorf mittlerweile über motorisierte Krankenwagen. Das Automobil hielt immer weiter Einzug in die Stadt, auch wenn nach wie vor Pferdefuhrwerke das Straßenbild dominierten. Ludwig fragte, ob sie selbstständig gehen könne, und Helen nickte. Der erste große Schmerz war verflogen und insgeheim hoffte sie, dass man sie nach einer Untersuchung im Krankenhaus wegen falschen Alarms wieder nach Hause schicken würde.

Doch noch während sie aus der Tür ging, traf sie der Schmerz erneut mit einer völlig unerwarteten Heftigkeit. Irgendetwas war anders als damals vor Fritz' Geburt. Sie merkte, wie ihr Herz sich vor Angst zusammenkrampfte. Ludwig fing sie gerade noch rechtzeitig auf und wies die Sanitäter an, die Trage zu holen. Helen wollte protestieren, doch der unerträgliche Schmerz raubte ihr die Stimme. Es fühlte sich an, als würde jemand ein Messer in ihrem Bauch immer und immer wieder herumdrehen. Das waren keine normalen Wehen! *Lieber Gott*, flehte sie im Geist, *bitte, bitte, lass mich das Kind nicht wieder verlieren. Bitte, lass alles gut werden!*

Sie klammerte sich noch immer an dieses stumme Gebet, als sie längst auf der Trage lag und ins Innere des Krankenwagens geschoben wurde. Dann fuhr der Wagen an. Es war das erste Mal, dass Helen in einem Automobil fuhr. Ihre erste Fahrt hatte sie sich allerdings anders vorgestellt – nicht festgeschnallt auf einer Trage, gequält von grausamen Schmerzen und der Furcht um ihr ungeborenes Kind. Während der Wagen wesentlich schneller als jede Kutsche durch die Straßen sauste, dachte sie daran, wie sie und Ludwig Pläne für die Zeit nach der Geburt ihres zweiten Kindes geschmiedet hatten. Ein Mädchen sollte Ellinor heißen, das war bereits ausgemacht. Für einen Jungen wünschte Helen sich diesmal einen Namen, der sowohl in England als auch in Deutschland allgemein gebräuchlich war. Ludwig hatte lateinische Namen wie Marcus oder Justus ins Spiel gebracht und Helen hatte sich für Marcus entschieden, da der Name sowohl auf Deutsch als auch auf Englisch ähnlich ausgesprochen wurde. Ellinor oder Marcus? Oder doch nur wieder eine namenlose Fehlgeburt? Die Angst krallte sich mit jeder neuen Welle des Schmerzes fester in ihre Seele.

Endlich hielt der Wagen und die Klappe wurde hastig geöffnet, um die Trage herauszuziehen. Sie wurde umgehend in den Kreißsaal gebracht, wo sie schon von einer Hebamme und einem Arzt erwartet wurde.

Als sie die sorgenvollen Blicke sah, die Arzt und Hebamme nach der Untersuchung austauschten, hätte sie am liebsten laut geschrien, doch sie beherrschte sich. »Geht es los?«, fragte sie unsicher.

Die Hebamme nickte.

»Ist es groß genug?«, fragte Helen weiter. »Wird es überleben?«

»Das liegt allein in Gottes Hand«, sagte der Arzt. Helen stöhnte auf, nicht nur vor Schmerz, sondern vielmehr vor Angst. Wenn Ärzte sich auf Gott beriefen, waren sie selbst am Ende ihrer Kunst.

Nein, durchzuckte es sie. *Ich will, dass du lebst! Dass du lebendig zur Welt kommst und dich ins Leben kämpfst. Wir werden alles für dich tun, nur lebe! Lebe für deine Familie!*

Die nächsten Stunden waren grauenvoll, die Schmerzen nicht zu vergleichen mit denen, die sie bei Fritz' Geburt verspürt hatte. Als Fritz gekommen war, da war sie bereit gewesen, hatte ihn erwartet, doch jetzt war sie voller Angst. Es war zu früh, aber vielleicht konnte das Kind trotzdem leben? Doch sie wollte es am liebsten gar nicht loslassen. Wollte, dass es dort blieb, wo es war, damit es weiter wachsen konnte, um als kräftiger und starker Säugling zur Welt zu kommen, so wie Fritz. Es hätte ein starkes Maikind werden sollen, kein schwaches Winterkind, das noch keine Kraft hatte, der Welt zu trotzen.

Und so lag sie im Kreißsaal und ergab sich einer Geburt, für die sie innerlich noch nicht reif war und die sie als schrecklichste Folter empfand. Da war nichts mehr von der positiven Stärke des Wehenschmerzes, es war alles nur grausam und düster und voller Qual.

Dann endlich, als die Sonne längst untergegangen war, wurde das Kind geboren.

Vergeblich wartete Helen auf den ersten Schrei. »Was ist es?«, fragte sie schwach. »Kann ich es sehen?«

Das Schweigen der Hebamme und des Arztes war das Schlimmste.

»Ich will es sehen!«, rief sie verzweifelt.

Der Arzt trat langsam vor. »Es tut mir leid«, sagte er. »Das Kind kam tot zur Welt.«

Alles in Helen drehte sich. Sie wollte schreien, doch der Schrei blieb ihr in der Kehle stecken. »Ich will es trotzdem sehen«, sagte sie leise.

»Das sollten Sie sich nicht antun«, sagte der Arzt, doch Helen funkelte ihn energisch an. »Ich will es sehen, es ist mein Kind, egal ob es lebend oder tot geboren wurde!«

Er nickte und winkte die Hebamme herbei, die den kleinen Körper bereits in ein weißes Laken gewickelt hatte.

»Es wäre ein Junge geworden«, sagte die Hebamme, während sie das Laken vom Gesicht des toten Kindes schob, sodass Helen es sehen konnte. Helen keuchte entsetzt auf! Die Haut des Kindes war krebsrot, blutunterlaufen, die geschlossenen Lider angeschwollen. Es sah aus, als wäre es direkt nach der Geburt in kochendes Wasser geworfen worden.

»Was ist mit ihm passiert?«, rief sie. »Warum sieht es so aus?« Ihr Blick huschte zum Arzt, der sie mit ebenso betroffenem Ausdruck ansah wie die Hebamme.

»Ich kann es nicht sagen«, erwiderte der Mediziner. »So etwas geschieht immer wieder einmal. In sehr seltenen Einzelfällen. Manchmal überleben die Kinder ein paar Tage, aber sie leiden unermessliche Qualen. Es ist eine Gnade, dass dieses Wesen bereits tot zur Welt kam, auch wenn es für Sie als Mutter schrecklich ist.«

»Und was ist die Ursache?«, fragte Helen, noch immer völlig schockiert von dem, was sie da gerade gesehen hatte – unfähig, es als real anzuerkennen, laut zu schreien und zu klagen, wie sie es vielleicht hätte tun sollen. Stattdessen hatte sie das Gefühl, innerlich neben sich zu stehen, und wunderte sich, weshalb sie mit diesem Arzt eine scheinbar ganz normale, fachliche Unterhaltung darüber führte, dass ihr totes Kind wie ein gesottener Krebs aussah.

»Wie ich schon sagte, niemand kennt die Ursache«, erwiderte der Arzt, der anscheinend froh war, dass sie so ruhig blieb und nicht außer sich geriet. »Aber wenn man bei derartigen Kindern eine Autopsie vornimmt, findet man fast immer eine Hämolyse vor.«

»Eine Hämolyse? Sie meinen, das Blut hat sich zersetzt? Warum?«

»Das ist unklar. Es ist auch unbekannt, ob diese Tatsache zum Tod führt oder erst nach dem Absterben der Frucht eintritt. Für weiterreichende Forschungen sind die Fälle noch zu selten.«

»Es war bereits meine zweite Fehlgeburt«, sagte Helen leise. »Werde ich überhaupt noch weitere, gesunde Kinder bekommen können?«

»Sie haben einen kerngesunden Sohn«, sagte der Arzt. »Eine Erbkrankheit ist mit nahezu an Sicherheit grenzender Wahrscheinlichkeit auszuschließen. Manchmal lösen unerkannte Infekte der Mutter während der Schwangerschaft so etwas aus. Aber wie gesagt, es ist sehr selten. Und die erste Fehlgeburt war doch bereits zu einem früheren Zeitpunkt, nicht wahr?«

Helen nickte.

»Würden Sie uns eine Obduktion des Kindes erlauben?«, fragte der Arzt. »Das könnte uns Antworten hinsichtlich der wahren Todesursache geben, die für die Prognose des Verlaufs weiterer Schwangerschaften wichtig wäre.«

Helen schluckte. »Kann ich es nach einer Obduktion noch beisetzen lassen?«

Der Arzt senkte den Blick. »Eine Friedhofsbestattung ist leider in jedem Fall ausgeschlossen, da das Kind tot geboren wurde und somit keinen Personenstand hat, der es zu einer Beisetzung berechtigen würde.«

Es waren ausgerechnet diese Worte, die Helen alle Kraft raubten. Kein Personenstand ... Dieses Kind, das sieben Monate in ihr gewachsen war, das im Geiste längst zu ihrer Familie gehört hatte, dieser kleine Mensch, der in ihr gelebt hatte und auch in ihr gestorben war, er war niemals eine Person gewesen. Es würde keinen Hinweis darauf geben, dass er eine Weile existiert hatte – zumindest in den Gedanken seiner Eltern und des großen Bruders, der sich auf ihn gefreut hatte. Es würde keine Spur bleiben, er hatte nicht einmal das Recht auf einen Grabstein. Bei dieser Vorstellung brach Helen in Tränen aus, so heftig und hemmungslos, dass keine Worte sie mehr erreichten. Sie weinte noch immer, als man sie längst aus dem Kreißsaal in ein Einzelzimmer auf der Privatstation geschoben hatte und Ludwig zu ihr kam.

Er nahm sie in die Arme. »Es tut mir so leid!«

Helen nickte schwach. »Soll das unser Schicksal sein?«, flüsterte sie. »Nie wieder ein Kind zu bekommen?«

»Wir haben ein Kind, Helen. Den großartigsten Sohn, den Eltern sich wünschen können.«

Sie holte tief Luft. »Weißt du noch, damals, an der Ostsee, als ich mit Fritz schwanger war? Als wir uns vorstellten, unsere Kinder würden eines Tages dort im Sand spielen?«

»Jetzt sehen wir eben Fritz und Bobby beim Herumtollen zu«, sagte Ludwig. Auch er atmete schwer. »Ich werde dich immer lieben, Helen.«

»Richtig lieben?«, fragte sie leise. »Oder wirst du dich jetzt wieder von mir zurückziehen, so wie damals …?« Sie schluckte. Es kam ihr auf einmal falsch vor, dass sie ihn ausgerechnet danach fragte, wo sie im Augenblick selbst keinerlei Verlangen verspürte. Aber die Furcht, er könnte sich wieder sexuell von ihr abwenden, überschattete alles andere. Wenn sie damit dauerhaft leben müsste, dann wäre an diesem Tag viel mehr als nur ihr Kind gestorben.

Er schien zu verstehen, was sie meinte, und küsste sie sanft auf die Stirn. »Du weißt, dass ich alles für dich tue«, sagte er. »Aber du musst dich jetzt erst einmal erholen.«

Sie nickte.

»Ich hoffe, du nimmst es mir nicht übel, dass ich Doktor Marquart erlaubt habe, eine Autopsie an dem Kind vorzunehmen, um die Ursache des Todes herauszufinden?«

»Nein«, erwiderte sie leise. »Es ist richtig. Aber ich hätte nicht die Kraft gehabt, es ihm selbst zu gestatten.« Dann erzählte sie ihm, dass es nicht einmal ein Grab für dieses Kind geben würde.

»Wir hatten bislang drei Kinder«, sagte sie. »Aber von zweien wird man niemals erfahren, dass es sie überhaupt gab. Und das, obwohl unser kleines Mädchen sogar noch Lebenszeichen zeigte, als sie viel zu früh kam.«

Ludwig zuckte bei der Erwähnung zusammen und im nächsten Moment bereute Helen, dass sie davon angefangen hatte. Was, wenn sie wieder die alten Bilder geweckt und ihn dadurch von sich fortgestoßen hatte?

»Sie sind ein Teil unseres Lebens«, sagte Ludwig. »Sie haben uns geprägt wie alles andere auch. Und vielleicht haben sie dafür gesorgt, dass wir demütiger und dankbarer werden für das, was wir haben.« Er küsste sie erneut auf die Stirn und das beruhigte Helen etwas. Er wich ihr nicht aus, sondern suchte weiterhin ihre Nähe. Und solange das so blieb, war sie bereit, auch alles Weitere zu ertragen.

29. Kapitel

Fritz erfuhr von alldem nur so viel, wie für einen Siebeneinhalbjährigen zu verkraften war. Der kleine Bruder war tot geboren worden und gleich nach der Geburt in den Himmel gekommen.

»Kann er dann irgendwann wiederkommen?«, fragte Fritz. »So wie Tom aus ›The Water-Babies‹?«

»Nein«, sagte Helen. Sie war noch immer sehr schwach und niedergeschlagen, aber sie bemühte sich, für Fritz da zu sein. Wie bereits nach ihrer ersten Fehlgeburt gab seine Gegenwart ihr Kraft und Zuversicht. Ludwig hatte recht, sie hatte einen wunderbaren Sohn und allen Grund, dankbar dafür zu sein, was das Schicksal ihr trotz allen Leides geschenkt hatte.

»Warum nicht?«, fragte Fritz.

»Weil das nur eine Geschichte ist und weil Kinder, die im Himmel sind, nicht zurückkehren.«

»Aber warum sterben Babys schon, bevor sie geboren werden? Das ist doch nicht richtig«, sagte Fritz.

»So ist die Natur, Fritz. Menschen können krank werden und sterben, egal ob sie jung oder alt sind. Und manchmal sind sie so krank, dass kein Arzt mehr etwas tun kann. Aber trotzdem bleibt uns die Erinnerung an die Pläne, die wir geschmiedet haben, als wir auf deinen kleinen Bruder gewartet haben. Leider hat unsere Geschichte einen anderen Lauf genommen. Aber es macht mir auch wieder einmal bewusst, wie dankbar ich dafür bin, dass ich dich habe, Fritz.« Sie nahm ihn in die Arme und drückte ihn fest an sich. »Du bist die größte Freude in meinem Leben!«

Ein paar Tage später kam Fritz am Abend früher als erwartet von seinem Spaziergang mit Bobby zurück. Und er war nicht allein. In seiner Begleitung befand sich ein höchstens zehnjähriges Mädchen, das einen alten, abgeschabten Kinderwagen schob.

»Wen bringst du denn heute mit?«, fragte Helen, als sie Fritz die Tür öffnete.

»Das ist Susi«, stellte Fritz das Mädchen vor. Helen fiel sofort die ärmliche und vielfach geflickte Kleidung des Mädchens auf, ihr Äußeres verriet, dass sie schon lange keine Bekanntschaft mehr mit Wasser und Seife gemacht hatte.

»Guten Tag, Frau Doktor«, sagte Susi artig.

»Guten Tag, Susi. Und wer ist das? Ein Brüderchen oder ein Schwesterchen?« Helen warf einen Blick in den Kinderwagen.

»Das ist Susis Bruder Walter«, sagte Fritz. »Aber den braucht sie nicht mehr. Ihre Mutter hat schon neun Kinder und für Walter ist da eigentlich gar kein Platz mehr. Da habe ich gesagt, wir würden ihn nehmen, denn wir haben noch Platz und mein Bruder ist ja gestorben.«

»Ja«, bestätigte Susi heftig nickend. »Sie können ihn haben, Frau Doktor. Meine Mama merkt das sowieso nicht, wenn er weg ist. Und ich muss dann nicht immer auf ihn aufpassen.«

Helen starrte Fritz und Susi wie vom Donner gerührt an. »Aber das geht doch nicht!«, sagte sie. »Susi, deine Mutter liebt Walter und wäre ganz traurig, wenn er nicht mehr da wäre.«

»Ach was, die sagt immer, der hat ihr gerade noch gefehlt und macht nur Arbeit.«

In diesem Moment kam Ludwig in den Flur. Das Gespräch hatte ihn angelockt und Helen sah, wie er sich ein Lachen verkniff.

»Kinder, das mag euch ja wie eine gute Idee erscheinen«, sagte Helen, »aber so einfach geht das nicht. Walter muss wieder zu seiner Mutter zurück.«

»Ne, die ist bestimmt froh, wenn er in eine gute Familie kommt«, sagte Susi mit pfiffiger Miene.

»Und was sagt dein Papa dazu?«, fragte Ludwig nun.

»Weiß ich nicht, der ist immer auf Arbeit am Hafen. Ich glaub, der weiß gar nicht, dass es Walter gibt. Aber wenn Sie den Namen nicht mögen, können Sie ihn ja auch anders nennen. Der ist noch so klein, der kennt seinen Namen sowieso noch nicht.«

Angesichts der vorwitzigen Miene des Mädchens brach Ludwig in schallendes Gelächter aus. »Du hast ja eine schöne Meinung von deinem Papa und deinem kleinen Bruder«, sagte er lachend. »Aber das geht wirklich nicht. Pass mal auf, Susi, ich glaube, dir und deinem kleinen Brüderchen würde ein heißes Bad guttun. Anschließend bekommt ihr hier noch etwas zu essen und dann bringe ich euch nach Hause zu euren Eltern, ja?«

»Wollen Sie ihn wirklich nicht haben?«, fragte Susi unsicher.

»Bitte, Papa, bei uns hätte er es doch viel besser und ich hätte einen kleinen Bruder«, bettelte Fritz. »Susi hat schon genug Geschwister.«

»Nein, das geht nicht, denn dann sind Susis Eltern traurig.«

»Wir könnten sie ja fragen, ob sie wirklich traurig sind«, schlug Fritz vor. »Oder ob wir ihn behalten dürfen.«

»Nein, das werden wir nicht tun. Wir werden ihnen auch nicht erzählen, dass Susi versucht, ihren kleinen Bruder zu verschenken, denn ich glaube nicht, dass ihre Eltern das lustig fänden.« Jetzt sah Ludwig Susi mit der notwendigen Strenge an. »Man darf keine Menschen verschenken, nicht mal kleine Brüder«, sagte er.

Susi senkte verlegen den Kopf.

»Aber jetzt kommt mal rein und dann bekommen Susi und Walter ihr heißes Bad und was zu essen.«

Susi war misstrauisch, aber als sie das große moderne Badezimmer sah, leuchteten ihre Augen. So etwas hatte sie noch nie gesehen. Begeistert hielt sie ihre Hand unter den Wasserhahn, aus dem das warme Wasser kam, und Helen fragte sich, unter welch erbärmlichen Umständen dieses Kind wohl lebte und wo Fritz sie kennengelernt hatte.

Nachdem Susi und ihr kleiner Bruder sauber waren und Helen den kleinen Walter frisch gewickelt hatte, bekam Susi noch ein anständiges Butterbrot und Walter ein Fläschchen mit warmer Milch. Dann brachte Ludwig die Kinder sehr zu Fritz' Enttäuschung nach Hause.

Als er sehr viel später zurückkam, wirkte er sehr nachdenklich. Fritz war in seinem Zimmer, während Ludwig sich zu Helen in die gute Stube setzte.

»Es ist schlimm, unter welchen Bedingungen manche Menschen leben müssen«, sagte er. »Susis Mutter war es sehr unangenehm, dass ich die Kinder nach Hause begleitet hatte. Sie schämte sich für die Wohnung und ich bin auch gar nicht reingegangen. Aber das, was ich durch die Tür gesehen habe, genügte schon.« Er seufzte. »Winzig klein, stickig und voller Schimmel. Die Toiletten sind auf dem Hof, ebenso der einzige Wasserhahn. Ich hätte nicht gedacht, dass es diese alten Häuser noch immer gibt, denn der Senat hat in den letzten zehn Jahren viele dieser alten Bruchbuden abgerissen. Andererseits können die Leute sich die Miete für eine bessere Wohnung nicht leisten.

Susis Vater ist Hafenarbeiter, da bleibt nicht viel übrig. Und ihre Mutter war schon wieder schwanger.«

Helen senkte den Blick. Warum bekamen die armen Leute ein Kind nach dem anderen, obwohl sie es sich nicht leisten konnten, während ihr selbst weitere Kinder versagt blieben, für die sie ein liebevolles Zuhause gehabt hätten?

»Ich muss sagen«, fuhr Ludwig fort, »ich konnte Fritz beinahe verstehen. Ich hätte den kleinen Walter am liebsten auch mit zu uns genommen. Bei uns hätte er wirklich ein besseres Leben.«

»Ich hoffe, du hast Susis Mutter das nicht vorgeschlagen?«

»Um Himmels willen, natürlich nicht. Dann hätte das arme Mädchen doch nur Ärger bekommen. Nein, ich habe gesagt, sie und Fritz hätten sich angefreundet und er hätte sie zum Spielen mit zu uns gebracht. Allein dafür wurde das arme Mädchen getadelt, dass es sich nicht anderen Leuten aufdrängen solle. Ich habe sie in Schutz genommen und gesagt, dass es uns ein Vergnügen war. Ich hoffe, das genügte ihrer Mutter. – Unser Fritz ist wirklich eine Marke«, meinte er dann nach einer kurzen Pause. »Vom rein menschlichen Standpunkt aus hatte er vollkommen recht.«

»Indem er ein fremdes Kind an die Stelle eines leiblichen Bruders setzen will?«

»Wenn Walter bei uns geblieben wäre, wäre er ja kein Fremder geblieben, oder? Wir waren auch einmal Fremde füreinander, Leni. Und trotzdem sind wir eine Familie.«

»Das ist etwas anderes.«

»Und was ist mit Adoptivkindern?«, fragte Ludwig. »Ich meine, wir haben tatsächlich Platz und viel Liebe für weitere Kinder. Und in den Waisenhäusern leben viele arme Seelen.«

»Ist das dein Ernst?«, fragte Helen und wunderte sich, dass sie der Gedanke an eine Adoption erschreckte. Gewiss, sie wollte weitere Kinder, aber es sollten ihre eigenen sein, nicht irgendwelche fremden, bei denen man nie wissen konnte, was drinnensteckte.

Ludwig schien ihre Abneigung zu spüren und beschwichtigte sofort. »Es war nur ein Gedanke, der mir kam, als ich das Elend dort sah.«

Die Art, wie Ludwig es entschuldigend sagte, führte dazu, dass Helen sich auf einmal ausgeschlossen vorkam. Ganz so, als würden ihr Mann und ihr Sohn eine Weltsicht teilen, die ihre Rolle als Mutter untergrub und die Entbehrungen der Schwangerschaft wertlos erscheinen ließ, da man ja jederzeit ein Kind aus dem Waisenhaus holen könnte, als wäre es eine Ware. Zugleich schämte sie sich für diesen Gedanken.

»Eine Adoption käme für mich nur infrage, wenn wir kein eigenes Kind hätten«, sagte sie schließlich und war froh, als Ludwig nur nickte und es dabei bewenden ließ.

30. Kapitel

Der Sommer des Jahres 1910 kam und Helen verbrachte mit Fritz und Ludwig wie jedes Jahr einige Zeit in London bei ihren Eltern. Ihre Mutter war ebenso unglücklich über die Totgeburt gewesen wie sie selbst, zumal die Ärzte auch nach der Obduktion keine erkennbare Ursache dafür gefunden hatten, warum sich das Blut des Kindes bereits im Mutterleib zersetzt hatte. Man hatte den trauernden Eltern nur erneut versichert, dass so etwas sehr selten sei. Und dass – auch wenn bislang niemand wisse, was die Ursache sei – keinerlei Anhalt für eine Erbkrankheit vorliege.

Helen selbst war hin- und hergerissen. Einerseits wünschte sie sich sehnlichst weitere Kinder, aber zugleich hatte sie auch Angst vor einer erneuten Schwangerschaft. Mit Ludwig mochte sie das Thema nicht besprechen, denn sie schätzte die Sexualität mit ihm unabhängig vom Gedanken an eine Schwangerschaft. Und sie befürchtete, dass das zarte Pflänzchen der ehelichen Zuneigung, das trotz allem erhalten geblieben war, verdorren könnte, wenn sie Ludwig einen Grund gab, die ehelichen Pflichten zu hinterfragen.

Und so hatten sie zwar weiterhin regelmäßig Verkehr, aber Helen war jedes Mal, wenn ihre Regelblutung einsetzte, zugleich enttäuscht und erleichtert.

Da sie in den folgenden Jahren trotz aller Bemühungen nicht wieder schwanger wurde, begann sie sich damit abzufinden, dass Fritz wohl für immer ihr einziges Kind bleiben würde. Und der Junge machte ihr weiterhin viel Freude. 1913 kam er aufs Gymnasium und gehörte dort zu den besten Schülern. Sein Wunsch, später ebenso wie sein Vater Arzt zu werden, wurde mit jedem Jahr stärker und sie begannen bereits jetzt, für seine Ausbildung zu sparen. Da Hamburg über keine Universität verfügte, würde Fritz wie sein Vater nach dem Abitur nach Berlin ziehen müssen, um dort an der Charité zu studieren. Ellinor hatte bereits versprochen, dass er in der Zeit bei ihnen wohnen könnte, auch wenn es frühestens 1922 so weit wäre.

Die Zukunft schien gebahnt und lag rosig vor ihnen, als das Jahr 1914 anbrach.

Im Frühling war die Welt noch in Ordnung und die Familie machte bereits Pläne für den Sommerurlaub in London, doch dann kam der 28. Juni 1914, der die Welt verändern sollte.

Ludwig und Helen erfuhren davon erst am Montag, dem 29. Juni, als die alte Frau Burmeister Helen gleich bei ihrer Ankunft ein Extrablatt in die Hand drückte. »Sehen Sie sich das an!«, rief sie aufgebracht. »Ist das nicht furchtbar?«

Helen nahm die Zeitung. »Erzherzog Franz Ferdinand und Gemahlin ermordet«, las sie. »Ein entsetzliches Verbrechen mit unabsehbaren Folgen ist gestern in Sarajevo, der Hauptstadt von Bosnien, verübt worden. Der Thronfolger der uns verbündeten Donaumonarchie ist dort zusammen mit seiner Gemahlin einem Pistolenattentat zum Opfer gefallen. Der Erzherzog und die Herzogin sind tot. Die Täter wurden verhaftet. Dem

Kaiser ist Bericht erstattet.« Helen ließ die Zeitung sinken. »Oh Gott, wie furchtbar«, rief sie aus. »Die armen Kinder des Paares. Gleich beide Eltern zu verlieren. Was wollen die Attentäter damit nur erreichen?«

»Ich weiß es auch nicht«, sagte Frau Burmeister. »Diese furchtbaren Anarchisten, die nichts auf die gottgegebene Ordnung geben und immer nur für Unruhe und Gewalt sorgen!« Sie seufzte tief. »Ich bete auch für die armen Kinder des Paares, das ist so schrecklich!«

Am Abend unterhielt Helen sich mit Ludwig über den Vorfall. Während Helen nach wie vor mit ihren Gedanken bei den Opfern und deren Kindern war, meinte Ludwig, der ganze Balkan sei ein gefährliches Pulverfass. Allerdings sah er mehr die Habsburger Monarchie in Gefahr, die nun schon den zweiten Thronfolger verloren hatte, während der über achtzigjährige Kaiser Franz Joseph die Zügel eines brüchigen Riesenreiches nach wie vor straff in seinen greisen Händen hielt.

Doch bereits in den folgenden Tagen zeigte sich, dass die Gefahr eines Krieges in der Luft lag, denn anstatt sich mit der Bestrafung der serbischen Attentäter zu begnügen, verlangte die österreichische Regierung nun polizeiliche Untersuchungen in Serbien, obwohl die Tat in Bosnien begangen worden war. Auf einmal war Serbien der Feind, die Brutstätte der Anarchisten. Und das wiederum bereitete Ludwig so große Sorgen, dass er Helen bat, ihren Eltern zu telegrafieren und den Besuch im August abzusagen.

Helen, die sich nicht sehr für die Politik interessierte, war erstaunt. »Aber was hat das mit uns zu tun?«, fragte sie verwirrt.

»Serbien ist mit England und Russland verbündet, das Deutsche Reich hingegen mit der Habsburgermonarchie. Und so, wie sie alle mit den Säbeln rasseln, könnte es gut möglich sein, dass sich aus dem kleinen Konflikt mit Serbien ein

Flächenbrand entwickelt. Hast du die Zeitung von gestern nicht gelesen? Selbst bekannte Schriftsteller wie Thomas Mann sehnen den Krieg als ein reinigendes Gewitter herbei. Doktor Hirschthal hat mich gestern angerufen und verkündet, dass er sich als eingetragener Reservist freiwillig als Arzt zur Truppe melden werde, wenn es wirklich zum Krieg käme. So weit ist das alles schon gediehen. Unter diesen Umständen können wir nicht nach England reisen. Stell dir mal vor, es würde tatsächlich zum Krieg kommen. Im besten Fall lässt man uns ausreisen, im schlimmsten Fall werden Fritz und ich als deutsche Staatsbürger interniert.«

Helen starrte ihn mit großen Augen an. »Das würde nie passieren!«, rief sie. »Du bist Arzt und Fritz ist noch nicht einmal zwölf. Ihr seid doch keine Gefahr, ganz gleich, was passiert.«

»Ich will es jedenfalls nicht riskieren«, sagte Ludwig. »Oder stell dir vor, man würde nur Fritz und mich ausreisen lassen, aber dich nicht, weil du noch britische Staatsbürgerin bist. In Deutschland bist du sicher, weil du hier schon seit Jahren lebst und längst die Voraussetzungen erfüllst, um die deutsche Staatsbürgerschaft zu erwerben. Aber für Fritz und mich als Besucher in England sähe das ganz anders aus. Nein, Leni, ich bitte dich, deinen Eltern zu telegrafieren, dass wir dieses Jahr leider nicht kommen können. Sie werden Verständnis dafür haben. Und falls ich mich irre und der Spuk schnell wieder vorbei ist, können wir sie zum Ausgleich zu Weihnachten besuchen.«

Helen nickte langsam. Alles, was Ludwig sagte, klang vernünftig, doch zugleich merkte sie, wie sie große Angst bekam. Nach all den Kämpfen um ein selbstbestimmtes Leben, in dem ihr Sohn von den Vorteilen profitieren konnte, das Kind zweier Welten zu sein, hatte sie den Eindruck, ihr würde der Boden unter den Füßen weggezogen. Was sollte sie nur tun, wenn

Ludwig recht behielt? Wenn es Krieg zwischen England und Deutschland gäbe?

Sie ging noch am selben Tag zum Telegrafenamt und gab folgendes Telegramm auf:

> Müssen Reise wegen drohender Kriegsgefahr absagen. Weiteres per Brief.

Doch noch ehe sie den angekündigten Brief abschicken konnte, erhielt sie am 16. Juli ein Telegramm von ihrem Vater:

> Mutter lebensbedrohlich erkrankt. Will euch alle ein letztes Mal sehen.

Als sie das Telegramm las, blieb Helen fast das Herz stehen. Es fiel ihr sehr schwer, Ludwig nicht sofort in seiner Sprechstunde zu unterbrechen. Ungeduldig wartete sie, bis die Patientin abgefertigt war, um dann selbst ins Sprechzimmer zu stürzen.

»Sieh dir das an«, rief sie und reichte ihm das Telegramm. »Was sollen wir nur tun? Wir können ihr doch nicht einfach ihren letzten Wunsch verweigern! Zumal völlig unklar ist, ob es überhaupt einen Krieg geben wird.«

Ludwig runzelte die Stirn. »Doktor Hirschthal kommt erst am 3. August aus dem Urlaub wieder und bis dahin betreue ich seine Patienten mit.«

»Natürlich.« Helen seufzte. »Und wenn ich mit Fritz allein reise?«, fragte sie nach einer kurzen Pause. »Ich könnte für uns beide gleich für morgen eine Überfahrt auf der Fähre buchen.«

»Du vergisst, dass Fritz in meinem Reisepass eingetragen ist. Und da er Deutscher ist, wirst du ihn nicht ohne größeren bürokratischen Aufwand als Kind in deinen britischen Pass eintragen lassen können. Und das kann dauern.«

Helen nickte seufzend. Die britische Bürokratie stand der deutschen manchmal in nichts nach und am schlimmsten war es, wenn man auf beide Länder gleichzeitig angewiesen war. »Was sollen wir also tun?«, fragte sie.

»Wir gehen morgen alle gemeinsam zum Fotografen, machen ein Familienfoto, auf dem auch Bobby zu sehen ist, und du nimmst übermorgen die Fähre nach England, um zu deiner Mutter zu kommen. Das Foto wird uns vertreten müssen. Vielleicht wird sie auch wieder gesund und wir können alle gemeinsam Weihnachten feiern.«

Helen umarmte Ludwig und küsste ihn. »Du bist der großartigste Mann, den eine Frau sich nur wünschen kann«, sagte sie.

Fritz war sehr enttäuscht, als er hörte, dass seine Mutter allein fahren würde, denn er hatte sich schon sehr auf die Reise nach London gefreut. Seine Schulfreunde beneideten ihn um seine englischen Großeltern und die Ferien, die er dort regelmäßig verbrachte. Andererseits hatte Fritz selbst schon in der Schule bemerkt, wie sich die Stimmung in den Tagen seit dem verhängnisvollen Attentat auf den österreichischen Thronfolger gewandelt hatte. Die Kaisertreuen standen allesamt an der Seite Österreich-Ungarns und gegen Serbien, das wiederum von den Engländern unterstützt wurde. Und so war der heimliche Neid auf die britischen Großeltern ein wenig dem Misstrauen gegen alles Britische gewichen, was Fritz zutiefst verunsicherte. Einer der Jungen hatte sogar lautstark verkündet, Fritz wäre gar kein richtiger Deutscher, weil seine Mutter Engländerin sei. Glücklicherweise war der Lehrer Fritz umgehend zur Seite gesprungen und hatte darauf hingewiesen, dass die Mutter des deutschen Kaisers Wilhelm ebenfalls Engländerin gewesen sei und zudem die Tante des amtierenden britischen Monarchen König George. Danach hatte niemand mehr etwas gesagt, aber

Fritz war darüber so erschüttert gewesen, dass er seine britischen Wurzeln nicht mehr bei jeder Gelegenheit erwähnte. Helen tat das sehr leid und sie hoffte, dass sich das Säbelgeklirr bald legen würde. Andererseits kam sie nun auch zu dem Schluss, dass es besser war, wenn Fritz in Deutschland blieb, ungeachtet der Probleme mit dem Reisepass.

Am folgenden Tag suchten sie wie vereinbart den Fotografen auf. Helen ließ gleich mehrere Fotografien anfertigen, sowohl von der gesamten Familie mit Hund als auch von Fritz und seinem Vater mit Schäferhund Bobby vor ihren Füßen und von Fritz allein – sowohl im Porträt als auch mit seinem Hund. Es dauerte den ganzen Vormittag. Am Ende hatten sie neun Fotografien anfertigen lassen und der Fotograf versprach, sie gegen einen geringen Aufpreis noch am selben Tag zu entwickeln, damit Helen sie am nächsten Morgen mit nach London nehmen konnte.

Der Fotograf hielt Wort und sein Lehrjunge lieferte die Fotografien kurz nach acht Uhr abends in der Praxis ab. Helen war gerade dabei, ihre Sachen zu packen, und überlegte, ob sie wohl nur eine kleine Reisetasche oder den großen Schrankkoffer nehmen sollte, als Ludwig ihr die Fotografien zeigte.

»Die sind großartig geworden«, sagte Helen. »Diese hier behalten wir.« Sie zeigte auf die Fotografie, die die ganze Familie samt Hund zeigte. »Die wird gerahmt und an die Wand gehängt.«

Ludwig nickte.

»Und diese vier Fotografien kommen mit. Die von dir und Fritz mit Bobby behalte ich für mich. Man erkennt sofort die Ähnlichkeit zwischen Vater und Sohn. Wenn er erwachsen ist, wird man ihn für dein jüngeres Ebenbild halten.«

»Bis auf die Augen, die hat er von dir.«

»Aber das sieht man auf den monochromen Fotografien nicht.« Sie lächelte Ludwig liebevoll an. »Was meinst du, soll ich die kleine Reisetasche oder den großen Koffer nehmen?«

»Das hängt davon ab, wie lange du bleiben willst.«

»Ich weiß es nicht. Wenn meine Mutter wirklich im Sterben liegt, werde ich bis zum Schluss an ihrer Seite bleiben. Sollte es nur eine kurze Schwäche sein, werde ich sobald wie möglich zu euch zurückkehren.« Sie schluckte. »Glaubst du, dass es Krieg geben wird?«

»Ich fürchte, ja. Die Frage ist nur, ob es auch Krieg zwischen England und Deutschland gibt. Eigentlich sollte das nicht passieren, schließlich sind die Monarchen beider Staaten Enkel von Queen Victoria. Da sollte doch etwas mehr Vernunft walten.«

Helen nickte stumm.

»Nimm den Schrankkoffer«, sagte Ludwig schließlich. »Man weiß nie, was kommt, und besser, du hast zu viel dabei als zu wenig, falls du doch länger an der Seite deiner Mutter ausharren musst.«

»Ich hoffe, ich werde in einem Monat darüber jammern, dass ich so viel unnötiges Gepäck dabeihatte.« Helen zwang sich zu einem Lächeln, auch wenn ihr Herz beim Gedanken an ihre kranke Mutter schwer wurde. Ihre Beziehung war weiß Gott nicht immer einfach gewesen, aber sie liebte ihre Mutter und hatte auf einmal große Angst, sie zu verlieren.

Am folgenden Morgen orderte Ludwig eine große Droschke, die nicht nur in der Lage war, den großen Schrankkoffer einzuladen, sondern auch drei Passagiere und einen Schäferhund zu den Landungsbrücken zu bringen. Der Fahrer schnaufte, als er Helens schweren Koffer verstaute, strahlte aber, als er bei der Ankunft am Fähranleger ein Trinkgeld bekam, das das Gewicht des Koffers mehr als aufwog.

An den Landungsbrücken herrschte reger Betrieb, man hörte neben Deutsch auch viel Englisch und Helen fragte sich, ob das ein Zufall war oder ob viele Engländer das Deutsche Reich aufgrund der unklaren politischen Lage zur Sicherheit verließen. Früher hatte sie nie so intensiv auf das Stimmengewirr am Hafen geachtet, da war es normal gewesen, neben Deutsch auch Englisch oder Italienisch, ja selbst so exotische Sprachen wie Chinesisch zu hören. Hamburg war wahrlich das Tor zur Welt, offen und freundlich gegenüber allen Nationen. Sie liebte diese Stadt inzwischen mehr als London. Hierher gehörte sie, hier war ihr Leben und hier waren die Menschen, die sie über alles liebte.

Als sie Fritz zum Abschied an sich drückte, sagte sie: »Spätestens zu deinem Geburtstag bin ich wieder da und bringe dir etwas Schönes aus London mit. Hast du einen besonderen Wunsch?«

»Englische Abenteuerbücher, die es hier nicht auf Deutsch gibt«, sagte er sofort. »Bist du denn auch wirklich zu meinem Geburtstag wieder da?«

»Selbstverständlich«, versprach sie. »Nichts in der Welt wird mich davon abhalten können.«

Dann wandte sie sich Ludwig zu und küsste ihn zum Abschied, bevor sie die Fähre bestieg.

31. Kapitel

London, November 1945

Es war bereits weit nach Mitternacht, als Helen an dieser Stelle ihrer Erzählung stockte. Ellinor hatte ihr gebannt zugehört. Alle aufkommenden Fragen hatte sie heruntergeschluckt, um den Erzählfluss ihrer Mutter nicht zu unterbrechen.

Jetzt nutzte sie die Pause, um endlich all das loszuwerden, was ihr auf der Seele lag. »Warum hast du uns nie davon erzählt?«, fragte sie. »Und warum hast du dich von Ludwig getrennt, um Vater zu heiraten, wenn er deine große Liebe war? Was ist aus Fritz geworden? Warum hast du uns nie unseren Halbbruder vorgestellt?«

»Ach, Sweety.« Die alte Frau seufzte. »Ich habe dir gerade von der schönsten Zeit meines Lebens erzählt. Sie endete abrupt, als ich am 18. Juli 1914 die Fähre nach London betrat. Ich habe oft mit diesem Tag gehadert, denn der Entschluss, ausgerechnet im Juli 1914 nach London zu reisen, veränderte einfach alles und nahm mir die Kontrolle über mein Leben. Mein Leben in Hamburg war wunderbar, auch wenn es bittere Momente hatte – vor allem die Fehlgeburten waren schlimm. Aber ich war umfangen von so viel Liebe und Wärme und Fritz war der beste Sohn, den sich eine Mutter wünschen konnte.« Sie seufzte erneut. »Ich habe ihn seither an jedem Tag meines Lebens vermisst.«

»Aber warum hast du dann nie darüber gesprochen?«, fragte Ellinor noch einmal. »Warum gab es überhaupt so viele Lügen in dieser Familie? Auch über Tante Ellinor, nach der du mich benannt hast ... warum hat mir nie jemand erzählt, dass sie einen deutschen Arzt geheiratet hat und nach Berlin gezogen ist? Warum haben alle behauptet, sie wäre im Krieg verstorben?«

»Es war keine Lüge, Ellinor starb während des Ersten Weltkriegs, allerdings nicht in London, sondern kurz vor Ende des Krieges in Berlin an der Spanischen Grippe.«

»Aber da passt so viel nicht in deiner Erzählung«, beharrte Ellinor. »Du warst mit Ludwig Ellerweg verheiratet, als du im Juli 1914 nach London kamst. Und Ludwig Ellerweg ist erst 1943 gestorben, wie das Telegramm beweist. Wie konntest du dann im Februar 1915 meinen Vater heiraten? Und was ist mit Thomas? Er wurde im August 1915 geboren.«

»Wie ich schon sagte, Sweety, es begannen düstere Zeiten, in denen Menschen manchmal falsche Entscheidungen treffen und große Fehler machen. Und dann wird aus einer winzig kleinen Lüge ein riesiges Lügengespinst, aus dem niemand mehr herausfindet. Der einzige süße Lichtblick, seit die Welt wiederholt in düstere Kriege gestürzt wurde, warst du, Sweety.«

Ellinor schluckte. Sie hatte immer gewusst, dass sie das Lieblingskind ihrer Mutter war, und hatte Thomas oft bemitleidet, weil er seiner Mutter nichts recht machen konnte.

»Und was war mit Thomas? War er kein Lichtblick in deinem Leben?«, fragte sie vorsichtig.

»Thomas«, wiederholte ihre Mutter nachdenklich. »Er ist mein Sohn und ich liebe ihn, allerdings ... nun ja, wir standen uns nie sonderlich nahe. Ich war ihm gegenüber oft ungerecht, aber er war auch ein schwieriges Kind.«

»Sag mir eins, Mama. War deine Ehe mit meinem Vater legal? Gab es eine Scheidung von Ludwig?«

Helen atmete tief durch. »Glaubst du, ich hätte meinen erstgeborenen Sohn vor dir verleugnet, wenn es nicht notwendig gewesen wäre, um deinen und Thomas' Status zu schützen? Es war Bigamie, Ellinor. Und dein Vater spielte dabei eine recht unrühmliche Rolle.«

»Aber wieso hast du dich darauf eingelassen, Mama? Wie konntest du den Mann, der angeblich deine große Liebe war, und deinen eigenen Sohn einfach verlassen und verleugnen? Das verstehe ich nicht! Und dann auch noch eine Bigamie? Das heißt, mein Name wäre Ellinor Ellerweg, wenn diese Lüge jemals herauskäme?« Sie starrte ihre Mutter fassungslos an.

Helen nickte. »Ja, genauso wäre es. Und deshalb musste diese Lüge Bestand haben, auch wenn sie der größte Fehler meines Lebens war. Weil ich feige war, weil Verleugnen und sich treiben zu lassen einfacher war, nachdem ich Gott und die Welt in Bewegung gesetzt hatte, um zu Ludwig und Fritz zurückzukehren, und dafür beinahe mit dem Leben bezahlt hätte.«

Stumme Tränen rollten über Helens Wangen.

»Ich will alles hören«, sagte Ellinor. »Bitte erzähl es mir. Wie ging es weiter, als du in London angekommen bist?«

»Dann werden wir beide wohl die ganze Nacht nicht zur Ruhe kommen.«

»Glaubst du wirklich, ich könnte schlafen, nachdem ich gerade erfahren habe, dass Thomas und ich illegitime Früchte einer verbotenen Bigamie sind und einen deutschen Halbbruder haben? Was ist überhaupt aus Fritz geworden?«

Helen seufzte. »Ich weiß es nicht. Ich habe Nachforschungen angestellt, nachdem dein Vater tot war, aber alles, was ich bekam, war das Telegramm, das ich dir gezeigt habe. Fritz ist im September dreiundvierzig geworden. Ich habe in all den

Kriegsjahren ständig um seine Sicherheit gebangt, aber ich weiß nicht einmal, ob er noch lebt.«

Sie richtete sich auf, ging an ihren Sekretär und zog ein verschlossenes Kästchen hervor. Den Schlüssel dazu zog sie aus einem kleinen Fach, das Ellinor noch nie vorher aufgefallen war. Dann schloss sie das Kästchen auf. »Das hier ist die Fotografie von Fritz, Ludwig und Bobby, die wir am Tag vor meiner Abreise machen ließen. So habe ich sie in Erinnerung.«

Sie reichte die Fotografie ihrer Tochter. Ellinor betrachtete ihren unbekannten Halbbruder, der entgegen der damaligen Gewohnheit schon auf der Fotografie lächelte, während seine Hand auf dem Kopf des großen Deutschen Schäferhundes lag, der hechelte und ebenfalls aussah, als würde er lächeln. Der Mann daneben hatte in der Tat große Ähnlichkeit mit dem Jungen, sodass man sie sofort als Vater und Sohn erkannte. Ellinor musste sich eingestehen, dass Ludwig Ellerweg ein ausgesprochen attraktiver Mann gewesen war, und nach allem, was sie gehört hatte, konnte sie verstehen, warum ihre Mutter sich Hals über Kopf in ihn verliebt und so viel für ihn gewagt hatte. Aber wieso hatte sie diese große Liebe nur verraten? Und dann auch noch mit James Mitchell, dem sie zuvor nie große Zuneigung entgegengebracht hatte? Was um alles in der Welt war im Sommer 1914 in London passiert?

»Ich möchte jetzt erfahren, warum du Ludwig und Fritz nie wiedergesehen hast«, sagte Ellinor. »Ich muss wissen, wie eine liebevolle Mutter so etwas tun und dann ein zweites Leben aufbauen konnte, in dem sie alles, was ihr etwas bedeutet hatte, in den nächsten dreißig Jahren verleugnet hat. Und wie sie alle, wirklich alle Bekannten und Verwandten dazu bringen konnte, dieses Geheimnis zu bewahren und die Vergangenheit totzuschweigen.«

»Du sollst es hören, Ellinor. Aber es wird deine Sichtweise auf deinen Vater grundlegend ändern.«

Und dann fuhr sie mit ihrer Erzählung fort und stellte Ellinors bisheriges Weltbild damit komplett auf den Kopf.

32. Kapitel

London, Sommer 1914

Helens Überfahrt nach England und die anschließende Bahnfahrt nach London verliefen reibungslos.

Ihr Vater empfing sie bereits im Foyer der Villa. »Gut, dass du so schnell gekommen bist«, begrüßte er sie und drückte sie ganz entgegen seiner Gewohnheit fest an sich.

Helen erwiderte seine Umarmung, war aber zugleich sehr überrascht über diesen unerwarteten Gefühlsausbruch. Überhaupt sah ihr Vater sehr schlecht aus, so als wäre er seit ihrem letzten Besuch vor einem Jahr um Jahrzehnte gealtert. Zudem fiel ihr auf, dass seine Kleidung zerknittert war – etwas, das so gar nicht zu diesem stets auf sein äußeres Erscheinungsbild bedachten Mann passte.

»Warum sind Fritz und Ludwig nicht mitgekommen?«, fragte er, nachdem er sie wieder losgelassen hatte. Sein irritierter Blick erinnerte sie an die Karikatur eines zerstreuten Professors.

»Ludwig hatte Sorge wegen der politischen Lage«, sagte sie. »Das war doch auch der Grund, weshalb wir unseren eigentlichen Besuch abgesagt hatten.«

»Ach ja, ja«, sagte ihr Vater. »Ja, ich vergaß. Ich vergesse in letzter Zeit so viel, weißt du?«

Helen sah ihren Vater verunsichert an. War er nur in Sorge um seine Frau oder sah sie hier die ersten Zeichen einer beginnenden Senilität? Ein Schauer lief ihr über den Rücken. Ihr Vater war schließlich erst dreiundsechzig Jahre alt und führte nach wie vor ausgesprochen erfolgreich seine Bankgeschäfte.

»Wie geht es Mutter?«, fragte sie.

»Sehr schlecht«, sagte er. »Komm, ich bringe dich gleich zu ihr. Sie hat das Bett seit Tagen nicht verlassen.«

»Was hat sie denn?«

»Sie hatte einen schweren Herzinfarkt.«

Helen zuckte zusammen. Um das Herz ihrer Mutter hatte sie sich schon lange keine Sorgen mehr gemacht. Damals in der Charité war jede Herzerkrankung ausgeschlossen worden und auch die britischen Spezialisten hatten die Gesundheit später bestätigt. Andererseits wusste Helen, dass Herzinfarkte auch scheinbar kerngesunde Menschen unerwartet treffen konnten. Und so begleitete sie ihren Vater ins Schlafzimmer, wo ihre Mutter schmal und blass zwischen all den blütenweißen Kissen zu verschwinden drohte.

Beim Anblick ihrer Mutter erschrak Helen fast noch mehr als über das sonderbare Verhalten ihres Vaters. Sie hatte sehr viel Gewicht verloren und die Haut ihres Gesichts war eingefallen, so als würde sich die Haut direkt an einen Totenschädel schmiegen. Dazu passten die tief liegenden Augen, die noch dazu von dunklen Ringen umgeben waren. Was um alles in der Welt war im letzten Jahr nur geschehen, dass ihre Eltern beide so rapide ihre Gesundheit eingebüßt hatten? Bei ihrem Abschied im letzten Sommer war ihre Mutter ihr noch wie das blühende Leben erschienen. Sie hatte auch begonnen, regelmäßig mit dem Fahrrad zu fahren, auch wenn die anderen Damen der Gesellschaft das für ein absonderliches Gebaren hielten, schließlich hatten die wohlhabenden Mandevilles bereits im Sommer 1912 ihr erstes Automobil angeschafft und einen Chauffeur eingestellt.

Helen hatte immer geglaubt, dass ihre Eltern noch lange leben würden, dass Fritz seine Großeltern noch als erwachsener Mann besuchen würde, dass sie vielleicht sogar noch erleben würden, wie er sein Studium abschloss und eigene Kinder bekam. Und jetzt lag ihre Mutter vom Tode gezeichnet in ihrem großen Bett und atmete schwer.

Als Catherine Helen sah, versuchte sie, sich aufzurichten. Sie brauchte zwei Versuche, bis sie aufrecht im Bett sitzen konnte. Es tat Helen beinahe körperlich weh, ihre ausgezehrte Mutter so zu sehen. War es wirklich nur ein Herzinfarkt gewesen oder war der Herzanfall die Folge einer anderen unerkannten, auszehrenden Erkrankung? Ihr eigenes medizinisches Fachwissen reichte aus, um sofort einige andere Diagnosen in Erwägung zu ziehen. Tuberkulose fiel ihr ein, aber das war unwahrscheinlich, die Symptome hätte kein Arzt übersehen. Auch eine unerkannte Krebserkrankung kam infrage. Ludwig hatte einige wenige Patienten mit bösartigen Geschwülsten, bei denen niemand wusste, was man dagegen tun konnte, außer Schmerzen zu lindern oder wuchernde Geschwüre chirurgisch zu entfernen, damit sie die Menschen nicht unmittelbar behinderten. All diese Menschen waren kurz vor ihrem Tod ähnlich ausgezehrt gewesen wie Catherine Mandeville.

»Helen, Gott sei Dank, du bist da, Kind!« Die Stimme ihrer Mutter war sehr leise, aber klar verständlich. Helen ging zu ihr, ergriff ihre Hände, die an Skelettfinger erinnerten, und hauchte ihr einen Kuss auf die Wange.

»Wo ist Fritz?«, fragte ihre Mutter.

»Zu Hause«, sagte Helen.

»Warum?«

Helen zögerte. Hatten ihre Eltern die politische Lage wirklich nicht verfolgt? Also fasste sie die Entwicklungen noch einmal kurz zusammen.

»Ach was, es wird schon keinen Krieg geben«, sagte ihre Mutter energisch. »Das britische Königshaus ist doch zur Hälfte deutsch und der deutsche Kaiser hat eine britische Mutter. Warum sollte es da Krieg geben?«

Helen nickte. So betrachtet hatte ihre Mutter natürlich recht. Kein normaler Mensch wäre an einem Krieg zwischen Deutschland und England interessiert, nur weil ein Serbe in Bosnien zwei Österreicher erschossen hatte. Selbst wenn es sich bei den Toten um das Thronfolgerpaar gehandelt hatte. Der Täter war gefasst und würde bestraft werden, was konnte ein Krieg schon verbessern? Vermutlich sah man die Lage in Deutschland schlimmer, als sie war. Sie beschloss, sich nicht weiter verunsichern zu lassen, sondern lieber für ihre Mutter da zu sein und sich auch um ihren Vater zu kümmern.

»Aber nun erzähl, Mama, seit wann geht es dir so schlecht?«

»Ach, Kind.« Catherine atmete schwer. »Es geht mir schon seit ein paar Wochen immer schlechter, aber an dem Tag, als dein Telegramm kam, hat mein Herz für eine Weile ganz den Dienst versagt.«

»Hattest du starke Schmerzen?«, fragte Helen. Sie wusste, dass der starke vernichtende Schmerz bei einem Herzinfarkt das Schlimmste war. Ludwigs Patienten, die so etwas überlebt hatten, hatten es immer wieder eindrucksvoll geschildert.

»Nein, eigentlich keine Schmerzen, aber es setzte aus und im selben Moment verloren meine Beine alle Kraft. Ich brach zusammen und dann flatterte mein Herz wieder unregelmäßig wie ein gefangener Vogel im Käfig. Jetzt hat es sich wieder beruhigt, aber seither kann ich meine Beine nicht mehr bewegen.«

Helen runzelte die Stirn. Das klang nun ganz und gar nicht wie ein Herzinfarkt. »Was sagte der Arzt?«, fragte sie. »Darf ich mit ihm sprechen?«

»Ja, er kommt morgen wieder, er kommt ja täglich, um mir meine Medizin zu geben. Nur wenn ich die Spritzen kriege, ist der Schmerz erträglich.«

»Welcher Schmerz?«, fragte Helen. »Du hast doch eben gesagt, du hättest keine Schmerzen im Herzen gehabt.«

»Nein, nicht im Herzen, sondern im Rücken«, erwiderte sie. »Aber das habe ich schon ganz lange, die Spritzen helfen gut.«

Helen betrachtete unauffällig die Hand ihrer Mutter, die noch immer in der ihrigen lag. Die Haut war wächsern und unter den Fingernägeln konnte man die rote Haut nicht mehr vom weißen Mond unterscheiden, zudem waren sie wie Uhrgläser verdickt und gebogen. Helen kannte diese Symptome. Sie sprachen für starke Blutarmut und daraus resultierenden Sauerstoffmangel. Selbst wenn es nicht das Herz war – ihre Mutter war sehr schwer erkrankt. Am liebsten hätte sie den Arzt sofort angerufen, aber sie wollte ihre Eltern nicht mit ihrer eigenen Sorge belasten, zumal sie ohnehin nicht viel tun konnte. Stattdessen wollte sie die Zeit lieber nutzen, ein wenig mehr über den Zustand ihres Vaters zu erfahren. War er zerstreut aus Sorge um seine Frau oder steckte mehr dahinter? Nun, das würden ihr die Dienstboten verraten können, allen voran der treue Winston, der nach Henrys Tod zum persönlichen Kammerdiener ihres Vaters aufgestiegen war. Die Herausforderung bestand darin, Winston unter einem Vorwand allein sprechen zu können, schließlich waren die Welten von Herrschaft und Dienerschaft im Haushalt ihrer Eltern streng getrennt und nur höhergestellte Angestellte wie einst Yvonne Bertrand hatten sich zwischen beiden Welten bewegen können.

Zunächst begnügte sie sich damit, ihren Vater nach dem alltäglichen Leben zu fragen, denn seine Antworten würden ihr am ehesten zeigen, ob die Konzentrationsstörungen sich auch auf andere Bereiche als die Gesundheit der Mutter bezogen.

»Leiden die Geschäfte unter dem Kriegsgetrommel?«, fragte sie ihren Vater also, als ihre Mutter immer schläfriger wurde.

»Welche Geschäfte meinst du?«, fragte ihr Vater.

»Deine Bankgeschäfte«, präzisierte Helen ihre Frage. »Du hast doch wirtschaftliche Kontakte in ganz Europa. Ist da etwas zu spüren?«

»Ich war schon seit einiger Zeit nicht mehr in der Bank.« Ihr Vater rieb sich müde die Augen. »Es läuft alles über James' Kanzlei.«

Helen hob überrascht den Blick. Das hatte sie nicht gewusst. »Seit wann ist James nun doch ins Bankgeschäft eingestiegen?«

»Im Januar. Das war kurz nach Pamelas Tod.«

»Pamela?«

»Na, seine Frau, die ist im Kindbett gestorben.«

»Seine Frau? James war verheiratet? Warum habe ich davon nichts erfahren?«

Ihr Vater atmete schwer. »Ihr seid euch doch seit damals stets aus dem Weg gegangen. Und es war auch keine große Hochzeit, sie fand im Frühjahr 1913 im kleinen Kreis statt. James hat nicht einmal Ellinor eingeladen, weil er es als Verrat empfand, dass sie inzwischen die deutsche Staatsbürgerschaft angenommen hat.«

Helen nickte. Das lag schon einige Jahre zurück. Während sie selbst sich nie Gedanken um ihre Staatsbürgerschaft gemacht hatte, war es für Ellinor als niedergelassene Ärztin von Vorteil, Deutsche zu sein, und sie hatte sich von Anfang an sehr darum bemüht. Ihre deutsche Mutter und die Ehe mit einem deutschen Bürger hatten den Prozess beschleunigt, auch wenn er keine großen Auswirkungen auf das alltägliche Leben hatte. Für

James mit seiner unerklärlichen Abneigung gegen alles Deutsche musste es jedoch ein Affront ohnegleichen gewesen sein.

»Und das hat Ellinors Mutter einfach so hingenommen? Dass ihr Stiefsohn ihre Tochter nicht einlädt?«

»Ich weiß es nicht. Die Hochzeit fand weit unter seinem Stand statt, vielleicht hat James deshalb auf eine große Feier verzichtet. Vielleicht war er auch nur ein gebranntes Kind, als er an die große Verlobungsfeier mit dir dachte. Pamela war seine Sekretärin und viele haben gemunkelt, dass er sie heiraten musste, weil etwas unterwegs war. Nun ja, und dann ist sie unter der Geburt gestorben und das Kind ist ihr zwei Tage später nachgefolgt. Das war schon sehr traurig.«

Helen nickte und bemühte sich, die Erinnerungen an ihre eigenen Fehlgeburten zu unterdrücken. Immerhin hatte sie überlebt. Aber ihr wurde bewusst, dass ihr Vater ihr so vieles nicht erzählt hatte. Nichts davon, dass James allem Anschein nach Geschäftsführer der Bank geworden war, und auch nichts von dem schlimmen Gesundheitszustand ihrer Mutter, der ja schon länger bestehen musste. Hatte er es verschwiegen, weil er sie schützen wollte, oder hatte er es schlichtweg vergessen? Sie wurde nach wie vor nicht schlau aus dem Verhalten ihres Vaters, denn auch wenn er ihr viele Dinge sehr klar benennen konnte, fühlten sich die Gespräche mit ihm anders an als früher. Weniger lebendig und auf irgendeine Weise bemüht.

Am späten Abend fing sie Winston ab, als der gerade das Schlafzimmer ihres Vaters verließ, nachdem er ihn für die Nacht bereit gemacht hatte. Sie verzichtete auf jegliche Umschreibung und fragte ihn direkt, ob ihr Eindruck korrekt sei, dass ihr Vater langsam immer vergesslicher werde.

Winston zögerte mit der Antwort, ganz so, als ob er sich in einem Loyalitätskonflikt befände, doch dann nickte er. »Es geht schon seit mehr als einem Jahr so«, sagte er. »Die ersten

Anzeichen gab es schon kurz vor Ihrem Besuch im letzten Jahr, aber damals konnte er es noch gut überspielen. Im letzten Oktober wurde es schlimmer und nachdem er einige gravierende Fehlentscheidungen in der Bank getroffen hatte, war er immerhin noch so einsichtsfähig, um Mr Mitchell ins Boot zu holen, damit der die Aufsicht übernahm. Damit konnte das Schlimmste abgewendet werden. Ihr Vater geht zwar noch immer täglich für einige Stunden in die Bank, aber er überlässt alles seinen Angestellten und Mr Mitchell achtet darauf, dass alles juristisch korrekt ist. Entscheidungen trifft Ihr Vater schon lange keine mehr.«

Helen nickte. »Und was ist wirklich mit meiner Mutter los? Das, was sie berichtet, klingt nicht nach einem Herzinfarkt.«

»Ich bin kein Arzt«, erwiderte Winston ausweichend. »Sie sollten morgen Doktor Cunningham fragen, wenn er zu seiner täglichen Visite kommt. Ich bin mir sicher, dass er Ihnen Auskunft geben wird.«

Helen nickte und bedankte sich.

In dieser Nacht schlief sie sehr schlecht. Alles fühlte sich fremd und ungewiss an. Die Geborgenheit ihres Elternhauses war fort, alles war im Wandel. Auf der einen Seite wusste sie, dass es richtig gewesen war, trotz der drohenden Kriegsgefahr nach London zu reisen, aber zugleich wünschte sie sich, der Besuch wäre bereits vorüber und sie wieder bei Ludwig und Fritz.

33. Kapitel

Am folgenden Tag bat Helen Doktor Cunningham im Anschluss an seinen Besuch bei ihrer Mutter um ein ausführliches Gespräch unter vier Augen.

Der Arzt fragte ihre Mutter kurz, ob sie damit einverstanden sei, und Catherine nickte. »Ich habe keine Geheimnisse vor meiner Tochter«, sagte sie. »Ihr Mann ist Arzt und sie ist seine Sprechstundenhilfe, wissen Sie?«

»Ja, ich weiß, in Deutschland«, sagte Doktor Cunningham. »Wir durchleben gerade unruhige Zeiten. Ist Ihr Mann deshalb nicht mitgekommen?«

Helen nickte. »Wollen wir hoffen, dass sich diese Krise in Wohlgefallen auflöst. Kein vernünftiger Mensch sehnt einen Krieg herbei.«

»Wenn man die Schlagzeilen der Zeitungen sieht, scheinen die Vernünftigen in der Minderheit«, sagte der Arzt. »Aber ich hoffe, Sie behalten recht.« Dann verabschiedete er sich von Catherine und ging mit Helen in den Salon, wo sie ungestört sprechen konnten.

»Meine Mutter hatte keinen Herzinfarkt, nicht wahr?«, fragte Helen direkt, nachdem sie Platz genommen und das Hausmädchen ihnen einen Tee serviert hatte.

»Nein, das haben Sie ganz richtig erkannt. Aber sie ist dem Tode tatsächlich näher als dem Leben.«

»Was genau fehlt ihr? Ist es Krebs?«

Doktor Cunningham sah sie überrascht an. »Wie sind Sie so schnell dahintergekommen?«

»Wie meine Mutter schon sagte, ich bin seit vierzehn Jahren die Sprechstundenhilfe meines Mannes. Ich kenne die meisten Symptome. Und das, was sie mir schilderte, dazu die Anzeichen einer schweren Anämie und die plötzliche Schwäche, ihre Auszehrung …« Sie atmete tief durch. »All das passt zu den schwer kranken Menschen mit dieser Diagnose.«

»Es ist die Brust«, sagte Doktor Cunningham. »Sie hat dort schon lange eine Geschwulst, die mittlerweile nach außen durchgebrochen ist. Ihr Skelettsystem ist ebenfalls betroffen, das bereitet ihr die starken Schmerzen.«

»Sie meinen, sie hat Metastasen? Ich habe davon beim letzten Ärztekongress in Berlin gehört.«

»Sie scheinen Ihrem Mann ja fast den Rang als Diagnostikerin abzulaufen.« Doktor Cunningham bemühte sich um ein aufmunterndes Lächeln, doch es gelang ihm nicht so recht. »Ihre Mutter braucht hohe Dosen an Morphium und wird sich vermutlich nie mehr aus dem Bett erheben können. Ihre Leber ist ebenfalls stark angeschwollen, was die Prognose weiter verschlechtert. Dazu kommen die Anämie und die häufige Atemnot.«

»Weiß sie, wie schlimm es um sie steht?«

»Nein, Ihr Vater wollte, dass wir sie in dem Glauben lassen, es wäre wieder das Herz. Sie hat in den letzten Wochen so rasant an Gewicht verloren, dass wir jederzeit mit ihrem Ableben rechnen müssen. Es war gut, dass Sie umgehend gekommen sind, Ihre Anwesenheit bedeutet Ihrer Mutter viel.«

»Wir können also nichts weiter machen, als ihr die Schmerzen zu nehmen und auf den Tod zu warten?«

»Ja, so ist es leider.«

Helen nickte langsam. Gewiss, sie hatte schon mit einer vernichtenden Diagnose gerechnet, aber es so drastisch zu hören, raubte ihr fast den Atem. Sie zwang sich, zweimal tief durchzuatmen, dann fragte sie: »Ich habe auch den Eindruck, dass es mit meinem Vater nicht zum Besten steht. Er wirkt ebenfalls um Jahre gealtert und es kommt mir so vor, als würde seine Geisteskraft ihn immer häufiger im Stich lassen. Sagen Sie, Doktor Cunningham, haben Sie einen Anhalt dafür, dass es eine beginnende Senilität ist, oder ist es nur die Sorge um meine Mutter?«

»Das ist im Augenblick schwer zu differenzieren. Auffällig ist, dass er diese Symptome bereits entwickelt hatte, ehe er um die schwere Erkrankung Ihrer Mutter wusste. Soweit ich weiß, hat er die Leitung der Bank in jüngere Hände übergeben, was für eine gewisse Einsichtsfähigkeit in seine nachlassende Geisteskraft spricht.«

»Was wird passieren, wenn meine Mutter verstorben ist?«, fragte Helen. »Ich habe leider schon wiederholt erleben müssen, wie der Tod eines Ehepartners beim verbliebenen Part die Entwicklung einer Senilität beschleunigte.«

»Das wird sich zeigen. Aber wenn es Ihnen irgendwie möglich ist, würde ich Sie bitten, so lange bei Ihren Eltern zu bleiben, wie Ihre Mutter noch lebt, und in den Tagen nach ihrem Ableben für Ihren Vater da zu sein. Zumindest so lange, bis die Beisetzung vorüber ist – selbst wenn die politische Lage unsicher ist und ich gut verstehen könnte, wenn Sie so schnell wie möglich zu Ihrem Mann nach Deutschland zurückkehren wollen.«

»Mein Sohn wird am 27. September zwölf Jahre alt«, sagte Helen. »Ich habe ihm versprochen, bis dahin zurück zu sein. Was glauben Sie, wie lange hat meine Mutter noch?«

»Als Arztgattin wissen Sie, dass man keine Prognosen abgeben sollte.«

»Ja, aber Einschätzungen kann man dennoch treffen.«

Nun war es an Doktor Cunningham, tief durchzuatmen. »Nageln Sie mich nicht darauf fest, aber wenn Ihre Mutter Anfang September noch lebt, wäre es ein großes Wunder.«

Helen war wie vor den Kopf geschlagen, aber zugleich auch erleichtert, dass sie die Wahrheit kannte, selbst wenn die noch so schlimm war. Kurz nachdem der Arzt gegangen war, bat sie einen der Hausdiener, ein Telegramm an Ludwig aufzugeben.

Mama hat Krebs, nur noch wenige Wochen zu leben. Bleibe, bis alles vorbei. Papa beginnend senil, braucht mich. Bin zu Fritz' Geburtstag zurück.

Nur sechs Stunden später erhielt sie die telegrafische Antwort von Ludwig:

Nimm dir die Zeit. Unsere Gedanken sind bei dir. Wir lieben dich!

In den folgenden Tagen hatte Helen das Gefühl, aus der Zeit geworfen zu sein. Sie verbrachte Stunden am Bett ihrer Mutter, betrachtete mit ihr alte Fotografien und sprach viel über die Vergangenheit. Es fiel ihrer Mutter jedoch schwer, sich längere Zeit zu konzentrieren. Meist war sie nach wenigen Minuten zu erschöpft zum Sprechen und dämmerte immer häufiger weg. Dennoch mochte Helen sie nicht allein lassen, sondern hielt weiterhin ihre Hand, als könnte sie den Tod aufhalten, solange sie die Hand nicht losließ. Doch zugleich wusste sie jede Sekunde, die sie die ausgezehrte Hand hielt, dass nichts und niemand den Lauf der Dinge ändern konnte.

Sie bemühte sich darum, ihrer Mutter die leckersten Speisen zu bereiten, und scheute sich nicht, die Köchin aus ihrem Refugium zu vertreiben, um selbst für ihre Mutter zu kochen. Beim Kochen war sie in Gedanken nicht nur bei ihrer sterbenden Mutter, sondern zugleich auch bei Ludwig und Fritz. Wie sehr wünschte sie sich, die beiden wären hier, an ihrer Seite, um ihr ein wenig von dieser schrecklichen Last abzunehmen, die nun ganz allein auf ihren Schultern ruhte. Ihr Vater war ihr keine große Hilfe, und je länger sie blieb, umso mehr begriff sie, dass bei ihrem Vater keine beginnende, sondern eine bereits recht weit fortgeschrittene Senilität vorlag, die er vor Fremden gut kaschieren konnte, indem er Erinnerungslücken mit erfundenen Geschichten ausschmückte. »Konfabulation« nannte es Doktor Cunningham, der nach wie vor täglich kam und den Zustand beider Patienten mit Sorge sah. In all dieser Zeit wusste Helen nicht, ob sie den Tod ihrer Mutter schneller herbeisehnte oder ob sie ihn fürchtete, weil sie dann erneut eine Entscheidung treffen müsste – die Entscheidung, wie es mit ihrem Vater weitergehen sollte, wenn er weiterhin geistig abbaute und irgendwann nicht mehr in der Lage sein sollte, überhaupt noch irgendetwas zu entscheiden. Wäre Henry noch am Leben gewesen, hätte es anders ausgesehen, aber so? War James Mitchell wirklich der Richtige, die Verantwortung für das Bankhaus zu tragen, nach allem, was Helen ihm durch ihre Flucht angetan hatte?

Andererseits lag das viele Jahre zurück und er hatte niemals im Bösen über sie gesprochen. Das Leben war weitergegangen, auch wenn es mit James nicht so gut umgegangen war wie mit ihr. Sie hatte zwei Fehlgeburten zu beklagen, aber er hatte seine Frau und das gemeinsame Kind verloren. Vielleicht sollte sie einfach Kontakt zu ihm aufnehmen und schon jetzt mit ihm klären, wie es weitergehen sollte, wenn sie wieder in Deutschland wäre? Doch solange ihre Mutter lebte, hatte sie genügend anderes zu tun. Zudem wollte sie in all den Tagen dieses familiären Leidensweges nichts über die weltpolitische Lage hören. Sollte es wirklich Krieg geben, so könnte sie nichts daran ändern und würde es früh genug erfahren. Die Weltpolitik mochte in diesen Tagen dramatisch sein, aber wenn man dabei war, beide Eltern zu verlieren, die Mutter durch den Tod und den Vater durch Senilität, die ihm seine Persönlichkeit rauben würde, was scherte einen da noch das Säbelrasseln der Kriegsminister?

Am 2. August 1914 verschlechterte sich der Gesundheitszustand ihrer Mutter zusehends. Abends war sie schon nicht mehr ansprechbar und am Morgen des 3. August setzte Schnappatmung ein, die sich über Stunden hinzog. Helen wich nicht vom Bett ihrer Mutter, hielt ihre Hand und ersehnte den letzten Atemzug ebenso sehr, wie sie ihn fürchtete.

Es ist fast wie bei einer Geburt, dachte sie. *Nur dass man bei einer Geburt voller froher Erwartung darauf ist, dass es endlich geschafft ist. Aber vielleicht ist es ja auf der anderen Seite auch so. Vielleicht sitze nicht nur ich hier und warte. Vielleicht wartet Henry auf der anderen Seite ebenso ungeduldig, um die Hand zu ergreifen, die ich dann loslassen muss.*

Bei diesem Gedanken spürte sie das heiße Brennen von Tränen, die sie krampfhaft zu unterdrücken versuchte, weil sie wusste, dass sie sie nicht mehr aufhalten könnte, wenn sie sich ihnen hingab. Sie schluckte sie so heftig hinunter, dass ihr vor Kummer zugeschnürter Hals brannte. Dennoch wollte sie das Bild nicht loslassen, das Bild von ihrem Bruder irgendwo im unbekannten Nichts, der ebenso wartete wie sie. Der ihre Mutter empfangen und in die Seligkeit führen würde, in genau dem Augenblick, wenn deren Hand in der ihren für immer erschlaffte.

Die Atemzüge kamen nun in immer längeren Abständen, es folgte ein letztes Keuchen, fast wie ein erleichtertes Aufstöhnen, dann kam nichts mehr.

Helen hatte auf einmal das Gefühl, jemand stünde hinter ihr. Sie drehte sich um, doch da war niemand. »Pass gut auf sie auf, Henry«, flüsterte sie, auch wenn sie wusste, dass es nur eine alberne, kindische Vorstellung war. Aber eine Vorstellung, die sie dennoch nicht loslassen wollte. Ein Gedanke, der ihr die Kraft gab, einmal tief durchzuatmen und die trüben Augen ihrer Mutter zu schließen, in denen jeder Lebensfunke erloschen war. Dann küsste sie sie auf die Stirn und läutete nach einem Dienstboten, damit der ihren Vater holte. Er hatte das Krankenzimmer in den letzten Stunden immer nur für kurze Zeit aufgesucht, da er den Anblick seiner sterbenden Frau nicht ertrug.

Kenneth Mandeville trat kurz darauf mit versteinerter Miene ein. Helen erwartete, dass er seine Frau ebenfalls zum Abschied ein letztes Mal zärtlich auf die Stirn küsste, doch er hielt Abstand zu ihrem Bett, als läge eine tödliche Seuche in der Luft.

»Ist sie wirklich tot?«, fragte er.

Helen nickte.

»Ist sie wirklich tot?«, fragte ihr Vater noch einmal, als hätte er Helens Nicken nicht gesehen.

»Ja«, antwortete Helen jetzt mit lauter Stimme.

»Aber sie kann nicht tot sein«, sagte ihr Vater und starrte mit wirrem Blick auf seine Frau und dann auf Helen. »Wir waren doch gestern noch zum Tanzen.«

»Papa, Mama ist seit Wochen bettlägerig.«

»Nein, nein, sie ist doch mit mir zum Tanzen gewesen«, beharrte er. »Warum erzählst du, sie ist tot?«

»Weil es so ist. Sieh sie dir doch an, Papa.«

»Nein, das ist nicht deine Mutter. Das ist eine Puppe!«

»Winston, rufen Sie bitte Doktor Cunningham«, sagte Helen. »Für den Totenschein und damit er sich auch um meinen Vater kümmern kann.«

Winston nickte und verließ das Zimmer.

»Das ist eine Puppe«, beharrte Kenneth und Helen fragte sich, ob dieses seltsame Verhalten wirklich nur der Trauer und der Senilität geschuldet war oder ob noch etwas anderes dahintersteckte. Sie wusste, dass große seelische Belastungen Menschen um den Verstand bringen konnten. War das hier geschehen? Oder waren es nur die überreizten Nerven ihres Vaters, die sich rasch erholen würden, wenn der Arzt ihm ein Beruhigungsmittel verabreichte?

Doktor Cunningham kam trotz der späten Stunde so schnell wie möglich, da Winston den geistigen Zustand von Helens Vater als dramatisch bezeichnet hatte. Und so kümmerte er sich auch zuerst um Kenneth, ehe er die Leichenschau bei Catherine durchführte. Kenneths verleugnende Haltung erinnerte Helen an ein bockiges kleines Kind, denn Doktor Cunningham benötigte seine gesamte ärztliche Autorität und Überzeugungskraft, um ihn dazu zu bringen, das Beruhigungsmittel einzunehmen und zu Bett zu gehen.

»Ich hoffe, der Schlaf wird ihm helfen, die Verwirrung zu überwinden.«

»Und falls nicht?«, fragte Helen. »Was ist, wenn es noch schlimmer wird?«

»Das werden wir dann entscheiden müssen. Beten wir, dass er sich einigermaßen erholt, denn sonst … wird er im Zweifelsfall einen Vormund benötigen, der die Geschäfte für ihn weiterführt.«

»Einen Vormund?«, rief Helen entsetzt aus. »Aber wer sollte das sein? Ich kann es nicht machen, ich muss doch zurück zu meiner Familie!«

Doktor Cunningham nickte. »Warten wir erst einmal die Beisetzung Ihrer Mutter ab. Bis dahin wird sich schon eine Lösung abzeichnen. Entweder erholt er sich oder irgendein Angehöriger ist bereit, sich verlässlich um seine Angelegenheiten zu kümmern.«

34. Kapitel

In dieser Nacht fand Helen keinen Schlaf mehr, zu groß waren ihre Sorgen. Sie hatte immer gedacht, mit dem Tod ihrer Mutter wäre das Schlimmste überstanden, aber die Furcht um die geistige Gesundheit ihres Vaters fraß sich tief in ihre Seele. Und es wurde noch schlimmer, als Winston ihr morgens wortlos die Tageszeitung vom 4. August auf den Tisch legte. Die Schlagzeile lautete, dass Deutschland Frankreich am Tag zuvor den Krieg erklärt hatte. Beinahe wäre ihr die Teetasse aus der Hand gefallen. Hastig ergriff sie die Zeitung und erfuhr erst jetzt, dass Deutschland bereits seit dem 1. August mit Russland im Krieg lag und dass die britische Kriegserklärung gegenüber dem Deutschen Reich in Kürze erwartet wurde.

Helen spürte, wie ihr die Hitze bis in den Kopf stieg. Wenn England Deutschland nun auch noch den Krieg erklärte, wäre ihre Wahlheimat von Feinden umringt. Frankreich und Russland vom Westen und Osten, Großbritannien von der Seeseite aus. Wie sollte sie wieder nach Hause kommen? Fuhren überhaupt noch Fähren? Sollte sie sofort eine Rückfahrt buchen? Am liebsten wäre sie umgehend aufgesprungen und hätte sich um alles gekümmert, aber da erschien auch schon ihr Vater mit dem Bestattungsunternehmer Mr Johnston im

Salon. Ein Blick auf ihren Vater genügte, um alle Pläne für eine übereilte Rückkehr nach Deutschland zu begraben. Zwar war er ordentlich gekleidet und gekämmt, darauf hatte Winston wie immer streng geachtet, aber sein Blick war seltsam entrückt, als er sich zusammen mit Mr Johnston zu ihr an den Tisch setzte.

Wie schlimm es um ihn stand, begriff sie jedoch erst, als er sagte: »Catherine, Mr Johnston ist hier wegen der Beisetzung deiner Mutter.«

»Ich bin Helen, Vater. Mr Johnston ist hier wegen Catherines Beisetzung.«

Ihr Vater stutzte. »Was redest du da für einen Unsinn, Catherine. Hat der Schmerz über den Verlust deiner Mutter dich wirr gemacht?« Dieses letzte Aufblitzen der kräftigen, energischen Stimme ihres sonst so tatkräftigen Vaters, mit der er völligen Unsinn redete, brachte Helen so sehr aus der Fassung, dass sie sich bemühen musste, nicht in Tränen auszubrechen. Warum um alles in der Welt musste ihr Vater jetzt auch noch den Verstand verlieren? Warum konnte er in all dem Leid nicht ihr starker Vater bleiben, der ihr versprach, sich um alles zu kümmern, damit sie möglichst schnell nach Deutschland zurückkehren konnte? Natürlich wäre es schrecklich, wenn sie die Beisetzung ihrer Mutter versäumte, aber wäre es nicht wesentlich schrecklicher, wenn sie die letzte Fähre verpasste und für eine unabsehbar lange Zeit von Fritz und Ludwig getrennt bliebe? Schließlich hatte sie ihrem Sohn fest versprochen, zu seinem zwölften Geburtstag wieder in Hamburg zu sein.

Mr Johnston räusperte sich verlegen. »Vielleicht sollten wir erst einmal über Ihre Wünsche hinsichtlich der Beisetzung sprechen?«, fragte er. »Soweit ich den letzten Willen Ihrer Mutter kenne, wünschte sie sich eine Beisetzung an der Seite ihres Sohnes Henry.«

»Henry wurde auf einem kleinen Friedhof außerhalb von London beigesetzt«, sagte Helen und erinnerte sich daran, wie sie die Grabstätte zum ersten Mal kurz nach Ellinors Hochzeitsfeier besucht hatte. Henrys Verlobte hatte darauf bestanden, dass er neben dem Familiengrab ihrer eigenen Familie seine letzte Ruhe fand, und seine trauernden Eltern hatten dem zugestimmt, da die Mandevilles kein eigenes Familiengrab auf dem bekannten Brompton Cemetery besaßen, wo ihre Ahnen ruhten. Die Familie Mandeville hatte nie viel für Totenkult übriggehabt, wie ihn andere Familien betrieben. Wer starb, bekam einen Grabstein und Ehepaare wurden gemeinsam beigesetzt. Ein Heiligtum, zu dem man pilgern konnte, gab es nicht. Umso mehr verstand Helen den letzten Wunsch ihrer Mutter, Henry wenigstens im Tode nah zu sein.

»Ich bin dafür, ihren letzten Wunsch zu erfüllen. Was denkst du, Vater?«

Ihr Vater schreckte auf, als würde er aus einem tiefen Traum gerissen. »Ich ...? Ähh ... es ist deine Mutter, Catherine. Du musst das entscheiden.«

Helen seufzte. »Mr Johnston, bitte veranlassen Sie, dass meine Mutter die gewünschte Grabstätte erhält, und sorgen Sie bitte auch dafür, dass für meinen Vater ein Platz an ihrer Seite reserviert wird. Dann ist die Familie, soweit es geht, wieder vereint.« Sie schluckte. »Und ich wäre Ihnen ausgesprochen dankbar, wenn es schnell ginge. Wie Sie vielleicht wissen, lebe ich in Deutschland, wo mein Mann und mein Sohn auf mich warten ... Ich möchte nicht riskieren, im Falle eines Krieges auf unabsehbare Zeit von ihnen getrennt zu sein.«

Der Bestatter hob überrascht die Brauen, bevor er nickte. »Selbstverständlich, Mrs Ellerweg.«

»Meine Frau heißt Mandeville«, ging Kenneth energisch dazwischen. »Ellerweg heißt meine Tochter.«

»Aber ich bin doch deine Tochter Helen«, versuchte Helen es noch einmal. Doch ihr Vater reagierte nicht darauf, sondern trug erneut diesen entrückten, glasigen Blick zur Schau, der ihr zeigte, dass er wieder in seiner eigenen Traumwelt gefangen war. Verdammt, so konnte sie ihn nicht allein lassen. Selbst der treue Winston konnte das auf Dauer nicht kaschieren. In diesem Zustand wäre ihr Vater stets in der Gefahr, alles zu verlieren, wenn er falsche Entscheidungen traf.

Ob sie James kontaktieren sollte? Immerhin hatte ihr Vater ihm genügend vertraut, um ihn zum Geschäftsführer zu machen. Und James' Familie war weitaus wohlhabender als die Mandevilles. Er würde ihren Vater nicht um seinen Besitz betrügen und zu einem Leben als verarmter, seniler Greis in einem billigen Asyl verurteilen. Allerdings wäre es schlimmer als der viel zitierte Gang nach Canossa. Sie war James seit Jahren aus dem Weg gegangen. Jetzt ausgerechnet seine Hilfe zu benötigen, kam ihr mehr als demütigend vor.

Egal, dachte sie. *Was gilt mein Stolz, wenn es darum geht, hier alle Angelegenheiten zu regeln, damit für meinen Vater gesorgt ist, bis der Krieg vorüber ist und ich wieder für ihn da sein kann?*

Und so rief sie James an, kaum dass Mr Johnston sich verabschiedet hatte.

»Hallo?«, hörte sie seine Stimme am anderen Ende der Leitung.

Sie schluckte. »James, ich bin es, Helen. Ich wollte dir sagen, dass meine Mutter in der letzten Nacht verstorben ist.«

Sie hörte, wie James am anderen Ende hörbar einatmete. »Mein herzliches Beileid«, sagte er. »Das tut mir sehr leid. Du bist bei ihr gewesen?«

»Ja.«

»Sind dein Mann und dein Sohn auch in London?«

»Nein, ich bin wegen der schwierigen politischen Lage allein gereist. Ludwig meinte, das sei sicherer.«

»Ja, da hat er wohl recht«, stimmte James zu. »Helen, ich komme sofort. Ich nehme an, es geht deinem Vater schlecht und du brauchst jemanden hier in London, der sich um ihn kümmert, wenn du nach Deutschland zurückkehrst?«

Die Tatsache, dass er ihr, ohne zu zögern, seine Hilfe anbot, weil er sofort begriffen hatte, was in ihr vorging, trieb ihr die Tränen in die Augen.

»Ich danke dir, James«, flüsterte sie.

»Bis nachher, ich mache mich sofort auf den Weg.« Der Telefonhörer am anderen Ende klackte, dann war die Leitung tot.

Helen atmete mehrfach tief durch. Nach allem, was sie James angetan hatte, war sie ihm unendlich dankbar, dass er die Gelegenheit jetzt nicht nutzte, es ihr heimzuzahlen, sondern als wahrer Freund handelte. Und zugleich spürte sie erneut die Scham über ihr früheres Verhalten, auch wenn das fast ein halbes Leben zurücklag.

Bereits eine halbe Stunde später war James da und wurde von Winston in den Salon geführt.

Es war ein seltsames Gefühl, ihm zum ersten Mal nach all den Jahren, in denen sie ihm aus dem Weg gegangen war, in die Augen zu sehen. Abgesehen von diskreten weißen Strähnen im Schläfenbereich hatte er sich kaum verändert. Allerdings wirkte sein Blick ernster und mitfühlender, als sie ihn in Erinnerung hatte. Dieses kecke, jungenhafte Blitzen, das ihr häufig das Gefühl vermittelt hatte, er mache sich über sie lustig, war verschwunden.

Noch während er Helen zur Begrüßung die Hand reichte, fiel sein Blick auf die Tageszeitung, die noch immer auf dem Tisch lag.

»Sie schreiben, die Kriegserklärung an Deutschland stehe unmittelbar bevor«, sagte Helen leise. »Ich habe große Angst, dass ich nicht mehr rechtzeitig nach Hause komme, aber ich kann meinen Vater doch nicht so zurücklassen, wenn Mutter noch nicht einmal beigesetzt wurde. Das würde er nicht verkraften.«

James nickte. »Ich bin mit dem Automobil da und ich kann dich zur deutschen Botschaft fahren, damit du dort Informationen bekommst, wie du dich jetzt am besten verhältst.«

»Aber ich bin nach wie vor britische Staatsbürgerin.«

»Die jedoch mit einem Deutschen verheiratet ist und Mutter eines deutschen Staatsbürgers ist. Es ist die Frage, wie die Deutschen mit feindlichen Ausländern umgehen und ob du dort eventuell Repressalien zu erwarten hast oder ob deine Ehe mit einem Deutschen ausreichend ist.«

Helen schluckte. »Ludwig meinte, ich hätte nichts zu befürchten.«

»Das denke ich auch, aber im Krieg werden die unsinnigsten Entscheidungen getroffen. Möglicherweise wird man dir den Aufenthalt in London so kurz vor Kriegsbeginn übel auslegen. Es ist wichtig, dass du dich in der Botschaft beraten lässt. Komm, lass uns gleich losfahren. Über alles andere können wir uns auf der Fahrt dorthin unterhalten.«

Helen nickte und ließ sich von Winston ihren Mantel bringen.

James fuhr ein zweisitziges Cabriolet.

Helen war noch nie zuvor in einem so sportlich wirkenden Wagen gefahren. »Das ist ein bemerkenswertes Automobil«, stellte sie fest, während sie ihren Hut festhielt, damit der nicht vom Fahrtwind davongetragen wurde.

James lachte. »Ja, ich bin auch sehr stolz darauf. Du solltest mal erleben, wie schnell er auf der Landstraße beschleunigt. In der Stadt muss ich mich natürlich zurückhalten, um die Pferdefuhrwerke nicht zu verschrecken.«

Helen nickte nur und überlegte krampfhaft, was sie sagen sollte, damit keine peinliche Stille entstand.

James schien es ähnlich zu gehen und so kam er ohne größere Umschweife auf den Zustand ihres Vaters zu sprechen. »Kenneth ist im letzten Jahr immer vergesslicher geworden«, sagte er. »Anfangs hat er es noch selbst bemerkt, aber die lichten Augenblicke werden immer seltener.«

»Er hat mich heute Morgen ständig mit meiner Mutter verwechselt«, erwiderte Helen. »Ganz gleich, wie oft ich es richtigstellte. Hast du derartige Verkennungen bei ihm auch schon miterlebt?«

»Ja, aber ich habe es nicht so ernst genommen. Er ist nach wie vor regelmäßig in der Bank, auch wenn er dort nicht mehr arbeitet. Ein paarmal hat er seine Angestellten mit den Namen früherer Mitarbeiter angesprochen, die das Bankhaus längst verlassen haben. Ich hielt es für die liebenswürdige Schusseligkeit eines alternden Mannes, denn anders als bei dir hat er sich sofort entschuldigt und seinen Fehler eingesehen, wenn man ihn auf den Irrtum hinwies.«

»Ich habe solche Angst, James. Wie soll es mit ihm weitergehen, wenn er geistig umnachtet ist? Wer soll sich um ihn kümmern, jetzt, wo Mutter und Henry tot sind und ich bald wieder in Deutschland bin? Und wenn dann sogar noch ein Krieg ausbricht?«

»Wenn es dir recht ist und du mir genügend vertraust, würde ich mich um seine Vormundschaft bemühen. Dann könnte ich mich um all seine Angelegenheiten kümmern und neben dem bisherigen Personal auch noch eine eigene Krankenschwester für ihn einstellen, die regelmäßig ein Auge auf ihn hat. Er könnte dann weiterhin in seiner Villa leben und wäre gut versorgt. Die Bank läuft gut, finanziell ist für ihn gesorgt. Und was den Krieg angeht … Kriege dauern auch nicht ewig. In ein paar Monaten ist der Spuk gewiss wieder vorbei.«

»Das ist sehr großzügig von dir und ich bin dir dafür wirklich dankbar!«

»Das ist doch das Mindeste, das ich für euch tun kann.«

Helen schluckte. James war tatsächlich so großmütig, wie Ellinor es von Anfang an beschrieben hatte. Er hatte nicht nur niemals schlecht über sie gesprochen, obwohl sie ihn heimlich verlassen hatte, er hielt es ihr auch jetzt nicht vor.

Eine Weile herrschte wieder Schweigen.

»Machen deine Eltern sich eigentlich Sorgen um Ellinor?«, wechselte Helen das Thema, ehe das Schweigen bleiern werden konnte.

James schüttelte den Kopf. »Ihre Mutter war zwar traurig, als sie ihren Lebensmittelpunkt nach Deutschland verlegte, aber dass Ellinor die deutsche Staatsbürgerschaft angenommen hat, sah sie danach nur als folgerichtigen Schritt.«

»Und du?«

»Was ich darüber denke, ist nicht von Belang. Ellinor hat ihr Leben und ich das meine. Sie hat sich damals ihr Erbe auszahlen lassen und wird vermutlich nur noch als Besuch nach England kommen. Ihre Heimat liegt längst woanders.« Dann sah er Helen nachdenklich an. »Warum hast du eigentlich nie die deutsche Staatsbürgerschaft beantragt?«

»Weil es dafür niemals einen Grund gab. Ich hätte keinen Vorteil davon gehabt, außerdem bin ich stolz auf meine britische Herkunft. Fritz war auch immer stolz darauf, britische Großeltern zu haben.«

»Aber wenn es demnächst zum Krieg kommt, wird es dadurch nicht leichter«, bemerkte James. »Deutsche Staatsbürger würden ausgewiesen werden. Ihre Rückkehr nach Deutschland wäre sichergestellt. Du könntest hingegen zwischen allen Stühlen sitzen.«

Noch bevor Helen antworten konnte, tauchte das Botschaftsgebäude vor ihnen auf. Schon von Weitem sah Helen die lange Schlange, die bis weit auf die Straße reichte, und keuchte erschrocken auf. Gab es wirklich so viele Deutsche in

London? Und sah es vor dem britischen Konsulat in Hamburg wohl ähnlich aus?

James seufzte leise, als er die Schlange sah, dann parkte er ein, stieg aus und öffnete Helen die Tür. »Dann lass uns mal in diesen ersten Kampf des Krieges ziehen«, sagte er und zwang sich zu einem Lächeln. »Wenn es zu lange dauert, ist es immerhin gut, dass wir zu zweit sind, dann kann ich losziehen und dich mit Lebensmitteln versorgen.«

Helen war James sehr dankbar, dass er mit ihr gemeinsam wartete. Sie mussten fast drei Stunden in der Schlange ausharren, bis sie endlich bei einem Botschaftsbeamten vorsprechen konnten. In der Zeit hatte Helen James vorsichtig nach seiner verstorbenen Ehefrau Pamela gefragt.

James war zunächst sehr zurückhaltend gewesen, aber dann sagte er schließlich etwas, das Helen überraschte. »Sie war meine Sekretärin, eine sehr hübsche und zugleich kluge Frau. Ihre Mutter war Dienstmädchen, ihr Vater Stallbursche, aber trotzdem haben ihre Eltern dafür gespart, dass sie eine Ausbildung absolvieren konnte. Sie hat mir lange Zeit nicht verraten, aus welchen Verhältnissen sie stammte. Ich habe erst nach und nach erfahren, dass sie zur Untermiete in einem der ärmlichsten Stadtteile lebte. Dennoch war sie stets perfekt zurechtgemacht, wenn sie den Dienst bei mir antrat. Sie hatte anfangs sogar eine falsche Adresse angegeben, damit ich nicht erfuhr, wo sie wirklich lebte. Dort hat sie immer nur ihre Post abgeholt. Irgendwann bin ich dahintergekommen und sie war zu Tode erschrocken. Sie befürchtete wirklich, ich würde sie entlassen, aber sie war die beste Sekretärin, die ich je hatte. Und … nun ja, eines kam zum anderen. Ich habe eine Weile mit mir gerungen, ob ich den letzten Schritt wagen sollte. Mit allen Konventionen zu brechen, um meinem Herzen zu folgen.« Er hielt einen Moment inne und sah Helen tief in die Augen. »Dann habe ich an dich gedacht, an das, was du gewagt hast, um zu deiner wahren Liebe zu stehen. Wie du bereit warst, mit allen zu brechen für das, was du für richtig hieltest. Und da wusste ich, dass ich genau das auch konnte. Und so habe ich Pamela heimlich standesamtlich geheiratet und dann einfach alle vor vollendete Tatsachen gestellt. Leider hat das Schicksal uns keine lange gemeinsame Zeit zugestanden, aber ich bin dankbar für all das, was ich mit ihr teilen durfte. Und vielleicht hat es mich in gewisser Weise auch zu einem besseren Menschen gemacht – zu jemandem, der über den Tellerrand unserer Gesellschaftsschicht hinwegsehen kann. Und zu jemandem, der endlich auch mit dem Herzen verstanden hat, warum du damals so gehandelt hast.«

»Ellinor sagte mir, dass du niemals schlecht über mich gesprochen hast.«

»Dazu hatte ich keinen Grund. Ich war verletzt, traurig, enttäuscht. Aber ich musste mir letztlich auch eingestehen, dass ich mir lange Zeit etwas vorgemacht hatte. Du hast mir mehr als einmal gesagt, dass du mich nicht willst, während ich so verbohrt und von mir selbst überzeugt war, dass ich es nicht einsehen wollte. Ich war jemand, der immer bekommen hat, was er wollte. Ich hätte dir vielleicht mehr zeigen müssen, wie sehr ich dich wirklich geliebt habe. Ich hätte um deine Liebe kämpfen müssen und nicht davon ausgehen dürfen, dass sie mir von selbst zufällt, weil ich James Mitchell bin, eine der besten Partien Englands.« Er lachte bitter auf.

»Es tut mir leid, wie alles gekommen ist«, sagte Helen leise.

»Ja, mir auch«, erwiderte James. »Aber nur wegen Pamela. Wäre sie noch am Leben oder zumindest unser Kind, dann hätte ich dir heute aus ganzem Herzen dafür danken können, dass du mich eingebildeten Gecken von dir gestoßen hast, weil mir eine andere Liebe bestimmt war.«

Helen senkte den Blick. »Und wie sieht es jetzt aus?«

Er hob die Schultern. »Es ist, wie es ist. Niemand weiß, was die Zukunft bringt. Das Wichtigste ist jetzt, dass wir deine Rückkehr nach Deutschland ermöglichen. Und ich kümmere mich um deinen Vater, damit du dir keine Sorgen machen musst.«

»Und dafür werde ich dir auf ewig dankbar sein.«

Bevor James etwas erwidern konnte, wurden sie endlich aufgerufen, um ihr Anliegen in der deutschen Botschaft vorzubringen.

Der Botschaftsangestellte war sehr überrascht, sich in diesen Tagen zwei Briten gegenüberzusehen, doch als Helen ihm ihre Lage schilderte, nickte er nachdenklich. »Wenn Sie Deutsche wären, gäbe es vermutlich kein Problem, weil Sie dann im Fall eines Krieges ausgewiesen werden würden. Die meisten Menschen, die sich hier bislang vorgestellt haben, sind deutsche Staatsbürger, die seit Jahren in Großbritannien ihren Lebensmittelpunkt haben und die zwangsweise Ausweisung und Internierung befürchten, sobald es zur Kriegserklärung kommt.«

Die Tatsache, dass der Beamte es nicht mehr als abstrakte Möglichkeit formulierte, sondern lediglich als eine Frage der Zeit, trieb Helen einen Schauer über den Rücken.

»Wie sieht es mit mir aus?«, fragte Helen. »Ich bin seit über vierzehn Jahren mit einem deutschen Arzt verheiratet und habe meinen Lebensmittelpunkt in Hamburg, bei meinem Mann und meinem Sohn. Ich bin nur deshalb nach London zurückgekehrt, weil meine Mutter schwer erkrankt war und gestern verstorben ist.« Sie senkte den Blick.

Der Beamte nutzte die kurze Pause, um ihr sein Beileid zu bekunden.

Helen bedankte sich, um dann fortzufahren: »Hätte ich im Falle eines Krieges Schwierigkeiten mit der Wiedereinreise nach

Deutschland, weil ich nach wie vor britische Staatsangehörige bin und einen britischen Pass habe?«

Sie zeigte ihm ihren Pass, in dem ihre Meldeadresse in Hamburg stand und sowohl ihr Ehename als auch ihr Mädchenname.

»Haben Sie die Heiratsurkunde dabei?«

»Natürlich nicht, die liegt in Hamburg bei all meinen anderen Papieren. Ich habe lediglich meinen Reisepass dabei, so, wie es auf Reisen üblich ist.«

Der Beamte nickte. »Ich sehe Ihre schwierige Situation, Frau Ellerweg. Ich werde Ihnen ein Formular ausfüllen, das Ihre Ehe mit einem deutschen Staatsbürger bestätigt und die Tatsache, dass Sie Mutter eines deutschen Kindes sind. Aus deutscher Sicht hätten Sie damit Anspruch auf eine Wiedereinreise. Wie es allerdings aus britischer Sicht aussieht, weiß ich nicht. Sollte es zum Krieg kommen, werden die Fährverbindungen mit Sicherheit als Erstes eingestellt.«

»Und wie kommen die Leute, die ausgewiesen werden, zurück in ihre Heimat?«

»Möglicherweise wird es Sonderfahrten unter recht unangenehmen Bedingungen geben, die allein den Ausgewiesenen vorbehalten sind. Als britische Staatsbürgerin hätten sie keinen Anspruch darauf, einen dieser Plätze zu bekommen.«

»Das ist doch absurd. Da gibt es Menschen, die leben und arbeiten hier seit Jahren, und die müssen befürchten, wegen eines Krieges als Feinde behandelt und ausgewiesen zu werden, obwohl sie nichts damit zu tun haben. Und ich, die ich fast mein halbes Leben in Deutschland verbracht habe, muss zittern, ob ich noch eine Rückfahrt bekomme.«

»Frau Ellerweg, wenn ich Ihnen einen guten Rat geben darf«, sagte der Beamte, während er Helen ihre Papiere zurückgab, »an Ihrer Stelle würde ich noch heute eine Rückfahrt nach Hamburg buchen. Ich weiß, es klingt hart, da Ihre Mutter erst gestern verstorben ist und es die Pflicht einer guten Tochter ist, bei der Beisetzung dabei zu sein. Aber wir sitzen auf einem Pulverfass und Ihre Situation ist sehr schwierig. Hätten Sie sich schon vor Jahren um die deutsche Staatsbürgerschaft bemüht, wäre vieles einfacher, dann hätten Sie selbst Ihre Ausreise beantragen können, um einer Ausweisung zuvorzukommen. Aber als Britin wird es in Kriegszeiten vermutlich keinen legalen Weg mehr nach Deutschland geben.«

»Keinen legalen Weg?«, hakte Helen nach. »Was sind denn die illegalen Alternativen?«

»Die möchte ich keiner anständigen Frau empfehlen und ich würde Ihnen dringend davon abraten. Hören Sie auf mich, buchen Sie umgehend eine Passage nach Hamburg.«

»Was soll ich nur tun?«, fragte Helen James, als sie die Botschaft verlassen hatten und in sein Auto einstiegen.

»Was hältst du davon, wenn wir eine kleine Spritztour nach Harwich machen und du heute schon deine Rückfahrt für morgen buchst? Dann kannst du nachher in Ruhe packen und ich fahre dich morgen früh dorthin, damit du nicht mit der überfüllten Bahn reisen musst.«

»Das würdest du wirklich tun?«

»Natürlich«, erwiderte er. »Du hast immerhin noch eine Familie, für die du leben und zu der du zurückkehren musst.«

Die Fahrt mit James' Automobil nach Harwich dauerte drei Stunden. Helen genoss den Sommerwind im Gesicht und trotz all der Trauer um ihre Mutter und der Sorgen um ihren Vater fühlte sie sich erleichtert. Sie würde rechtzeitig nach Hamburg zurückkehren und Fritz zum zwölften Geburtstag etwas Schönes mitbringen.

»Er wünscht sich Abenteuerbücher, die es noch nicht auf Deutsch gibt«, erzählte sie James während der Fahrt. »Übrigens hat ihm Bram Stokers ›Dracula‹ sehr gefallen, auch wenn Ludwig meinte, das wäre für einen Jungen seines Alters noch zu gruselig.«

»Mir hat das Buch damals auch sehr gut gefallen«, erwiderte James. »Ich war ja etwas überrascht über dein Geschenk, aber als ich es gelesen habe, wurde mir einiges klar. Ich habe mich allerdings gefragt, wer ich wohl in dieser Geschichte war. Jonathan Harker oder Graf Dracula?«

»Du wärst Jonathan Harker gewesen, wenn Mina am Ende ihr Leben an Draculas Seite verbracht hätte.« Sie lächelte ihn breit an.

»Also ist Ludwig Dracula?«

Helen lachte. »Nein, er hat überhaupt nichts Dunkles an sich. Er ist der aufrichtigste und liebenswerteste Mensch, den man sich vorstellen kann. Er hat mich auch immer darin bestärkt, den Kontakt zu meinen Eltern nicht einschlafen zu lassen, sondern ihnen weiter zu schreiben, auch wenn ich zunächst nie eine Antwort bekam.«

»Wenn dein Junge schon so frühreif ist, könntest du ihm Bücher von H. G. Wells schenken. Für den Sohn eines Arztes wäre ›The Country of the Blind‹ vermutlich eine interessante Geschichte, zumal sie auf verschiedenen Ebenen funktioniert. Die Abenteuergeschichte ist für Jugendliche spannend, Erwachsene können an der Doppeldeutigkeit ihre Freude haben.«

»Und worum geht es in dem Buch?«

»Ein Bergsteiger stürzt ab und findet sich in einem Tal wieder, in dem seit Jahrhunderten nur Blinde leben. Er glaubt zunächst, er wäre ihnen überlegen, weil er sehen kann. Aber deren Sinne sind so geschärft, dass er sich im wahrsten Sinne des Wortes umgucken muss, um nicht zu niedersten Sklavenarbeiten getrieben zu werden.«

»Das klingt interessant. Ich glaube, das werde ich Fritz mitbringen. Es ist immer gut, wenn man den Geist von Kindern mit Lektüre anregt, die auch Erwachsenen gefällt.«

»Und du hast keine Angst, dass dort etwas stehen könnte, was deinen Jungen sittlich gefährdet?«, neckte James sie.

»Nein, was soll ein Kind, dessen Eltern ein gutes Vorbild abgeben, schon sittlich gefährden?«

»Wer weiß … Meine Eltern achteten noch streng darauf, dass ich nur sogenannte altersgerechte Bücher las, während die verbotenen Erwachsenenbücher in Vaters Bibliothek unter Verschluss gehalten wurden.«

»Und hast du dich daran gehalten oder hast du heimlich den Schlüssel stibitzt?«

»Was denkst du wohl?« Er lächelte sie verwegen an und auf einmal fragte sich Helen, warum sie früher nie so unbefangen miteinander hatten reden können. Was wäre wohl gewesen, wenn ihr Vater ihr James nicht von Anfang an als künftigen Gatten präsentiert, sondern ihr die Möglichkeit gegeben hätte, ihn selbst kennenzulernen? Hätte es etwas in ihrem Leben geändert? Vermutlich, denn dann hätte sie niemals auf der Europareise bestanden, um einer Verlobung aus dem Weg zu gehen. Und sie wäre niemals Ludwig begegnet. Fritz wäre nie geboren worden …

Nein, es war schon alles gut so, wie es war. Und selbst dieser drohende Krieg hatte seine guten Seiten. Sie hatte sich endlich mit James und der gemeinsamen Vergangenheit ausgesöhnt. Dieser James, der sie jetzt unterstützte, war ein völlig anderer Mann. Er handelte wie ein echter Freund. Ähnlich wie Ellinor, die doch immer von sich geglaubt hatte, so gut wie nichts mit ihrem Halbbruder gemein zu haben.

»Ich glaube, das Schlangestehen wird heute zu unserer Tagesbeschäftigung«, sagte James mit einem Seufzen, als er die

Menschenmenge vor dem Verkaufsschalter sah. »Allerdings habe ich Hoffnung. Sieh mal, die Schlange für die erste Klasse ist deutlich kürzer.«

Diesmal mussten sie nur eine halbe Stunde warten. Für den 5. August waren bereits alle Fahrten ausgebucht, aber Helen hatte Glück und bekam noch eine Kabine auf der Fähre für den 6. August.

»Das ist vielleicht Schicksal«, sagte sie. »Dann habe ich noch einen Tag Zeit, für Fritz Geschenke zu kaufen.«

»Wenn du möchtest, biete ich mich gern wieder als Chauffeur an – sowohl für deine Einkäufe als auch selbstverständlich, um dich zum Fähranleger zu bringen.«

»Musst du denn gar nicht arbeiten? Du hast schon den heutigen Tag für mich geopfert.«

»Geopfert? Nein, Helen, das war kein Opfer. Manchmal muss man Prioritäten setzen. Und deine sichere Heimkehr ist im Augenblick meine oberste Priorität. Ich werde mich heute noch um eine Krankenschwester für deinen Vater kümmern und sie euch morgen vorstellen. Und anschließend stehe ich dir als Begleitung für deine Einkäufe zur Verfügung.«

»Wie ein wahrer Gentleman und guter Freund.«

»Ich fände es schön, wenn du mich für die Zukunft genauso in Erinnerung behalten würdest, Helen. Wir waren damals andere Menschen, aber wir sind beide daran gewachsen.«

In dieser Nacht schlief Helen deutlich besser, denn noch ahnte sie nicht, was sich in dieser Nacht auf der weltpolitischen Bühne abspielte …

35. Kapitel

Winston war in heller Aufregung, als er Helen am Morgen des 5. August die Zeitung brachte. »Wir haben Deutschland den Krieg erklärt!«

Entgegen seiner sonst so ruhigen und gelassenen Art wedelte er schon von Weitem mit der Zeitung, als Helen sich gerade an den Frühstückstisch setzen wollte.

»Was sagen Sie da?« Sie riss ihm die Zeitung undamenhaft aus der Hand und las die Schlagzeile. Kurz vor Mitternacht hatte Großbritannien dem Deutschen Reich den Krieg erklärt, nachdem Deutschland das Ultimatum, seine Truppen aus Belgien zurückzuziehen, hatte verstreichen lassen.

Helen schluckte. »Bitte klären Sie umgehend, ob meine Fährverbindung nach Hamburg für morgen noch steht.«

Winston nickte.

Kurz darauf kam er zurück. Er hatte in Harwich angerufen und erfahren, dass die letzte offizielle Fähre in einer Stunde auslaufen würde. Jene Fähre, für die sie keine Karte mehr bekommen hatte. Ab dem 6. August war der Fährverkehr nach Hamburg offiziell eingestellt. Ihre Fahrkarte war nicht mehr als ein wertloses Stück Papier.

Sie atmete mehrfach tief durch. Hoffentlich käme James bald, damit sie mit ihm ihre weiteren Möglichkeiten besprechen konnte. Möglicherweise könnte sie von Dover aus nach Calais kommen. Allerdings waren die Bahnverbindungen ins Deutsche Reich mit Sicherheit auch unterbrochen, sodass es ihr nicht viel bringen würde. Hoffentlich hatte James eine Idee. Wann wollte er doch gleich kommen? Hatte er die Zeitung gelesen? Dann müsste er wissen, in welcher Notlage sie war.

Ihre Gedanken rasten. Der Konsulatsbeamte hatte illegale Wege angedeutet, die er keiner anständigen Frau empfehlen würde. Was hatte er damit nur gemeint? Schmugglerboote? Sie hatte keine Ahnung, wie man Kontakt zu solchen Leuten herstellen konnte.

Ob die Telegrafenleitungen nach Deutschland noch Bestand hatten?

Sie klingelte erneut nach Winston und bat ihn, ein Telegramm an Ludwig aufzugeben.

> **Fährverbindungen wegen Krieg unterbrochen. Suche nach Alternativen. Ich liebe euch.**

James kam, bevor Winston vom Telegrafenamt zurück war. »Ich bin sofort gekommen, nachdem ich die Zeitung gelesen hatte«, sagte er zu Helen. »Eigentlich wollte ich noch auf Miss Shelter warten, die Krankenschwester für deinen Vater, aber die wird den Weg auch allein finden.«

Er setzte sich zu ihr an den Tisch, auf dem noch ihr Frühstück stand. Helen klingelte nach dem Dienstmädchen, damit sie ihm eine Tasse Tee brachte.

»Meine Fährverbindung für morgen ist gestrichen«, sagte sie. »Winston versucht, noch ein Telegramm nach Hamburg aufzugeben. James, ich weiß nicht, was ich jetzt machen soll. Ich bin völlig verzweifelt!«

»Jetzt beruhige dich erst einmal. Wir werden sicher eine Lösung finden. Und sieh es einmal so – was ist das Schlimmste, das dir passieren kann? Dass du in London bleibst, bis der Krieg vorbei ist. Die meisten meinen, bis Weihnachten sei alles längst vorbei.«

»Aber ich kann meine Familie doch nicht so lange allein lassen. Was ist, wenn Ludwig eingezogen wird? Dann wäre Fritz ganz allein.«

»Wie alt ist Ludwig jetzt?«

»Einundvierzig.«

»Und bis zu welchem Alter werden Männer in Deutschland eingezogen?«

»Das weiß ich nicht.«

»Nun, ich denke nicht, dass man einen niedergelassenen Hausarzt jenseits der vierzig einziehen wird, Helen. Dafür melden sich viel zu viele junge Burschen frisch von der Universität freiwillig. Das wird in Deutschland nicht anders sein als in London. Er und Fritz sind sicher, genauso wie du. Es gibt keinen Grund, jetzt überstürzt zu handeln.«

»Aber ich habe Fritz doch versprochen, zu seinem zwölften Geburtstag wieder zu Hause zu sein.«

»Vielleicht finden wir ja einen Weg, damit du dein Versprechen doch noch halten kannst.«

»Hast du nicht irgendwelche Beziehungen, James? Was ist mit den deutschen Diplomaten? Die werden doch auch sofort ausgewiesen, wenn es zum Krieg kommt. Gäbe es eine Möglichkeit, mich auf einem derartigen Schiff unterzubringen?«

»Das glaube ich kaum, Helen.«

»Oder könnte ich einen Antrag auf Ausweisung stellen? Irgendetwas muss es doch geben.«

»Ich werde sehen, was ich tun kann. Und nun solltest du erst einmal tief durchatmen.«

Auf der einen Seite konnte Helen James gut verstehen. Natürlich wollte er sie beruhigen und vom Verstand her hatte er recht, aber auf der anderen Seite war es unerträglich, in Kriegszeiten von ihren Liebsten getrennt zu sein und nicht einmal zu wissen, wie es ihnen ging. Was, wenn sie krank wurden und sie brauchten? Oder wenn Ludwig doch eingezogen würde? Da fiel ihr ein, was er über Doktor Hirschthal erzählt hatte. Der Kollege hatte angekündigt, sich freiwillig zu melden, was bedeutete, dass sein Patientenstamm unter den verbliebenen niedergelassenen Ärzten aufgeteilt werden musste. Da die meisten in Vertretungszeiten ohnehin zu Ludwig gekommen waren, war es sehr unwahrscheinlich, dass man dem Bezirk gleich zwei Hausärzte entziehen würde. Zumal man an der Front vorwiegend Chirurgen brauchte. Chirurgen … sofort sah sie wieder Fritz vor sich, wie er als kleiner Junge begeistert den OP besichtigt hatte und seither darauf bestand, eines Tages selbst Chirurg zu werden. »Und warum ausgerechnet Chirurg?«, hatte sein Vater ihn gefragt. »Warum nicht Internist?« – »Weil der Chirurg wirklich etwas heilen kann, wo der Internist nur hofft, dass die Medizin wirkt«, hatte Fritz geantwortet.

»Was denkst du gerade, Helen?« James' Stimme riss sie aus ihrer Erinnerung.

»An Fritz«, sagte sie nur.

»Weißt du was? Wir werden Winston bitten, dass er sich um Miss Shelter kümmert, wenn sie kommt, und wir fahren jetzt zu Hatchards, wo du die Bücher für deinen Sohn aussuchst. Damit du sie bei deiner Heimfahrt auf jeden Fall dabeihast.«

Trotz all ihrer Sorgen genoss Helen es, erneut an James' Seite in seinem Cabriolet durch die Straßen Londons zu fahren.

Hatchards war die älteste und renommierteste Buchhandlung Londons in der Piccadilly 187. Sie hatte etwas Magisches an sich, sie war das Tor zu einer anderen Welt, in der die Zeit stehen geblieben war. Helen hatte hier schon als Kind gern Zeit verbracht, auch wenn sie nur selten persönlich in den Büchern stöbern durfte, schließlich war sie eine höhere Tochter, die für solche Besorgungen Dienstpersonal hatte. Die Freiheit, selbst einkaufen zu gehen, würde sie sich niemals wieder nehmen lassen.

Das vertraute Geräusch der Türglocke lockte sogleich den Buchhändler an, um nach ihren Wünschen zu fragen.

»Ich suche Abenteuerbücher für meinen bald zwölfjährigen Sohn«, sagte sie. »Mir wurden bereits die Bücher von H. G. Wells empfohlen.

»Wells? Für einen Zwölfjährigen? Das halte ich für etwas verfrüht«, erwiderte der Buchhändler.

»Er ist ein sehr intelligenter Junge.«

»Was hat er denn sonst so gelesen?«

»Er liebt Karl May.«

»Karl May?« Der Buchhändler hob die Brauen. »Das ist doch ein deutscher Autor. Soweit ich weiß, gibt es keine offizielle englische Übersetzung.«

»Mein Sohn hat ihn im Original gelesen.«

»Auf Deutsch? Dann ist er in der Tat ein bemerkenswertes Kind.«

»Ja«, bestätigte Helen. »Was würden Sie mir denn empfehlen?«

»Kennt er James Fenimore Coopers ›Lederstrumpf‹?«

»Ja, die hat schon mein Mann als Kind gelesen und an unseren Jungen weitergereicht.«

»Welche Bücher von H. G. Wells haben Sie denn vorrätig?«, mischte sich nun James in das Gespräch ein.

»›The Time Machine‹, ›The War of the Worlds‹ und ›The Island of Dr. Moreau‹.«

»Und was ist mit ›The Country of the Blind‹?«, fragte James.

»Das halte ich für einen Zwölfjährigen nun wirklich noch für zu … schwierig.«

»Haben Sie es denn vorrätig?«
»Selbstverständlich.«
»Ich nehme alle vier«, sagte Helen.
»Oh, da wird Ihr Sohn ja gut beschäftigt sein.«
»Ja, er liest einen Roman pro Woche«, sagte Helen. »Wäre er nicht Stammkunde in der Bibliothek, wären wir bei seinem Wissensdurst vermutlich schon arm geworden.«

Der Besuch im Buchladen hatte Helen für eine Weile von ihren Sorgen abgelenkt. Doch als sie nach Hause kamen, wo Miss Shelter bereits eingetroffen war, um sich vorzustellen und Helens Vater kennenzulernen, kehrten die drückenden Sorgen mit Macht zurück. Vor allem, als Helen sah, dass ihr Vater in den letzten Stunden noch mehr von seinem alten Wesen eingebüßt hatte. Sein Geist schien seit dem Tod seiner Frau schneller zu zerfallen als ein welker Blumenstrauß.

Wieder nannte er Helen Catherine und wollte nicht wahrhaben, wer sie wirklich war. Miss Shelter gab Helen durch ein unauffälliges Nicken zu verstehen, dass sie ihrem Vater nicht widersprechen sollte, und stellte sich ihm auf einfühlsame Weise vor. Sie hatte trotz ihres jungen Alters anscheinend bereits Erfahrung im Umgang mit verwirrten alten Menschen und Kenneth reagierte auf ihre Zuwendung ausgesprochen positiv, wenngleich er glaubte, dass sie zu Besuch sei. Immerhin zeigte er sich von seiner besten Seite und holte das Benehmen des Gentlemans, der er war, aus den längst verloren geglaubten hintersten Kammern seines Bewusstseins.

»Ich wusste, dass sie die richtige Schwester für Kenneth ist«, raunte James Helen zu. »Sie war bis vor Kurzem für Matthew Morgan zuständig, der vor zwei Monaten gestorben ist.«

»Der Zeitungsverleger?«, fragte Helen erstaunt. »Ich wusste nicht, dass er so krank war und gestorben ist.«

»Er war schon seit einigen Jahren krank und auf Pflege angewiesen, aber die Familie hielt es geheim. Offiziell galt er noch als Kopf des Unternehmens, aber sein Sohn Ralph hielt die Zügel schon lange fest in der Hand. Aufgrund seiner Jugend hat er sich jedoch zurückgehalten und bis zum Tod seines Vaters so getan, als wäre der alte Herr noch der unumschränkte Patriarch.«

»Es ist schrecklich, wenn alte Menschen geistig zerfallen«, flüsterte Helen zurück. »Ich hoffe, das bleibt mir erspart.«

»Ich auch«, flüsterte James zurück. »Ich würde lieber mit sechzig vom Schlag getroffen werden, als noch fünfzehn weitere Jahre so dahinvegetieren zu müssen. Umso wichtiger ist es, dass dein Vater jetzt in guten Händen ist.«

Winston kam in den Salon. »Mrs Ellerweg, hier ist ein Telegramm von Ihrem Mann für Sie!«

Helen nahm es hastig entgegen und wunderte sich, wie lang es war. Dafür musste Ludwig ein Vermögen bezahlt haben.

> Letztes mögliches Telegramm. Wir lieben dich, warten auf dich. Pass auf dich auf. Kein Krieg dauert ewig. Ludwig und Fritz!

In diesem Moment brach Helens Fassade ein. All die Stärke, die sie in den vergangenen Stunden noch aufrechterhalten hatte, löste sich in nichts auf und sie brach in Tränen aus. Ludwig und Fritz warteten auf sie, sie liebten sie. Sie musste unbedingt nach Hause zurück. Koste es, was es wolle. Kein Krieg würde sie daran hindern, zu den Menschen zurückzukehren, die sie über alles liebte.

36. Kapitel

Anfangs hoffte Helen noch darauf, dass James eine schnelle Lösung für ihr Problem finden würde, doch obwohl er ein renommierter Anwalt der Londoner High Society war, war er genauso hilflos wie sie selbst. Die Briten verhängten eine Seeblockade gegen das Deutsche Reich, die sogar zivile Schiffe betraf. Andererseits nahmen die Ressentiments gegen deutsche Staatsbürger im Vereinigten Königreich rapide zu. Jeder deutsche Staatsbürger wurde als potenzieller Feind betrachtet. Viele verloren ihre Arbeit und wurden unter Hausarrest gestellt, bis Plätze in Internierungslagern frei wurden. Wieder andere wurden auf speziellen Schiffen unter erbärmlichen Umständen ausgewiesen, so, wie es der Botschaftsangestellte prophezeit hatte. Selbst einige Londoner Zeitungen sahen den Umgang mit den Deutschen in London kritisch und prangerten an, dass unbescholtene Menschen nur wegen ihrer Nationalität wie Feinde behandelt würden.

Helen fragte sich, wo auf einmal der viele Hass in den Herzen der Menschen herkam. Das war nicht mehr das London, das sie kannte und liebte. Ob es in Deutschland ähnlich war? Hätte sie dort als Engländerin ebenso viel Hass erdulden müssen wie die Deutschen hier? Hätte man ihr auch mit einer Ausweisung gedroht?

Besonders erschüttert war Helen, als sie von Winston erfuhr, dass sein Cousin, der einen kleinen Gemischtwarenladen betrieb und mit einer Deutschen verheiratet war, ebenfalls unter Anfeindungen zu leiden hatte.

»Marianne traut sich kaum noch auf die Straße«, erzählte Winston. »Wenn sie mit deutschem Akzent spricht, wird sie von Menschen angefeindet, die früher nie ein Problem damit hatten, wenn sie sie im Laden bedient hat. Es ist, als wäre die Welt verrückt geworden. Immerhin hat Marianne keine Ausweisung zu befürchten, aber sie kennt viele andere Deutsche, die nicht durch eine Ehe geschützt und kurz davor sind, alles zu verlieren – sogar ihre Freiheit.«

»Ich würde Marianne gern kennenlernen«, sagte Helen aus einer spontanen Eingebung heraus. »Vielleicht hilft es ihr, wenn sie ein bisschen Zuspruch von Einheimischen bekommt. Obwohl ich mich selbst wie ein Fremdkörper fühle, der nicht hierhergehört.«

Sie seufzte. Anfangs hatte sie noch versucht, das Beste aus der Situation zu machen, zumal sie an der Beisetzung ihrer Mutter teilnehmen und Miss Shelter bei der Betreuung ihres Vaters zur Seite stehen konnte. Aber je näher Fritz' Geburtstag heranrückte, umso unglücklicher wurde sie.

An seinem zwölften Geburtstag am 27. September 1914 schloss sie sich den ganzen Tag in ihrem Zimmer ein und weinte immer wieder bitterlich. Dabei betrachtete sie die Fotografien von ihm und seinem Vater und strich sanft über den Einband der Bücher, die sie Fritz an diesem Tag eigentlich hatte schenken wollen. Sie hatte ihr Versprechen nicht halten können.

War es richtig gewesen, dass sie damals nach England gereist war? Doch wenn sie geblieben und ihre Mutter gestorben wäre, ohne dass sie sie noch einmal gesehen hatte, hätte sie sich das ebenso wenig verziehen wie die Tatsache, dass sie nicht rechtzeitig zu Fritz' Geburtstag zurückkehren konnte. Wie sie es auch drehte und wendete, sie hätte sich nur falsch entscheiden können, egal wofür. Und schuld daran war dieser sinnlose Krieg, dieser männliche Rausch von Heldentum und Ehre, für den sich Menschen gegenseitig abschlachteten, völlig ohne Sinn und Verstand.

In London gab es viele offizielle Anlässe, zu denen die Männer jetzt in Uniform erschienen und sich darauf freuten, bald an die Front geschickt zu werden. Helen war sich sicher, dass es in Deutschland ähnlich aussah, auch wenn sie wusste, dass Ludwig sich von diesem Unfug nicht mitreißen lassen würde. Aber wenn dieser Bazillus vom ach so ehrenvollen Kampf fürs Vaterland sogar schon vor Beginn des Krieges einen vernünftigen Arzt wie Doktor Hirschthal ergriffen hatte, wie sollte er dann vor weniger gebildeten Männern haltmachen?

Und so kam es ihr wie ein Akt der Rebellion vor oder auch ein Zeichen der Menschlichkeit, als sie beschloss, die von allen gemiedene Marianne Tremblay kennenzulernen.

Winston war zunächst verunsichert, schließlich stammte Helen aus der britischen Oberschicht, die für gewöhnlich keine Kontakte zu kleinen Ladengehilfinnen pflegte, aber Helens resolute Art überzeugte ihn, den Kontakt herzustellen.

Anfang Oktober 1914 lernte Helen Ellerweg die Familie Tremblay kennen: Marianne, ihren Mann Ethan und die beiden Kinder, die vierjährige Sally und den zweijährigen David. Helen merkte, wie unangenehm es Marianne war, sie in ihrer kleinen Wohnung, die direkt über dem Laden lag, zu empfangen. Aber als Helen erzählte, dass sie selbst mit ihrer Familie in einer ähnlichen Wohnung lebte, in die auch noch die Arztpraxis integriert war, brach das Eis schnell.

Natürlich war die Wohnung der Tremblays nicht wirklich mit Helens und Ludwigs Wohnung zu vergleichen – sie war noch nicht elektrifiziert und die Toilette befand sich im Hinterhof, von einem eigenen Bad mit Badeofen ganz zu schweigen –, aber sie war gemütlich eingerichtet mit eleganten Bauernmöbeln und blank geputzten Holzdielen.

»Die Möbel habe ich von meinen Eltern bekommen«, erklärte Marianne. »Die haben einen Bauernhof in der Nähe von München.«

»Wie hat es Sie denn nach England verschlagen?«, fragte Helen interessiert.

»Ethan und ich haben uns ganz banal auf dem Oktoberfest kennengelernt. Er wollte das unbedingt mal miterleben.« Sie lachte verlegen. »Nun ja, und dann ergab sich daraus etwas mehr. Ich habe ihn zu uns nach Hause eingeladen und meine Eltern waren sehr angetan von ihm. Wissen Sie, ich habe noch elf Geschwister und der Hof wirft nicht für alle genug ab. Also war schon klar, dass wir Mädchen bald wegheiraten müssen. Und mein Vater meinte, jemand, der einen eigenen Laden in London hat, sei eine gute Partie.«

»Seit wann sind Sie schon verheiratet?«

»Seit fünf Jahren. Sally kam im Jahr darauf zur Welt. Sie spricht nicht einmal mehr Deutsch und trotzdem wird sie auf der Straße von den anderen Kindern als ›die Deutsche‹ angefeindet.«

Helen sah, wie Marianne sich verstohlen eine Träne aus den Augenwinkeln wischte.

»Warum spricht sie kein Deutsch?«, fragte Helen. »Wir haben darauf geachtet, dass unser Sohn zweisprachig aufwächst.«

»Ach, ich dachte, das kann sie später noch lernen, wenn sie ihre Großeltern besucht. Hier war es wichtig, nicht aufzufallen und möglichst gut mit allen klarzukommen. Die Kundschaft war ja von jeher skeptisch, dass Ethan sich eine Frau aus dem Ausland geholt hat. Da gab es wohl einige Frauen in der

Nachbarschaft, die ihn gern mit ihren Töchtern verkuppelt hätten. Hatten Sie nie Schwierigkeiten?«

»Nein«, erwiderte Helen wahrheitsgemäß. »Aber das liegt vielleicht auch daran, dass ein Arzt ein höheres Ansehen hat als ein Krämer.«

»Ja, und Sie sind ja aus einer feinen Familie. Ethan war ganz erstaunt, als Winston erzählte, dass Sie ausgerechnet mich kennenlernen wollten.«

»Vielleicht weil wir so viel gemeinsam haben. Wir haben beide eine Heimat gewählt, die uns jetzt aus den unterschiedlichsten Gründen verschlossen ist. Wobei ich glaube, dass mir niemand meine britische Herkunft vorhalten würde, wenn ich nur wieder zu meinem Mann und Sohn zurückkönnte. Ich würde wirklich alles darum geben, einen Weg zu finden, um noch vor Kriegsende nach Hamburg zurückzukehren.«

»Das glaube ich Ihnen. Es muss schrecklich sein, von seinem Kind getrennt zu sein. Ich hatte anfangs große Angst, man würde mich auch ausweisen. Aber vor Ehefrauen schrecken sie zurück. Allerdings gibt es da ganz andere Geschichten. Ich besuche regelmäßig Familien, die unter Hausarrest stehen und auf ihre Ausweisung warten, und bringe ihnen etwas zu essen. Am schlimmsten ist es, dass die Behörden nicht einmal vor Wöchnerinnen haltmachen. Diese Menschen tun mir schrecklich leid und ich weiß nicht, was schlimmer ist – unschuldig bis zum Ende des Krieges eingesperrt zu werden oder seine Heimat verlassen zu müssen. Wissen Sie, einige sind sogar in London geboren und waren noch nie in Deutschland, aber das interessiert niemanden mehr. Die Welt ist einfach nur ungerecht.«

»Ich würde Sie gern begleiten, wenn Sie diese Menschen das nächste Mal besuchen, und schauen, ob ich helfen kann. Wie Sie wissen, verfüge ich über einige finanzielle Mittel.«

»Das würden Sie wirklich tun? Das ist wunderbar! Ich glaube, das wird vielen Menschen den Mut zurückgeben, dass es doch noch Zusammenhalt jenseits der Nationalitäten geben kann.«

Und so lernte Helen über Marianne Tremblay eine ganz andere Seite Londons kennen, die Angst und Verzweiflung vieler Menschen, die hier schon seit Jahren lebten und auf einmal als Feinde betrachtet wurden. Die Internierungslager selbst konnten sie nicht besuchen, aber es war schon schlimm genug, einige der Wohnungen zu betreten, in denen die Ausgewiesenen auf ihre Passage nach Deutschland warteten. Sie hörte gruselige Gerüchte von alten, ausgemusterten Schiffen, die man im Krieg gerade noch entbehren konnte und auf denen unhaltbare Bedingungen herrschen sollten. Besonders schlimm fand Helen die Geschichten von jungen Frauen, die kleine Kinder hatten und deren Männer interniert worden waren, während sie und ihre Kinder in ein für sie fremdes Land ausgewiesen werden sollten. Es gab so viel Not und Elend, zumal man den Menschen verbot, weiterhin arbeiten zu gehen, und sie nichts zu ihrem Lebensunterhalt beitragen konnten. Wenn es so weiterginge, würde sich der Hunger hier bald mit Krankheiten mischen. Zum ersten Mal schämte sie sich für ihre britische Herkunft und bedauerte, dass sie nicht ebenso wie Ellinor längst die deutsche Staatsbürgerschaft angenommen hatte.

Doch je mehr man anständigen Menschen ihre Lebensgrundlage entzieht, umso mehr gedeihen in solchen Kreisen kriminelle Blüten, und schon bald hatte Helen auch einen Einblick in gesellschaftliche Kreise, die das Gegenteil von denen waren, in denen sie aufgewachsen war. Wie genau ihre Geschichte von der unüberwindlichen Grenze zwischen ihr und ihren Liebsten an die Ohren einer dieser zwielichtigen Gestalten geraten war, wusste Helen nicht. Aber Tatsache war, dass Winston ihr eines Morgens einen Briefumschlag brachte, auf dem lediglich ihr Name stand, kein Absender und auch kein Postwertzeichen. Irgendwer hatte ihn persönlich auf der Schwelle der Villa abgelegt. Helen öffnete ihn und erstarrte.

> Sehr geehrte Frau Ellerweg, *las sie auf Deutsch*,
> wenn Sie noch immer nach einem Weg zurück nach Deutschland suchen, können wir Ihnen gegen eine noch zu verhandelnde Summe und eine kleine Gefälligkeit behilflich sein. Kommen Sie heute um 11.00 Uhr zum Pub Little Man und klopfen Sie dort an die Hintertür. Man wird Sie erwarten.

Der Brief war nicht unterzeichnet. Helen atmete mehrfach tief durch. Der Little Man lag ganz in der Nähe des Hafens, ein verrufenes Viertel, aber am Vormittag war es im Gegensatz zu den Nächten sicher und viele Touristen, die einmal den echten Charme der Docks kennenlernen wollten, trieben sich hier herum. Sie würde vermutlich kaum Aufmerksamkeit erregen.

Andererseits, konnte sie sich wirklich auf ein solches Schreiben verlassen? Womöglich war es nur eine Falle, um sie auszurauben? Warum sollten ihr Unbekannte helfen?

Es stand nicht dabei, dass sie allein kommen sollte.

»Winston, ich möchte, dass Sie mich heute Vormittag zu einem Ausflug begleiten«, sagte sie. »Ich nehme an, mein Vater benötigt Ihre Dienste nicht, da Miss Shelter sich um ihn kümmert.«

»Wie Sie wünschen«, erwiderte der Kammerdiener ihres Vaters, ohne eine weitere Frage zu stellen. Das war der Vorteil an gutem britischem Personal – es stellte nie überflüssige Fragen.

»Wir nehmen das Automobil. Bitte sagen Sie Milford Bescheid.«

Winston nickte und ging.

Chauffeur Milton fuhr kurz darauf das Automobil vor, einen Mercedes Cardan, auf den ihr Vater zu seinen guten Zeiten immer so stolz gewesen war. Damals, als deutsche Autoimporte noch vom Wohlstand des Besitzers zeugten. Helen seufzte. Wie schnell sich die Zeiten änderten.

Sie nannte Milford das Ziel. Der hob zwar kurz skeptisch die Augenbrauen, sagte aber nichts weiter.

»Sie warten hier vor der Tür«, sagte Helen zu ihm, nachdem sie ihr Ziel erreicht hatten. Dann ging sie in Winstons Begleitung zur Hintertür.

Sie musste dreimal klopfen, bis ihr endlich geöffnet wurde.

Ein Mann mit dunkelblondem Vollbart und einer Schiffermütze, wie sie auch viele Hamburger trugen, öffnete ihr. Dann fiel sein Blick auf Winston.

»Was wollen Sie?«

»Mein Name ist Helen Ellerweg. Ich habe einen Brief bekommen.«

»Und wer ist das?«

»Mein Diener.«

Der Mann musterte Helen und Winston schweigend und mit hochgezogenen Brauen, machte aber keine Anstalten, sie einzulassen.

»Gut, falls das alles ein Irrtum war, gehen wir wieder«, sagte Helen mit all ihrer anerzogenen Oberschichtüberheblichkeit. »Winston, Milford soll den Wagen vorfahren, hier verschwenden wir unsere Zeit.«

»Einen Augenblick«, sagte der Bärtige und trat einen Schritt zur Seite, sodass der Weg ins Innere frei war.

Helen tauschte einen kurzen Blick mit Winston, der nickte, dann gingen sie hinein.

Es war ein dunkles Hinterzimmer, in dem einige Bierfässer gelagert waren. In der Mitte stand ein großer Holztisch, auf dem mehrere Papiere lagen. Der größte Teil davon waren Lieferbescheinigungen, wie Helen auf den ersten Blick erkannte.

»Man hat mir zugetragen, dass Sie England in Richtung Deutschland verlassen wollen?«, fragte der Mann.

»Sonst wäre ich nicht hier«, erwiderte Helen. »Gibt es eine Möglichkeit, sicher nach Hamburg zu kommen?«

»Sicherheit ist relativ, aber es gibt eine Möglichkeit. Die kostet jedoch einiges.«

»Geld spielt keine Rolle.«

»Das ist gut, aber es geht nicht nur um Geld.«

»Was brauchen Sie noch?«

»Ihren Reisepass.«

»Wozu?«, fragte Helen erstaunt. »Wenn es eine illegale Überfahrt ist, wird den keiner kontrollieren.«

»Eben. Sie brauchen ihn nicht. Sie können bei Ihrer Rückkehr in Hamburg angeben, Sie hätten ihn verloren. Aber hier kann er uns gute Dienste leisten.«

»Das verstehe ich nicht.«

»Das müssen Sie auch nicht verstehen. Die Frage ist, ob Sie ihn uns überlassen.«

Helen spürte, wie Winston sie warnend anstieß. »Erst einmal möchte ich wissen, was Sie mir im Gegenzug anzubieten haben. Wie kann ich London in Richtung Hamburg verlassen? Gibt es ein Schiff? Wie ist die Reiseroute?«

»Wir haben einen kleinen Kutter, der Sie über die Themse in die Nordsee bringt. Dort werden Sie dann von einem Schiff mit dem Ziel Deutschland aufgenommen.«

»Was für ein Schiff?«, fragte Helen.

»Ein Segelschiff.«

»Deutsch oder britisch?«

»Das spielt keine Rolle.«

Helen spürte, wie ihr eine Gänsehaut über den Rücken lief. »Was sind Sie? Schmuggler oder Spione?«

»Wir sind die Leute, die Sie zurück zu Ihrer Familie in Deutschland bringen können.«

»Und wer garantiert uns, dass Sie Mrs Ellerweg dort auch wirklich sicher absetzen?«, mischte sich nun Winston ein. »Wenn Sie von ihr das Geld und ihren Pass haben, wäre es doch viel leichter, sie einfach verschwinden zu lassen, oder?«

Bei diesen Worten erstarrte Helen. An diese Möglichkeit hatte sie gar nicht gedacht.

»Und was hätten wir davon?«, fragte der Mann zurück.

»Viel Geld und einen britischen Pass ohne jedes Risiko, zumal man in Kriegszeiten nicht nachvollziehen könnte, wo eine vermisste Person sich wirklich befindet.«

»Ich sehe schon, Sie sind ein kluger Mann, Mr …?«

»Winston.«

»Mr Winston. Nun, ich kann Ihre Besorgnis gut verstehen, aber Sie müssen auch verstehen, dass wir uns hier auf heiklem Terrain befinden. Was weiß ich schon über Sie? Sie könnten ein ziviler Polizist sein. Oder alle Informationen, die Sie hier erhalten, der Polizei weiterleiten. Wer garantiert mir, dass Sie das nicht tun?«

»Derselbe, der mir garantiert, dass Sie Mrs Ellerweg sicher nach Hamburg bringen. Niemand.«

»Dann haben wir also beide gleichermaßen viel zu verlieren.«

»Und wie wollen wir dieses Problem lösen?«, fragte Helen.

»Sie könnten beispielsweise damit anfangen, dass Sie uns Ihren Namen nennen«, sagte Winston zu dem Bärtigen.

»Smith.«

»Aha, Smith. Und Sie arbeiten dann gewiss mit Mr Jones zusammen, was?«

Smith lächelte. »Womöglich. Aber ich heiße wirklich so.« Er reichte Winston einen der Lieferscheine, der an einen Albert Smith adressiert war. »Mir gehört dieses Pub. Das können Sie gern überprüfen.«

»Das werde ich tun«, sagte Winston.

»Vielleicht sollten wir unser Geschäftsgespräch vertagen, bis der misstrauische Mr Winston etwas mehr Vertrauen gefasst hat, Mrs Ellerweg. Wenn Sie Informationen über mich einziehen, werden Sie herausfinden, dass ich einen deutschen Halbbruder habe, der Kapitän eines Segelschiffs ist, und dass weder mein Bruder noch ich viel für den Krieg unserer beiden Nationen übrighaben. Er ist als Blockadebrecher unterwegs und ich beliefere ihn zu lukrativen Preisen mit einigen Waren, die ich selbst wiederum aus Übersee beziehe. Es wäre für meinen Bruder kein Problem, diesmal auch einen Passagier mitzunehmen, wenn das Geld stimmt.«

»Und was ist mit dem Pass?«

»Den könnte mein Bruder gut gebrauchen, um die Qualität seiner gefälschten Papiere für Notfälle zu überprüfen.«

Winston zögerte. »Ich werde Ihre Angaben überprüfen. Dann sprechen wir uns wieder.«

Helen atmete auf und war zugleich froh, dass Winston sich der Sache so beherzt angenommen hatte. Oder würde er versuchen, ihr das Ganze noch einmal auszureden, sobald sie wieder unter vier Augen sprechen konnten? Nun, sofern Mr Smith die Wahrheit gesagt hatte, wäre Helen bereit, jedes Risiko einzugehen, um endlich wieder nach Hause zu kommen.

37. Kapitel

Tatsächlich stellte Winston in den folgenden Tagen fest, dass Albert Smiths Aussagen der Wahrheit entsprachen. Das Pub gehörte ihm und er hatte tatsächlich einen deutschen Halbbruder namens Hermann Vogt, Kapitän eines Viermasters, der vor dem Krieg oft in London gewesen war. Winston traf einige Männer, die Kapitän Vogt persönlich kannten und für seine Integrität bürgten. Einzig die Sache mit dem Reisepass missfiel Winston. Und der unverschämt hohe Preis, den Smith forderte – einhundertfünfzig britische Pfund. Dafür musste ein einfacher Angestellter mehrere Jahre arbeiten.

»Wollen Sie sich wirklich darauf einlassen?«, fragte Winston, nachdem er Helen seine Erkenntnisse dargelegt hatte. »Ich habe kein gutes Gefühl bei der Sache. Was wäre so schlimm daran, wenn Sie hier in Sicherheit das Ende des Krieges abwarten?«

Helen atmete tief durch. »Wenn ein Ende dieses unseligen Krieges absehbar wäre, würde ich es tun. Aber seien wir doch mal ehrlich, Winston – alles deutet darauf hin, dass er eben nicht bis Weihnachten vorüber ist und die Seeblockade der Briten weiter ausgebaut wird. Möglicherweise ist das die letzte Chance für mich, in absehbarer Zeit nach Hause zu kommen. Wissen Sie, was meine größte Furcht ist? Dass ich jetzt nicht den Mut aufbringe, und wenn ich dann zurückkehre, erkenne ich Fritz nicht mehr wieder, weil Jahre ins Land gezogen sind.«

»Sie sollten nicht so schwarzsehen.«

»Ich würde es mir nie verzeihen, wenn ich diese Möglichkeit nicht nutze. Tun Sie mir einen Gefallen, Winston. Versuchen Sie, den Preis für die Überfahrt noch etwas herunterzuhandeln. Wenn er auf einhundert Pfund heruntergeht, dann bin ich bereit, es zu wagen.«

Winston schob nachdenklich die Unterlippe vor. »Ich bin mir nicht sicher, ob ich dabei wirklich all meine Verhandlungskünste in die Waagschale werfen sollte.«

»Ich vertraue Ihnen, Winston. Sie werden Ihr Bestes geben.«

»Werden Sie Ihren Entschluss Ihrem Vater mitteilen? Oder Mr Mitchell?«

Helen senkte den Blick. »Nein«, sagte sie schließlich. »Ich werde mich von meinem Vater verabschieden, aber er wird es sowieso nicht mehr begreifen. Seine Veränderung ist erschreckend, finden Sie nicht?«

»Leider. Und Mr Mitchell?«

»Ich will James nicht beunruhigen. Er würde nicht nur versuchen, es mir auszureden, sondern sicher auch alles in seiner Macht Stehende tun, um es zu verhindern – notfalls mit der Polizei. Und das kann ich nicht riskieren. Nicht nur wegen mir. Auch nicht wegen Kapitän Vogt. Das Deutsche Reich ist aufgrund der Seeblockade auf seine Blockadebrecher angewiesen.«

Winston nickte schwach, auch wenn ihm deutlich anzusehen war, wie wenig ihm seine Rolle als Mitverschwörer behagte.

Tatsächlich gelang es Winston, den Preis auf einhundert Pfund herunterzuhandeln, auch wenn die Verhandlungen drei Tage in Anspruch nahmen.

Am 5. November 1914 war es so weit. Der Kutter, der die *Isolde*, den Viermaster von Kapitän Vogt, in der Nordsee treffen sollte, würde um fünf Uhr nachmittags auslaufen. Das Geld und ihren Pass sollte Helen Mr Smith direkt am Hafen geben. Viel Gepäck konnte sie nicht mitnehmen. Ihr großer Schrankkoffer würde den Krieg über in London bleiben, sie packte nur eine Reisetasche mit Wäsche zum Wechseln und den vier Büchern für Fritz.

Winston begleitete Helen zum Hafen. Er war sehr schweigsam und sie merkte dem Kammerdiener ihres Vaters deutlich an, dass er mit ihrer Entscheidung nicht einverstanden war, obwohl er sie respektierte. Helen hatte sich von ihrem Vater verabschiedet, aber er hatte es kaum wahrgenommen. Der Verfall seiner Persönlichkeit schritt jeden Tag weiter voran, ganz so, als hätte sein Leben nach dem Tod seiner Ehefrau keinen Sinn mehr. Als Helen ihren Vater zum Abschied in den Arm genommen hatte, war ihr bewusst geworden, dass sie ihn möglicherweise niemals wiedersehen würde, und ihr Herz war schwer geworden. Wie schon so oft verfluchte sie im Stillen den Krieg, während sie sich nach außen hin um ein aufmunterndes Lächeln bemühte. Hoffentlich war sie bald wieder bei Ludwig und Fritz. Lange konnte sie diese Last nicht mehr tragen, einzig der Gedanke an ihre Liebsten hielt sie aufrecht.

Mr Smith erwartete sie am Anleger des unauffälligen Kutters. Sie übergab ihm den Umschlag mit dem Geld und ihren Pass. Das Dokument der deutschen Botschaft, das ihre Wiedereinreise gewährleisten sollte, behielt sie bei sich. Möglicherweise würde es ihr helfen, wenn sie ihren Pass bei ihrer Heimkehr als gestohlen meldete. Vielleicht sollte sie ohnehin versuchen, die deutsche Staatsbürgerschaft zu erwerben – als Zeichen der Loyalität zu jenem Land, das nun schon seit vierzehn Jahren ihre Heimat war.

»Ich habe für James einen Brief in meinem Zimmer hinterlassen«, sagte sie zum Abschied zu Winston. »Bitte geben Sie ihn ihm, sobald ich fort bin.«

»Selbstverständlich.«

»Ich danke Ihnen vielmals für alles, Winston. Ohne Sie wäre das alles nicht möglich gewesen. Ich hoffe, der Krieg dauert nicht allzu lang und wir sehen uns bald wieder.« Entgegen der üblichen Gepflogenheiten im Umgang mit Dienstboten reichte sie ihm die Hand.

Winston ergriff sie mit ungewohnter Festigkeit. »Passen Sie gut auf sich auf, Mrs Ellerweg. Ich wünsche Ihnen von ganzem Herzen eine sichere Heimkehr!«

Dann stieg sie auf den alten Kutter. Einer der Seeleute nahm ihr die Reisetasche ab und bat sie unter Deck, wo sie an einem einfachen Tisch Platz nehmen konnte. Vom Deck her hörte sie die Stimmen der Männer, die sich ans Ablegemanöver machten. Helens Herz schlug höher, als ein Ruck durch das kleine Schiff ging. So fühlte es sich also an, wenn man im wahrsten Sinne des Wortes die Leinen in unsicheren Zeiten löste.

Einer der Seeleute kam zu ihr und brachte ihr eine Blechtasse. »Ich denke, eine kleine Stärkung für die Fahrt wird Ihnen guttun«, sagte er. »Tee mit Rum.«

»Vielen Dank.« Helen nahm einen Schluck. Es schmeckte eher wie Rum mit Tee, aber sie war dankbar für die Wärme, die sie durchströmte.

Auf der Themse lag das Schiff noch ruhig im Wasser, aber als sie die Nordseemündung erreichten, kam heftiger Wind auf. Das Schiff geriet so sehr ins Schlingern, dass Helens mittlerweile leere Tasse beinahe vom Tisch gerutscht wäre. Im letzten Moment fing sie sie auf.

Die Seeleute waren weiterhin an Deck, aber der heftige Wind verhinderte, dass sie mehr als lose Wortfetzen hörte.

Kurz darauf kam wieder jemand zu ihr. Es war der Mann, der ihre Reisetasche getragen hatte.

»Wollen wir mal hoffen, dass der Wind sich ein wenig legt, bis wir unser Rendezvous mit der *Isolde* haben. Sonst wird das mit der Ladungsübergabe und Ihrem Umsteigen schwierig.«

Helen schluckte. »Und was machen wir, wenn es so stürmisch bleibt?«

»Das entscheidet Kapitän Vogt. Für ihn ist's das größere Risiko.«

»Kennen Sie den Kapitän schon lange?«

»Ja, fünfzehn Jahre sind es wohl inzwischen. Er ist ein Seebär, wie er im Buche steht. Den kann so schnell nix erschüttern.«

»Und es stört Sie nicht, dass er Deutscher ist?«

»Komische Frage, warum sollte es mich stören? Sie wollen doch auch zurück nach Deutschland, obwohl Sie Engländerin sind.«

»Ja, da haben Sie recht«, gab Helen zu. »Kriege sollten nichts an Freundschaften ändern. Aber leider denken derzeit nicht viele Briten so wie Sie.«

»Ich bin Ire.« Er grinste schief. »So, jetzt muss ich mal wieder an Deck. Halten Sie sich gut fest, damit Sie nicht wegwehen.«

Helen nickte nur und wusste nicht, ob sie sich durch dieses kurze Gespräch getröstet oder verunsichert fühlen sollte. Zum Glück litt sie nicht unter Seekrankheit. Wenigstens hätte sie eine interessante Geschichte, die sie Fritz bei ihrer Heimkehr erzählen konnte.

Drei Stunden später erhielt sie die Nachricht, dass sie sich jetzt dem Treffpunkt näherten. Es war mittlerweile stockdunkel, aber der Sturm hatte nachgelassen.

»Soll ich an Deck kommen?«, fragte Helen.

Brady, der Ire, schüttelte den Kopf. »Bleiben Sie noch hier. Erst mal abwarten, bis wir die Positionslichter der *Isolde* sehen.«

Obwohl er sich bemühte, stoische Gelassenheit auszustrahlen, hatte Helen den Eindruck, dass es sich nur um eine aufgesetzte Ruhe handelte. War der Sturm zu stark oder stimmte etwas nicht? Sie atmete mehrfach tief durch, dann setzte sie sich wieder an den Tisch und bedauerte, dass sie ihren Tee mit Rum bereits ausgetrunken hatte. Sie hätte jetzt gut etwas Warmes und zugleich Beruhigendes gebrauchen können.

Die Zeit verging und Helen lauschte auf jedes Geräusch von Deck. Wie lange würde es noch dauern? Plötzlich ging ein Ruck durch das Schiff, so als würde es hart wenden. Ging es längsseits? War es an der Zeit, an Deck zu gehen? Unruhig griff sie nach ihrer Reisetasche.

Im selben Moment kam Brady wieder unter Deck. »Sie müssen sich verstecken«, sagte er. »Vielleicht kommen wir dann durch.«

»Verstecken?« Helen starrte ihn verwirrt an. »Warum verstecken?«

»Die *Isolde* wurde von der britischen Marine aufgebracht! Und jetzt sind sie hinter uns her. Los, Sie müssen sich bei der Schmuggelware verstecken.« Er löste hastig ein paar Bohlen des Schiffsbodens. »Da ist auch noch Platz für Sie, es dauert nicht lange«, sagte er. »Los, legen Sie sich da hin.«

Noch ehe Helen wusste, wie ihr geschah, lag sie schon in einem Hohlraum zwischen Säcken und Kisten. Es roch nach Tabak. War das der Schmuggel? Tabak aus Übersee, der an ein deutsches Schiff weitergegeben wurde? Ihre Gedanken rasten. Was bedeutete es, dass die *Isolde* aufgebracht worden war? Warum sollte sie sich verstecken? Wollten die Männer mit dem kleinen Kutter nach Deutschland fahren oder war ihre Flucht hier zu Ende? Ging es nur noch darum, heil nach England zurückzukehren? Und was wäre, wenn die Marine auch diesen Kutter aufbringen würde? Würden sie ihn durchsuchen und ziehen lassen, wenn sie nichts Verdächtiges fanden? Aber was wäre, wenn man sie bei der Schmuggelware fand? Würde man sie verhaften?

Ich habe nichts Unrechtes getan, hämmerte es immer wieder in ihrem Kopf. *Ich will nur nach Hause. Es ist mein Recht, zu meiner Familie nach Hause zurückzukehren! Ich will nur nach Hause. Lieber Gott, lass all das zu einem guten Ende führen! Lass mich wohlbehalten zu Ludwig und Fritz zurückkehren.*

38. Kapitel

»Wie oft wollen Sie mir dieses Märchen jetzt noch erzählen?« Die Stimme des Offiziers donnerte durch den kahlen Raum, in dem sie bereits seit Stunden verhört wurde. Es gab nur einen Schreibtisch und zwei Stühle, sonst nichts. Nicht einmal ein Fenster, sondern nur kaltes elektrisches Licht.

»Das ist kein Märchen«, widersprach Helen zum womöglich hundertsten Mal. Sie fühlte sich innerlich leer und ausgebrannt, konnte noch immer nicht fassen, was passiert war. Die Ereignisse der letzten Stunden kamen ihr so unwirklich vor, dass sie sich nur bruchstückhaft daran erinnern konnte. Manchmal befürchtete sie, den Verstand zu verlieren.

»Mein Name ist Helen Ellerweg. Ich wollte nur zurück zu meinem Ehemann und meinem Sohn.«

»Zu Ihrem deutschen Ehemann!«, donnerte die Stimme des Offiziers. Helen hatte keine Ahnung, welchen Rang er bekleidete, seinen Namen hatte er ihr ebenfalls nicht verraten. Ob das zur allgemeinen Einschüchterungstaktik gehörte? Als der Kutter aufgebracht worden war, hatte sie Schüsse gehört. Kurz darauf hatte man sie wie eine Schwerverbrecherin aus ihrem Versteck gezerrt und behauptet, sie sei eine Spionin.

Das Schreiben der deutschen Botschaft bestätigte die Soldaten in ihrer Meinung und man brachte sie an Deck. Dort wäre sie beinahe in einer Blutlache ausgerutscht. Dann erst hatte sie Brady gesehen, der mit toten Augen in den Nachthimmel starrte. Da hatte sie zum ersten Mal geschrien. Das konnte nur ein Albtraum sein.

Sie schrie noch immer, als man sie auf das britische Kriegsschiff brachte. Unruhige Stunden auf See, aber alles in ihr war taub und gefühllos. Sie hatte alles verloren. Irgendwann legte das Schiff an, aber alles blieb dunkel. Helens klare Erinnerung an die letzten Stunden setzte erst wieder im Verhörraum ein.

Immer wieder hatte sie erzählt, warum sie wirklich an Bord des Kutters gewesen war. Hatte beteuert, sie sei eine harmlose Ehefrau und Mutter, die zurück zu ihrem Mann und ihrem Kind wollte. Und immer wieder hatte man ihr entgegengehalten, das sei eine Lüge. Die ganze Nacht hatten die Verhöre angedauert, man hatte ihr keine Ruhe gegönnt, ganz so, als wollte man sie brechen. Irgendwann hatte sie das Gefühl für die Zeit verloren.

»Mein Mann ist ein ehrbarer deutscher Arzt, der mit diesem Krieg nicht das Geringste zu tun hat. Was hätten Sie denn an meiner Stelle getan, wenn Sie auf normalem Weg nicht zurück nach Hause kommen?«

»Sie bezeichnen das Deutsche Reich als Ihr Zuhause?«, donnerte die Stimme.

»Ja, denn mein Zuhause ist da, wo mein Mann und mein Sohn sind. Selbst wenn Sie mich noch tausendmal fragen, Sie werden keine andere Antwort bekommen! Ich bin keine Spionin. Und ich verlange einen Anwalt!«

»Sie haben kein Recht, irgendetwas zu verlangen!«

»Ich habe das Recht einer britischen Staatsbürgerin! Ich bin eine geborene Mandeville. Mein Vater ist Kenneth Mandeville.

Ich kam im Juli nach London, da meine Mutter im Sterben lag. Am Tag nach ihrem Tod erklärte Großbritannien dem Deutschen Reich den Krieg. Deshalb war ich bei der Botschaft. Ich wollte einen legalen Weg nach Hause finden, aber den gab es nicht mehr!«

»Und warum haben Sie sich dann mit Schmugglern und Verbrechern zusammengetan? Wenn Sie wirklich die Tochter von Kenneth Mandeville sind und Ihr Mann ein unbescholtener deutscher Staatsbürger, hätten Sie auch in der Sicherheit Ihres Elternhauses auf bessere Zeiten warten können.«

»Wie oft soll ich Ihnen das noch sagen? Ich wollte zu meinem Sohn! Er ist gerade erst zwölf Jahre alt geworden. Ich kann mein Kind doch nicht im Krieg alleinlassen! Können Sie das nicht verstehen?«

»Fangen wir noch einmal von vorn an, Mrs Ellerweg. Warum haben Sie sich an Bord des Kutters versteckt?«

»Wissen Sie was? Ich werde jetzt gar nichts mehr sagen. Sie haben kein Recht, mich so zu behandeln. Ich verlange, dass Sie meinen Anwalt James Mitchell informieren. Der kann meine Aussage bestätigen.«

»Sie verkennen Ihre Lage. Sie unterstehen der Militärgerichtsbarkeit.«

»Mit welchem Recht?«, fragte Helen. »Was hat meine Bürgerrechte außer Kraft gesetzt?«

»Die Tatsache, dass wir Sie als versteckte Passagierin auf einem Kutter gefunden haben, der auf dem Weg zu einem konspirativen Treffen mit einem deutschen Schiff war. Sie sind eine deutsche Spionin, geben Sie es zu!«

»Und was sollte ich in den letzten Wochen so Wichtiges spioniert haben?«, fragte Helen.

»Wir haben ein paar Erkundigungen eingezogen. Sie haben sich viel mit feindlichen Ausländern abgegeben.«

»Sie meinen die deutschen Bürger, die ihren Lebensmittelpunkt in Großbritannien hatten und jetzt völlig unschuldig wie Verbrecher behandelt werden?«

»Sie geben also zu, dass Sie mit dem Deutschen Reich sympathisieren?«

»Ich sympathisiere mit niemandem. Ich bin lediglich eine Mutter, die zu ihrem Kind will.« Noch während sie diese Worte aussprach, verlor sie die Fassung und brach in Tränen aus.

»Sparen Sie sich das. Ihre Tränen machen keinen Eindruck auf mich!«

Die Schärfe in der Stimme des Offiziers ließ Helen nur noch heftiger weinen. Es war alles so absurd. So unwirklich. Das konnte doch alles nicht wahr sein! So benahm sich kein ehrenwerter britischer Offizier. War sie wirklich von der Marine festgenommen worden oder war das alles ein seltsames Spiel? Sie wusste nicht mehr, was sie denken sollte. Warum redete keiner vernünftig mit ihr? Warum rief man nicht einfach James an? Er würde ihre Aussagen bestätigen, auch wenn er ihr vermutlich Vorwürfe machen würde, dass sie sich heimlich auf diesen Weg gemacht hatte. Aber er würde ihr dennoch helfen. Da war sie sich ganz sicher.

Da jedes scharfe Wort Helens Tränenstrom nur weiter verstärkte, wurde sie kurz darauf von einem weiteren Mann am Oberarm gepackt und aus dem Verhörzimmer in eine ebenfalls fensterlose Zelle geführt, in der es lediglich eine Pritsche und einen Eimer für die Notdurft gab. An der Decke hing eine kahle Glühbirne, die ununterbrochen leuchtete.

Nach einiger Zeit beruhigte Helen sich und sah auf ihre Uhr. Verdammt, sie hatte vergessen, sie aufzuziehen. Sie stand auf und ging zur Tür.

»Hallo!«, rief sie. »Ist da wer?«

Niemand antwortete.

»Hallo!«, brüllte sie nun so laut, wie sie konnte.

Stille. Als hätte man sie einfach vergessen.

Durfte das britische Militär tatsächlich so mit einer britischen Staatsbürgerin umgehen? Das widersprach allen Gesetzen. Sie war doch nicht irgendwer. Sie war eine geborene Mandeville!

Aber vielleicht war das deren Methode, sie schmoren zu lassen, damit sie sagte, was die Männer hören wollten. Aber was wollten die hören? Dass sie eine Spionin war? Warum machten sie sich dann solche Mühe? Sie hätten doch einfach nur ihre Angaben überprüfen müssen.

Da es für Helen unerträglich war, nicht zu wissen, wie viel Zeit vergangen war, stellte sie ihre Uhr auf zwölf. Auf diese Weise würde sie wenigstens die Zahl der Stunden zählen können, die von nun an vergingen.

Um drei Uhr nach Helens neuer Zeitrechnung wurde die Tür zu ihrer Zelle geöffnet. Sie hatte mittlerweile großen Hunger und hoffte, endlich etwas zu essen zu bekommen, aber stattdessen wurde sie erneut in den Verhörraum gebracht.

»Haben Sie sich etwas beruhigt?«, fragte der Offizier.

Helen schwieg. Es war sinnlos, ihm zu antworten. Sie hatte ihm alles gesagt, was es zu sagen gab.

»Antworten Sie!«

Ich bin nicht hier. Ich bin wieder zu Hause. Das hier ist nur eine Geschichte, die ich Fritz erzähle. »*Mama, wie geht es weiter? Wie bist du dem gemeinen Offizier entkommen?*«

Indem ich einfach geschwiegen habe, weil er die Wahrheit nicht hören wollte. »*Nur geschwiegen?*«, hörte sie Ludwigs Stimme auf einmal in ihrem Kopf, so laut und deutlich, als wäre er wirklich da. »*Du solltest ihm was vorsingen, dann würde er dich sofort gehen lassen.« Fritz lachte. »Das ist gemein, Papa. So schlecht singt Mama gar nicht.«*

»Reden Sie endlich! Dann können wir das hier beenden.«

»Kommt ein Vogel geflogen«, fing Helen auf Deutsch an zu singen.

>Setzt sich nieder auf mein' Fuß,
hat ein' Zettel im Schnabel,
von der Mutter ein' Gruß.

Der Offizier starrte sie irritiert an. »Hören Sie auf mit dem Unsinn!«

Helen sang unbeirrt weiter.

> Lieber Vogel, fliege weiter,
> nimm ein' Gruß mit und ein' Kuss,
> denn ich kann dich nicht begleiten,
> weil ich hierbleiben muss.

Das Gesicht des Mannes verriet ihr, dass sie auf dem richtigen Weg war. Auf seine nächste Frage antwortete sie:

> Es tanzt ein Bi-Ba-Butzemann
> in unserm Haus herum, fidebum.
> Es tanzt ein Bi-Ba-Butzemann
> in unserm Haus herum.
> Er rüttelt sich, er schüttelt sich,
> er wirft sein Säckchen hinter sich.
> Es tanzt ein Bi-Ba-Butzemann
> in unserm Haus herum.

Ganz gleich, was der Mann tat oder sagte, Helen konzentrierte sich nur auf ihr Repertoire an deutschen Kinderliedern, auch wenn ihr Hals langsam rau wurde. Einfach nur singen. Solange sie noch singen konnte, war alles in Ordnung. Gesang vertreibt jede Angst. Wo du singst, da lass dich nieder.

Um fünf Uhr nach ihrer neuen Zeitrechnung gab der Offizier auf. Vielleicht hielt er sie auch nur für verrückt. Man brachte sie noch immer singend zurück in ihre Zelle. Sie sang weiter, für den Fall, dass irgendwer lauschte. Um halb sechs nach ihrer neuen Zeitrechnung bekam sie zum ersten Mal etwas zu essen und zu trinken. Vielleicht hofften ihre Peiniger ja, dass sie dann endlich mit dem Singen aufhörte. Sie trank hastig etwas Wasser, dann stürzte sie sich auf den Napf mit Linsensuppe und sang mit vollem Mund.

Um sieben Uhr nach ihrer neuen Zeitrechnung wurde sie erneut in den Verhörraum gebracht. Kaum hatte man die Tür ihrer Zelle geöffnet, fing sie wieder an zu singen, obwohl ihr Hals bereits wund war. Doch diesmal war alles anders, denn sie sah James! Ihr Herz machte einen Freudenhüpfer und sie schwenkte vom Kinderlied auf die britische Nationalhymne um. Der Offizier, der sie die ganze Zeit immer wieder befragt hatte, sah so aus, als könnte er seine Selbstbeherrschung nicht mehr lange bewahren. James hingegen sah hochgradig besorgt aus. Hatte er Angst, dass sie wirklich den Verstand verloren hatte, oder war ihre juristische Lage so kritisch?

»Helen, könntest du bitte mit dem Gesang aufhören?«, fragte er vorsichtig.

Helen ließ sich nicht beirren, sondern beendete erst die Nationalhymne. »Es wäre ein Sakrileg, mitten in unserer glorreichen Hymne mit dem Singen aufzuhören«, sagte sie und wusste plötzlich selbst nicht mehr, ob sie das ernst meinte oder ob es zu ihrem Spiel dazugehörte. Ihre Stimme hörte sich nur noch an wie ein Krächzen und sie musste heftig husten.

»Was um alles in der Welt haben Sie mit Mrs Ellerweg gemacht?«, fuhr James den Offizier an. »Sie ist britische Staatsbürgerin und Sie hätten ihrem Wunsch, mich zu informieren, viel früher nachkommen müssen.«

»Mrs Ellerweg steht in Verdacht, eine feindliche Spionin zu sein. Damit untersteht sie der Militärgerichtsbarkeit und hat im schlimmsten Fall die Todesstrafe zu erwarten!«

Helen erstarrte. Die Todesstrafe? Aber sie hatte doch gar nichts Verbotenes getan! Sie wollte doch nur wieder zu ihrer Familie zurückkehren.

»Und warum haben Sie mich dann jetzt doch hinzugezogen?«, fragte James.

»Kommt ein Vogel geflogen.«

»Helen, hör sofort auf damit!«, rief James.

»Setzt sich nieder auf mein' Fuß.«

»Helen, hör auf!« James schüttelte sie so heftig, dass sie vor Schreck verstummte.

»Genau deshalb«, sagte der Offizier. »Weil wir uns nicht sicher sind, ob sie überhaupt zurechnungsfähig ist. Das geht jetzt schon seit Stunden so.«

»Ich kann Ihnen versichern, dass Mrs Ellerweg keine Spionin ist. Und ich möchte Sie bitten, Mrs Ellerweg in Anbetracht ihrer familiären Stellung nicht länger hier festzuhalten. Ich verbürge mich persönlich dafür, dass sie sich bis zur endgültigen Klärung der Vorwürfe an einen Hausarrest halten wird.«

»Tut mir leid, das ist in diesem Fall völlig unmöglich!«

> Lieber Vogel, fliege weiter,
> nimm ein' Gruß mit und ein' Kuss,
> denn ich kann dich nicht begleiten,
> weil ich hierbleiben muss.

»Helen, lass das! Das ist nicht hilfreich!«

»Soll ich lieber die Nationalhymne singen?« Sie sah ihn mit großen Augen an.

Zehn Minuten später hatte James die Erlaubnis, Helen mitzunehmen. Allerdings musste er eidesstattlich erklären und sicherstellen, dass sie sich an den Hausarrest hielte, bis das Verfahren abgeschlossen war.

39. Kapitel

Da James sich unsicher war, wie er Helen einzuschätzen hatte, nahm er sie mit auf den Landsitz seiner Familie, zumal er befürchtete, die angespannte Situation mit ihrem senilen Vater würde alles nur verschlimmern.

Helen sagte nichts zu alldem. Der Schlafmangel und die psychischen Belastungen hatten ihren Preis gefordert. Sie konnte sich nur schlecht konzentrieren und stellte zu ihrem eigenen Erschrecken fest, dass das, was zunächst aus Trotz geschehen war, sich verselbstständigte. Wann immer sie unsicher wurde, fing sie an zu singen. Es war wie ein Zwang, den sie nicht beherrschen konnte. Kein Wunder, dass James sich so große Sorgen um sie machte.

James ließ ein Gästezimmer für sie bereitmachen und wies einen Dienstboten an, ihre persönlichen Dinge aus dem Haus der Mandevilles herbeizuschaffen.

Helen konnte die Enge im Gästezimmer jedoch nicht ertragen und ging in den großen Salon, wo James sich gerade einen Whisky einschenkte.

Helen setzte sich zu ihm. »Ich könnte jetzt auch etwas Härteres vertragen«, sagte sie und griff nach einem Glas.

James schenkte zwei Finger voll ein und reichte ihr dann das Sodawasser.

Sie stießen nicht an, denn James war selbst so aufgewühlt, dass er das Glas in einem Zug leerte und sich gleich neu einschenkte.

»Ist es wahr, was der Offizier sagte?«, fragte Helen unsicher. »Könnte mir wirklich die Todesstrafe drohen? Jeder mit ein bisschen Menschenverstand wird sofort begreifen, dass ich keine Spionin bin.«

James holte tief Luft. »Ich denke, wir können die Sache damit aus der Welt schaffen, dass wir deine Unzurechnungsfähigkeit mit den starken seelischen Belastungen der letzten Wochen erklären. Du hattest einen Nervenzusammenbruch, der dich wahnsinnige Taten begehen ließ, nur um zu deinem Kind zurückzukehren. Wenn alles so läuft, wie ich es mir vorstelle, wird man das Verfahren hoffentlich einstellen. Allerdings …«

»Was allerdings?« Seine Sorgenfalte beunruhigte sie.

»Manchmal braucht es auch Bauernopfer, um die Kriegsmoral und die Propaganda zu stärken. Die Maßnahmen gegen deutsche Staatsbürger hier in London werden von vielen britischen Zeitungen als überzogen dargestellt. Wenn man nun eine Britin, die mit diesen Deutschen regelmäßige Verbindungen hatte, als Spionin enttarnt und verurteilt, würde das die Maßnahmen der Regierung moralisch legitimieren. Wir kämpfen nicht nur gegen den Feind, sondern auch gegen Spione, die mit dem Feind konspirieren.«

Helen schluckte. »Aber so wichtig bin ich doch gar nicht.«

»Du unterschätzt das politische Kapital, das man aus deiner Geschichte schlagen könnte. Im Moment können wir nur abwarten, aber im Zweifelsfall müssen wir bereit sein. Ich werde zur Sicherheit schon mal Kontakt zu einem renommierten Psychiater aufnehmen, der dir einen Nervenzusammenbruch bestätigen könnte. Dein Verhalten auf der Militärbasis kommt dieser Strategie zugute. Ich hatte wirklich Angst, du hättest den Verstand verloren, und ich kenne dich gut. Die haben mich nur hinzugezogen, weil sie nicht mehr wussten, ob du besonders abgebrüht oder nervlich völlig zerrüttet bist. Zudem hatte der Name Mandeville eine gewisse Schutzfunktion. Wärst du eine unbekannte Frau, wärst du wohl dauerhaft in irgendeinem dunklen Loch verschwunden.«

»Aber das ist nicht zulässig! Wir haben Rechte in diesem Land!«

»Wir haben Krieg, Helen. Und das Kriegsrecht steht über allem. Rein theoretisch hätten sie dich sogar umgehend standrechtlich erschießen können.«

»Das ist nicht dein Ernst, oder?«

James trank noch einen Schluck Whisky. »Ich wünschte, es wäre ein Scherz.« Er atmete schwer. »Es war eine Dummheit, Helen.«

Sie senkte den Blick. Jetzt kamen also die Vorwürfe.

»Aber eine Dummheit, die ich verstehe«, fuhr er fort. »Wenn es eine Möglichkeit gäbe – und sei sie noch so riskant –, Pamela und unser Kind zurückzubekommen, hätte ich sie ergriffen. Aber aus der Welt der Toten gibt es nur in griechischen Mythen einen Weg zurück. Unsere Realität ist trist und hoffnungslos.«

Die Schwere, die in diesem Moment in der Luft lag, war kaum auszuhalten.

Schließlich brach Helen das Schweigen. »Ich bin dir auf jeden Fall überaus dankbar, James. Du kannst gar nicht ermessen, wie dankbar ich dir bin. Du tust so viel für mich, das habe ich eigentlich gar nicht verdient, so, wie ich dich damals behandelt habe.«

»Das ist lang vorbei«, entgegnete James. »In schweren Zeiten muss man zu jenen stehen, die einem etwas bedeuten.«

»Hast du etwas von Ellinor gehört?«

Er schüttelte den Kopf. »Du weißt, dass Ellinor und ich uns nie sehr nahestanden. Und die Tatsache, dass sie jetzt deutsche Staatsbürgerin ist, macht es nicht leichter. Ich muss auch wegen dieser Verwandtschaft sehr vorsichtig sein, auf welche Weise ich deine Verteidigung gestalte. Sonst machen sie aus mir womöglich auch noch einen Sympathisanten des Deutschen Reiches. Ausgerechnet aus mir.« Er lachte bitter auf. »Es ist schon paradox, ich hatte von Kindheit an das Gefühl, dass alles, was aus Deutschland kommt, eine Bedrohung für mich ist: meine Stiefmutter, die mir die uneingeschränkte Liebe meines Vaters stahl, meine Halbschwester, die mich regelmäßig durch ihr Kleinmädchenlächeln in den Schatten stellte. Und zuletzt Ludwig Ellerweg, der das Herz der Frau gewann, die ich liebte.«

Helen senkte den Blick. »Das tut mir sehr leid.«

»Muss es nicht«, wehrte James ab. »Doch nun sind wir mit dem Land im Krieg, das mir stets das Gefühl vermittelte, immer nur die zweite Wahl zu sein, und ich muss selbst befürchten, wegen meiner Verwandtschaften zum Sympathisanten erklärt zu werden. Das ist das Schlimmste. Dabei war ich immer ein Patriot.«

»Bist du der Meinung, dass dieser Krieg richtig ist?«, fragte Helen.

»Ich denke, dieser Krieg ist der Arroganz des deutschen Kaisers geschuldet. Er hat sich mit seinem Verhalten überall unbeliebt gemacht und jetzt ist jeder anständige britische Patriot gehalten, ihm etwas auf seine arrogante Nase zu geben.«

»Obwohl er der Cousin unseres Königs ist, ein Enkel Queen Victorias?«, warf Helen ein. »Ist die Arroganz eines einzigen Mannes ausreichend, um sich in einen Krieg zu stürzen?«

»Sie beflügelt es, aber natürlich gibt es auch andere Gründe. Wirtschaftliche Gründe. Man kann über Deutschland denken, was man will, aber es ist industriell, wirtschaftlich und medizinisch die aufstrebende Macht auf dem Kontinent. Durch einen Krieg kann man sich diesen Konkurrenten vom Hals halten.«

»Aber was ist, wenn Deutschland gewinnt?«

»Sie werden verlieren, weil sie von Feinden umringt und auf Lieferungen aus dem Seehandel angewiesen sind. Die Blockade wird zu einer Hungersnot führen und dann werden sie recht schnell um einen Waffenstillstand bitten.«

In diesem Moment fragte sich Helen, wem sie nun den Sieg wünschen sollte. Ihrem Geburtsland oder ihrer Wahlheimat? Entscheidend war, was das Beste für Fritz wäre. Und das wäre ein schnelles Ende des Krieges, um die Familie wieder zusammenzuführen – ganz gleich, welche Friedensverhandlungen die Großen und Mächtigen führten. Aber daran, dass der Spuk bis Weihnachten wieder vorbei wäre, glaubte sie nicht länger.

40. Kapitel

In dieser Nacht schlief Helen schlecht. Immer wieder träumte sie, sie wäre wieder zu Hause bei Ludwig und Fritz. In ihren Träumen hatte sie das deutsche Schiff im letzten Augenblick erreicht und war sicher in Hamburg angekommen. Dieser Gang der Dinge war so wunderbar, dass sie jedes Mal, wenn sie aus diesem Traum erwachte, in verzweifeltes Weinen ausbrach. War sie wirklich dabei, den Verstand zu verlieren? Fühlte sich so ein Nervenzusammenbruch an?

Immerhin bemühte James sich darum, die schlimmsten Folgen ihres Handelns abzufangen. Er ließ sogar Doktor Theophilus Bulkeley Hyslop, den ehemaligen Chefarzt des Bethlem Royal Hospital kommen, um Helen zu untersuchen. Helen war das ausgesprochen unangenehm, denn die psychiatrische Klinik, die umgangssprachlich überall als Bedlam bekannt war, hatte keinen guten Ruf. James beruhigte sie damit, dass andere Zustände herrschten, seit die Klinik das neue Gebäude in Southwark bezogen hatte. Außerdem sei ja nicht geplant, sie dort einzuweisen, zumal Doktor Hyslop bereits 1911 die Leitung der Klinik niedergelegt hatte. Es gehe lediglich darum, sie von einer Koryphäe untersuchen zu lassen, um ihre Schuldunfähigkeit auf jede erdenkliche Weise zu beweisen.

Doktor Hyslop war ein schlanker, kultiviert wirkender Mann mit einem grauen Haarkranz und einem gepflegten Schnurrbart, der so gar nichts mit den üppigen Kaiser-Wilhelm-Bärten vieler deutscher Männer gemein hatte. Er hatte eine sehr leise, angenehme Stimme, die Helen sofort beruhigte.

»Erzählen Sie mir von den letzten Tagen«, bat er sie.

Helen folgte seiner Aufforderung und achtete sehr genau darauf, wie er auf ihre Schilderung reagierte, doch der Arzt ließ sich nichts anmerken. Kein Nicken oder Kopfschütteln, sondern einfach nur ein offener Blick, den sie nicht zu deuten wusste.

Sie erzählte ihm schließlich auch von ihrer Ehe mit Ludwig, von Fritz und von den Sorgen um ihre Mutter, weshalb sie die Reise nach London auf sich genommen hatte.

Doktor Hyslop sagte immer noch nichts.

Also fragte Helen ihn offensiv: »Sagen Sie, halten Sie mich für verrückt?«

»Nein«, erwiderte der Arzt. »Sie sind belastet durch die Ereignisse der letzten Monate, aber Sie haben trotz allem eine bemerkenswerte Stärke bewiesen. Allerdings kann ich Ihnen, ohne mit meinem ärztlichen Gewissen hadern zu müssen, einen Nervenzusammenbruch für die letzten Tage attestieren. Das ist normal angesichts dessen, was Sie erlebt haben. Ich denke, damit wird Mr Mitchell glaubhaft die Anklagepunkte gegen Sie entkräften können.«

Helen nickte. Irgendwie kam ihr das alles immer noch so absurd vor, als wäre sie aus ihrer normalen Welt herausgeschleudert worden und in einem verrückten Traum gefangen. Irgendwann musste sie doch endlich aufwachen. Warum gab es keine Möglichkeit, sie einfach nach Hause zu schicken?

Nach Hause ... ihr Zuhause war die Brennerstraße 24 in Hamburg, nirgendwo sonst.

Nachdem Doktor Hyslop mit der Untersuchung fertig war, sprach er noch unter vier Augen mit James, bevor er ging. Anschließend kam James zu ihr. Er sah müde und übernächtigt aus, anscheinend hatte er auch nicht gut geschlafen.

»Machst du dir so große Sorgen?«, fragte sie ihn.

»Es wird nicht einfach, aber ich werde es schaffen, dich unbeschadet aus der Sache herauszubringen.«

»Und dann?« Sie sah ihn an. »Ich muss einen Weg finden, wieder nach Hause zu kommen.«

Die Sorgenfalte zwischen seinen Brauen vertiefte sich. »Helen, ich bitte dich inständig, keine weiteren Reisepläne auf eigene Faust zu schmieden. Wenn du so etwas noch einmal machst, kann dir niemand mehr helfen und das wird auch nicht im Sinn deiner Familie sein. Sieh es als Schicksal, du bist jetzt hier, und sobald der Hausarrest aufgehoben ist, kannst du dich um deinen Vater kümmern. Vielleicht sollte das alles so sein, weil dein Vater dich mehr braucht als Ludwig und Fritz. Versuch doch bitte, in allem einen tieferen Sinn zu sehen. Wie anders soll man diesen Irrsinn sonst ertragen?« Er griff nach der Whiskyflasche und schenkte sich ein. »Möchtest du auch was?«

Eigentlich war es undamenhaft, aber sie sehnte sich jetzt nach etwas, das ihr half, zur Ruhe zu kommen, das alle Ängste und Sorgen für eine Weile vertrieb und ihren Körper mit wohliger Wärme erfüllte. Und so nickte sie.

Nach dem zweiten Whisky fühlte sie sich schon bedeutend besser und auch James entspannte sich langsam.

»Ist das Leben nicht verrückt?«, fragte James irgendwann. Sie saßen gemeinsam auf dem dunklen Ledersofa im Salon und waren mittlerweile auf einen guten, alten Portwein umgestiegen, der Helen auf angenehme Weise zu Kopf stieg und sie mit einer wohligen Wärme jenseits aller Ängste und Sorgen durchströmte – sodass sie nicht mehr ständig daran dachte, es könnte womöglich Jahre dauern, bevor sie Ludwig und Fritz wiedersah.

»Was meinst du mit verrückt?«, fragte Helen und lehnte sich, ohne dass es ihr bewusst war, an James. Er zögerte einen Moment, dann legte er ihr seinen Arm um die Schultern. Helen fühlte sich auf einmal sehr geborgen.

»Wie sich alles entwickelt hat«, fuhr er fort. »Wir waren beide privilegiert und wir sind es noch immer, Helen. Als wir jung waren, schien es keine größeren Probleme und Sorgen zu geben. Außer dem einen Problem, dass wir nicht in der Lage waren, einander wirklich zu verstehen. Wer weiß, wie unser Leben verlaufen wäre, wenn es mir damals möglich gewesen wäre, dir zu zeigen, wie sehr ich dich liebe. Vielleicht hättest du mich dann auch lieben können.«

»Und wie hättest du es mir zeigen wollen?«

»Ich hätte dich niemals als Selbstverständlichkeit betrachten dürfen. Ich war jung und naiv und überzeugt, dass ich die beste Partie für dich war. Und ich glaubte damals, deine Ablehnung sei nur gespielt, weil du dich interessanter machen wolltest.« Er seufzte. »Es wird oft gesagt, Männer und Frauen würden einander nicht verstehen. Aber ich glaube, das wirkliche Problem liegt darin, dass viele Männer glauben, sie müssten auf irgendwelche seltsamen Regeln achten, nach denen die Frauen spielen. Und dabei übersehen sie dann den Menschen in der Frau, die sie lieben.«

»Bei Ludwig und mir war es genau andersherum«, sagte Helen leise. »Ich lernte ihn erst als Menschen kennen, ehe ich den Mann in ihm sah.«

»Genauso war es bei Pamela und mir. Vielleicht ist das das Geheimnis einer glücklichen Beziehung.« Er seufzte noch einmal. »Und nun nimmt uns das Schicksal alles wieder weg und dir ist der Weg zu deinen Liebsten beinahe ebenso versperrt wie mir der zu den meinen. Krieg und Tod sind Brüder, die beide dafür sorgen, dass sich die Menschen voneinander entfremden und einander auf immer verlieren.«

Seine Worte berührten Helen zutiefst. So viel Selbstreflexion und seelische Tiefe hatte sie früher niemals bei ihm erlebt. »Wir sind nicht allein«, sagte sie. »Noch haben wir uns, um uns in dieser schweren Zeit zu unterstützen.«

James drehte sich zu ihr und gab ihr einen sanften Kuss auf die Wange. Nicht verführerisch, sondern eher brüderlich tröstend. Dennoch löste gerade diese kurze, zärtliche Geste etwas in Helen aus, das sie sich selbst nicht erklären konnte. Es war so lange her, dass sie leidenschaftlich geliebt hatte, es gab so viel innere Anspannung, die so dringend ein Ventil suchte. Und noch ehe ihr Verstand sie davon abhalten konnte, suchten ihre Lippen James' Mund. Im ersten Moment schien er verwirrt, aber dann zog er sie an sich und küsste sie mit einer Leidenschaft, die sie bei Ludwig schon seit vielen Jahren vermisste. Plötzlich lebte in ihr nur noch die Lust. Sie wollte ihr Verlangen stillen, ganz gleich, was Moral und Anstand sagten. Es war, wie James gesagt hatte: Der Krieg und der Tod – beide trennten Menschen. Sie wusste nicht, wann sie Ludwig wiedersehen würde. Sie würde ihn immer lieben, aber jetzt, in diesem einen Moment, da wollte sie James. Sie wollte, dass er weitermachte, die Leidenschaft, die sein Kuss versprach, auf ihren ganzen Körper ausdehnte! Sie wollte endlich wieder eine Frau sein, die geliebt wurde. Eine Frau, die ihre Sexualität in jeder Hinsicht ausleben durfte.

Und James erfüllte ihren Wunsch mit einer Ausdauer, die Helen alles andere vergessen ließ und sogar einen Funken Zufriedenheit und Glück in all der Finsternis entfachte. Für den Moment, da sie mit James schlief, war alles wieder gut. Es gab keine Sorgen, keine Nöte, nur lustvolle Befriedigung. In diesem Moment dachte sie weder an Ludwig noch an Fritz, sondern nur an sich selbst.

41. Kapitel

Die Tatsache, dass sie mit James geschlafen hatte, veränderte viel. Am meisten wunderte Helen sich darüber, dass sie keinerlei schlechtes Gewissen Ludwig gegenüber hatte. Niemand wusste, wie lang der Krieg dauern würde, und wenn sie irgendwann heimkehrte, dann würde es für immer ihr Geheimnis bleiben. Aber jetzt war es ihr Lebenselixier, etwas, das ihr half, in der Zeit der Ungewissheit nicht zu zerbrechen.

Schon bald teilte sie mit James ganz regulär das Schlafzimmer und es war ihr egal, was die Bediensteten dachten. Sie musste überleben und sie wollte sich das zum Überleben nehmen, was sie brauchte. Und sie hatte viel nachzuholen. Erst jetzt wurde ihr bewusst, wie sehr sie eine ungezügelte, wilde, hemmungslose Sexualität bei Ludwig vermisst hatte. Mit James konnte sie ihre Fantasien ausleben, es war weitaus mehr als der pflichterfüllende Akt, den Ludwig ihr zuletzt gewährt hatte. Sie hatte dies an Ludwigs Seite respektiert, weil sie ihn liebte und es in ihrer Ehe noch so viel mehr gab. Aber zwischen ihr und James gab es sonst nicht viel. Die geistige Intimität, die sie mit Ludwig geteilt hatte, konnte James ihr trotz seines Bemühens, sich selbst zu reflektieren, nicht bieten. Aber er war ein guter Liebhaber. Ein sehr guter Liebhaber.

James beflügelte ihre neue Beziehung ebenfalls. Er mobilisierte alles, um einen Freispruch für Helen zu erreichen. Auch seinen Freund Ralph Morgan, den Zeitungsverleger, denn der drohte heimlich mit unpopulären Artikeln, sollte man das Verfahren gegen Helen nicht einstellen.

Helen fragte sich, ob sie nicht anfangen sollte, all das, was ihr jetzt widerfuhr, als Schicksal zu betrachten. Sie durfte für eine Weile ganz hemmungslos leben, trotz Krieg. Sich eine wilde Auszeit aus dem normalen Leben nehmen, von der sie später, wenn sie wieder bei Ludwig und Fritz wäre, zehren könnte.

Während Helen und James die letzten Wochen des Jahres 1914 in einer Art hemmungslosem Ausnahmezustand verbrachten, der ihnen beiden half, die tragische Realität des Krieges zu vergessen, hatte Helen sich niemals Gedanken darüber gemacht, dass sie schwanger werden könnte. Doch Mitte Januar konnte sie die Zeichen nicht länger ignorieren. Sie erwartete ein Kind!

Während ihre Schwangerschaften bisher stets ein Grund zur Freude gewesen waren, trotz der Ängste vor einer Fehlgeburt, hatte sie nun das Gefühl, der Boden würde ihr unter den Füßen weggerissen. Warum hatte sie nie daran gedacht, dass das passieren könnte? Weil es ihr in den vergangenen fünfzehn Jahren so schwergefallen war, schwanger zu werden? Weil sie dachte, mit Mitte dreißig wäre die Wahrscheinlichkeit ohnehin geringer?

Was sollte sie nun tun? Abwarten und auf eine weitere Fehlgeburt hoffen oder gar selbst nachhelfen? Nein, auf keinen Fall! Sie hatte sich immer weitere Kinder gewünscht. *Ja, von Ludwig*, sagte ein dünnes Stimmchen in ihrem Hinterkopf. *Was glaubst du, wird Ludwig sagen, wenn du am Ende des Krieges zurückkommst und ein Kind von James hast?* Bei dem Gedanken daran brach sie unvermittelt in Tränen aus. All die Stärke, zu der ihre Leidenschaft sie in den letzten Wochen beflügelt hatte, war verschwunden. Stattdessen war sie auf all das Leid und Elend zurückgeworfen, das sie so gern vergessen wollte. Sie hatte Ludwig verraten und nun gab es keine Möglichkeit mehr, diesen Verrat zu verschweigen, es sei denn, sie hoffte erneut auf den Tod eines Kindes in ihrem Leib. Nein, bitte nicht noch einmal! Noch einmal würde sie das nicht ertragen.

Sie weinte noch immer, als James ins Zimmer kam.

»Was ist los?«, fragte er besorgt.

Helen konnte nicht antworten. Wie sollte sie ihm das erklären? Und was würde er sagen? Würde er ihr eine Abtreibung vorschlagen? Gewiss, das war verboten, aber es gab immer Mittel und Wege, und James hatte nicht nur genügend Kontakte, sondern auch das notwendige Geld.

»Bitte rede mit mir!« Er nahm sie in die Arme. »Was ist passiert?«

Sie schluckte. Es hatte keinen Sinn, es länger zu verschweigen. Besser, sie brachte es hinter sich. »Ich bin schwanger.«

Er starrte sie wie vom Donner gerührt an. »Du bekommst ein Kind?«, wiederholte er ungläubig.

Helen nickte. »Was sollen wir jetzt nur machen?«

»Ich ... ich weiß es nicht«, gestand James. Er schluckte hart. »Unter normalen Umständen wäre ich jetzt der glücklichste Mann der Welt. Helen, das habe ich mir immer gewünscht. Eine Familie mit Kindern.«

»Aber ich bin verheiratet! Nach deutschem Recht gilt grundsätzlich der Ehemann als Vater, ganz gleich, ob er es gezeugt hat oder nicht. Aber wie soll ich es Ludwig jemals erklären? Oh Gott, James, ich schäme mich so sehr!« Sie brach erneut in Tränen aus.

James drückte sie fest an sich. »Es gibt keinen Grund zu Scham«, flüsterte er. »Uns ist etwas Wunderbares passiert und wir finden einen Weg, Helen.«

»Aber wie?«

»Ich werde darüber nachdenken. Vertrau mir, ich finde eine Lösung.«

Seine Stimme klang zuversichtlich, aber Helen konnte seine Zuversicht nicht teilen. Es gab keine Lösung, die alle Probleme aus der Welt schaffen würde. Sie hatte Ludwig Schande bereitet. Das würde er ihr nie verzeihen. Vor allem nicht, wenn er den wahren Grund für ihre Untreue erriet – sein unzureichendes sexuelles Interesse an ihr. Denn sie fragte sich auch, ob sie jemals wieder mit dem zufrieden sein würde, was Ludwig ihr geben konnte, jetzt, wo sie die freie, ungezügelte Sexualität mit James kennengelernt hatte. Es hing so viel mehr daran als das Kind eines anderen. Sie hatte sich verändert, sie würde nie wieder in die heile Welt ihrer kleinen Familie zurückkehren können. Sie hatte sie zerstört.

Und was würde Fritz sagen, wenn er erfuhr, dass seine Mutter seinen Vater betrogen und ein Kind von einem anderen Mann hatte? Würde er sie verachten? Würde sie nie wieder diesen bewundernden Glanz in seinen Augen sehen, wenn er von seiner Mutter sprach? Und die Patientinnen? Die würden sich natürlich alle das Maul zerreißen. Würde das Mitleid, das sie mit Ludwig hatten, genügen, damit sie weiterhin in die Praxis kämen, oder würden sie ein unmoralisches Haus meiden? Wie sollte sie all diese vorwurfsvollen Blicke nur ertragen? Natürlich, sie könnten es so darstellen, als hätten sie das Kind adoptiert. Eine Kriegswaise. Aber das wäre dem Kind gegenüber nicht richtig. Es war keine Waise und es hatte einen Vater. Einen Vater, der sich immer ein Kind gewünscht hatte. Einen Vater, der darauf bestehen würde, den Kontakt zu seinem Kind zu bewahren.

Und wenn sie das Kind James überließe? So täte, als hätte sie nichts damit zu tun? Auch das wäre eine Lüge, die sie nicht leben wollte.

Wie sie es auch drehte und wendete – sie war gefangen in einer Welt aus Scham und Schuld. Sie hatte sich egoistisch genommen, was sie begehrt hatte, und nun musste sie die

Konsequenzen tragen. Aber was waren die Konsequenzen? Was war die richtige Entscheidung?

Vielleicht machte sie sich ja auch nur zu viele Gedanken. Sie hatte bereits zwei Kinder verloren. Wer sagte, dass dieses Kind gesund zur Welt kommen würde?

So weit ist es schon gekommen, schalt sie sich im Geiste. Dass ich eine Fehlgeburt als mögliche Lösung ansehe. Bin ich überhaupt noch ich selbst? Habe ich mich selbst bereits aufgegeben, als ich meinen Mann aus purer Lust betrogen habe? Als ich alles verraten habe, was eine anständige Frau auszeichnet?

Die Schuldgefühle und Grübeleien wurden in den folgenden Tagen immer schlimmer. Es gab keinen Ausweg. Sie hatte sich schuldig gemacht, sie hatte ihr Leben zerstört. James würde keine Lösung finden, weil es keine Lösung gab. Vielleicht wäre es das Beste, sie würde einfach sterben. Sie war schon einmal dem Tode nah gewesen, vielleicht passierte es wieder? Als Strafe für ihre Sünde? Dafür, dass sie keine Rücksicht mehr auf die genommen hatte, die sie liebte?

James bemühte sich, sie irgendwie aufzumuntern, aber Helen hörte kaum zu. Es gab keine Lösung. Es wäre am besten, wenn sie sterben würde.

Als sie das James eines Abends mit tonloser Stimme sagte, war er zutiefst erschüttert. »So etwas darfst du nicht sagen!«, rief er.

Unter normalen Umständen hätte sie seine Besorgnis berührt, aber ihre Gefühle waren abgestorben. Nur die Schuld war geblieben. Die tiefe innere Schuld, die nur der Tod tilgen könnte. Und vielleicht würde er ja gnädig über sie kommen.

Sie hörte auf zu essen und trank nur noch, wenn ihr jemand ein Glas direkt an die Lippen setzte.

In seiner Not holte James Doktor Hyslop. Doch dieses Mal redete Helen nicht mit ihm. Worte hatten ihren Sinn verloren. Worte machten alles schlimmer. Sie war schuldig, hatte sich beschmutzt.

»Ist sie schon lange in diesem Zustand?«, fragte Doktor Hyslop.

»Seit einer Woche.«

»Das scheint mir eine regelrechte Katatonie zu sein.«

»Und was kann man dagegen machen?«

»Das hängt davon ab, was die Ursache ist. Gab es eine starke seelische Belastung?«

James schwieg. Bislang wusste niemand außer ihm und Helen von der Schwangerschaft und es war besser, wenn das noch eine Weile so blieb.

»Sie wissen es nicht?«, hakte der Psychiater nach.

»Vielleicht sind es die Nachwirkungen der traumatischen Ereignisse im November.«

»Ein so verzögerter Eintritt ist eher ungewöhnlich. Hat sie vielleicht eine schlimme Nachricht aus Deutschland bekommen? Ich weiß, dass Sie in diesen Zeiten nicht offen über Kontaktmöglichkeiten reden mögen, aber es ist wichtig, alles zu erfahren.«

James war hin- und hergerissen. Sollte er offenbaren, was die Ursache war? Alles in ihm sträubte sich dagegen, auch wenn er selbst nicht wusste, warum.

»Sie hat ihren Mann verloren«, sagte er doppeldeutig.

»Das erklärt vieles«, erwiderte der Arzt. »Sie hat so viel gewagt, um zu ihm zurückzukehren, und nun ist alles vergebens.«

»Aber wie kann ich ihr helfen?«

»Sie braucht wieder Struktur und einen Halt. Ein neues Zuhause. Ich kenne die alte Geschichte, Mr Mitchell. Die geplatzte Verlobung war damals lange Zeit das Tagesgespräch. Sagen Sie, haben Sie noch immer Gefühle für Mrs Ellerweg?«

James starrte den Arzt überrascht an. Derart direkte Fragen war er nicht gewöhnt. »Ja«, sagte er schließlich. »Ich … habe sie immer geliebt. Und seit meine Frau tot ist … und jetzt …«

»Dann sollten Sie zu diesen Gefühlen stehen und für sie da sein, Mr Mitchell.«

»Aber Helen ist krank, ich kann ... ist sie denn überhaupt ... ehefähig? Ich meine, es muss doch eine andere Möglichkeit geben.«

»Schrecken Sie davor zurück, für die Frau da zu sein, die Sie lieben, nur weil sie in einer tiefen Krise ist? Ein wahrer Gentleman, der aufrecht liebt, weiß, was er jetzt zu tun hat. Ein geborgenes Zuhause, ein liebevoller Mann und eine gute Tagesstruktur sind entscheidend.«

Nachdem der Arzt gegangen war, wusste James nicht, was er tun sollte. Aber zugleich flammte ein Gedanke in ihm auf, den er unter anderen Umständen vermutlich sofort verdrängt hätte. Niemand wusste, wie lang der Krieg noch dauerte. Niemand wusste, ob Helens Mann diesen Krieg tatsächlich überleben würde. Und sie brauchte dringend Hilfe, um aus diesem schrecklichen Zustand herauszukommen. Außerdem trug sie sein Kind. War es vielleicht Schicksal? Wenn sogar ein renommierter Arzt eine Ehe als Heilmittel empfahl?

Es ist Bigamie. Es ist verboten. Und Helen wird niemals einwilligen, schrie es in ihm. *Das kann ich nicht tun.*

Aber du würdest es gern, sagte eine andere Stimme. *Dir jetzt endlich das nehmen, was dir schon so lange zusteht. Denn Helen und du, ihr gehört zusammen. Das war schon immer so und wenn es nicht so wäre, dann würdest du jetzt nicht vor dieser Entscheidung stehen. Zumal sie dein Kind in sich trägt. Dein Kind, das es verdient hat, standesgemäß aufzuwachsen.*

Als Helen auch an diesem Abend die Nahrung verweigerte, siegte seine Sorge über seinen Anstand. Und er machte sich daran, seinen Einfluss zu nutzen, um einen gefälschten deutschen Totenschein zu besorgen ...

42. Kapitel

»Helen, ich habe eine Entscheidung getroffen, die für uns beide das Beste ist.«

Helen hob mühsam den Blick. Sie war noch immer in der Welt der Düsternis und der Schuldgefühle gefangen. Konnte es eine Entscheidung geben, die ihr die Schuld nahm?

James schien erleichtert, dass sie überhaupt auf ihn reagierte, und setzte sich zu ihr.

»Doktor Hyslop brachte mich auf die Idee«, sagte er. »Er meinte, du bräuchtest wieder eine feste Bindung und familiäre Strukturen.«

»Ich habe Ludwig verraten«, flüsterte sie. »Ich habe alles zerstört. Ich kann ihm so nie mehr unter die Augen treten.«

James atmete tief durch. »Ich weiß«, sagte er. »Aber es gibt andere Möglichkeiten.«

»Es gibt keine Hoffnung mehr. Am besten wäre, ich sterbe auch unter der Geburt. Vielleicht hast du Glück und es bleibt dir ein lebendiges Kind.«

»So darfst du nicht reden, Helen. Also, hör mir zu. Doktor Hyslop meint, Normalität und Sicherheit wären das Wichtigste. Und er riet mir …« – James räusperte sich – »… dich zu heiraten.«

Diese Worte rissen Helen aus ihrer depressiven Lethargie. »Was? Aber ich bin doch verheiratet!«

»Ich habe die ganze Nacht darüber nachgedacht, Helen. Habe mit mir gerungen, was die beste Entscheidung ist. Aber ehe ich dich hier zugrunde gehen lasse, müssen wir unkonventionelle Wege gehen. Ich habe mir Folgendes überlegt: Du hattest in der Vergangenheit bereits zwei Fehlgeburten. Es ist unklar, was aus diesem Kind wird. Aber als mit einem feindlichen Ausländer verheiratete Frau, die dann auch noch von einem anderen als ihrem Ehemann schwanger wird, hättest du keinen angemessenen Status. Das hat dich auch in diese Krise gebracht. Niemand weiß, wie lange der Krieg dauert und ob du Ludwig und Fritz überhaupt jemals lebend wiedersehen wirst. Wenn ich jetzt einen gefälschten Totenschein von Ludwig besorge, könnte ich dich legal heiraten. Und dann warten wir ab. Wenn du unser Kind verlierst oder der Krieg schneller als erwartet endet, könnten wir immer noch sagen, es sei alles ein Missverständnis gewesen. Dass wir nicht wussten, dass man uns einen falschen Totenschein über das Rote Kreuz zukommen ließ. Unsere Ehe wäre damit ungültig, aber du könntest dein Gesicht vor Ludwig wahren, wenn du zu ihm zurückkehrst. Und er würde dir sicher verzeihen, denn dann hättest du ihn nicht wissentlich betrogen, sondern aus Verzweiflung gehandelt, weil du glaubtest, alles verloren zu haben.«

Alles in Helen drehte sich. James' Worte klangen so logisch. Für den Fehler anderer, die ihr einen falschen Totenschein übermittelt hatten, konnte sie nichts. So etwas passierte leider immer wieder. Sie könnte ihr Gesicht wahren. Sie könnte offen zu diesem Kind stehen, aber gleichzeitig darauf hoffen, dass es am Ende des Krieges noch eine Möglichkeit der Heimkehr gäbe. Und des Verzeihens ...

Sie erinnerte sich daran, wie der kleine Fritz die kecke Susi ins Haus gebracht hatte, die ihren kleinen Bruder Walter verschenken wollte. Und wie Ludwig erstmals von einer Adoption gesprochen hatte. Damals war sie diejenige gewesen, die dagegen gewesen war. Aber Ludwig war solchen Dingen gegenüber offen. Vielleicht könnte er ihr nach dem Krieg alles verzeihen. Bestimmt gäbe es auch eine Möglichkeit, beide Familien auf irgendeine Weise zu vereinen. Auf einmal sah die Welt nicht mehr ganz so düster aus.

»Was sagst du, Helen?«, fragte James ungeduldig.

»Vielleicht ist das die beste Lösung.«

»Dann stimmst du zu?«

Helen nickte. »Ja, James.«

Er atmete noch einmal tief durch. »Dann werde ich mich um alles Weitere kümmern und hoffen, dass wir bereits nächsten Monat heiraten können.«

»Aber keine große Hochzeit, das ertrage ich nicht.«

»Nein«, beschwichtigte James sie. »Nur eine bürgerliche formale Eheschließung, damit unser Kind legitimiert ist und du einen angemessenen Status erhältst.«

»Ist gut«, sagte Helen. »Ach, und könntest du Betsy bitten, mir etwas zu essen zu bringen? Ich habe Hunger.«

Erleichtert nahm James sie in die Arme und küsste sie auf die Wange.

»Alles, was du willst, liebste Helen!«

Am Freitag, dem 19. Februar 1915, heiratete Helen James und wurde damit zu Helen Mitchell. Es war ein seltsames Gefühl, nach so vielen Jahren doch noch dem Wunsch ihres Vaters nachgekommen zu sein. Leider hatte sich Kenneths Zustand weiter verschlechtert. Er war inzwischen vollständig geistig umnachtet und bedurfte fortwährender Aufsicht wie ein kleines Kind. Er hatte nicht einmal an der Trauung teilgenommen, weil er nicht in der Lage gewesen wäre zu verstehen, was dort vor sich ging. Er verwechselte Helen ohnehin ständig mit seiner verstorbenen Frau, und seine Gegenwart in diesem Zustand war für Helen nur sehr schwer auszuhalten. Zu sehr erinnerte sie alles an das Elend, das hinter ihr lag. Und auch an ihre eigene Schuld. Gewiss, die Ehe mit James hatte ihr einen Ausweg gezeigt und zu einem Aufschub geführt. Was umso wichtiger war, als der Krieg sich immer mehr über Europa ausbreitete. An ihrem Hochzeitstag war ein britischer Truppentransporter mit zweitausend Mann im Kanal versenkt worden, weshalb die Fahnen auf halbmast wehten.

Da James vermögend war, litten sie keine Not und James sorgte dafür, dass Helen auf dem Landsitz nicht mitbekam, was in London vor sich ging. Die weiter fortschreitende Verarmung in den Slums, die bettelnden Kinder, die sich immer häufiger auch in die besseren Stadtteile wagten, um irgendwie zu überleben.

Am 1. Juni 1915 war Helens Schwangerschaft bereits weit fortgeschritten, die Geburt wurde im August erwartet. James hielt nach wie vor alles von ihr fern, was mit dem Krieg zu tun hatte. Doch an diesem Tag fiel ihr Blick auf die Tageszeitung und sie sah auf der Titelseite die Illustration eines großen Zeppelins über brennenden Häusern. Auch wenn sie eigentlich nichts vom Krieg wissen wollte, hatte dieses Bild ihre Neugier geweckt und so erfuhr sie, dass die deutsche Luftwaffe am 31. Mai begonnen hatte, die britische Hauptstadt mithilfe von Zeppelinen zu bombardieren. Allein das war erschreckend genug – jetzt konnte der Tod also nicht mehr nur von der Seeseite, sondern auch aus der Luft kommen –, aber das, was sie sonst noch in der Zeitung las, beunruhigte sie noch mehr. Der Krieg dehnte sich immer weiter aus. Die antideutsche Propaganda war für sie kaum zu ertragen. Von einem schnellen Ende des Krieges war längst nicht mehr auszugehen. Im Gegenteil, niemand war mehr auf Verständigung und Ausgleich bedacht, es ging nur noch um die Vernichtung des Gegners. Unwillkürlich waren ihre

Gedanken wieder zu Hause. Zu Hause ... war das immer noch die Brennerstraße 24, wo Ludwig und Fritz lebten? Oder war ihr Zuhause jetzt hier, auf dem vornehmen Landsitz der Familie Mitchell? Wer war sie überhaupt noch? Ludwigs Leni Ellerweg oder Helen Mitchell, die Frau, die sie nach dem Wunsch ihres Vaters von Anfang an hätte sein sollen? Sie legte die Zeitung wieder hin. *Ich darf mich nicht selbst verlieren*, dachte sie. *Fritz, mein lieber Fritz, ich kann nur Leni Ellerweg sein, deine Mutter!*

An diesem Tag fing Helen damit an, Briefe an Fritz zu schreiben. Briefe, die sie niemals abschicken konnte. Briefe, die sie James niemals zeigte. Briefe, die sie, wenn sie sie vollendet hatte, im Kamin verbrannte, aus lauter Angst, jemand könnte ihr Geheimnis erfahren, weil sie in diesen Briefen die Wahrheit schrieb, ihre Gedanken offenbarte.

Es tat ihr gut, an ihren Sohn zu schreiben, auch wenn er es niemals erfahren würde. Aber dadurch konnte sie ihre Gedanken ordnen – als würde sie ein Tagebuch führen.

> Dein kleines Geschwisterchen tritt recht heftig, *schrieb sie ihm Anfang August.* Es möchte bald auf die Welt kommen und zum ersten Mal seit Längerem gestehe ich mir zu, mich auf dieses Kind zu freuen. Ich hoffe so sehr auf ein kleines Mädchen. Ich weiß nicht, was du lieber hättest, einen kleinen Bruder oder eine kleine Schwester. Leider ist der Altersunterschied zu groß, als dass ihr noch richtig miteinander spielen könntet. Ein Altersunterschied von dreizehn Jahren ist in der heutigen Zeit fast schon eine ganze Generation. Aber eine kleine Schwester könnte zu ihrem Bruder aufsehen und sich von ihm beschützt fühlen. Ich wünschte so sehr, du wärst bei mir. Aber noch

mehr wünschte ich, all das wäre nie passiert
und das Geschwisterchen wäre auch Ludwigs
Kind und nicht das von James …

Kaum hatte sie das geschrieben, zerknüllte sie den Brief und warf ihn in den erloschenen Kamin, wo sie ihn mit einer Kerze entzündete und dabei zusah, wie er verbrannte. Das alles war so surreal, einfach nicht richtig. Es fühlte sich nicht echt an.

Am 12. August setzten bei Helen die Wehen ein. Es gab keine Hinweise darauf, dass mit dem Kind etwas nicht stimmte, und dennoch fühlte sie sich anders als damals bei Fritz' Geburt. Fritz hatte sie herbeigesehnt, aber vor der Geburt dieses Kindes fürchtete sie sich. Nicht nur wegen der früheren Fehlgeburten, sondern auch, weil es damit zur Wirklichkeit würde. Ein Kind in sich wachsen zu fühlen und Fritz Briefe zu schreiben, die ihn niemals erreichen würden, war etwas anderes. Sie hatte in einer Traumwelt gelebt, aber mit dem Schmerz der Geburt zerplatzte nicht nur die Fruchtblase, sondern auch die Traumblase, und Helens einzige Hoffnung bestand darin, dass es ein kleines Mädchen würde. Ein kleines Mädchen, das eine Ergänzung ihrer Familie wäre und niemals Gefahr liefe, ihre Erinnerungen an Fritz verblassen zu lassen.

Und so betete sie innerlich in jeder Wehenpause um eine Tochter.

Trotz allem war es eine recht leichte Geburt und nach nur sechs Stunden kam das Kind zur Welt.

»Herzlichen Glückwunsch«, sagte die Hebamme strahlend. »Es ist ein kerngesunder kleiner Junge!«

Sie legte Helen das Kind an die Brust und Helen brach beim Anblick des wunderhübschen dunkelhaarigen Buben in Tränen aus.

43. Kapitel

Nach der Geburt ihres Sohnes Thomas musste Helen hart dagegen ankämpfen, nicht in die Dunkelheit zurückzufallen. Sie schämte sich dafür, dass sie nicht die gleiche unbändige Liebe für dieses Kind empfand, die sie vom ersten Augenblick an für Fritz gespürt hatte.

Die Hebamme hatte sie nach ihrer emotionalen Reaktion beruhigt. »Das ist oft so, wenn die Anspannung nachlässt. Die meisten Mütter denken, sie müssten nun voller Liebe und Glück sein, aber das ist ein Irrtum.«

Wäre es Helens erstes Kind gewesen, hätten sie diese Worte beruhigt, aber so wusste sie, dass es eine Lüge war. Sie hatte endlich ein zweites Kind. Sie hatte sich so lange ein weiteres Kind gewünscht. Alles hätte gut sein können, aber nichts war gut.

James war ein sehr aufmerksamer frischgebackener Vater, der sie mit Geschenken überhäufte und dafür sorgte, dass täglich frische Blumen in ihr Schlafzimmer gestellt wurden.

»Er ist das schönste Kind, das ich jemals gesehen habe«, sagte James voller Stolz, als er seinen Sohn zum ersten Mal im Arm hielt.

Helen schwieg. Wie gern hätte sie das Gleiche gesagt, aber es wäre eine Lüge gewesen. Fritz war das schönste Kind, das sie jemals gesehen hatte. Fritz hatte sie gleich offen angestrahlt und neugierig in die Welt geblickt, Thomas dagegen wirkte verschlafen und es schien Helen, als würde er missmutig in die Welt blinzeln. Ganz so, als hätte er einen Teil der Dunkelheit in sich aufgesogen, die sie zu Beginn ihrer Schwangerschaft umfangen hatte. Fritz war ihr Sunshine gewesen, dagegen kam Thomas, der fast so behaart war wie ein Affe – wie James' Vater bei der Inspektion seines Enkelkindes scherzhaft meinte –, nicht an. Natürlich war das Unsinn, Thomas hatte nur sehr dichtes dunkles Haar, aber der Vergleich ließ Helen dennoch nicht los.

Zudem hatte sie Schwierigkeiten mit dem Stillen. James hatte von Anfang an für eine Amme plädiert, aber Helen wollte Thomas ebenso wie Fritz selbst stillen. Leider zog sie sich bereits vier Wochen nach der Geburt eine Milchdrüsenentzündung zu. Anstatt auf Hausmittel und die Künste der Hebamme zu vertrauen, um den Milchfluss am Laufen zu halten, stellte James umgehend eine Amme ein. Er war der Meinung, Helen wäre sonst überlastet. Und obwohl es in gewisser Weise stimmte, sorgte es dafür, dass Helen sich von Thomas entfremdete, noch bevor sie überhaupt eine innige Beziehung zu ihm hatte aufbauen können. Stattdessen verlor sie sich wieder in einer Welt aus Schuldgefühlen und Trauer und ertrug es nicht, wenn die Amme mit dem Kind kam, um es ihr zu bringen. Zumal sie den Eindruck hatte, Thomas würde die fremde Frau mehr lieben.

Und das habe ich auch verdient, dachte sie. *Ich habe ihn nicht bedingungslos geliebt und habe nicht einmal Milch für ihn.*

Wie schon zu Beginn ihrer Schwangerschaft verlor sie den Appetit und stellte das Essen irgendwann ganz ein. James war hochbesorgt und zog Doktor Hyslop hinzu.

Der stellte erneut eine schwere Depression fest und empfahl, Helen einen Liegestuhl in den sommerlichen Garten zu stellen, da Sonnenlicht und frische Luft einen guten Einfluss hätten. Zudem solle man ihr die Möglichkeit geben, möglichst viel mit dem Kind zusammen zu sein, um über die Freuden der Mutterschaft zurück ins Leben zu finden.

James kümmerte sich also darum, dass Helen eine gemütliche Erholungsecke im Garten eingerichtet wurde, in der sich auch die Amme mit dem Säugling regelmäßig aufhielt.

Doch ganz gleich, was James auch tat, Helen blieb in der Dunkelheit gefangen.

»Wir könnten Ludwig über das Rote Kreuz schreiben«, sagte sie irgendwann zu James. »Er muss das wissen.«

»Helen, du redest irr!«, fuhr er sie an. »Du weißt doch, wie unser Plan aussieht. Niemand darf wissen, dass Ludwig noch lebt. Und wenn du jetzt versuchst, ihm zu schreiben, wird alles hier zerbrechen. Wenn der Krieg vorbei ist, dann …«

»Wir müssen Ludwig und Fritz schreiben«, fuhr sie unbeirrt fort. Das, was James sagte, hatte keine Bedeutung mehr. Sie musste aus dieser Lüge heraus, sie musste zurück ins Leben, ihr wahres Leben! Zurück zu Fritz. Ihr Fritz, der ihr so sehr fehlte und an den sie jedes Mal voller Schmerz dachte, wenn sie Thomas sah. Thomas brauchte sie nicht, Thomas hatte ja die Amme.

»Helen, ich verbiete dir, jemals zu versuchen, mit Ludwig Kontakt aufzunehmen! Ist dir klar, was das für Thomas bedeuten würde? Und für uns alle? Wir würden alles verlieren und ins Gefängnis kommen!«

»Vielleicht haben wir das verdient«, sagte Helen. »Ludwig wartet auf mich, ich bin es ihm schuldig, ehrlich zu ihm zu sein.«

»Auch dann, wenn du uns beide und Thomas vernichtest?« James sah sie verzweifelt an, doch Helen war so sehr in ihrer Depression gefangen, dass es ihr gleichgültig war. »Ludwig braucht Hoffnung. Es genügt, wenn ich leide. Er und Fritz brauchen ein Lebenszeichen, dass trotz unserer Verfehlungen alles gut wird.«

»Bitte, Helen, versprich mir, dass du nicht versuchst, Kontakt aufzunehmen«, bettelte James.

»Ich kann dir das nicht versprechen«, erwiderte Helen mit ausdrucksloser Miene.

Und James begriff, dass es die Wahrheit war. Dass Helen sich niemals aus dieser Depression lösen würde, wenn sie sich weiterhin an die absurde Idee einer gemeinsamen Zukunft klammerte, dem völlig verrückten Wunsch, die beiden Familien zu vereinen.

Und da er sich nicht nur um die Zukunft seines Sohnes sorgte, sondern auch Angst hatte, dass Helen und er selbst für ihre Tat ins Gefängnis kämen, fasste er einen folgenschweren Entschluss. Helen hatte das Rote Kreuz als Möglichkeit angeführt, in Kontakt zu kommen, und James damit unbeabsichtigt auf eine Idee gebracht, die er nun für die Rettung hielt. Helen musste sich endlich ganz von Ludwig lösen. Aber genau das würde nur geschehen, wenn Ludwig und Fritz sie ebenfalls für tot hielten. Wenn er Helen diesen Schock vor Augen hielt, dass er genau das eingeleitet hatte, was sie sich in ihren schweren Depressionen immer ausmalte, nämlich den eigenen Tod, dann könnte sie sich endlich von Fritz lösen und für Thomas da sein. Ludwig und Fritz wären dann wieder frei, ihr Leben ohne Sorgen zu führen. Das Schlimmste wäre eingetreten, aber sie könnten der Mutter liebevoll gedenken.

Je länger James darüber nachdachte, desto mehr war er davon überzeugt, das Richtige zu tun. Und so nahm er nochmals Kontakt zu jenem Fälscher auf, der ihm bereits den falschen Totenschein von Ludwig besorgt hatte, und ließ einen britischen Totenschein von Helen Ellerweg anfertigen. Als Todesdatum wählte er den 12. August 1915, das Geburtsdatum seines Sohnes. Anschließend übergab er das Dokument zur Weiterleitung an das Rote Kreuz und hoffte, niemals wieder etwas von Ludwig und Fritz Ellerweg zu hören.

44. Kapitel

Helen war außer sich vor Zorn, als sie erfuhr, was James getan hatte. Und obwohl James sich dafür einerseits schämte, fühlte er sich andererseits erleichtert. Heißer Zorn war immer noch besser als diese völlige depressive Teilnahmslosigkeit. Besser negative Gefühle als überhaupt keine Gefühle. Er ließ es also stoisch über sich ergehen, dass sie ihn beschimpfte und versuchte, auf ihn einzuschlagen, bis sie verzweifelt und erschöpft zusammenbrach. Da nahm er sie in seine Arme. Helen hatte keine Kraft mehr, sich dagegen zu wehren. All ihre Stärke war in dem Wutausbruch verloren gegangen.

»Wie konntest du das nur tun?«, flüsterte sie tränenerstickt. »Du hast ihnen jede Hoffnung geraubt! Mein armer Fritz glaubt nun, dass ich tot bin. Hast du kein Herz in der Brust? Wie kannst du einer Mutter und ihrem Sohn so etwas antun?«

»Du hast noch einen Sohn, Helen. Und der braucht dich. Fritz kommt seit einem Jahr ohne seine Mutter aus. Er wird trauern, aber er wird darüber hinwegkommen. Für ihn ist in Deutschland gesorgt. Aber du wolltest die Zukunft unseres Sohnes zerstören. Helen, Thomas ist noch ein Baby, er braucht seine Eltern. Und du warst bereit zu riskieren, dass wir ins

Gefängnis und Thomas in ein Waisenhaus kommt! Handelt so eine Mutter?«

»Du hattest kein Recht dazu!«, schrie sie.

»Ich habe mir dieses Recht genommen!«, schrie er zurück. »Ich musste es mir nehmen! Zum Wohl eines Kindes, das seine Eltern dringender braucht als ein Dreizehnjähriger, der noch seinen Vater hat und den du vermutlich ohnehin erst wiedergesehen hättest, wenn er längst erwachsen ist. Weil dieser verdammte Krieg sich hinzieht und kein Ende abzusehen ist. Meinetwegen hasse mich dafür. Ich bin bereit, diesen Hass auszuhalten, zum Wohl unseres Sohnes. Zum Wohl deines Sohnes, Helen. Deines Sohnes Thomas, der ebenso ein Anrecht auf seine Mutter hat!«

Der ebenso ein Anrecht auf seine Mutter hat ... Diese Worte hallten in Helens Kopf nach und sofort waren die Schuldgefühle wieder da. Sie hatte Fritz für immer verloren. James hatte ihn ihr genommen. Damit sie nur noch für seinen Sohn da war. Aber es war ihre eigene Schuld. Sie hatte sich auf diese Bigamie eingelassen. Sie hatte Ludwig die größte Schande gemacht, die eine Frau einem Mann machen konnte. Erst hatte sie ihn betrogen und dann auch noch ihre Ehe verraten. Und ihren Sohn. Aber dafür konnte Thomas nichts. Er hatte es sich nicht ausgesucht, geboren zu werden. Warum nur um alles in der Welt konnte sie dieses Kind nicht so lieben, wie sie Fritz geliebt hatte? Wie sie Fritz noch immer liebte? Am liebsten wäre sie tatsächlich tot umgefallen – einfach sterben und frei sein von jeder Schuld.

Aber dann wäre Fritz auch allein, genauso, wie James es sagte ... Ich habe mein Leben weggeworfen und jetzt bin ich zur Strafe eine lebendige Tote. Was ist mein Leben überhaupt noch wert? Wer von uns hat Schuld an all dem, was passiert ist? James oder ich? Oder wir beide?

Sie hatte keine Kraft mehr, um auf irgendjemanden zornig zu sein. Sie merkte nur, dass etwas mit ihr nicht stimmte, dass ihre Gefühle verschwunden waren, der heiße Zorn nur ein kurzes Aufflammen gewesen war.

Sie sah James an, erkannte die Verzweiflung in seinem Blick und begriff, dass er genauso hilflos war wie sie selbst.

»James, glaubst du, ich habe den Verstand verloren?«, fragte sie leise. »Ich fühle mich nicht mehr wie ich selbst.«

»Soll ich Doktor Hyslop noch einmal kommen lassen?«

»Damit er wieder sagt, ich solle mich in den Garten setzen?«

»Als er das sagte, warst du nicht bereit, mit jemandem zu sprechen. Vielleicht wird es anders, wenn er regelmäßig kommt und mit dir spricht.«

Helen dachte daran, wie sie damals für Ludwig Hilfe bei Doktor Engelhardt gesucht hatte. Gewiss, das war etwas ganz anderes gewesen, aber sie wusste noch, wie erleichtert sie gewesen war, als Ludwig sich darauf eingelassen hatte.

»Ja«, sagte sie. »Ich denke, das würde mir helfen.«

»Aber du weißt, dass du …« – James räusperte sich – »… bestimmte Themen nicht anschneiden darfst, wenn du Thomas' Zukunft nicht gefährden willst, oder?«

»Hast du Angst, ich würde ihm erzählen, dass Ludwig noch lebt?« Helen sah James mit müden Augen an. »Glaubst du wirklich, das würde er mir glauben? Er würde es für einen Schuldwahn halten. Einer von Ludwigs Freunden ist Psychiater. Ich weiß, wie die denken.«

James sagte nichts, aber es kam Helen so vor, als wäre er beruhigt. Konnte das wirklich sein? Beruhigte es ihn wirklich, dass man sie für verrückt hielte, wenn sie die Wahrheit sagte? Wie gern wäre sie weiter wütend auf James gewesen, aber all ihr Zorn war aufgebraucht und wieder tiefer, von Traurigkeit genährter Gleichgültigkeit gewichen. Und Schuldgefühlen ihren Kindern gegenüber. Den einen Sohn hatte sie verlassen und verraten, den anderen konnte sie nicht so lieben, wie er es verdiente. Wie viel von ihrem Verstand hatte sie bereits eingebüßt? Und

James? Was hatte ihn dazu bewogen, sie zu dieser aberwitzigen Ehe zu überreden? War es derselbe Grund wie bei ihr? Der Wunsch, eine einfache Lösung zu finden und das Zerrbild einer heilen Familie aufrechtzuerhalten? Es war unverzeihlich, dass er Ludwig und Fritz einen gefälschten Totenschein geschickt hatte, aber zugleich spürte Helen, wie sie damit ihren Frieden machte. Leni Ellerweg war wirklich tot. Sie war vermutlich bereits in jener Nacht auf See gestorben, als ihre Flucht ein so brutales Ende gefunden hatte. Und vielleicht war es wirklich besser für Fritz, dass er seine Mutter so in Erinnerung behalten konnte, wie sie einst gewesen war. Die Frau, die alles riskierte, um zu ihrem Kind zurückzukehren. Von dieser Frau lebte nicht mehr viel in ihr. Nichts von ihrer Leidenschaft und ihrer Stärke. Insofern hatte James vielleicht unbewusst das Richtige getan. Er hatte einer unsichtbaren Leiche ihren verdienten Totenschein gegeben.

Die Gespräche mit Doktor Hyslop verliefen anders, als Helen es erwartet hatte. Der einstmals so ruhige und besonnene Arzt wirkte auf sie seltsam angespannt und unruhig. Außerdem fiel ihr auf, dass er ein seltsames Zucken im Gesicht entwickelt hatte. Litt er etwa an einer neurologischen Erkrankung oder waren es Anzeichen einer steten Überlastung? Gerade diese Schwäche im Antlitz jenes Mannes, der ihr helfen sollte, brachte wieder etwas von der alten Leni zum Vorschein. Von der Arztfrau, die sich in vierzehn Jahren selbst so viel Wissen angeeignet hatte, dass manch einer sie auf den Kongressen in Berlin für eine Kollegin gehalten hatte.

Und so kam es, dass Helen irgendwann den Spieß umdrehte und Doktor Hyslop nach seinen Sorgen befragte. Der erfahrene Psychiater merkte recht schnell, dass sie damit von ihren eigenen Sorgen ablenken und seinen Fragen ausweichen wollte, aber Helen war geschickt und hartnäckig. Und so erfuhr sie, dass die Luftangriffe auf London mit den Zeppelinen inzwischen regelmäßig erfolgten. Etwas, das James bislang von ihr ferngehalten hatte, so wie jedes Ungemach, das der Krieg brachte. Zu groß war seine Sorge, ihr Zustand könnte sich wieder verschlechtern, dabei lechzte Helen nach Neuigkeiten. Und so erfuhr sie, dass viele Menschen nachts nicht mehr schlafen konnten – vor Angst, ihr Haus könnte von einer Bombe getroffen werden. Doktor Hyslop hatte daraufhin diesen nervösen Tic im Gesicht entwickelt.

»Hat die britische Luftwaffe auch Zeppeline?«, fragte Helen. »Werden deutsche Städte auch bombardiert?«

»Soweit ich weiß, nicht«, sagte der Arzt. »Die meisten Luftkämpfe finden immer noch mit Flugzeugen statt, Mann gegen Mann in der Luft. Manchmal denke ich, die Deutschen sind das in der Luft, was wir auf dem Meer sind.«

Auf diese Weise wurden die Gespräche mit Doktor Hyslop zu einer ganz anderen als der beabsichtigten Therapie für Helen. Es ging nicht mehr nur um sie und die Lügen, die sie sogar vor ihrem Psychiater leben musste, sondern Doktor Hyslops Berichte öffneten ihr ein Fenster zum Kriegsalltag, von dem James sie so gern abgeschirmt hätte. Manchmal fragte sie sich, ob er es tat, weil er selbst gern jemanden gehabt hätte, der ihm schwierige Entscheidungen und Sorgen abnahm, und langsam konnte sie sich innerlich immer mehr mit seiner Handlungsweise versöhnen.

Sie versuchte, sich auch mehr um den kleinen Thomas zu kümmern, und als er sie zum ersten Mal bewusst anlächelte, floss ihr Herz vor Rührung über. Er war ein goldiges Kind, genau wie Fritz. Und er war ebenso ihr Sohn, der sie brauchte, weil er allein völlig hilflos war. Es wäre kein Verrat an Fritz, wenn sie sich um dieses Kind mit all ihrer Liebe kümmerte.

Doch zugleich fragte sie sich, wie es nach dem Krieg weitergehen sollte. James hatte dafür gesorgt, dass Ludwig und

Fritz sie für tot hielten. Ludwig galt ebenfalls als tot. Aber was war mit Fritz? Würde niemand fragen, warum sie ihren ältesten Sohn nicht zu sich holte, wenn sein Vater verstorben war? Oder warum er sie nie besuchte? Sie traute sich nicht, James diese Frage zu stellen, denn sie hatte keine Ahnung, was ihm als Nächstes einfiele, um sein Lügengebäude aufrechtzuerhalten. Außerdem wollte sie nicht so weit denken. In gewisser Weise schützte der Krieg sie auch vor weiteren Entscheidungen.

Im November erhielt Helen die Nachricht, dass sich der Zustand ihres Vaters drastisch verschlechtert hatte. Und so kehrte sie zum ersten Mal seit ihrer überstürzten Flucht in das Haus ihrer Kindheit zurück.

Ihr Vater war nicht mehr ansprechbar, als sie sein Schlafzimmer betrat. Sein Gesicht war eingefallen, die Augen halb geschlossen und eingetrübt wie bei einem Toten. Er schnappte mit geöffnetem Mund nach jedem Atemzug und erinnerte Helen an ihre Mutter, als die in den letzten Zügen gelegen hatte.

Ein schwerer Klumpen bildete sich in ihrem Magen. Sie wollte ihren Vater nicht auch noch verlieren – sie hatte schon so viel verloren. Wenn er starb, dann war der letzte Mensch fort, der sie bedingungslos geliebt hatte, trotz allem, was gewesen war. Er war die letzte Verbindung zu ihrem alten Leben, zu dem Leben, in dem es Ludwig und Fritz gab. Zu dem Leben, das sie für die kurze Erfüllung einer Leidenschaft geopfert hatte.

Sie spürte das Aufsteigen brennender Tränen, unterdrückte sie jedoch mit aller Kraft. Sie schluckte mehrfach, ihr Hals brannte, wurde ihr von all der unterdrückten Trauer viel zu eng. Hier starb gerade nicht nur ihr Vater, hier starb ihr ganzes altes Leben.

Sie konnte es nicht mehr ertragen und verließ das Sterbezimmer, um im Garten frische Luft zu schnappen. Es war ein trüber Herbsttag, die Blumenbeete waren kahl, die Sträucher all ihrer Pracht beraubt. Von den schönen Sommerfarben, die Fritz so geliebt hatte, wenn er hier zu Besuch gewesen war, war nichts mehr zu erkennen.

»Ist alles in Ordnung?«

Sie fuhr herum. Sie hatte gar nicht bemerkt, dass James ihr nachgegangen war.

»Was denkst du?«, erwiderte sie. »Kann etwas in Ordnung sein, wenn der eigene Vater im Sterben liegt?«

»Nein, aber ...« Er räusperte sich. »Ist es nur Trauer oder ...«

»Du fürchtest, ich könnte wieder depressiv werden?«, schnitt sie ihm das Wort ab. »Keine Sorge, das habe ich überwunden. Schlimmer als das, was ich bereits verlieren musste, kann auch der Tod meines Vaters nicht sein.«

Er zuckte unter ihren Worten zusammen, als hätte sie ihn geschlagen, und auf eine nur schwer zu beschreibende Art genoss Helen es. Es war in Ordnung, wenn er genauso litt wie sie. Sie teilten dieselbe Schuld, er hatte ihre Schwäche genutzt, sie zu dieser Ehe zu überreden. Sie hielt ihm zugute, dass er es nicht aus purer Berechnung, sondern aus Verzweiflung getan hatte. Aber je mehr Zeit ins Land zog, umso mehr verachtete sie ihn dafür. Vielleicht auch nur deshalb, weil es leichter war, ihn zu verachten als sich selbst. Er nahm es widerstandslos hin, ein klärendes Gespräch hatte er nie gesucht. Sie lebten Seite an Seite, hielten nach außen die Fassade aufrecht, aber die einzige wirkliche Kommunikation zwischen ihnen, die noch stattfand, beschränkte sich auf die Sexualität. Die war noch immer lustvoll für beide, aber sie war mehr zu einem Abbau von Aggressionen geworden. Vielleicht machte es das gerade so lustvoll. Jenseits aller Differenzen begehrte sie James immer noch, ohne dass sie ihn jemals wirklich geliebt hätte.

»Ich mache mir nun mal Sorgen um dich.«

»Mit deinen Sorgen machst du auch nichts besser.« Sie atmete tief durch. »Ich wäre dir dankbar, wenn du dich um die Bestattungsformalitäten kümmern würdest, sobald mein Vater für immer eingeschlafen ist. Und um all den Rest.«

»Das werde ich tun.«

Vier Stunden später stieß Kenneth Mandeville seinen letzten Atemzug aus und Helen weinte bitterlich. Allerdings weniger um ihren Vater, für den der Tod letztlich eine Erlösung war, sondern weil sie sich so allein und verlassen fühlte wie niemals zuvor in ihrem Leben.

45. Kapitel

In den Wochen nach dem Tod ihres Vaters verfiel Helen zwar nicht in tiefe Dunkelheit, aber sie war doch sehr in sich gekehrt und konnte an nichts Freude finden. Immer mehr wurde ihr bewusst, wie sehr ihr ihr altes Leben als Ludwigs Sprechstundenhilfe fehlte. Auf dem Landsitz der Mitchells führte sie das langweilige Leben einer Oberschichtgattin und hatte nichts anderes zu tun, als sich um Thomas zu kümmern oder sich mit anderen gelangweilten Oberschichtgattinnen zu treffen und langweilige Konversation zu betreiben.

Zwei Wochen nach der Beisetzung ihres Vaters fragte James Helen, wie sie mit der Villa der Mandevilles verfahren sollten. »Sie ist zu teuer im Unterhalt, um sie dauerhaft leer stehen zu lassen«, sagte James. »Wir müssen uns entscheiden, ob wir sie vermieten oder verkaufen wollen.«

Bei dem Wort »verkaufen« zuckte Helen zusammen. Das war ihr Geburtshaus, das Zuhause ihrer Kindheit, das Letzte, das ihr aus den guten Tagen ihres Lebens noch geblieben war.

»Wenn du es nicht verkaufen willst, habe ich Verständnis dafür«, sagte James sofort. »Wir können es vermieten.«

Helen schluckte. Es gefiel ihr noch weniger, sich vorzustellen, dass Fremde in ihrem Eigentum lebten und sie dann womöglich irgendwann in ein völlig verändertes, verwohntes Haus käme. Dann war es besser, gleich einen Schlussstrich zu ziehen. Ihr Leben war ohnehin verpfuscht. Sie hatte sich immer vorgestellt, dass Fritz hier auch als junger Mann die Sommer verbringen würde. In seiner zweiten Heimat. Aber Fritz war aus ihrem Leben vertrieben worden, ebenso wie Ludwig.

Da kam ihr ein Gedanke. Sie könnte einen Teil des Erlöses für Fritz zurücklegen und es ihm nach dem Krieg zukommen lassen. Dann würde ihm das Haus letztlich doch noch irgendwie gehören.

»Verkauf es«, sagte sie schließlich zu James. »Aber für den Erlös wirst du mir ein eigenes Konto einrichten, für das ich allein die Vollmacht habe und für das ich allein ohne deine Zustimmung als Ehemann auch Untervollmachten vergeben kann.«

Er nickte.

Die Vorbereitungen für den Hausverkauf gestalteten sich anstrengender, als Helen gedacht hatte. Vor allem musste sie den gesamten Hausrat sortieren und entscheiden, was sie behalten wollte und was veräußert werden konnte. So vergingen vier weitere Monate, in denen Helen sich zeitweilig sehr in der Vergangenheit verlor und sich nur wenig um Thomas kümmerte. Sie hatte sich daran gewöhnt, ihn der Amme zu überlassen und sich seine Fortschritte berichten zu lassen, anstatt sie selbst zu begleiten.

Während sie die alten Kleider ihrer Mutter durchsah, wurde ihr auf einmal bewusst, dass sie nahe dran war, sich zu einer Frau wie ihre Mutter zu entwickeln. Die hatte sie auch vollständig der Gouvernante überlassen und letztlich hatte Yvonne Bertrand Helen mehr geprägt als ihre eigene Mutter. Wollte sie, dass so etwas auch mit Thomas geschah? Noch war er klein, aber sie wusste nichts über seine Amme, außer dass Janice das

Geld brauchte, da ihr Mann im Krieg war, und sie ihre eigene Tochter entwöhnt und bei den Großeltern gelassen hatte, um die Stellung im Haus der Mitchells antreten zu können. Eine besondere Bildung besaß sie nicht, James hatte sie einzig nach ihrer persönlichen Hygiene und der Qualität ihres Milchflusses eingestellt. Vielleicht war es an der Zeit, Thomas zu entwöhnen und seine Erziehung selbst in die Hand zu nehmen, ehe er ihr vollständig entfremdet würde. Schon jetzt quengelte er, wenn er zu lange von Janice fort war, und zog ihre Nähe der seiner Mutter vor, was Helen jedes Mal einen Stich versetzte. Fritz hatte nie so reagiert. Fritz hatte die Nähe beider Elternteile gesucht. Sie erinnerte sich daran, wie sie ihn gebadet hatte und er dann immer fröhlich geplanscht und gelacht hatte. My little Sunshine …

Als sie an diesem Apriltag am späten Nachmittag zum Landsitz zurückkehrte, erklärte sie Janice, dass sie Thomas heute selbst baden wolle.

»Er ist heute recht unruhig, ich glaube …«, setzte die Amme schüchtern an.

»Thomas ist mein Kind und ich entscheide, was für ihn gut ist«, unterbrach Helen und nahm Janice Thomas ab. Der fing wie üblich an zu quengeln, als Helen ihn aus den Armen seiner Amme nahm.

»Alles ist gut, mein kleiner Schatz«, flüsterte sie und wiegte ihn sanft. Doch anstatt sich zu beruhigen, fing Thomas an zu schreien. »Schschsch, alles ist gut«, wiederholte Helen und hielt ihn so, wie sie Fritz immer gehalten hatte. Doch für Thomas war gar nichts gut. Er brüllte, als würde er aufs Brutalste misshandelt, anstatt sanft von seiner Mutter gewiegt zu werden.

»Darf ich?«, fragte Janice. »Er fremdelt etwas.«

»Er fremdelt?«, rief Helen empört. »Ich bin seine Mutter! Was haben Sie mit ihm gemacht, dass er so auf mich reagiert?«

»Nichts, das ist völlig normal, das wird ...«

»Jetzt hören Sie mir mal gut zu, ich habe mich schon um Kinder gekümmert, als Sie noch auf den Knien Ihrer Mutter gesessen haben! Ich weiß am besten, was für meinen Sohn gut ist.«

Janice schwieg, Thomas leider nicht. Er brüllte immer stärker und wollte unbedingt zu Janice zurück.

Na warte, du kleiner Racker, dachte Helen. *So wirst du deinen Willen nicht kriegen. Dann brüll doch, ich halte das aus, aber du wirst nicht länger eine fremde Frau deiner eigenen Mutter vorziehen!*

»Janice, verlassen Sie bitte das Zimmer. Ich denke, er wird sich beruhigen, sobald Sie nicht mehr in der Nähe sind.«

Die Amme sah Helen unsicher an, gehorchte dann aber.

Nach einer Viertelstunde hatte Helen den Machtkampf mit ihrem Kind gewonnen und Thomas beruhigte sich. »Na siehst du, mein Kleiner, so schlimm ist es bei Mama auch nicht, oder? Und nun werden wir dich baden.«

Doch schon während sie ihn auszog, fing Thomas schon wieder an zu schreien. »Ist dir kalt? Gleich kommst du in das schöne warme Wasser deiner Babywanne. Weißt du, das mochte dein großer Bruder auch immer so gern. Und später konnte er schwimmen wie ein Fisch. Das wirst du auch noch lernen.«

Sie hoffte, dass Thomas sich beruhigen würde, wenn sie ihn vorsichtig in das warme Wasser legte, doch das verstärkte sein Brüllen nur. Sein kleiner Kopf wurde rot vor Anstrengung, so sehr schrie er.

»Irgendwann muss es doch auch mal gut sein«, sagte Helen. »Hast du so viel überschüssige Luft in den Lungen?«

Thomas brüllte während der ganzen Zeit, in der Helen ihn wusch, und sie spürte, wie sie ärgerlich wurde. Aber sie beherrschte sich. *Er kann nichts dafür, das ist diese verflixte*

Amme, die hat ihn völlig verdreht, die ist kein guter Umgang für ihn.

Nachdem Thomas unter kläglichstem Gebrüll gebadet und anschließend wieder gewickelt war, beruhigte er sich etwas, aber kaum wollte Helen ein bisschen mit ihm kuscheln, schrie er schon wieder.

Was stimmte mit diesem Kind nur nicht? Das war doch nicht normal. Jeder Säugling ließ sich durch körperliche Nähe beruhigen.

Oder hatte er Hunger?

Sie klingelte nach der Amme, die erstaunlich schnell da war. Hatte sie an der Tür gelauscht und geglaubt, Helen würde ihren Sohn misshandeln, weil der so unmenschlich brüllte?

Kaum war Thomas wieder bei Janice, verwandelte er sich in den reinsten Sonnenschein. Er gluckste und schmiegte sich an sie.

Was für ein kleiner Verräter!

Ein paar Tage später stellte Helen fest, dass sie erneut schwanger war. Sie fühlte sich wie vor den Kopf geschlagen. Konnte das wirklich sein? So schnell? All die Jahre mit Ludwig hatte sie so sehr um ein zweites Kind gekämpft, aber mit James kamen sie nun in einer Geschwindigkeit wie bei den armen Leuten? Sofern dieses Kind lebendig zur Welt käme, wäre es ihr letztes. Es gab schließlich Mittel und Wege, weitere Schwangerschaften zu verhüten, auch wenn sie sich darum bislang nie hatte Gedanken machen müssen.

Durch ihre erneute Schwangerschaft fühlte sie sich gereizt und unwohl und so gab sie ihren Kampf um Thomas' Liebe auf. Sollte er doch mit seiner Amme glücklich werden. Er wollte sie als Mutter nicht und vielleicht war das gut so. Sie würde ihre

Kräfte für ihr drittes Kind brauchen, denn das würde sie sich unter keinen Umständen von einer Amme wegnehmen lassen.

Sie ließ sich Thomas dreimal am Tag zu festgelegten Zeiten zeigen und von seinen Fortschritten berichten. Wenn er während dieser Termine weinte, schickte sie Janice mit ihm aus dem Zimmer.

»Wenn er nicht bei mir sein will, werde ich ihn mit Sicherheit nicht dazu zwingen«, sagte sie und spürte zugleich unterschwelligen Ärger auf dieses undankbare Kind. Für dieses Kind hatte sie Fritz und Ludwig verraten, die immer bedingungslos zu ihr gestanden hatten. Um ihm seinen Status zu geben, als James' Erbe aufzuwachsen. Und dennoch wies er ihre Liebesbekundungen stets mit Geplärr zurück und zog seine Amme vor.

Es gab auch eine andere Stimme in ihr, die sagte: *Er ist nur ein hilfloser Säugling, er kann nichts dafür, er meint das nicht böse, er braucht Geduld und Liebe.* Das war die Stimme der alten Leni Ellerweg. Der Frau, die niemals ein Kind aufgegeben hätte. Aber Leni Ellerweg existierte nicht mehr, Leni Ellerweg war tot. James hatte sie getötet, indem er ihren Totenschein an ihre Familie geschickt hatte. Sie war jetzt Helen Mitchell und als reiche Oberschichtgattin musste sie sich nicht mit den Launen eines ungezogenen Balgs abgeben. *So wolltest du mich doch, James. Deshalb hast du Janice geholt*, dachte sie verbittert. *Thomas war ein entsetzlicher Fehler und jetzt sitze ich hier, gehe erneut auf wie ein Hefekuchen und erwarte den nächsten Fehler!*

Die Düsternis hatte sie nicht zerstört. Aber sie hatte sie verwandelt. Sie hatte wieder Gefühle, aber es waren überwiegend Wut und Ärger. Niemand konnte ihr mehr irgendetwas recht machen.

James schob es auf ihre Schwangerschaft, schließlich war es bekannt, dass schwangere Frauen oft launisch waren. Zudem glaubte er, dass sie noch immer unter dem Tod ihres Vaters und dem anstehenden Verkauf des Hauses litt. Es war in Kriegszeiten nicht leicht, einen solventen Käufer zu finden. Viele Patrioten hatten ihr Geld in Kriegsanleihen angelegt und waren nicht in der Lage, den gewünschten Preis zu zahlen. Der Krieg fraß sich immer mehr im Alltag der Menschen fest und im Sommer des Jahres 1916 machte er sich auch immer mehr auf dem Landsitz der Mitchells bemerkbar, denn viele der Angestellten wurden eingezogen und es wurde immer schwieriger, genügend Arbeiter zu finden.

Helen merkte zwar, dass James mit großen Schwierigkeiten zu kämpfen hatte, um alles am Laufen zu halten, aber sie kümmerte sich nicht darum. Es war seine Aufgabe als ihr Ehemann, ihre Versorgung sicherzustellen. Und wenn er Unterstützung brauchte, sollte er jemanden dafür einstellen, aber sie nicht damit belasten. Sie hatte schließlich genug mit ihrer Schwangerschaft zu tun.

46. Kapitel

Am 7. November 1916 setzten bei Helen die Wehen ein. Sie fühlte sich erstaunlich entspannt und hatte keine Angst, dass mit dem Kind etwas passieren könnte, denn ihr Herz hatte sich in den vergangenen Monaten so sehr verhärtet, dass ihr nichts und niemand mehr wehtun konnte. Sollte dieses Kind sterben, dann wäre es so. Hauptsache, sie wäre diesen unförmigen Leib endlich los. Vielleicht hatte sie ja auch Glück und es würde ein Mädchen werden. Sie würde ein Mädchen Ellinor nennen, ganz gleich, was James darüber dachte. Diesen Namen hatte sie von Anfang an für eine Tochter bestimmt und dabei würde es bleiben. Einen Sohn konnte er nennen, wie er wollte. Mit seinem Wunschnamen Theodor konnte sie leben.

Die Tatsache, dass ihr alles gleichgültig war und sie noch keine besondere Bindung zu dem Kind in ihrem Leib aufgebaut hatte, machte es Helen leicht, mechanisch auf all das zu reagieren, was ihr Körper unter der Geburt von ihr erwartete. Es war ihre fünfte Geburt und ihr drittes Kind. Und es würde ihr letztes Kind bleiben, so viel war sicher.

Die Hebamme war erstaunt, wie schnell das Kind dieses Mal kam. Nur fünf Stunden nach den Eröffnungswehen brachte Helen ein gesundes kleines Mädchen zur Welt.

Als die Hebamme ihr sagte, dass es ein Mädchen sei, klopfte Helens Herz schneller. Eine Tochter! Endlich hatte sie eine Tochter! Und als man ihr das Kind in die Arme legte, stellte sie erstaunt fest, wie ähnlich es Fritz war. Dieser zarte blonde Flaum und die wachen blauen Augen, von denen noch nicht klar war, ob sie diese Farbe behalten oder wie bei Fritz leicht grünlich werden würden. Ellinor war das schönste Baby, das Helen jemals gesehen hatte. Sogar noch hübscher als Fritz, aber das durfte sie auch sein, das war das Vorrecht der Mädchen. Ihre Blicke trafen sich und all die Bitternis, die sich wie ein harter Panzer um Helens Herz gelegt hatte, zerbröselte. Zum ersten Mal seit langer Zeit konnte sie wieder lieben!

»Du bist so wunderschön, Sweety! Ich werde dich niemals loslassen!«

Und noch während sie ihrer Tochter in den ersten Minuten nach der Geburt diesen Kosenamen gab, wusste sie, dass dieses Kind ihr gehörte, ihr vom Schicksal bestimmt war. Sie liebte es genauso wie Fritz. Es war der Name. Nur ein Kind, das im Augenblick der Geburt einen eigenen Kosenamen erhielt, konnte ihr Kind sein.

Gleichzeitig spürte sie zum ersten Mal seit Langem auch wieder Schuldgefühle. Auch Thomas war ihr Kind. Er hätte es verdient, genauso geliebt zu werden. Aber Thomas hatte ihr Herz nicht verzaubert, er hatte sie nicht berührt und zu einem Kosenamen inspiriert. Thomas ... ja, er war ihr Sohn, weil sie ihn geboren hatte, aber er hatte sich mit Janice eine eigene Mutter gesucht und zeigte Helen regelmäßig, dass er sie ablehnte. Es genügte, dass Janice ihn zärtlich »Honey« nannte. Mehr wollte er ja gar nicht.

Nach Ellinors Geburt blühte Helen wieder auf. Allerdings verbot sie James noch am Tag der Entbindung, jemals eine Amme für Ellinor zu suchen. Dieses Kind sollte nur ihr gehören, sie würde es stillen wie Fritz, Tag und Nacht. Ellinor, ihre kleine Sweety. Little Sunshines kleine Schwester.

Und sie fing an, wieder Briefe an Fritz zu schreiben, die sie danach immer sofort im Kamin verbrannte.

Ellinor gab Helen die Erinnerungen an Fritz als Baby zurück. Sie lächelte genauso wie er, sie genoss es, sich von ihrer Mutter baden zu lassen, sie planschte und kreischte dabei vor Vergnügen. Sie war genau die Tochter, die Helen sich immer gewünscht hatte.

Helen hielt sich nun auch wieder viel im Garten auf, aber sie begnügte sich nicht damit, im Frühjahr in der Sonne zu sitzen, sondern legte Blumenbeete an und fand in der Rosen- und Tulpenzucht ein neues Betätigungsfeld. All das half ihr, den Krieg auszublenden, der die Welt nach wie vor fest im Griff hatte. Solange noch Krieg herrschte, musste sie keine neuen Entscheidungen treffen. Aber sie bezweifelte mittlerweile auch, dass sie irgendeine Entscheidung treffen würde, wenn der Krieg vorbei wäre. Sie galt jetzt bereits ein Jahr als tot, Ludwig und Fritz waren über die Trauer hinweggekommen und hatten sich gewiss in ihrer neuen Normalität eingerichtet. Sie waren beide stark und hatten das mit Sicherheit durchgestanden.

Dennoch verspürte Helen weiterhin Schuldgefühle, dass sie Fritz so einfach verlassen hatte. Mittlerweile hatte James den Verkauf ihrer Villa erfolgreich abgeschlossen und ein Konto für Helen eingerichtet. Die Villa hatte den stolzen Preis von zehntausend Pfund eingebracht. Unter normalen Umständen wäre der Verkaufspreis gewiss höher ausgefallen, aber es war immer noch eine hohe Summe. Eine Summe, von der ein Teil auch Fritz zustand …

Und so kam Helen auf die Idee, heimlich ohne James' Wissen ein Konto für Fritz anzulegen, und transferierte ein Drittel der Summe, dreitausenddreihundert Pfund, auf ein

Anlagekonto, auf das nur sie selbst Zugriff hatte. Das verbliebene Geld sollte später zwischen Thomas und Ellinor aufgeteilt werden.

Zwar wusste Helen nicht, ob und wann sie Fritz das Geld jemals würde geben können, aber es beruhigte sie, dass es nun fest angelegt war. Um eine entsprechende testamentarische Verfügung würde sie sich erst nach dem Krieg kümmern können. Aber eines Tages, da war sie sich ganz sicher, würde Fritz seinen ihm zustehenden Erbteil bekommen.

Die Zeit verging und Thomas sprach seine ersten Worte. Doch während Helen Ellinor ständig um sich hatte und sie ein volles Jahr selbst stillte, fand sie zu Thomas weiterhin keinen Zugang. Er hing voller Zuneigung an seiner Amme, die er »Jenni« nannte, weil er Janice noch nicht richtig aussprechen konnte, war aber immer sehr zurückhaltend, wenn er seiner Mutter vorgeführt wurde. Nach wie vor gab es die festen, ritualisierten Termine, aber das missfiel Helen immer mehr. Sie wollte nicht, dass ihr Sohn den Besuch bei seiner Mutter wie eine Pflichtübung absolvierte und sich kaum traute, etwas zu sagen. Da er auch schon längst nicht mehr gestillt wurde, gab es eigentlich keinen Grund mehr, Janice noch länger im Haus zu behalten, außer dass James Mitleid mit ihr hatte, weil ihr Mann noch immer an der Front war und sie das Geld brauchte. Andererseits konnte man dem leicht abhelfen – eine großzügige Abfindung in Höhe eines Jahreslohns und Janice könnte sich endlich wieder um ihre eigene Familie kümmern, ohne Not zu leiden. Dann würde Thomas endlich begreifen, dass sie nicht seine Mutter war, sondern Helen. Es war vermutlich höchste Zeit.

Kurz nach Thomas' drittem Geburtstag im August 1918 zahlte Helen Janice aus und gab ihr noch ein volles Jahresgehalt.

Aber obwohl das so eine großzügige Geste war, wirkte Janice unzufrieden.

»Was ist denn los?«, fragte Helen.

»Ich ... ich glaube, es ist zu früh«, sagte Janice. »Ich würde gern noch eine Weile für das Geld arbeiten. Thomas braucht noch etwas Zeit, um sich zu verabschieden.«

»Er braucht keine Amme mehr«, sagte Helen. »Er ist alt genug, um ohne Sie zurechtzukommen.«

»Das meinte ich nicht. Er ...« Janice senkte verlegen die Lider.

»Sie meinen, er wird Sie vermissen und viel weinen und traurig sein?«

»Ja, Mrs Mitchell.«

»Nun, jede Trauer vergeht. Wir alle müssen lernen, geliebte Menschen loszulassen, um daran zu wachsen. Und Thomas wird das auch lernen, er hat schließlich seine Eltern und seine Schwester.«

Janice nickte und ging.

Am Tag des Abschieds von Janice erklärte Helen ihrem Sohn, dass er jetzt schon groß sei und sich deshalb von seiner Amme verabschieden müsse.

»Wann kommt Jenni wieder?«, fragte er, nachdem Janice nach einer letzten Umarmung gegangen war.

»Gar nicht, denn jetzt muss sie sich wieder um ihr eigenes Kind kümmern. Aber das macht nichts, du hast ja Mama und Papa.«

»Aber ich will auch Jenni!«

»Es heißt Janice, Thomas. Und Janice arbeitet hier jetzt nicht mehr.«

»Wann kommt Jenni wieder?«

»Sie kommt nicht mehr, das habe ich dir doch gerade erklärt.«

»Warum nicht?«

»Thomas, willst du mich ärgern? Janice hat ein eigenes Kind, um das sie sich jetzt kümmern muss. Du brauchst sie nicht mehr.«

»Ich brauch sie. Ich will sie!«, schrie Thomas.

»Du bist ein ungezogener Junge. Jetzt gehst du in dein Zimmer, bis du dich gebessert hast!«

»Ich will Jenni!«, schrie Thomas. »Ich will Jenni!«

Helen nahm ihn bei der Hand und wollte ihn in sein Zimmer führen, da warf Thomas sich brüllend auf den Boden und schrie nach Janice.

Helen holte tief Luft. Sie hätte Janice schon viel früher entlassen sollen, sie hatte ja von Anfang an befürchtet, dass sie keinen guten Einfluss auf Thomas hatte. Derartige Wutausbrüche hatte sie bei Fritz und Ellinor nie erlebt.

»Thomas, es reicht!«, schrie Helen, packte ihn bei den Schultern, zog ihn hoch und trug ihn in sein Zimmer. »Hier bleibst du, bis du dich wieder benehmen kannst!«

Dann schloss sie die Tür.

Doch Thomas blieb nicht in seinem Zimmer, sondern kam sofort raus und brüllte: »Ich will Jenni!«

»Ich habe dir nicht erlaubt, das Zimmer zu verlassen!«, schrie Helen. Dann schob sie ihn zurück und schloss die Tür ab.

»Ich will zu Jenni!«, schrie Thomas und rüttelte am Türdrücker.

»Ich will zu Jenni!«

»Du bleibst in deinem Zimmer, bis du wieder artig bist!«, schrie Helen zurück. Dann ging sie und ließ das eingesperrte Kind in seinem Zimmer toben.

Nach einer halben Stunde kehrte sie zurück. Thomas schrie nicht mehr und sie öffnete die Tür. Der Junge saß weinend in der Ecke.

»Hast du dich beruhigt?«, fragte Helen.

»Jenni«, heulte er.

»Du bist wirklich das unerzogenste Kind, das ich kenne. Kein Wunder, dass Janice weggegangen ist. Die hat dich nicht mehr ertragen!«

Thomas weinte noch heftiger.

Im nächsten Moment schämte Helen sich. *Was mache ich hier nur?*, dachte sie. *Er ist doch erst drei und hat gerade seine engste Bezugsperson verloren. Und ich behandle ihn so. Das geht doch nicht!*

»Thomas, es tut mir leid«, sagte sie und nahm ihn in die Arme. Er klammerte sich hilflos an sie und weinte noch immer.

»Thomas, ich hab dich lieb und ich bin immer für dich da. Komm, wir gehen jetzt zusammen in den Garten, ja?« Sie hob ihn hoch und küsste ihn auf die Wange. »Du bist doch mein Schatz, Thomas. Komm, nicht mehr weinen.«

Thomas schniefte und beruhigte sich.

Helen ging mit ihm in den Garten, wo Ellinor bereits unter der Aufsicht des Zimmermädchens wartete. Auf ein Kindermädchen für ihre Tochter hatte sie bislang verzichtet. Noch einmal wollte sie so ein Drama wie mit Janice und Thomas nicht erleben.

Sie bemühte sich, mit Ellinor und Thomas zusammen in der kleinen Sandkiste zu spielen, bis Thomas nach einiger Zeit vorsichtig fragte: »Wann kommt Jenni wieder?«

»Jenni kommt nicht mehr«, sagte Helen und bemühte sich, ihren Ärger über Thomas' Dickköpfigkeit hinunterzuschlucken.

»War ich böse?«, fragte Thomas.

»Ja«, sagte Helen und dachte dabei an seinen Wutausbruch.

»Kommt Jenni deshalb nicht mehr?«

Helen überlegte kurz. Thomas war nicht so intelligent wie Fritz in seinem Alter. Er würde komplizierte Erklärungen nicht verstehen und dann höchstens wieder einen Wutanfall bekommen. Also wäre es am einfachsten, wenn sie einfach Ja sagte.

»Ja, deshalb kommt Janice nicht mehr. Und wenn du wieder ungezogen bist, kommst du wieder ganz allein in dein Zimmer und bleibst da, ist das klar?«

Thomas starrte sie mit großen, erschrockenen Augen an und nickte.

Na, immerhin, ganz so begriffsstutzig, wie sie befürchtet hatte, war er doch nicht. Aber das kam eben dabei heraus, wenn man die Kindererziehung ungebildeten Unterschichtfrauen überließ, die nur wegen der Größe ihrer Brüste eingestellt wurden.

Thomas blieb schwierig. In den Tagen nach Janice' Weggang litt er nachts unter Albträumen, weigerte sich, abends zu Bett zu gehen, und fing an, sich bei der kleinsten Aufregung zu übergeben – ein Verhalten, das er zuvor nie gezeigt hatte.

Als James vorschlug, Janice zurückzuholen, weil die Trennung vielleicht doch zu abrupt gewesen war, lehnte Helen energisch ab.

»Die hat uns doch erst den ganzen Ärger eingebrockt«, sagte sie. »Sie hat ihn völlig verzogen und von mir entfremdet. Welches normale Kind weint denn seiner Amme mehr nach als seiner Mutter? Und diese Wutausbrüche sind auch nicht normal. Das müssen wir ihm schleunigst abgewöhnen, wenn wir uns keinen kleinen Despoten heranziehen wollen. Wenn du Janice jetzt zurückholst, wird er später immer so reagieren, um seinen Willen zu bekommen. Und ich weiß, wovon ich rede. Fritz war nie so und Ellinor ist auch nicht so. Weil sie von ihrer Mutter vernünftig erzogen wurden. Aber du, du musstest ja diese Amme ins Haus holen und ihn mir gleich nach der Geburt wegnehmen! Das hast du nun davon!«

»Ich habe ihn dir nicht gleich nach der Geburt weggenommen. Du warst schwer depressiv und hattest eine Brustdrüsenentzündung.«

»Die hätte man behandeln können. Und der Depression war es nicht förderlich, dass du mir auch noch mein Kind weggenommen hast. Ich war nur zu schwach, um dir klarzumachen, was richtig ist. Du hast meine Schwäche doch immer wieder ausgenutzt!«

James erhob sich, wie er es immer tat, wenn das Gespräch in diese Richtung ging, und sagte: »Ich habe noch zu arbeiten.«

»Ja, du und deine Arbeit. Hinter der versteckst du dich immer, anstatt dich mal deiner Verantwortung zu stellen und dir anzuhören, was du alles schon im Leben verbockt hast!«

Thomas entwickelte mit der Zeit immer größere Ängste, vor allem konnte er es nachts nicht mehr ertragen, wenn es in seinem Zimmer dunkel war. Also besorgte Helen ein Nachtlicht für ihn. Aber sie bestand darauf, dass die Tür zum Kinderzimmer geschlossen wurde, auch wenn Thomas dann immer wieder aufstand, um heimlich zu prüfen, ob er sie noch öffnen konnte. Als Helen dieses Verhalten erstmals auffiel, fragte sie sich, ob es wohl in Erinnerung an den Tag geschah, als sie ihn dort eine halbe Stunde lang eingesperrt hatte. Sie hatte ihn danach nie wieder eingesperrt und schon gar nicht nachts. Aber Thomas musste sich trotzdem immer wieder versichern, dass er jede Tür öffnen konnte.

47. Kapitel

Am 11. November 1918 kam es zu einem Waffenstillstand und damit war der Große Krieg zu Ende, auch wenn sich die Friedensverhandlungen nach der deutschen Kapitulation vermutlich noch länger hinziehen würden.

Vier Jahre … hätte Helen sich damals nicht von ihrer Leidenschaft zu James beherrschen lassen, dann hätte sie jetzt nach Hause zurückkehren können. Nach Hause … nein, die Brennerstraße war längst nicht mehr ihr Zuhause. Das war jetzt hier. Es gab keinen Weg mehr zurück zu Fritz und Ludwig. Aber es gab vielleicht einen Weg, Fritz seinen Erbanteil zukommen zu lassen. Gerade jetzt, da Deutschland den Krieg verloren hatte, könnten Fritz und Ludwig das Geld gut gebrauchen. Es war genug, um ein kleines Mietshaus zu bauen. Für Fritz wäre auf immer gesorgt. Und es würde ihr einen Teil ihres schlechten Gewissens nehmen.

Am einfachsten wäre es, wenn sie James fragte, denn als Anwalt und nach wie vor Geschäftsführer der Bank ihres Vaters, die ebenfalls zu ihrer Erbmasse gehörte, kannte er sich mit solchen Transaktionen aus. Aber sie traute James nicht. Jede Verbindung zu Ludwig und Fritz könnte das Lügengebäude zum Einsturz bringen. Sie erinnerte sich nur zu gut, wie erleichtert James gewesen war, als er vor ein paar Tagen ein Telegramm bekommen hatte, in dem er darüber informiert wurde, dass seine Schwester Ellinor in Deutschland an der Grippe gestorben sei. Was für eine Ironie des Schicksals. Ellinor war wirklich an der Erkrankung gestorben, die James auf Helens gefälschtem Totenschein eingetragen hatte. Da seine Schwester nun auch tot war, waren die letzten Verbindungen zu Ludwig und Fritz gekappt. Und sollten die beiden irgendwann einmal nach London kommen, würden sie keine Spuren der Familie Mandeville mehr finden. Die Villa bewohnten längst andere Leute. Solange Helen sich selbst still verhielt, war es nahezu ausgeschlossen, dass die Bigamie jemals aufflog.

Aber wie sollte sie ihrem Sohn dann sein rechtmäßiges Erbe zukommen lassen?

Nun, erst einmal tat sie nichts weiter, aber sie beschloss, jeden Monat weitere fünf Pfund einzuzahlen – sozusagen als Ausgleich für die lange Wartezeit, bis Fritz das Geld erhielte. Zudem war es für sie eine Möglichkeit, die innere Verbindung zu ihm aufrechtzuerhalten, auch wenn er nichts davon ahnte. In gewisser Weise konnte sie so noch immer für ihn sorgen.

Wie mochte er jetzt wohl aussehen? Mit sechzehn war er schon ein junger Mann. Ob er sich wohl schon einmal verliebt hatte? Oder war er zu sehr mit seinen Studien beschäftigt? Würde Ludwig ihm nach dem verlorenen Krieg noch ein Studium finanzieren können? Dutzende von Fragen brannten ihr auf der Seele und sie dachte wieder ständig an ihren ältesten Sohn. Selbst dann, wenn sie mit Ellinor zusammen war. Von ihr dachte sie immer als Fritz' kleine Schwester, nie als Thomas' kleine Schwester. Vielleicht, weil sie an Thomas seltener dachte. Thomas war in ihrem unbewussten Erleben stets das »schwierige Kind«, auch wenn sie sich dafür schämte und es ihr leidtat, dass er immer mehr gesundheitliche Probleme entwickelte. Neben seinen Albträumen und der schnellen Überreizung des Magens mit häufigem Erbrechen war er zudem sehr schreckhaft geworden. Jedes laute Geräusch ließ ihn zusammenzucken. Dafür hatte Helen keine logische Erklärung. Seinen Zwang, Türen zu kontrollieren, hatte sie vermutlich verursacht – aber woher hätte sie auch wissen sollen, dass die Amme sein Nervenkostüm derart zerrüttet hatte, dass ein kleiner Stubenarrest von einer halben Stunde solche Folgen hatte?

Ellinor war da ganz anders. Sie konnte ebenso früh wie Fritz damals sprechen, war intelligent und munter und ließ sich nicht so leicht aus der Ruhe bringen oder gar einschüchtern. Sie liebte es, wenn ihre Mutter ihr Geschichten vorlas, und verlangte immer mehr. Thomas dagegen fiel es schwer, lange still zu sitzen und zuzuhören, er wollte lieber herumtoben. Vielleicht war es an der Zeit, einen Hauslehrer für Thomas einzustellen, der ihm ein bisschen mehr Selbstdisziplin beibrachte. Aber sie würde sorgfältig suchen müssen. Jemanden, der mit Güte und nicht mit Strenge agierte. Aber solche Lehrer waren rar gesät.

Im Frühling 1920 hatte Helen in ausgeklügelten Vorstellungsgesprächen bereits mehrere Anwärter auf die Position des Hauslehrers examiniert, sich aber für keinen von ihnen erwärmen können. Sie brauchte für ihren schwierigen Jungen dringend jemanden mit pädagogischem und psychologischem Geschick, denn mittlerweile hatte Helen erkannt, dass Thomas' Schreckhaftigkeit zu dem Zeitpunkt begonnen hatte, als die unkontrollierbaren Wutanfälle endeten. Ihre disziplinarischen Maßnahmen gegen die Wut hatten Erfolg gezeigt, aber war es möglich, dass ihr Sohn diese Gefühle jetzt so zwanghaft unterdrückte, dass sie sich als Ängste manifestierten? Wäre sie in Deutschland gewesen, hätte sie sich darüber mit Doktor Engelhardt unterhalten. In London blieb nur Doktor Hyslop, aber von dem hielt sie nichts mehr, da der nicht mal seine eigenen Angstattacken beherrschen konnte und noch immer unter der Tic-Störung im Gesicht litt, die er während der Luftangriffe auf London entwickelt hatte. Wie sollte ein solcher Mann die Bedürfnisse eines kleinen Jungen richtig erkennen und behandeln?

An diesem Vormittag sah sie wieder Bewerbungsunterlagen von Hauslehrern durch, als Thomas in die Stube kam.

»Mama, heute Nacht hat es gestürmt und da ist ein junges Eichhörnchen vom Baum gefallen. Unser Gärtner hat es mit dem Spaten totgehauen!«

Helen fuhr hoch. Ohne dass sie es wollte, sah sie wieder den kleinen Fritz vor sich, der mit einem verletzten Eichhörnchen in die Praxis seines Vaters gestürmt war, damit der das Hörnchen gesund machte.

»Warum hast du den Gärtner nicht daran gehindert, das Tier zu töten?«, fragte Helen.

»Er sagte, das wäre besser, es würde sowieso sterben. Dann leidet es nicht.«

»Du hast also nicht mal versucht, das Eichhörnchen zu retten?«, fragte Helen.

»Nein, Mama.« Er sah sie verwirrt an. »Hätte ich das tun sollen?«

»Natürlich hättest du das tun sollen«, schalt sie ihn. »Ein anständiger Junge hätte den Gärtner davon abgehalten und das Eichhörnchen gerettet.«

»Aber er sagte ...«

»Hör auf, dich zu rechtfertigen! Du hast falsch gehandelt. Ein gutes Kind würde nicht freudestrahlend erzählen, wie der Gärtner ein Eichhörnchen totgeschlagen hat, sondern wäre darüber betrübt! Ich schäme mich für dich. Hast du keine Ehrfurcht vor dem Leben?«

Im nächsten Moment brach Thomas in Tränen aus.

»Und jetzt flennst du schlimmer als ein kleines Mädchen. Was soll jemals aus dir werden?«

Thomas rannte aus dem Zimmer und Helen seufzte. Sie würde einen verdammt guten Hauslehrer brauchen, um das wieder geradezubiegen, was diese nichtsnutzige Amme zerstört hatte.

Kurz darauf kam James ins Zimmer. »Helen, wir müssen reden!«

»Was ist dir denn für eine Laus über die Leber gelaufen?«, fragte Helen unwirsch und sah von den Bewerbungsunterlagen auf.

»Wie konntest du Thomas sagen, er sei kein gutes Kind und hätte keine Ehrfurcht vor dem Leben? Der Junge ist völlig verstört und weint nur noch.«

»Und deshalb unterbrichst du deine Arbeit und kommst her? Um dich über Thomas' Launen auszulassen?«

James funkelte Helen zornig an. »Ich habe verdammt lange Geduld mit dir gehabt, Helen. Aber das, was du mit unserem Sohn machst, ist unverantwortlich! Merkst du eigentlich gar nicht, wie sehr das Kind leidet? Du zerstörst systematisch sein Selbstwertgefühl. Warum machst du das?«

»James, ich habe ihm nur klargemacht, dass ein gutes Kind versucht hätte, das Eichhörnchen zu retten. Als Fritz in seinem Alter war –«

»Ich will diesen Namen hier nie wieder hören!«, schrie James. »Und schon gar nicht in Verbindung mit meinem Sohn! Thomas ist nicht Fritz und er ist nicht deshalb ein schlechtes Kind, weil er anders ist als dein heiß geliebter Fritz, den du trotzdem verlassen hast! Ich warne dich, Helen, wenn du Thomas weiterhin seelisch misshandelst, dann decke ich alles auf. Aber ich werde sagen, dass du mich betrogen hast. Dass du mir den gefälschten Totenschein von Ludwig untergejubelt hast, um dich hier einzunisten. Und dann kommst du ins Gefängnis und wirst Thomas und Ellinor niemals wiedersehen, ist das klar?«

»Was sagst du?«

»Das hast du sehr gut verstanden! Ich lasse nicht zu, dass du Thomas weiterhin quälst. Mein Sohn ist mir wichtiger als du! Fritz hat nie existiert, merk dir das. Du wirst den Namen nie mehr erwähnen und du wirst Thomas nie mehr schlecht behandeln. Ansonsten verlierst du alles, was dir noch geblieben ist! Und glaub mir, ich kann das durchsetzen. Ich bin Anwalt, während du schon einen Akteneintrag als Geistesgestörte hast.« Mit diesen Worten drehte James sich um und ließ die völlig verstörte Helen zurück.

Erst nachdem er draußen war, merkte sie, dass sie zitterte. Und sie zweifelte keinen Augenblick daran, dass James seine Drohung wahr machen würde.

Wie gut, dass sie ihm niemals von dem geheimen Konto für Fritz erzählt hatte. Am nächsten Tag würde sie gleich noch mal zwanzig Pfund von ihrem Konto auf das Konto für Fritz überweisen.

Helen nahm James' Drohung sehr ernst. Allerdings führte sie dazu, dass sie sich noch mehr von Thomas entfremdete. Jetzt musste sie befürchten, dass er sofort zu seinem Vater lief und alles verdrehte. Und dann würde sie Ellinor verlieren! Ellinor, ihre kleine Sweety.

Warum gab sie sich eigentlich so viel Mühe, einen guten Lehrer für Thomas zu finden? Sollte James sich doch damit befassen, sonst würde er sie noch dafür verantwortlich machen, wenn Thomas sich nicht so entwickelte, wie er es sich vorstellte. Was für eine Unverschämtheit, ihr vorzuwerfen, sie würde Thomas seelisch misshandeln. Wenn hier jemand seelisch misshandelt worden war, dann sie von James! Wie hatte er es wagen können, ihr auf diese Weise zu drohen? Glaubte er, das wäre für Thomas und Ellinor gut? Wenn der Vater ihre eigene Mutter ins Gefängnis brachte? Und dann noch als gemeingefährliche Irre? Je länger sie darüber nachdachte, umso wütender wurde sie. Wie hatte sie jemals so dumm sein können, sich auf James einzulassen? Sie hatte von Anfang an gewusst, was für ein mieser Charakter er war! Deshalb hatte sie damals die Reise nach Europa unternommen. Ludwig hatte ihr gezeigt, wie wahre Liebe, wahrer Respekt und eine echte Ehe sich anfühlten. Und sie hatte diesen großartigen Mann nur wegen sexueller Lust betrogen und sich dann sogar noch bereit erklärt, ihn und ihren Sohn zu verraten und sich auf diese verdammte Bigamie einzulassen, die einzig auf James' Mist gewachsen war. Und nun wollte der Mistkerl sie damit erpressen!

Sie stand auf, ging in James' Büro und legte ihm wortlos die Bewerbungsunterlagen auf den Tisch.

James sah sie erstaunt an. »Was soll das?«

»Ich denke, du solltest als Vater entscheiden, welcher Lehrer der richtige für deinen Sohn ist. Falls ich einen einstelle, der dir nicht genehm ist, wirfst du mir womöglich wieder vor, ich würde Thomas seelisch misshandeln.«

Er atmete schwer. »Helen, ich … es tut mir leid, ich hätte das eben nicht sagen dürfen, aber …«

»Entschuldige dich nicht, ich habe dich sehr gut verstanden und werde mich daran halten. Thomas braucht einen Lehrer, such ihm einen aus. Dass du mit solchen Leuten ein gutes Händchen hast, wissen wir ja seit Janice.«

»Janice war immer liebevoll und gut zu ihm«, brauste James auf. »Und hättest du nicht so eine abrupte Trennung erzwungen, sondern den beiden Zeit gelassen, dann hätte Thomas es viel besser verkraftet und wir hätten jetzt nicht die Probleme mit ihm.«

»Das ist ja mal wieder typisch! Jetzt willst du mich für die Folgen deiner Fehlentscheidung verantwortlich machen!«

»Weißt du, was die allergrößte Fehlentscheidung meines Lebens war, Helen? Dass ich im August 1914 nach dem Tod deiner Mutter sofort gesprungen bin, als du Hilfe brauchtest.

Ich habe alles für dich getan, aber von dir habe ich immer nur Verachtung dafür bekommen. Das will ich Thomas ersparen.«

»Vielleicht hast du diese Verachtung ja verdient, James. Und nun such den Lehrer aus. Ich werde mich in diesem Haushalt um gar nichts mehr kümmern, nur noch um mich selbst und um meine Tochter. Für den Sohn ist der Vater zuständig.«

An diesem Abend räumte Helen auch das gemeinsame Schlafzimmer. Keine Leidenschaft der Welt rechtfertigte es, mit einem Mann zu schlafen, den sie zutiefst verachtete.

48. Kapitel

Seit jenem Tag, da der Gärtner das Eichhörnchen erschlagen hatte, war die Ehe von Helen und James endgültig zerbrochen. Anfangs versuchte James noch, Helen zu erklären, warum er so verärgert gewesen war. Mehrfach wollte er die Schärfe seiner Worte abmildern, aber so, wie Helen schon seinen ersten Entschuldigungsversuch rigoros unterbunden hatte, wich sie jedem klärenden Gespräch aus. Sie wollte nicht in die Versuchung geraten, irgendetwas zu klären oder gar seine Beweggründe zu verstehen, denn dann hätte sie sich eingestehen müssen, dass sie Thomas wirklich eine schlechte Mutter gewesen war. Ausgerechnet dem Kind, für das sie am allermeisten in ihrem Leben geopfert hatte. Warum konnte James das nicht einsehen? Warum musste er ihr stattdessen drohen, ihr auch das noch zu nehmen, was ihr geblieben war? Diese Kränkung war so schwer, dass Helen sie weder verzeihen wollte noch konnte. All die Leidenschaft, die sie einst für James empfunden hatte, verwandelte sich in von Wut genährte Verachtung. Je mehr sie James verachtete, umso weniger musste sie sich mit ihrer eigenen Schuld auseinandersetzen. Es war zu verlockend, all das Schlechte einzig auf ihren Mann zu projizieren. Er hatte ihr schon einmal alles genommen, und genau das drohte er ihr nun schon wieder an. Er war ein schrecklicher Tyrann, aber sie hatte es verdient, weil sie den besten aller Ehemänner und ihren geliebten Sohn so schmählich wegen einer verbotenen Leidenschaft verraten hatte.

Und so vergingen die Jahre, in denen James und Helen nur noch nach außen hin eine Ehe führten. Sie bemühten sich, vor den Kindern den Schein höflicher Konversation zu wahren, aber ihr Verhältnis war für alle Zeiten zerrüttet.

Thomas spürte, dass seit jenem Tag, da der Gärtner das Eichhörnchen erschlagen hatte, etwas anders war. Zwar hatte seine Mutter ihm nie sonderlich viel Zuneigung entgegengebracht, aber seit jenem Tag gab es eine unsichtbare Mauer zwischen ihnen, die vorher nicht da gewesen war. Egal, was er sagte oder tat, nichts konnte diese Mauer durchbrechen. Eine Zeit lang versuchte er verzweifelt, ihre Liebe zurückzugewinnen, wollte der Sohn sein, den sie sich wünschte. Er lernte fleißig, kaufte ihr von seinem Taschengeld sogar Rosenstöcke für den Garten, weil er wusste, wie sehr sie ihre Blumenzucht liebte, aber die unsichtbare Wand blieb. Seine Mutter war freundlich, aber nichtssagend, weder seine Geschenke noch seine Leistungen erreichten jemals ihr Herz. Sie bedankte sich, aber das freudestrahlende Leuchten in den Augen, das sie stets für Ellinor übrighatte, blieb ihm verwehrt. Zugleich merkte er, dass sie ihm – anders als seiner Schwester Ellinor – nicht vertraute.

Anfangs versuchte sein Vater, es ihm damit zu erklären, dass Mütter und Töchter ein engeres Verhältnis hätten, so wie auch Väter und Söhne. James bemühte sich redlich, Thomas die Liebe zu geben, die der Junge so dringend brauchte. In den Augen seines Vaters fand Thomas die Anerkennung und Freude, den Stolz und die Liebe, die seine Mutter ihm verwehrte. Es gab keinen Wunsch, den James seinem geliebten Sohn jemals verwehrt hätte. Sie unternahmen regelmäßig »Männerausflüge« und dabei blühte Thomas auf. Er genoss es, dass es jemanden gab, dem er wirklich wichtig, für den er vielleicht sogar der wichtigste Mensch auf der Welt war. Zu dieser Zeit entdeckte er auch seine Leidenschaft für Technik und insbesondere die Fliegerei.

Zu seinem zwölften Geburtstag schenkte sein Vater ihm einen gemeinsamen Rundflug über London. Nur Vater und Sohn.

Ellinor wäre auch gern geflogen, aber ihr Vater erklärte ihr, dass sie dafür zu jung und außerdem ein Mädchen sei.

»Dass Ellinor noch zu jung ist, kann ich ja verstehen«, sagte Helen an jenem Abend, nachdem Thomas immer wieder mit leuchtenden Augen von dem wundervollen Flug berichtet hatte. »Aber welche Rolle spielt es, dass sie ein Mädchen ist?«

»Mädchen haben andere Fähigkeiten und andere Aufgaben«, sagte James.

»Ich will ja gar nicht selbst fliegen, ich möchte nur mal mitfliegen«, sagte Ellinor.

»Wenn ich erwachsen bin, werde ich Pilot«, sagte Thomas. »Dann nehme ich dich mit, Ellinor. Bei mir dürfen Mädchen mitfliegen.«

Ellinor strahlte ihren Bruder an. Trotz der Differenzen ihrer Eltern und der Tatsache, dass Ellinor das Lieblingskind der Mutter war, verstanden die beiden sich gut. Manchmal fragte Helen sich, ob es daran lag, dass James zum Ausgleich Thomas so offensichtlich bevorzugte und Ellinor stets zurücksetzte. Darüber hatte Helen sich in der Vergangenheit wiederholt geärgert. Hätte James sich Ellinor gegenüber auch so verhalten, wenn Helen zu Thomas ein gutes Verhältnis gehabt hätte? War es seinem Weltbild hinsichtlich der Rolle der Frau geschuldet oder wollte er einen Ausgleich zwischen den beiden Kindern schaffen? Seine Behauptung unterstreichen, dass Mütter und Töchter ebenso wie Väter und Söhne ein Eigenleben führten, in das die jeweils andere Gruppe keinen Einblick hatte?

»Du willst wirklich Pilot werden?«, fragte Helen. »Glaubst du nicht, dass es angemessenere Berufe gibt?«

»Solange du ihm nicht vorschlägst, Arzt zu werden«, warf James mit einem zynischen Unterton ein.

»Was ist am Beruf des Arztes auszusetzen?«, fragte Helen zurück, obwohl sie ganz genau wusste, was James meinte. Sie hatte Fritz in seiner Gegenwart nie mehr erwähnt, aber das heimliche Sparkonto war bereits auf über dreitausendneunhundert Pfund angewachsen. Es war ihre stille Verbindung zu Fritz, auch wenn sie nach wie vor nicht wusste, wann und wie sie ihm das Geld jemals zukommen lassen könnte. Er war jetzt fünfundzwanzig. Helen hatte erfahren, dass Hamburg 1919 eine eigene Universität eröffnet hatte. Hatte er dort studiert? War er noch dabei oder bereits fertig? Ob er wohl verheiratet war und schon Kinder hatte? Und ob Ludwig wieder geheiratet hatte? Fast hoffte sie es. Ihm war Glück zu wünschen, nach allem, was sie ihm angetan hatte. Aber sie würde es nie erfahren. Leni Ellerweg war nun schon seit zwölf Jahren offiziell tot.

»Nichts ist an dem Beruf auszusetzen«, sagte James. »Aber Thomas sollte etwas Besseres tun, als sich ständig mit Kranken zu umgeben. Er ist ein freier Geist und ein freier Geist darf über die Wolken herrschen. Wenn du wirklich Pilot werden willst, Thomas, dann werde ich alles dafür tun, dass du es wirst.«

»Und wenn ich Pilotin werden will?«, fragte Ellinor.

»Du bist ein Mädchen, du wirst irgendwann heiraten und Kinder bekommen. Eine Berufsausbildung brauchst du nicht.«

»Aber Dad –«

»Kein Wort mehr, heute hat dein Bruder Geburtstag.«

Helen spürte einen Stich in der Brust, denn sie war sich sicher, dass diese Attacke mehr gegen sie als gegen ihre Tochter gerichtet war.

Sie ergriff unter dem Tisch Ellinors Hand und flüsterte ihr zu:

»Hab keine Sorge. So sehr, wie dein Vater Thomas unterstützen will, Pilot zu werden, so sehr werde ich dich unterstützen, jeden Beruf auszuüben, den du dir wünschst.«

49. Kapitel

Thomas blieb bei seinem Wunsch, Pilot zu werden, und trat kurz nach seinem achtzehnten Geburtstag im Jahr 1933 der Royal Air Force bei.

Helen sah die militärische Laufbahn ihres Sohnes mit gemischten Gefühlen, vor allem, da sie stets ein wachsames Auge auf die Situation in Deutschland hatte. In all den Jahren, die inzwischen vergangen waren, hatte sie nichts mehr von Ludwig und Fritz gehört. Ob ihr Sohn, der inzwischen einunddreißig Jahre alt war, jemals wieder in London gewesen war, wusste sie nicht. Sie hoffte, dass es ihm gut ging, dass er sich seinen Traum erfüllt hatte, Chirurg zu werden, und eine Familie gegründet hatte. Dem Deutschen Reich ging es nach einer Reihe schwerer Jahre deutlich besser, auch wenn Helen sich nicht sicher war, was sie von der neuen Regierung halten sollte. In England gab es einige, die Hitler bewunderten, aber die meisten verabscheuten ihn. Helen wusste nicht viel über diesen Mann, außer dass er Antisemit war und die Juden als Wurzel allen Übels betrachtete. Deshalb war sie sich sicher, dass Ludwig, der einige jüdische Freunde hatte, nichts mit dieser Partei am Hut hatte. Und Fritz ging es wahrscheinlich ebenso. Schon seltsam, dass sie so gar nichts über die politische Einstellung ihres ältesten

Sohnes wusste. Er war noch ein Kind gewesen, Politik hatte ihn nicht interessiert. Allerdings waren auch Ludwig und sie selbst weitestgehend unpolitisch gewesen. Ihre Arbeit war ihr Leben gewesen.

Jetzt interessierte Helen sich jedoch sehr für Politik, denn da Thomas bei der Royal Air Force war, um Pilot zu werden, bedeutete jede politische Unruhe, dass er möglicherweise in einen Kampfeinsatz geschickt werden könnte. Und das machte ihr erstaunlicherweise mehr Sorgen als James. Waren das doch ihre Muttergefühle? Oder hatte sie einfach nur Angst vor einem weiteren großen Krieg, bei dem Thomas und Fritz, ohne es zu wissen, auf feindlichen Seiten stünden? Das wäre ihr größter Albtraum – wenn sich ihre beiden Söhne gegenseitig bekämpfen müssten.

Nachdem Thomas seine Ausbildung zum Piloten begonnen und den elterlichen Haushalt verlassen hatte, wurde die Sprachlosigkeit zwischen Helen und James immer stärker spürbar. Sie hatte nach wie vor ihre Tochter Ellinor, aber James fehlte sein Sohn. Natürlich hatte er einige gute Freunde, die regelmäßig zu Besuch kamen, dennoch war ein Stück Normalität verloren gegangen. Normalität in einer seit Jahren bestehenden anormalen Situation zweier Menschen, die nicht einmal mehr wussten, was sie noch füreinander empfanden. Liebe war es von Helens Seite nie gewesen und die Leidenschaft war an dem Tag erloschen, als James ihr gedroht hatte. Sie empfand nicht einmal mehr Verachtung für James. Es ließ sie auch kalt, als sie dahinterkam, dass er schon länger ein Verhältnis hatte. Vielleicht hätte sie selbst eines begonnen, wenn sie die Möglichkeit gehabt hätte.

Das Leben ging seinen gewohnten Gang und sie verbrachte viel Zeit mit Ellinor, der sie die besten Hauslehrer besorgte, so, wie es damals ihr Vater für sie getan hatte. Gern hätte sie Ellinor auf ein Internat geschickt, wo sie sich auf ein Studium vorbereiten könnte, aber James war dagegen. Ellinor würde irgendwann heiraten, alles andere sei Zeitverschwendung.

Als er das zum wiederholten Mal anführte, während sie abends zu zweit im Salon saßen, konnte Helen sich nicht länger beherrschen. »Wir leben im 20. Jahrhundert, James. Frauen können alles tun, was Männer auch tun. Sie sind allein über den Atlantik geflogen oder fahren allein mit einem Auto um die Welt. Was spricht also dagegen, Ellinor die bestmögliche Bildung zu ermöglichen?«

»Die Tatsache, dass es bereits einige interessierte Bewerber um ihre Hand gibt«, erwiderte James.

»Wie bitte? Du willst unsere Tochter ohne ihr Einverständnis verkuppeln?«

»Natürlich nicht. Sie wird die jungen Männer bei der nächsten Ballsaison kennenlernen und ich bin mir sicher, dass sie sich dann schon in den richtigen von ihnen verlieben wird.«

»Das hat ja auch bei uns so hervorragend geklappt«, gab Helen sarkastisch zurück.

»Ellinor sollte selbst entscheiden«, sagte James. »Und dabei ist es von Vorteil, wenn sie sich den Kopf nicht mit zu viel unnützer Bildung vollstopft. Wohin das bei dir geführt hat, haben wir ja gesehen.«

Helen holte tief Luft. »Das ist eine Unverschämtheit, James. Sowohl mir als auch Ellinor gegenüber.«

»Ich bin der Mann im Haus und ich entscheide«, sagte er.

Helen merkte, wie ihr Herz immer schneller schlug. Da war wieder dieser verdammte Machtkampf zwischen ihnen beiden auf Kosten eines ihrer Kinder. Aber diesmal würde sie nicht nachgeben! Nicht, wenn es um Ellinor ging!

»So, dann hör mir mal gut zu, James. Wenn du Ellinor zu einem Dasein als dumme Ehefrau verurteilen willst, anstatt ihre hohen Geistesgaben wie ein anständiger, stolzer Vater zu fördern, dann werde ich unsere Bigamie offenbaren. Dadurch verlieren Thomas und Ellinor ihren Status als deine ehelichen Kinder und du hast ihnen gar nichts mehr zu sagen!«

»Dafür würdest du ins Gefängnis kommen!«

»Ja, aber weißt du was? Ich gehe lieber ins Gefängnis, als dass ich meiner Tochter so ein zerstörtes Leben zumute, wie ich es führe. Ellinor soll erleben, wie es ist, wenn man durch eigene Leistung etwas erreicht. Und Ellinor soll sich ohne gesellschaftliche Konventionen verlieben dürfen! Ellinor soll in ihrem Leben so glücklich sein, wie ich es in meiner Ehe mit Ludwig war. Zu der Zeit, ehe der Albtraum an deiner Seite begann. Und wenn ich dafür ins Gefängnis gehe, dann habe ich es verdient – als Sühne Ludwig gegenüber, aber auch um Ellinors willen. Vielleicht sollte ich das sogar tun, denn dann hätte ich die Möglichkeit, meine Verfehlung abzubüßen und wieder Kontakt zu Ludwig und Fritz aufzunehmen. Und du, du würdest ebenfalls ins Gefängnis kommen, weil du das mitgetragen hast. Vielleicht würdest du dich als geschickter Anwalt ja auch rauswinden, aber irgendwas bleibt immer hängen. Und ob Thomas nach so einem Skandal noch auf der Militärakademie bleiben könnte? Das käme wohl auf seine Fähigkeiten an, sein Name könnte ihm dann nicht mehr helfen.«

»Das würdest du Thomas antun?«

»Nur dann, wenn du mich dazu zwingst, indem du Ellinor etwas noch Schrecklicheres antust, James. Siehst du, jetzt kannst du mir nicht mehr wehtun. An dem Tag, als du mir drohtest, mich ins Gefängnis zu bringen für deinen Frevel, da war mir bereits klar, dass ich diese Drohung nur so lange tragen würde, wie Ellinor ein hilfloses Kind ist. Aber das ist sie nicht mehr. Jetzt bin ich die Mächtige in unserer verkorksten Ehe und ich allein entscheide, ob ich dich vernichte oder nicht. Merk dir das!«

Als Ellinor zwei Jahre später Journalistin werden wollte, legte James bei seinem Freund, dem Zeitungsverleger Ralph Morgan, ein gutes Wort für sie ein. Ellinor war überglücklich und stolz darauf, einen so weltoffenen und modernen Vater zu haben, der sie bei der Wahl ihres Berufes ebenso unterstützte wie seinen Sohn.

»Ist er nicht ein großartiger Vater?«, fragte sie ihre Mutter, nachdem sie die Zusage für den Job bei der Zeitung bekommen hatte. »Manchmal denke ich, du schätzt Dad ganz falsch ein.«

»Ja, das mag schon sein«, erwiderte Helen. »Aber ich weiß, wie man mit ihm umgehen muss, damit er das Richtige tut.«

Die wahre Bedeutung dieser Worte begriff Ellinor damals noch nicht.

50. Kapitel

Während gegen Ende der Dreißigerjahre etwas Ruhe in die Familie Mitchell einkehrte und beide Kinder jenen Berufen nachgehen konnten, die sie selbst als Berufung erlebten, geriet die Welt außerhalb des Landsitzes der Mitchells immer mehr in Unruhe und Helens schlimmster Albtraum wurde Wirklichkeit.

Am 1. September 1939 fiel das Deutsche Reich in Polen ein. Polen wiederum war mit Großbritannien verbündet und so erklärte England Deutschland am 3. September den Krieg. Es war ein grausames Déjà-vu-Erlebnis für Helen. Wieder einmal fühlte Großbritannien sich verpflichtet, einem Bündnispartner im Osten zu Hilfe zu eilen. Ob sich daraus wieder ein so schrecklicher Krieg wie beim letzten Mal entwickeln würde?

Zunächst bekamen sie auf dem Landsitz der Mitchells allerdings nicht viel von den Kriegshandlungen mit. Es gab sogar Gerüchte, dass das Deutsche Reich versuchte, mit England Frieden zu schließen, worauf Helen ihre ganzen Hoffnungen setzte. Doch dann erfuhr sie im Mai 1940, dass Thomas für seinen ersten Kampfeinsatz als Bomberpilot eingeteilt worden war. Sie fragte ihn immer wieder, was sein Ziel sei, doch Thomas schwieg sich darüber aus.

»Das sind militärische Geheimnisse«, sagte er.

»Aber ich bin deine Mutter!«

»Eben. Militärische Angelegenheiten sind nichts, was ein verantwortungsvoller Soldat mit seiner Mutter erörtert.«

Und so blieb Helen im Ungewissen. Zwei Tage später kam Thomas wohlbehalten zurück und erst jetzt erfuhr sie, dass sein Ziel Hamburg gewesen war!

Sie kam gerade zufällig in den Salon, als sie ihn freudig von dem erfolgreichen Angriff auf den Hafen reden hörte. »Wir haben ein paar Werften getroffen, es war eine sehr gute Sicht«, erzählte er voller Stolz seinem Vater. »Und ich bin zum Flying Officer befördert worden!«

»Das ist großartig! Helen, ist es nicht famos, was unser Sohn erreicht hat?« James sah Helen begeistert an.

Sie schluckte und ignorierte die Frage. »Habt ihr auch Wohngebiete bombardiert?«, fragte sie stattdessen. »In der Nähe des Hafens oder an der Alster?«

Thomas sah sie erstaunt an. »Nein, es ging um die Werften.«

»Also kamen keine Zivilisten um?«

»Woher soll ich das wissen? Opfer wird es immer geben. Warum interessieren dich diese Deutschen so sehr?«

Helen schluckte. So viel kaltes Unverständnis hatte sie selbst bei Thomas nicht erwartet. »Es sind Menschen wie wir. Es ist nicht richtig.«

»Sie haben doch angefangen.«

»Nein, Großbritannien hat dem Deutschen Reich den Krieg erklärt«, widersprach Helen.

»Weil sie unser Ultimatum verstreichen ließen, sich aus Polen zurückzuziehen.«

»Was gehen uns die Polen an?«

»Wir sind mit ihnen verbündet!«, sagte Thomas. »Die deutsche Luftwaffe hat die polnischen Städte bombardiert und in Schutt und Asche gelegt, dagegen war unser Angriff auf ihre Werften harmlos. Wenn du dir so viele Sorgen um tote Menschen machst, dann solltest du lieber an die Polen denken, für die wir das getan haben!«

»Wenn ich das schon höre!«, zischte Helen. »Beim letzten Mal waren es die Serben und jetzt die Polen. Aber in Wirklichkeit ging es immer nur darum, den britischen Einfluss zu bewahren, weil Deutschland ein zu mächtiger Konkurrent ist.«

»Und was ist daran so schlimm?«, fragte Thomas. »Wir verteidigen unsere Heimat, indem wir dem Aggressor die Stirn bieten. Das ist die Pflicht eines jeden Patrioten. Und anstatt mir Vorwürfe zu machen, solltest du lieber stolz auf mich sein und mir zu meiner Beförderung gratulieren!«

»Keine Sorge, deine Mutter ist stolz auf dich und wir werden das heute Abend auch noch gebührend feiern. Ich werde ein paar Freunde einladen! Die Beförderung meines Sohnes muss die ganze Welt erfahren! Du machst mich zum glücklichsten Vater der Welt!«

An diesem Tag erlitt Helen eine Migräneattacke, wie sie sie noch nie erlebt hatte. Zwar kannte sie den einseitig pulsierenden Kopfschmerz schon seit vielen Jahren, aber dass sie von einem unstillbaren Erbrechen gequält wurde, das neben dem Pochen in der Stirn mehrere Stunden lang anhielt, war neu. An der kleinen Feier, die James für seinen Sohn ausrichtete, nahm sie deshalb nicht teil. Sie wusste, dass Thomas es ihr übel nehmen würde, aber sie konnte einfach nicht.

Das Allerschlimmste war, dass sie mit niemandem über ihre wahren Ängste sprechen konnte. Der Einzige, der die Wahrheit kannte, war James, und der würde ihr nach allem, was zwischen ihnen stand, keinerlei Verständnis entgegenbringen. Für ihn war es leicht. Er musste nur um einen Sohn bangen, der sich als Pilot in Gefahr brachte. Sie hingegen musste fürchten, beide Söhne zu verlieren. Den einen durch die deutsche Luftabwehr und den anderen durch die Bomben seines Bruders …

In dieser Nacht träumte sie zum ersten Mal seit langer Zeit wieder von Ludwig und Fritz. Sie war wieder in der Brennerstraße 24, Fritz war noch ein Kind von knapp zwölf Jahren.

»Mama, geht es dir wieder besser?«, fragte Fritz besorgt. Erst jetzt bemerkte sie, dass sie in ihrem Bett lag.

»Ja, war ich denn krank?«, fragte sie verwirrt.

»Du hast drei Tage nur geschlafen, nachdem der Kapitän dich hierhergebracht hat. Du hast was an den Kopf gekriegt, als sie vor den Engländern geflohen sind.«

»Welches Jahr haben wir?«

Fritz sah sie erstaunt an. »1914, Mama. In sechs Wochen ist Weihnachten.«

»1914? Aber wir haben doch 1940 und es herrscht schon wieder Krieg, ich habe dich doch nie wiedergesehen, Sunshine, weil das Schiff aufgebracht wurde …«

»Mama, das darfst du nicht sagen! Wenn du sagst, dass es nicht wahr ist, dann ist es auch nicht wahr!«

Er klammerte sich an sie und Helen erwiderte seine Umarmung, drückte ihren Sohn an sich und wusste, dass sie ihn wiederhatte. Alles war gut. Sie war aus einem immerwährenden Albtraum erwacht, sie war noch immer Leni Ellerweg!

Im nächsten Augenblick fuhr sie aus dem Schlaf. Sie lag in ihrem riesigen Schlafzimmer auf dem Landsitz der Mitchells. An der Wand hingen die Fotografien von Thomas und Ellinor. Keine von Fritz. Das einzige Bild, das sie noch von ihm besaß, war in ihrem Schreibtisch eingeschlossen. Hätte James gewusst, dass sie noch ein Foto ihres Sohnes und ihrer wahren Liebe Ludwig hatte, dann hätte er es vernichtet, da war sie sich ganz sicher. So, wie er alles, was ihr jemals lieb und teuer gewesen war, zerstört hatte. Die Traumwelt war das wahre Leben gewesen, jetzt war sie erwacht und in ihren immerwährenden Albtraum zurückgekehrt. Ihr Leben war vorbei, verschwendet. Sie war eine Frau von einundsechzig Jahren. In Hamburg, da hätte sie ein richtiges Leben gehabt. Sie hätte sich um ihre Enkelkinder gekümmert und nebenher nach wie vor als Sprechstundenhilfe in Ludwigs Praxis gearbeitet. Sie war sich sicher, dass er wie die meisten Ärzte bis siebzig arbeiten würde. Und dass Fritz längst verheiratet war und Kinder hatte, da war sie sich ganz sicher. Ob sie ihre Schwiegertochter wohl mögen würde? Wie alt mochten ihre Enkelkinder sein? Waren es Mädchen oder Jungen? Für einen Moment gab Helen sich ganz dem Tagtraum hin, wie es wäre, wenn sie die letzten fünfundzwanzig Jahre in Hamburg gelebt hätte und nicht in London. Ja, dort hätte sie gelebt, dort hätte sie eine Aufgabe gehabt.

Aber hier in London? Thomas war nun kein schwieriges Kind mehr, aber dafür ein nicht minder schwieriger junger Mann, der nur für seine Fliegerei lebte, allenfalls lose Tändeleien mit losen Frauenzimmern pflegte und – wenn er nicht gerade flog – zu viel Whisky trank.

Und Ellinor ... die jungen Männer, die ihr bislang den Hof gemacht hatten, hatten allesamt nicht viel getaugt, jedenfalls nicht genug, als dass Helen einen von ihnen als Vater ihrer Enkelkinder akzeptiert hätte. Nicht mal dieser Mike Hastings, mit dem Ellinor sich seit einigen Monaten regelmäßig traf. Er war Flieger und sah in seiner Uniform recht schnittig aus, allerdings war er kein Pilot großer Maschinen wie Thomas, sondern Jagdflieger. An Bombengeschwadern beteiligte er sich nicht, er sah sich in der Tradition der Ritter der Lüfte und hatte Ellinors Herz gewonnen, als sie eine Reportage über seine Fliegerstaffel geschrieben und er ihr angeboten hatte, sie auf einen Flug mitzunehmen. Dabei hatte er anscheinend ein bisschen angeben wollen und mit ihr in der Maschine zum Looping angesetzt. Als sie ihn im Anschluss sofort um einen zweiten Looping gebeten hatte, hatte sie sein Herz gewonnen. Die beiden gaben die Geschichte immer wieder gern zum Besten und James meinte, Mike sei eine gute Partie und es sei an der Zeit, über eine Verlobung zu reden. Doch Helen war zurückhaltend. Ellinor war schließlich erst dreiundzwanzig, das war doch viel zu jung.

Du belügst dich, in dem Alter warst du schon Mutter, meldete sich an diesem Morgen die längst vergessen geglaubte Stimme von Leni Ellerweg. *Du willst sie nur nicht auch noch verlieren und deshalb hast du ihr alle jungen Männer schlechtgeredet. Pass nur auf, dass du nicht noch ein Kind um das Glück seines Lebens betrügst. –*

Welches Kind habe ich denn um sein Glück betrogen?, meldete sich Helen Mitchell wütend zurück. *Ich habe mich aufgeopfert für James' Familie, habe Fritz und Ludwig verraten, um Thomas' Glück nicht im Weg zu stehen. Und für Ellinor habe ich alles getan, was eine Mutter nur tun kann. Sie hat einen Beruf erlernt, sie ist eine selbstständige junge Frau, sie soll das nicht alles für irgendeinen Nichtsnutz wegwerfen, der ihre Fähigkeiten nicht zu schätzen weiß. –*

Du weißt sehr gut, dass Mike Hastings kein Nichtsnutz ist, sondern Ellinors große Liebe. Und er würde ihr nie Steine in den Weg legen. Er hat sich in sie verliebt, gerade weil sie so selbstbewusst und unabhängig ist. –

Jetzt rede mir nicht ein, er wäre wie Ludwig, gab Helen Mitchell barsch zurück. Sie wollte nicht, dass Leni Ellerweg ihr wieder dazwischenredete. Diese Frau war gestorben, denn Leni Ellerweg hatte Fritz' Verlust nie verwunden. Helen Mitchell musste hart bleiben. Wenn sie auch noch Ellinor verlor, dann wäre nichts mehr übrig von jener Frau, die einst als Helen Mandeville geboren worden war.

Sie hasste diese alte Stimme in sich so sehr. Weil sie ihr zeigte, was für ein erbärmlicher Mensch sie geworden war. Eine nutzlose Frau im Großmutteralter, die sich einerseits so sehr Enkelkinder wünschte und andererseits davor fürchtete, weil sie dann ihre geliebte Tochter an irgendeinen Mann verlieren würde.

51. Kapitel

Im Verlauf des Zweiten Weltkriegs lernte Helen die Vorteile zu schätzen, die es mit sich brachte, eine gelangweilte britische Oberschichtgattin jenseits der sechzig zu sein. Sie konnte sich auf dem Landsitz der Mitchells einfach zurücklehnen und andere für sich sorgen lassen. Sie kümmerte sich nicht um Lebensmittelrationierungen und den Haushalt, denn dafür gab es Personal. Die Oberaufsicht über das Personal hatte James und sie verstand es geschickt, alles von sich fernzuhalten. Sobald James sie um irgendetwas bat oder gar etwas verlangte, zog sie sich mit einer schweren Migräneattacke zurück und hütete tagelang das Bett.

Irgendwann hatte sie einen Zustand erreicht, in dem jeder, selbst Ellinor, alles von ihr fernhielt. Ihr Hausarzt Doktor Milton Walsh, ein ausgezeichneter Kardiologe ungefähr in Fritz' Alter, ging davon aus, dass Helen eine jener Frauen war, die nie gelernt hatten, Verantwortung zu übernehmen und der steten Fürsorge und Anleitung ihres Ehemannes bedurften. Und so riet er Thomas und Ellinor zur Geduld und tadelte James, wenn der mit seiner Frau ungeduldig wurde.

Helen war es gleichgültig, was James tat oder auch nur dachte. Sie kam ihm nur insoweit entgegen, dass sie an einigen ausgesuchten Gesellschaften des öffentlichen Lebens teilnahm, bei denen es wichtig war, dass er in Begleitung seiner Frau erschien.

Eines dieser gesellschaftlichen Ereignisse war die Verlobung von Ellinor mit Mike Hastings am Samstag, dem 7. Dezember 1940. Mike hatte Ellinor um ihre Hand gebeten, da er am 9. Dezember mit seiner Fliegerstaffel nach Nordafrika verlegt werden sollte. Am liebsten hätten die beiden eine schnelle standesamtliche Hochzeit gehabt, um sich in so gefährlichen Zeiten für immer aneinander zu binden, doch Helen war dagegen.

»Eine Hochzeit ohne Verlobung kommt nicht infrage. Du weißt, was du deiner Stellung schuldig bist, nicht wahr?«

Und so kümmerte Helen sich zum ersten Mal seit langer Zeit selbst wieder um etwas und bereitete die prächtige Verlobungsfeier samt Einladungen in nur einer Woche vor.

»Ihr verlobt euch jetzt, heiraten könnt ihr immer noch, wenn der Krieg vorbei ist«, sagte Helen. »Eure Hochzeitsfeier wird dann zeitgleich mit der Siegesfeier stattfinden.«

»Und wenn wir den Krieg verlieren?«, fragte Ellinor. Die deutschen Truppen waren inzwischen weit in Europa vorgedrungen. Das deutsche Wort »Blitzkrieg« hatte sogar in den englischen Wortschatz Einzug gehalten und es fanden nahezu täglich verheerende Luftangriffe auf London statt, die die Menschen in Angst und Schrecken versetzten, selbst wenn man auf dem Landsitz der Mitchells kaum etwas davon mitbekam.

»Dann haben wir eine Feier umso nötiger, um unsere Moral zu heben«, erwiderte Helen. »Du musst nichts überstürzen, Ellinor. Du bist noch jung und es ist nicht besonders klug, im Krieg Kinder zu bekommen.«

»Wenn du danach gehandelt hättest, wären Thomas und ich nie geboren worden«, gab Ellinor schnippisch zurück.

Helen schluckte. »Das kannst du nicht vergleichen. James war nicht an der Front, aber Mike ist Jagdpilot. Es ist besser, wenn ihr erst heiratet und eine Familie gründet, wenn er auch da sein kann. Und im Gegensatz zu mir hast du noch Zeit, Sweety, ich war bei Thomas' Geburt bereits Mitte dreißig.«

»Das habe ich ohnehin nie begriffen, Mama. Warum hast du erst so spät geheiratet und Kinder bekommen?«

»Es hat sich nicht früher ergeben«, erwiderte Helen ausweichend. »Manchmal geht das Schicksal eben seine eigenen Wege.«

An jenem Tag hatte Ellinor sich mit dieser Erklärung zufriedengegeben, auch wenn es ihr missfiel, dass es nur eine Verlobungsfeier anstelle der gewünschten Hochzeit geben würde.

Trotz der kriegsbedingten Einschränkungen erwartete Helen von James, dass er all die Dinge für Ellinors Verlobungsfeier auftrieb, die sie für nötig hielt. Champagner und teure Weine gehörten ebenso dazu wie exquisite Speisen. Seinen Protest, dass dies in Zeiten rationierter Lebensmittel schwierig sei, wischte sie mit der Bemerkung vom Tisch, dass er genügend Geld habe, um notfalls alles Notwendige auf dem Schwarzmarkt zu erwerben, um seiner einzigen Tochter ein gebührendes Verlobungsfest zu bieten. Wie so oft, wenn Helen seinen Status anführte, gab James nach und als die Gäste am 7. Dezember 1940 eintrafen, war er ebenso stolz auf seine Tochter wie Helen. Es war einer der wenigen Momente, in denen sie als würdevolles Paar agierten, vollendete Gastgeber waren und den Schein einer glücklichen Ehe wahrten. Zwei Menschen, die ihr Leben miteinander verbracht hatten und nun stolz auf ihre erwachsenen Kinder blickten.

Als die Kapelle zum Tanz aufspielte, forderte James Helen zum ersten Mal seit langer Zeit wieder auf. Doch für Helen lag darin nichts Versöhnliches. Sie erfüllte ihre Pflicht, während ihre Gedanken um Jahrzehnte zurückwanderten. Sie schloss die Augen, während sie sich von James führen ließ, und erinnerte sich an die ersten heimlichen Treffen mit Ludwig im Jahr 1898 in Berlin, als sie sich mit Yvonnes Hilfe aus dem Hotel geschlichen hatte. Damals, als sie alles dafür getan hatte, genau dem Leben zu entfliehen, das sie nun schon seit fünfundzwanzig Jahren zu führen gezwungen war.

Und als sie Ellinor so glücklich mit Mike Hastings in seiner eleganten Fliegeruniform sah, musste sie gegen ihre aufsteigenden Tränen ankämpfen. Doch es waren keine Tränen der Rührung, dass ihre Tochter ihr Glück gefunden hatte, sondern sie war umfangen von einer Woge aus Selbstmitleid. Als ihr das bewusst wurde, straffte sie sich innerlich. Sie hatte selbst Schuld. Sie hatte sich damals von ihrer Leidenschaft treiben lassen, ohne über die Konsequenzen nachzudenken. Ihre persönliche Hölle war ein goldener Käfig. Und es war die richtige Entscheidung gewesen, Ellinors vorschnelle Hochzeit zu verhindern. Wer konnte schon wissen, was für einen Mann der Krieg aus Mike Hastings noch machen würde?

Ihrem Sohn Thomas tat der Krieg jedenfalls nicht gut. Seit er regelmäßig Luftangriffe auf deutsche Städte flog, neigte er in seiner Freizeit zu übermäßigem Alkoholkonsum. Aber niemand tadelte ihn deshalb – im Gegenteil, sein Vater lobte ihn als großen Helden und seine Kameraden feierten seine Trinkfestigkeit. Nur Helen fragte sich, ob Thomas aus dem gleichen Grund trank, aus dem sie vor fünfundzwanzig Jahren zusammen mit James Zuflucht im Alkohol gesucht hatte. An jenem unheilvollen Abend, als ihre Affäre begann, aus der Thomas hervorgegangen war. Damals wollten sie der Wirklichkeit des Krieges entfliehen. Ob Thomas auch irgendwelche Schatten jagten? Zu gut erinnerte sie sich an die Ängste, unter denen er als Kind gelitten hatte. Ängste, an denen sie sich immer noch schuldig fühlte, auch wenn sie diese Schuldgefühle jedes Mal sofort verdrängte, wenn sie in ihr hochkamen.

Doch am Tag von Ellinors Verlobung gelang es ihr nicht. Sie schämte sich für ihr Selbstmitleid und dass sie sich nicht vorbehaltlos für ihre Tochter freuen konnte. Und sie schämte sich dafür, dass sie Thomas nie die Mutter gewesen war, die sie hätte sein müssen.

Und so ging sie an diesem Abend zu Thomas, der mit einigen Fliegerkameraden am Rand der Tanzfläche stand und die Alkoholvorräte des Hauses durchkostete. Er war schon reichlich angetrunken, als Helen zu ihm kam.

»Wann hast du deinen nächsten Einsatz?«, fragte sie und ärgerte sich zugleich, dass sie das Gespräch mit dieser Frage begann. Es klang so vorwurfsvoll, dabei wollte sie ihm doch einfach nur sagen, dass er ihr wichtig war.

»Montag«, sagte er. »Keine Angst, dann bin ich wieder nüchtern.«

Er lachte und seine Kameraden stimmten mit ein.

»Pass gut auf dich auf«, sagte Helen. »Ich würde es nicht ertragen, dich zu verlieren.«

»Keine Sorge, ich würde es auch nicht ertragen, wenn ich mich verlieren würde.« Er prostete ihr zu und seine Freunde lachten.

Helen zwang sich mitzulachen. »Na, dann werde ich euch junge Leute jetzt mal wieder allein lassen«, sagte sie.

»Helen, schön, dass ich dich auch einmal allein zu fassen bekomme.«

Sie drehte sich um. Es war Ralph Morgan. »Sind sie nicht ein schönes Paar?«, sagte er mit Blick auf Ellinor und Mike, die immer noch tanzten und sich dabei mit ihren Blicken aufzufressen schienen.

»Ja«, bestätigte Helen. »Und ich hoffe, wir werden trotz dieser Verlobung noch viele interessante Artikel von Ellinor zu lesen bekommen.«

Ralph lächelte. »Glaubst du, ich würde sie entlassen, wenn sie verheiratet ist?«

»Nicht in Kriegszeiten, aber wir wissen doch beide, wie schwer es verheiratete Frauen normalerweise haben, wenn sie einem Beruf nachgehen.«

Ralph Morgan lachte leise. »Keine Sorge, auf die gut durchdachten Artikel deiner Tochter möchte ich nicht verzichten. Sie hat eine spitze Feder und betrachtet Dinge aus einem Blickwinkel, den besonders die weibliche Leserschaft zu schätzen weiß, ohne dabei die Männer durch weibischen Kitsch zu verschrecken.«

»Sie ist also die geborene Journalistin?«, fragte Helen und fühlte eine Welle des Stolzes auf ihre Tochter, als Ralph nickte.

Zwei Tage nach der Verlobungsfeier brach Mike nach Nordafrika auf, während Thomas weiterhin regelmäßig Luftangriffe auf Deutschland flog. Aber auch London wurde hart getroffen und ganze Stadtteile versanken in Schutt und Asche. Ellinor erzählte Helen jedes Mal voller Empörung, wie viele Tote es wieder gegeben hatte, und schrieb Reportagen über tragische Geschichten, aber auch über Hoffnungsfunken in all dem Elend. Da es zu wenig Luftschutzbunker gab, flüchteten die Menschen in die U-Bahn-Stationen und harrten dort aus. Auch Ellinor verbrachte dort immer wieder Stunden, wenn sie während ihrer Bürozeiten vom Fliegeralarm überrascht wurde. Während sie hilflos zwischen all den Menschen hockte, das Dröhnen der Flugzeuge und das Donnern der Flugabwehrgeschütze hörte, dazwischen die Gebete von ängstlichen Menschen und das Weinen der Kinder, entwickelte sie einen unbezähmbaren Hass auf die deutsche Luftwaffe. Wie konnte man Menschen nur so etwas antun? Und sie war stolz auf ihren Bruder. Thomas ließ sich nichts gefallen, er verteidigte sein Vaterland, zeigte den verfluchten Deutschen, wie es sich anfühlte! Sie hoffte, dass die genauso litten, sich genauso fürchteten und genauso viele Opfer zu beklagen hatten.

Als sie das einmal ihrer Mutter sagte, war sie erstaunt, wie entsetzt Helen sie anstarrte.

»Was hast du denn?«, fragte sie empört. »Sollen die Deutschen doch ihre eigene bittere Pille kosten.«

»Denkst du gar nicht daran, dass dort Menschen wie hier leben und Thomas genau das Gleiche tut, was du hier verachtest? Eben noch beklagst du weinende Kinder und verängstigte Frauen, aber du wünschst dir, dass dein Bruder genau dasselbe anderen Frauen und Kindern antut?«

»Aber Mama, das sind doch nur Deutsche! Die haben den Krieg doch angefangen.«

»Großbritannien hat Deutschland den Krieg erklärt«, erklärte Helen zum wiederholten Mal. »Und Großbritannien hat zuerst Bomben über dem Deutschen Reich abgeworfen.«

»Ja, weil die Polen angriffen haben. Das hat Thomas dir doch wirklich schon oft genug erklärt, Mama. Ich verstehe einfach nicht, warum du dich immer so auf die Seite der Deutschen stellst! Dieser Hitler muss mit allen Mitteln bekämpft werden. Die Deutschen haben doch selbst Schuld, die haben ihn ja gewählt!«

»Und ich verstehe nicht, wie du so sehr mit zweierlei Maß messen kannst, Ellinor. Wenn es schrecklich ist, dass Frauen und Kinder in den Trümmern sterben, ist es dann nicht immer schrecklich? Egal um welche Kinder es sich handelt?«

»Aus diesen Kindern werden irgendwann Soldaten, da sollte sich dein Mitleid in Grenzen halten«, entgegnete Ellinor aufgebracht.

»Hörst du dir eigentlich noch selbst zu?«, fragte Helen erschüttert. »Genau dasselbe könnten die Deutschen sagen. Begreifst du denn nicht, dass du da eine Grenze überschreitest?«

»Eine Grenze?«, fragte Ellinor. »Was für eine Grenze? Wir sind im Krieg und da muss man für sein Volk kämpfen. Willst du etwa, dass wir unterliegen und dann Hitler unser schönes London besetzt?«

Helen seufzte und gab es auf. Aber es tat ihr in der Seele weh, dass ihre Tochter sich durch den Krieg so sehr veränderte. Dass sie die Welt nur noch in Gut und Böse einteilte und sich weigerte, die deutsche Bevölkerung als Menschen wahrzunehmen. Was hatte sie in ihrer Erziehung nur falsch gemacht? Bei Thomas wusste sie es – sie hatte ihm nicht die Liebe gegeben, die er verdient hätte. Aber Ellinor hatte sie alles gegeben. Sie war sich bis zu diesem Zeitpunkt sicher gewesen, dass Ellinors Herz voller Menschlichkeit und Liebe war. Und nun musste sie sich aus ihrem Mund diese Reden anhören und erkennen, dass sie kein Mitleid mit deutschen Kindern kannte. Und sie begriff es nicht einmal, weil sie sich auf der richtigen Seite wähnte. Helen musste sich bemühen, ihre Fassung zu bewahren.

Ob Fritz wohl auch vom Hass durchdrungen war? Nein, das konnte sie sich nicht vorstellen. Fritz hatte Ellinor gegenüber einen Vorteil. Er wusste um seine britischen Wurzeln, er wusste, dass die Menschen auf der anderen Seite des Kanals die gleichen Träume und Hoffnungen hatten wie jene in Hamburg. Zumindest hoffte sie das. Andererseits war er in dem Wissen zum Mann herangereift, dass man seiner Mutter die Rückkehr zu ihrer Familie verwehrt hatte, weil England dem Deutschen Reich den Krieg erklärt hatte. Aus seiner Sicht war Großbritannien jedes Mal der Aggressor gewesen. Erst nahm ihm der Große Krieg die Mutter und jetzt musste er britische Luftangriffe erleben. Ob er genauso verbittert geworden war wie Ellinor?

Helen hätte nie gedacht, dass irgendwann einmal ein Moment kommen könnte, in dem sie noch mehr unter der Trennung von Fritz leiden würde als zu jener Zeit, da er noch ein Kind gewesen war.

Warum um alles in der Welt musste dieser neue Krieg ihr nun auch noch die letzte Illusion rauben? Die Illusion, dass Fritz sich seine Träume erfüllt hatte. Dass er Chirurg geworden war und eine Familie gegründet hatte. Eine Familie, die ein glückliches und sicheres Leben führte, so, wie Ludwig und sie es damals gehabt hatten. Vor jenem grauenvollen Großen Krieg. Aber kaum war Fritz in dem Alter, in dem sie selbst ihre Familie verloren hatte, zog ein neuer, noch schrecklicherer Krieg herauf. Was wäre, wenn Fritz eingezogen würde?

Es war unendlich grausam, dass sie überhaupt nichts über ihn wusste. Vielleicht hätte sie die Jahre zwischen den Kriegen nutzen sollen. Vielleicht hätte sie Ellinor und Thomas die Wahrheit sagen sollen. Dann wäre Thomas vielleicht kein Bomberpilot geworden, sondern Jagdflieger, so wie Mike. Er hätte sich Luftkämpfe im ritterlichen Duell geliefert und nicht unschuldige Frauen und Kinder mit tödlicher Fracht bedacht und sich dabei noch wie ein Held gefühlt …

In dieser Nacht weinte Helen sich wie ein kleines Kind in den Schlaf, doch am nächsten Morgen ließ sie sich in aller Frühe zur Bank chauffieren und zahlte zwanzig Pfund auf das geheime Sparkonto für Fritz ein. Es waren inzwischen viertausendsiebenhundertvierzig Pfund. Bis zum Ende des Krieges wollte sie fünftausend Pfund voll haben und dann würde sie sich nicht länger in Ausreden flüchten. Dann wollte sie ihn endlich wiedersehen – ganz egal, was James sagte, was ihre Kinder dachten. Dann sollte er das bekommen, was ihm schon so lange zustand.

52. Kapitel

Am Dienstag, dem 10. Juni 1941, bekam Helen vormittags einen Anruf von Josephine Hastings, der Mutter von Ellinors Verlobtem Mike.

»Helen, es ist etwas Furchtbares passiert«, hörte sie Josephines tränenerstickte Stimme. »Mike ist gefallen.«

Helens Herzschlag setzte einen Moment lang aus. Mike war gefallen! Mike, Ellinors große Liebe …

»Mein aufrichtiges Beileid«, stammelte Helen, weil ihr nichts anderes einfiel. Sie atmete zweimal tief durch. »Wie … weißt du, wie es geschehen ist?«

»Er wurde in der Nähe von Tripolis abgeschossen, er –« Josephine brach ab, Helen hörte, dass sie von einem Weinkrampf geschüttelt wurde.

»Hast du Ellinor schon im Büro angerufen?«, fragte Helen.

»Nein … ich … habe es nicht über mich gebracht.«

»Ich verstehe, ich werde es ihr sagen, wenn sie heute Abend kommt. Das ist nichts, was sie so einfach am Telefon erfahren sollte.«

»Ich danke dir«, schluchzte Josephine. »Ich kann es noch immer nicht glauben. Mike war so ein herzensguter Junge. Das hat er einfach nicht verdient.«

»Niemand hat so etwas verdient«, bestätigte Helen. »Der Krieg ist das größte Übel der Menschheit. Er zerstört Familien und die Herzen Liebender.«

»Du hast so recht«, weinte Josephine. »Bitte verzeih, wenn ich nicht die Kraft für ein längeres Gespräch habe.«

»Das ist ganz natürlich, Josephine. Ich wünsche dir viel Kraft. Und wenn du etwas brauchst, bin ich immer für dich da.«

Nachdem sie den Hörer aufgelegt hatte, nahm Helen sich erst einmal ein Glas schweren Portweins aus der Hausbar. In solchen Momenten war es gut, etwas zu trinken. Noch während sie das Weinglas an die Lippen setzte, fragte sie sich, ob Thomas sich seine Trinkgewohnheiten wohl von seinen Eltern abgeschaut hatte. Erst seit sie mit James verheiratet war, neigte sie dazu, ein Glas Alkohol zur Beruhigung zu trinken, mit Ludwig hatte sie das nie getan. Und James ... nun, der griff ohnehin regelmäßig zu Wein oder Whisky, allerdings ohne sich dabei zu betrinken. Maßvoll in der Sünde. Außer wenn es um Süßspeisen ging. Da konnten es auch schon mal drei Desserts werden. Einzig der Stress, den ihm die Führung seiner Geschäfte während des Krieges bereitete, verhinderte, dass er Fett ansetzte.

Als Ellinor am frühen Nachmittag aus dem Londoner Büro kam, war James noch in der Kanzlei. Helen hatte noch niemandem von Josephines Anruf erzählt.

Ellinor war guter Dinge, sie hatte einen Artikel über ein kleines Mädchen geschrieben, das vor anderthalb Jahren mit einem Kindertransport für jüdische Kinder nach England gekommen war und dessen Eltern es auf wundersame Weise gelungen war nachzukommen. Eine der Geschichten, die den Menschen in all der Düsternis Hoffnung gaben.

Als Helen ihre Tochter so strahlend sah, fiel es ihr umso schwerer, ihr die schreckliche Nachricht zu überbringen. »Ellinor, würdest du dich bitte setzen? Wir müssen sprechen.«

»So ernst, Mama? Ist etwas passiert?«

Helen sah die Unsicherheit in den Augen ihrer Tochter. Sie atmete tief ein. »Josephine hat heute Vormittag angerufen. Es geht um Mike.«

Ellinors Augen weiteten sich. »Ist ihm etwas passiert?«

In Gedanken hatte Helen dieses Gespräch seit Josephines Anruf immer wieder durchgespielt. Schließlich war sie zu dem Schluss gekommen, dass es nichts änderte, wenn sie lange nach schonenden Umschreibungen suchte. Es würde nichts besser machen, sondern die schreckliche Erkenntnis nur verzögern. Sie hatte Ellinor noch einige schöne Stunden gelassen, in denen sie ihren Artikel hatte schreiben können, jetzt konnte sie auch ganz direkt mit der Wahrheit herausrücken.

»Er ist gefallen. Er wurde in der Nähe von Tripolis abgeschossen.« Noch während sie das sagte, kam ihr der aberwitzige Gedanke, dass Mike tatsächlich im wahrsten Sinne des Wortes gefallen war. Wie ein Stein vom Himmel. Sie musste den irrsinnigen Impuls unterdrücken, über diesen geschmacklosen Witz loszulachen. *Wenn er fällt, dann fällt er richtig. Verdammt, was ist nur mit mir los? Meiner einzigen Tochter bricht das Herz und ich denke so alberne Dinge!*

Ellinor starrte ihre Mutter fassungslos an. »Er ist ... wann?«

»Josephine hat es heute erfahren und mich angerufen, weil sie nicht die Kraft hatte, es dir am Telefon zu sagen. Sie ist völlig aufgelöst.«

Helen sah, wie Ellinors Gesichtszüge, in denen eben noch Unverständnis gestanden hatte, langsam entgleisten.

Vor diesem Moment hatte sie sich die ganze Zeit gefürchtet. Alles in ihr schrie danach, Ellinor in die Arme zu nehmen, sie zu trösten, so, wie sie selbst so gern getröstet worden wäre, als sie Fritz und Ludwig endgültig verloren hatte. Aber sie wusste: Hätte sie sich damals gehen lassen und dieser Trauer Ausdruck verliehen, dann wäre sie zusammengebrochen und hätte sich nie mehr erheben können. Nein, es war besser, keine tiefen Gefühle zu zeigen, sondern die notwendige Festigkeit, so, wie sie es sich schon während des ganzen Tages ausgemalt hatte.

Und so nahm sie das Taschentuch, das sie für diesen Fall bereitgelegt hatte, und reichte es ihrer Tochter. »Ich weiß, dass es schrecklich ist, aber Tränen sind Schwäche. Die nützen niemandem etwas. Dafür ist im Krieg keine Zeit und damit wirst du Mike nicht wieder lebendig machen.«

»Aber ich habe ihn geliebt!«, schrie Ellinor. »Ich habe ihn geliebt!« Sie nahm das Taschentuch und konnte ihre Tränen nicht mehr zurückhalten.

»Ja«, sagte Helen leise. »Du hast ihn geliebt. Aber er wird nicht wiederkommen, egal wie sehr du um ihn trauerst. Also mach ihn stolz, indem du sein Andenken wahrst und dein Leben für ihn weiterlebst.«

»Wie soll ich das denn?«, schrie Ellinor. »Wie kannst du das von mir verlangen? Ich habe meine große Liebe verloren und du sagst, ich soll einfach weitermachen?«

»Was willst du denn sonst tun?«, fragte Helen. »In die Dunkelheit stürzen, bis du nichts mehr spürst? Bis du dich selbst verlierst? Nein, Ellinor. Wenn du weinen willst, dann weine. Aber sieh zu, dass du die Tränen rechtzeitig trocknest, ehe du in ihnen ertrinkst und sie dein Leben vergiften. Glaub mir, ich weiß genau, wovon ich spreche.« Mit diesen Worten erhob sie sich und ließ ihre Tochter allein mit ihrer Trauer.

Es war das erste Mal in ihrem Leben, dass Helen das Gefühl hatte, auch Ellinor im Stich zu lassen, aber sie konnte nicht anders. Sie konnte ihre Tochter nicht trösten, während die um ihre große Liebe trauerte, denn dann wäre sie selbst wieder in die Dunkelheit gefallen und hätte sich um ihre eigene große

Liebe gegrämt, die sie vor Jahrzehnten so schmählich verraten hatte ...

Zugleich fragte sie sich, was die alte Leni Ellerweg wohl getan hätte. Die Frau, die ihre große Liebe nicht verraten hatte. Nun, sie hätte Ellinor vermutlich in den Arm genommen und getröstet. Leni Ellerweg beherrschte diese Kunst. Helen Mitchell hingegen beherrschte die Kunst der kalten Fassade und es war besser für Ellinor, wenn sie diese Kunst in diesen Zeiten ebenfalls möglichst schnell erlernte.

Ellinor lernte schnell, aber auf eine andere Weise, als Helen es sich gewünscht hätte. Der Verlust von Mike zerstörte sie nicht, aber er machte sie hart und scheinbar gefühllos – jedenfalls nach außen hin. Und auf eine unbestimmte Weise auch furchtlos. Wer seine große Liebe an den Tod verloren hat, der hat keine Furcht mehr vor dem Sterben.

Und so erschütterte Ellinor ihre Eltern kurz nach der Trauerfeier für Mike mit einer erschreckenden Ankündigung: »Ich habe mich als Kriegsreporterin an die Front beworben.«

James wäre beinahe das Whiskyglas aus der Hand gefallen. »Du hast was?«

»Ich schließe mich einer Gruppe von Berichterstattern an, die nächste Woche zu unseren Truppen nach Nordafrika reist. Ich will Mikes Grab sehen. Ich will wissen, unter welchen Bedingungen er seine letzten Tage verbracht hat. Ich habe ihn kennengelernt, als ich einen Bericht über seine Fliegerstaffel schrieb, und es ist der letzte Liebesdienst, den ich ihm und all unseren Jungs an der Front erweisen kann, indem ich ihre Leistungen mit den Augen einer Frau für die Frauen an der Heimatfront beschreibe.«

»Du bist ja wahnsinnig!«, schrie James. »Das ist viel zu gefährlich, das lasse ich nicht zu! Außerdem wird man dich als Frau ohnehin nicht als Kriegsberichterstatterin zulassen.«

»Ich habe meine Zulassung bereits.«

»Wer hat dich akkreditiert?«

»Das werde ich dir nicht sagen, weil ich genau weiß, dass du dann all deinen Einfluss daransetzen würdest, sie mir wieder zu nehmen. Aber ich bin längst volljährig und ich habe meine Entscheidung getroffen. Dies ist keine Frage um Erlaubnis, ich wollte euch lediglich über meine Pläne in Kenntnis setzen. Ralph Morgan ist im Übrigen sehr angetan von meinem Vorhaben. Es wird die Auflage mit Sicherheit erhöhen.«

»Die Auflage! Für eine Zeitungsauflage willst du dein Leben riskieren?«

»Nein!«, schrie Ellinor zurück. »Ich tue das einzig und allein für mich! Es ist mein Weg, damit umzugehen, dass Mike nicht mehr lebt! Ihr könnt nicht verstehen, wie es ist, wenn man seine große Liebe verliert! Ihr habt euch ja immer gehabt! Aber ich stehe jetzt ganz allein da, mein Leben ist in Scherben! Und ich werde an die Front reisen, dagegen könnt ihr beide gar nichts tun!«

Sie sprang auf und verließ das Zimmer.

James wollte ihr nacheilen, doch Helen hielt ihn zurück. »Lass sie«, sagte sie. »Sie hat recht, sie muss das tun.«

James starrte sie fassungslos an. »Ich dachte, du liebst sie. Wie kannst du das dann zulassen?«

»Gerade weil ich sie liebe und einen Teil von mir selbst in ihr erkenne. Einen Teil, der schon vor langer Zeit gestorben ist.«

James holte tief Luft. Helen erwartete eine heftige Gegenrede, doch stattdessen setzte er sich wieder und nickte stumm. Und für einen kurzen Moment fragte Helen sich, ob James es wohl auch bedauerte, dass dieser Teil, der in Ellinor noch lebte, in Helen längst gestorben war. Denn das war die Helen gewesen, die er einst geliebt hatte.

53. Kapitel

Nach Ellinors Abreise wurde es sehr still im Haus der Mitchells. Thomas flog weiterhin unter großen Gefahren Luftangriffe auf deutsche Städte, Ellinor schickte interessante Artikel von der Afrikafront und schien sich in einer reinen Männergesellschaft recht gut durchsetzen zu können.

In dieser Zeit schweiften Helens Gedanken wieder vermehrt zurück in die Vergangenheit, zurück zu Ludwig und Fritz.

Fritz war jetzt älter, als sie zu dem Zeitpunkt gewesen war, zu dem sie ihn das letzte Mal gesehen hatte. Im September würde er neununddreißig Jahre alt werden. War er noch in Hamburg oder bereits an irgendeiner Front? War er noch am Leben? Würde sie ihn jemals wiedersehen? Und falls ja, würde er ihr vergeben?

Und Ludwig? Hatte er noch einmal geheiratet und weitere Kinder so wie sie? Dachte er ab und zu noch an sie oder war sie nur noch eine blasse Erinnerung an die gute alte Zeit?

Wie jedes Mal, wenn sie an Ludwig und Fritz dachte, wurde sie melancholisch und hatte das Gefühl, ihr Leben verschwendet zu haben. Die Tage wurden zu einem undurchdringlichen Einerlei und sie blieb morgens lange im Bett, kümmerte sich um nichts und täuschte allen körperliche Schwäche vor, um die seelische Schwäche zu verbergen.

So verging der Sommer 1941, der Herbst und irgendwann war es schon wieder Weihnachten. Ellinor und Thomas kamen über die Festtage zurück nach Hause und Helen raffte sich auf und verließ ihr Bett.

Ihr fiel auf, wie sehr Ellinor sich durch ihre Tätigkeit als Kriegsberichterstatterin verändert hatte. Früher hatte sie sich ausgesprochen dezent geschminkt, inzwischen hatte sie eine Vorliebe für knalligen Lippenstift und ebenso grellrote Fingernägel entwickelt. Außerdem rauchte sie wie ein Schlot. Sobald eine Zigarette ausgedrückt war, entzündete Ellinor schon die nächste. Im Rauchen stellte sie sogar Thomas und James in den Schatten, dafür trank sie kaum Alkohol.

Als Helen sie darauf ansprach, erwiderte Ellinor ausweichend: »Manche Dinge sind einfach nötig, um zu überleben, wenn das Herz gebrochen ist.«

Und Helen nickte, denn sie verstand Ellinor besser, als die sich vorstellen konnte. Schließlich war alles in ihrem eigenen Leben längst sinnlos geworden. Es gab keine Ziele mehr, nichts, worauf sie sich freuen konnte. Ob sie nun lebte oder tot war, niemanden würde es wirklich kümmern. Sie hatte sich selbst im Leben unsichtbar gemacht – so unsichtbar, dass niemand mehr bemerken würde, wenn sie sich tatsächlich in Luft auflöste. Vielleicht war es gut so, dass Ellinor sich noch auf irgendeine Weise selbst spüren wollte, und sei es durch einen zu grellen Lippenstift. Und wenn sie das Rauchen beruhigte, warum nicht? Es vernebelte wenigstens nicht den Verstand, so, wie es der Alkohol tat. Betrunkene Frauen waren schließlich noch peinlicher als betrunkene Männer. Von denen erwartete man nichts anderes.

Nachdem Ellinor wieder abgereist war, zog Helen sich wieder in ihr Bett zurück. Sie wollte sich den Luxus einer reichen Oberschichtgattin gönnen, den Krieg einfach zu verschlafen. Und wenn sie dabei für immer einschlafen würde, wäre es auch egal. Um eine Frau wie sie war es nicht schade.

Als der Frühling 1942 kam, verbrachte sie zwar einige Zeit im Garten bei ihren Rosen, aber sie lebte ihr Leben, als wäre sie auf einer Insel fernab des Krieges. Solange sie nur in dieser Blase blieb, konnte niemandem etwas geschehen. Wenn sie den Krieg ignorierte, dann würde auch Thomas und Ellinor nichts geschehen. Und hoffentlich auch nicht ihrem geliebten Fritz …

Jetzt versteifst du dich also schon auf magisches Denken, hörte sie die unangenehme Stimme ihres Gewissens in sich, die sie wie immer Leni Ellerweg zuschrieb. Leni, die irgendwo noch in Helen Mitchell lebte und unruhig mit den Füßen scharrte, aber nicht stark genug war, um aus dem engen Korsett auszubrechen und die Führung zu übernehmen. *Ich schäme mich für dich und für das, was aus dir geworden ist!*

James nahm Helens beinahe vollständigen Rückzug aus dem Leben mit der ihm eigenen Gleichgültigkeit hin. Schließlich gab es ihm mehr Freiheiten, sich mit seiner Geliebten zu treffen. Natürlich war er diskret – einen Skandal konnte niemand gebrauchen –, aber es kam immer häufiger vor, dass er auf kurze sogenannte Dienstfahrten ging, die in Wahrheit kleine amouröse Reisen waren.

Nun gut, dachte Helen bei sich. *Soll er es tun, solange er es noch kann. Ohne sein Geld würde er wohl kein so junges Ding mehr finden.*

Während die Welt in Aufruhr blieb und sich der größten bislang da gewesenen menschlichen Katastrophe stellen musste, blieb Helen eingesponnen in ihrem Kokon und weigerte sich, die Realität des Krieges in ihr Herz zu lassen, um nicht vollständig zu zerbrechen und alles zu verlieren, was sie sich noch an Persönlichkeit bewahrt hatte.

Erst im Sommer 1943 geschah etwas, das Helen aus ihrer Lethargie riss.

Thomas flog noch immer regelmäßig Angriffe. Er war mittlerweile mehrfach ausgezeichnet worden, aber Helen hatte sich aus gesundheitlichen Gründen nie an den Feierlichkeiten, die James für seinen Sohn ausgerichtet hatte, beteiligt. Sie wollte nicht sehen, wie ihr Sohn dafür belobigt wurde, dass seine Vorgesetzten ihn zum Mörder an ihren ehemaligen deutschen Nachbarn und Freunden machten. Aber das durfte sie natürlich niemals aussprechen. Thomas wusste ebenso wenig wie Ellinor, welch tiefgehende Verbindung Helen zu Deutschland hatte.

Als sie nun erfuhr, dass Briten und Amerikaner vom 25. Juli bis 3. August 1943 ununterbrochen Luftangriffe auf Hamburg flogen und die Stadt bei dieser Operation Gomorrha vollständig zerstören wollten, als sie von Zigtausenden von Toten in Hamburg hörte, da konnte sie sich nicht länger in sich selbst zurückziehen.

Es war nicht richtig! Dort lebten gute Menschen! Dort lebten Ludwig und Fritz! Wenn die Bombardierungen Londons ein Verbrechen waren, das Ellinor so sehr empört hatte, dann waren diese gezielten Bombardierungen von deutschen Wohngebieten ebenfalls ein Verbrechen!

In ihrer Familie fand Helen damit kein Gehör, Ellinor und Thomas hielten es für die Launen einer alten Frau, die längst nicht mehr begriff, wie sie die Geschehnisse zu bewerten hatte. Natürlich, sie hatte es ihren Kindern auch leicht gemacht, sie als unbedarfte, naive alte Frau abzuschreiben. Sie hatte sich zurückgezogen und niemals für das Stellung bezogen, was ihr wichtig war. Sie hatte Ellinor und Thomas einen wichtigen Teil ihres Lebens vorenthalten. Vielleicht sogar den allerwichtigsten. Was wäre gewesen, wenn sie von Anfang an ehrlich zu ihren Kindern gewesen wäre? Wenn sie sich nicht von James hätte erpressen lassen? Wenn sie nur etwas mehr Mut aufgebracht hätte? Aber immer, wenn es schwierig wurde, hatte sie sich zurückgezogen, war in Depressionen verfallen und hatte keine Kraft mehr gehabt.

Damit musste jetzt endlich Schluss sein! Wenn sie noch eine stolze Britin sein wollte, dann durfte sie nicht zulassen, dass ihr Sohn, ja alle anderen Söhne weiterhin derart schreckliche Taten begingen und sich dabei noch für Helden hielten!

Zum ersten Mal seit langer Zeit fing Helen wieder an, regelmäßig die Zeitung zu lesen, in der Hoffnung, dass es auch noch Stimmen der Vernunft gab, nicht nur die reißerische Kriegspropaganda. Doch derartige Stimmen waren selten geworden. Selbst Ellinors Artikel waren voller Patriotismus und strotzten vor Entmenschlichung des Gegners. Wie sollte das alles nur jemals enden? Diese ewige Spirale der Gewalt? All das, was jetzt passierte, hatte seine Wurzeln in früheren Zeiten. Was wäre gewesen, wenn es 1914 nicht zum Krieg gekommen wäre?

Ellinor und Thomas wären nie geboren worden. Sie waren im Krieg zur Welt gekommen, mit einer Lüge aufgewachsen und jetzt verloren sie ihre Mitmenschlichkeit in einem weiteren Krieg, in dem sie nur noch in Gut und Böse dachten. Und sie hatte es zugelassen. Weil sie zu feige gewesen war, die Wahrheit zu erzählen. Sie hatte zugelassen, dass die Erinnerung an alles Deutsche nach dem Ersten Weltkrieg verleugnet wurde. Ellinor hatte nie erfahren, dass ihre Tante, nach der sie benannt worden war, die deutsche Staatsbürgerschaft angenommen hatte und in Deutschland gestorben war. Sie hatte auch nie erfahren, dass sie einen Halbbruder in Deutschland hatte und vielleicht sogar Nichten und Neffen. Und Thomas hatte nie erfahren, dass er mit seinen Bomben eigene Blutsverwandte töten könnte. Dass er sich daran beteiligte, eine Stadt zu zerstören, an der das Herz und die Seele seiner Mutter hingen. Weil sie es ihm nie gesagt hatte. Weil sie zu feige war. Weil sie es James erlaubt hatte, seinen Hass auf alles Deutsche an seine Kinder weiterzugeben.

Nein, ich darf jetzt nicht länger schweigen!

Endlich wirst du wieder ein wenig du selbst, hörte sie Leni Ellerwegs Stimme in sich. *Wo fangen wir an?*

54. Kapitel

Im Krieg ist es immer unpopulär, Pazifist zu sein. Und so konnte auch niemand aus Helens Familie nachvollziehen, warum sie ausgerechnet im Spätsommer 1943 Mitglied der Anglican Pacifist Fellowship wurde.

Immerhin war Ellinor froh, dass ihre Mutter sich wieder mehr am Leben beteiligte, und die pazifistische Gesellschaft kümmerte sich auch um Suppenküchen und Unterstützung der leidenden Zivilgesellschaft. Aber nicht einmal Ellinor hatte Verständnis dafür, als ihre Mutter die Schriftstellerin und bekennende Pazifistin Vera Brittain im folgenden Jahr finanziell dabei unterstützte, ihre Schrift »Massacre by Bombing« möglichst weit zu verbreiten. In jener Schrift beklagte Brittain die Flächenbombardierung deutscher Städte, insbesondere auch die zahlreichen Toten in Hamburg. Dafür wurde sie von den meisten Briten massiv verunglimpft. Niemand wollte hören, dass jemand den Feind in Schutz nahm.

»Es ist nicht der richtige Zeitpunkt«, sagte Ellinor zu ihrer Mutter. »Merkst du gar nicht, wie sehr du damit Thomas in den Rücken fällst? Du erklärst damit deinen eigenen Sohn zu einem Täter, dabei ist er ein Held, der für unser aller Freiheit gegen die Nazis kämpft!«

»Seine Bomben töten Unschuldige, nicht nur Nazis«, erwiderte Helen bestimmt. »Und genau damit muss er sich auseinandersetzen. Du machst es dir auch viel zu leicht, Ellinor. Du hast die große Liebe deines Lebens verloren und glaubst, dein Schmerz rechtfertige es, alle Deutschen zu hassen und ihnen genau das Gleiche anzutun, was du als verabscheuungswürdiges Verbrechen in London erlebt hast. Wenn es falsch ist, Bomben auf Menschen zu werfen, dann ist es das immer und nicht nur dann, wenn es die Falschen trifft. Denn wer die Falschen sind, ist immer vom Standpunkt des Betrachters abhängig. Was würdest du denken, wenn du zufällig in Deutschland geboren worden wärst?«

»Was ist denn das für ein Argument?«, fragte Ellinor zurück. »Wir vertreten die Freiheit. Du weißt doch selbst, was für ein Unrechtsregime der Faschismus ist!«

»Ja, aber glaubst du wirklich, du wirst Menschen davon überzeugen können, dass du für das Gute einstehst, indem du ihre Kinder tötest?«

»Du verstehst einfach nicht, worum es geht, Mama. Wir dürfen in unserem Bemühen nicht nachlassen! Jetzt Friedensverhandlungen zu führen, ist ein Zeichen von Schwäche! Wir müssen den Gegner vollständig vernichten! Es steht dem Gegner ja offen, selbst die Waffen niederzulegen.«

»Wie sollen unschuldige Kinder die Waffen niederlegen, die sie nie geführt haben?«

»Dann sollen es ihre Eltern tun! Die Väter, die an der Front stehen.«

»Und riskieren, wegen Befehlsverweigerung erschossen zu werden?«

»Ja, denn wenn sie wissen, dass ihr Kampf ungerecht ist, haben sie die Pflicht, gegen die ungerechte Regierung aufzubegehren!«

»Während ihnen gleichzeitig Bomben um die Ohren fliegen? Wie sollen sie gegen die Regierung aufbegehren, wenn es einen äußeren Feind gibt, der sie vollständig vernichten will? Ellinor, wenn die Propaganda dir sagt, dass der Feind deine vollständige Vernichtung will, und du den Beweis siehst, indem tagtäglich Städte in Schutt und Asche gelegt werden und Hunderttausende von Menschen sterben, warum solltest du dann gegen deine Regierung kämpfen? Nichts eint ein Volk mehr als ein gemeinsames Feindbild. In meinen Augen ist der Oberbefehlshaber des RAF Bomber Command, Arthur Harris, ein Verbrecher, Ellinor. Er schickt nicht nur Tausende unserer jungen Piloten in den Tod, sondern stärkt auch noch die Moral des Feindes, denn nun glauben sie der Propaganda ihrer Regierung, dass sie keine Wahl haben, als bis zum Tod zu kämpfen. Denk mal an deinen Hass, als Mike starb. Was würdest du denken, wenn du nicht nur Mike, sondern auch deine Kinder verloren hättest? Könntest du den deutschen Luftwaffenpiloten vergeben?«

»Nein, und das würde ich auch gar nicht wollen. Deshalb habe ich auch keinerlei Verständnis für deine neu entdeckte Liebe zum Pazifismus. Warum tust du das? Willst du Thomas noch mehr kränken? Hast du ihm noch nicht genug angetan?«

Helen starrte Ellinor fassungslos an. War es das, was sie dachte? Dass sie Thomas etwas antun wollte? Wie sollte sie ihrer Tochter nur erklären, worum es ihr wirklich ging, wenn sie ihr das wichtigste Argument vorenthielt? Natürlich musste Ellinor sie für eine verdrehte alte Frau halten, die die Realitäten nicht mehr richtig einschätzen konnte.

Irgendwann ist das Lügengebäude so komplex, dass es keinen Weg mehr hinaus gibt und man sogar dann unglaubwürdig ist, wenn man etwas aus den richtigen Gründen tut.

Es war das letzte Mal, dass Helen versuchte, Ellinor von ihrer Sicht der Dinge zu überzeugen. Stattdessen fand sie sich damit ab, dass sie auch Ellinor verloren hatte. Seit Ellinor zu einer grell geschminkten Kettenraucherin geworden war, hatte sie die Unschuld und Liebenswürdigkeit des kleinen Mädchens verloren.

Ob Fritz sie wohl genauso enttäuschen würde, wenn sie ihn jemals wiedersähe? Nun, das hing gewiss davon ab, was er in all den Jahren erlebt hatte und welche Verluste das Schicksal ihm auferlegt hatte.

Helen holte sich Trost in der pazifistischen Gemeinschaft, aber sie versuchte nicht mehr, ihre Familie von ihren Idealen zu überzeugen. Es war zwecklos, solange sie innerlich nicht bereit war, die Wahrheit zu offenbaren. Sie hatte eine Weile mit sich gerungen, war dann aber doch zu feige gewesen. Wenn sie jetzt aussprach, was sie all die Jahre als Geheimnis in sich verborgen hatte, wäre nichts mehr wie zuvor. Und wer konnte schon wissen, wie es Ellinor und Thomas erschüttern würde? Nein, solange noch Krieg herrschte, war es vielleicht besser, wenn ihre Kinder nicht mit der Komplexität der menschlichen Natur belastet wurden. In gewisser Weise schützte die Einteilung der Welt in Schwarz und Weiß die beiden auch. Alle Briten waren gut und alle Deutschen böse. Damit war alles gesagt und jedes Mittel zum Sieg und zum Überleben gerechtfertigt.

Aber sie selbst musste das nicht länger mitmachen. Und wenn ihre Kinder nicht auf sie hören wollten, so konnte sie sich doch wenigstens mit ein paar differenzierteren Damen der pazifistischen Gesellschaft austauschen, um nicht völlig die Hoffnung in die Menschheit zu verlieren.

Die Kontakte zu anderen Menschen außerhalb ihres häuslichen Umfelds, auf die sie so viele Jahre verzichtet hatte, taten ihr gut. Und sie fragte sich, was sie wohl getan hätte, wenn sie in jener Novembernacht 1914 das Schiff nach Deutschland bestiegen hätte. Hätte sie auch in Deutschland für Pazifismus gekämpft? Oder hätte man sie dort längst verhaftet? Mit politischen Gegnern ging das Naziregime grausam um. Sie hatte von einer Gruppe deutscher Medizinstudenten gehört, die sich Weiße Rose nannte und kritische Flugblätter verteilt hatte. Diese jungen Leute hatten genau das getan, was Ellinor vehement eingefordert hatte, und waren dafür zum Tode verurteilt worden. Einige dieser Flugblätter waren auf verschlungenen Wegen bis nach England gekommen und von der pazifistischen Gesellschaft als Beleg dafür gewertet worden, dass es auf beiden Seiten anständige Menschen gab und dass es dringend eine Verständigung geben müsse.

Medizinstudenten … ausgerechnet Medizinstudenten. Wieder einmal schweiften Helens Gedanken zu Fritz. Auf welcher Seite mochte ihr Sohn wohl stehen? Er hatte immer ein gutes, mitfühlendes Herz gehabt. Er würde sich niemals an Grausamkeiten beteiligen, da war sie sich ganz sicher.

Am 8. Mai 1945 kam die Meldung der bedingungslosen deutschen Kapitulation im Radio und in ganz London brach eine wahre Feierstimmung aus.

Auch James machte sich umgehend daran, eine große Festlichkeit auf dem Landsitz der Mitchells zu organisieren, und diesmal war Helen sofort bereit, ihn zu unterstützen. Das Ende des Krieges in Europa war jede Feier wert, auch wenn die USA im Südpazifik noch immer mit Japan im Krieg lagen. Aber das war Helen egal. Wichtig war, dass der Krieg mit Deutschland beendet war.

Doch in all ihre Erleichterung mischte sich erneut Furcht. Jetzt gab es keine Ausrede mehr. Jetzt hatte sie es in der Hand, ob sie das Versprechen, das sie sich selbst gegeben hatte, erfüllte oder nicht: nach Fritz zu suchen und zu erfahren, was aus ihm geworden war.

Doch wie sollte sie das anfangen? Hamburg war komplett zerstört. Seit dem 3. Mai war die Stadt zwar britisch besetzt, aber wie sollte man in dieser zerstörten Infrastruktur jemanden finden?

Schließlich kam ihr das Internationale Rote Kreuz in den Sinn. Und so schickte sie eine Suchmeldung über Doktor Ludwig Ellerweg an das Rote Kreuz. Wenn sie Ludwig fand, würde sie auch Fritz finden.

Allerdings musste sie sich bemühen, das Ganze heimlich zu organisieren. James wäre ganz gewiss nicht erbaut, wenn er erfahren würde, dass sie nach all den Jahren nichts Besseres zu tun hatte, als nach ihrem alten, so sorgsam verborgenen Leben zu forschen. Sollte der Brief des Roten Kreuzes in seine Hände fallen, traute sie ihm zu, dass er ihn einfach vernichtete.

Während die Welt das Ende des Krieges feierte, wartete Helen Tag für Tag auf eine Antwort vom Roten Kreuz. Doch es war fast unmöglich, Informationen zu bekommen – zu unübersichtlich war die Lage, es gab zu viele Anfragen von Menschen aus aller Welt. Hinzu kamen die zahlreichen Kriegsflüchtlinge und Vertriebenen, Menschen, die aus Konzentrationslagern befreit worden waren, und viele mehr, die hilflos über den verwüsteten Kontinent strömten.

Helen erfuhr davon nur am Rande. Sie wollte die Bilder des Grauens nicht sehen, wollte nichts hören von Vernichtungslagern und Leichenbergen, wollte nichts wissen von allem, was die Erinnerungen an ihre unbeschwerten Jahre in Deutschland vor dem Ersten Weltkrieg trüben konnte. Sie wollte einfach nur wissen, ob Ludwig und Fritz noch lebten und was aus ihnen geworden war.

Der Sommer kam und sie hatte noch immer nichts gehört. Im August erfuhr sie von den Atombombenabwürfen in Japan und dem endgültigen Ende des Krieges im Pazifik, doch auch dafür interessierte Helen sich nicht.

Am 2. November 1945, einem Freitag, saß Helen gerade mit James beim gemeinsamen Frühstück, als die Post gebracht wurde. Helen hatte sich seit Ende des Krieges angewöhnt, wieder mit James zusammen zu frühstücken, damit sie stets dabei war, wenn die Post kam, und er nicht auf die Idee kommen konnte, einen an sie adressierten Brief zu öffnen. Leider wartete sie noch immer vergeblich auf eine Nachricht vom Roten Kreuz.

Doch an diesem Tag war tatsächlich ein Brief für sie dabei. James war erstaunt, vor allem, als er den Absender des Briefes sah. Er wollte ihn gerade nehmen und öffnen, als Helen aufsprang und ihn ihm entwenden wollte.

Doch James war schneller und zog ihr den Brief weg. »Weshalb bekommst du Post vom Roten Kreuz?«, fragte er. »Und dann auch noch einen, der über die britische Militärverwaltung in Hamburg gelaufen ist?« Er starrte sie fassungslos an.

»Das geht dich nichts an. Bitte gib mir meinen Brief.«

»Helen, wenn du wieder eine Dummheit gemacht hast, wird das ernste Folgen haben.«

»Gib mir auf der Stelle meinen Brief! Das Briefgeheimnis gilt auch unter Ehepaaren!«

James erhob sich. »Ich bin für dich verantwortlich. Du wirst den Brief bekommen, sobald ich ihn gelesen habe!« Und damit erhob er sich, nahm sämtliche Briefe, die gekommen waren, und ging in sein Arbeitszimmer.

Helen war außer sich. Jetzt hatte sie womöglich endlich die Antwort auf alle Fragen, aber James weigerte sich, ihr ihren Brief auszuhändigen! Was fiel ihm überhaupt ein? Energisch sprang sie auf und folgte ihm in sein Büro. »Ich will meinen Brief!«, schrie sie.

James hatte ihn inzwischen geöffnet. Während er las, lief sein Gesicht rot an. »Du hast danach gefragt, ob die Brennerstraße 24 ausgebombt wurde?«, schrie er. »Du wolltest allen Ernstes Kontakt zu Ludwig aufnehmen?«

»Ich will wissen, ob Fritz den Krieg überlebt hat!«

»Ich habe dir gesagt, dass ich diesen Namen nie wieder hören will! Du hast keinen Sohn namens Fritz, du hattest nie einen und du –« Im nächsten Augenblick keuchte James auf und stürzte zu Boden.

Helen stand entgeistert vor dem leblosen Leib ihres Mannes, begriff nicht, was da gerade geschehen war. Wollte er sie auf diese Weise erschrecken? Sie beugte sich zu ihm, nahm ihm den Brief aus der Hand und wunderte sich, dass er es sich so einfach gefallen ließ. Erst da begriff sie, dass er wirklich bewusstlos war. Was um Himmels willen … hatte ihn etwa der Schlag getroffen?

Sie steckte den Brief in ihren Ausschnitt, dann läutete sie nach dem Butler.

Archie kam sofort.

»Schnell, Archie, holen Sie Doktor Walsh. James ist über seiner Korrespondenz zusammengebrochen. Ich weiß nicht, was ich machen soll!«

Der Butler rief sofort nach zwei weiteren Dienstboten, die sich um James kümmern sollten, während er den Arzt holte. Helen stand noch immer fassungslos daneben.

Als Doktor Walsh schließlich kam, konnte er nur noch den Tod feststellen.

»Es war ein Schlaganfall«, sagte er. »Mein aufrichtiges Beileid, Mrs Mitchell.«

Helen sackte in sich zusammen, hatte auf einmal das Gefühl, der Brief, den sie James' toten Händen entwunden hatte und der in ihrem Ausschnitt steckte, würde sie zu Boden drücken. Hatte sie seinen Tod provoziert? Wäre es nicht geschehen, wenn er sich nicht so sehr aufgeregt hätte?

Ich bringe allen Menschen, die mir irgendwann einmal irgendetwas bedeutet haben, Pech, dachte sie bei sich. *Gewiss, James, ich habe dich zuletzt verachtet, und du hattest selbst Schuld. Du hättest mir den Brief nicht wegnehmen dürfen. Aber es gab eine Zeit, da warst du einmal der wichtigste Mensch in meinem Leben, der Einzige, der für mich da war, auch wenn ich dich niemals so geliebt habe wie Ludwig.*

Doktor Walsh dachte, sie würde zusammenbrechen, und wies das Dienstmädchen an, Helen in ihr Zimmer zu bringen, damit sie sich hinlegen und von dem Schock erholen könne. Außerdem ließ er Ellinor und Thomas informieren.

Das Mädchen wollte bei Helen bleiben, doch sie schickte sie weg. »Ich will allein sein«, sagte sie mit resoluter Stimme. Das Mädchen nickte.

Kaum war sie allein, holte sie den Brief hervor.

Er war nur kurz und eigentlich enttäuschend. Es stand lediglich darin, dass das Haus in der Brennerstraße 24 bei den Luftangriffen am 25. Juli 1943 zerstört worden war. Man habe die Anfrage nach Doktor Ludwig Ellerweg an das Einwohnermeldeamt weitergeleitet. Sobald man etwas über seinen Verbleib wisse, werde man sie informieren.

Ob Ludwig noch in der Wohnung gewesen war? Oder hatte er sich rechtzeitig in Sicherheit bringen können? Die Ungewissheit war das Schlimmste. Jetzt konnte sie nichts anderes tun, als abzuwarten.

War es Schicksal, dass James gerade in diesem Moment tot umgefallen war? Lebte Ludwig noch?

Bei dem Gedanken daran lief ihr eine Gänsehaut über den Rücken. Selbst wenn er noch lebte, es war viel zu spät. Es war dreißig Jahre zu spät. Sie hatte ihr Leben verschwendet …

55. Kapitel

»Jetzt weißt du, was damals alles geschehen ist, Ellinor«, schloss Helen ihre Erzählung. Die Uhr an der Wand zeigte, dass es mittlerweile vier Uhr morgens geworden war. »Jetzt kennst du alle meine kleinen schmutzigen Geheimnisse, die ich mein Leben lang vor dir und Thomas verborgen hielt. Ich habe all meinen Kindern Unglück gebracht. Es tut mir so leid.«

»Nein, Mama.« Ellinor nahm ihre Mutter in die Arme. »Du hast über all die Jahre eine fürchterliche Last mit dir getragen. Es tut mir nur leid, dass du es mir nicht viel früher erzählt hast. Es hätte mir geholfen, dein seltsames Verhalten im Krieg besser zu verstehen.«

»Als ich gestern früh das Telegramm bekam und von Ludwigs Tod vor zwei Jahren erfuhr, war es, als wäre ich zum zweiten Mal Witwe geworden. Ich dachte, manche Geschichten haben einfach kein Happy End. Aber nachdem ich dir alles erzählt habe, fühlt es sich anders an. Es ist besser so. Ludwig hat nie erfahren, wie sehr ich ihn betrogen habe. In seiner Erinnerung bin ich immer Leni Ellerweg geblieben, seine große Liebe. Aber ich wüsste so gern, was aus Fritz geworden ist. Mein einziger Wunsch ist, meinen Sohn noch einmal zu sehen und ihm alles zu erklären. Ihm zu sagen, wie sehr ich ihn immer geliebt habe. Und ich hoffe so sehr, dass er noch lebt. Ich würde alles dafür geben, Fritz noch einmal zu sehen.«

»Und das sollst du auch«, sagte Ellinor, die noch immer tief berührt von der Geschichte ihrer Mutter war. »Jetzt musst du dich nicht mehr allein darum kümmern. Ich werde alles tun, was ich kann, um herauszufinden, ob er noch am Leben ist, und wenn es so ist, dafür zu sorgen, dass ihr euch wiedersehet. Das verspreche ich dir!«

Doch noch während sie dieses Versprechen abgab, fragte sie sich, ob es wirklich richtig war. Natürlich, ihre Mutter hatte ein Leben lang unter diesem Verlust gelitten und sie wollte, nein, brauchte endlich Gewissheit, was aus ihrem ältesten Sohn geworden war. Aber was war mit Fritz? Sie hatte ihn zuletzt zwei Monate vor seinem zwölften Geburtstag gesehen. Inzwischen war er ein erwachsener Mann von dreiundvierzig Jahren. Für ihn war seine Mutter nur noch eine Erinnerung aus Kindertagen, über deren Verlust er längst hinweggekommen war. Wäre es für ihn nicht besser, alles so zu belassen, wie es war? Oder hatte er ein Anrecht auf die Wahrheit? Was würde er denken, wenn er diese Geschichte erfuhr? Und was würde es für Thomas bedeuten? Der sich nun noch ungeliebter fühlen musste als bisher. Solange er nicht wusste, dass es einen älteren Halbbruder gab, den seine Mutter heiß und innig liebte, selbst noch nach über dreißig Jahren der Trennung, und der immer wie ein Schatten um sie gewesen war, so lange konnte Thomas sich einreden, das kühle Verhalten seiner Mutter läge nur daran, dass Mütter und Söhne kein so inniges Verhältnis hatten wie Mütter und Töchter. Dafür hatte er einen Vater gehabt, der alles für ihn getan hatte und immer stolz auf ihn gewesen war. Aber wenn er nun von Fritz erfuhr, diesem unsichtbaren und unbesiegbaren Rivalen, der noch dazu Deutscher war …

Dann wischte sie die Bedenken fort. Es hatte in dieser Familie schon zu viele Lügen gegeben, die die Seelen aller vergiftet hatten. Dass ihren Vater ausgerechnet in dem Moment der Schlag getroffen hatte, als er herausfand, dass Helen nach wie vor nach Fritz suchte, war nur ein Symptom des Giftes der Lüge gewesen. Ellinor wusste genügend über tödliche Schlaganfälle, um ihrer Mutter nicht die Schuld zu geben. Natürlich konnte Aufregung sie auslösen, aber nur dann, wenn es ohnehin schon eine Disposition dazu gab. Vielleicht könnte ihr Vater noch leben, aber sicher war das nicht, und Ellinor wollte darüber nicht weiter nachdenken. Auf jeden Fall würde sie Thomas dieses kleine Detail ersparen. Er würde ohnehin schon genügend daran zu schlucken haben.

Als Ellinor ihrem Bruder am Vormittag, nachdem er seinen Beisetzungskater ausgeschlafen hatte, erzählte, was sie in der Nacht zuvor erfahren hatte, glaubte er erst, sie wolle ihn aufziehen, so, wie sie es als kleines Mädchen oft getan hatte. Doch dann begriff er, dass sie nicht scherzte, dass es ihr bitterernst war.

»Und jetzt willst du wirklich diesen Deutschen suchen?«, fragte er immer wieder.

»Dieser Deutsche ist unser Halbbruder«, erwiderte Ellinor. »Und es ist Mamas größter Wunsch, ihn noch einmal sehen zu dürfen.«

»Und du glaubst, der freut sich, wenn er nach über dreißig Jahren hört, dass seine Mutter noch lebt?«

Ellinor schwieg, als Thomas ihre eigenen Gedanken aussprach.

»Ellinor, unsere Mutter hat damals eine Entscheidung getroffen, die unumkehrbar ist. Sie würde alles zerstören, wenn jetzt herauskommt, dass ihre Ehe mit unserem Vater illegal war. Wir wären Bastarde, sogar unser Erbe wäre anfechtbar. Mal ganz abgesehen davon, dass wir rein gar nichts über diesen Fritz Ellerweg wissen. Ich möchte nicht, dass wir uns einen Nazi in die Familie holen. Wer weiß, vielleicht war der sogar bei der SS und hat furchtbare Verbrechen begangen!«

»Das glaube ich nicht.«

»Warum nicht? Weil unsere Mutter das Kind, das er einst war, romantisch verklärt hat? Die Welt hat sich verändert. Menschen haben sich verändert. Sogar unsere Mutter, wenn ich dich richtig verstanden habe. Nein, Ellinor, ich will diesen Menschen nicht kennenlernen.«

»Ich schon«, erwiderte Ellinor. »Ich will wissen, wessen unsichtbarer Schatten immer über unserer Kindheit hing. Ich will wissen, was das für ein Mensch ist. Und ich will unserer Mutter den wichtigsten Wunsch ihres Lebens erfüllen.«

»Auf die Gefahr hin, dass wir alles verlieren? Dass dieser Deutsche uns womöglich erpressen wird? Uns ausnimmt wie die berühmte Weihnachtsgans? Sich auf Kosten des schlechten Gewissens unserer Mutter an dem Vermögen, das unser Vater uns hinterlassen hat, gesundstößt? Vielleicht auch noch in dem wohligen Gefühl, Rache an den Briten zu nehmen?«

»Du erwartest immer nur das Schlechteste von den Menschen, Thomas.«

»Ich habe keine Lust, alles zu verlieren, was ich mir mühsam aufgebaut habe, für die Launen einer alten Frau, der ich sowieso nie etwas bedeutet habe!«

Diese Worte trafen Ellinor hart, weil darin sehr viel Wahres steckte. »Du bedeutest ihr etwas, Thomas.«

»Mach dir nichts vor, Ellinor, wenn ich abgeschossen worden wäre, hätte sie nicht mal eine Träne um mich vergossen. Und jetzt weiß ich auch, warum. Sie hat mich vermutlich vom Moment meiner Geburt an verabscheut, weil ich ihr das Leben genommen habe, das sie für ihr wahres Leben hielt.«

»So einfach ist das nicht, Thomas, sie –«

»Ach, kein Wort mehr! Ich will das nicht hören. Du hattest eine Mutter. Selbst dieser Fritz hatte eine Mutter. Ich hatte nur meinen Vater, und jetzt will sie mir sogar noch die Legitimität dieser Vaterschaft nehmen! Weil ich ihr nicht das Geringste bedeute!«

»Dann solltest du ihr das sagen, Thomas.«

»Warum? Damit sie sich noch darüber freut, dass es mir wehtut? Du hast mir doch gerade erzählt, wie sie unseren Vater mit der Drohung, mir alles zu nehmen, erpresst hat, nur damit du Journalistin werden kannst. Du warst doch immer ihr Liebling. Du hast ja auch nicht so viel zu verlieren wie ich, wenn du ihr diesen unsinnigen Wunsch erfüllst! Ich hoffe, dieser verdammte Fritz ist irgendwo im Bombenhagel umgekommen und du findest ihn nie!«

Mit diesen Worten ließ er sie stehen und schenkte sich an der Hausbar ein Glas Whisky ein. Voll, ohne Soda.

Ellinor seufzte. Sie wusste, dass Thomas sich beruhigen würde, dass er nur Zeit brauchte und sie ihn irgendwann doch noch dazu bewegen würde, ihr zu helfen. So war es schon immer gewesen. Er liebte seine Schwester und im Zweifelsfall tat er alles für sie, allerdings nicht immer nüchtern.

Dennoch erwies es sich als ausgesprochen schwierig, von London aus die Spur des verschollenen Bruders aufzunehmen. Ellinor nutzte alle möglichen Kanäle aus ihrer Zeit als Reporterin und Kriegsberichterstatterin, aber keine Spur führte ans Ziel, bis sie im Oktober 1946 von einer Freundin, die bei der Londoner Polizei arbeitete, erfuhr, dass ein in Hamburg stationierter britischer Offizier eine Aussage über einen britischen Arzt machen sollte. Die Sache hatte nichts mit Fritz Ellerweg zu tun, aber Ellinor hatte fast ein ganzes Jahr vergeblich gesucht, sodass sie bereit war, jede noch so unwahrscheinliche Möglichkeit zu nutzen, um Fritz zu finden. Thomas schüttelte zwar immer noch den Kopf über sie, stellte sich ihr allerdings auch nicht in den Weg. Mit seiner Mutter hatte er darüber nie gesprochen.

Davor stand nicht nur sein Stolz, sondern auch die zahlreichen Kränkungen, die er als Kind durch sie erfahren hatte.

Ellinor bedauerte das. Sie hätte es gern gesehen, wenn Thomas die Gelegenheit genutzt hätte, sich mit seiner Mutter auszusprechen, aber das war wohl zu viel verlangt. Vermutlich befürchtete er, wieder zurückgestoßen zu werden, so wie stets in seinem Leben. Und Ellinor war sich auch sicher, dass diese Gefahr bestand, solange ihre Mutter den fernen Fritz so sehr idealisierte, dass sie für das, was ihr sonst noch gegeben war, keinen Blick und keine Wertschätzung empfand.

An diesem Oktobertag passte sie den Offizier mit Namen Arthur Grifford, der vor seinem Eintritt in die Armee im bürgerlichen Leben Arzt für Innere Medizin gewesen war, auf den Stufen der City of London Police ab.

»Entschuldigen Sie«, sprach sie ihn an. »Sie sind Lieutenant Arthur Grifford?«

Er nickte. »Kennen wir uns?«

Sie lächelte. »Nein. Aber ich habe erfahren, dass Sie normalerweise in Hamburg stationiert sind.«

»Das ist richtig. Was kann ich für Sie tun?«

»Mein Name ist Ellinor Mitchell.« Sie reichte ihm die Hand. »Ich bin mit einer der Sekretärinnen hier befreundet und sie wies mich darauf hin, dass heute ein Lieutenant aus Hamburg zu einer Aussage erscheinen würde.« Sie lachte etwas verlegen. »Ich suche jemanden in Hamburg, aber es ist nicht einfach, Informationen aus Deutschland zu bekommen. Ich habe schon alles Mögliche versucht.«

»Und Sie glauben, ich könnte Ihnen behilflich sein?«

Sie nickte. »Ich greife nach jedem Strohhalm, sonst hätte ich Sie niemals angesprochen. Aber als meine Freundin mir erzählte, dass heute ein britischer Offizier aus Hamburg komme, dachte ich, das sei vielleicht meine letzte Chance.«

»Wen vermissen Sie denn?«

»Es ist kompliziert«, erwiderte sie. »Darf ich Sie in die Teestube auf der anderen Straßenseite einladen, Lieutenant Grifford?«

Grifford nickte und folgte ihr.

Nachdem sie in der Teestube Platz genommen und Ellinor die Bestellung aufgegeben hatte, zündete sie sich eine Zigarette an. Es war gar nicht so einfach zu beginnen. Auf einmal begriff sie, was es für ihre Mutter tatsächlich bedeutet hatte, bei jedem Wort genau nachzudenken, um nichts Kompromittierendes aus ihrer Vergangenheit preiszugeben.

Grifford bemerkte ihr Zögern. »Also«, fragte er. »Wen suchen Sie und weshalb wenden Sie sich nicht an das Rote Kreuz?«

»Das Rote Kreuz konnte mir nicht helfen, da es sich um keine klassische Vermisstenmeldung handelt.«

»Warum ist der Fall nichts für eine klassische Vermisstenmeldung?«

»Wir haben seit Jahrzehnten nichts von ihm gehört. Ich kenne ihn nicht einmal. Aber meine Mutter hat es sich nun einmal in den Kopf gesetzt.« Sie nahm einen tiefen Zug an ihrer Zigarette.

»Sie sprechen in Rätseln«, sagte Grifford.

»Mag sein. Ich suche nach einem Verwandten, von dem wir lediglich die letzte Meldeadresse aus dem Jahr 1915 haben.«

»Das ist über dreißig Jahre her. Warum suchen Sie ihn erst jetzt?«

»Das ist eine Privatangelegenheit. Ich habe bereits herausgefunden, dass die Meldeadresse nicht mehr existiert. Der gesamte Straßenzug wurde im Bombenkrieg zerstört.«

»Und was erhoffen Sie sich von mir?«

»Vielleicht könnten Sie vor Ort Nachforschungen anstellen? Sie würden meiner Mutter und mir damit einen sehr großen Gefallen tun. Warten Sie, ich habe den Namen und das Geburtsdatum aufgeschrieben.« Sie kramte in ihrer Tasche und holte einen kleinen Zettel hervor.

Grifford nahm den Zettel und zuckte im selben Moment zusammen.

Ellinors Herz schlug schneller. »Sie kennen den Mann?« Konnte sie wirklich so viel Glück haben? Nach fast einem Jahr vergeblicher Suche?

Grifford nickte. »Was wollen Sie von ihm?«

»Er ist ein Verwandter.«

»Ein enger Verwandter?«

Ellinor drückte ihre Zigarette im Aschenbecher aus und zündete sich eine zweite an. Sie musste sich beherrschen, Grifford nicht sofort mit Fragen zu bestürmen. Was für ein Mann war Fritz? Wie stand Grifford zu ihm? War er ein Nazi gewesen? Doch stattdessen hielt sie ihre kühle, professionelle Fassade aufrecht und sagte nur: »Vielleicht.«

»Um den sich Ihre Familie jahrzehntelang nicht gekümmert hat. Warum ausgerechnet jetzt?«

Griffords Tonfall verriet Ellinor, dass er Fritz mochte. So sprach man nur über jemanden, den man im Notfall verteidigen würde.

Ellinor nahm das als gutes Zeichen. »Das ist eine Privatangelegenheit.« Sie blies einen Rauchkringel in die Luft. »Sie kennen seine Adresse?«

»Nicht nur das. Fritz Ellerweg ist ein guter Freund von mir.«

Na bitte, dachte Ellinor. *Wusste ich es doch.* Dann war er wenigstens kein Nazi.

»Aber ehe ich einer Fremden seine Adresse gebe«, fuhr Grifford fort, »will ich erst wissen, was Sie tatsächlich von ihm wollen.«

Er will ihn also tatsächlich vor Unannehmlichkeiten schützen, dachte Ellinor.

»Genügt es Ihnen nicht, wenn ich Ihnen sage, dass ich ihn gern kennenlernen würde?«

»Nein«, entgegnete Grifford energisch.

»Wenn er ein so guter Freund von Ihnen ist, Lieutenant Grifford, dann sollten Sie ihn selbst entscheiden lassen, ob er Kontakt zu mir haben möchte oder nicht. Geben Sie mir seine Adresse?«

Grifford musterte sie von oben bis unten. »Nein, wir machen das anders, Miss Mitchell. Sie geben mir Ihre Adresse und ich werde meinen Freund fragen, ob ihm Ihr Name etwas sagt.«

»Das wird er nicht. Wie gesagt, ich kenne ihn nicht. Meine Mutter bat mich, ihn zu suchen.«

»Und wie war der Mädchenname Ihrer Mutter?«

Statt einer Antwort zog Ellinor erneut an ihrer Zigarette. »Sie müssen verstehen, Lieutenant Grifford, dass ich hier nicht einem Fremden all unsere Familiengeheimnisse offenbaren werde. Es ist eine komplizierte Geschichte.« Sie sah ihm tief in die Augen, dann fragte sie: »Sind Sie mit ihm befreundet, weil er wie Sie Arzt ist?«

»Woher wissen Sie, dass er Arzt ist?«

Sie lächelte. »Das wusste ich nicht. Ich habe einfach nur geraten. Sein Vater war Arzt, die letzte Meldeadresse, die wir hatten, war die Praxis seines Vaters. Aber der ist im Bombenkrieg verstorben, so viel habe ich schon herausgefunden.«

Sie nahm noch einen tiefen Zug an ihrer Zigarette und hinterließ auf dem Filter den Abdruck ihres Lippenstifts. »Was befürchten Sie eigentlich, Lieutenant Grifford? Wovor wollen Sie Ihren Freund bewahren, wenn Sie sich weigern, mir seine Adresse zu geben?«

»Was denken Sie denn, Miss Mitchell?«

»Ich habe keine Ahnung, deshalb frage ich Sie ja. Ist es in Zeiten wie diesen nicht verständlich, wenn man nach all den Verlusten nach verlorenen Angehörigen sucht?«

»Geben Sie mir Ihre Adresse, dann werde ich sie wie versprochen an meinen Freund weitergeben und er kann entscheiden, was er damit tut. Wenn Sie mehr wollen, müssen Sie schon offener zu mir sein.«

Was für ein harter Brocken, dachte Ellinor. Aber sie konnte es sich nicht erlauben, diesem Fremden zu sagen, worum es wirklich ging.

»Ach, wissen Sie, Lieutenant Grifford«, meinte sie also, »ich glaube, nachdem ich jetzt weiß, dass er mit Ihnen befreundet und ebenfalls Arzt ist, werde ich ihn auch ohne Ihre Hilfe finden. Vielen Dank!«

Hamburg, Oktober 1946

Mit der Information, dass Fritz Ellerweg als Arzt in Hamburg praktizierte und mit Arthur Grifford befreundet war, fiel es Ellinor tatsächlich leicht herauszufinden, wo er war.

Arthur Grifford arbeitete für die britische Militärverwaltung und hatte unter anderem die Aufsicht über das zivile Krankenhauswesen. Doktor Fritz Ellerweg war stellvertretender Chefarzt der Chirurgie im Allgemeinen Krankenhaus St. Georg. Sie fand zudem heraus, dass Fritz als politisch unbelastet galt, da er nie in der NSDAP gewesen war. 1941 war er als Stabsarzt zur Wehrmacht eingezogen und dem Afrikakorps unter Generalfeldmarschall Rommel zugeteilt worden.

Was für ein verrückter Zufall, dachte Ellinor. Während sie als Kriegsberichterstatterin unterwegs gewesen war, war er gar nicht weit von ihr entfernt auf der anderen Seite der Frontlinie als Arzt tätig gewesen.

Alles in Ellinor schrie danach, ihrer Mutter die guten Nachrichten zu verkünden, aber noch hielt sie sich zurück. Ehe sie Hoffnungen weckte, wollte sie Fritz persönlich kennenlernen. Dafür erzählte sie Thomas, was sie inzwischen über den deutschen Halbbruder erfahren hatte.

Thomas war nach wie vor nicht sonderlich begeistert. Aber die Tatsache, dass Fritz Ellerweg kein Nazi gewesen war und noch dazu dem Afrikakorps angehört hatte, das in britischen Kreisen trotz aller Kriegsgeschehnisse einen guten Ruf genoss, trug schließlich dazu bei, dass er sich bereit erklärte, sie in seiner Militärmaschine auf einen dienstlichen Flug nach Hamburg mitzunehmen.

»Viel halte ich davon trotzdem nicht«, sagte er. Dennoch unterstützte er sie und lieh sich sogar ein Militärfahrzeug aus, um sie zum Krankenhaus St. Georg zu fahren.

Ellinor war entsetzt, als sie durch die zerstörte Stadt fuhren. Sie hatte geglaubt, schon London wäre nach den deutschen Luftangriffen nur noch ein Schatten seiner selbst. Aber hier in Hamburg gab es gar nichts mehr, nur noch riesige Schuttberge und Ruinen, die wie hohle, löchrige Zähne in den Himmel ragten. Es würde Jahrzehnte dauern, das alles wieder aufzubauen …

Und vermutlich würde es ihrer Mutter das Herz brechen, wenn sie sah, was aus ihrer alten Heimat geworden war. Schon seltsam – seit sie die Geschichte ihrer Mutter kannte, hatte sie ihren Blickwinkel verändert. Vielleicht war es ein heilsamer Schock gewesen, sich selbst durch die Augen ihrer Mutter zu sehen, wie sie die Welt in Gut und Böse eingeteilt hatte, wie sie ihren Schmerz und die Trauer um Mike dadurch bekämpft hatte, dass sie kurzerhand jedem Deutschen die Schuld dafür gab. Aber jetzt fragte sie sich immer wieder, was wohl gewesen wäre, wenn Mike seinen Abschuss schwer verwundet überlebt hätte. Möglicherweise hätte sogar ihr unbekannter Halbbruder den Verwundeten operiert. Wenn es ein versöhnliches Schicksal gegeben hätte, dann wäre genau das passiert. Und alles wäre für alle gut geworden.

In Wirklichkeit war jedoch gar nichts gut. Die Welt war zerstört und voller Hass. Es gab keine gütigen Wendungen im

Leben und sie wusste nicht, was sie im Krankenhaus St. Georg wirklich erwarten würde.

Thomas setzte sie vor dem Haupteingang ab. »Wann soll ich dich wieder abholen?«, fragte er.

»Ich weiß es nicht. Ich denke, ich werde die Straßenbahn zurück nehmen. Die fährt ja noch.«

»Ist das nicht zu gefährlich?«, fragte Thomas. »Man kann denen hier doch nicht trauen. Vor allem nicht, wenn jemand wie du gut gekleidet ist.«

»Mach dir keine Sorgen, ich werde spätestens in drei Stunden wieder im Hotel sein.«

Das Allgemeine Krankenhaus St. Georg hatte die Bombenangriffe verhältnismäßig unbeschadet überstanden, auch wenn zahlreiche Fensterscheiben gesprungen oder ganz mit Holz verkleidet worden waren. Einstmals war es sicher ein stolzes, modernes Krankenhaus gewesen, aber jetzt war vom alten Glanz nicht mehr viel übrig. Die Menschen, die Ellinor begegneten, hatten hohle Gesichter, waren unterernährt und die wenigen Männer, die ihr über den Weg liefen, schlecht rasiert.

Schließlich erreichte sie den Flur, auf dem der Chefarzt und sein Stellvertreter ihre Büros hatten.

Ellinor klopfte an die Tür des Vorzimmers des stellvertretenden Chefarztes und wurde von seiner Sekretärin, einer Frau Maasbach, empfangen.

»Ich würde gern Doktor Ellerweg sprechen«, sagte sie auf Deutsch. Jetzt begriff sie auch, warum ihre Mutter früher so viel Wert darauf gelegt hatte, dass sie und Thomas nicht nur Französisch, sondern auch Deutsch lernten. Ihr war es recht leichtgefallen, während Thomas mit beiden Sprachen arg zu kämpfen gehabt hatte.

Die Sekretärin sah sie mit großen Augen an, denn sowohl der britische Akzent als auch ihre elegante Kleidung verrieten sofort ihre Herkunft.

»Ähm, der Doktor ist sehr beschäftigt, er muss gleich in den OP.«

»Bitte fragen Sie ihn, ob er mich empfängt.«

»Und worum geht es?«

»Das kann ich ihm leider nur persönlich sagen. Es ist sehr wichtig für mich.« Sie schenkte der Sekretärin ihr gewinnendes Lächeln, das nur selten sein Ziel verfehlte. Und so war es auch diesmal. Frau Maasbach klopfte an die Tür zum Bürodurchgang ihres Chefs.

Ellinor trat einen Schritt näher und bemühte sich, jedes Wort mitzuhören.

»Herr Doktor Ellerweg, bei mir ist eine Dame, die Sie gern sprechen würde.«

»Ich muss in einer Viertelstunde in den OP zu Ernst Warholtz. Das Bauchaortenaneurysma.«

Ellinors Herz schlug schneller, als sie zum ersten Mal die Stimme ihres unbekannten Halbbruders hörte. Sie klang durchaus angenehm.

»Ja, ich weiß«, bestätigte Frau Maasbach. »Aber die Dame wollte sich nicht abwimmeln lassen.«

»Worum geht es denn?«

»Das wollte sie Ihnen nur persönlich sagen.«

»Dann geben Sie ihr für heute Nachmittag einen Termin. Ich habe im Augenblick wirklich keine Zeit für kapriziöse Frauen, die nicht klar und deutlich artikulieren können, was sie wollen.«

»Sie ist Engländerin.«

Ellinor nahm das kurze Zögern wahr, bevor Fritz fragte: »In Uniform oder in Zivil?«

»Sehr modisches Zivil.«

»Dann geben Sie ihr einen Termin für Donnerstag. Sie wird sich die Zeit schon zu vertreiben wissen.«

Ellinor zuckte zusammen. Donnerstag? Das konnte er doch nicht ernst meinen! Frau Maasbach schien es ebenso zu gehen, denn sie sagte: »Aber heute ist doch erst Montag.«

»Na und?«

»Die Dame war sehr höflich und sie kann doch nichts dafür, dass sie Engländerin ist.«

»Nein, dafür kann sie nichts, aber als Engländerin ist sie weder eine Angehörige eines meiner Patienten noch selbst eine künftige Patientin. Ich habe im Augenblick mehr als genug zu tun. Für spleenige Engländerinnen habe ich keine Zeit. Sagen Sie ihr, sie kann Donnerstag wiederkommen, dann habe ich meine Sprechstunde.«

»Und wenn es etwas Wichtiges ist?«

»Dann soll sie offen sagen, was sie von mir will. Und wenn sie das nicht möchte, kann es ja auch nicht so wichtig sein.«

Was für ein überheblicher Halbgott in Weiß, durchzuckte es Ellinor, und noch ehe jemand etwas dagegen tun konnte, drängte sie sich an Frau Maasbach vorbei in Fritz' Büro.

»Entschuldigen Sie bitte, wenn ich mir jetzt selbst Einlass verschaffe«, sagte sie dabei auf Englisch. Warum sollte sie sich die Mühe machen, mit ihm auf Deutsch zu reden, wenn sie genau wusste, dass er fließend Englisch sprach? »Aber es ist wichtig und ich habe nicht die Absicht, mich abweisen zu lassen.«

Fritz erhob sich hinter seinem Schreibtisch und verschränkte die Arme vor der Brust. »Und worum geht es?«

Ellinor warf Frau Maasbach einen Blick zu, die sich daraufhin zurückzog und die Tür von außen schloss.

»Wollen Sie mir keinen Platz anbieten?«, fragte Ellinor, während sie Fritz musterte. Anders als die meisten deutschen Männer war er makellos rasiert. Er erinnerte sie stark an die Fotografie von Ludwig Ellerweg, allerdings war er deutlich hagerer, was vermutlich an der allgemeinen Mangelversorgung im Nachkriegsdeutschland lag. Nichtsdestotrotz war er ein gut aussehender Mann, der ihr durchaus sympathisch gewesen wäre, wenn er nicht so abweisend vor ihr gestanden hätte.

»Nein«, sagte er. »Ich möchte wissen, wer Sie überhaupt sind und was Ihnen einfällt, sich an meiner Sekretärin vorbeizudrängeln.«

»Mein Name ist Ellinor Mitchell.« Sie zog ihre Handschuhe betont langsam aus und gab den Blick auf ihre sorgsam manikürten und lackierten Fingernägel frei.

Fritz schwieg.

»Normalerweise wäre jetzt eine Floskel wie ›Angenehm, Sie kennenzulernen‹ angebracht, oder?« Sie lächelte ihn an, leider wirkte es nicht wie erhofft.

»Ganz ehrlich, Miss Mitchell, ich habe keine Zeit für höfliches Geplänkel. Ich werde gleich zu einer komplizierten Operation im OP erwartet, bei der es um Leben und Tod geht. Also nun sagen Sie schon, was Sie wollen.«

»Hart und unverblümt?«, gab sie zurück.

»Hauptsache schnell, damit ich mich an meine Arbeit machen kann.«

Verdammt, wie sollte sie das so schnell in wenige Worte fassen? *Hallo, große Überraschung, deine Mutter ist gar nicht tot! Ich bin deine Halbschwester Ellinor und wollte dich mal kennenlernen!* Warum um alles in der Welt musste er bloß so griesgrämig sein? Sie seufzte. »Eigentlich hatte ich mir das ganz anders vorgestellt«, sagte sie. »Ich glaube, ich hätte auf Thomas hören sollen. Er war dagegen, dass ich hierherkomme.« Kaum waren diese Worte heraus, ärgerte sie sich schon über sich selbst. Er musste tatsächlich denken, sie wäre blöd.

»Es steht Ihnen frei, jetzt gleich auf der Stelle zu diesem Thomas zurückzukehren und so zu tun, als wären Sie niemals hier gewesen.«

»Sind Sie denn gar nicht neugierig, was ich möchte?«

»Ich habe andere Dinge im Kopf. Wenn es Ihnen zu kompliziert ist, mir Ihr Anliegen schnell und einfach darzulegen, kommen Sie am Donnerstag in meine Sprechstunde, dann können wir in Ruhe allen Floskeln der Höflichkeit Genüge tun und angeregt plaudern.«

»Donnerstag?«, rief sie empört. »Was soll ich denn drei Tage in dieser völlig zerstörten Stadt machen? Ganz abgesehen davon, dass ich in London Verpflichtungen habe und nur Glück hatte, dass mein Bruder mich in seinem Flugzeug mitnehmen durfte, sonst wäre ich gar nicht so schnell nach Hamburg gekommen. Und er fliegt schon am Mittwoch zurück nach London.«

Bei diesen Worten zuckte er sichtbar zusammen. »Ihr Bruder ist bei der Royal Air Force?«

»Ja.«

»Dann ist das jetzt also die zweite Angriffswelle. Erst Bomben und danach blonde Furien«, brach es aus Fritz heraus. »Keine Sorge, Sie werden in dieser Stadt noch genügend heile Lokalitäten finden. Man erkennt sie daran, dass sie allesamt von Briten beschlagnahmt wurden. Sie werden sich also ganz wie zu Hause fühlen. Und wenn Ihnen das nicht ausreichend Erbauung bietet, würde ich einen Besuch in Hagenbecks Tierpark vorschlagen. Der letzte verbliebene Elefant freut sich bestimmt, wenn Sie ihn füttern, und so gut, wie Sie genährt sind, schadet es Ihrem Überleben bestimmt nicht, eine Mahlzeit an einen bedürftigen Elefanten abzutreten.«

»Sie sind ein unverschämter Flegel!«, rief sie. Wie konnte er es nur wagen zu behaupten, sie wäre zu dick? Ausgerechnet sie, die sie stets auf ihre Figur achtete?

»Nein, ich bin ein viel beschäftigter Chirurg. Den Bomben konnten wir nicht ausweichen, aber den blonden Furien schon. Leben Sie wohl, Miss Mitchell.« Damit ließ er sie stehen und verließ sein Büro, um sich in den OP zu begeben.

Ellinor blieb sprachlos zurück.

Kurz darauf steckte Frau Maasbach vorsichtig ihren Kopf zur Tür herein.

»Ähm, Fräulein … wollen Sie etwa noch länger warten? Das könnte dauern, bis er wiederkommt.«

»Das macht mir nichts aus. Besonders höflich ist Ihr Chef ja nicht, oder?«

Frau Maasbach räusperte sich. »Er ist ein herzensguter Mensch, auf den ich nichts kommen lasse.«

»Natürlich nicht.«

»Er ist manchmal nur ein bisschen zu direkt und sagt, was er denkt. Aber er meint das nicht böse.«

»Sie wollen mir also sagen, er ist der Typ harte Schale, weicher Kern?«

»Dem würde Doktor Ellerweg sofort widersprechen«, sagte Frau Maasbach. »Als ihm das mal jemand sagte, hielt er sofort entgegen, dass weiche Kerne meist verfault sind und er sich einen solchen Vergleich energisch verbitte. Er habe einen knusprigen Kern.«

Ohne es zu wollen, musste Ellinor lachen. »Das hat er über sich gesagt?«

»Ja, aber ich sollte hier nicht so viele Döneken über ihn erzählen. Sonst kriegen Sie noch einen falschen Eindruck.«

»Döneken?«

»Plattdeutsch für Anekdoten.«

»Ach so. Was glauben Sie, wie lange wird er im OP bleiben?«

»Das kann ein paar Stunden dauern. Es ist eine sehr komplizierte Operation, auf die er sich tagelang vorbereitet hat. Sie müssen verstehen, Sie haben heute den denkbar schlechtesten Zeitpunkt erwischt.«

»Ich werde hier auf ihn warten«, sagte Ellinor. »Jetzt bin ich schon mal hier und werde seine deutsche Direktheit mit meiner britischen Beharrlichkeit kontern.«

»Wie Sie wollen.«

Frau Maasbach schloss die Tür wieder und Ellinor hörte, wie sie auf ihrer Schreibmaschine tippte.

Sie nutzte die Zeit und sah sich etwas in Fritz' Büro um.

Auf den Regalen standen mehrere dicke medizinische Fachbücher und auf seinem Schreibtisch lagen zwei Zeitschriften. Ein »Deutsches Ärzteblatt« und ein Exemplar des »New England Journal of Medicine«.

Da sie nichts Besseres zu tun hatte, fing sie an, in der englischen Fachzeitschrift zu lesen. Viele medizinische Fachbegriffe überstiegen ihr Allgemeinwissen, aber als sie sich die Notizen ansah, die auf Fritz' Schreibtisch lagen, konnte sie sich ungefähr vorstellen, woran er gerade arbeitete. Er versuchte, die Operationsmethoden, die in den beiden Fachzeitschriften beschrieben waren, zu verbessern. Am bemerkenswertesten fand sie die Tatsache, dass er die Notizen, die sich auf das »Deutsche Ärzteblatt« bezogen, auf Deutsch verfasst hatte, während diejenigen, die sich mit dem Inhalt des »New England Journal« auseinandersetzten, auf Englisch geschrieben waren. Es schien ihm tatsächlich nicht im Geringsten schwerzufallen, zwischen den beiden Sprachen hin- und herzuspringen. Sie fand das beneidenswert, von Kindheit an mit zwei Muttersprachen ausgestattet worden zu sein. Sie selbst hatte lange Zeit gebraucht, um überhaupt die deutschen Artikel korrekt zu erlernen.

Irgendwann hatte sie genug von den medizinischen Zeitschriften und schaute nach persönlichen Dingen, die ihr etwas über den Menschen in dem weißen Kittel verrieten. Aber da war nichts. Nicht einmal ein Foto seiner Familie. Ob er überhaupt verheiratet war und Kinder hatte? Ihre Mutter hatte sich das immer vorgestellt. Ihr Blick fiel auf einen runden Gegenstand, der auf dem Schreibtisch stand und den sie zunächst für einen Briefbeschwerer gehalten hatte. Sie nahm ihn in die Hand und stellte fest, dass es ein Puppenkopf aus Porzellan war, dessen Gesicht halb zerschmolzen war.

Noch während sie den Kopf betrachtete, ging die Tür auf und Fritz kam zurück.

»Sind Sie immer noch hier?«, blaffte er sie an. Ihr fiel auf, dass er den Puppenkopf in ihrer Hand fixierte wie ein wütender Hund, dem man seinen Knochen weggenommen hat.

»Ja«, gab sie unbeeindruckt zurück. »Ich wusste ja, dass die deutsche Kunst eine Schwäche für Morbidität hat. Aber finden Sie nicht, dass das etwas zu weit geht?«

Sie stellte den Puppenkopf wieder auf den Schreibtisch.

»Das ist englische Kunst«, verbesserte Fritz mit eisiger Stimme. Dann zog er seine Brieftasche hervor und nahm ein Foto heraus, das ein vielleicht achtjähriges Mädchen mit blonden Zöpfen und eben jener Puppe im Arm zeigte. »So sah diese Puppe aus, als man sie noch deutsche Kunst nennen durfte. Meine Tochter hat sie immer mit in den Luftschutzkeller genommen. Nachdem Leute wie Ihr Bruder mal wieder über unsere schöne Stadt geflogen sind und ein paar Geschenke abgeworfen haben, blieb das hier übrig.« Er strich über den zerschmolzenen Puppenkopf. »Von dem kleinen Mädchen auf dem Foto blieb hingegen nur Asche.« Er steckte seine Fotografie wieder ein und funkelte Ellinor zornig an. »Und nun kommen Sie endlich zur Sache, sagen Sie, was Sie von mir wollen, und dann verschwinden Sie. Ich habe noch zu tun.«

Ellinor schluckte. Genau davor hatte ihre Mutter sich so sehr gefürchtet. Auf einmal begriff sie, warum Fritz so gereizt reagiert hatte. Es war nicht nur seine knappe Zeit gewesen. Genau in dem Moment, als sie ihm gesagt hatte, dass ihr Bruder Royal-Air-Force-Pilot war, hatte er seine Contenance verloren. Kein Wunder, sie hätte im umgekehrten Fall ähnlich reagiert. Dennoch bemühte sie sich, sich ihre Betroffenheit nicht anmerken zu lassen.

»Das wollten Sie jetzt als Waffe gegen mich verwenden, nicht wahr? Ein totes Kind. Das ist kein netter Zug von Ihnen.«

»Wer hat denn behauptet, ich wäre nett?«, giftete er zurück. Er war schwerer getroffen, als er es zugeben wollte.

»Meine Mutter«, sagte Ellinor deutlich sanfter. »Ich habe erst vor einigen Monaten erfahren, dass es Sie überhaupt gibt, aber es hat vieles erklärt. Warum mein Bruder Thomas immer das Gefühl hatte, es unserer Mutter nie recht machen zu können, und warum sie stets so etwas Melancholisches umgab.«

»Ich habe mit Ihrer Mutter nichts zu schaffen. Ich war zuletzt 1939 in London.« Er klang immer noch verärgert.

»Ihr Mädchenname lautet Helen Mandeville, verheiratet in erster Ehe mit Doktor Ludwig Ellerweg, in zweiter Ehe mit James Mitchell.«

Fritz starrte Ellinor an, als hätte sie den Verstand verloren.

»Das ist Unsinn«, sagte er dann. »Meine Mutter starb 1915 in London an der Grippe. Wir haben eine Abschrift des Totenscheins bekommen.«

»Die war falsch.« Ellinor zog ein goldenes Zigarettenetui hervor und zündete sich eine Zigarette an, um ihr pochendes Herz zu beruhigen. Sie nahm einen tiefen Zug. »Es ist eine ziemlich komplizierte Geschichte«, sagte sie dann. »Wollen Sie sie hören, auch wenn heute noch nicht Donnerstag ist?«

Fritz atmete tief durch. Auf seinem Schreibtisch stand ein kleiner Holzkalender, auf dem man mit einem passenden Stift den aktuellen Wochentag markieren konnte. Er schob den Stift von Montag auf Donnerstag. »Jetzt ist Donnerstag«, erklärte er.

Ellinor konnte ein Lächeln nicht unterdrücken. »Sie haben ja Humor. Das muss wohl Ihre britische Seite sein.«

Bei dem Wort »britische Seite« gefroren seine Züge. Verdammt, hatte sie schon wieder alles falsch gemacht?

»Erzählen Sie mir Ihre Geschichte«, sagte Fritz statt einer Antwort. »Dann entscheide ich, ob ich sie glauben kann oder Ihnen einen Aufenthalt in Friedrichsberg empfehle.«

»Friedrichsberg?«

»Dort ist die nächstgelegene psychiatrische Anstalt, die Wahnvorstellungen behandeln kann.«

»Charmant sind Sie wirklich nicht.«

»Ich bin Chirurg und kein Gigolo. Ich muss nicht charmant sein.«

Die Art, wie er das sagte, brachte Ellinor zum Lachen. Auf einmal begriff sie, was Frau Maasbach mit ihren Döneken gemeint hatte.

»Sie haben wirklich Humor«, sagte sie.

»Und Sie haben ein unnachahmliches Talent dafür, um etwas herumzureden, ohne zur Sache zu kommen.«

Sofort wurde Ellinor wieder ernst. »Normalerweise nicht«, gestand sie. »Aber in diesem Fall ist es … nun ja, nicht einfach. Wie ich schon sagte, wusste ich bis vor wenigen Monaten nicht einmal, dass meine Mutter vor ihrer Ehe mit meinem Vater bereits verheiratet war und einen Sohn in Deutschland hat. Sie hatte gute Gründe, es zu verschweigen.« Ellinor hielt kurz inne, um zu sehen, wie ihre Worte auf Fritz wirkten, doch der hielt ihrem Blick mit unbewegter Miene stand. »Sie hat dieses Geheimnis jahrzehntelang wie eine schwere Bürde mit sich herumgeschleppt. Nachdem sie nach dem Kriegsausbruch 1914 in London festsaß, versuchte sie zunächst vergeblich, über illegale Wege zu ihrem Mann und Sohn nach Deutschland zurückzukehren. Dabei wurde sie erwischt und festgenommen. Mein Vater James Mitchell war Anwalt und nahm sich ihres Falls an. Es gelang ihm, sie vor einer Verurteilung als Spionin zu bewahren.« Ellinor nahm einen letzten Zug von ihrer Zigarette und sah sich auf seinem Schreibtisch vergeblich nach einem Aschenbecher um.

»Nehmen Sie das hier.« Fritz reichte ihr ein leeres Wasserglas. Sie drückte die Zigarette aus und ließ den Stummel ins Glas fallen.

»Sie rauchen nicht? Das ist ungewöhnlich. Alle Männer, die ich kenne, rauchen.«

»Lenken Sie nicht ab. Ihr Vater hat die Hilflosigkeit meiner Mutter ausgenutzt, habe ich recht?«

»Mein Vater war ein guter Mensch, der niemals jemanden ausgenutzt hätte«, widersprach Ellinor. »Es entwickelte sich eine aufrichtige Liebe zwischen den beiden. Aber Helen war noch immer verheiratet.« Noch während sie sprach, merkte sie, dass diese verkürzte Form der Erzählung bei Fritz ein völlig falsches Bild erzeugte.

»Allerdings«, bestätigte er bitter. »Mein Vater hat nie wieder geheiratet, weil es für ihn niemals eine andere Frau außer seiner Leni gegeben hat. Er starb erst 1943 an den Folgen eines schweren Herzinfarktes, den er erlitt, als er erfuhr, dass meine Frau und meine Kinder beim Feuersturm verbrannt sind.«

»Das tut mir leid.«

»Sparen Sie sich Ihre wertlosen Floskeln. Lassen Sie mich raten, was weiter geschah. Meine Mutter wurde von Ihrem Vater schwanger und dann überlegten sie sich, einfach ihren Tod vorzutäuschen, damit sie eine glückliche neue Zukunft in Großbritannien planen konnten, nachdem man sich von dem deutschen Ballast elegant befreit hatte.«

Ellinor zuckte zusammen. Aus Fritz' Mund hörte es sich geradezu furchtbar an. »Ganz so einfach war es nicht«, widersprach sie.

»Oh, das kann ich mir denken. Der Familie in Deutschland gegenüber den eigenen Tod vorzutäuschen war das eine, aber sie war trotzdem noch immer Helen Ellerweg. Hat Ihr Vater auch einen Totenschein meines Vaters gefälscht oder wie haben Ihre Eltern die Bigamie vertuscht?«

Ellinor nickte stumm. Dabei hätte sie so viel dazu sagen, die ganze Hilflosigkeit ihrer Mutter erklären müssen. Aber in diesem Moment wusste sie nicht, wie sie all das, was ihre Mutter ihr in einer durcherzählten Nacht anvertraut hatte, in wenigen Worten zusammenfassen sollte.

»Und warum kommen Sie jetzt hierher?«, fragte Fritz. »Warum konnten Sie nicht einfach alles so belassen, wie es war? Warum mussten Sie mir jetzt erklären, dass meine Mutter eine Schlampe war, die sich nicht scheute, mit einem urkundenfälschenden Rechtsverdreher Bigamie zu betreiben?«

»Weil es nicht so war, wie Sie es jetzt darstellen«, rief Ellinor verzweifelt. »Meine Mutter hat mir nach dem Tod meines Vaters alles erzählt. Sie hat ihr ganzes Leben darunter gelitten. Verstehen Sie, sie hätte das nie getan, wenn sie nicht mit Thomas schwanger geworden wäre. Aber sie war in einer schrecklichen Situation. Niemand wusste damals, wie lange der Krieg dauern und wie er ausgehen würde. Und was hätte sie tun sollen, eine mit einem feindlichen Ausländer verheiratete Frau, die nun auch noch des Ehebruchs schuldig war? Und das alles nur, weil sie in ihrer Verzweiflung und Not nach etwas Nähe und Wärme suchte?«

»Sie hätte zu ihrem Fehltritt stehen können«, erwiderte Fritz hart. »Mein Vater hätte es ihr verziehen und sie selbst mit diesem Kind wieder aufgenommen.«

»Das sagt sich so leicht. Glauben Sie wirklich, ein Mann könnte seiner Frau so etwas verzeihen?«

»Ein Mann, der aufrichtig liebt, kann alles. Und mein Vater hat meine Mutter geliebt. Er ist innerlich zerbrochen, als er von ihrem Tod erfuhr.«

Eine Gänsehaut kroch über Ellinors Rücken. Es war alles viel schlimmer, als sie gedacht hatte. Sie glaubte Fritz, dass sein Vater ihrer Mutter verziehen hätte. Dennoch gab sie dem Impuls nach, ihre Mutter zu verteidigen.

»Nun, dann haben Sie von Ihrem Vater wohl eine andere Vorstellung, als meine Mutter sie hatte. Ihre Verzweiflung war so groß, dass sie keinen anderen Ausweg mehr sah. Sie hatte keine Wahl!«

»Man hat immer eine Wahl«, erwiderte Fritz. »Aber sie hat sich für das entschieden, was weniger Konsequenzen für sie hatte. Die Rolle der wieder verheirateten Witwe, die eine neue Familie in ihrem alten Heimatland gründet, war natürlich der leichtere Weg. Hinzu kommt, dass ihre Eltern von vornherein gegen die Ehe mit meinem Vater waren. Die werden ihr gewiss auch noch gut zugeredet haben.«

Ellinor sah, dass Fritz innerlich bebte. War es Wut oder Trauer? Oder beides?

»Ich habe als kleines Mädchen nie begriffen, warum sie immer so traurig war und warum Thomas ihr niemals etwas recht machen konnte«, sagte sie. »An allem, was er tat, hatte sie etwas auszusetzen. Ganz so, als würde sie ihn mit dem Idealbild eines Sohnes vergleichen, den es nicht gab. Sie wollte, dass er Fremdsprachen lernte, Deutsch, Französisch und Latein, aber Thomas hatte damit große Schwierigkeiten. Sie wollte, dass er Medizin studierte, aber Thomas konnte mit Medizin nichts anfangen. Seine Leidenschaft gehörte der Technik, insbesondere der Luftfahrt, und er wollte unbedingt Pilot werden, aber das war in den Augen meiner Mutter nichts wert. Thomas hat das nie verwunden. Und als er dann tatsächlich Pilot bei der Royal Air Force wurde und mein Vater ihm zu Ehren eine große Feier gab, blieb meine Mutter dem Fest mit der Begründung fern, sie habe Migräne. Sie hat Thomas nie gelobt und er hat nie begriffen, was er in ihren Augen so furchtbar falsch machte. Er ist einer unserer mutigsten Piloten. Er ist ein Held, der mehrfach ausgezeichnet wurde und unzählige Kampfeinsätze absolvierte. Mein Vater war immer stolz auf ihn, aber meine Mutter hat ihn niemals gelobt.«

»Vielleicht, weil sie tief in ihrem Innersten geahnt hat, dass er der Mörder ihrer Schwiegertochter und ihrer Enkeltochter ist«, gab Fritz bissig zurück. »Das ist der Stoff, aus dem die griechischen Tragödien gemacht sind.« Er lachte bitter auf. »Und warum wollten Sie mich nun unbedingt kennenlernen?«

»Als meine Mutter mir nach dem Tod meines Vaters ihre wahre Geschichte erzählte, habe ich auf einmal begriffen, warum sie Thomas so behandelt hat. Sie ist niemals darüber hinweggekommen, Sie verloren zu haben. Es hat sie ihr ganzes Leben belastet. Aber solange mein Vater noch lebte, hatte sie nicht den Mut, uns die Wahrheit zu sagen. Je älter sie wird, umso mehr belastet es sie, und sie würde Sie gern wiedersehen, um Ihnen alles selbst zu erklären.« Ellinor atmete schwer.

»Sie will also Absolution von mir?«, fragte Fritz. »Nachdem sie sich über dreißig Jahre lang vor mir versteckt hat? Haben Sie eigentlich eine Ahnung, wie lange ich nach ihrem Grab gesucht habe, als ich Anfang der Dreißigerjahre zum ersten Mal seit 1913 wieder in London war? Die ganze Familie hat sich große Mühe gegeben, von der Bildfläche zu verschwinden. Wenn es ihr wirklich wichtig gewesen wäre, hätte sie mich viel früher finden können. Es gab genügend Möglichkeiten in den Jahren zwischen den Kriegen.«

Bevor Ellinor antworten konnte, wurde auf einmal die Tür zu Fritz' Büro aufgerissen.

»Sie können da nicht so einfach rein«, hörte sie Frau Maasbach hilflos rufen.

»Halten Sie den Mund!«, brüllte Thomas. »Wir haben dieses verdammte Land besetzt. Wenn ich nur mit dem Finger schnippe, kann ich euch alle hier an die Luft setzen lassen!« Dann trat er in Fritz' Büro.

»Hier bist du also«, sagte er zu Ellinor. »Ich habe mir Sorgen gemacht, weil du so lange weggeblieben bist. Diesem Pack hier kann man doch nicht trauen!« Sein Gesicht war gerötet und er roch nach Whisky.

Ellinor sprang auf. »Thomas! Du hast wieder getrunken!«

»Und mit dem fliegen Sie?«, fragte Fritz. »Sie sind mutiger, als ich dachte.«

Thomas fuhr herum und musterte Fritz von oben bis unten mit seinen geröteten Augen.

»Ich bin Flying Officer Thomas Mitchell. Wer sind Sie schon dagegen?«

»Mein Name und meine Funktion in diesem Krankenhaus stehen draußen an der Tür«, erwiderte Fritz gleichmütig, ohne sich die Mühe zu machen, von seinem Schreibtischstuhl aufzustehen.

»Ach ja, stellvertretender Chefarzt«, murmelte Thomas. »Warum nur Stellvertreter? Hat es zum Chefarzt nicht gereicht?«

»Thomas, bitte, was soll das?« Ellinor berührte ihren Bruder an der Schulter.

»Und warum sind Sie nur Flying Officer?«, gab Fritz unbeeindruckt zurück. »War der Alkohol schuld daran, dass es nicht zum Flight Lieutenant gereicht hat?«

»Hör mal zu, Bürschchen.« Thomas beugte sich energisch zu Fritz vor und blies ihm seine Alkoholfahne ins Gesicht. »Ich bin britischer Offizier, und wenn du mir nicht den notwendigen Respekt entgegenbringst, werde ich höchstpersönlich dafür sorgen, dass du hier rausfliegst, ist das klar?«

»Vielen Dank für das Angebot, aber ich fliege grundsätzlich nicht mit betrunkenen Piloten.«

»Willst du mich verarschen?«

Fritz erhob sich von seinem Schreibtisch, ging an Thomas vorbei auf Ellinor zu und sagte: »Miss Mitchell, ich glaube, jetzt ist der Zeitpunkt gekommen, an dem wir unsere kurze Bekanntschaft beenden sollten. Sie konnten Ihre Neugier stillen und ich habe festgestellt, dass Sie sich geirrt haben. Meine

Mutter starb 1915, alles andere ist eine Verwechslung. Sagen Sie Ihrer Mutter, dass ich lieber alles so belasse, wie es war. Ich möchte nicht in Ihre familiären Probleme hineingezogen werden. Und was Ihren Bruder angeht, empfehle ich Ihnen das Alliance House der Guttempler in London. Das ist die erste Adresse zur Bekämpfung von Alkoholismus.«

»Was fällt dir ein, du Wicht?«, pöbelte Thomas Fritz auf Deutsch an und versuchte, ihn am Kragen seines Kittels zu packen. Fritz wich dem Betrunkenen mühelos aus.

»*Wicht* aus Ihrem Mund ist schon bemerkenswert«, sagte er dabei, denn Thomas reichte ihm mit dem Scheitel gerade bis zur Nase. »Gehen Sie jetzt freiwillig oder soll meine Sekretärin die britische Militärpolizei anrufen, damit sie einen betrunkenen Flieger, der in einem Krankenhaus randaliert, abholt?«

Einen Moment lang fürchtete Ellinor, Thomas könnte versuchen, Fritz einen Faustschlag ins Gesicht zu versetzen. Hastig hakte sie sich bei ihm unter.

»Komm, Thomas, lass uns gehen, du kannst dir nicht noch einen Verweis erlauben.«

»Was fällt dir ein?«, brüllte Thomas, doch es war nur ein halbherziger Widerstand, denn er ließ sich von seiner Schwester zur Tür hinauskomplimentieren.

Bevor sie selbst das Büro verließ, drehte sie sich noch einmal um. »Es tut mir leid, dass es so enden muss«, sagte sie. »Vielleicht geben Sie unserer gemeinsamen Mutter ja noch einmal eine Chance? Es würde ihr so viel bedeuten. Hier ist ihre Adresse.« Sie reichte Fritz eine Karte.

Er steckte sie in die Brusttasche seines Kittels. »Leben Sie wohl, Miss Mitchell.«

Er sagte das mit einer Endgültigkeit, die Ellinor verriet, dass er die Karte nur aus Höflichkeit eingesteckt hatte. Er würde seiner Mutter mit Sicherheit nicht schreiben.

Noch während sie Thomas nach draußen zerrte, spürte sie, wie ihre Augen sich mit Tränen füllten. Sollte es das wirklich gewesen sein?

Nein, so darf es nicht enden! Das lasse ich nicht zu.

Sie schluckte die aufsteigenden Tränen so hart hinunter, dass sie Halsschmerzen bekam. *Ich werde diese Familie versöhnen, koste es, was es wolle! Das hier ist nicht das Ende, ich werde dafür sorgen, dass es ein neuer Anfang wird.*

Kaum hatte sie sich das gesagt, fühlte sie sich besser. Sie würde alles schaffen, was sie sich vornahm. Das hatte sie schließlich von ihrer Mutter gelernt.

Nachwort

Der vorliegende Roman ist etwas Besonderes, denn er erzählt die Vorgeschichte zu einem der Handlungsstränge in meinem Buch »Die Stimmlosen«.

Schon während ich »Die Stimmlosen« schrieb, faszinierte mich der Handlungsstrang um Fritz Ellerwegs Mutter Helen ganz besonders, weil er deutlich macht, wie sehr Kriege sich auf das Leben der Menschen über mehrere Generationen hinweg auswirken.

In »Die Stimmlosen« erleben die Leser alles aus Fritz' Perspektive, der nach über dreißig Jahren völlig überraschend mit dem Überleben seiner Mutter konfrontiert wird. Aber mich ließ die Frage nicht los, was eine Mutter dazu bringt, ihren Sohn mehr als dreißig Jahre lang in dem Glauben zu lassen, sie wäre tot. Eine Mutter, die ihr Kind wirklich aufrichtig geliebt hat und daran beinahe zerbrochen ist.

Die historischen Gegebenheiten des frühen 20. Jahrhunderts in Europa sind authentisch. Angefangen mit den elektrifizierten Hotels in Paris und Berlin, den ersten elektrischen

Straßenbahnen und der Veränderung der medizinischen Versorgung. So wurden in Hamburg tatsächlich 1907 die ersten motorisierten Krankentransportautos eingesetzt und lösten langsam die Pferdewagen ab. Technik und Medizin machten immer weitere Fortschritte und zu Beginn des 20. Jahrhunderts galt das Deutsche Reich als Hort der medizinischen und technologischen Innovationen in ganz Europa.

Die meisten Figuren in diesem Roman sind fiktiv, allerdings ist der Psychiater Theophilus Bulkeley Hyslop historisch belegt. Er war bis 1911 Chefarzt im berüchtigten Bedlam und entwickelte tatsächlich selbst eine neurotische Tic-Störung in Form von Zuckungen im Gesicht aufgrund der deutschen Zeppelin-Luftangriffe auf London im Ersten Weltkrieg.

Auch die britische Pazifistin Vera Brittain, die während des Zweiten Weltkriegs die Flächenbombardements auf deutsche Städte kritisierte, ist historisch belegt. In Hamburg wurde sogar eine Straße nach ihr benannt.

Dennoch stehen die Weltkriege in diesem Roman nicht im Zentrum der Erzählung, sondern die Charakterentwicklung von Helen. Eine einstmals starke, selbstbewusste und mutige Persönlichkeit, die zu einer von Depressionen geschüttelten, verbitterten alten Frau wird, die sich selbst verliert, es merkt, dagegen ankämpft, aber sich dennoch nicht mehr allein aus dem Netz von Lügen befreien kann.

Wer dieses Buch aus der Reihe »Leise Helden« zuerst liest und wissen möchte, was Fritz währenddessen in Deutschland erlebte, dem seien »Im Lautlosen« und »Die Stimmlosen« ans Herz gelegt. Dort begleiten wir Fritz an der Seite seines besten Freundes, des Psychiaters Doktor Richard Hellmer, durch die Weimarer Republik in die Zeit des Dritten Reiches, durch die Nachkriegszeit bis in die junge Bundesrepublik der Wirtschaftswunderjahre. Und natürlich ist man dann auch dabei, wenn Fritz seine Mutter zum ersten Mal nach all den Jahren persönlich wiedersieht …